I
have
some
questions

for you

I
have
some

질문 좀
드리겠습니다

questions

for

리베카 머카이
장편소설

you

조은아 옮김

황금가지

즐거운 기억 속의
CGG를 위해

차례

"그 여자 얘기 들어 봤을 거예요."

나는 도전하듯, 장담하듯 말한다. 근처에 있는 호텔의 바 스툴에 앉아 실수로 내게 말을 걸어 버린 여자에게, 아이들에 대한 질문거리가 떨어져서 내 안부를 묻는 치과 의사에게.

누구를 말하는 건지 곧장 알아차리는 사람이 있는가 하면 어떤 사람은 이렇게 묻는다.

어떤 남자가 지하실에 가뒀다는 그 여자요?

아니. 그게 아니다.

여자가 칼에 찔렸다는 이야기 아니었나? 아니다. 그러면 택시에 탔다는 여자. 다른 소녀다. 남학생 기숙사에서 여는 파티에 갔다는 이야기. 남자가 몽둥이를 썼다는 이야기. 망치를 썼다는 이야기. 재활 시설에서 남자를 데리고 왔는데 그 남자가…… 아니다. 남자가 조깅하는 여자를 매일 지켜봤다는 이야기? 여자가 실수로 생리가 늦어진다고 말했다는 이야기? 삼촌과 같이 있었다는? 잠깐, 그건 다른 여자였나?

아니다. 수영장과 관련된 얘기다. 술에 취해 있었고, 여자의 머리카락이 발견되었고, 남자가 자백했다는 이야기. 맞다, 그거다.

그들은 안심했다는 듯 고개를 끄덕인다. 뭐가 안심인 거지?

바 스툴에 앉은 이웃이 블러디 메리 칵테일에서 셀러리를 꺼내 아작아작 씹는다. 치과 의사가 입을 헹구라고 한다. 그들은 입에서, 기억에서 그녀의 이름을 짜낸다.

"그 얘기 확실히 알아요."

그들은 말한다.

'그 얘기.' 왜냐하면 지금 그녀는 하나의 이야기에 불과하기 때문이다. 알거나 알지 못하는 이야기, 세세한 내용은 알려지지 않은 이야기, 지도와 타임라인을 달달 외운 이야기.

"기숙 학교에서 일어난 그거! 영상으로 나온 거 기억나요. 아는 사람이에요?"

뉴햄프셔 살인을 검색하면 필로폰 중독이 빚은 비극적인 최근 사건들의 머그샷 사이에서 그녀의 사진이 불쑥 나타난다. 그 사진(어떤 깊은 불행을 암시하듯 입은 웃고 있지만 눈은 그렇지 않다)은 주로 클릭을 유도하기 위한 미끼다. 졸업 앨범에 실린 테니스팀 사진에서 잘라 낸 것이다. 탈리아를 아는 사람이라면 사실은 무슨 일이 있어서가 아니라 그럴 기분이 아닌데 카메라를 보고 웃느라 그런 표정이라는 걸 쉽게 알 수 있다.

그 이야기는 끊임없이 입방아에 오르내렸다.

그녀는 사람들의 관심을 끌 만큼 어렸고, 하얬고, 예뻤고, 부유했다.

그때 우리는 모두 너무 어려서 더 현명한 누군가가 답을 주리라고 생각했다.

어쩌면 그건 우리의 잘못일지 모른다.

모두 깃털 하나만큼의 무게만 감당하려다 일을 그르친 것이다.

PART. I

1.

영상을 처음 본 건 2016년이었다. 나는 제롬이 깨면 뭐라고 설명해야 할지 걱정하면서 헤드폰을 끼고 침대에서 노트북을 들여다보고 있었다. 복도 저편에는 아이들이 잠들어 있었다. 그리로 가서 아이들을 살피며 아이들의 따스한 뺨과 더운 숨을 느낄 수도 있었다. 딸아이의 머리칼 냄새를 맡을 수도 있었다. 촉촉한 라벤더 향과 막 걸음마를 시작한 어린아이의 머리에서 나는 살내음을 맡으면 잠들 수 있었을지 모른다.

하지만 나는 20년을 보지 못한 친구가 막 보낸 링크를 누르고 말았다. 러너와 로우가 쓴 뮤지컬 「카멜롯」. 나는 무대 감독이자 기술 감독이었다. 오케스트라와는 너무 가깝고 마이크 없이 노래하는 청소년들과는 너무 먼 곳에 고정한 카메라 한 대, 1995년 가정용 비디오 화질, 렌즈 너머에 있는 음향영상팀 팀원들. 세상에. 당시에도 우리 실력이 대단치 않은 건 알았지만 생각했던 것보다 더 엉망이었다. 누군지 몰라도 20년 뒤에 이 영상을 올린 사람은 탈리아 키스가 등장하는 정확한 시각 밑에 출연진과 제작진의 명단을 메모로 추가했다. 아담한 기네비어 역의 베스 도어티, 촘촘히 땋은 머리 위에 금관을 쓴 모습이 모건 르 페이만큼 빛나는 사키나 존, 아서왕 역의 멋지고 쑥스러움 많은 마이크 스타일스. 철자는 틀렸어도 내 이름 역시 거기에 있다.

탈리아의 모습이 분명하게 찍힌 것은 커튼콜이 마지막이다. 색이 바랜 사람들 사이에서 탈리아의 까만 곱슬머리가 유난히 돋보인다. 곧이어 대부분은 무대에 남아 연출자인 로스 선생님에게 생일 축하

노래를 불러 주려고 맨 앞줄에 있던 그녀를 일으켜 세운다. 로스 선생님은 매일 밤 그 자리에 앉아 뭔가를 쓰곤 했다. 당시에는 몰랐는데 그녀 역시 너무나도 앳된 모습이다.

몇몇은 몰랐는지 퇴장하려다 당황해하며 돌아온다. 오케스트라 단원들이 노래를 부르려고 무대 위로 뛰어 올라간다. 로스 선생님의 남편이 꽃다발을 들고 관객들 사이에서 불쑥 몸을 일으킨다. 검은 셔츠와 청바지 차림의 팀원들이 다가간다. 나는 보이지 않는다. 아마 조정 부스에 있었을 것이다. 내가 저런 자리에 끼었을 리 없다.

아이들이 다시 모여들고 노래를 부르면서 생일 축하는 52초간 이어진다. 그동안 탈리아는 잘 보이지 않는다. 누군가가 화면 가장자리에 보이는 녹색 드레스를 확대하여 탈리아가 입었던 드레스 사진과 나란히 올렸다. 탈리아는 호수의 여인인 마녀 니무에를 연기할 때는 녹색 드레스에 얇은 천을 걸쳤고, 레이디 앤을 연기할 때는 얇은 천 대신 간단한 머리쓰개를 했다. 하지만 녹색 드레스를 입은 사람은 탈리아 말고도 더 있었다. 내 친구 카를로타도 그중 하나였다. 그즈음 탈리아가 사라졌을 가능성이 있다.

댓글들은 대부분 시간에 초점을 맞췄다. 공연은 원래 7시에 시작할 예정이었지만, 우리가 올린 축약 버전을 보면 5분 늦게 시작되었던 듯하다. 어쩌면 더 늦었을 수도 있고. 영상에는 인터미션 시간이 제외되어 있었는데, 그에 대해 고등학교 뮤지컬의 인터미션이 얼마나 됐을지 논의가 있었다. 이 두 가지 변수를 고려하면 공연이 끝난 시각은 8시 45분에서 9시 15분 사이다. 나는 알았을 것이다. 언젠가 꼼꼼히 메모한 것들을 모아 바인더에 정리해 뒀기 때문이다. 하지만 누구도 그 자료를 요청하지 않았다.

검시관은 탈리아가 오후 8시에서 자정 사이에 사망했다고 추정했다. 뮤지컬 때문에 사망 추정 시간이 조금 더 좁혀지면서 공연이 언제 정확하게 끝났는지는 온라인에서 사람들을 끊임없이 유혹하는 이야기가 되었다.

2015년에 유튜브에서 보고 왔다는 사람이 댓글에 또 다른 영상의 링크를 올렸다. 이걸 봐. 수사가 엉망이었다는 증거야. 타임라인이 말이 안 돼.

또 누군가는 학교가 매수한 인종 차별주의 경찰들 때문에 무고한 사람이 감옥에 갔다고 썼다.

그리고 그 밑에는 '음모론의 중심에 오신 것을 환영합니다! 여러분의 에너지를 **진짜 미결 사건**에 쏟으세요.'라고 적혀 있었다.

사건 이후 21년 만에 영상을 보니 머릿속 어두운 구석으로 쫓겨난 기억이 되돌아왔다. 합창단 친구 프랜과 도서관에 있는 사전으로 '정력'이라는 단어가 '성적인 능력'이라는 뜻이라는 것을 확인한 기억이었다. '5월은 정력적인 달(The Lusty Month of May, 뮤지컬 「카멜롯」에 나오는 노래—옮긴이)'이라는 노래를 보고 우리는 낄낄거렸다. 로스 선생님은 우리 입을 다물게 하려고 진지한 목소리로 말했다. "정력적이라는 건 그냥 기운차다는 뜻이야. 궁금하면 얼마든지 찾아보렴." 그러나 로스 선생님이 정력에 대해서 뭘 알겠는가? 그건 유부녀 연극부 선생님이 아니라 젊은이들을 위한 단어였다. 그러나 사전은 정말로 정력적이라는 말을 기운 찬 활동을 할 수 있는 힘이 넘친다는 뜻으로 설명해 두었다. (프랜이 아마 "헐, 대박."이라고 했던 것도 같다, 아마도.) 거기에 나온 예문 중 하나가 '정력을 주는 비프 스튜'였다. 우리는 깔깔대며 도서관을 뛰쳐나갔다. 프랜이 노래를 불렀다. "오, 정력을 주는 비프 스튜여!"

이 기억이 지금껏 어디에 있었던 걸까?

처음에는 조악하게 조율된 현악기 같은 10대 아이들의 목소리를 길게 듣고 싶지 않아서 영상을 보는 내내 건너뛰기를 하다가 마지막 부분만 제대로 보았다. 하지만 그날 밤, 멜라토닌 알약을 먹고도 잠이 오지 않아서 새벽 2시에 영상 맨 앞에서부터 탈리아가 나오는 장면을 전부 찾아보았다. 1막 2장은 그녀가 니무에로 등장하는 유일한 장면이었다. 탈리아는 드라이아이스로 만든 안개가 자욱한 무대에 등장하여 멀린의 뒤에서 최면에 걸린 채 노래를 불렀다. 노래를 부르면서 프롬프터를 찾는 듯 무대 밖을 계속 힐끔거리는 모습이 어딘가 거슬렸다. 한 소절만 반복해서 부르면 되는데 그럴 리 없었다.

나는 조심스럽게 제롬의 너머로 몸을 숙여 침대용 탁자에 있던 아이패드를 가져왔다. 그러고는 영상을 재생해 탈리아의 얼굴을 클로즈업했다. 확대한 화면이라 선명하지는 않지만 묘하게 짜증스러운 표정이다.

멀린이 아서와 카멜롯을 떠나며 작별을 고하는 그때 탈리아가 다시 한번 어깨 너머를 힐끔 쳐다보더니 뭐라고 중얼거린다. 내가 상상한 게 아니다. 입술이 붙었다 떨어지는 모양을 따라 해 보니 '이응'으로 시작되는 단어인데, '왜'라고 말하는 게 거의 확실하다. 그냥 깜빡한 소품을 들고 있는 무대 담당자에게 하는 말일 수도 있다. 하지만 퇴장하기 직전인데 그렇게까지 꼭 해야 할 말이 있었을까?

댓글을 보면 이 부분에 주목한 사람은 2016년까지 한 명도 없었다. 사람들은 탈리아가 정말 마지막 커튼콜까지 무대에 있었는지(그리고 그녀가 얼마나 예뻤는지)에만 관심을 가졌다. 52초라는 시간이면 탈리아 키스가 무대 뒤에서 기다리던 누군가를 몰래 만나 빠져나가기 충분하다는 게 그들의 판단이다.

영상이 끝날 무렵에는 나비넥타이를 맨 오케스트라 지휘자 겸 음악 감독이 지휘봉을 쥐고 아무도 듣지 않는 연설을 시작한다. "여러

분, 감사합니다! 떠나시면서……." 하지만 이내 화면에 회색 선들이 지직거린다. 아마도 기숙사 입실 시각을 알려 주거나 쓰레기는 각자 가져가라는 내용이었을 것이다.

'마지막 2초에 기네비어 좀 봐. 저거 술병이잖아? 쟤랑 친해지고 싶은데?' 한 댓글에 이렇게 쓰여 있어 영상을 멈추고 확인해 보니 맞다. 베스가 은색의 납작한 휴대용 술병을 치켜들고 있다. 친구들은 눈치챌지 몰라도 관객 속의 선생님들은 너무 정신이 없어서 모를 거라는 자신이 있었나 보다. 아니면 이미 너무 취해서 신경 쓸 겨를이 없었을 수도 있고.

카메라 앞을 지나 공연장을 빠져나가는 관객들을 알아볼 수 있는 사람이 있는지 묻는 댓글이 있다.

2005년 「데이트라인」 특집 방송은 보지 마. 오류가 너무 많아. 타를 "타일"이나 "탄생"처럼 발음해야 하는데 레스터 홀트(NBC 뉴스의 간판 앵커—옮긴이)는 계속 테일리아라고 한다니까.

누군가가 답한다. 난 살리아인 줄.

처음 댓글을 단 사람이 말한다. 내가 걔 여동생이랑 아는 사이인데, 아니야.

정말 슬픈 일이야. 우는 얼굴 이모티콘 세 개와 파란색 하트.

그 후로 내 꿈에 몇 주간이나 나온 건 힐끔거리던 탈리아의 눈이나 벙긋거리는 입이 아닌, 베스 도어티의 술병이었다. 꿈에서 난 그걸 숨기려고 술병을 찾아다녔다. 나는 커다란 바인더를 꺼냈다. 거기 있는 메모도 쓸모가 없었다.

관객들의 성화에 못 이겨 올린 공연이었다. 1년 전부터 아이들은 로스 선생님이 기숙사 당직을 설 때마다 공연 얘기를 꺼냈다. 브로드웨이 부흥기였던 1993년에는 공연을 본 적 없는 우리 같은 아이들도 거기에 나오는 노래 정도는 들었고 깊이 가슴골을 판 중세풍의 드레스와 키스신, 기막히게 좋은 솔로곡들에 대해 알고 있었다. 내게 그것은 성이 그려진 배경과 왕관, 바퀴 달린 나무를 의미했다. 육식성 실내 화초나 포드의 디럭스 컨버터블 자동차처럼 까다로운 무대 장치는 아니었다. 기자가 되고 싶어 하던 아이들에게는 무한히 이어지는 쉬운 은유를 의미했을 것이다. 숲속 왕국, 기숙 학교, 마녀 탈리아, 공주 탈리아, 순교자 탈리아. 이보다 더 낭만적일 수 있을까? 죽어서 영원히 그 자리에 머물러 있을 소녀만큼 완벽한 것이 또 있을까? 빈 슬레이트 같은 소녀. 스스로의 욕망에 훼손되지 않은 채 당신의 욕망만을 비쳐 주는 소녀. '소녀'라는 개념의 희생양이 된 소녀. 이른 나이에 스러질 것만 같은 모습으로 어릴 적 사진 속에 남아 있는 소녀. 삼류 사진작가조차도 그 소녀가 영원히 소녀인 채로 남아 있으리라는 것을 알았던 것만 같았다.

소녀는 죽은 채로 태어났다. 그 사실에 구경꾼, 관음증 환자, 범죄자까지 모두 열광했다.

인터넷과 TV에 나오는 것들, 그들은 그것들을 사랑한다.

그리고 그건 미스터 블로흐, 당신에게도 편리했을 것이다.

2.

이런 일이 일어날 가능성은 거의 없다고 생각했지만 2018년 1월, 나는 먼 옛날 맨체스터 공항에서 뻔질나게 잡아타던 추억의 블루캡 택시에 앉아 캠퍼스로 달려가고 있었다. 택시 기사는 종일 그랜비로 학생들을 실어 날랐다고 말했다.

"다들 어디 갔다 오나 봐요."

"연휴니까 집에 다녀왔겠죠."

안 그래도 긴가민가했는데 이제야 확실해졌다는 듯 그가 코웃음을 쳤다.

그러고는 그랜비에서 학생들을 가르치냐고 물었다. 잠시 그가 나를 학생으로 보지 않았다는 사실에 당황했다. 그러나 백미러에 비친 나는 눈가에 주름이 잡힌 점잖은 어른의 모습을 하고 있었다. 나는 그건 아니고 2주짜리 과정을 가르치러 왔다고 말했다. 나 역시 그랜비에 다녔고, 지금 달리는 이 길이 옛 노래처럼 익숙하다는 말은 하지 않았다. 이런 사소한 대화에서 그런 자세한 이야기까지 할 필요는 없을 것 같았다. 응석받이 아이들이나 부릴 법한 어리광 같은 것으로 들릴까 봐 미니학기가 뭔지도 설명하지 않았다.

나를 다시 불러들인 건 프랜의 생각이었다. 프랜은 외국에서 대학과 대학원을 마치고 역사를 가르치기 위해 그랜비로 돌아온 후 이곳을 벗어난 적이 거의 없었다. 그녀의 아내는 입학처에서 일하고, 두 사람은 아들들과 함께 캠퍼스 안에서 산다.

택시 기사는 자기 이름이 '리'라면서, '그랜비에 다니는 아이들의 할아버지들이 그 학교에 다닐' 적부터 학생들을 태웠다고 말했다. 그러면서 혈연을 통해서만 들어갈 수 있는 학교라고 설명했다. 완전히 틀린 얘기라고 말하고 싶었지만, 내가 외지인이라는 오해를 바로잡을 기회는 이미 한참 전에 지나갔다. 그는 '여기 애들은 당신이 상상도 못할 문제들을 일으킨다'며 '몇 년 전'「롤링 스톤」에 실린 기사를 읽었냐고 물었다. 그 기사(「자유가 아니면 죽음을: 뉴햄프셔의 명문 기숙 학교에서 일어난 음주, 마약, 익사 사건」)는 1996년에 보도되었다. 그랬다, 우리 모두 그 기사를 읽었다. 우리는 대학 기숙사에서 이메일로 그 기사 이야기를 주고받으며 오류와 억측에 대해 분통을 터뜨렸다. 9년 후 심층 보도 프로그램인 「데이트라인」이 모든 걸 다시 끄집어냈을 때도 마찬가지로 문자를 주고받았다.

"학교가 애들을 전혀 관리하지 않는다니까. 그나마 우버를 금지하는 교칙이 있어서 다행이에요."

"재밌네요, 저는 반대로 들었거든요. 학생 관리에 대해서 말이에요."

"그야 뭐, 저 사람들이 거짓말을 하는 거겠죠. 애들을 가르칠 선생을 모셔 오려면 무슨 말이든 해야 할 테니까."

졸업 후 약 23년 동안 내가 그랜비로 돌아간 건 딱 세 번이다. 뉴욕에 살 때 첫 동창회가 열려서 한 시간 정도 들렀다. 2008년에는 오래된 예배당에서 열린 프랜과 앤의 결혼식에 참석했다. 그리고 2013년 7월에는 버몬트에 며칠 있다가 프랜과 앤의 첫 아이를 보러 왔다. 그게 다였다. 10주년과 15주년과 20주년 동창회에는 불참했고, LA 졸업생 모임도 모르는 척했다. 「카멜롯」 비디오가 수면으로 올라오기 전까지는 그랬다. 프랜이 그 후에 만들어진 그룹 대화방에 나를 초대했고, 뮤지컬 공연을 올리던 시절을 떠올리며 나는 진심으로 향수에 젖어 들었다. 2020년에 열릴 동창회가 기대되었던 것도 같다. 2020년은 학교가 창립된 지 200년이 되는 해이자 25주년 동창회가 열리는 해였다. 그러던 중에 초대장이 날아왔다.

야하브가 겨우 두 시간 거리에 있는 보스턴 대학교 로스쿨에서 학생들을 가르치고 있다는 것도 좋은 점이었다. 멀리 떨어져 있음에도 나와 야하브는 불륜 관계를 오랫동안 질질 끌어 왔다. 야하브는 이스라엘 사람 특유의 억양에 키가 크고 명석하며 신경질적이었다. 우리는 얼굴 보자고 비행기를 탈 정도의 관계는 아니었다. 하지만 나는 어느새 그와 가까운 곳에 있었다.

또 확인하고 싶은 게 있기도 했다. 긴장되고 청소년기에나 겪을 법한 일종의 공황이 몰려오긴 했지만, 내가 그랜비에서 구부정하게 교정을 걷던 어린 나와 대면할 준비가 되었는지 알고 싶었다. LA에서도 내가 성공했다는 것은 머리로만 알았다. 나는 호평 일색인 팟캐스트를 진행하는 대학교수이며, 시장 재료들로 한 끼 식사를 뚝딱 만들어 내고 시의적절한 차림으로 아이들을 학교에 데려다줄 수 있는 여성이었다. 하지만 일상에서는 내가 얼마나 멀리 왔는지를 체감할 수 없었다. 그랜비라면 그걸 제대로 실감할 수 있으리라고 생각했다.

그러니까 거기에는 돈과 남자, 내 자아가 있었다. 그리고 이 모든 것의 밑바닥에는 탈리아가 너무 낮아서 들리지 않는 음처럼 도사리고 있었다. 영상을 본 후로 줄곧 어딘가가 살짝 어긋난 느낌이 들었다.

이유가 뭐가 되었든 나는 그들의 요청을 수락했다. 그리고 지금은 리의 택시 뒷좌석에 벨트를 매고 앉아서 제한 속도를 한참 웃도는 속도로 캠퍼스를 향해 달리고 있었다.

"학생들한테 뭘 가르치는데요, 셰익스피어 같은 거?"

나는 두 과목을 가르칠 예정으로 하나는 팟캐스팅이고 다른 하나는 영화학이라고 설명했다.

"영화학! 영화를 보고 만들고 하는 거 말이죠?"

어떻게 대답해도 리는 나와 학교를 더 나쁘게만 생각할 것 같았다. "영화의 역사를 가르쳐요." 옳지만 불완전한 대답이었다. 최근까지 UCLA에서 영화학을 가르쳤다고 덧붙이자 화제가 브루인스 미식축구팀으로 직행했다. 이전에도 비슷한 수법을 쓴 적이 있었다. 그가 혼자 떠드는 동안 나는 큰 소리로 맞장구를 쳤다. 이제 20분 후면 목적지에 도착할 테고, 그사이 그가 팟캐스트에 관해 묻거나 남자랍시고 쿠엔틴 타란티노에 대해 가르치려 들 확률은 낮았다.

학교가 나를 초빙한 이유는 영화 수업이었지만 나는 자진해서 두 배로 일하겠다고 제안했다. 돈을 두 배로 벌 수 있고 무엇보다 가만히 앉아 있는 법을 몰라서였다. 2주 동안 아이들을 두고 숲으로 들어가는데 빈둥거리고 싶지 않았다. 계속해서 바쁘게 살려는 욕구는 내가 지닌 고기능 불안의 증상이자 성공의 열쇠였다.

당시 내가 진행했던 팟캐스트 「스탈렛 피버」는 일련의 영화 속 여성들의 역사, 즉 영화 산업이 여자들의 단물만 쏙 빼먹는 방식을 다뤘다. 「스탈렛 피버」는 나름 잘나갔고 다양한 다운로드 순위에서 상위권을 차지했다. 돈도 조금 벌었고, 가끔 유명인이 인터뷰에서 우리를 언급하는 짜릿한 기분도 맛봤다. 그 덕에 같이 팟캐스트를 진행했던 랜스는 조경 일을 관두었고, 나도 UCLA가 던져 주는 자잘한 일감을 거절할 수 있었다. 우리가 책을 내고 싶어 할 경우 관련 업무를 대행해 줄 출판 에이전시도 두서너 곳 있었다. 우리는 리타 헤이워드를 주제로 한 다음 시즌을 준비하느라 여념이 없었지만, 그런 자료 조사는 어디서든 할 수 있었다.

앞에 다른 블루캡 택시 한 대가 뒷좌석에 아이 둘을 태우고 9번 도로를 달리고 있었다. 리가 말했다. "저기, 쟤들도 선생네 학생일 거예요. 이 근처 사는 애들은 한 명도 없거든. 심지어 국적도 제각각이라니까. 오늘 아침에는 중국에서 돌아온 여자애들을 태워다 줬는데 한마디도 안 하더라고. 영어를 못하는데 수업은 어떻게 듣는 거래요?"

리가 더 노골적으로 인종 차별을 드러내기 전에 나는 전화를 받는 척했다.

"게리!" 나는 빈 수화기에 대고 그렇게 말한 다음 얼어붙은 숲이 흐릿하게 지나가는 10분 동안 일정한 간격을 두고 '으흠'과 '오케이'를 연발했다. 하지만 리의 방해가 없으니 오히려 줄곧 모르는 척했던 긴 장감이 고스란히 밀려왔다. 숲에 집어삼켜지는 느낌이었다. 작고 하얀 연합 교회가 나타났다. 나는 항시 그걸 학교에 곧 도착한다는 신호로 여겼다. 좁은 길로 들어서자 몸속 깊이 남아 있던 감각이 되살아났다.

그와 함께 1991년 처음 그랜비에 갈 때 입었던 과하게 긴 청반바지와 줄무늬 탱크 톱이 떠올랐다. 우리 반에 뉴햄프셔 출신이 거의 없다는 걸 모르고 뉴햄프셔 애들이 사투리를 쓸지 궁금해했던 것도 기억났다. 이 얘기를 리에게나 전화에 하고 싶은 걸 간신히 참았다.

당시 함께 살았던 로브슨 부부가 인디애나에서부터 나를 태워다 줬다. 이튿날 아침에 일어나 한 시간만 더 달리면 도착이었다. 나는 뒷좌석 창문으로 얼굴을 내밀고 거센 바람을 맞으며 달력 그림처럼 어여쁜 농지와 안이 들여다보이지 않는 녹색 벽 같은 숲을 바라보았다. 사방에서 익숙한 거름 냄새가 나더니 갑자기 소나무 냄새가 났다. "밖에서 방향제 냄새가 나요!" 내가 무슨 신이 난 아이 같았는지 로브슨 부부가 호응해 줬다. "방향제 냄새가 나는구나!" 세번 로브슨이 내 말을 따라 하며 기분 좋게 핸들을 쳤다.

캠퍼스에서의 첫날, 숲이 얼마나 빽빽한지 믿을 수가 없었다. 흙바닥에도 바위, 통나무, 솔잎, 이끼가 빼곡하게 깔려 있었다. 항상 발밑을 조심해야 했다. 인디애나에서 본 숲이라고는 쭉 늘어선 주택 사이나 주유소 뒤편에 있고, 반대편으로 걸어 나갈 수 있는 것들이었다. 거기에는 담배꽁초와 음료수 캔이 버려져 있었다. 내가 어린 시절 동화를 들으며 상상한 숲은 그런 곳이었다. 하지만 그제야 비로소 원시림과 실종된 아이들, 감춰진 은신처에 관한 이야기가 이해되었다. 바로 '이게' 숲이었다.

밖을 내다보니 옛 비디오 가게 자리에 그랜비 우체국이 있었다. 서클 케이 주유소는 여전했지만 그런 걸 보고 향수에 젖어 들기는 어려웠다. 이곳은 아드레날린이 넘실대는 캠퍼스의 거리였다. 나는 게리에게 좋은 하루를 빌며 거짓 통화를 마쳤다.

이곳에서 처음 겪은 11월, 나뭇잎이 떨어지자 나는 드디어 나무 사이로 주택과 빌딩이 보이겠다고 생각했다. 하지만 아니었다. 헐벗은 가지 뒤에 더 많은 헐벗은 가지가 있을 뿐이었다. 그 뒤로는 더 많은 가지들이 이어졌다.

밤에는 올빼미들이 모습을 드러냈다. 가끔 쓰레기봉투 수거함이 잠겨 있지 않으면 흑곰들이 파티 선물을 열어 보듯 쓰레기봉투를 모조리 꺼내서 온 캠퍼스에 질질 끌고 다녔다.

우리를 앞서가던 택시는 갈림길에서 남자 기숙사로 향했지만 리는 캠퍼스를 안내해 주려는 듯 로어 캠퍼스를 빙 둘러 가는 먼 우회로를 택했다. 내가 할 수 있는 일은 점잖게 경청하는 것뿐이었다.

"강 위 어퍼 캠퍼스의 멋드러진 새 건물에 내려 드리죠. 하지만 이 아래는 17세기쯤인가로 거슬러 올라갈 만큼 오래됐죠."

정확히는 1820년대이지만 정정하지 않았다. 오후가 반쯤 지나 있었고, 학교 식당에서 터벅터벅 걸어 나온 아이들 몇 명이 추위에 등을 한껏 구부린 채로 안뜰을 가로질렀다.

리가 원래 학교 건물과 사춘기 시골 소년들이 한겨울을 나던 기숙사, 오래전 미혼 교사들이 고독한 삶을 보내던 오두막집, 옛 예배당과 새 예배당(지금은 둘 다 예배당이 아니고 믿기 힘들 정도로 낡았다), 교장의 사택을 하나하나 가리키며 알려 주었다. 그는 새뮤얼 그랜비의 동상을 가리키며 또 잘못 설명했다. "저 사람이 교실 하나로 학교를 시작했지."

학생 시절에는 새뮤얼 그랜비의 동상을 지나기 전에 꼭 그의 발을 문지르는 것이 나만의 관례였다. 공중전화를 지나기 전에는 꼭 수화기의 위아래를 뒤집어 놓았다. 믿기 어렵겠지만 나로서는 무척 재치 있고 반항적인 행동이었다.

마침내 리가 어퍼 캠퍼스 뒤로 돌아가 차를 세웠다. 나는 차 문을 열고 추위의 장막 안으로 들어섰다. 택시비를 건네자 그는 마치 그게 선택 사항이라는 듯, 만물이 얼음과 소금 안에 갇히는 한겨울의 심연을 부정이라도 하듯, 내게 따뜻하게 지내라고 말했다. 변함없는 건물들과 동쪽 수목 한계선 위로 솟은 하얀 산마루의 가느다란 능선을 보고 있자니 그곳이 극저온으로 보존되어 왔음을 쉬 짐작할 수 있었다.

프랜이 소파를 내어 주겠다고 했지만("그러니까, 개도 한 마리 있고 제이콥은 늘 기차 화통을 삶아 먹은 것처럼 시끄럽고 맥스는 아직도 통 잠을 자지 않지만 말이야.") 그건 진짜 초대라기보다 형식적인 제스처에 가까웠다. 나는 손님용 숙소 두 곳 중 한 곳에서 지내기로 했다. 골짜기 바로 위에 자리한 작은 집으로 예전에 사무실로 썼던 곳이었다. 층마다 침실과 욕실이 있고 아래층에는 공용 식당이 있었다. 그리고 온 집 안에서 표백제 냄새가 났다.

나는 짐을 풀면서 스웨터가 부족할까 봐 걱정하다가 하필이면 그랜비의 공중전화를 떠올렸다.

상상해 봐라. (기억을 떠올리든지.) 열다섯, 열여섯 무렵의 나는 무대 뒤가 아닌 곳에서도 늘 까만 옷을 입고 닥터 마틴 부츠를 단단히 조여 매고 다녔다. 양배추 인형 같은 얼굴에 까맣고 성긴 머리카락을 술처럼 둘렀다. 아이라인은 두껍게 그렸고 내복으로 무장한 채, 공중전화 옆을 지나면 보지도 않고 수화기를 집어 휙 뒤집어 놨다.

초창기에는 그랬지만 11학년이 되면서는 수화기를 들고 번호 하나를 누른 뒤 소리를 들어 본 후에야 지나갔는데, 그렇게 하면 잡음이 끼긴 했어도 다른 사람의 대화를 엿들을 수 있는 곳이 적어도 하나는 있었다. 그 사실을 처음 알게 된 것은 기숙사 입실 시간인 10시보다 늦어도 괜찮은지 물어보려고 체육관 로비에서 기숙사로 전화를 걸었을 때였다. 번호 하나를 누르자 뭔가에 막힌 듯 아득하고 평소의 반밖에 안 되는 크기로 자기 엄마에게 중간고사에 대해 불평하는 남자애 목소리가 들렸다. 그 애 엄마는 알레르기 주사를 맞았냐고 물었다. 그는 향수병에 걸린 열두 살 아이처럼 칭얼거렸고, 나는 시간이 조금 지나고 나서야 그가 피부는 거칠어도 예쁜 여자 친구가 있는 하키 선수, 팀 부세라는 것을 알아차렸다. 강 건너에 있는 자기네 기숙사 식당 공중전화에서 전화를 건 게 분명했다. 어떤 원리로 이런 일이 발생하는지는 알 수 없었다. 언젠가 남편에게 이 얘기를 했더니 제롬은 고개를 저었다. "말도 안 돼." 내가 거짓말을 했거나 환청을 들었다고 생각하는 거냐고 따져 묻자 제롬은 차분히 대답했다. "내 말은 그냥 그런 일은 불가능하다는 거야."

나는 한 마디도 놓치고 싶지 않은 마음에 넋을 놓고 체육관 로비에 서 있었다. 하지만 결국은 기숙사 당직 선생님에게 전화를 걸었고, 학교 식당에 역사책을 두고 와서 캠퍼스 맞은편까지 뛰어 갔다 와야 하는데 10분 정도 늦어도 되는지 물었다. 안 된다는 말에 그러지는 못했다. 3분 안에 들어가야 했다. 나는 전화를 끊고 수화기를 다시 집어든 뒤 번호 하나를 눌러 보았다. 팀 부세의 목소리가 들려왔다. 마법이었다. 팀 부세는 물리 과목에서 낙제했다고 말했다. 나는 깜짝 놀랐다. 그렇게 그의 비밀 하나를 알게 되었다. 남에게 알려 줄 생각이 없었을 비밀을.

그 후로 나는 티끌만큼도 관심이 없던 팀 부세에게 홀딱 빠져 그를 곁눈질했다.

그 뒤 몇 달 동안 캠퍼스에 있는 모든 공중전화를 시험해 봤다. 체육관에서만 엿들을 수 있었으며, 그것도 누군가 운 좋게 바턴홀에 있는 공중전화(아마도 그중에서 딱 한 대)를 쓸 때만 일어나는 일이었다.

들리는 건 대부분 해석 불가한 웅얼거림뿐이었다. 한 번은 누가 피자를 주문하는 걸 들었다. 가끔은 한국어나 스페인어나 독일어가 들리기도 했다. 유나이티드 항공의 통화 대기음인 「랩소디 인 블루」가 들린 적도 있다. 가끔은 더 사적이고 흥미로운 이야기를 듣기도 했다. 어떤 아이는(누군지 알아내지는 못했다) 유월절에 집에 가더라도 앨런 이모네는 가지 않겠다고 했다. 또 어떤 아이는 여자 친구에게 그립다고, 아니, 정말로 그립다고, 다른 사람을 만나지도 않는다고, 널 사랑한다고, 왜 네가 그렇게 구는지 모르겠다고, 이제는 그러지 말라고, 자기가 그리워하는 걸 모르겠냐고 했다.

우리 삶에 초능력이 허락되는 경우는 극히 드물다. 이것은 내 초능력이었다. 나는 바턴홀의 소년들이 내게 직접 말하지 않은 사실들을 속속들이 꿰고 다녔다. 나는 호르헤 카르데나스가 슬플 때 술을 마시지 않는 이유가 그러다 알코올에 중독되면 아버지처럼 될까 봐서라는 걸 알고 있었다.

어느 날 수화기를 집어 들었다가 범죄와 관련된 이야기를 들었다면 좋았을 것이다. 누가 탈리아를 위협한다거나 아니면 당신에 관한 뭔가를.

그러나 그것은 그저 일종의 취미에 불과했다. 나는 누군가 신문을 모으듯 동기들에 대한 정보를 수집했다. 그 정보들로 내가 나보다는 그들과 더 비슷해지기를, 즉 덜 가난하고 덜 멍청하고 덜 촌스럽고 덜 취약해지기를 바랐다.

매년 여름에 나는 졸업 앨범을 집으로 가져가 그냥 아는 사이인지, 친한 사이인지, 짝사랑 대상인지에 따라 사진을 색깔로 표시했다. 여름의 고독에 깊이 빠져, 아는 사람 하나 없는 동네에 있는 몸서리치게 싫은 남의 집 침실로부터 잠깐만이라도 벗어나고 싶은 마음에 인명록에서 아는 아이들의 가족들을 찾아보며 그 아이들의 부모님 이름을 외우기도 했다.

그런다고 내가 특별해지지 않는다는 건 그때도 알고 있었다. 단지 내가 사소한 것들에 관심이 있었다는 걸 설명하려는 것이다. 나는 그런 정보들을 통제하기보다 소유하고 싶었다.

그리고 거기에 내 것은 거의 없었다.

3.

프랜과 앤의 늦은 저녁 식사 초대를 받은 나는 이번 출장을 위해 마련한 스노 부츠를 신고 로어 캠퍼스의 사우스브리지로 향했다. 기온은 영하 12도였고 눈은 밟아도 꺼지지 않을 만큼 단단했다. 아는 사람을 마주칠 수도 있겠다고 생각했지만, 바깥에 나온 생명체는 나뿐인 듯했다.

지난번 여기 왔을 때는 몇몇 곳만 갔다. 그때 나는 사우스브리지를 건너지 않고 곧장 학교 건물로 들어갔다. 나는 그랜비에 대한 꿈을 자주 꿨는데 그럴 때마다 사물들이 조금씩 이동해서 꿈과 기억의 차원이 어긋나 보였다. 예를 들면 꿈속에서는 어째서인지 새뮤얼 그랜비의 동상이 오르막길로 3미터쯤 이동해 있었다. 나는 옛 생각에 그 옆을 가까이 지나며 장갑 낀 손으로 그의 발을 만졌다.

그해 가을, 강의 제안을 수락하고 나서 변화가 꿈을 꾸었다. 마을을 가로질러 큰길이 나 있었고, 거기에 온갖 가게가 몰려 있었다. 잠에서 깼는데 이름이 기억나지 않아서 구글로 '그랜비 학교 지도'라고 검색해야 했다.

정답(크라운가(街)였다!) 외에 1995년 3월 당시의 상세한 캠퍼스 지도도 있었다. 사람들은 나름의 가설을 제시하고 점을 찍고 선을 그어 가며 숲을 통과하는 경로를 만들었다. 나는 탈리아의 사고 소식이 대중의 이목을 끈 것은 알았지만, 사람들이 그 사건에 어느 정도의 시간을 쏟아부었는지는 모르고 있었다.

온라인 토끼굴에 뛰어드는 것은 정신 건강에 좋지 않았다. (「카멜롯」 비디오를 본 날 밤, 나는 구글로 그랜비의 동창들과 선생님들을 찾아보고 익사에 관한 내용을 검색하고 「데이트라인」의 해당 회차 중 일부를 다시 시청했다. 결국 잠에서 깬 제롬이 눈을 맞추며 나를 멈춰 세우고는 감기약을 먹고 아침까지 누워 있으라고 했다.) 그래서 사람들이 무슨 말을 하는지 딱 한 시간만 읽어 보기로 했다.

토끼굴이라고 하면 땅 밑으로 곤두박질치는 앨리스를 떠올리겠지만, 내가 말하고자 하는 것은 끝없이 구부러지는 굴과 여러 갈래로 나뉘는 통로로 밀실 공포증을 유발하는 진짜 토끼굴이다. 나는 사람들의 뜨거운 관심에 흥분했다. 그들에게 탈리아는 여기저기에 공유된 사진 몇 장에서 본 얼굴이었고 미지의 인물이었다. 선플라워(90년대에 여성들에게 큰 인기를 끈 향수―옮긴이) 향을 풍기며 딸꾹질 같은 웃음소리를 내고 수류탄을 던지듯 침대에 몸을 날리던 소녀가 아니라.

나도 그 사람들만큼이나 만나 본 적 없는 사람들에 대한 관심이 많았다는 건 인정한다. 나는 주디 갈랜드(「오즈의 마법사」 등에 출연한 할리우드의 유명 배우로 약물 과다 복용으로 사망했다―옮긴이)와 내털리 우드(1981년 외딴 섬에서 의문의 익사체로 발견된 할리우드의 배우―옮긴이), 블랙 달리아 사건(1947년 1월 미국에서 당시 22세인 엘리자베스 쇼트가 잔인하게 살해당한 채로 공원에서 발견된 미제 사건―옮긴이)에 관심이 있다. 나는 버지니아 대학에서 전 애인에게 살해당한 라크로스 선수, 사건 당일 남자 친구가 일하던 안경점에 출근하지 않았다는 게 확인된 소녀, 모두가 잠든 사이에 셰이커하이츠시(市)의 남자 친구네 뒷마당에서 살해당한 여고생, 가엾은 마사 목슬리(케네디가(家)의 마이클 스케이클은 1975년 그녀를 살해한 혐의로 11년을 복역했지만 끝내 보석으로 풀려났다―옮긴이), 호텔 엘리베이터에서 살해된 여성, 백인 여성들의 와인 파티에 유일한 흑인으로 참석했다가 잔디 위에서 시신으로 발견된 여성, 유명 인사인 남자 친구의 총격을 받아(그는 그녀를 도둑으로 오인했다고 주장했다) 욕실 문 너머에서 사망한 여성에 관심이 있다. 자격은 없지만 나는 그들의 죽음에 대해 나름 의견을 가지고 있다. 동시에 나는 그들이 공공재가 되어 집단의 상상력에 시달리는 방식에 역겨움을 느낀다. 내가 오래도록 곱씹는 죽음의 당사자인 여성들이 대부분 아름답고 부유하다는 사실에 역겨움을 느낀다. 어린 희생양을 선호하는 우리의 취향이 반영되어 그 피해자들 대부분이 어리다는 사실과 이런 집착이 나 혼자만의 것이 아니라는 사실 역시 역겹기는 마찬가지다.

프랜과 앤의 높은 근무 연차는 두 사람의 거주지가 기숙사 아파트에서 정문 옆에 있는 세 채의 석조 고택 중 한 곳으로 승격되었음을 의미했다. 블루캡을 불러 와인 가게에 들렀다 온다는 걸 깜빡해서 빈

손이라는 사실에 불편해하며 초인종을 누르니 두 사람의 아들 제이 콥이 문을 열었다. 그 틈에 골든리트리버가 뛰쳐나와 허벅지를 때리며 청바지에 침을 흘렸다.

프랜은 기억해야 마땅한 사람이니 당신이 꼭 기억하기를 바란다. 프랜 호프눙. 지금은 아내와 성을 합쳐 호프바트이지만. 적어도 호프눙 가족은 기억해야 한다. 뎁 호프눙은 영어를 가르쳤고 샘 호프눙은 수학을 가르쳤으며, 프랜과 세 언니는 가파른 지붕이 우스꽝스러운 여자 기숙사인 싱어베어드의 전면에 딸린 아파트에서 자랐다. 그녀는 쇼 프로그램 진행자만큼 시끄러웠고, 늘 머리를 분홍색이나 보라색으로 염색했다. 지금은 회색이 몇 가닥 섞인 갈색 머리인데 어째서인지 분홍색 머리를 하고 다니던 시절만큼 멋져 보인다.

두 엄마와 포옹을 하고 나니 제이콥이 철 지난 크리스마스트리를 보고 감탄해 달라는 듯 눈치를 보냈다. 트리는 프랜과 앤이 어릴 때부터 써 온 크고 오래된 색색의 전구와 드문드문 달린 장식품들(색칠된 스누피의 개집, 앤의 이름이 새겨진 작은 은잔, 자수 올빼미)로 꾸며져 있었다. 그리고 누가 봐도 최근에 추가된 것이 하나 있었는데 레이스 목장식을 한 루스 베이더 긴즈버그, 일명 RBG(진보의 아이콘으로 불리던 미국 전 연방대법관으로 27년간 성평등과 소수자를 위한 판결을 이끌었다—옮긴이)의 피규어였다.

벌건 얼굴로 산통에 괴로워하던 갓난아기 제이콥은 어느덧 다섯 살이 다 되었고, 인터넷으로만 본 두 살배기 남동생은 비틀거리며 내 다리 위에서 기차놀이를 했다. 앤이 아이패드로 「퍼피 구조대」를 보여 주며 아이들을 구슬린 뒤 우리에게 비건 타코를 만들어 줬다. 나는 내가 늘 너무 적게 먹는다고 걱정하는 프랜을 위해 평소보다 더 많이 먹었다. 프랜이 마가리타를 한 병 가득 만들었고, 우리는 음식과 어울리지는 않지만 따뜻한 지역에서 온 밥 말리의 음악을 들었다. 날이 엄청 추워져서 그런지 프랜은 내가 LA에서 왔다는 사실을 쉽게 넘기지 못했다. "넌 나를 원망할 거야. 난 마르지 않는 죄책감의 웅덩이가 되겠지."

나는 말했다. "얼어붙은 죄책감의 웅덩이겠지. 죄책감의 작은 스케이트장이랄까."

앤이 양말이나 담요가 더 필요한지, 또 필요한 건 없는지 물었다.

"스웨터 두어 벌 정도? 실내도 춥다는 걸 깜빡했어요."

내 말에 앤이 종종걸음으로 사라지더니 스웨터와 맨투맨 티셔츠, 녹색과 금색 무늬의 그랜비 잠옷 바지를 담은 재활용 장바구니를 가지고 돌아왔다.

프랜은 3년 연속으로 베트남 전쟁을 가르쳤고 올해는 미니학기 없이 '전문성을 개발할' 차례였다. 그 말인즉, 책 좀 읽고 이메일이나 확인하면서 나와 술을 마실 거라는 뜻이었다. "매일 밤 오지는 않아도 돼. 네가 들르지 않으면 그냥 숙소에 누워서 궁상맞게 주야장천 포르노를 보거나 일 생각이나 하고 있겠거니 할게." 프랜은 수요일에 기숙사 당직을 서야 하지만 '격주에 한 번'뿐이라며 덧붙였다. "1995년도처럼 파티를 해야지."

"지마(도수가 낮은 일본 칵테일로 술을 처음 마시는 미국인들에게 인기를 끔―옮긴이)랑 스낵웰(미국의 과자 회사로 다이어트 식품이나 저열량 과자를 파는 것으로 유명함―옮긴이)은?"

"난 새시매거진(10대 소녀들을 위한 잡지―옮긴이)이랑 미지근한 내 티 라이트(저칼로리 맥주―옮긴이)를 생각하고 있었어."

나는 '성적을 매겨야 한다'며 몸을 사렸지만 프랜은 나를 더 설득할 필요가 없다는 것을 알고 있었다.

"적어도 사흘에 한 번이야. 그리고 이번 주 금요일에는 파티가 있으니까 꼭 와야 해. 다들 널 보고 싶어 해. 지금이 미니학기 중반이니까 '미디미니'인 거지. 너도 알겠지만."

"여기에 말장난이 빠질 수 없죠." 앤이 말했다.

곱슬곱슬한 긴 금발을 가진 육상선수 같은 앤과 있으면 프랜은 상대적으로 땅딸막해 보였다. 앤은 가을에는 크로스컨트리, 봄에는 육상을 지도했으며 일상에서는 프랜을 위한 청중과 조연, 매니저의 역할을 완벽히 수행했다. 프랜은 파티에 필요한 아이디어를 스무 개쯤 가지고 있었을 것이다. 프랜이 플레이리스트를 만드는 동안 앤은 피자를 주문하고 얼음을 사 오고 거실을 청소하는 사람이었다. 두 사람은 그랜비에서 만났고, 앤이 여기서 일을 시작했을 때 프랜은 잠시 기숙 학교라는 세상을 떠나 타지 생활을 했다. 프랜이 돌아오자 모두가 두 친구를 엮어 주려고 난리였지만 그들은 한사코 거절하며 애인을 만들지 못하는 서로를 위로했다. 그러던 중에 보스턴까지 동행하며 긴 주말을 보냈고 결국 연인이 되어 돌아왔다.

앤이 조용히 하면 목욕은 건너뛰겠다고 타이르며 아이들을 침실로 데려가자 프랜이 기다렸다는 듯 테이블 위로 상체를 쭉 내밀고 말했다. "다 털어놔 봐."

제롬을 두고 하는 말이었다. 몇 주 전에 이메일을 주고받으면서 제롬이 집을 나가 옆집에 살고 있다고 말했다. 프랜은 왜 일찍 알리지 않았는지를 비롯해 모든 걸 알고 싶어 했다. 나는 말했다. "법적으로는 여전히 부부야. 우리 할머니 할아버지가 생각하던 그런 부부가 아닐 뿐이지." 일이 너무 천천히 진행되었다 보니 SNS로 알리거나 오랜 친구들에게 문자를 돌릴 생각은 하지 못했다.

"둘 다 힘든 시기를 보냈어." 2년 전 일이고 당시 다섯 살, 세 살이던 아이들이 늘 함께한 것이 스트레스에 한몫했다는 사실은 생략했다. 우리는 내가 제롬에게 잘못된 방식으로 잘못된 말을 한다는 결론에 이르렀다. 그가 내게 한 말은 더 심했다. 우리는 서로에 대한 미움을 서서히 키웠고, 결국에는 이미 질려 버린 서로에게 부당하게 구속되어 있음을 깨달았다. "그리고 딱 그즈음에 시어머니가 입원하셨어. 그래서 어머님이 사시던 옆집으로 제롬이 들어간 거야." 화가인 그는 현실적인 이유로 그런 결정을 내렸다. 작은 방을 작업실로 사용하면 시내 작업실에 내던 임대료를 아낄 수 있다는 것이다. 우리가 한 주소로 계속 살며 결혼 생활을 유지할 수 있었던 이유는 세금 문제와 편의성도 컸지만, 솔직히 말하면 순전히 게을러서이기도 했다. 아이들이 두 집을 오갈 줄 알았는데 실제로는 제롬이 오가게 되었다. 예를 들어 내가 그랜비에 있는 동안 그는 이제는 내 차지가 된 오래된 부부 침대에서 자는 식이었다. 가끔은 내가 있을 때도 같이 잤는데, 그가 섹스를 잘하기도 했고 종일 얼굴을 맞대지 않으니 미워할 일도 없어서였다. 나는 사실 그를 무척 좋아했다. 아이들을 봐 주면 고마웠고, 한 침대에서 자면 옛날이 그리워졌고, 그의 데이트 얘기를 들으면 곤혹스러웠으며, 연애에 대해 조언을 해 달라고 찾아오면 으쓱해지는 동시에 반발심과 소유욕을 느꼈다. 그의 데이트 상대들은 모두 경계선 성격 장애에 미치광이였는데 그게 그의 탓인지 아니면 내 탓인지는 알 수 없었다.

프랜이 말했다. "나도 네가 사람을 절대 포기하지 않아서 좋아하기는 하지만, 헤어졌다면서 계속 같은 집에 살고 있다는 건 좀 웃기다."

"뭐, 옆집이니까."

"그래서 결론은 혼자라는 거지?"

"엄밀히 말하면 그렇지. 결혼한 상태여도 혼자 사니까."

"내 결혼 생활이 네 결혼 생활보다 더 전통적이라는 게 재밌는걸."

괜히 일을 그르칠까 봐 야하브 얘기는 하지 않았다. 야하브는 토끼처럼 겁이 많고 종잡을 수 없는 이스라엘 미남이라서 곧장 차를 몰고 이리로 올 수도 있지만 영원히 숲으로 사라질 수도 있었다. 나는 그날 오후 공항에서 그에게 문자를 날렸다. '경고했다시피 뉴잉글랜드에 쳐들어왔어.' 그는 답장으로 느낌표 하나만 달랑 보냈다.

제롬과 갈라선 무렵에는 그와 잠자리를 같이하는 사이가 아니었지만, 당시 우리의 우정은 이 세상이 나한테 질리지 않았고 모두가 날씨를 내 탓으로 돌리지 않는다는 걸 상기시키는 고마운 신호였다. 야하브의 손은 크고 따뜻했다. 면도를 안 해서 덥수룩하게 자란 까만 수염이 턱과 목을 뒤덮고 있어서 빛보다는 어둠이, 별보다는 밤하늘이 더 어울렸다. 앤이 돌아오고 새 술을 따르면서 저녁 시간은 지나간 소문을 되짚는 시간이 되었다. (참, 다니 머할렉 기억나? 코를 뚫으려다가 엄청 심하게 감염됐던 애. 그래, 한 달 동안 집에서 요양했다니까. 개랑 실험실 짝꿍이었는데 난 아무것도 안 했고. 개는 날 미워했어. 나도 그랬고. 그랬던 애가 어쩌다 그렇게 된 거니? 내가 말 안 했나? 개, 루터교 목사가 됐어!)

앤의 응원하는 듯한 웃음과 당황해하며 던지는 질문에 우리는 대화를 계속 이어 나갔다. 그녀가 없었다면 우리는 아마 커트 성지 기억나느냐면서 얘기를 끝냈을 것이다. 하지만 앤이 그 자리에 있으니 (그리고 진심으로 서로를 위해서라도) 더 자세히 설명해야 했다. 우리는 11학년 때 커트 코베인을 위해 숲에다 정교한 성지를 만들었고, 그가 약물 남용으로 입원했을 때부터(3월 초라 두툼한 장갑을 끼고 잡지에서 잘라 낸 사진들을 언 나무에 압정으로 고정했다) 자살로 생을 마감한 4월까지 그곳을 보살폈다. 그즈음에는 다른 아이들도 성지에 대해 알고 있었고, 그의 시신이 발견된 다음 날 프랜과 나는 쪽지와 잡지 사진,

하트 풍선, 그리고 봄철 댄스파티에서 쓰고 남은 코르사주 같은 것이
나무에 붙어 있는 것을 보았다.

"우리는 커트를 정말 사랑했거든요." 말하고 나니 문득 프랜은 커트
를 좋아하지 않았을 수 있겠다는 생각이 들었다. "나는 그랬어요."

"아니, 나도 좋아했어." 프랜은 나보다 더 취해 있었다. "다만 사랑한
건 코트였지. 커트는 위장용이었고."

디저트로는 설탕에 졸인 바나나에 바닐라 아이스크림을 곁들였다.
앤은 스토브로 이런저런 것들을 만들고 바나나에 불을 붙여 달라는
우리의 요구를 무시할 만큼 맨정신이었다. 우리가 더 난해하고 자세
한 이야기로 파고들수록 그녀는 갈피를 잃으면서도 우리를 참아 주
었고, 모든 것이 더 우스꽝스러워졌다.

나는 늘 프랜의 곁에 있을 때 가장 재밌는 사람이었다. 적어도 프랜
은 나를 재밌다고 여겼다. 우리는 신입생 때 세계사 수업에서 만났다.
처음에는 아무 대화도 없이 관성에 이끌려 늘 앉는 자리에 가까이 앉
았다. 나는 9월 내내 친구를 사귀지 못하고 신입생들이 모인 긴 식탁
의 한쪽 구석에서 혼자 밥을 먹었다. 애들이 끼리끼리 어울리는 모습
을 보면서 곧 혼자가 되리라고 확신했다. 같은 학년에 일찌감치 천재
로 자리매김한 벤저민 스콧이라는 아이가 있었는데, 큰 키에 금발이
었고 박사 학위를 두어 개 따고 들어온 사람처럼 자꾸 우리가 모르
는 책에 대해 언급했다. 언젠가 교실에서 누가 벤저민을 죽인다던가
벤저민이 죽을 거라던가, 아무튼 그런 농담을 해서 나는 혼자 숨죽여
속삭였다. "이왕 죽을 거면 성적은 주고 갈래?" 이 말을 들은 사람은
프랜뿐이었다. 그녀가 낄낄거리며 주변을 둘러보더니 큰 소리로 말
했다. "그래, 벤지, 이왕 죽을 거면 성적은 주고 갈래?" 그리고 (기적처
럼!) 아이들이 웃어 대기 시작했다. 벤저민 스콧마저 소심한 미소를

보였다. 방과 후 프랜이 복도를 내달려 내게 다가왔다. "나 미워하지 마. 그냥 날려 버리기엔 너무 아까운 농담이라 그랬어."

그때부터 나는 평소라면 소리 내어 말하지도 않았을 혼잣말도 프랜이 들을 수 있게 신경을 썼다. 하지만 그 후로 그녀는 내 말을 따라 하는 대신 히죽거리거나 기침으로 웃음소리를 가렸다. 프랜이 하나뿐인 왼손잡이용 책상을 차지해 우리의 책상이 완전히 붙게 된 덕분에 쪽지를 주고받을 필요 없이 교과서의 빈 자리에 끄적이기만 하면 되었기 때문이다.

넌 대체 어디서 온 거냐? 한번은 이렇게 쓰길래 졸라 먼 촌구석에서라고 답했는데 그때는 그 정도의 기발함만으로도 아주 즐거웠다. 나를 그렇게 재밌게 여겨 주는 사람은 처음이었다. 그래서 한껏 취해버렸다.

프랜은 나와 점심시간이 다르고 부모님과 함께 살았으며 필드하키를 했던 반면, 나는 기숙사에서 살고 조정을 했기 때문에 우리가 교실 밖에서 친해지기까지는 시간이 꽤 걸렸다. 한번 친해지고 나서는 일사천리였다. 어느새 서로의 필체도 알아볼 수 있었다. 그녀는 중간고사를 앞두고 역사 공부를 한다며 내 방을 찾기 시작하더니 다른 과목들도 내 방에서 공부했다. 그때 그녀는 픽시즈(1980년대 말 미국에서 인디록의 부흥을 선도한 전설적인 밴드 — 옮긴이)도 모르냐며 고함을 질렀고, 그렇게 우리는 절친이 되었다.

우리는 그랜비에서 아무와도 사귀지 않았는데, 프랜은 뉴햄프셔에서 레즈비언은 자기뿐이라고 생각하는 벽장이었고, 나는 안 그래도 절벽에 간신히 매달려 있는 상황에서 거절당하고 망신당할 위험을 무릅쓰기가 병적으로 싫은 사람이었기 때문이었다. 나는 그랜비를 깨끗하고 온전한 상태로 유지해야 했다. 인디애나가 안 좋은 일이 일어나는 곳이라면 그랜비는 그 무엇도 나를 해칠 수 없는 곳이어야 했다. 뉴햄프셔에서 마음을 다치는 순간 모든 것이 통째로 부서질 것 같았다. 여름에 집으로 돌아가서는 남자들 몇 명과 데이트를 했다. 하지만 그랜비에서는 데이트는커녕 춤도 추지 않았다. 프랜은 매년 열리는 파티에 데려갈 짝이 없는 아이들을 잔뜩 끌어모았고, 나는 혹시라도 진지해 보일까 봐 드레스에 운동화를 신고 합류했다. 둘 다 데이트를 하지 않으니 남자 친구하고만 점심을 먹는다고 몇 달씩 멀어지는 일도 없었다. 서로가 지겨워지면 새로운 친구를 무리로 끌어들였다. 카를로타 프렌치, 제프 리슬러, 그리고 미국에 와서 첫 학기 내내 우리와 한 몸처럼 붙어 다닌 블랑카라는 폴란드 학생이 그랬다.

어째서인지 그날 밤 우리는 죽은 동창들을 나열하기 시작했다. 응당 진지해야 했지만(우리가 취했다는 걸 잊지 마라) 그날은 흔한 추억담의 한 자락에 불과했다.

우리보다 한 학년 위던 자크 후버는 이라크에서 헬기 추락으로 사망했다. 졸업 몇 주 전에 그랜비에서 도망친 푸자 샤르마는 2년 후 사라 로렌스 칼리지의 기숙사에서 약물 남용으로 사망했다. 켈란 테닉은 지난봄 호수 바닥에 가라앉은 자신의 차 안에서 발견되었다. 그는 이혼했고 알코올 중독자였으며 일반적인 관점에서는 끔찍한 삶을 살았다고 할 수 있다. 그랜비에서는 무척 행복하고 평범해 보이던 아이였다. 그는 빨간 머리칼을 휘날리며 라크로스 공을 향해 달려가곤 했다.

죽은 동창을 여덟 명까지 헤아렸을 때 프랜이 말했다. "12학년 때 죽은 세 명도 넣어야지."

"2차대전 같은 건 제외해야겠지." 나는 말했다. 대학생들을 생각하고 한 말이었다. 고등학생은 전쟁터에 나가지 않으니까. 나는 아마도 화제를 바꾸려고 그랬던 것 같다. 탈리아가 내 마음에 얼마나 자리 잡고 있었는지, 그리고 매주 팟캐스트에서 초창기 할리우드에서 죽거나 권리를 박탈당한 여성들과 그들을 낡은 영화 세트장처럼 내팽개치는 시스템에 대해 떠드는 일이 탈리아의 죽음을, 즉 그녀의 시신이 어떻게 버려졌고 그랜비가 그 난장판에서 어떻게 발을 뺐으며 그녀가 살인 사건으로 어떻게 공공재가 되었는지 되새기는 데 얼마나 도움이 되었는지는 프랜에게 말하지 않았다.

"잠깐." 앤은 벌써 싱크대에서 접시를 닦고 있었다. "전 학년을 통틀어서 세 명이 죽었다는 거예요? 아니면 그 학년에서만 세 명이 죽었다는 거예요?"

우리는 우리 학년만이라고 딱 잘라 말했다. "다른 학년에는 죽은 사람이 없었던 것 같아." 프랜이 덧붙였다. "세 명이 죽었는데 다 우리 반이었어."

"한 반이 몇 명인데 셋이 죽어? 120명쯤 됐던 거야? 말도 안 돼."

"둘은 같이 죽었어요." 나는 말했다. "졸업을 겨우 한 달 앞두고 남자애 둘이 술을 마시겠다고 차를 몰고 퀘벡까지 갔다가 돌아오는 길에 사고를 당했죠. 그리고 그보다 두어 달 전에는 탈리아 키스가 죽었고요."

"맙소사. 탈리아 얘기는 알고 있었지만 다른 애들은 몰랐어요. 정말 파란만장한 12학년이었네요."

"이상한 졸업식이었어요."

앤이 거품 낸 수세미를 들고 우리를 바라보는 동안, 어떤 이유에서인지 프랜과 나는 동시에 우스워하다가 금세 잊어버렸다.

4.

옛 예배당 탑에서 흘러나오는 불빛이 안뜰의 길고 기하학적인 눈
덩어리들을 비추며 그 너머로 그림자를 드리웠다. 너무 아름다워서
차마 밟을 수 없었다. 테킬라에 취해 더 아름다워 보였는지도 모른다.
학창 시절에는 이토록 눈에 매료된 적이 없었던 것 같다. 당시 겨울
에 대한 기억이라고는 대개 추위, 지독한 추위뿐이었다. 나는 학교 안
내 책자에 실린 스키팀과 설피를 신은 학생들의 사진을 보면서 겉만
번지르르한 연출일 거라고 생각했다. 그때는 인디애나 남부보다 훨
씬 더 길게, 훨씬 더 심하게 추울 수 있는 곳이 있다는 사실을 이해할
수 없었다. 이런 부수적인 운동이 스키어들(선수들은 물론 방학 때 스키
를 즐기며 자란 아이들 모두)을 우월한 종으로 만들어 그들이 학교 사회
를 지배하게 되는 현상도 이해할 수 없었다. 내 양말이 얼마나 얇은
지, 물려받은 외투가 얼마나 부적합한지도 이해할 수 없었다.
　나는 쿠치먼을 지났다. 가장 음침하고 지저분한 기숙사로 기억하고
있었는데 최근 새 단장을 한 모양이었다. 투광 조명을 받은 석조는
충격적일 정도로 깨끗해 보였고, 비상계단은 새로 설치해 윤이 났다.
입학했을 즈음 나는 낡고 녹슨 비상계단의 가장자리에 앉아 오후 햇
살을 받으며 평화롭게 공부를 하곤 했다. 남자 기숙사의 부속 시설물
꼭대기에 앉아 있는 건 좀 어색한 일이긴 했지만 당시에는 대수롭지
않은 것 같았다. 그해 늦은 가을, 바로 거기에서 도리언 컬러가 자기
를 스토킹하러 왔냐고 창문 밖으로 외쳤다. 걔는 그게 재미있기라도
했는지 그 후로도 3년 반 동안 그런 식으로 굴었다. 친구들 앞에서 늘
이렇게 말했다. "보디, 편지 받았는데 섬뜩하더라. 얘들아, 쟤가 내 살

코기를 얼마나 원하는지에 대해서 편지를 열 장이나 써서 보냈어. 내가 아니라 쟤가 한 말이라니까. 보디, 정신 차려." 프랑스어 수업에 내 의지와는 상관없이 몇 번 짝이 된 것 말고는 정말 아무것도 없었는데 말이다. 그는 이렇게 말하기도 했다. "보디, 우리 가족을 따라서 런던에 온 건 진짜 별로였어. 호텔 방에 있는데 침대 밑에서 막 신음이 들리고 온 사방에서 참치 냄새 같은 게 나서 봤더니 보디가 혼자 즐기고 있더라고."

대응할 여지를 주지 않는 농담이었다. 추파를 던진다고 그러는 건지, 아니면 내 위치가 자기보다 그만큼 낮다고 생각해 순전한 조롱으로 그런 건지 도무지 알 수가 없었다. 한 번은 "그래, 봄철 댄스파티에 같이 가 달라고 빌려고 네 창문으로 기어 올라갔다. 네가 승낙하지 않았으면 죽어 버렸을걸." 하며 동조하는 척도 해 봤지만, 그러면 그는 더 크게 웃으며 친구들에게 말할 뿐이었다. "봤지? 신고해야겠어! 맙소사, 보디, 이건 완전히 성희롱이라고."

사우스브리지를 반쯤 건너다 발이 미끄러져서 빙판에 고꾸라졌다. 턱이 나갈 줄 알았는데 팔꿈치와 팔뚝만 부딪혔다. 잠시 고개를 숙인 채 누워 있으니 머리가 띵하고 뼈가 흔들렸다. 본 사람이 없는데도 이상하게 수치스러웠다. 다 유년의 망령일 뿐인데.

그 일은 좀 바보 같은 이유로도 신경을 건드렸다. 나는 난공불락의 상태로 그랜비에 돌아와야 했다. 열다섯 살의 보디는 빙판에 넘어질 수 있다. 금이 가거나 깨질 수 있다. 술에 취해 커트 성지에서 하룻밤을 보내고 반쯤 언 채로 깨어나 죽을 뻔했다는 생각에 질겁하며 혹시 내가 일부러 그런 건 아니었는지 궁금해할 수 있다. 하지만 마흔 살의 보디는 일관적으로 행동하고 오랜 기간 몸과 마음을 통제해야 했다. 그리고 여기, 차갑고 단단한 바닥이 있었다. 여기서 미끄러지는 게 얼마나 쉬운지 일깨워 주려는 듯했다.

그 뒤로 나는 더 신중하게 행동했다. LA에 사는 응석받이 자아에 무게 중심을 낮춘 뒤 몸을 앞으로 살짝 기울이라고 재차 알려 줘야 했다. 그다음 휴대폰 조명을 켜고 살얼음판이 있는지 살폈다.

숙소 1층 현관문을 열고 들어가니 스키니진을 입은 청년이 뉴어크발 항공편이 지연되어 이제 막 도착했다며 자기는 2주간 웹디자인을 가르칠 거라고 했다. 그가 맥주를 건넸지만, 나는 대신 생수를 집어들고 조리대 위에 준비된 손님맞이용 과일 바구니에서 오렌지도 하나 챙겼다.

그는 이런 곳은 처음 본다면서 여기 아이들은 전부 천재 비슷한 거냐고 물었다.

"똑똑한 애들이죠." 전부 돈 많은 고아들이냐고 묻지 않는 게 다행이었다. "하지만 평범한 10대들이에요. 외국 아이들도 만나게 될 거예요. 좋은 학교가 없는 지역에서 온 미국 아이들도 있고요. 부모가 기숙 학교 출신이어서 자연스럽게 들어온 아이들이 많아요."

남자(이름을 벌써 까먹었다)가 눈을 깜박거렸다. 그리고 수제 맥주를 가슴 앞에 꽉 움켜쥐었다.

방학에 집으로 돌아가 브로드 런의 오랜 친구들을 만날 때면 그랜비에 대해 설명해 보려고 했다. 그곳을 고급스럽게 포장하는 것만은 피하고 싶었고, 그래서인지 무의식중에 교정 시설처럼 묘사했다. 꽤 많은 친구들이 내가 원치 않게 그곳으로 보내졌다고 믿었다.

"어린애들이 다니는 작은 인문대라고 생각하세요. 아니면 고등학교 다닐 때 우등반 있었죠? 그런 거라고 생각하면 돼요."

"하지만 숲속에 있잖아요." 그가 희미하게 웃으며 말했다. "숲에 있는 우등반이라니."

나는 우리 때는 미니학기가 없어서 방학이 끝나면 곧장 미적분 전 단계, 동사 결합, pH 농도로 꾸역꾸역 돌아가야 했다고 말했다. 여기 아이들은 겨울철 삼림학, 섬유 산업, 이상 심리학, 셰익스피어의 독백, 랩의 역사를 배웠다.

스키니진이 고개를 저었다. "제가 다니던 학교는 제2외국어도 선택할 수 없었어요. 무조건 스페인어였죠. 심지어 푸에르토리코에서 온 애들도 스페인어를 했다니까요."

나는 웃으며 말했다. "A 받기 쉬워서 좋았겠네요."

그랜비에 대한 내 감정이 얼마나 모호한지, 여기에서 얼마나 험난한 시기를 보냈는지를 솔직히 말할 수도 있었지만, 그때 정신이 살짝 들면서 방어적인 뭔가가 불쑥 끼어들었다. 이곳은 엘리트만을 위한 장소가 아니고 나 역시 엘리트가 아니었음을 증명해야 할 것 같은 그 익숙한 느낌이. 그래서 평소처럼 덧붙였다. "정말 좋은 학교예요. 여기에 장학생으로 입학하면서 인생이 바뀌었죠." 내가 살면서 누린 모든 특권 중에서 부를 제외하는 조심스러운 단어 선택에 주목하라. 엄밀히 따지면 장학생 얘기는 거짓말이었다.

"나는 물 밖으로 나온 물고기였어요. 하지만 그 덕에 인디애나의 작은 마을을 벗어나 전 세계 학생들이 모인 이곳에 올 수 있었죠. 사람들은 때로 기숙 학교가 잘 사는 백인 아이들 천지라고 생각하는데 그렇지 않아요." 윤이 나게 갈고닦아 온 이야기였다. 술에 취해도 줄줄이 읊을 수 있었다.

"제 말은 뭐냐면요, 진짜 푸에르토리코에서 온 애들이었다니까요. 푸에르토리코 애들이 스페인어 레벨 2 수업에서 뭘 배우겠어요? 가장 어려운 게 고작 레벨 2였어요. '나는 사과를 먹어야 한다.' 이런 거요. 레벨 2라니까요."

5.

이튿날 나는 침대(딱딱한 매트리스와 부드러운 베개)에 한참을 누워 여기가 어딘지, 어느 호텔인지를 기억해 내려 애썼다. 그러다 맞은편 벽에 걸린 옛 예배당의 흑백 사진을 보는 순간 그 답이 번뜩 떠올랐고, 잠시 후 멀리서 사진 속에 있는 바로 그 예배당에서 8시를 알리는 종소리가 들려왔다. 불과 두 시간 뒤면 수업 시작이었고 한 시간 뒤면 나를 관리 감독하는 언론학 선생님이 남은 절차를 마무리하기 위해 나를 들쳐 안고 인사과로 갈 예정이었다.

몸을 일으키니 숙취로 속이 울렁거렸다. 공교롭게도 내가 숙취를 처음 경험한 곳 역시 그랜비였다. 나는 물리학 수업 중에 복도로 나가 쓰레기통에 토악질을 했고, 보겔 선생님의 부축을 받아 양호실에 가서는 내 속을 빤히 꿰뚫고 있었을 양호 선생님 앞에서 식중독에 걸린 척 연기를 했다.

나는 제롬에게 문자를 보내 전날 미처 챙기지 못한 아이들의 안부를 물었다. 아이들은 내 출장에 너무 익숙해져서 조심히 다녀오세요! 같은 문자를 보내는 것도 잊은 지 오래였다.

그리고 야하브에게 혹시 전날 밤 내가 술에 취해 문자를 보냈냐고 묻자 아니라는 답이 돌아왔다. 나는 다시 문자를 보냈다. 이번 주에 만날까? 수요일 어때?

작은 욕실에 샤워기를 틀어 증기가 피어오르게 두고 이를 닦으니 숙취가 걷히기 시작했고, 그 뒤에는 긴장감만이 남았다. 수업 말고도 나를 긴장시키는 것이 또 하나 있었다. 수십 년이 지났는데도 나는 교외의 쇼핑몰에 들어갈 때면 10대 무리가 식당가를 두리번거리며 조롱할 사람을 찾을 것 같은 느낌을 받았다. 떨어진 호두에 머리를 맞은 개가 그 일이 있었던 장소를 무서워하듯 나는 그곳이 두려웠다. 가능성보다는 기억에 얽매여, 비이성적이고 본능적으로.

나는 가져온 옷 중에 가장 최신식인 바삭거리는 검은색 청바지와 빨간 스웨터를 입고 그해 가을에 온라인 스타일리스트가 골라 준 금팔찌를 찼다.

그랜비에서 맞이한 12학년 가을, 나는 프랜의 세 언니 중 한 명에게 제이크루의 긴 주름치마를 물려받아 잔뜩 신이 나 있었다. 옷 안에 있는 제이크루 상표가 내게는 아르마니만큼 멋졌다. 거기에 흰색 티셔츠와 매듭 팔찌를 걸치고 버켄스탁을 신었다. 살이 좀 빠진 데다(그해 체중이 너무 많이 줄었다) 이전과 달리 머리도 길어서 처음으로 내가 살짝 매력적으로 느껴졌다. 심지어 아이라인도 살짝 누그러뜨렸다. 안뜰을 가로지르는데 맞은편에서 걸어오던 두 학년 후배가 어린애 대하듯 새된 목소리로 말했다. "와, 나 그 치마 뭔지 알아! 8학년 때 유행하던 거잖아!" 실제로 2년쯤 된 치마였던 것 같다. 그래도 내가 입어 본 옷 중에는 가장 최신 스타일에 속했다. 차라리 시어스와 중고 매장에서 카탈로그나 할인 판매로 언제 적 것인지도 모르고 사는(그랜비 아이들은 본 적도 없을) 옷을 입는 게 더 안전했다.

손님용 숙소 밖에서 마주친 언론학 교사 페트라가 그랜비 재킷과 물 한 병, 그리고 교내 신문인 「센티넬」이 한 부 들어 있는 그랜비 토트백을 건넸다. 그녀는 유난히 키가 컸고 부드러운 독일식 억양을 가졌으며 짧고 세련된 금발이 왼쪽 눈을 가리고 있었다. 그녀는 내게 잘 잤는지, 커피가 필요한지 물었다.

나는 그녀와 함께 걸으며 기숙사 보수와 샌드위치 배달 옵션에 대한 검토, 전(前) 미술 교사가 제기한 소송에 관한 기사를 훑어보았다.

우리는 눈 녹은 진창길에서 나와 사우스브리지의 언 널빤지 위로 올라섰고, 나는 신문을 접어 넣은 뒤 맞은편에서 불어오는 얼음장 같은 공기가 얼굴 대신 모자를 때리도록 고개를 수그렸다. 마지막 남은 숙취가 추위에 날아갔다.

누가 등 뒤에서 우리를 부르길래 그녀가 쫓아올 때까지 기다렸다. 맙소사, 프리실라 선생님이 아직도 프랑스어를 가르치는 모양이었다. "보디 케인." 그녀가 말했다. "세상에. 정말 못 알아보겠다." 그리고 페트라에게 말했다. "얘 사진이 잡지에 실렸으니 망정이지." 그녀는 산책시키던 불독을 가리키며 브리짓이라고 소개했고, 나는 쪼그리고 앉아 그 유쾌한 동물의 몸을 긁어 주었다.

페트라가 말했다. "열여덟 살 때랑 사뭇 달라지셨나 보네요." 나는 새삼 독일식 억양은 질문인지 아닌지를 구분하기 어렵다는 것을 깨달았다.

"그럼요." 프리실라 선생님이 말했다. "물론, 졸업생들 대부분은 똑같거나 전보다 더 삭아 보이긴 하죠. 남자애들이 그렇잖아요. 그 사이에 너저분해진단 말이지. 하지만 넌 훨씬 더 예뻐 보인다, 보디! 머리색이 원래 그랬나?"

"네, 원래 머리예요." 직접 잘라서 지저분하고 싸구려 샴푸를 써서 상했던 것뿐이지 내 머리는 늘 검은색이었다.

"참, 팟캐스트 들었단다. 그때 옛 얼굴을 떠올렸던 것 같구나." 그녀가 페트라에게 말했다. "얼굴이 얼마나 작고 동글동글했는지 몰라요!"

반면 프리실라 선생님은 충격적일 정도로 그대로였다. 내가 그랜비에 있을 때 서른 살이었다면 이제 50대 초반일 텐데 중성적인 머리 모양과 키, 앙상한 골격은 그때와 똑같았다. 언제든 등산을 떠날 수 있는 옷차림도 여전했다.

그녀가 말했다. "보디는 우리가 늘 걱정하던 녀석이었어요. 졸업을 앞두고는 더 그랬죠. 그냥 눈에 밟히는 학생들 있잖아요. 그런데 이렇게 잘 자라서 성공한 걸 보세요."

프리실라 선생님이 아닌 브리짓과 눈높이를 맞추고 있어서 다행이었다. 브리짓이 얼굴을 핥았고, 나는 주름 져 작게 팬 미간을 바라보며 감탄했다. 거기에 여분의 사료를 숨겨 둘 수도 있을 것 같았다.

두 사람은 캠퍼스를 향해 걸으며 교내 신문에 실린 소송에 대해 논의했지만 내가 자세한 내용까지 파악하기는 어려웠다.

페트라가 내게 말했다. "그랜비는 늘 소송을 당해요. 이 나라에서는 다른 학교도 전부 마찬가지긴 하지만요."

"왜요?"

"말도 마." 프리실라 선생님이 말했다. "뭐든 걸고넘어진다니까. 대개는 가족이 소송한다고 협박해. 정학을 당했다, 성적이 떨어졌다, 방임했다, 애가 좋은 대학에 못 갔다, 감독이 애를 팀에 넣어 주지 않았다. 나도 내가 농담하는 거면 좋겠어. 학교에서 고용한 변호사들 있잖아? 다들 엄청 바빠."

"몰랐어요."

다리 밑 타이거윕 계곡은 눈 이불을 덮은 채 꽁꽁 얼어 있는 게 분명했다. 누군가의 부츠 자국이 비탈면 아래로 이어져 물의 흔적만 남은 계곡의 평평한 표면을 가로질렀다. (우리는 3학년 생물학 수업 시간에 라모스 선생님이 시키는 대로 저 비탈면에 앉아 열 가지 식물을 그렸다. 나는 엉덩이를 가릴 정도로 긴 스웨터를 입고 흙바닥에 앉아 옷을 더럽혔다.) 계곡의 얼음은 1.6킬로미터 떨어진 개울에서 더 성겨지고 덩어리지다가 못내 진창이 되어 코네티컷강으로 흘러들었다.

"캠퍼스가 많이 변했나요?" 페트라가 물었다.

프리실라 선생님이 대신 답했다. 평범한 대화를 나눌 기회가 있었다면 나는 그녀를 보고 엘비스 프레슬리의 전 아내인 프리실라를 떠올렸을 것 같았다. "보디 너만큼은 아니지! 잡지 표지에 실린 네 사진 봤을 때가 기억나. 그때 생각했어. 세상에, 얘가 어디서 뭔가를 해냈구나! 모든 아이를 이렇게 잘 기억하지는 못하지만 너는 내가 4년 내내 맡았으니까, 안 그러니?"

사실 9학년 담임은 그랜슨 선생님이었지만 잠자코 고개를 끄덕였다. 그때 그녀가 문득 다급히 물었다. "네가 여기 와 있으면 애들은 누가 보니?" 마치 내가 그런 세세한 부분은 간과했을 거라는 듯.

"애들 아빠가요."

"아, 잘됐네. 애들이 엄마 너무 보고 싶어 하겠다!"

브리짓이 무심히 숨을 헐떡였는데, 내 생각에 그 개는 혀를 집어넣은 적이 단 한순간도 없을 듯했다.

랜스와 「스탈렛 피버」 일로 출장을 다닐 때 사람들은 종종 내게 아이들은 어디에 있고, 내 빈자리를 아이들과 남편이 어떻게 느끼는지 물었지만, 아이가 셋이나 있는 랜스에게는 그런 걸 한 번도 묻지 않았다.

우리는 눈이 잿빛 얼음으로 다져진 로어 캠퍼스의 안뜰 보행로로 들어섰다.

프리실라 선생님이 말했다. "지금도 연락하는 사람이 있니?"

"동기들보다는 선생님들이랑 더 자주 많이 연락해요. 대개는 페이스북에서요."

"아, 페이스북, 핏." 프리실라 선생님은 별거 아니라는 듯 목줄이 없는 손을 휘저었다. "난 또 전화나 편지인 줄 알았네. 나는 매번 동창회에 나가. 내가 누구랑 크리스마스카드를 주고받는 줄 아니? 데니 블로흐와 그 사람의 아내야. 너도 오케스트라 단원이었지?" 그녀가 페트라에게 말했다. "얘가 거기서 플루트를 연주했거든요. 플루트 맞지?"

나는 말했다. "플루트 근처에도 못 가게 하셨잖아요. 무대 뒤에서 불던 걸 보셨나 봐요."

"아무튼 오케스트라였잖아!"

"아니요. 저는 그냥 걔들한테 조명을 비춰 주는 사람이었어요."

그녀가 말했다. "그 사람이 그 짧은 기간에 음악 프로그램을 바꿔 놨어. 지금도 탁월해. 남자애들한테 노래를 시키는 게 오죽 힘드니? 그래서 여자애들한테 테너를 맡겨야 했지."

그녀가 당신 이야기를 꺼냈다. 당신의 유령은 네 번째로 합류해서, 우리 셋과 함께 로어 캠퍼스를 가로질러 교사 휴게실로 향하고 있었다.

어릴 적 나는 강박적으로 누가 날 지켜보고 있다는 상상을 했다. 사실이 아닌 것도 알았고 병적으로 편집적이지도 않았지만, 3학년 담임 선생님이 내 주변은 볼 수 없더라도 내가 뭘 하는지는 속속들이 알 거라는 식이었다. 그래서 방바닥에 쓰레기가 널려 있어도 태연하게 걸어 다니면 내 방이 난장판이라는 건 그녀가 알 수 없을 거라고 생각했고, 칫솔질을 오래 하면 치약을 안 쓴다는 사실을 숨길 수 있을 거라고 생각했다. 이 습관은 성인이 된 후에도 불쑥불쑥 나타난다. 내가 어디에 있는지 믿을 수 없을 때, 혹은 외부로부터 나를 분리해야 할 때 특히 그렇다.

프리실라 선생님이 당신의 이름을 언급하자마자, 당신을 소환하자마자, 당신이 상상 속에서 나를 지켜보았다.

당신은 내가 교사 휴게실에서 가공 크림과 작은 녹색 통에서 꺼낸 스테비아를 커피에 넣는 것을 지켜보았다.

나는 아직 당신에게 분노하지 않았다. 그건 나중 일이다. 당신은 아직 한 사람의 관객에 불과했다.

우쭐하지 마라.

그때까지도 나는 당신의 흔적을 쫓아 그곳에 갔다는 걸, 당신의 대답을 원한다는 걸 깨닫지 못했다. 그러나 잠재의식은 재밌는 방식으로 문제를 풀어 간다.

6.

인사 업무를 마친 페트라가 나를 퀸시홀로 데려가더니 위층 복도로 휘몰았다. 복도 자체와 거무스름한 창턱에서 케케묵은 나무 냄새가 났다. 달라진 것은 3D 프린팅 연구실로 바뀐 암실과 디지털 급수기로 대체된 분수식 식수대뿐이었다. 한때 미술사 수업을 듣던 구석진 교실에서 팟캐스트 꿈나무 다섯 명이 나를 기다리고 있었다.

눈을 동그랗게 뜬 아이들은 천진한 아기인 양 더없이 사랑스러웠다. 키 크고 빼빼 마른 소년은 옆머리는 바짝 밀고 윗머리만 길게 남긴 촌스러운 머리에 데이비드 보위 셔츠를 입고 있었다. 보라색 머리에 낯빛이 창백한 소녀는 미국 영화계의 영부인으로 불리던 릴리언 기시 같았다. 다들 우리 때와는 사뭇 다른 방식으로 예뻤다. 심오한 정신 수준을 이야기하는 게 아니다. 몇 분 뒤에야 나는 피부와 치아가 다르다는 걸 깨달았다. 여드름 자국이 하나도 없었다. 교정기가 없는데도 치아가 곧고 가지런한 걸 보니 중학교 때 교정을 끝낸 모양이었다. 피부과 의사들과 교정 전문의들이 마침내 문제를 해결한 것이다.

다 같이 탁자에 둘러앉아 이름과 선호하는 인칭 대명사, 출생지, 포부를 이야기하는 중에도 그들의 젊음에서 눈을 뗄 수가 없었다. UCLA에서 가르치는 학생들과 다르게 정말 앳됐다. 한 아이(데이비드 보위 셔츠를 입은 소년은 가나와 아일랜드의 피가 반씩 섞인 코네티컷 출신의 패기만만한 11학년으로, 공영라디오에서 일하고 싶어 했다)를 제외하고는 전부 12학년이었는데 허여멀건 얼굴에 아직도 어린아이들 같았다.

미스터 블로흐, 당신은 이 아이들을 사랑했을 것이다. 손아귀에서 마음껏 주물렀을 것이다.

데이비드 보위 셔츠를 입은 아이의 이름은 올더('오리나무'라는 뜻의 '올더'와 같다고 본인이 직접 확인해 주었다)로, 재채기가 나올 때마다 연신 사과하며 자리에서 일어나 칠판 선반 위에 놓인 크리넥스를 뽑아 갔다. 그래서 크리넥스 상자를 통째로 건넸더니 몹시 당황한 표정을 지었다. "저는 1930년대와 관련된 걸 만들고 싶어요." 그가 말했다. 자기소개에 이어 다시 한 명씩 돌아가며 팟캐스트 아이디어를 즉흥적으로 이야기하고 있었다. "배경 자체를 1930년대로 하고 싶어요."

나는 그 전주에 학생들에게 이메일을 보내어 그랜비의 과거 또는 미래를 주제로 자유롭게 아이디어 회의를 하자고 공지했다. 그런 주제라면 취재 대상과 관련 자료에 접근하기도 쉬울 거라고 덧붙였다. 나 역시 비디오게임 팬 방송이나 흡혈귀 같은 소재를 피할 수 있었다. 그리고 아이디어 목록과 링크 몇 개를 첨부했다. 이전에 있던 체육관이 소실된 1940년 화재 사건. 학생 때 내가 빠져 있었던, 그랜비의 교사가 컨 카운티에 있는 자신의 아파트에서 약에 취한 남자 친구에게 살해당한 1975년 사건. 세기말의 10년 동안 부연 안개에 갇혀 있던 상황과 그로 인해 초래된 결과들. 최근 미식축구팀이 해체된 일.

AP 수업에 관한 논란. 그리고 1995년 탈리아 키스의 죽음.

당신이 그때 왜 탈리아를 넣었냐고 물었다면 나는 단지 아이들에게 생각할 기회를 주고 그랜비의 연대기에 다양한 관점을 부여하려 한 것뿐이라고 답했을 것이다. 나 역시 그땐 그렇게 믿었을 것이다.

올더가 말했다. "당시 팟캐스트가 구식 라디오 쇼와 팟캐스트의 과도기적 형태로 존재했다면 어땠을까가 콘셉트예요. 그래서 1930년대를 살아가는 그랜비 학생의 시점에서 제 삶에 대해 이야기하는 거죠. 저는 일단 그랜비의 유일한 흑인 학생이고 당시는 대공황 시대였으니까 루스벨트처럼……."

자밀라라는 소녀가 불쑥 끼어들었다. "연도를 정확히 해야지. 1930년과 1939년 사이에 엄청난 변화들이 있었잖아."

올더가 휴지를 뾰족하게 말아 쥐며 천천히 고개를 끄덕였다. "1938년. 1938년이고 나는 허공에 메시지를 보내면서 자기도 모르게 팟캐스트를 발명 중인 청소년인 거야."

"1938년이면 세계대전이……." 내가 입을 열자 올더가 탁자를 찰싹 내리치고 활짝 웃으며 나를 가리켰다.

"맞아요! 바로 그거예요!"

자밀라는 그랜비의 학자금 지원과 인종에 관한 시리즈물을 만들 계획이었다. 입학처에서 그런 주제를 두 팔 벌려 반길 리 없으니 험난한 작업이 될 게 뻔했지만, 자밀라는 단호했고 그 주제에 대해 잘 아는 것 같았다.

그 애들이 내가 쓴 이메일만이라도 읽고 오면 좋겠다고 생각했었다. 자료 조사에다 예비 주제까지 준비해 올 줄은 생각도 못 했다. 지원금을 확보했다고 해도 놀랍지 않을 정도였다. 머리가 보라색인 롤라는 성중립 대명사로 불렸고 코끼리 복지에 대해 긴 열변을 토했으며 시내 레스토랑의 직원들을 취재하고 싶어 했다. 다트머스 대학으로부터 입학 허가를 받았고, 스키를 즐겨 탄다는 과묵한 알리사 버킷은 아자렛 게이지 그랜비의 복잡한 유산에 대해 다루기로 했다.

난색을 표한 사람은 브릿뿐이었다. 긴 연갈색 머리를 가진 진지한 분위기의 소녀로, 내 때였다면 사랑받고 큰 전형적인 아이의 모습을 (느슨한 캐시미어 스웨터와 귀여운 청바지를 입고 축복받은 광대뼈를 타고난) 하고 있었다. 하지만 손목에는 이집트 십자가 문신이 새겨져 있었고 처음 둘러앉을 때 아무렇지 않게 중증 우울장애라는 말을 툭 내뱉었다. 그녀의 목소리는 흡연자처럼도 들리고 50대 변호사처럼도 들리는 무미건조한 저음이었다.

그녀는 자기 차례가 오자 어깨를 으쓱했다. "아이디어가 몇 개 있긴 한데 뭘 선택해야 할지 고민이에요."

수업 후 브릿은 교실 문 근처에서 쭈뼛거리며 올더의 긴 이야기가 끝나기를 기다렸다. 올더는 내게 링크 몇 개를 보낼 계획이라면서 자기가 가장 좋아하는 음악 평론 팟캐스트와 다큐멘터리 시리즈, 90년대 후반의 초창기 블로그를 읽어 주는 팟캐스트에 대해 한참을 주절거렸다. 그리고 자신을 위해 열린 파티를 떠나는 배우처럼 브릿에게 손 키스를 날리며 사라졌다.

"저는, 어." 브릿이 바닥과 내 어깨 너머를 차례로 쳐다보며 말했다. "기분을 상하게 하려는 건 아니지만, 선생님은 팟캐스트에서 실제 사건을 많이 다루시잖아요. 저는 그런 장르에 문제가 많다고 생각해요."

그녀는 내가 뉘우치기를 기다리기라도 하는 듯 보였다. 나는 말했다. "일리 있는 말이야. 하지만 우리는 스튜디오 시스템의 운용 방침을 따르고 있고 고어물을 추구하지도 않아."

"실제 사건을 보기 좋게 다듬어서 오락물로 전락시키는 것 같아서 걱정스럽다는 거예요."

"날카로운 지적이야. 접근법의 문제인 건 확실해. 우리가 뭔가에 맹목적으로 열광할 때……."

"맞아요. 저도 선생님 팟캐스트를 들었고, 패트리샤 더글라스나 블랙 달리아에 대해 다뤘을 때도 그렇고, 뭘 하시려는 건지 알아요. 구조에 관한 이야기를 하려고 하시는 거잖아요. 말씀드렸다시피 선생님 기분을 상하게 하려는 게 아니에요. 단지 사람들이 집착할 요소가 너무 많이 보여요. 저는 살인 사건을 가지고 낄낄거리는 흔한 백인 여자애가 되고 싶지 않을 뿐이에요."

"폭력 범죄는 대부분 희한할 정도로 지루해." 의자를 끌어당겨 기대어 앉으면서 브릿에게도 앉으라고 손짓했지만, 그녀는 멀뚱히 서서 책가방 끈만 잡아당겼다. 나는 공개 토론의 패널처럼 답하기 시작했다. "살인 사건은 대개 젊은 두 남성이 격한 언쟁을 벌이다가 한 사람이 다른 한 사람을 죽이면서 일어나. 미제 사건, 소위 흥미로운 범죄를 깊게 파다 보면 남성이 파트너를 죽이는 경우가 대부분이야. 그래서 구조적인 인종 차별, 가정 폭력, 정치 문제에 대해 말하거나 흥미로운 지점이 있는 이야기를 하나 선정하는 거지. 틀을 깨는 것들 말이야. 하지만 이럴 때 한 가지 걱정되는 건 사건이 와전되는 거야. 당연히 선정적으로 다루고 싶은 마음도 들지. 너……" 따분해할 줄 알았는데 그녀는 눈 한번 깜빡이지 않았다. "이런 주제에 관심 있니?"

"하지만 백인인 제가 백인이 살해된 사건을 다루면 피부가 검거나 갈색인 사람들한테 가해진 폭력은 못 본 척하는 셈이 되잖아요. 그렇다고 유색 인종에 대한 폭력을 이야기할 수도 없어요. 저는 백인이고 그건 도용(자신이 속하지 않은 문화나 정체성의 요소를 채택하는 행위—옮긴이)이 될 테니까요." 브릿은 좌절감 어린 태도로 말했다. 마치 어딘가 어설프긴 해도 속이 깊은 명문 사립대학의 신입생 같았다. 거기에 별로 놀라지는 않아야 했지만(나는 주로 학부생을 가르쳤으니까) 그랜비에서 이런 말을 듣는 게 영 어색했다. 모두가 경솔하고 무신경한 말로 서로에게 상처를 주던 게 바로 엊그제 같은데 말이다.

"나는 도용이라고 생각하지 않아. 솔직히 그걸 듣는 사람도 몇 없을걸." 그리고 창밖의 헐벗은 나무들을 가리키며 과거의 내가 그랬듯 브릿도 우리가 우주의 중심이 아닌 숲속에 있다는 사실을(12학년은 분명 그렇게 느낄 것이다) 깨닫기를 바랐다.

"선생님이 이메일로 두 가지 살인 사건을 제안하셨잖아요. 70년 대랑 90년대 사건이요. 그중에 하나를 해야겠다고 생각했어요. 그런데……."

목에서 맥박이 뛰는 게 느껴졌다. 마술사가 도우미를 찾다가 나를 지목할까 봐 벌벌 떨면서도 기대감에 부푼 어린아이가 된 것 같았다. 내가 스스로 인정하든 안 하든 나는 이 소녀가 나와 다르게 탈리아의 죽음을 직면하기를 바라고 있었다. (반 아이들이 주제넘다고 생각했을 것 같은, 왠지 탈리아도 그렇게 생각했을 것 같은 친밀감과 트라우마, 비이성적인 공포 없이.) 동시에 같은 이유로 말리고 싶기도 했다. 탈리아를 목록에 넣은 게 후회됐다. 어쩌면 1975년에 살해된 바바라 크로커와 캠퍼스 인근 숲에 숨어 있다가 발견되어 터무니없이 가벼운 형량을 받은 남자 친구에게로 브릿을 유도할 수 있지 않을까 하는 생각도 했다.

그런데 브릿이 말했다. "두 분이 친구였다는 거 알아요."

"응?"

"선생님이랑 탈리아 키스 말이에요. 언론학 수업을 들으면 센티넬 자료실에 들어갈 수 있거든요. 작년에 그 사건을 접하고 나서 센티넬에서 관련 내용을 전부 찾아 읽고 레딧 게시판도 샅샅이 뒤졌어요."

"레딧에서 내 이름을 찾았어?"

"아니요. 센티넬에서 선생님 이름을 봤고, 거기서 언급된 사람들한 테 무슨 일이 있었는지 알아보려고 구글로 싹 다 검색했어요. 마침 선생님이 여기에 올 거라는 소식을 들어서 이때다 싶었죠." 브릿이 녹색 펜 뚜껑을 씹기 시작했다.

"11학년 때 1년 정도 룸메이트로 지냈지만 친하지는 않았어."

"선생님만 괜찮으시면 탈리아 키스 사건을 다뤄 보고 싶어요. 더 수 월할 것 같아서요. 그러니까 선생님 중에서 인터뷰할 수 있는 분이 몇 분 계시다는 뜻이에요. 선생님도 계시고요. 그런데 문제가 될까 봐 걱정이 돼요."

"그런 질문을 한다는 것 자체가 배려심과 책임감의 증거야." 이 시 점에서 나는 내가 탈리아 키스 사건을 다뤄 보라고 브릿을 설득하고 있다는 것을 깨달았고, 내가 왜 그러는지 궁금해졌다.

브릿이 펜 뚜껑을 우물대며 고개를 끄덕였다.

"결정은 네가 하는 거야. 두세 개 내외의 에피소드 내로 끝내야 한 다는 것만 명심해."

브릿이 펜 뚜껑을 뱉었다. "저는 무고한 사람이 감옥에 있다고 생각 해요."

"흥미로운걸." 나는 어중간하게 고개를 끄덕였다. 브릿이 무슨 이야 기를 할지는 사실 뻔했다. "기대하고 있을게."

7.

페트라가 점심시간에 보자고 했지만, 배가 고프지도 않고 괜히 식당에 갔다가 유년의 어색한 기억을 마주치고 싶지도 않아서 커피나 한잔 더 하면서 잠시 내 팟캐스트에 쓸 내용을 조사하기로 했다. 도서관의 휘어진 긴 창으로 노란빛이 미끄러져 들어오며 공중을 떠도는 먼지를 비추었다. 거기 앉아 나는 다시 사전 조사를 했다. 어린 시절 이곳은 밤 10시에 단어를 찾아보거나 셔츠 안에 잡지를 숨겨 들여오던 장소였다. 책은 줄었고 책상은 늘었으며 헤드폰을 끼고 노트북을 하는 아이들이 많았다. 가까이 있는 남자애가 무릎에 얹은 가방에서 감자칩을 몰래 꺼내 먹었는데 그건 예나 지금이나 마찬가지였다.

2차 세계대전 당시 리타 헤이워드는 미군의 관물대에 가장 많이 붙어 있던 포스터의 주인공이었다. (그녀의 사진이 영화 「쇼생크 탈출」의 감방 벽에 붙어 있는 것도 그런 이유에서였다.) 그녀는 (버라이어티쇼 작가인 어머니와 댄서인 아버지에 의해) 억지로 연예계에 진출했으며, 내향적이고 반항적인 기질과 공적 페르소나로 힘들어했다. 그녀의 본명은 마르가리타 카르멘 칸시노이고 머리는 원래 검은색이었다. 그들은 그녀의 머리를 빨간색으로 염색했다. 헤어라인이 너무 촌스럽다며 전기 분해 요법으로 이마를 넓혔다. 속옷 차림으로 자세를 취하게 했다. 그 와중에도 그녀는 밝은 표정을 지어야 했다.

랜스는 그녀의 인생에서 중요한 남자들(아버지와 다섯 명의 남편)에게 에피소드를 하나씩 할당하고 싶어 했다. 리타 헤이워드의 삶은 남자들에 의해 규정되었으니 어떤 면에서는 아주 적절한 제안이었다. 남자들은 대개 그녀에게 돈을 뜯어내거나 할리우드를 떠나라고 요구하거나 그녀의 아이들을 노리개로 이용하는 형편없는 인간들이었다. 네 번째 남편은 유명 나이트클럽인 코코닛 그로브에서 그녀의 얼굴을 폭행했다. 하지만 그녀를 멋대로 휘두르던 사람들을 중심으로 그녀의 삶을 정리하는 건 불공평한 것 같았다. 그래서 생각해 보겠다고 했다.

자료 조사는 늘 즐거웠다. 나는 때때로 내 동료들에 대한 정보를 수집하기도 하는데, 아마도 세상을 체계적으로 정리하면 더 큰 안전함을 느낄 수 있을지도 모른다고 생각해서일 것이다. 시선이 닿는 범위에 있는 모든 것을 체계적으로 정리할 수 있다면 나는 모든 것의 한복판에 온전히 실재할 수 있을 테니. 나는 여기에 있을 테니.

리타는 이곳에서 저곳으로 튀어 오르는 핀볼이었다. 나처럼 말이다. 내 어린 시절은 어느 한 곳에서 또 다른 곳의 불행으로 끊임없이 튀어 나갔다. 하지만 따지고 보면 그런 어린 시절은 아주 흔하다. 스스로를 신화화하고 내 여정을 그 누구보다 가혹하게 그림으로써 그곳에서 벗어난 나를 추켜세우고 싶은 마음을 억눌러야 한다. 그런 것 없이도 인정받을 수 있다. 정신과 의사가 그랬다.

그랜비에는 저소득층 주택 단지에서 온 아이들도 있었고 보호 처분을 받아서 온 아이들도 있었다. 낭만적이지 않은 사연으로 온 사람이 나 하나만은 아니었다.

제롬이 문자로 레오와 같은 반 엄마의 이메일을 받았냐고 물어보면서 내일이 2학년 아이들의 100일 기념일이라고 알려 주었다. 믿기지 않지만 한 해가 정말 쏜살같이 지나갔다. 아이들은 노인처럼 옷을 입고 숫자 100과 관련된 것을 가져가야 했다. 21세기 엄마라면 손재주로 헌신적인 모성애를 증명하는 데 한시도 소홀해서는 안 되는 법이었다.

제롬이 말했다. 레오한테 맡길까, 아니면 내가 솜씨를 좀 발휘해 볼까?

마음이 오락가락했다. 문화유산 주간, 미친 머리의 날, 역사적 인물의 날, 컵케이크의 날, 파격적인 양말의 날로 모자라 이런 것까지 요구하는 학교에 가운뎃손가락을 들어 보이고 레오에게 독립심을 가르치느냐, 아니면 예술가인 레오 아빠가 극성스러운 엄마들의 코를 납작하게 만들게 두느냐. 우리는 아이를 DIY계의 망작으로 둘지 걸어 다니는 걸작으로 만들지 상반된 결과를 놓고 쉽게 흔들리곤 했다.

나는 답했다. 당신이 결정해.

제롬은 당장 곰 모양 젤리 100개를 붙여서 모나리자를 만들 수 있으면서도 내가 행사를 진두지휘해 주기를 바랐다. 팟캐스트 투어를 다니는 호텔 방에서는 기꺼이 그래 줄 수 있었다. 하지만 그랜비에 온 첫날인데, 어이가 없었다.

스마트 워치가 너무 오래 앉아 있었다고 알람을 울려서 그만 일어나 출구로 돌아 나가는데 미스터 블로흐, 당신이 떠올랐다. 당신은 정기간행물 코너 옆 커다란 가죽 의자에서 낮잠을 자곤 했고, 우리 중 몇몇은 라이프 스타일을 다루는 「하우스 앤드 가든」이나 10대 소녀들의 패션을 다루는 「와이엠」이나 여성 패션을 다루는 「글래머」 같은 잡지를 읽다가 무릎 위에 그대로 펼쳐 둔 채로 잠든 당신의 모습을 재밌게 여겼다.

나는 참고 서적 위 창문으로 손을 뻗어 수십 년이 지난 지금도 먼지가 쌓이거나 누가 손댄 흔적이 없는지 확인했다.

에이스 오빠는 내가 그랜비에 입학하기 2년 반 전에 죽었다. 나는 특별한 날이면(생일, 기일, 인디애나 페이서스가 지역 챔피언에 올랐다는 소식을 전하고 싶은 날) 나무껍질을 벗기거나 돌멩이를 흙바닥에 세게 밟아 넣는 식으로 캠퍼스 곳곳에 나중에 찾을 수 있는 흔적을 남겼다. 그리고 몇 주에서 몇 달 동안 그 흔적을 확인했다. 가끔 오빠의 이니셜을 새기기도 했지만 대개는 세상을 아주 살짝만 바꿔 놓았을 뿐이다.

레오가 보면 호크룩스(「해리 포터」 시리즈에서 시전자를 죽음으로부터 보호하는 사악한 마법으로 물건에 시전자의 영혼을 보관한다ー옮긴이)라고 부를지도 모른다. 아주 틀린 말은 아니다. 나는 주위를 빙 둘러 보호막 같은 걸 설치하고 있었다. 집에 대해서는 별로 생각하고 싶지 않았지만, 오빠가 주변 모든 곳에 존재한다면 오빠를 생각할 필요도, 생각하지 않아서 죄책감을 느낄 필요도 없을 것 같았다.

그건 그렇고, 예전에 외투용 플라스틱 옷걸이에서 부러진 완벽한 반원형의 아치 부분을 도서관 창턱에 숨긴 적이 있다.

옷걸이 조각이 아직 거기 있을 리 만무했지만, 순진한 내 마음 일부는 여전히 기대를 품고 있었고 결국 아무것도 찾지 못해 실망했다.

8.

당신이 물어봤을 때도, 매년 8월 전교생이 서로를 알아 가기 위한 게임을 끝없이 이어 갈 때도 나는 진실을 말하지 않는 경우가 다반사였다.

사람들이 내가 평범한 걸 가장 좋아할 것 같아서 과거를 사포질하여 무난하게 다듬었다. 어머니는 치과의사고(실제로는 치과 접수원이었다) 돌아가신 아버지는 사업가였다고(망해 가는 술집의 주인이었다) 말했다. 거기에 오빠가 한 명 있고 남부 인디애나에서 자랐다고 덧붙였다.

진실의 요약 버전도 있다. 새로운 치료사를 만난 지 처음 5분 안에 던져 놓고, 상대가 어떤 미끼를 무는지 지켜보는 데 쓰는 버전 말이다.

여덟 살 때, 열다섯 살이던 오빠가 주걱을 휘두르다가 실수로 아빠를 현관 밖으로 밀쳐서 죽였어요.

그 와중에도 나는 사람들을 웃기려고 늘 '주걱'이라는 단어를 사용했다. 상대를 시험하려는 의도라기보다는 나를 불쌍한 계집애로 못 박기 전에 대화를 장악하기 위해서였다.

그해 말 쇠약해져 가던 엄마가 몰몬교 선교사들을 집 안에 들였고, 그 후로 그들은 쿠키와 손수 만든 것들을 가지고 우리를 계속 찾아왔다. 내가 색 모래를 병 안에 층층이 쌓는 것도 도와주었다. 몇 달 만에 우리는 몰몬교 신자가 되었다. 아니, 몰몬교 신자가 된 건 엄마였고 오빠와 나는 엄마를 온전하게 지켜야 한다는 간절한 마음으로 그 뒤를 따라다녔다. 어린이 경전 공부 시간에 정신이 반쯤 나간 채로 들었던 몇 가지 이야기(레히의 행복한 과일나무 꿈, 어떤 남자가 이끈 2천 명의 천하무적 용사들)는 아직도 기억나는데 몰몬경에 나온 건지, 그전까지 보고 자란 성경에 나온 건지 헷갈릴 때가 많다.

그리고 4년도 채 지나지 않은 4월, 내가 열한 살 때 열여덟 살이던 오빠는 두 가지 이상의 약물에 취한 채로 신발가게 지붕에서 뛰어내렸는지 떨어졌는지 해서 혼수상태에 빠져 사흘 만에 우리 곁을 떠났다. 그때 엄마는 정신을 완전히 놓아 버렸다.

텅 빈 전자레인지를 5분에 맞춰 놓고 그 앞에 앉아서 유리 받침대가 빙글빙글 돌아가는 것을 멍하니 쳐다보는 식이었다. 내가 욕실에서 머리를 귀 높이까지 잘랐을 때도, 빨래를 내팽겨쳤을 때도, 오빠 옷을 입기 시작했을 때도 엄마는 눈치채지 못했다. 내가 「우리 생애의 나날들」을 보느라 집에 남아 있어도, 음식의 유통 기한이 다 되어도, 웬디스에서 버거를 사 먹으려고 지갑에서 현금을 꺼내 가도 마찬가지였다. 엄마는 언제부터인가 직장에 나가지 않았고, 내가 알기로 그때 우리는 아빠의 사망 보험금으로 생활하고 있었다.

이제 와 돌이켜보면 몰몬교 사람들이 얼마나 많은 도움을 주었는지 궁금하다. 엄마와 내 사연은 잘 팔리는 신파극이었다. 부유한 몰몬교 신자인 로브슨 부부는 일요일마다 우리를 교회에 태워 주고 월요일에는 저녁 식사에 초대하며 특별한 관심을 보였다. 그들이 자기들을 숙모와 삼촌으로 부르라고 했기 때문에 나는 두 사람의 이름을 일절 입에 올리지 않았다. 부부의 아이들은 이미 장성한 뒤였고 그들의 집은 조화와 작은 포푸리 그릇으로 가득했으며 방마다 은은하고 부드러운 카펫이 깔려 있었다.

엄마는 누가 봐도 입원 치료가 필요한 사람이었다. 그러지 못하는 이유가 나라는 것 역시 자명했다. 엄마가 집에 있는 건 내게도 유익하지 않았다. 8학년이 시작되자 성적이 곤두박질치고 교우 관계와 위생 상태도 나빠졌다. 내가 심각한 우울증이었는지는 모르겠지만 엄마의 우울증에서 살아남기 위해서는 무감각해져야 했고 함께 침묵해야 했으며 청결이나 전화 응대, 식사 준비를 소홀히 하는 데 익숙해져야 했다.

세번 로브슨은 보스턴 외곽에서 자라 50년대에 그랜비를 다녔고 아들과 딸도 그랜비에 보냈으며 이따금 학교에 장학금을 기부했다. 로브슨 부부는 내게 한 가지 제안을 했다. 엄마가 치료를 받는 동안 그들과 함께 살면서 성적을 끌어올리고 8학년을 마치라는 것이었다. 그랜비에 입학하면(그들은 그럴 수 있다고 확신했다) 학비와 기숙사비, 식비, 책값을 대 주겠다고 했다. 엄마가 안정을 되찾고 집에 돌아올 때까지는 방학도 그 집에서 보내면 되었다. 세번 로브슨은 「리틀 레드 왜건」이라는 곡의 "넌 내 작고 빨간 왜건을 탈 수 없어"라는 가사를 "너희는 그랜비 드래곤을 이길 수 없어"로 바꿔 불렀다. 그리고 셰익스피어의 독백을 열 개씩 외우게 하던 선생님에 대해 이야기했다.

내가 생각하는 기숙 학교는 「인생의 진리」라는 시트콤에서 본 시시콜콜한 내용과 고급스러운 고딕 양식의 어두침침한 인상이 거의 다였다. 그러나 안내 책자에서 소개하는 아이들은 감자튀김을 먹으며 환하게 웃고 있었다. 검게 그을린 근육질의 10대가 줄다리기를 즐기는 모습도 학교에서 강요한 오리엔테이션 활동이라기보다는 그냥 평범한 취미 같았다. 그랜비는 인디애나보다 훨씬 더 좋아 보였다. 남의 사물함에 껌을 붙여 놓거나 네가 뚱뚱해서 오빠가 자살한 거냐는 식의 농담도 하지 않는 것 같았다.

내가 그랜비에 입학한 9학년 가을에 엄마는 주거 프로그램에 참여 중이었다. 엄마와 두 룸메이트는 손바닥만 한 부엌이 딸린 작은 집을 지원받았다. 엄마는 추사감사절을 앞두고 집단 치료에서 만난 남자와 애리조나 사막으로 떠났다. 두 사람은 풍경을 만들고 책을 손수 묶었다. 엄마는 항공편을 이용해 인디애나로 돌아왔고, 우리는 로브슨 부부와 그들의 자녀, 손주들과 함께 추수감사절을 보냈다. 그 기간 내내 엄마는 애리조나의 태양에 대해 이야기하며 인디애나의 어둠이 자기에게 얼마나 큰 문제였는지 설명했다.

그해 6월 나는 엄마와 함께 세도나 인근에서 지냈지만, 히피 흉내를 내는 엄마의 남자 친구와 비좁은 트레일러가 마음에 들지 않았다. 결국 엄마와 심하게 다투고 예정보다 한 달 일찍 인디애나로 돌아갔다. 당신이 나를 알게 된 10학년에는 로브슨 부부의 집에 완전히 눌러앉았고, 아무도 말을 걸지 않기를 바라면서 방에 처박혀 있거나 벨벳 소파에 앉아 책을 읽으며 방학을 보냈다. 의무감에 부부와 함께 교회도 다녔다. 그들이 조심스럽게 권한 세례를 내가 거절했는데도 그들은 나를 끊어 내지 않았다. 그들은 드문드문 주고받는 엽서 외에 다른 방법으로도 내가 엄마와 연락하는 줄 알았는지 엄마에 관해 묻곤 했다. 엄마가 보낸 엽서에는 내가 네 인생에서 빠져 주는 게 훨씬 더 낫다는 내용도 있었다.

나는 다른 학생들 앞에서 로브슨 부부를 숙모와 삼촌으로 불렀고, 더 공적인 자리에서는 양부모님으로 불렀다. 하지만 두 가지 다 객식구라는 측면을 아우르지는 못했다. 마거릿 로브슨은 내가 샤워하는 동안 방에 몰래 들어와 이부자리를 정리했고, 부부의 아들 애먼은 쌍둥이를 집으로 데려왔을 때 내가 그 아이들을 디즈니 영화 앞에 붙잡아 두면 시급 5달러를 챙겨 주며 모두를 안심시켰다.

프랜은 이 모든 사실을 알고 있었다. 9학년 때 우정이 끈끈해지면서 내가 부분부분 말해 줬기 때문이다. 처음에는 아빠와 오빠 둘 다 죽었는데, 한 죽음이 약물 문제를 초래했고 그 문제가 또 다른 죽음을 초래하는 식으로 비극이 비극을 낳았다고 설명했다. 일본에서 1년 살다 온 프랜의 언니 리자가 대나무 거품기로 말차 만드는 법을 가르쳐 준 덕에 우리는 기숙사 입실 시간까지 호프눙 가족의 부엌(채점하지 않은 시험지 더미, 아주 오래된 「뉴요커」에 둘러싸인 식탁과 그 위의 어항, 늘 반쯤 먹은 케이크가 남아 있는 조리대)에 앉아 카페인에 취했다. 겨울이라 새벽 4시에 일어나 조정 연습을 하지 않아도 되었다. 프랜의 질문이 계속 이어졌고 나는 거품기를 만지작거리며 아버지의 죽음에 대해 자세히 털어놓았다. 그전까지는 로브슨 부부가 나를 위해 수소문해 준 몰몬교 치료사를 비롯해 누구의 질문에도 답하지 않았다.

나는 그날 밤 아빠가 평소와 달리 취해 있었다고 말했다. 아빠는 창문에 네온사인이 걸린 평범한 술집을 운영했고, 그해 여름 오빠는 빨간 플라스틱 바구니에 담긴 양파와 치즈 튀김을 나르며 가게 일을 도왔다. 오빠가 돈을 좀 더 달라고 했지만, 아빠는 다른 직원들한테는 그렇게 해 주기로 약속해 놓고 오빠의 요청만 거절했다. 영업이 끝난 뒤 그릴을 청소하던 오빠는 뒤편 테라스에서 아빠와 말싸움을 했다. 몸을 가누지 못할 정도는 아니어도 꽤 취해 있었던 아빠는 불같은 열다섯 살을 자극하는 말들을 했고, 오빠가 소리를 지르자 이에 질세라 고함을 치며 오빠를 밀쳤다. 오빠는 들고 있던 그릴 청소용 솔(주걱이 아니었다. 내 시적 허용을 용서해 주시길)로 아빠를 찔렀고, 아빠는 낮은 난간 위로 넘어져 2.4미터 아래 돌투성이 비탈면으로 떨어지면서 머리를 세게 부딪혔다. 옆으로 아주 살짝만 비켜 갔어도 괜찮았을 텐데 운이 따라 주지 않았고 아빠는 의식을 잃었다. 오빠는 바에 있는 전화기로 911에 연락했지만, 구조대가 서둘러야겠다고 생각할 정도로 당황하지는 않았다. 구조대가 도착했을 때 아빠는 이미 살리기 어려울 정도로 많은 피를 흘린 상태였고 결국 구급차 안에서 돌아가셨다.

프랜은 자기 비밀은 털어놓지 않았지만, 우리 엄마가 사귀는 남자의 징그러운 말총머리와 로브슨 가족이 보내는 오락의 밤에 대해 귀기울여 주고, 그해 여름에 교회를 빠져도 될지, 또 엄마가 애리조나에서 더 망가질지(내 생각은 그랬다) 나아질지(프랜은 낙관했다)에 관해 의견을 말하기도 했다. 프랜은 리드 칼리지에 입학할 때까지 성적 지향을 밝히지 않았고, 그래서 할리 베리에게 푹 빠졌다거나 귀를 두 번 뚫는 것도 반항적이라고 봤던 학교에서 혼란을 견뎠다는 이야기는 하지 않았다.

엄마는 내 청소년기의 대부분을 놓치고 20대가 된 후에야 내 삶에 다시 들어왔지만 (로브슨 부부는 내가 그들의 자녀처럼 브리검 영 대학교에 들어가지 않아서 살짝 실망했을 뿐 인디애나 대학교에 입학한 뒤에도 지원을 아끼지 않았다) 2018년쯤에는 사이가 좋아져서 서먹하면서도 화기애애한 어른의 관계가 됐다. 엄마는 여전히 애리조나에 살았고 히피와 이혼한 뒤 리조트를 겸하는 하쉬람(힌두교의 수행처 ─ 옮긴이)에서 경리로 일했다. 그리고 놀랍게도 손자들을 사랑했다. 세번 로브슨은 2009년에 세상을 떠났고, 매년 어머니날에 나는 마거릿 로브슨에게도 특별히 감사 카드를 보낸다. 캘리포니아의 어느 지역에서 산불이 났을 때 마거릿은 이메일을 보내어 내가 사는 LA는 괜찮은지 물었다.

나는 그랜비에서 확고한 불가지론자가 되었고 몰몬교의 편협한 역사를 심각한 문제로 받아들였지만, 신도들 대부분을 인간적으로 좋아했다. 적어도 감사한 마음은 가져야 했다. 하지만 나는 로브슨 부부의 집에서 늘 객식구였고, 그랜비(50년대에 세번이 코트에 넥타이를 매고 다니던 남학교 그랜비와 전혀 다른)에서 변화를 겪을수록 그들의 지원이 애정보다는 가치관에 뿌리를 두고 있다는 걸 더 확실히 깨달았다.

그랜비에서 이런 속사정을 아는 어른은 호프능 부부뿐이었을 것이고, 진로를 상담해 준 로스 선생님도 로브슨 부부와 연락을 주고받으면서부터는 알았을 것이다.

나는 일반적인 오리엔테이션용 질문에 답하는 데 능숙해졌다. 가장 좋아하는 휴가지는? 애리조나! 햇살이 정말 좋거든! 형제는 몇 명이야? 한 명. 아빠의 골프 친구들은 오빠가 에이스니까 넌 버디냐고 놀렸어. 엘리자베스라는 이름은 놔두고 버디라고 부르려고 했지. 그랬더니 오빠가 혀짧은 소리로 뭐라고 했게? 보디라고 불렀어. 보기랑 비슷하지, 맞아, 하하하! 부모님은 어떻게 만나셨어? 소개팅으로! 그리운 고향음식 한 가지는! 나는 늘 브라우니라고 말했다. 몰몬교 신도들이 브라우니 하나는 기가 막히게 잘 구웠기 때문이다.

9.

오후 영화 수업, 나는 자동 조정 장치처럼 늘 해 온 방식대로 영화 클럽들을 준비하고 첫 강의를 시작했다. 학생은 전부 열두 명이었고, 그중 셋이 가장 좋아하는 영화로 「대부」를 꼽았다. 나는 처음부터 시작할 거라고 말했다. 지향과 탈지향에 대해 이야기할 예정이었다.

첫 번째 영상을 틀고 나도 모르게 휴대폰을 확인했다. 야하브는 여전히 묵묵부답이었다.

화면에서 뤼미에르 형제의 기차가 1895년의 기차역으로 들어왔다. (「열차의 도착」에 나오는 장면 ─ 옮긴이)

우주 캡슐이 달의 눈에 명중했다. (「달 세계의 여행」 ─ 옮긴이)

소방관이 불타는 건물에서 한 여성을 데리고 나왔다. (「미국 소방관의 하루」 ─ 옮긴이)

한 학생은 남아프리카에서 온 백인 소녀였는데 그랜비에 갓 도착해 시차로 힘들어했다. 불과 하루 전에 미 대륙에 왔다는데 불을 계속 꺼 두려니 미안했다. 소녀는 관심을 몰고 다닐 정도로 매력적이지는 않았지만, 아이들이 다가오지 못할 정도로 어색해지도 않았다. 쉬는 시간에 한 소년이 그녀에게 몇 가지 단어를 거듭 말하게 하고는 ("밀크라고 해 봐!") 억양을 흉내 냈다. 소녀는 재밌어했다. 아니면 그냥 그런 척을 했을지도.

10학년 소녀가 한 시간 만에 주변에 있는 사람을 알게 되는 방식이란 참 이상한 것이었다. 그리고 그들은 곧 그녀의 마음 깊숙이 파고들 것이다. 그러고는 30년 후 꿈에 예상치 않게 등장할 것이다.

화면에 비치는 칼 그림자와 클로즈업되는 자넷 리의 얼굴, 손가락이 타일 벽 위로 미끄러지고 샤워 커튼 링과 배수구가 차례로 클로즈 업된다. (「싸이코」―옮긴이) "감독이 보여 주지 않는 것에 대해 이야기 해 봅시다." 나는 말했다.

그랜비에는 늘 한 학기나 한 학년 늦게 들어오는 아이들이 있었다. 이식 거부 반응을 보이는 장기처럼 오자마자 떠나는 아이들이 있는 가 하면, 전학을 왔다는 사실도 잊을 만큼 자연스럽게 녹아드는 아이 들도 있었다.

탈리아도 2년 늦게 들어와서 소문의 안개 속에 있는 아이 중 하나 였다.

11학년에 전학이라니 무슨 사연이 있는 게 틀림없었다. 10학년이 면 이해가 됐다. 9학년까지 있는 중학교에 다녔거나 다른 학교에 가 고 싶어졌거나 친구를 사귀지 못했거나 평범한 실패를 겪었을 수 있 다. 12학년이면 다 파크먼 월콧 같은 경우였는데 당신도 아는지 모르 겠다. 국립이든 사립이든 다른 고등학교를 이미 졸업해서 아무리 어 려도 열아홉 살이었고, 유능한 미식축구 선수나 하키 선수였으며, 조 금이라도 더 좋은 대학에 가기 위해 한 학년을 더 다녔다. 파크먼 월 콧은 뉴햄프셔에 살면 살수록 켄터키 억양이 더 두드러지던 여드름 투성이 수비팀 라인맨이었고 별명은 땅꼬마였는데 누가 들어도 반 어법이었다. 그와 관련해 특별히 안 좋은 기억이 있지만 나중을 위해 아껴 두겠다. 이런 식으로 12학년에 전학 오는 땅꼬마가 한 해에 네 다섯 명쯤 있었다. 11학년의 경우 전학생은 없고 북유럽이나 브라질 에서 오는 교환 학생뿐이었는데, 그들은 9개월 동안 잘나가는 애들과 돌아가며 만나고 교내 수영 기록을 갈아 치우고 우리의 대입 과정에 고개를 절레절레 흔들고는 돌아갔다.

그때 탈리아 키스가 난데없이 등장했다. (주제곡이 흐르고! 뒤따르는 스포트라이트! 모두 일제히 고개를 돌린다.) 등 뒤로 흘러내리는 까만 곱슬머리와 투명한 올리브색 피부, 경건히 묘사되는 청록색 눈동자. 가슴이 납작해서인지 11학년의 상류층 여자애들은 그녀를 발견한 즉시 사살하지 않고 무리로 곧장 받아들였다. 무리의 우두머리 격인 레이철 포파와 베스 도어티는 서로의 반전된 모습처럼 보였다. (프랜은 둘을 팬톤 쌍둥이라고 불렀다. "파란색 버전도 나올지 궁금한걸. 난 라벤더로 하나 주문할래.") 레이철은 선명한 황갈색 피부에 길고 곧은 흑발이었고, 베스는 선명한 흰색 피부에 길고 곧은 금발이었으며, 둘 다 인간관계의 드라마를 피하기보다 불꽃을 일으키며 하루하루를 보낼 만큼 작고 예쁘고 탄탄하고 부유했다. 그들은 탈리아를 곧장 채 갔다. 베스와 더불어 그랜비 극장의 뮤지컬 스타 중 하나인 사키나 존도 마찬가지였다. 10월 「폴리스」의 리허설이 시작되었고, 사키나는 탈리아가 잘하긴 해도 자기만 못하다는 걸 확인하고 그녀를 받아 주었다. 푸자 샤르마는 테니스팀에서 만난 탈리아에게 푹 빠졌다. 런던 출신인 푸자는 사회성은 살짝 절망적이었지만 휴가와 선물로 친구를 사는 데 능숙했다. 탈리아는 상류층의 여왕벌은 아니었지만(그건 베스였을 것이다) 그 중심에서 사랑받았다.

또한 그녀는 남자애들의 새로운 먹잇감이었다. 원래 미모의 반만 되었어도 신선함 덕에 관심을 끌었을 것이다. 그 나이대의 이성애자 남자애들에게는 여자 자체보다 경쟁이 더 중요하다는 걸 나도 이제는 안다. 마치 축구에서 공에 대한 사랑이 전부가 아닌 것처럼. 일단 무리에서 관심의 대상이 된 여자애는 그들의 축구공이 되었다.

탈리아가 주인공인 빙고판이 남자 기숙사 화장실을 돌아다니기 시작했다. 옷 위로 만지기, 허비 위로 손 넣기(제프 리츨러가 신이 나서 나한테 글자가 틀린 걸 알려 주었다), 데이트 신청하기, 따먹기 같은 내용이 적

흰 네모 칸에 각자의 이름 이니셜을 표시할 수 있었다. 제프는 '파티에 같이 가자고 물어봄'(아직 9월인데!)에 표시된 다섯 명의 이니셜만 믿는다고 했다. 하지만 나는 당시 상황을 생생히 목격했다. 남자애들이 탈리아에게 달려가 팔을 찌르고 옷 위로 만지기 칸에 이니셜을 썼다. 탈리아는 깔깔대며 애써 장난으로 받아 주었는데, 표정이 너무 예쁘고 환해서 대화를 나눈 적이 있든 없든 다 친구들처럼 보였다. 그녀는 몇 년은 알고 지낸 사이인 양 웃었다. '야, 마르코, 여전하구나.'라고 말하는 듯한 미소. 자신에게 달려와 머리카락을 쓰다듬는 남자애가 마르코 워싱턴이라는 걸 알기는 했을까?

당신은 마르코를 기억하지 못할 수 있다. 그는 당신의 오페라 연구회에 가입하지 않았다. 땅꼬마 월콧과 도리언 컬러, 마이크 스타일스는 기억하는가? 걱정하지 마시라. 그들은 내 청소년기의 초석을 다졌지만 당신에게는 스쳐 지나가는 얼굴이었을 뿐이다. 당신은 매년 새로운 아이들을 만났다. 그래도 탈리아는 남달랐으니 그 주위를 위성처럼 선회하던 아이들(로비 세레뉴, 레이철, 베스)은 기억날 것이다.

화면에서 집 한 채가 버스터 키튼을 그대로 덮쳤고, 다행히 그는 얼떨떨한 표정으로 멀쩡히 서 있었다.(「스팀보트 빌 주니어」—옮긴이)

당신이 이런 소문을 들어 봤는지 모르겠다. 탈리아가 고향에서 어떤 남자애한테 빠지는 바람에 부모가 둘을 갈라놓으려고 여기로 보냈다느니. 이전 학교에서 임신 중절 수술을 했는데 모두에게 들켜 버렸다느니. 부모가 자주 여행을 다니느라 거식증인 딸을 돌볼 수 없어서 여기로 보내어 매일 간호사 앞에서 체중을 재게 했다느니. 코 수술을 받고 예전 얼굴을 아는 사람이 없는 곳에서 새로 시작하고 싶어 했다느니.

소문이 어떻게 시작되었는지는 그리 어렵지 않게 짐작할 수 있다.

전학 온 첫 주부터 남자애들은 8월의 더위 속에 탈리아의 곱슬머리를 쫓으며 군침을 흘렸고, 그들과 사귀거나 그들을 짝사랑하고 있었던 여자애들은 부아가 치밀었을 것이다. 탈리아가 테니스팀에 들어가자 갑자기 연습 시간에 관중이 몰리기 시작했다.

우리가 처음부터 룸메이트였던 건 아니다. 9학년과 10학년 때 나는 다이아몬드라는 조용한 여자애와 방을 같이 썼는데, 그녀는 11학년이 시작되기 직전에 학교를 그만두었다. 새로 배정받은 룸메이트 지현은 생리통이 심하다며 침대에 웅크린 채로 프리시즌을 보냈다. 그러다 뒤늦게 맹장염이라는 게 밝혀졌고 양호실에서 병원으로 옮겨져 수술을 받았다. 일주일 후 수업을 마치고 기숙사 방에 돌아가 보니 짐이 정리되어 있었다. 서울에 있는 집으로 돌아간 것이다. 탈리아는 첫 룸메이트인 음침한 우크라이나 소녀와 잘 어울리지 못했다. 9월 말의 어느 날, 탈리아는 며칠째 보이지 않는 보라색 브래지어의 행방을 궁금해하던 중에 크리스티나의 어깨 위로 살짝 드러난 보라색 끈을 보았다. 삽시간에 소문이 퍼졌고 다들 크리스티나가 퇴학당할 거라고 예상했지만(브라 도둑이니까), 오데사에 괜찮은 속옷이 없었던 건지 학생징계위원회는 그녀를 용서했다. 탈리아는 방을 바꿔 달라고 요청했고, 3주 동안 혼자 방을 쓰던 나는 그렇게 다시 룸메이트를 맞이했다.

탈리아와 내가 친해질 거라는 환상은 품지 않았지만(그녀는 이미 사회의 성층권에 올라 있었다) 11학년에 방을 혼자 쓰는 전례 없는 행운을 잠깐 누리다가 다시 채워진 맞은편 자리를 보니 왠지 모르게 설레었다. 반쪽이 비어 있는 방은 생기 없이 으스스했다.

탈리아는 진짜 장식품들(한 줄로 이어진 작은 백열전구, 알로에 화분, 보송보송한 녹색 1인용 소파)을 가져왔고, 옷가지와 책을 한 아름씩 들고

와 침대 위에 던지며 제법 다정하게 농담을 건넸다. 내가 인디애나에서 왔다고 하니 거기는 어떠냐고 물어서 생지옥인데 지루하기까지 하다고 대답했다. "걱정하지 마. 그래도 브라는 파니까." 내 말에 그녀가 소리 내어 웃었다.

곧 그녀의 친구들, 진짜 친구들이 이사를 도와주러 왔다. 베스 도어티와 레이철 포파가 침대에 올라서서 높고 긴 선반으로 팔을 뻗었다. 내 선반에는 다음 학기까지 읽을 일 없는 책들이 꽂혀 있었고, 탈리아의 선반에는 스웨터가 수납되었다. 다양한 색상과 기하학적 문양이 특징인 페어 아일과 메리노 양모, 캐시미어 스웨터가 수북했다. 다양한 맛이 진열된 아이스크림 가게처럼 색색의 스웨터가 선반에 나란히 진열되었다. 어림잡아 다섯 장씩 여섯 더미는 되는 것 같았다. 학교에 스웨터를 서른 장이나 가져오다니. 크리스티나가 보라색 브라 한 장쯤은 없어져도 괜찮겠다고 생각할 만하다 싶으면서 격한 동질감이 느껴졌다.

탈리아는 교실에서는 한 번도 본 적 없는 반바지와 민소매 티를 입고 머리는 하나로 묶고서 방을 꾸미느라 통통 뛰어다녔다. 그들이 자넷 잭슨을 흉내 내기 시작하자 내 존재는 곧 잊혔다. 푸자 샤르마가 시내에서 머핀을 사 왔고, 넷은 칼로리에 대해 불평하며 머핀을 깨작깨작 뜯어 먹었다. 나는 침대에 앉아 무릎에 노트북을 올려놓았고 혹시라도 끼고 싶어 하는 것처럼 보일까 봐 얼른 이어폰을 꽂았다. 어색하게 숨은 게 아니라 공부하는 중이라는 걸 보여 주려고.

나는 늘 방어적인 움직임에 능숙했다.

또 내 얘기를 하고 있다니. 다시 탈리아에 관한 이야기로 돌아가 보자. 내가 하고 싶은 건 이 얘기다. 그해 가을, 탈리아가 수학 선생님과 자다가 들켜서 이전 학교를 나왔다느니, 실은 결혼을 약속했다느니 하는 소문이 돌았다. 그가 그녀를 임신시켜 낙태 비용을 댔고 아내를 떠나 섭식 장애를 극복할 수 있게 도왔다는 소문이 전부 사실이라는 소문도 있었다. 몇 가지는 믿었지만, 전부 사실이라는 소문은 험담이 일상이라 신뢰도가 바닥인 도나 골드백한테서 나온 것이라 일단 배제했다.

캄캄한 교실에서 그 기억이 요동치며 나를 괴롭히기 시작했다. 우리는 끔찍한 소문을 순식간에 퍼뜨려 놓고도 너무 태평했다. 우리가 다 컸다고 믿어서 그랬을 것이다. 선생님과 잤다면 그건 그녀의 책임이었다. 우리는 험담을 하고 낙인을 찍으면서도 전혀 걱정하지 않았다.

화면에서 가느다란 구름이 달을 지나고 남자가 여자의 눈알을 면도날로 긋는다. (「안달루시아의 개」—옮긴이) 학생들이 얼굴을 가렸다.

10.

저녁을 먹으러 식당 건물로 가는데 올더가 나를 발견하고 다가와서는 자신의 프로젝트에 대해 어떻게 생각하냐며 1930년대 콘셉트를 그대로 밀어붙여야 할지, 처녀자리와 천칭자리의 기숙사 방을 비교해 보는 건 어떨지 물었다. 흑인 학생들이 머리를 자르려면 한 달에 한 번 드래곤 웨건 셔틀 차량을 기다려서 맨체스터까지 얼마나 멀리 이동해야 하는지 알려 주자는 세 번째 방안도 있었다. (우리 때는 선택의 여지조차 없어서 이발기를 기숙사 방에 준비해 놓거나 주로 흑인이 곱슬머리를 펴는 데 쓰는 헤어 릴렉서를 공용 공간에 갖다 놨는데, 그 냄새 때문에 나는 제모 크림을 쓰냐며 누군가에게는 창피한, 어쩌면 상처가 됐을 질문을 하고 말았다) 올더는 대단히 창의적이라는 인상을 줬지만, 늘 정답이 존재한다는 불행한 메시지를 너무 빨리 받아들인 듯 보였다.

"뭔가에 전념하는 것 자체가 중요해." 식당에서 만나게 될 거라더니 프랜이 문 안에서 손을 흔들었다. "그걸로 최고의 버전을 만드는 거야." 올더가 고개를 끄덕였다. 그는 사람을 올려다보고 그 머리 위에서 방정식을 풀듯 눈을 이리저리 움직이며 훑는 버릇이 있었다. "중요한 건 자신감이야. 팟캐스트가 아니라 자신감을 평가한다고 생각하면 도움이 될 거야."

나는 그렇게 말하고는 회색 파카에 가려 이상해 보이는 데이비드 보위 셔츠의 가슴 언저리를 가리켰다.

"자신감이요." 올더가 소리 내어 웃더니 맥이 빠진 듯 숨을 후하고 내뱉었다. "어, 제가 그 부분이 좀 약하거든요."

올더는 늘 대화를 주도하고 다른 아이들에게 사랑받는 것 같아서 내 눈에는 자신만만해 보였다. 하지만 11학년이면 새끼 사슴의 다리처럼 벌벌 떠는 게 당연했다. 우리 반에도 그런 애가 있었던가? 내가 스토킹을 한다느니 탈리아가 자신의 숨겨진 약혼녀라느니 블레이크 옥스퍼드가 감방 애인을 시켜 달라고 매달린다느니 떠들고 다니면서 현실을 왜곡하던 도리언 컬러? 아니면 카리스마를 맞춤 정장처럼 빼입은 우리의 아서왕, 마이크 스타일스?

올더는 내 시선이 허공을 향하는 것을 보고 대화가 끝났다는 걸 알아챈 게 분명했다. 아이는 연신 감사 인사를 남발하더니 문을 통과해 가던 길을 재촉했다.

프랜은 이런 일을 천 번은 해 본 듯 나를 데리고 우편함을 지나 식당으로 들어갔다. 상처를 감고 있던 붕대가 풀리는가 싶더니 어느새 나는 예전처럼 베이컨과 커피와 소독약 냄새가 나는 식당의 아치형 천장 밑에 서 있었다. 그녀를 따라 샐러드바의 대기 줄을 뚫고 아시아 국기들이 걸려 있는 테이블로 가보니 앤과 두 아들, 그리고 젊은 교사들이 앉아 있었다. 그런데 제기랄, 프랜이 나를 소개하는 내내 도리언 컬러가 멋대로 저지른 일들이 또 생각나서 속이 부글부글 끓었다. 정상이라 여기던 그것의 추잡한 무게를 오롯이 어림해 볼수록 부아가 치밀었다.

환경 보호를 위해서 일회용 쟁반을 없애면서 공간이 더 고급스러워졌다. 아이들이 세게 부딪쳐서 음식을 고스란히 다 엎을 일도 줄었을 것이다.

만약 1년 뒤에 도리언 컬러가 공직에 출마한다면? 내가 나서야 한다는 의무감이 들까? 듣는 사람이 없더라도 양심상 뭔가를 말해야 하나?

레빈 선생님이 합석해서 무척 기뻤다. 그는 여전히 기하학을 가르쳤고(여전히 점잖고 친절한 샌님이었다), 내가 졸업할 때 기저귀도 못 뗐던 아들 타일러는 코넬 대학교에서 곤충학으로 박사 학위를 받은 후 연구원 과정을 밟고 있었다.

나는 레빈 선생님에게 겨우 말을 걸었지만 딴생각에 빠져들었다. 도리언은 수업 시간에 그 빌어먹을 짓을 하곤 했다. 그가 장난질을 시작하고 얼마 지나지 않은 어느 날 세계사 수업에 들어갔다가 칠판에 '너 때문에 완전히 젖었어, 도리언—BK'라고 적혀 있는 것을 발견했다. "보디!" 그가 말했다. "보디, 왜 그랬어? 그냥 쪽지에 써서 내 가방에 슬쩍 넣었어도 됐잖아. 기분 더럽다고." 달 선생님이 교실에 들어오자 도리언이 말했다. "선생님, 보디가 저를 성희롱해요. 뭐라고 썼는지 보세요." 목소리만 들어도 농담이 분명했기에 달 선생님은 씩 웃어넘겼고, 낙서는 수업 막바지에 술레이만 대제에 대해 판서할 공간이 부족해질 때까지 그 자리에 그대로 있었다. 달 선생님이 칠판 지우개를 들고 나를 돌아보며 말했다. "연애편지 좀 지워도 될까, 케인 학생?" 그때 내가 어떻게 반응했는지는 기억나지 않지만(얼굴을 찌푸리며 엄지손가락을 들어 보였던가?) 그 낙서가 수업 내용 뒤에 유령처럼 남아 있던 게 기억난다.

레빈 선생님은 그랜비의 입학 기준이 높아졌다는 것을 확인해 주었다. "상위권 아이들은 늘 초롱초롱했어. 너처럼 말이야. 하지만 하위권에는 낙오하는 아이들이 있었지." 다행히 내가 수업 중에 제프 리츨러에게 TI—81 계산기를 빌려주는 척 쪽지를 주고받으며 딴짓하다가 낙제할 뻔했다는 사실은 잊은 듯했다.

당신이 혹시 기억을 못 할까 봐 말해 두자면, 제프는 뮤지컬 연구회에서 야유를 무시하고 오렌지로 저글링을 하며 졸업 앨범에 대해 발표한 아이다. 키가 작은 편이었고 주근깨가 있었으며, 11학년 때는 까끌까끌한 턱수염을 빽빽하게 기르고 그걸 '유대인과 선사 시대 조상들의 선물'이라고 불렀다. 아버지가 어머니보다 나이가 훨씬 더 많았고 형과 누나들은 거의 그의 부모뻘이었으며 부부는 아들을 그랜비에 입학시킨 뒤 뉴욕을 떠나 퇴직자들이 모여 사는 보카 러톤의 어느 지역으로 이주했다. 제프는 오후 4시에 노령의 이웃들과 친목을 다지는 단조로운 바비큐 파티에 대해 말하면서 살짝 창피해했다. 여름에는 캐디로 일하면서 그랜비 친구들에게 편지를 쓰곤 했는데 여백에 기가 막힌 만화를 그려 넣었다.

생각난 김에 레빈 선생님에게 제프를 기억하는지 물었다. 그랜비의 남자애들이 다 도리언 컬러처럼 머저리는 아니었다는 것을 상기시켜 줄 해독제가 필요하기도 했다. "저희 둘 다 기하학 과목을 간신히 통과했어요." 사실 제프는 나와 쪽지를 주고받으면서도 A 학점을 받았고 유명한 경제학자로 성장했다.

제프는 암실에서 살다시피 했다. 가장 가까운 라이트 에이드(대형약국 체인으로 사진 촬영과 현상도 가능하다 ─ 옮긴이)는 컷까지 나가야 있었던 탓에 제프는 졸업 앨범과 「센티넬」에 실릴 사진은 물론 부업으로 아이들의 개인 사진을 현상해 주기도 했다. 암실을 사용하려면 일정표에 서명해야 했지만, 제프는 그곳을 관리하는 대가로 열쇠와 무제한 사용권을 얻었다. 나는 자유 시간이나 저녁 식사 후에 그를 찾아 암실에 가곤 했다. 테이블에 걸터앉아 수다를 떨고 있으면 빨간 불빛이 얼굴을 모닥불처럼 비췄다.

레빈 선생님이 말했다. "난 모든 학생을 기억해. 교직 생활을 30년이나 해서 머릿속이 꽉 찼을 것 같겠지만 그렇지 않아."

"저는 작년에 가르친 학생들도 기억 못 하는걸요." 프랜이 말했다.

"퀴즈를 내 봐요!" 테이블 끝에 있는 젊은 교사가 외쳤다. "1970년도 졸업 앨범 같은 걸 가져와서요!"

레빈 선생님은 목청을 가다듬더니 자기가 정확히 몇 살 같냐고 물었다. 야단스러운 웃음소리와 놀림이 이어졌다. 그는 1962년생이었다.

같은 테이블에 있던 조정팀 코치는 내가 조정을 했다는 걸 알고 잔뜩 흥분했다. "따뜻한 계절에 오시지 그랬어요! 그럼 같이 배 타러 나갔을 텐데!"

내가 다닌 학기 첫 주에 바로 이 식당에서 캐런 킹과 로라 타만이 설문 조사를 한다며 나를 멈춰 세웠다. 그리고 지난 한 해 동안 얼마나 자랐는지 물었다. "그닥." 나는 당황하며 말했다. 그들은 지나치게 반가워하며 내가 리더와 구성원 중 어디에 해당하는 것 같은지, 아침형 인간인지 물었다. 그리고 로라가 말했다. "조정 선수로 안성맞춤인 걸." 일부러 프리시즌에 맞춰 학교에 일찍 들어간 건 아니었다. 그리고 이미 체육 수업도 신청한 상태였다. 체육 수업은 골초들과 심장 문제가 있는 아이들이 듣는 것이고, 프리시즌은 모두가 유대감을 형성하고 친한 무리를 구축하는 시기라는 것을 나는 몰랐다. 나는 보트를 타 본 적도 없고 팔 힘도 세지 않다고 말했다. 조정팀은 애슐리 같은 이름을 가진 여자애들이 들어가는 곳 아니냐고 덧붙이지는 않았다. 내가 과체중이어서(아주 살짝 그랬지만 나는 심각하다고 생각했다) 보트가 기울어질까 봐 걱정이라는 말도 하지 않았다.

"경험은 다 없지. 그게 바로 묘미야." 캐런은 1년 동안 생초보 여자애들과 나란히, 혹은 앞서거나 뒤서거나 하며 노를 저을 거라고 했다. 그러면서 코어와 하체가 중요하다고 설명했다. 그날 오후 체육 수업 중에 그녀가 근지구력을 테스트하자고 불러내서 따라가 보니 로브슨 가족의 지하에도 있는 로잉머신이 있었다. 조정팀 여자애들은 유쾌하고 강인했으며 손바닥만 한 치마를 입고 폴짝거리는 종목을 비웃었다. 그 주가 채 지나기도 전에 나는 홀린 듯 꼭두새벽부터 일어나 드래곤 웨건을 타고 타이거윕에서도 더 넓고 깊은 곳에 있는 보트 창고로 향했다. 이런 배는 얼마나 쉽게 뒤집힐지 궁금해하며 여덟 명의 팀원들과 숨죽여 보트에 올랐고, 3번 자리에서 노를 젓다가 리듬을 잘 탄다고 4번 자리로 옮겨 또 노를 저었다.

무엇보다 캠퍼스를 벗어날 수 있어서 좋았다. 보트 위에는 아무나 접근할 수 없었고, 누가 은근슬쩍 끼어들어 나를 농담의 소재로 이용할 수도 없었다. 남자애들이 노를 저으며 옆을 지나갈 때도 우리는 고함을 치거나 구호를 외칠 뿐 흔히 기대하는 것처럼 그들을 보겠다고 모든 것을 내려놓을 필요는 없었다. 당신은 마르코 워싱턴과 마이크 스타일스가 캠퍼스 안뜰에서 연 엉터리 우드스톡 페스티벌을 기억하는가? 그들은 기숙사에서 의자를 꺼내오고 리드선으로 기타와 스탠드 마이크를 연결했다. 나는 다른 관객들과 함께 그들의 형편없는 연주를 들어야만 했다. 마치 기숙사 개방의 밤이 비디오 게임을 하는 소년들한테 관심 있는 척하는 소녀들을 위한 것인 것처럼, 관객석이 꽉 들어차는 유일한 스포츠 행사가 남자팀들의 경기였던 것처럼 말이다. 당시에는 그 소년들을 인기 스타처럼 우러러보고 땀이 흥건한 발밑에 엎드려야 한다는 생각에 괴로웠다. 지금은 그 소년들이 소녀들을 관객으로 생각하고 그들에게 무슨 거울 같은 역할을 부여해서 성취감을 더 실감 나게 느끼려 든다는 사실이 괴롭다. 하지만 보트 위에서 우리는 구경꾼도, 구경거리도 아니었다. 그곳에는 오직 물소리와 전력투구를 외치는 콕스의 목소리, 불타는 근육, 젖은 피부를 스치는 차가운 공기뿐이었다.

이어진 봄에 정규 시즌을 맞아 조정팀에 재등록하고 나서는 죽기 살기로 조정에 매달렸다. 그러다 12학년이 되면서 총체적 난국을 맞이했다. 체중이 52킬로그램까지 빠지고 미적분학을 포기했으며 담배를 하루에 열 개비씩 피우고 타이레놀과 보드카를 섞어 먹기 시작했다. 정규 시즌 첫 주에 보트에 올라탔는데, 체중이 실리지 않으니 말 그대로 덩칫값을 할 수 없었다. 졸업을 앞두고 집중력이 흐려진 탓이라고 생각하여 팀을 나갔다. 그래도 대학에서 가끔 후보 선수로 연습 경기를 뛰었고, 뉴욕과 LA에서는 조정 클럽에 가입했다. 그랜비를 생각하면 캠퍼스보다는 타이거윕과 코네티컷이 먼저 떠오른다. 로빈 페이서의 등과 노를 저을 때마다 휘둘리던 말총머리가 눈앞에 선하다. 스토츠버리의 호텔 복도에서 서로에게 M&M 초콜릿을 던지며 망신당하지 않은 것을 축하하는 우리가 보인다.

조정팀 코치가 식당 안을 둘러보다 말했다. "저기 한 명 있네요." 그녀가 샌드위치 배식대에 있는 키 큰 소녀를 가리키며 말했다. "저기 있는 셋도요."

"초면이지만 사랑스럽네요."

정말 그랬다. 큰 소리로 웃으며 긴 유리잔에 초코우유를 가득 채우는 아이들은 그야말로 본연의 모습 그대로였다. 2018년의 도리언 컬러들은 정신이 나가지 않고서는 저들을 건드리지 못할 것이다.

접시를 들고 서 있는데 레빈 선생님이 말했다. "있잖아, 난 늘 네가 괜찮아질 걸 알고 있었어." 울컥했다. 마음이 쓰려서? 아니면 다정함 때문에? 그 말이 사실이라면 그는 나를 그렇게 생각해 준 유일한 사람이었다. 나조차 그렇게 생각하지 않았다. 그가 말했다. "너는 늘 괜찮아질 것 같았어."

11.

그날 밤 나는 프랜에게 브릿의 팟캐스트에 관해 이야기했다.

"사람들이 그게 내 아이디어라고 생각하지 않으면 좋겠어." 나는 말했다. 앤은 아이들을 씻긴다며 먼저 귀가했고, 프랜은 숙소도 살펴볼 겸 나를 데려다주러 왔다가 와인을 마시기로 했다.

"에이." 그녀는 찬장과 서랍을 하나하나 여닫고 있었다. "설마 그런 걸로 너랑 탈리아를 연관 짓지는 않을 거야." 나는 반 친구들과 탈리아의 가족, 세상 사람들을 말한 것이었는데 그녀는 선생님들로 한정지어 말했다. "정말 친했으면 선생님들도 기억하겠지. 로비 세레뉴 같은 애들처럼. 저녁 먹을 때도 말했지만 여기서 어떤 애들이 어울렸는 지는 기억이 흐릿해."

부엌으로 나온 내 하우스메이트가 프랜을 보고는 자신을 소개했다. 올리버 콜먼. 나는 이름을 다시 상기시켜 준 것에 고마워하며 속으로 되뇌었다. 올리버, 올리버, 올리버. 그리고 첫날인데 어땠냐고 물었다.

"똑똑한 아이들이더군요. 선생님이 말한 대로요. 그리고 정중하달 까. 제 생각에는, 글쎄요. 더 많은 걸 누리겠구나 싶었어요."

"이미 충분히 누리고 있어요." 프랜이 와인 잔을 들고 아일랜드 식 탁에 앉으며 말했다. "대부분은요. 감추고 있을 뿐이죠."

"스웨터 조끼를 입은 애들이 더 많을 줄 알았거든요." 그가 진지한 표정으로 말하는가 싶더니 이내 보조개가 패고 눈가에 주름이 잡히 도록 활짝 웃었다.

우리와 어울리고 싶은 듯했다. 올리버는 찬장에서 크래커 한 통을 꺼내어 그릇에 부으며 프랜에게 이곳 생활은 어떤지, 아이들이 고민 이 있다며 시도 때도 없이 방문을 두드리지는 않는지 물었다. 그는 매력적이었고, 또래였다면 그를 훼방꾼으로만 보지는 않았을 것이다.

"당직은 한 주에 한 번만 서요. 그날 외에 방문을 두드리면 호스로 물을 뿌려 버리죠."

그런 자질구레한 질문은 프랜이 매번 들었을 것 같아 나는 화제를 돌렸다.

"제가 가르치는 학생이 저희가 12학년 때 죽은 여자애에 관해 팟캐 스트를 하고 싶대요. 1995년이 무슨 고대 역사 같나 봐요. 오래된 괴 담 같은 거요."

프랜이 올리버에게 1995년에 몇 살이었냐고 물었다.

"음······." 그는 잠시 생각했다. "여섯 살이요."

프랜이 말했다. "에고, 저런."

"안 그래도 계산해 보고 있었어요." 나는 말했다. "1995년에는 1972년이 한참 전인 것 같았는데 지금은 1995년이 그런가 봐요."

프랜이 고개를 저었다. "그래도 그건 아니지."

"이상한 건 말이야." 나는 말했다. "그때 기억이 선명해. 기억나는 건 별로 없거든? 그런데 강렬한 기억은 사라지지 않나 봐."

올리버가 말했다. "아, 수영장에서 일어난 사건이죠? 강의 요청을 받고 구글로 그랜비를 검색하다 봤는데, 「데이트라인」에서 그 사건을 다뤘더라고요."

나는 말했다. "맞아요."

"저도 볼까요?"

"저급한 방송이에요." 프랜이 말했다. "광고로 넘어갈 때마다 그 애가 물속에 떠 있는 사진을 보여 주거든요."

나는 그 방송을 딱 두 번 봤는데, 한 번은 2005년 첫 방영 때고 또 한 번은 한창 토끼굴을 팔 때였다. 2005년의 진부한 설정을 10년도 더 지나서 보니 손발이 오그라들었다.

이쯤에서 잠시 멈추고 고백하면, 그랜비에 도착해서 24시간 동안 나는 탈리아 키스에 관한 대화를 세 차례나 나눴다. 어젯밤과 조금 전에는 내가 먼저 말을 꺼냈다. 브릿이 그 사건에 대해 알고 있었어도 그걸 아이디어 목록에 넣은 사람이 나라는 건 변하지 않는 사실이었다. 나는 양손에 벌꿀을 잔뜩 묻히고 벌들을 몰고 다니듯 탈리아를 몰고 다녔다.

그걸 너무 잘 알아서 나도 내가 왜 그러는지 궁금했다.

"왜?" 탈리아가 벙긋대며 물었지만 대답을 얻지 못한 그 질문이 자꾸 떠올라서였을 것이다. 한번은 제롬이 작업에 진척이 없는 듯해서 정확히 뭐가 문제냐고 물었더니 그가 눈을 치켜떴다. "내가 그걸 알았으면 이러고 있지 않겠지. 그걸 알았으면 작업을 애초에 시작하지도 않았을 거야. 매달릴 구석이 없으니까."

탈리아의 질문은 무대 밖에 있던 사람뿐 아니라 나를 향하는 것 같기도 했다. 왜? 대체 왜 그래? 왜 다시 돌아왔어? 뭐가 널 그렇게 괴롭히는데? 왜 하필 지금이야? 왜? 왜? 왜?

휴대폰이 진동했다. 야하브가 아니라 제롬이었다. 트위터 안 봤지? 이런 질문을 한다는 건 대개 내가 감당하기 힘든 뉴스가 돌아다니고 있다는 의미였다. 그는 특정 링크를 누르지 말라고 일러 주고 하루이틀쯤 인터넷을 피하게 해서 「뉴요커」에 실린 몇몇 사안을 귀신같이 숨기곤 했다. 벽을 사이에 두고 따로 사는데도 내 불면증은 여전히 그에게 영향을 미쳤다. 좋은 뉴스(추악한 정치인의 사임)였다면 당장 알려 줬을 것이다.

나는 물음표를 보냈다.

"해결이 안 됐나요?" 올리버가 물었다.

"아니요." 프랜이 말했다. "범인은 금방 잡았어요. 오마르 에반스라는 트레이너였죠. 체력단련실에서 근무하면서 우리가 발목을 삐면 붕대를 감아 줬어요. 탈리아를 스토킹했대요. 사귀는 사이였다고도 하고. 어쩌면 둘 다였을지도 몰라요."

"사귄 건 아니야." 나는 말했다.

"그랬겠지. 그러기에는 너무 바빴으니까. 탈리아는 늘 블로흐 주변을 맴돌았잖아."

"그래, 그렇지만……."

"블로흐는 징그러운 인간이었어."

프랜에게서 그런 말은 처음 듣는 것 같았다. 그녀는 당신을 위해 합창단과 뮤지컬, 「폴리스」에서 노래했다. 미술상을 받았을 때는 무대 위에서 시상자인 당신을 껴안기도 했다.

나는 말했다. "잠깐, 기다려 봐, 그건 사실이 아니야."

프랜이 눈을 치켜뜨며 올리버에게 말했다. "보디는 충성심이 대단해요. 귀여운 핏불테리어처럼 말이에요. 그게 이 친구의 최대 장점이자 단점이죠. 그리고 블로흐는 이 친구가 가장 좋아하는 사람이었어요. 하지만 보드, 그 사람은 징그러운 인간이었어."

당신이 늘 마음에 있었던지라 그녀의 말이 더 뼈아프게 들렸다. 2절까지 듣고 싶지 않아서 더는 맞서지 않았다.

프랜이 말했다. "탈리아는 또래 남자 친구가 있었고 오마르는…… 몇 살이었더라, 스물세 살?"

"스물다섯 살." 나는 말했다.

"탈리아가 좋아하는 스타일이었나요?" 올리버가 물었다.

"아니요." 우리는 동시에 답했다.

"그 사람은 조금 심하다 싶을 정도로 학생들과 잘 어울렸어요." 프랜이 말했다. "돌이켜 보면 백인 놈들이 득실대는 동네에서 흑인 남자로 사느라 그랬던 것 같아요. 길 아래에 있는 술집보다는 그랜비 미식축구팀이 더 편했을 거예요."

"우리는 그 사람을 정말 좋아했어요." 나는 말했다. "늘 요가를 가르쳐 주려고 했죠."

프랜이 말했다. "물고기자리라 그런지 도통 마음을 읽을 수가 없었다니까요."

"잠깐만요." 올리버가 말했다. "그래서 방송을 봐요, 말아요?"

나는 말했다. "재미로만 보세요. 진지하게 받아들이지는 말고."

탈리아에 관한 대화는 사실상 그걸로 끝이었다. 올리버가 「데이트라인」을 아무런 사전 정보 없이 보고 싶어 해서 레스터 홀트가 이름을 잘못 발음한다는 것만 일러 주었다.

"맞다." 프랜이 갑자기 활짝 웃으며 말했다. "도입부에 흰 셔츠를 입고 칠판 앞에 서 있는 남자가 나오거든요? 그분이 저희 아빠예요."

우리는 늦게까지 대화를 나눴다. 아일랜드 식탁에 올려놓은 휴대폰으로 아이들이 동물 이모티콘과 콧구멍을 크게 찍은 사진을 보내왔고, 나는 하트 이모티콘을 붙이며 흡입기는 챙겼는지 물었다. 그해 겨울에 레오는 일곱 살, 실비는 다섯 살이었다. 레오는 상어와 스타워즈 레고와 제빵에 푹 빠져 있었고, 실비는 툭하면 말 흉내를 내는, 말에 미친 단계를 지나고 있었다.

한참을 기다리고 또 기다린 끝에 야하브의 답장을 받았다. 확인해 봐야 해. 나중에 알려 줄게. 나도 정말 그러고 싶어, 믿어 줘!

프랜이 떠나고 올리버에게 물었다. "혹시 뉴스 봐요? 오늘은 뭐 특별한 일 없었죠?" 트위터를 확인하고 싶어 몸이 근질거렸지만 올리버한테 전해 듣는 게 나을 것 같았다. 잠을 자야 했다. 그는 대답하는 대신 리모컨을 집어 들고 거실에 있는 대형 TV를 켰다.

제롬이 인터넷을 멀리하라고 경고한 이유가 바로 거기에 있었다. 나를 유독 불안하게 하는 이야기의 새로운 국면을 전하는 앤더슨 쿠퍼.

어떤 이야기인지는 중요하지 않다.

젊은 여배우들이 풀장 파티에 가기로 해 놓고 몰랐다고 하자.

아니면 미식축구팀이 소녀의 죽음을 은폐하고 학교는 그 팀을 보호했다고 하자.

실은 치료사가 수년간 한 여성을 그루밍한 이야기였다. 상원의원이 촉망받던 10대 시절에 한 소녀의 얼굴에 성기를 들이민 이야기였다. 그녀 역시 앞날이 창창한 10대였다. 억만장자가 한 여자를 공중전화

부스로 떠밀었지만 아무도 그녀의 말을 믿어 주지 않았다는 이야기
였다. 고등학교 12학년 학생이 강간 혐의로 기소되었지만 10학년 소
녀가 음부를 면도했으면 성관계에 동의한 것이나 마찬가지라는 말도
안 되는 논리로 무죄 판결을 받은 이야기였다.

올리버가 배고프냐고 물어서 어깨를 으쓱해 보였다.

자신을 강간한 사람을 가위로 찌른 여자가 결국 감옥에 갔다는 이
야기였다. 문을 잠글 수 있는 비밀 버튼을 가지고 있었다던 인기 스
타에 관한 이야기였다.

올리버가 폭시즈에 전화해 세이지를 곁들인 화이트 피자와 버섯과
양파를 넣은 피자를 주문하고 고춧가루를 추가했다. 나도 한 조각씩
먹기로 했다.

성희롱 가해자가 결국 대법원에 간 사건이었다. 강간범이 결국 대
법원까지 간 사건이었다. 여자가 벌벌 떨면서 종일 증언하는 모습이
실시간으로 중계되었지만 아무 일도 일어나지 않았다.

다른 주제로 넘어가나 싶었는데 올리버가 MSNBC(뉴스 전문 케이블
TV — 옮긴이)를 틀어도 되냐고 물었다. 나는 그러라고 했다. "캠퍼스에
서 케이블을 보다니 믿기지 않네요. 저희 때는 채널이 세 개뿐이었거
든요." 「베벌리힐스」, 「90210」를 보려면 데리언에 사는 다니 미철렉
의 엄마가 수요일마다 비디오로 직접 녹화해서 보내 줘야 했다.

MSNBC에도 그 이야기가 나왔다. 판사는 수영 선수를 아주 유망한
청년이라고 불렀다. 강간범은 판사에게 자신이 어린 강간범임을 재
차 강조했다.

여자의 시신은 끝내 발견되지 않았다. 여자의 시신은 눈 속에서 발
견되었다. 여자의 시신은 방수포 밑에 방치되었다. 여자는 평생 회복
하지 못하고 피골이 상접한 채로 떠돌았다.

당신도 아는 이야기다.

피자가 현관 앞에 도착했다. 올리버가 접시를 갖다주며 말했다. "선생님이 여기 계시면 애들은 누가 봐요?"

12.

한참 만에 겨우 잠들었는데 금방 또 깨어나 당신이 진짜 '징그러운 인간'이었는지를 두고 속을 끓였다. 그 말이 신경이 쓰였고, 무게를 재어 보고 싶었다. 내가 찾아서 손에 쥐고 있는 그 요상한 조약돌의 무게를.

아이들은 당신을 매력적으로 봤다. 좋아하는 선생님이 누구냐고 물으면 대개는 당신이라고 답했을 것이다. 연구회 여자애들은 당신이 자리에서 일어나 큰 소리로 말하다 뺨을 붉히는 모습을 무척 좋아했다. 몇몇 남자애들도 마찬가지였다. 확실하다. 붉은 뺨과 검은 머리는 강력한 조합이었다.

당신을 추종하던 아이들은 당신의 수업을 들었을 뿐 아니라 당신과 함께 그린타운에서 캐럴을 부르거나 당신이 틀어 주는 스크루볼 코미디(사회적 지위나 빈부의 격차가 큰 남녀가 주인공으로 등장하며 재치 있는 대사와 행동이 특징인 희극 장르―옮긴이)를 보겠다고 신청서에 서명했다. 식당 테이블에 한 자리를 비워 놓고 같이 밥을 먹자고 조르기도 했다. 이들은 합창단과 오케스트라, 개인 강습을 받던 아이들, 베스와 사키나와 탈리아처럼 당신 눈에 들어 주인공이 되려는 뮤지컬 극장 디바들의 부분 집합이었다. 나는 캐럴을 부르러 가거나 당신의 생일에 깜짝 선물이라며 무대에 올라 독일에서 부르는 술자리 노래를 부르지는 않았지만, 아무 때고 들러 동료처럼 공연 이야기를 나누곤 했다. 나는 당신을 나의 스승으로 여겼다. 역사 수업보다 하키팀 감독 자리를 우선시하는 달 선생님과는 달랐다. 달 선생님은 하키 선수들에게 속했지만 당신, 당신은 나와 프랜과 카를로타의 선생님이었고 모두가 아닌 음악을 하는 아이들, 연설의 달인들, 이탈리아인 모임 같은 소규모 집단에 속했다.

당신이 갓 부임했을 때 로스 선생님은 뜬금없이 10학년인 나를 기술 담당으로 뽑아 당신을 돕게 했다. 11학년과 12학년은 「우리 동네」세트를 만드느라 바빴으니 10월에 있을 「폴리스」작업을 위해 예비 인력을 준비한 것일 수도 있다. 어쨌든 「폴리스」는 학부모 초청 주간에 가족들을 즐겁게 해 주고 몇몇 12학년의 대입용 포트폴리오에 들어가기만 하면 되는 버라이어티쇼였다.

당신은 신입 교사였고 나는 전년도 가을에 「폴리스」를 봤기 때문에 학생이 교사에게 설명하는 묘한 풍경이 연출되었다. 나는 내가 원해서 당신과 친구처럼 대화하는 줄 알았다. 장난을 거는 사람은 늘 나였다. 누가 대사를 못 외웠다는 둥, 누구랑 누가 예전에 사귀었으니 무대에 함께 오르면 안 된다는 둥, 누가 리허설에 자주 빠진다는 둥 하는 공연 관련 최신 소문을 알려 준 사람도 나였다.

하지만 2018년이 되니 달리 보였다. 우리는, 우리 모두는 우리를 고용하고 우리를 지도하고 우리를 벽장 속으로 끌어당기는 남자들에게 날카로운 시선을 던지고 있었다. 당신이 경계를 교묘하게 무너뜨리는 법이나 10대 소녀들이 성인이라도 된 기분을 느끼게 해 주는 데 탁월했을 수도 있다는 점을 고려해야 했다.

우리가 많은 시간을 함께한 건 사실이지만 당신은 땀에 젖은 손으로 내 무릎을 주무르지 않았다. 대학 때 한 교수는 교수실에서 내게 프랑스 여자가 면도하지 않은 겨드랑이에 비누칠하는 모습을 지켜보았던 게 인생에서 가장 야릇했던 경험이었다고 말했다. 당신은 그런 식으로 말하지 않았다. 컴퓨터에 있는 뭔가를 보여 준다며 책상 의자에 앉혀 놓고 귓가에 숨을 불어 넣지도 않았다. 다행이다.

하지만 나는 다시 한번 되새겼다. 당신이 나와 있을 때 선을 넘지 않았다고 해서 나보다 덜 조심스럽고 가시철조망을 덜 두른 여자애들한테도 그랬다고 장담할 수는 없다.

공연 개막일 밤, 막이 오르기 전에 당신이 나를 쳐다보며 "내 경력이 네 손에 달려 있어."라고 말한 게 한두 번이 아니다.

당신은 잔뜩 신이 나서 리허설 일정에 버디! 보디! 보드!라고 적었다.

부임 첫해에 당신은 미주리에서 다닌 작은 공립 고등학교에 대해 말해 주었다. 우리는 합창부와 오케스트라가 함께 쓰던, 당신의 사무실에 있는 TV 앞 작은 갈색 코르덴 소파에 앉아 「폴리스」 공연을 녹화한 낡은 비디오테이프를 보고 있었다. 당신은 어떤 사람들은 나고 자란 곳을 벗어나 멀리 가야만 한다고 말했다. 어릴 때부터 유럽을 드나든 대다수 부유한 그랜비 아이들을 말하는 게 아니었다. 태어난 곳에 비해 야망이 커서 작은 동네를 벗어나야 하는 사람들을 말하는 것이었다. 내게는 그다지 부합하지 않는 이야기였다. 나는 세번 로브슨에 의해 인디애나 브로드 런에서 구조되었다. 하지만 당신은 내가 제 발로 도망쳤을 거라고 으레 짐작했고, 나는 그게 좋았다. 10대에게는 어떻게 보이는지가 정말 그런지만큼 중요하다 보니 당신의 시각은 곧 내 자아상의 일부가 되었다. 나는 20대에 첫 데이트를 하면서 브로드 런을 떠난 건 내 선택이었다고 말했다. 정말 그렇다고 믿었다.

나중에는 솔직히 인정했다. 내 야망은 그랜비를 넘어서지도, 나를 그랜비로 데려가지도 않았다. 내 야망은 그랜비에서 태어났다. 이끼 낀 숲에서 자라난 버섯처럼.

당신은 말했다. "이곳은 네가 스스로 쟁취한 첫 번째 장소야. 네 것이라는 뜻이지."

나는 아무 말도 하지 않았다. 동의하지 않아서가 아니라 고마움에 울컥해서였다.

당신은 말했다. "너는 이곳이 할아버지 때부터 이 학교에 다닌 아이들에게 더 어울린다고 생각할지도 몰라. 하지만 너는 스스로 이곳을 선택해서 네 것으로 만든 거야."

이듬해 「폴리스」 공연에서도 우리는 함께 일했고, 당신은 왜 무대 뒤가 더 좋은지 물었다. 나는 말했다. "그야 빤하죠, 제 노래를 누가 듣고 싶겠어요!"

"그보다 더 중요한 것들에 대해 말하는 거야. 연출, 각본 같은 거. 영화에 관심 있지 않니? 난 네가 무대 뒤에 남을 운명이라고 생각하지 않아. 넌 그 모든 걸 아우르게 될 거야."

돌아보면 아이들이 어떻게 당신에게 빠져들었는지 알 수 있다. 하지만 나는 그들과 전혀 다른 결과물을 얻었다. 그것은 나에 대한 새로운 비전, 가능성이라는 감각, 궁극적으로는 커리어였다.

그렇다면 캠퍼스에 들어서자마자 당신에게 빠진 것이 분명한 탈리아 같은 사람은? 아무한테나 그랬는지 모르지만 그녀는 나한테 툭하면 당신 이야기를 꺼냈다. 어쨌든 나는 내부 정보를 알 수밖에 없는 사람이었다. 적어도 나와 당신의 관계는 당신의 이름을 언급하기에 좋은 핑곗거리였다.

그해 가을, 새 예배당에서 우리는 노스필드 마운트 허먼 합창단과 합동 공연을 했다. 프리실라 선생님의 지적처럼 노래하는 남자애들이 늘 부족해서 그랬는지 당신은 공연의 절반을 지휘했을 뿐 아니라 상대 합창단의 지휘자가 지휘봉을 잡을 때는 독창자로도 활약했다. 당신은 음악에 맞춰 온몸을 흔들었는데 하나의 주기처럼 크게 벌린 입에서 시작해 발에서 끝났다. 당신이 음악에 완전히 빠져 황홀경에 들어선 듯 구는 게 처음에는 장난인 줄 알았다. 하지만 당신 뒤에 소프라노로 서 있는 탈리아의 표정은 단순한 존경심이 아니었다. 당신의 성공을 간절히 바라는 초조함이었다.

탈리아와 어떤 선생님에 관한 소문은 당신의 귀에도 자연스럽게 흘러갔을 것이다. 소문은 달 선생님과 탈리아의 테니스팀 감독이던 위소키스 선생님에게도 전해졌다. 탈리아가 어떤 남자와 대화를 하더라도 스스럼없이 어깨를 만질 수 있는 사람이라 그랬던 걸까. 우리는 소문을 곧이곧대로 믿고서 뒷담화를 했다. (나는 당신의 교실에 일찍 도착해 신발을 벗고 벤치에 대자로 누워 있는 탈리아를 볼 때마다 프랜과 카를로타에게 알려서 뒷담화를 부추기는 데 일조했다.) 어떤 선생님이 학생한테 홀딱 빠졌다거나 여자애들의 다리를 훑어본다는 이야기를 퍼뜨리고 그걸 믿기까지 했던 것도 뒷담화가 사회에 미치는 영향력 탓이었다. 하지만 소문이 모두 사실일 리 없었고, 세월이 흐르면서 나는 그런 것들이 세상이 자기를 중심으로 돌아간다는 확신과 결부된 철없는 환상임을 알게 되었다.

12학년 「폴리스」 리허설 때 덴마크에서 온 교환 학생 벤트 젠슨이 모두를 극장 밖으로 몰아낸 일이 있었다. 당신은 고작 1년 있었으니 기억 못 할 수도 있다. 내가 그를 기억하는 이유는 누구도 반박할 수 없을 정도로 잘생긴 얼굴 때문이다. 시선을 강탈하는 그림 같은 금발과 가운데가 움푹 팬 턱.

벤트는 그날 밤 리허설에 늦었다. 당신이 이유를 묻자 그는 휘둥그레한 눈으로 멀뚱히 서서 당황해하더니 설명을 시작했는데, 어떻게 말해야 할지 몰라 주저하다가 밖에…… 작은 UFO가 엄청 많다고 했던가? 벤트는 그 말을 하자마자 얼굴을 붉혔지만 그 애 말을 믿을 준비가 되어 있던 우리는 곧장 자리를 박차고 일어나 무대 아래로 뛰어내렸다. 당신은 진짜 당혹감을 가짜 당혹감으로 감춘 채 뒤에서 우리를 불렀다.

우당탕거리며 밖으로 나간 우리는 계단과 인도에 서서 극장 뒤의 텅 빈 언덕을 응시했다. 야구 비시즌에 남자애들이 위플 볼을 하는 곳이었다. 여름의 끝자락이었지만 뉴햄프셔의 어둠이 내려앉기에는 충분한 시각이었다.

"저기 있었는데……." 벤트가 이렇게 말하고는 어색하게 웃어넘기려 했다. "뭔지는 모르겠는데 조그만 게 백 개는 있었어, 저기야!"

그가 갑자기 작은 불빛 수십 개가 깜박거리는 숲 언저리를 의기양양하게 가리켰다.

"야." 누군가가 말했다. "반딧불이 처음 봐?"

정말 처음 보는 모양이었다. 가엾은 벤트는 반딧불이에 대해 들어본 적이 없었고, 생물이 빛을 낼 수 있다는 것 자체가 그에게는 너무 생소한 개념이었다. 배꼽을 잡는 아이들 사이에서 나는 그럴 수 있다고 생각했다. 그런 존재에 대해 전혀 모른다고 치면, 뭐 알고 있는 것들 중에서 가장 비슷하고 이상하고 끔찍한 것을 상상하는 게 당연하다.

"짝짓기 상대를 유혹하려고 빛을 내는 거야." 누가 이렇게 말하고는 쉽게 말하면 반딧불이의 나이트클럽을 보고 있는 것이라고 덧붙였다. 우리는 반딧불이를 잡아 자세히 보여 주려고 이리저리 뛰어다녔다. 그때 막스 크라멘이 반딧불이 한 마리를 길바닥에 내동댕이치더니 운동화로 짓이겼다. 모두 그만하라고 고함을 지르는데도 아랑곳하지 않았다.

우리가 줄지어 극장 안으로 들어갔을 때 당신은 여전히 피아노 앞에 있었고 탈리아는 토치송(실연이나 짝사랑의 아픔을 표현한 발라드―옮긴이) 가수처럼 거기에 기대어 있었다. 극장에 남은 학생은 그녀뿐이었다. 그해 카를로타는 「폴리스」 공연에서 버지니아 억양을 완전히 지우지 못하고 과장된 뉴욕 억양으로 「애들레이드의 비가」를 불렀다. 나는 조정 부스로 되돌아가다 그녀가 속삭이는 것을 들었다. "누가 혼자 구애의 춤을 추고 있었나 보네."

나중에 기숙사로 돌아갔을 때는 당신의 뺨이 벌겋게 타올랐다는 둥, 립글로스를 지우려고 목을 문질렀다는 둥 하는 세부 사항들(정말 보긴 봤을까?)로 이어졌다.

당신이 그녀의 애정 공세에 응했을 거라고 믿었다면 우리는 왜 그 사실을 다른 어른에게 말하지 않았을까? 사실 당신이 리허설 도중에 바로 거기서 탈리아한테 키스했더라도 우리는 말할 생각을 하지 못했을 것이다. 로넌 머피가 자기 방에 콜롬비아 마약왕보다 더 많은 코카인을 가지고 있는 걸 알면서 아무도 말하지 않은 것처럼. 명예가 걸려 있어서가 아니었다. 그건 그냥 우리가 은밀히 공유하고 있는 세상의 수많은 비밀 중 하나에 불과하니 냉정히 받아들여야 한다고 생각해서였다. 사실 관계를 조사하다 보면 우리의 추측이 차츰 옅어지리라는 것을 어느 정도 알아서였을 수도 있다.

나는 UCLA에서 강의할 때 불쾌한 골짜기를 설명하며 반딧불이 예시를 들었다. 형편없는 예라는 건 인정한다. 나는 그 이야기를 우리의 뇌가 빈틈을 메우는 방식이나 우리가 알고 있는 정보를 활용하는 방식을 설명하기 위해 사용했다.

카를로타와 나도 같은 일을 저질렀다. (이렇게까지 자세하게 설명한 적은 없지만 말이다.) 우리는 당신과 탈리아를 바라보며, 훗날 최고의 이야기를 만들어 낼 충격적인 세부 사항들을 채워 나갔다.

우리는 뭘 안다고 생각했고 그러다 안다고 확신하게 되었다. 그건 반딧불이와 숲 언저리에서 펼쳐진 벌레들의 구애의 춤, 우리의 웃음소리, 벤트가 느낀 기분 좋은 안도감, 반딧불이를 잡아 준다고 뛰어다니며 밟던 흙바닥, 양손에 기적을 담아서 벤트에게 가져다준 일만큼이나 생생한 사실이 되었다.

13.

이튿날 학생들은 첫 에피소드에 관한 계획(인터뷰 대상, 도입부 두어 단락, 제목)을 세워 오기로 되어 있었다. 다들 과제를 넘치게 해 왔다. 게다가 멀쩡한 정신으로 테이블에 있는 물을 전부 마시며 수분 보충까지 하고 있었다! 내가 이렇게 사랑스러운 Z세대 아이들과 학교에 다녔다면 더 행복했을 수는 있겠지만, 학기말 리포트는 컴퓨터에 깜빡하고 둔 채 젖은 머리로 베이글을 입 안 가득 물고서 15분 늦게 나타나 유일한 낙제생이 되었을 것이다. 심지어 그날은 밤잠을 설친 뒤여서 두 걸음이나 뒤처진 기분이었다.

학자금 지원을 주제로 한 자밀라의 도입부가 가장 눈에 띄었다. 물론 녹음하려면 속사포 같은 발화 속도를 늦춰야겠지만.

나는 말했다. "졸업생 수여식(졸업식에 앞서 졸업생들이 학업 성적과는 상관없이 개인의 성취를 되돌아보며 축하하는 행사—옮긴이)은 아직 하지? 담당 선생님이랑 준비하고 있니?"

"봄 학기까지는 안 해요."

"옛날에는 한 30분은 하지 않았어요?" 브릿이 물었다.

"맞아. 우리 때는 1년 내내 준비했어. 요즘은 어때?"

"10분이면 끝나요."

말문이 턱 막혔지만 이내 정신을 차렸다. 변화를 견디지 못하는 노인네가 되고 싶지 않았다. 대신 나는 완전 채식주의에 성공한 것을 자축했다고 말했다.

"아직도 채식주의자세요?" 한껏 신나 보이는 올더를 실망하게 하고 싶지 않았다.

"아직 하지. 그런 면에서 식당이 정말 좋아졌어. 모든 면에서, 진짜야. 오늘 아침에 나온 오믈렛 배식대 있지? 우리였으면 좋아 죽었을 거야. 학교에서 끼니마다 채식 메뉴를 하나씩 주겠다고는 했는데 그중 절반은 생선튀김이었거든."

뉴햄프셔의 숲에서 채식을 실천하면서 1년 내내 뭘 먹었는지 가늠이 안 된다. 컨에 있는 건강식품조합에서 비건 크림치즈를 찾아내, 도나 골드벡이 당뇨병 때문에 특별히 허락을 받고 기숙사 방에 들여놓은 소형냉장고에 비축해 두기는 했었다. 나는 자판기에서 프리토스 과자를 뽑아서 가짜 치즈에 찍어 먹었다. 학교 식당에서는 샐러드와 피넛버터 샌드위치를 먹었다. 볶음밥이라며 쌀밥에 간장을 넣고 파를 뿌려 전자레인지에 돌리기도 했다.

내가 발표 연습을 하는 동안 당신은 책상에 앉아 식당에서 조금씩 빼돌린 쿠키를 보란 듯 집어먹으며 무척이나 재밌어했는데, 기억하는가? "음, 보디, 이게 왜 맛있는 줄 아니? 달걀과 버터 덕분이야."

자기 차례가 된 브릿이 의자를 당겨 앉고는 모두 듣고 있는지 확인하려는 듯 교실 안을 쭉 훑어보았다.

"1995년, 탈리아 키스는 뉴햄프셔 그랜비의 그랜비 학교 캠퍼스에서 사망했습니다."

나는 그녀의 기획에 내재된 야망에 감탄했다. 이 방송이 지향점을 찾는 전국의 청취자들에게 가 닿을 것이라는 생각을 하다니.

"시신은 3월 4일 토요일 오후 교내 수영장에서 발견되었습니다. 사인은 익사였지만, 후두부에 개방 골절로 인한 상처가 있었고, 마치 목이 졸린 듯 목에 멍 자국이 있고 경동맥과 방패 연골도 손상되어 있었습니다. 피해자는 뮤지컬 극장과 테니스장의 스타였고, 애머스트 칼리지로부터 입학 허가를 받은 12학년이었습니다. 의혹의 화살은 곧 이 명문 기숙 학교에서 수석 트레이너로 일하던 스물다섯 살의 흑인 남성, 오마르 에반스에게 향했습니다. 이 사건에서 공식적으로 언급된 유일한 용의자였죠. 에반스는 열다섯 시간에 걸쳐 심문을 받은 뒤 극심한 압박감에 거짓 자백을 했다가 그다음 날 바로 철회했습니다. 그는 미숙하고 인종 차별적인 동네 경찰들과 사건을 서둘러 종결지으려는 인종 차별적인 학교의 피해자였습니다. 오마르 에반스는 2급 살인죄가 인정되어 60년형을 선고받았습니다. 현재는 자기가 저지르지도 않은 살인 때문에 23년 가까이 수감 중입니다. 이것은 탈리아 키스와 오마르 에반스가 도둑맞은 두 개의 삶에 관한 이야기입니다."

롤라가 휘파람을 불었다. 올너도 대놓고 빈정거리는 것 없이 말했다. "어, 이런."

자밀라는 말했다. "방금 우리 학교를 명문이라고 부른 거야?"

나는 말했다. "잘했어, 브릿. 사소한 내용 하나만 수정하자면 그 사건은 주 경찰로 넘겨졌어. 그들이 인종 차별주의자였는지는 모르겠다만 미숙하진 않았을 거야. 주제뿐 아니라 가설도 제시해 줘서 좋았어. 한 가지 위험한 건……." 나는 시간을 벌고자 커피를 한 모금 마셨다. 아드레날린이 솟구치는 동시에 도대체 내가 뭘 시작하려는 건지 궁금해졌다. "한 가지 위험 요소는 처음부터 가설을 제시해 놓고 조사하다가 나중에 마음이 바뀌면 이러지도 저러지도 못한다는 거야."

"제 마음은 바뀌지 않을 거예요. 조사는 이미 할 만큼 했거든요. 정말 엉뚱한 사건이더라고요." 엉성하다는 의미였던 것 같다. 브릿은 다이앤 소여가 오마르의 어머니를 인터뷰한 영상을 봤는지 물었다. 못 봤다고 하니 보내 주겠다고 했다. "그분 얘기를 들어 보면 이해하실 거예요." 그의 어머니는 온몸의 세포 하나하나까지도 아들의 결백을 믿었을 것이다. 그 믿음이 카메라를 통해 전해진 게 분명했다.

"그 사건에 결함이 있을 수는 있어. 하지만 탈리아의 수영복에서 오마르의 DNA가 발견되었어. 입 안에서는 머리카락도 한 가닥 발견됐지. 그는 탈리아가 죽었을 때 그 건물 안에 있었고, 그 사람 말고는 용의선상에 더 올릴 사람도 없었어. 경찰이 자백을 받아 냈고. 친구들을 통해 범행 동기도 확인했지. 인명록에 동그라미를 쳐 둔 것도 발견했어. 그보다 훨씬 가벼운 혐의로도 유죄 판결을 받는단다." 내 목소리가 앵무새처럼 들렸다. 하지만 브릿은 레딧의 게시판에 올라온 내용을 기계적으로 반복할 뿐이었다. 나는 그녀가 어느 쪽으로든 고집을 부리지 않기를 바랐다. 잘 해내기를, 잠자는 호랑이를 흔들어 깨워서 내 머리로 이해하지 못한 의문점들을 전부 물어봐 주기를 바랐다. 내가 결코 받아들일 수 없는 것들이 있었기 때문이다. 현실에서는 살인범으로부터 자기가 무슨 짓을 했고 왜 그런 짓을 했는지를 정확히 듣지 못한다. 오마르의 자백은 곧이곧대로 받아들여져 큰 공백을 남겼다. 안 되는 건 알지만 과거로 돌아가 그 사건을 처음부터 끝까지 지켜보고 싶었다. 잔인한 부분들 말고, 죽음 말고, 거기로 이어지는 모든 과정, 운명이 살짝만 빗겨 갔어도 탈리아가 무사했을 모든 순간을.

"너희는 어떻게 생각하니?" 나는 아이들에게 물었다. "일반적으로 질문을 던지는 게 나을까, 아니면 답을 상정하는 게 나을까?"

자밀라가 대답했다. "선생님 팟캐스트 들어 봤는데 주디 갈랜드에 대해 알려진 건 전부 잘못됐다는 식으로 말씀하시던데요. 그렇게 해서 사람들을 낚는 거죠?"

"그렇지, 팟캐스트를 시작하기 1년 전부터 주디 갈랜드에 대해 조사했어. 제작 중에 알게 된 건 아니었지."

올더가 브릿에게 말했다. "좋아, 그래서 누가 그랬는데? 사람들이 답하지 못한 건 그 부분 아니야? 넌 뭐 알고 있는 거라도 있어?"

그녀는 어깨를 으쓱했다. "의심할 만한 사람이야 셀 수 없이 많지만 단정 지을 만한 사람은 없어. 이를테면 탈리아의 남자 친구였다는 로비 세레뉴는 숲에서 열린 파티에 참석했고 목격자도 많았지만 사망 추정 시각이 잘못된 거라면 아무런 소용이 없어. 애초에 살인이 아니었을 수도 있고. 전망대에서 수영장으로 뛰어들었다가 머리를 부딪혔고 목에 멍이 든 건 레인 로프 때문이라는 가설도 있거든. 한 가지 의문은 원치 않는 사람에게 수영복을 입힐 수 있는지야. 베이비시터를 해 봐서 아는데 그건 불가능해. 탈리아가 스스로 수영복을 입은 거면 다이빙을 했을 수 있지."

법의학을 조금이라도 아는 사람이라면 그 가설을 일축했을 테지만 (레인 로프는 목에 손자국을 남길 수 없다) 나는 아무 말도 하지 않았다.

첫발을 내디뎠다. 적어도 아이들은 그랬다.

도발적인 증거 중 하나는 오마르의 책상에서 발견된 94~95년도 그랜비의 얼굴들이었다. 소위 '페이스북'의 실물 버전을 아직도 만들 리는 없겠지만 당신도 기억할 것이다. 작은 스프링노트에 학생들의 흑백 얼굴 사진을 담은 인명록 말이다.

오마르는 사진 밑에 일일이 메모를 남겼다. 그는 나중에 외부인이 허락 없이 벤치 프레스를 사용할 수 있으니 체육관 소속인 사람들을 기억하려고 써 둔 것이라고 주장했다. 그 이듬해에 프랜이 보내 준 기사 하나에(리드 대학교에 다니던 그녀는 부모님으로부터 유니언 리더 특별호를 우편으로 받은 뒤 대륙 건너편의 인디애나 대학교에 있는 내게 관련 내용을 보냈다) 탈리아가 언급된 페이지가 있었다. 오마르는 사진 두 장에 상세한 그림을 그렸다. 탈리아의 목 주위에 그려진 올무가 사진 상단 끄트머리까지 이어져 있었다. 그는 자기가 그리지 않았고 본 적도 없다고 주장했지만, 그의 것으로 추정되는 잉크가 사용된 것으로 밝혀졌다.

나도 같은 페이지에 있었다. 유명 레스토랑의 경영자가 된 하니 카알리가 우리 이름을 알파벳 순서에 따라 나누었기 때문이다. 내 사진 밑에는 「애덤스 패밀리」 속 장녀인 웬즈데이 애덤스라고 적혀 있었다. 그보다 더 심한 말을 썼어도 이상하지 않았다. 사진 속 나는 화난 다람쥐처럼 보였다. 하니 밑에는 입에서 케밥 냄새라고 적혀 있었고, 탈리아 밑에는 제일베이트(성관계 승낙 연령 이하의 아동을 일컫는 말―옮긴이)라고 적혀 있었다.

자밀라는 입학과 학자금 지원에 관한 팟캐스트에 「받아들여라」라는 제목을 붙였다. 롤라의 레스토랑 종사자에 관한 팟캐스트는 「실례합니다」였다. 알리사의 아자렛 게이지 그랜비에 관한 팟캐스트는 「어머니를 찾아서」였다. 올더는 후보만 7개였다. 브릿은 「거짓 자백」으로 부르고 싶어 했지만, 수업 막바지에 휴대폰으로 확인한 햄릿의 문구를 인용해 「그녀가 물에 빠져 죽다」로 결정했다. 자칫 멜로드라마처럼 들릴 수 있지만 이것은 더 넓은 세상을 향한 것이 아니었다. 우리를 위한 것이었다. 우리만을 위한 두세 개의 에피소드였을 뿐이다.

14.

그날 오후의 영화 수업에서는 오데사 계단에서 굴러떨어지는 예이젠시테인의 유모차를 다루었다.(「전함 포템킨」─옮긴이) 나는 아이들에게 쇼트의 평균 길이를 재 보라고 했다. 여기서 3초는 스트로브 효과(불규칙하게 깜빡거려 피사체가 움직이지 않거나 거꾸로 가는 것럼 보이도록 하는 효과─옮긴이)를 불러일으키기 위한 시간이다. 그리고 62년 후, 컬러로 바뀌어 시카고의 유니언 스테이션 계단을 내려가는 드 팔마의 유모차와 엄마의 소리 없는 절규.(「언터처블」─옮긴이) 다시 예이젠시테인, 다시 드 팔마, 다시 예이젠시테인, 두 아기 모두 곤두박질친다. 두 대의 카메라 모두 빠르게 번쩍거리고, 고정되어 있지만 한곳에 초점을 맞추지 않는다. 나는 칠판에 적었다. 견인 몽타주. 나는 적었다. 움직임 → 집중된 주의 → 감정적, 정신적, 정치적 "변화".

교실에 유난히 총명한 아이가 하나 있었다. 소년은 수업 내내 책상 위로 몸을 바짝 내밀고 있었다. 그가 말했다. "제 느낌에는…… 어, 그러니까 장면은 생생한 경험을 모사하잖아요? 하지만 몽타주는 기억이 분열된 방식으로 기억을 모사해요."

뒤에 있는 남자애와 여자애가 속닥거렸다. 나는 두 사람을 제지하기 위해 다른 의견이 있는지 물었다. 여자애가 말했다. "아기들에게 무슨 일이 일어났을지 궁금해서요. 그다음 내용도 알 수 있을까요?"

수업 후 휴대폰을 보니 문자가 세 개 와 있었다. 모두 제롬에게서 온 것이었다. 개벼룩 약에 관한 질문과 백발에 카디건을 걸치고 학교로 향하는 레오의 사진, 그리고 트위터는 보지 마. 재미 볼 귀여운 선생이 나 하나 찾아봐. 푹 쉬어.

나는 별거 생활에 만족했고 실제로 다른 사람들과 잠자리를 가졌다. 적어도 야하브와는 그러고 있었다. 아니, 그랬었다. 제롬이 다른 여자들을 만나는 것도 괜찮았다. 그런데 막상 그가 그런 식으로 말하니 왠지 모르게 서글펐다.

저녁 식사 전에 시간이 남아서 새로 개조한 체력단련실에 가 보기로 했다. 중량 운동을 하는 아이들은 절반밖에 안 되었다. 혹시 몰라 수영복과 수경도 챙겼다. 일립티컬 머신을 20분 하고 나니 열이 올라서 기억 속에서는 얼음장처럼 차가웠던 수영장 물이 매력적으로 보이기 시작했다.

당신이 믿을지 모르겠지만, 나는 그래서 수영장에 가고 싶은 거라고 되뇌었다. 열을 식히기 위해서라고. 수영을 좋아해서 수영복을 챙긴 거라고.

탈의실에서 수영복으로 갈아입고 얕은 물에 뛰어드는 순간 창피하게 신음이 새어 나왔다. 다리가 순식간에 퍼렇게 질렸다. 수영장의 하늘색 벽이 비친 건지, 저체온증이 온 건지 알 수 없었다. 굳이 조명을 켜지는 않았다. 어둠이 반쯤 내려앉은 오후, 높은 가로창으로 비쳐드는 석양의 부드럽고 묵직한 빛줄기가 세상을 물들이는 게 좋았다. 그러고 보니 그랜비의 빛에 대해 잊고 있었다. 그곳의 빛은 달랐다. 그 빛은 더 오래되어 수 세기를 지나 당신에게 도달했다. 겨울의 빛은 밖에서는 바늘처럼 따가웠고 안에서는 수프처럼 몽글몽글했다.

수영장은 거의 그대로였다. 90년대 초의 기록들과 70년대에 한 아이가 세운 두어 개의 기록, 그리고 거의 모든 여자애의 기록을 박살 내고 2016년에 졸업한 스테파니 파샤의 기록이 남아 있었다. 구석에 있는 대형 물품 보관함 두 개에는 킥보드가 쏟아져 나와 있었다. 그랜비를 상징하는 녹색과 금색 레인 로프가 번갈아 깔려 있었다. 홀더니스, 그로튼, 프록터 같은 명문 기숙 학교의 알록달록한 깃발이 벽을 장식하고 있는 것도 여전했다.

다행히 탈리아는 원정 경기 하나만 남은 시즌 막바지에 죽었다. 아무리 물을 교체한들 수영 선수들이 수영장에 다시 들어가는 걸 상상이나 할 수 있을까?

수영을 하면서 수업 계획안을 생각해 보려 했지만 (소름 끼치게도) 내 마음은 자꾸 다른 곳을 향했다. 공간이 넓고 텅 빈 데다 수경이 주변 시야를 방해해서 옆에서 뭔가가 자꾸 움직이는 것 같았다.

캠퍼스 지도를 검색한 날, 나는 강박적으로 계산한 숫자들을 발견했다. 전망대가 6.1미터 높이고 수영장 가장자리와 2.4미터 떨어져 있으며 난간의 높이는 0.9미터이므로 물에 닿으려면 난간 위에서 아래로 7미터, 앞으로 2.4미터 이동해야 한다는 것이었다. 포물선으로 낙하하는 인체와 관련되어 복잡한 기하학이 적용되었고 도표도 몇 개 있었다.

사람들의 추론은 이랬다. 탈리아가 스스로 뛰어내린 경우, 뛴 거리가 부족했다면 몸이 휘어지면서 머리가 수영장 모서리에 스쳤을 수 있고, 뛴 거리가 충분했다면 목이 레인 로프에 먼저 부딪혔을 수 있다. 문제는 두 가지가 동시에 발생할 수는 없다는 것이었다. 경동맥 손상은 목이 졸렸다는 사실을 암시했고, 우측 안면에 생긴 상처와 뇌

간 및 후두부 손상은 단 한 번의 추락으로 수영장 가장자리나 레인 로프에 부딪혔을 거라는 가정에 부합하지 않았다. 수영장 모서리에 부딪힌 흔적도 없었다.

나는 매년 봄가을 선수 모집 기간에 통과해야 하는 수영 시험을 칠 때 빼고는 수영장을 쓴 적이 없었다. 처음 머칠은 실내에서 로잉머신 훈련을 해서 팀원들을 거의 사귀지 못했다. 허벅지를 옥죄는 학교 수영복을 빌려 입고 통통하고 허여멀건 다리를 드러낸 채로 거기에 서 있으면 유난히 창피했다.

탈리아는 익사 당시에 녹색 학교 수영복을 입고 있었는데, 수영장에서 우연히 찾았거나 다른 팀원에게 빌렸을 것이다. 라지 사이즈여서 탈리아가 입기에는 컸다. 수영모도, 수경도 없었다. 오마르의 유죄를 증명한 결정적 증거 중 하나였던 그의 DNA가 수영복 가랑이 부분에서 소량 발견되었다. 그러나 그 이듬해에 프랜이 보내 준 기사는 수중 DNA의 신뢰도에 의문을 제기했다. 물이 오마르의 DNA를 거기에 넣을 수 없더라도 다른 사람의 DNA를 씻어 내는 건 가능했다.

그리고 그녀의 입 안에서 그의 머리카락 조각이 발견되었다. 엄밀히 말하면 머리카락은 두 가닥이었다. 오마르의 DNA와 일치하는 2밀리미터 길이의 체모와 신원 미상인 인물의 3센티미터 길이의 체모. 경찰은 최근 수영장을 사용한 학생의 것이라고 단정했다. 브릿은 둘 다 물속에 있다가 탈리아가 익사하는 과정에서 입 안으로 빨려 들어갔을 수 있다고 항변할 것이다.

숨이 가빴다. 나는 수영을 자주 하는 편이 아니었고 팔다리는 보기 좋게 유지했지만 폐는 그러지 못했다. 나는 레인 로프에 두 팔을 걸쳐 겨드랑이를 걸었다. 얼마나 많은 보푸라기와 섬유, 머리카락 조각들이 수면에 떠 있었을까? 시선을 수면과 정확히 동일선상으로 낮췄다면 온통 티끌로 뒤덮인 물을 볼 수 있었을 것이다.

레딧의 탐정들이 현장을 조사했다면 줄자와 계산기를 잽싸게 꺼냈을 것이다.

나는 수년간 탈리아가 수심이 깊은 곳에서 발견되었을 거라고(보통 익사라면 그렇지 않은가?) 짐작만 하다가 나중에 「데이트라인」을 통해 사실을 알게 되었다. 사고 현장은 수심이 얕은 곳이었고, 탈리아를 발견한 선생님의 연락을 받고 온 경비원은 구조대가 오는 동안 수영장에 뛰어들어 레인 로프에 뒤얽힌 머리카락을 풀어야 했다. 또 나는 그녀가 물 위에 떠 있는 게 당연한 줄 알았는데, 아들이 한창 유혈이 낭자하고 충격적인 사건에 푹 빠져 있던 시기에 시신은 보통 며칠 동안 떠오르지 않는다는 사실을 알게 되었다. 탈리아의 머리가 수면 가까이 있었다면 그건 단지 그 위에 있던 레인이 머리카락을 꼭두각시 줄처럼 붙잡고 있었기 때문일 것이다.

사인이 익사라는 것도 불확실했다. 폐 안에 물이 있었지만, 물속에서 숨을 쉬었을 수도 있고 구조대가 심폐소생술을 하는 과정에서 물(아마도 이미 입 안에 있었을)이 폐에 들어갔을 수도 있었다.

탈리아가 발견된 다음 날, 즉 사후로부터 꼬박 이틀이 지난 후에야 부검을 할 수 있었던 탓에 상기도 내 거품과 같은(나중에 알고 소름이 끼쳤다) 익사를 뒷받침할 징후들도 희미해졌다. 검시관은 결국 세포 조직을 현미경으로 들여다봐야 했고 완벽하지는 않지만 단호한 결론을 내렸다. 공식 사인은 '상해로 인한 익사'였다.

수업 시간에 브릿은 범죄 현장(며칠간 범죄 현장으로 여겨지지도 않았지만)이 엉망진창이었다고 지적했다. 온 사방이 물과 흙을 묻힌 발자국 천지였고, 탈리아의 팔은 수영장에서 끌어올려지면서 찰과상을 입었다. 나중에 얕은 물 옆 콘크리트와 비상구 문틀에서 발견된 혈흔은 부주의한 구조대원들이 묻혔을 가능성이 커서 확실한 결론을 내릴 수 없었다. 게다가 염소에 무엇이 씻겨 나갔을지 누가 알겠는가. 며칠 동안 루미놀 검사를 했지만 아무것도 나오지 않았다.

수영장으로 향하는 문은 두 개다. 다시 말해, 수심이 얕은 쪽에 있는 정반대의 출입구 두 개로 드나든다. 그중 하나를 열면 미식축구 트로피(빛나는 새 트로피와 생기 없는 1890년대 트로피)가 가득한 복도가 나타나고 체육관과 탈의실, 로비, 정문이 차례로 이어진다. 인터넷에 따르면 오마르의 사무실은 수영장 출입문에서 8미터 떨어진 복도 끝에 있었다. 다른 출입문은 비상구로 밖에서 열면 경보음이 울릴 거라는 커다란 경고문이 붙어 있다.

오마르는 체육관 정문 열쇠(캠퍼스에 있는 거의 모든 문을 열 수 있는 마스터키)뿐 아니라 수영장 열쇠(잠금장치가 따로 있는)도 가지고 있었다. 체육 주임인 슈발 선생님도 그 열쇠를 가지고 있었다. 토요일 오후에 수영하러 갔다가 탈리아를 발견한 체육 부주임, 가엾은 위소키스 선생님도 마찬가지였다. 프랜의 어머니인 호프눙 선생님을 비롯한 수영부 감독들과 관리인들도 열쇠를 가지고 있었다. 여분의 마스터키 여러 개가 학생들 사이에서 은밀히 떠돌았지만 수영장 열쇠는 없었다. 수영장 열쇠 하나 때문에 그 모든 위험을 감수할 사람이 누가 있겠는가?

첫 심문에서 오마르는 그날 밤 사무실 문을 열어 두었다고 말했다. (그의 사무실은 아이들이 어깨를 진찰받고 손목을 테이핑하는 곳으로 책상과 진찰대, 대기용 소파, 시끄러운 제빙기가 있었다.) 따라서 수영장에 가는 사람은 반드시 그의 눈에 띄었을 것이다. 비상구를 통해 수영장으로 곧장 들어갔거나 몇 시간 전부터 수영장에 있었던 게 아니라면 말이다. 하지만 탈리아는 무대에 있었으므로 몇 시간 전부터 그곳에 있을 수 없었다.

수영장에서 누군가 비명을 질렀다면 수영장 문이 닫혀 있었어도 오마르는 그 소리를 들었을 것이다. 「데이트라인」에서 레스터 홀트가 오마르의 옛 사무실 안에 서 있는 동안 한 여성이 옆에 있는 수영장에서 비명을 질렀다. 그는 그 소리를 크고 명확하게 들을 수 있었다. 그래서 그 부분에 대해서는 의심한 적이 없었다. (그런데 브릿의 목소리가 또 들려왔다. 제빙기가 돌아가는 동안에도 해 봤나요?)

밤 11시 18분, 오마르는 퇴근 전에 평소처럼 건물 내부를 순찰하면서 수영장 유리문을 잡아당겨 잠겼는지 확인했고, 역시나 문은 잠겨 있었다. 그는 유리문 안을 들여다보지 않았다고 말했다. 그 안은 캄캄했을 것이다. 아침에 브릿에게 다시 한번 일러둬야겠다. 탈리아가 수영을 하려고 했다면 조명을 켰을 것이다.

나는 배영으로 영법을 바꾸고 호흡을 고르며 흘러가는 천장을 바라보았다. 판판한 널빤지와 깃발도 흘러갔다. 근육을 불태우고 싶었다. 탈리아에 관한 생각과 그녀에 대해 알게 된 정보를 모조리 고갈시키고, 대퇴사두근과 허벅지 뒷근육과 양팔을 기진맥진하게 만들고 싶었다. 다 비워 내고 싶었다. 그날 밤 나는 꿈 없이 잘 수 있었고 욱신거리는 몸으로 일어났다.

주 정부는 범행 동기와 관련해 탈리아가 마약을 대가로 오마르와 섹스를 했을 것이라는 가설을 제기했지만, 탈리아는 전교생에게 마리화나를 사 줄 수 있을 만큼 부유했으므로 터무니없는 이야기였다. 그녀가 팔꿈치 테이핑을 받다가 마약을 샀을 수 있고 그렇게 두 사람이 알게 되었을 수 있지만, 그걸 섹스와 교환할 필요는 없었을 것이다. 주 정부는 오마르가 탈리아와 잠자리를 하면서 그녀를 전처(10개월 정도 결혼 생활을 했다)와 관련지어 생각하기 시작했고 그 분노를 탈리아에게 투사한 것이라고 주장했다. 그의 전처도 탈리아처럼 백인이었다는 사실이 지대한 영향을 미쳤다. 그들은 어느 밤 오마르가 마약에 취해 그녀와 로비 세레뉴의 관계를 질투하다가 이성을 잃었고, 전처에 대한 온갖 감정이 다시 밀려와 발작하듯 분노하며 그녀의 목을 조르고 단단한 뭔가로 머리를 후려친 뒤 의식을 잃은 그녀에게 수영복을 입히고 수영장에 던져 버렸다고 단정했다.

전위된 분노라는 개념은 늘 이상해 보였고, 그 당시에도 마찬가지였다. 2018년에는 검찰이 단편적인 사실들로 어떻게 이야기를 엮어 내는지를 더 잘 알게 되었다. 분노라는 감정이 어떻게 흑인 남성들에게 전가되는지를 더 확실히 알게 되었다.

수영장에서 나는 내가 아는 진짜 오마르를 떠올리려고 애썼다. 체포된 순간부터 다시 쓰인 오마르, 살인자와 대화했다는 생각에 젖어 모든 기억을 반추하게끔 되는 그 오마르 말고. 그는 녹색 주근깨가 박힌 눈동자와 새하얀 치아를 가지고 있었다. 그리고 발밑에 스프링이라도 단 것처럼 체력단련실 이곳저곳을 뛰어다녔다. 나는 언젠가 그에게 당신을 보면 티거가 떠오른다고 말했다. 그는 로잉머신 사이에 누워 윗몸일으키기를 하면서 숨찬 기색 하나 없이 수다를 떨곤 했다. 그리고 학생들에게 관심이 많은 듯 서로에 관해 물었다. 쟨 왜 저래? 저 둘은 사귀는 거야? 쟤가 진짜 앤하이저부시의 상속녀야? 아니면 누가 날 놀린 건가?

물론 다른 시나리오도 있다. 탈리아와 오마르가 수영장 모서리에서 실랑이를 벌였고(그가 몰래 숨어든 그녀를 발견하고 막아섰든, 섹스나 돈 문제로 싸웠든) 그러다 어찌어찌 넘어져 머리를 부딪혔다면? 그래서 사건을 은폐하고자 그녀를 물에 빠뜨려 죽였다면? 아니면 같이 수영을 하다가 물속에서 몸싸움을 벌여 일이 걷잡을 수 없이 커졌다면?

어쩌면 이 이야기가 사무실에서 그녀를 공격하고 여기로 데려왔다는 자백보다 더 그럴듯할지 모른다.

레인 끝에서 턴하여 한 바퀴 또 한 바퀴를 도는 사이 물의 냉기가 뼛속 깊이 스며들었다. 내가 알던 그 이야기는 랜스와 팟캐스트에서 조사한 이야기, 오류와 편견 속에서 수십 년에 걸쳐 전해진 이야기와 아주 비슷하게 느껴졌다. 두 사람의 관계 혹은 그날 밤과 관련해 뭔가 놓친 게 있었을 것이다. 브릿이 나를 그리로 데려가주기를 바랐다. 천리안을 갖고 싶었다. 목격하지 않은 일을 기억하는 능력을 갖고 싶었다.

누군가가 수영장에 들어섰다. 교사라고 하기에는 아직 앳된 남자였다. 그는 도약대 끝으로 걸어가 돌고래처럼 날렵하게 물속으로 뛰어들었다.

15.

다음 수업 전까지 다이앤 소여와 오마르 어머니의 인터뷰를 보겠다고 브릿과 약속했기 때문에 그날 밤 양치질을 하면서 노트북에 영상을 틀었다.

쉴라 에반스는 작고 조심스러운 굴뚝새처럼 새초롬했다. 나는 오마르가 체포된 후에 그의 어머니는 다트머스 주정부의 비서관이고 아버지는 젊은 나이에 세상을 떠났다는 것을 알게 되었다. 그녀는 말끔히 정돈된 머리와 똑 부러지고 신중한 말투로 예스러운 인상을 주었다. 그 뒤로 액자를 씌운 가족사진이 피아노 위에 줄지어 서 있었다. 다이앤 소여가 연민과 회의가 한껏 뒤섞인 얼굴로 몸을 내밀었다.

「남편이 세상을 떠났을 때는 북엔드를 잃어버린 것 같았어요. 가족 모두 옆으로 줄줄이 쓰러졌죠. 하지만 오마르를 잃었을 때는 책장 자체가 사라졌어요. 우리가 발 딛고 있던 바닥이 뜯겨 나간 거예요.」

쉴라의 말에 다이앤이 동정심을 내보이며 고개를 끄덕였다. 차라리 대놓고 눈을 껌뻑거리는 레스터 홀트가 더 나았다. 적어도 그는 연기한다는 느낌은 주지 않았다.

카메라가 가족사진 하나를 클로즈업하더니 막 농담을 들은 사람처럼 웃고 있는 10대의 오마르를 보여 주었다. 머리숱이 더 풍성한 것 말고는 내가 아는 모습과 다를 바가 없었다. 내가 그랜비에 입학했을 때 오마르는 머리를 밀어 버린 상태였다. 그의 피부색이 밝기도 했고 이름이 아랍식이면 무조건 중동 사람이라고 생각한 탓에 나는 10학년을 마칠 무렵 오마르가 머리를 기르고 나서야 그가 아프리카계 미국인임을 깨달았다. 몇몇 팀원들에게 그 사실을 알고 있었냐고 물었더니 나를 얼간이 취급하듯 쳐다보았다. 흑인인 앤지 파커는 그 일이 그렇게 웃겼는지 그해가 다 가도록 금발만 보면 아무나 가리키며 물었다. "어떤 것 같아, 보디? 아시아 사람? 자메이카 사람?"

다이앤 소여의 내레이션을 통해 오마르가 뉴햄프셔 대학교에서 선수 트레이닝을 전공으로 이학사를 취득한 육상부 스타였고, 그랜비에 있는 동안 이학 석사를 취득하기 위해 다시 야간 주말 과정에 등록했다는 것을 알게 되었다. 「데이트라인」은 이런 내용은 하나도 다루지 않았다. 그는 코네티컷의 한 아파트에 있는 개인 약국 위층에 살았고, 녹슨 그랜드 앰 자동차를 끌고 한 시간 거리에 있는 그랜비로 통근했다. 뉴햄프셔 대학교는 집과 다른 방향이어서 그랜비에서 다시 한 시간을 더 가야 했다.

「둘째는 손 놓은 지 오래예요. 애들 아빠가 죽었을 때 맬컴은 겨우 여섯 살이었지만, 오마르는 열다섯 살이었어요. 그래서 혼자 마음을 다잡았죠. 그래, 남편이 장정 하나를 길러 놨으니 이제 오마르가 동생을 기르면 되겠구나 하고요. 하지만 맬컴이 열여섯 살이던 해에 오마르도 갈가리 찢겼어요. 정신을 바짝 차리려고 애썼지만 오마르를 위해 싸우느라 너무 바빴어요. 재판과 항소를 치러야 했으니까. 스트레스 때문에 대상 포진이 와서 심신이 쇠약해졌죠. 제 지원군인 여동생과 엄마까지 모두가 이 일에 매달려 있어요. 맬컴한테 신경 쓸 겨를이 있겠어요? 게다가 우리는 작은 동네에 살아요. 그 일 이후로 동네 사람들은 물론 선생님들마저도 맬컴을 어떻게 대했을지 어렵지 않게 짐작하실 수 있을 거예요. 그 애는 그저 타고난 강인함으로 자기 길을 찾아가는 중이에요.」

나는 해 보지 못한 방식으로 누군가가 명확히 설명하는 것을 보니 급소를 맞은 기분이었다. 아버지의 죽음은 우리 가족을 뒤흔들었지만, 모든 걸 제자리에 붙잡아 두던 에이스의 죽음은 가족의 삶을 뿌리째 뽑아 버렸다. 상실의 경중을 따질 수는 없지만 우리한테는 두 번째 상실이 더 컸다.

나는 양치질에 치실질까지 끝내 놓고 또 치실질을 하고 있다는 것을 깨달았다.

「그 사람들이 오마르를 천하에 나쁜 놈으로 만들었어요. 한 가지 혐의로는 부족하니까 마약 거래를 한다는 둥 난폭하다는 둥 학생들과 잔다는 둥 떠들어 대는 거죠. 그 사람들이 판을 짜는 거예요. 오마르를 집도 절도 없는 외톨이처럼 말한다니까요.」

실제로 검찰과 언론은 그를 거물 마약상으로 만들었을 뿐 아니라 학생들한테까지 마약을 팔고 있다는 뉘앙스를 풍겼는데, 나는 처음 듣는 이야기였다. 오마르가 마리화나에 대해 자주 말하기는 했지만, 마리화나의 아종인 인디카와 사티바의 차이를 설명하거나 선수들이 다쳐서 병원에 다녀오면 건강에는 마리화나가 더 나으니 처방받은 마약성 진통제는 전부 내다 버리라고 충고할 때뿐이었다. 그에게 마리화나는 명상과 호흡의 일부로 보였다. 그는 미식축구팀에게 빈야사 요가를 가르쳤다. 마리화나는 늘 대수롭지 않은 화제였다. 대화거리 이상이었다고 해도 캠퍼스에 있는 아이들은 다들 마리화나가 든 지퍼백을 갖고 있든지, 하다못해 마리화나라고 속여 파는 오레가노 지퍼백이라도 들고 있었다. 실제로 모두에게 마약을 판 사람은 브롱스빌에서 온 작고 뺀질뺀질한 로넌 머피였고, 그는 마리화나보다 더한 것도 팔았다.

오마르가 체포된 후 나는 그가 학생들에게 마약을 팔았다고 확신했다. 다들 그렇게 말했기 때문이었다. 몇 년이 지나자 나는 그가 경력이 위태로워질 걸 뻔히 알고도 왜 그런 짓을 했는지, 왜 학생을 스토킹했는지 궁금해졌다.

「어머니는 더 오래 사셨을 거예요. 스트레스가 아니었다면요. 심부정맥혈전증도 있는데 그렇게 걱정을 했으니. 오마르는 첫 손주였어요. 오시기 전에 목욕을 시켜 놓으면 그렇게 화를 내셨어요. 꼭 당신 손으로 씻기고 싶어 하셨죠.」 침을 삼키자 그녀의 턱이 움푹 팼다. 얼마나 참았는지 비통함은 작디작은 조약돌 같은 슬픔으로 변해 있었다. 무너지지 않은 게 신기할 정도였다. 「그러다 2008년에 돌아가셨어요.」

나는 노트북을 들고 침대에 들어갔다.

「여동생과는 사이가 틀어졌어요. 오마르의 결백을 확신하지 못

했거든요. 몇 년째 대화가 끊긴 상태예요. 시작은 가족과 함께였지만…….」 쉴라는 목소리가 갈라져서 잠시 멈췄다가 말을 이어 갔다. 「잘 굴러가는 건강한 가족이었는데 결국은 아시다시피 난장판이 됐어요. 한 가정이 파탄 나 버린 거예요.」

나는 항우울제를 복용하면서 10년간 제대로 울어 본 적이 없지만, 가끔 미치도록 울고 싶을 때는 비슷한 느낌을 내 보려고 온갖 우는 소리를 내며 주먹으로 눈을 꾹 누르곤 한다. 흐느낄 수만 있어도 좀 나을 텐데 눈물이 나오지 않는다는 사실은 상처가 된다. 그게 어떤 아픔이든 더 아파진다. 어쨌든 나는 침대에서 그러고 있었다. 연민 아래를 서서히 들춰 보니 어린애 같은 억울함이 있었다. 쉴라 에반스는 우리 엄마와 달리 남겨진 자식을 버리지 않았다.

쉴라의 슬픔을 오롯이 담아내지는 못할망정 자기 생각만 하는 스스로가 미웠다. 솔직히 감정이 있는 사람이라면 누구나 그 순간 마음이 무너졌겠지만 내 마음은 늘 그렇듯 어긋난 단층을 따라 쩍쩍 갈라졌다.

나에 대해 생각하면 안 되기 때문에 인식한 것을 땅속에, 그것이 뿌리를 내릴지 모르는 눅눅한 옥토에 쑤셔 넣었다.

그리고 모든 의문의 답을 찾는 대신 잠을 청했다.

#1: 오마르 에반스

아침에 무슨 꿈을 꿨는데 기억나는 건 무슨 물과 관련된 곤란한 내용이었으며 친구들에게 그 꿈에 관한 문자를 보내는 꿈을 또 꿨다는 것뿐이었다. 쉬었다는 느낌이 전혀 들지 않았다. 마침내 블라인드 사이로 햇살이 비쳐 들었다. 눈을 감고 누워서 탈리아가 죽은 그날 밤을 차근히 그려 봐야만 일어날 수 있을 것 같았다. 그럴 수 있다면, 그날 밤 일을 끝까지 쭉 떠올릴 수 있다면, 시트를 뒤죽박죽 땀범벅으로 헝클어 놓은 무언가를 버리고 일어나 그 자리를 떠날 수 있을 것 같았다.

그러면 행여 세상이 날 용서할까 싶어 그렇게 했다.

탈리아는 땀 냄새와 톱밥 냄새를 풍기는 망사 의상을 벗는다. 그리고 나중에 수영장 벤치에 깔끔히 개켜진 채로 발견될 청바지와 스웨터를 입는다. 셔츠 없이 녹색 캐시미어 스웨터만 발견됐으니 그렇게만 입었다고 가정하자. 등산화. 외투는 없는데 우리 학생 중 겁없는 애들은 그렇게 다니곤 했다.

그녀는 가방(보고된 내용물: 머리빗, 립스틱, 탐폰, 미적분학책, 토니 모리슨의 『사랑받은 사람』, 그랜비에서 나눠 준 주간 계획표, 다양한 펜과 머리끈, 소형 데오도란트, 기숙사 방 열쇠)을 와락 잡아채고 옷을 갈아입는 다른 여자애들을 쓱 지나쳐 무대 뒤 화재 대피용 계단으로 빠져나간다. 아무도 그녀의 부재를 눈치채지 못할 것이다. 로비를 비롯해 공연 출연진과 그 외의 많은 아이들이 술을 마시기 위해 낡고 역겨운 매트리스 두 개가 있는 숲으로 향하고 있다.

다른 아이들의 발자국에 덮여 그녀의 발자국은 점차 지워진다. 누가 일찍이 탈리아를 떠올렸다고 해도 어쨌든 이튿날 밤이면 빗물에 씻겨 없어질 것이다.

투광 조명을 피해 체육관 뒤로 향한 그녀는 칠흑 같은 어둠 속에서 벽돌 건물을 더듬으며 손가락의 감각만으로 앞으로 나아간다. 비상구를 세 번 두드리자 오마르가 경보를 해제한다. 안 그래도 조바심을 내며 기다리던 중이다. 두 사람은 사무실 소파로 자리를 옮긴다.

무대 화장을 지우지 않은 탈리아는 녹색 드레스에 맞춘 녹색 아이섀도를 하고 있다. 오마르가 섹시해 보인다고 말한다.

아니, 헤퍼 보인다고 말한다. 그녀가 눈을 깜빡거리며 입술을 불룩 내민다.

어쩌면 그는 로비 때문에 화장한 거냐고 물을 것이다. 뮤지컬을 하는데 왜 걸레처럼 보여야 하냐고, 남자 친구를 더 구하려는 거냐고, 다트머스 놈들하고도 붙어먹을 거냐고 묻는다. 탈리아에게 자기는 안중에도 없다는 걸 알기 때문이다.

두 사람은 가끔 이런 대화를 전희로 즐긴다. 그러면 그녀는 이렇게 말한다. 남학생만 드글대는 파티에 가서 몇 명이나 나를 자빠뜨릴지 확인할 거라면 어쩔 건데요?

하지만 그는 그럴 기분이 아니다. 기다리는 동안 뭘 먹었는지 그는 취기가 가시지 않은 상태로 옆에서 가만히 쳐다보다가 별안간 그녀의 목을 움켜쥔다. 그 순간까지도 그럴 생각은 없었는지 모른다. 그녀의 얼굴이 두려움에 사로잡히지 않았다면 그냥 장난인 척 넘어갔겠지만 때는 이미 늦었다. 본모습을 들켜 버렸으니 그 상황을 해결할 방법은 그녀가 자기를 쳐다보고 판단하지 못하게, 그 일을 기억하지 못하게 막는 것뿐이다. 소파 위 콘크리트 벽에 테이프로 붙여 놓은 새 심폐소생술 포스터에 그녀의 머리가 메다꽂힌다. 그녀가 손톱으로 할퀴어 깊은 상처를 남긴다. 아흐레 뒤 경찰이 오른쪽 귀 뒤부터 빗장뼈까지 이어지는 손톱자국을 발견하면 이웃집 개가 할퀴었다고 둘러댈 것이다. 탈리아는 염소가 섞인 물에 잠겨 있을 테니 그녀의 손톱 밑에서 피부가 발견되지 않아도 이상할 것이 없다. 오마르는 그녀의 목을 세게 조르다가 탈리아의 양팔이 축 늘어지자 뒷걸음질 친다.

아니. 이게 아니었다.

이런 이야기가 자백(마약, 사무실, 소파, 벽, 누구도 기억하지 못하는 포스터)을 통해 우리에게 전해졌지만, 그럴듯하게 만들 수가 없다. 내 머릿속에 사는 영화감독은 각본을 찢어 버리고 배우들을 집으로 돌려보내고 싶어 했다.

오마르는 남의 어깨에 있는 스트레스를 당사자가 느끼기도 전에 먼저 알아차리던 사람이었다. 분노가 폭발할 때까지 자기 안에 담아 둘 사람이 아니었다.

어쩌면 거기에 다른 누가 있는지 모른다. 오마르에게 성질이 불같은 난폭한 친구가 있는지도. 그리고 나중에 오마르는 그 두 사람을 위해 죄를 뒤집어쓰기로 마음먹는다.

어쩌면 오염된 마약을 먹고 환각에 빠졌는지 모른다.

나는 그것을 '무슨 일이 있었음' 정도로 남겨 둬야 했다. 사실이 그랬다. 달리 설명할 방법이 없었다. 그날 밤 체육관에는 그들뿐이었다. 뭔가 아주 안 좋은 일이 일어났지만 그는 도움을 청하지 못한다.

탈리아는 아직 숨이 붙어 있다. 아무리 몽롱한 상태여도 의료 교육을 받은 오마르는 자기가 무슨 짓을 했고 아직 탈리아를 살릴 수 있다는 것 정도는 안다. 하지만 그녀가 살아나면 그는 살아남지 못할 것이다.

그는 복도를 확인한 뒤 탈리아를 어깨에 들쳐 메고 8미터 떨어진 수영장으로 간다.

그는 봉제 인형 같은 그녀를 수영장 데크에 눕히고 옷을 벗긴 뒤 비품함에서 꺼내 온 여벌의 수영복에 욱여넣는다. 남동생에게 옷을 입히던 기억이 떠오르는 걸 애써 억누른다. 그녀의 호흡은 들쑥날쑥해도 꾸준하다. 오마르는 그녀를 굴려서 물에 빠뜨리고 나서야 데크 시멘트에 묻은 피를 발견한다. 사무실 벽과 복도 바닥에도 피가 묻었다는 뜻이다. 그녀의 까만 곱슬머리가 상처를 감추고 있었다.

오마르는 뜰채를 단단히 움켜쥐고 손잡이 끝으로 탈리아의 몸을 수면에서 몇 센티미터 아래로 지그시 누른다. 그녀는 저항하지 않는다. 이것은 그가 자백한 세부 사항인데, 멀쩡히 살아 있던 사람을 뜰채 하나로 그렇게나 가볍게, 그렇게나 서서히 죽일 수 있다고 생각하면 매번 마음이 무너져내린다.

오마르는 머리를 짜내어 둘이 같이 있는 걸 본 사람이 있는지, 알 만한 사람이 있는지 생각한다. 저녁 내내 사무실 전화로 통화를 해서 체육관에 있었다는 건 부인할 수 없는 사실이다. 본 것도 들은 것도 없다고 말해야 할 것이다. (그렇다면 1차 조사에서 굳이 왜 사무실 문이 열려 있었다고 말한 걸까?)

그는 산소 없이 버틸 수 있는 시간을 훌쩍 넘겨 10분을 기다린다. 놀랍게도 그녀는 아주 살짝 가라앉아 있다. 발이 머리보다 낮지만 둘 다 수면 바로 밑에 있다. 탈리아의 옷을 개어 벤치에 올려놓는다. 관리인이 초강력 표백제를 어디에 보관하는지 아는 그는 청소함으로 가서 셔츠 소매로 손을 감싼 채 표백제 통을 집어 들고 돌아와 피 묻은 데크에 쏟아붓는다. 그리고 거품이 쉭 이는 모습을 지켜본다. 주인 없는 수건으로 한참을 문질러 닦고 뒤로 물러서니 분홍빛 얼룩이 보이지 않는다. 잠시 조명을 켜고 확인한다. 같은 표백제와 수건으로 복도의 타일 바닥에 흩뿌려진 핏자국을 닦는다. 운 좋게도 사무실에서 혈흔이 보이는 곳은 심폐소생술 포스터뿐이다. 포스터를 뜯어내 몇 번 접어서 가방에 구겨 넣고 계속 벽을 문질러 닦는다. 표백제를 청소함에 다시 가져다 놓는다. 그러려면 수영장으로 돌아가 수면 밑에서 까닥거리는 탈리아를 볼 수밖에 없다.

정신이 좀 들고 나니 쳐다보기가 더 힘들다. 염소 냄새가 역겨워지기 시작하지만, 지금 상황에서 토하는 것만은 피하고 싶다. 그녀가 물살에 따라 흔들린다. 두 팔이 멋대로 널려 있고 머리는 레인에 부딪힌다. 그는 수영장 가장자리에서 손을 뻗어 그녀의 머리카락을 붙잡고 가까이 끌어당긴다. 그는 손가락으로 머리카락을 문지르며 생각한다. 맙소사, 이렇게 아름다운 소녀에게 무슨 짓을 한 거지. 그는 모든 걸 파괴한다. 뭐든 망가뜨린다. 그는 결혼 생활을 망가뜨렸다. 그는 그런 사람이고 그런 자신을 증오한다. 할머니의 크리스털 벌새를 깨뜨린 그 소년을 증오한다. 그를 보라. 그리고 그녀를 보라. 그는 그녀의 머리카락을 레인 로프에 감느라 소매를 적신다. 다섯, 여섯, 일곱 번을 휘감는다. 그 자리에 고정하여 그녀를 지키려고. 그런데 무엇으로부터? 그 자신도 알지 못한다.

그는 수영장 문을 잠그고 돌아선다. 이렇게 하면 시신이 늦게 발견될 테니 시간을 벌 수 있을 것이다. 그는 수건을 집어 들고 포스터와 함께 태우기로 한다.

그날 밤부터 이튿날까지 손에서 염소 냄새가 가시질 않는다.

(나는 그날 아침 내 이야기에 만족했을까? 잃어버린 조각들이 있어도 어쩔 수 없다고 되뇌었다. 뭉근한 욕지기는 아마도 간밤에 학교 식당에서 먹은 로메인국수 때문일 것이다. 여하튼 나는 침대에서 일어나 하루를 시작할 수 있었다.)

16.

수업 전에 브릿이 이따가 인터뷰해도 되는지 물었다. 해도 되지만 그 내용을 가장 먼저 소개하지는 말라고 당부했다. "너무 성의 없어 보일 수 있거든. 선생님을 첫 취재원으로 이용하는 거 말이야."

어느 정도는 책임을 거부하려는 본능에서 나온 말이기도 했다. 이 팟캐스트가 어쩌다 세상에 나오더라도 내가 방향타를 잡은 것처럼 보이고 싶지 않았다. 23년 전에는 이 이야기의 완전한 주변인이었으면서 이제 와 그 얘기를 하겠다며 나서고 싶지 않았다. (걔들이랑 친했던 건 아니지만 전부 입 다물고 내 말 들어!)

나는 브릿에게 말해 줄 게 많지 않다고, 할 수 있는 건 탈리아를 한 인간으로서 묘사하는 것뿐이고, 오늘 저녁은 보스턴에서 온 친구를 만날 생각이라서 시간이 안 될 수도 있다고 일러두었다. 하지만 수업이 끝난 뒤에도 야하브는 잠잠했다. 나는 바보처럼 하염없이 기다리게 될까 봐 먼저 문자를 보냈다. 오늘 밤은 일이 있지만, 앞으로 며칠은 괜찮으니까 혹시 시간 나면 알려 줘!

당신은 야하브를 신경 쓸 필요 없다. 그러면 오히려 이상할 것이다. 다만 그는 이 이야기의 일부이고 당시 2주간 내 심리 상태의 큰 부분을 차지했다. 멍청하고 절박하게 들릴까 봐 조금 더 설명하면, 그는 나와 2년을 만났고 별일 없으면 아침 인사라도 보냈을 사람이었다. 만나기 시작했을 때는 그도 나처럼 별거하면서 이혼 절차를 밟기 시작한 상태였다. 우리는 이미 친구 사이였고 UCLA에서 학생들을 가르쳤으며 속사포 같은 대화와 정치학과 타파스 바를 즐겼다. 나는 소울메이트 같은 건 믿지 않았고 그러니 삶이 좀 편해졌다. 우리는 그저 잘 어울려 지냈다.

나는 알고 지내는 심리학 교수가 주최한 포트럭 파티에 참석했다가 거미를 닮은 접란이 무성한 집에서 그를 처음 만났다. 고양이 화장실 냄새 때문인지 섹시함이라고는 눈곱만큼도 찾기 어려운 파티였다. 야하브가 접시에 산더미처럼 음식을 쌓아 올린 걸 보고는 다 근육인지, 아니면 원래 마른 체형인지 확인하느라 나도 모르게 그의 몸매를 이리저리 뜯어보았다. 2년 후 첫 잠자리에서 늑골과 길고 탄탄한 사두근을 쓸어내리며 확인해 보니 정답은 둘 다였다. 하지만 그때는 오르조와 치킨과 채소 라자냐가 산더미처럼 쌓인 접시를 빤히 쳐다본 것에 대해 사과했다. 그리고 말했다. "그야말로 싹쓸이하셨네요. 먹어 보고 뭐가 최고인지 알려 주세요." 그는 내 요청을 진지하게 받아들이고 그날 밤 내내 음식 맛을 보고하더니 테이블 맨 끝에 있는 브라우니가 최고라고 알려 주었다. "핵심은 소금이에요." 그가 내 머리카락에 대고 나직이 말했다. "나머지는 간이 덜 됐어요."

아직 이혼한 건 아니라서 나는 야하브와의 커피 데이트를 짜릿한 친목 정도로 생각했다. 우리는 둘 다 이스라엘 영화에 관심이 있었고, 우리 조하르의 초기 작품들을 함께 찾아보다가 그의 교수실에서 단둘이 「달에 난 구멍(A hole in the Moon)」을 보게 되었다. 나는 영화보다도 책장에 놓인 책들에 갑절은 더 끌렸는데, 법학과 교수의 책장에서 가죽 장정 대신 데이비드 미첼과 오드리 로드를 발견하리라고는 예상치 못했기 때문이다. 당시엔 친구가 되어 가는 중이어서 그와 밤을 보낼 일은 절대 없을 줄 알았다. 더 구체적으로 말하면 나는 섹스를 완전히 배제한 채로 털털하게 흉금을 터놓았고 민낯에 안경을 쓰고 산책을 했으며 제롬의 불안감에 대해 불평하는 것은 물론 아이들이 선물해 준 튼살을 가지고 칭얼거리기까지 했다.

그러던 어느 늦은 밤, 와인바에서 실패한 결혼 생활과 야하브가 운전 중에 겪은 공황 발작에 관해 대화를 나눈 뒤 그의 애절한 눈빛을 보는 순간, 말랑말랑하고 푸릇푸릇한 미래가 우리 앞에 펼쳐졌다.

사귄 지 6개월 만에 그의 아내가 심각한 만성피로증후군 진단을 받았고, 그는 아내 곁에 머물며 딸을 돌보고 가족과 한집에 살아야 한다는 것을 깨달았다. 그녀의 병은 우리의 관계를 보류시킴으로써 적법한 관계를 위법한 관계로 바꿔 놓았다. 자의로 도리를 저버린 게 아니라 상황이 바뀌었다고 폭풍같은 로맨스를 그만두고 싶지 않았을 뿐인데 자연스레 불륜이 되어 있었다. 우리는 보다 안 보다 했고, 함께하면서도 막연한 관계였다. 그가 이메일을 보냈고 우리는 문자를 주고받았다. 그는 나체 사진을 보내 달라고 매달리고 내가 필요하다고 하더니 이내 입을 다물어 버렸다. 우리는 호텔에서 만났고, 그러다 우리 집에서 만났다. 그는 죄책감과 동시에 안도감을 느꼈다. 아내의 상태가 호전되나 싶더니 아니나 다를까 심장에도 문제가 생겼다. 나는 그의 정신을 붙들어 주는 유일한 존재이자 그가 무너져 가는 이유였다. 그해 가을 그는 보스턴 대학으로부터 교수직을 제안받았다. UCLA에서 안식년을 맞이했지만 새 책을 쓰면서 두어 과목을 가르치기로 하고 가족과 함께 거처를 옮겼다. 그의 아내는 어찌어찌 나아지고 있었다. 그들은 여전히 이혼을 고려하고 있었지만 나는 평지풍파를 일으킬 처지가 아니었다. 나를 무시한다고 해서 그를 비난할 수는 없었다. 왜냐하면 그가 나를 무시하는 것은 옳은 일이었기 때문이다. 나를 변호하려면 일단 내 잘못부터 인정해야 했다.

그리고 나는 지금 여기 있다. 야하브는 숨통이 좀 트였을 것이다. 그리고 나는 내가 줄곧 외면해 온, 사소한 것에 행복해하던 소녀로 되돌아갔다.

쉬는 시간을 가진 다음 편집 이야기를 하려고 했지만 나머지 아이들도 탈리아 사건에 흥미를 느꼈는지 구글을 검색하여 나름의 가설을 만들며 그 사건에 말을 얹고 싶어 했다.

롤라가 갈퀴처럼 오므린 손가락으로 보라색 머리를 빗어 내리며 말했다. "70년대에 스페인어 교사를 살해한 남자가 그 무렵에 출소했어요. 그 사람이 어떻게 숲에 살게 되었고 캠퍼스 근처를 배회하게 됐을지가 여기 다 나와요. 그런데 수사를 안 한 거예요?"

"그건 우리가 서로를 겁주려고 한 이야기였을 뿐이야." 바바라 크로커와 소원해진 그녀의 남자 친구가 입던 낡은 재킷이 나뭇가지에 걸린 채로 발견되었다는 둥, 누가 담요를 동여맨 낡은 라크로스 골대나 시계탑에서 살면서 쌍안경으로 우리의 일거수일투족을 지켜본다는 둥, 4년 동안 믿기 힘든 이야기를 들은 졸업생이 퍼뜨린 소문이 분명했다. "실체는 없어."

자밀라가 말했다. "숲에 있는 매트리스는요? 그 사람이 거기서 살았을 거라는 내용을 읽었어요."

"그건 정말 아니야. 거긴 학생들이 술 마시러 가는 장소였어. 그날 밤 탈리아의 친구들은 거기에 있었지."

아이들은 매트리스에 대해, 그리고 내가 거기에 갔는지에 대해 듣고 싶어 했지만 나는 방해 공작에 넘어가지 않았다.

"나랑 친구들은 술보다는 담배를 피웠어. 다 철없던 시절 이야기야."

여하튼 나는 진짜 매트리스 파티에 참석한 적이 없다. 지나가면서 여러 번 보기는 했다. 겨울에는 크로스컨트리 스키 선수들이, 가을에는 크로스컨트리 육상 선수들이 사용하던 노르딕 트레일과 불과 몇 미터 거리여서 일단 거기에 있다는 걸 알면 못 보고 지나칠 수 없었다. 언론은 매트리스의 존재를 섹스와 관련지었지만, 실상은 만남의 장소를 표시하는 두 개의 낡고 역겨운 기숙사 매트리스일 뿐이었고 섹스를 하려면 파상풍과 벼룩을 감내해야 했을 것이다. 12학년 봄, 나는 조정을 그만두고 담배를 하루에 반 갑씩 피웠으며 수업이 없는 3, 4교시에는 제프 리슬러와 함께 매트리스에 가곤 했다. 깨진 병을 요리조리 피해 축축한 매트리스가 아닌 누가 가져다 놓은 통나무에 앉아서 담배를 피우고 있으면 제프가 나를 즐겁게 해 주었다. 가끔 카를로타도 자율 창작 시간을 빼먹고 우리를 따라와 담배 한 개비를 반쯤 태웠는데, 그럴 때마다 제프는 그녀의 입술로 들어가는 것이 자신의 성기라도 되는 양 빤히 쳐다보았다.

사람들은 누군가 파티장을 떠나 탈리아를 죽이고 돌아오는 게 시간상 가능한지 궁금해했는데, 인터넷에 제시된 대로 편도로 걸어서 30분이면 충분한 거리지만 눈길이나 빙판, 진창에서는 더 오래 걸렸다. 장담하건대 수업 하나가 끝나기 전에 매트리스를 찍고 오는 것은 불가능하다. 이제 모두가 알다시피 매트리스는 공연장과 체육관으로부터 각각 2.25킬로미터 떨어져 있다. 제프와 나처럼 퀸시홀의 암실에서 출발하면 조금 더 걸렸다.

브릿이 입을 열었다. "게다가……" 나는 동조하듯 그녀를 향해 돌아섰다. "오마르가 탈리아와 한 번이라도 말을 섞었다는 증거는 학교에 떠도는 소문이 다였어요. 탈리아는 몇몇 친구들에게 어떤 나이 많은 남자 때문에 힘들다고 말하곤 했어요. 그래서 친구들이 나이 많고 소름 끼치는 사람을 찾아보다 그 흑인 남자를 지목한 거예요."

"그건 사실과 달라." 나는 말했다.

교실에서 아이들이 떠드는 소리는 내 주위를 표류할 뿐이었다. '소름 끼친다'는 말이 손닿지 않는 무언가의 메아리 같았다.

그러고 나서(그때 내가 입을 쩍 벌리고 있었는지, 침착한 표정을 유지했는지 궁금하다) 오랫동안 끊겨 있던 뇌의 좌우 반구가 갑자기 연결되는 느낌이 들었다.

그때 극장에 남은 두 사람은 반딧불이 쇼를 보지 못했다. 그즈음 나는 당신의 문밖에서 탈리아의 수여식 지도가 끝나기를 하염없이 기다리곤 했다. 당신이 낮게 웅얼거리는 소리, 탈리아가 방 안 맞은편을 향해 내지르는 소리, 그리고 긴 침묵. 나는 11학년 때 그녀가 당신 얘기를 하면서 얼굴을 붉히는 걸 보았다. 당신과 탈리아가 바짝 붙어 앉아 있는 걸 보았다. 탈리아가 「폴리스」 연습을 마치고 늦게까지 남아 있는 걸 보았다.

나와 프랜, 카를로타, 제프는 이런 일들에 대해 이야기했다. 탈리아가 당신에게 푹 빠졌다고, 당신이 탈리아와 자고 있다고 농담을 했다. 농담이 아니었나? 아니면 그냥 재미로 그렇게 믿었을까? 기숙사 유령의 존재를 믿기로 했을 때처럼.

만약에…….

탈리아가 죽은 뒤에도 당신은 그다지 충격을 받은 것 같지 않았다. 적어도 다른 선생님들만큼은 아니었다. 당신은 나와 수여식 연습을 하면서 내게 괜찮냐고 거듭 물었고, 탈리아를 베이비시터로 알고 있는 당신의 아이들이 얼마나 큰 충격을 받았는지 이야기했다. 그쯤 나는 뭔가 사회 통념에 어긋나는 일이 벌어지고 있다는 생각을 완전히 단념한 게 분명하다.

그리고 1995년에 처음 알게 되었다. 오마르에 대한 소문이 돌고 있다는 것, 그 후에 그가 자백을 했다는 것, 그 후에(우리가 졸업하고 나서) 그에게 유죄 판결이 내려졌다는 것, 당시 증거는 탈리아가 어떤 나이 많은 남자에 대해 일방적으로 언급한 내용뿐이라는 것.

탈리아가 어떤 나이 많은 남자 때문에 힘들어했다는 사실에 교실의 공기가 무거워졌다.

당신이 그녀를 다치게 했다는 건 아니다. 나는 그렇게 생각하지 않았다. 당신의 손은 무척 가냘팠다. 당신은 꿀벌을 무서워했다. 당신이 누군가의 머리를 후려치는 모습은 상상도 할 수 없었다. 나는 오마르의 혐의를 뒷받침하는 DNA 증거를 되새겼다. 그리고 당신에게는 알리바이가 있었다. 당신은 무대 뒤에 남아서 악기와 악보가 잘 정리됐는지 확인하고 팀파니를 보관장에 다시 가져다 놓았다. 바로 내가 당신의 빌어먹을 알리바이였다. 나는 경찰 조사에서 우리가 영화 「브레이브 하트」에 대해 어떤 수다를 떨었는지 말했다. 그러고 나서 당신은 집에 있는 아내와 아이들에게 돌아갔다.

그래도 여전히 당혹스럽다. 이런 단편적인 정보만으로, 탈리아와 어떤 나이 많은 남자에 관한 소문만으로 경찰이 오마르를 주목하기 시작했다니.

그 사실은 23년의 무게로 나를 때렸다.

나이 많은 남자는 당신이었다.

탈리아가 나이 많은 남자 때문에 힘들어했다면 그 남자는 바로 당신이었을 것이다.

17.

나는 점심도 거른 채 바람을 뚫고 비탈을 오르며 숙소로 돌아가는 길에 생각했다.

오페라 연구회, 뉴욕, 베데스다 분수.

12학년 가을, 당신의 오페라 연구회에는 소파에 끼여 앉은 셋과 푹신한 오페라 의자에 앉은 셋, 이렇게 여섯뿐이었다. 나와 탈리아, 그녀의 남자 친구 로비, 베스 도어티, 나중에 진짜 오페라 가수가 된 칸리, 그리고 20년 후 호수 바닥에 가라앉은 로비의 친구 켈런 테넥. 미래의 모습을 보는 것보다 시간을 거슬러 과거의 모습을 있는 그대로 보는 것이 더 힘든 이유는 머리 위로 떠다니는 '살해된 소녀', '오페라 스타!', '애처로운 술꾼' 같은 말풍선을 외면하기 어려워서다.

당신이 선택 과목에 오페라 수업을 추가하도록 학교 측이 허락한 건 그 수업을 비정규 수업 목록에 영구히 못 박아 두기 위해서였을까? 매년 입학처를 찾아오는 8학년 엄마들은 지루한 듯 홍보 책자를 빠르게 넘기다 탄성을 질렀다. "어머! 오페라의 역사라니! 대학 과정 같네요!"

로비 세레뉴는 탈리아를 따라, 켈런은 로비를 따라 오페라 연구회에 들어왔다. 스키 선수로 인기가 많던 로비는 특권 의식을 한껏 드러냈다. 눈 오는 날에 반바지를 입고 머리칼을 늘어뜨린 채 껌을 씹으며 느지막이 수업에 들어오는 식으로 거들먹거려도 지적하는 선생님은 하나도 없었다. 탈리아와 사귀면서 그의 입지는 더욱 탄탄해졌다.

9학년 영어 이후로 로비와 같은 수업을 들은 적은 없지만, 돌이켜 보면 그의 통찰력은 적잖이 놀라운 수준이었다. 듣는 둥 마는 둥 카키 바지만 헤집고 있다가도 꼭 한 번씩 끼어들었다. "베토벤은 그 시대의 마일스 데이비스였어요. 끝없는 재창조라고 할 수 있죠." 오페라를 그렇게 좋아하지는 않았어도 은근히 음악광이었고, 레이저 태그나 월드컵 축구처럼 멋지다고 생각하는 것들에 대해 박식했다. 그는 탈리아를 교실 바닥에 단단히 붙들어 놓으려는 듯 그녀의 의자 뒤에 팔을 두르고 앉았다.

그해 10월에 메트로폴리탄 오페라 하우스에서 본 공연은 영원히 잊지 못할 것이다. 우리는 다른 수업을 다 제쳐 두고 사흘 동안 오페라 세 편을 보았다. 「피가로의 결혼」, 「라 보엠」, 「토스카」. 당신 덕에 인디애나 남부에서 온 소녀가 메트로폴리탄 오페라 하우스에서 오페라를 세 편이나 본 것이다. 말도 못 하게 피곤했지만 뇌 회로가 뒤바뀔 만큼 엄청난 경험이었다.

탈리아는 로비와 사귀었고 베스는 켈런에게 푹 빠져 있어서 그렇게 넷은 친했고, 나와 콴은 떨거지들이었다. 정해진 일정이 없다 보니 아침에 일어나서 다 같이 저녁을 먹을 때까지는 할 일이 없었다. 콴과 나는 도시를 함께 둘러보자는 말을 꺼내지도 못할 만큼 어색한 사이였고, 그래서 나는 매일 혼자 숙소를 나와 얼마나 멀리까지 걸을 수 있는지 확인하고 블록당 몇 칼로리를 태웠는지 계산했다.

그때까지 내가 본 가장 큰 도시는 인디애나폴리스였다. 뭐, 비행기를 타고 시카고 오헤어 공항을 지나간 적이 있긴 하지만 그건 제외했다. 촌뜨기처럼 보일까 봐 이런 말은 한 적이 없다. 당신이 알았으면 내게 그곳 지리를 더 많이 알려 줬을 것이다. 못해도 택시 잡는 법 정도는 가르쳐 줬겠지.

모든 게 거대했고 인도는 널찍했으며, 오후 5시에 내다 놓는 쓰레기에서 악취가 나는 거리마저도 마음에 쏙 들었다. 소매치기와 범죄, 갱단의 싸움(참, 링컨 광장은 갱단의 전쟁터로 악명 높았다)에 휘말릴까 봐 무서웠지만 그것만 빼면 지상 낙원이었다.

공연 관람 비용과 저녁 식사 비용은 그랜비에서 지원했지만, 사흘간 아침과 점심을 먹고 이동할 때 드는 비용은 수중의 30달러로 해결해야 했다. 나는 아침 일찍 일어났고(조정을 하던 습관 탓인지 뉴욕에서도 내 몸은 새벽 4시면 저절로 깨어났다) 탈리아와 베스가 깨지 않도록 살금살금 방을 빠져나가 호텔 맞은편에 있는 델리(식료품과 간단한 음식을 파는 가게─옮긴이)에서 작은 베이글과 잼, 오렌지 주스를 샀다. 다 해서 3달러 75센트였다. 그러면 6달러 25센트로 남은 하루를 보내야 했다. 하루는 점심으로 셔벗을 사 먹었는데, 그날 그것만 먹지 않았으면 다이어트를 망쳤을 것이다. 또 한번은 노점상에서 브레첼을 사 먹었다.

나는 'NEW YORK'이라는 글자 안에 뉴욕의 사진이 채워져 있는 엽서를 사서 애리조나에 있는 엄마에게 보냈다. 내가 거기에 있는지 모르는 엄마를 깜짝 놀라게 하고 싶었다. 돌이켜보면 다정한 행동이 아니었다. 엽서를 보낸 것 말이다. 그 이면에는 숨은 메시지가 있었는지 모른다. 엄마는 나에 대해 쥐뿔도 몰라. 아니면 엄마는 이런 데 와 본 적 없지? 오페라 수업도 그래서 들었는지 모른다. 나는 인디애나 브로드런에서 얼마나 멀리 벗어날 수 있을까?

뉴욕에 도착하고 얼마 지나지 않아 콜럼버스가(街)를 걷고 있는데, 누가 봐도 정신이 온전치 않은 남자가 갑자기 내 쪽으로 방향을 틀더니 거대한 가슴을 쥐고 흔드는 척을 했다. 나는 바삐 움직이는 팔다리와 덜컥 내려앉는 심장에 질색하며 그를 피해 걸음을 재촉했다. 그가 소리쳤다. "도망가거라, 귀여운 아가 토끼야! 깡충깡충!" 더 강경하게 대응하지 못해서인지 무슨 잘못이라도 한 것처럼 창피했다.

둘째 날 나는 둘둘 만 포스터를 겨드랑이에 끼고 호텔로 돌아가는 콴과 마주쳤다. "메트로폴리탄에 다녀왔어!" 몹시 혼란스러웠다. 어차피 매일 밤 가는 곳이 아닌가? 그가 덧붙였다. "쓸 땐 써야지." 혼란이 가중되었다. 그때 그가 둘둘 말린 포스터 하나를 펼치더니 밀짚모자를 쓴 반 고흐의 자화상과 맨 아래에 가로로 적힌 메트로폴리탄 미술관이라는 글자를 보여 주었다.

그래서 마지막 셋째 날 아침에는 링컨 광장과 공원을 지나 호텔에서 준 공짜 지도에 동그라미로 표시한 미술관으로 향했다. 사진 찍기 좋을 것 같아서 일부러 '베스 분수'라고 적힌 랜드마크를 거쳐 갔다.

그다음에 무슨 일이 벌어졌는지는 당신도 기억할 것이다. 당시에는 베스 분수로 알고 있었던 베데스다 분수의 끄트머리에 바싹 붙어 앉은 당신과 탈리아가 서로에게 발을 뻗어 발목을 맞대고 있었다. 거리가 있었으면 걸음을 멈추고 관광객들 뒤에 숨어서 그다음에 벌어질 일을 지켜봤을 것이다. 그리고 학교로 돌아가서 탈리아가 어떤 식으로 육탄 공세를 펼치고 있었는지를 프랜에게 말했을 것이다. 하지만 불과 1.5미터 거리여서 당신과 눈을 마주치고 말았다. 당신과 탈리아는 맞대고 있던 다리를 홱 떼어 냈다. 탈리아는 애써 웃음을 참는 듯 보였고 당신의 뺨은 산불처럼 타올랐다. 당신은 아무 일도 없었던 것처럼 말했다. "보디! 뉴욕도 참 좋다, 그렇지?" 그리고 말했다. "방금 탈리아한테 발표 지도를 해 주기로 했어. 너는 지도해 줄 선생님 구했니? 아직이야?"

나도 지도해 주겠다는 제안으로 들렸고 실제로도 그랬기 때문에 엄청난 안도감이 그간의 걱정을 덜어 주었다. 학교는 졸업생 발표를 지도할 10여 명의 교사 명단을 공지하고 우리가 각자 알아서 다가가기를 바랐다. 대부분의 아이들에게는 쉬운 일이었지만(하키 선수들은 달 선생님을 찾아가고 스키 선수들은 그랜슨 선생님을 찾아갔다) 누군가의 교실, 심지어 당신의 교실에 들어가서 나를 지도해 달라고 부탁한다는 건 생각만 해도 끔찍했다.

그래서 나는 말했다. "저는…… 네, 구해야 할 것 같아요."

당신은 진심으로 기뻐하는 듯 보였고 나는 제안을 덥석 받아들일 만큼 굶주린 상태였다.

어디로 갈 거냐는 질문에 '메트로폴리탄 박물 미술관'이라고 답하자 당신은 메트로폴리탄 미술 박물관이라고 점잖게 고쳐 주면서 고대 이집트를 꼭 찾아보라고 말했다.

그날 밤, 「토스카」 공연의 중간 휴식 시간에 자리에서 일어나는데 앞줄에 앉은 켈런 테넉이 우리를 돌아보았다. 그는 양팔을 위로 쭉 뻗어 옥스퍼드 셔츠 밑으로 희멀건 배를 드러냈다. 그리고 난데없이 물었다. "그러니까 너랑 프랜 호프눙은 둘 다 레즈인 거지?"

내가 화가 난 채로 잠자리에 든 것도, 속을 끓인 것도 다 그 일 때문이다. 공원에서 본 것 때문이 아니라.

18.

당신은 그녀를 언제 처음 알게 됐을까? 그녀는 11학년 초부터 합창단에서 소프라노로 활동했다. 그러다 「폴리스」에 합류하여 검은 드레스를 입고 「아임 에브리 우먼」에 맞춰 빙글빙글 도는 네 명의 소녀 중 한 명이 되었다. 9월 중순이 되자 당신은 그녀를 오프닝 스케치에 넣고 그녀에게 마지막 넘버의 솔로를 맡겼다.

그녀는 우리가 룸메이트였을 때 이미 당신을 알고 있었다. 그녀는 내게 언제부터 무대 감독을 했는지, 베이비시터를 할 때 당신의 아이들은 어땠는지, 당신은 어떤 베이글을 좋아하는지, 리허설 전에 매점에 들른다면 당신에게 어떤 음료수를 사다 줘야 하는지 자꾸만 캐물 었다.

이런 질문 공세를 제외하면 그해 우리의 대화는 묘하게 형식적이 었다. 고마운 침묵의 자율학습 시간에 이어 잠자기 전 유일한 둘만의 시간이 되면 탈리아는 늘 예의를 갖춰 대화의 포문을 열었다. 잘난 척처럼 보였더라도(정말로 잘난 척이었더라도) 제 딴에는 애를 쓴 것이 었다. "너희 가족만의 크리스마스 전통이 있니?" 혹은 "최근에 괜찮은 영화 본 거 있어?"라고 물었던 것 같다. 아무 말이나 내뱉는 법이 없었 고 숙제에 대해 불평하거나 하루가 어땠는지를 말하지도 않았다. 마 치 할머니가 지켜보는 가운데 잘 자랐다는 것을 증명이라도 하려는 것처럼 굴었다.

그해 봄, 그녀가 여름 방학 계획을 물었다. "아마 버거킹에서 일할 걸." 하고 대답했는데 그녀는 우스갯소리라는 걸 눈치채지 못했다. 배 스킨라빈스에서 다시 야간 근무를 할 수 있기를 바라고 있었으니 농 담이라고만은 할 수 없었다.

"아이다호에서?"

그간 내내 아이다호라고 생각한 건지, 아니면 인디애나라고 생각했 지만 이름을 몰랐던 건지 궁금했다. "아이다호 버거킹은 지역에서 재 배한 감자로 감자튀김을 만드는 게 특징이야. 우리가 직접 수확해."

그게 11학년 때였다. 12학년 때 탈리아가 죽고 난 뒤에 아사드 미 르자가 흥미롭다는 표정으로 살갑게 물었다. "보디, 너 정말 감자 농 장에서 살아?"

부자연스러워도 정중히 말하던 탈리아와 달리 그녀의 친구들은 내 게 좀처럼 싫은 티를 감추지 못했다. 언젠가 베스는 구릿빛 쉐딩을 그려 넣으면 얼굴이 더 갸름해져서 인상이 '덜 험악해' 보일 거라고 말했다. "윗옷 예쁘다" 같은 말도 청중에게 순수한 농담처럼 보이고 자 관용을 가장해 던지는 낚시용 미끼였다. 농담이 성공하려면 그 교 묘한 비아냥을 다른 아이들은 다 알아들어도 나는 못 알아들어야 했 다. 나는 모순으로 둘러싸인 모순적 존재였다. 내가 그랜비에 다닌다 는 것 자체가 모순이었다. 내 옷과 포스터가 모순이었다. 반면 그들은 층 낸 머리에 노스페이스와 격자무늬 미니스커트를 입고 겉과 속이 일치하는 삶을 순항했다. (나는 그렇게 믿었다.) 그래서 나는 문제의 소 녀가 라크로스 운동복을 입었어도 "와, 너도." 하고 맞받아치며 그녀의 당황한 표정을 즐겼고, 이 문제적 소녀는 레이첼과 마주 보며 보란 듯 눈을 치켜떴다.

둘 중 베스는 주인공이자 메인 보컬로, 끼 부림마저 예술로 승화 하는 금발의 크리스티 털링턴(1980년대 패션계에 붐을 일으킨 슈퍼모 델—옮긴이)이었다. 레이첼은 전 코네티컷 주지사의 딸인 어머니와 맨해튼에서 부동산 중개업을 하는 아버지 사이에서 태어났다. 이런 배경이 그녀의 밋밋한 성격을 보완해 주는 듯했다. 레이첼은 베스를 그림자처럼 따랐고 둘은 꼭 붙어 다니며 서로를 돋보이게 했다.

(무작위로 떠올린 반 친구들의 부모가 뭘 하는 사람들인지 아는 게 이상한 가? 내가 엿들은 상세한 정보들 덕에 세상을 향한 항해가 한결 수월해졌음을 명심하라.)

베스 도어티는 내가 그랜비에서 느낀 최악의 수치심에 책임이 있 다. 그해 나는 따가운 크림과 가루를 섞고 막대기로 윗입술에 펴 발 라 까만 털을 탈색하기 시작했다. 그러면 노란 솜털만 남았는데 뭘 더 어떻게 해야 할지 몰랐다. 여자들 대부분이 겪는 일이라는 건 모 르고 소수의 패배자 여자애들만 아는 치욕이라고 생각했다.

나는 탈리아가 몇 주에 한 번씩 방과 후 로비를 체육관에 데려다주고 스키 밴이 올 때까지 기다리는 사이를 틈타 그 일을 처리했다. 어느 오후, 방문을 잠그고 얼굴에 탈색약을 발랐는데 누군가 문을 두드렸다. 수건을 찾다가 욕실에 두고 왔다는 것을 깨달았다. 나도 모르게 누군지 물었고, 베스가 탈리아의 악보를 가지러 왔다고 큰 소리로 대답했다. 악보가 어디 있는지 알았으면 문틈으로 건네줬을 텐데 그럴 수도 없었고, 그제야 입술을 닦을 만한 것을 찾아봤지만 옷은 다 검은색이고 침대 시트는 짙은 청색이었다.

베스가 문고리를 달가닥거리며 말했다. "좀 들여보내 줄래?"

나는 탈리아의 세탁물에서 흰색 티셔츠를 꺼내 얼굴을 닦고 방문을 열었다. 상기된 얼굴로 가쁜 숨을 몰아쉬었을 것이다. 베스가 나를 위아래로 훑어보며 말했다. "문은 왜 잠갔어?"

이튿날 아침을 먹는데 도리언 컬러가 다가와 말했다. "손가락 운동하느라 바빴다면서?"

싱어베어드 세탁실에서 마주친 푸자 샤르마의 직설적인 설명을 듣고 나서야 그 뜻을 이해할 수 있었다. "어, 그렇다고 탈리아가 널 싫어하지는 않을 거고, 그냥 애들이 걱정하는 거야." 무슨 뜻이냐고 물으니 그녀가 말했다. "그러니까 어, 자위 마스터랑 살아야 한다고."

남자인 당신이 당시의 이러한 오명을 이해할 수 있을지 모르겠다. 걸레라는 말도 좋은 뜻과 나쁜 뜻이 반반이었다. 하지만 이건 그냥 나쁜 말이었다.

그 주에 마이크 스타일스가 복도에서 나를 멈춰 세우고는 진심으로 말했다. "애들이 널 그런 식으로 대한다니 유감이야." 다정하기는 했지만 그도 알고 있다는 사실이 상황을 더 악화시켰다. 다른 아이들처럼 나 역시 모두가 인정하는 아서왕인 마이크 스타일스한테 홀딱 빠졌고 가장 순수한 방식으로 미쳐 있었다. 순수하다는 건 그와 대화를 나눠 본 적이 없고 그가 정말 다정해 보였다는 뜻이다. 그는 주름이 깊게 팬 가파른 이마와 넓은 턱, 엘비스처럼 빽빽한 머리숱을 가지고 있었다. (언젠가 프랜은 '섹시한 네안데르탈인 같다'고 했는데, 나는 다른 의미로 그가 옛날 사람, 아마도 남북전쟁에서 노예제를 반대한 북군 같다고 생각했다.)

그해 5월, 탈리아의 졸업 앨범에 서명하려고 뒷장을 펼치니 호르헤 카르데나스의 끝 문장이 눈에 들어왔다. 자위 마스터에게서 벗어나 여름을 자유롭게 즐기렴! 그 전 장에는 베스가 자기들끼리만 아는 농담(토끼???, 그건 주고받는 게 아니야, **이제 뭐** 씨, 자위 마스터)을 쭉 나열해 놓았다. 탈리아는 등을 돌린 채 짐을 싸고 있었고, 나는 그녀와 함께 참여한 「흡혈 식물 대소동」이 실린 페이지를 펼쳐 출연진과 제작진의 사진 밑에 이름을(이름만) 적었다.

하지만 탈리아는 그런 말을 입 밖으로 내뱉거나 못되게 굴지 않았다. 그녀는 어른스러웠고, 당신은 그런 면에 더 끌렸을 것이다. 물론 진짜 어른스러움에 매력을 느꼈다면 10대와 어울리지 않았을 것이다. 그녀의 성숙함은 아마도 편한 핑곗거리였으리라. 어쩌면 당신은 그녀가 애늙은이라고 되뇌었는지 모른다. 그녀도 자기가 뭘 하고 있는지 알 거라고 확신했을 것이다. 그녀가 베이글과 탄산음료를 사 왔을 때 당신을 돌봐 준다고 느꼈을 것이다.

그전까지는 탈리아와 접점이 없던 것이 내게는 오히려 이득이었다. 다른 여자애들은 내가 9학년 때 들어와 로브슨 부부의 딸에게 물려받은 짝퉁 로라 애슐리를 입고 가지런히 자른 앞머리를 부풀려 스프레이로 고정하면서(인디애나에서는 여전히 유행이었지만 그랜비에서는 전혀 아니었다) 고군분투하는 것을 쭉 지켜보았다. 내가 난데없는 애교심으로 졸업 앨범 만들기에 뛰어드는 것을(오래가지 못했지만 기념으로 제프 리츨러와의 우정을 얻었다) 보았다. 프랜과 친해지기 전에는 나도 자기들과 비슷한 부류와 친해지려 애썼다는 것을 알고 있었다.

9학년 11월 무렵부터 멀어진 레이철과 베스 같은 여자애들은 이듬해 나의 변신이 무척 갑작스러웠을 것이다. 나는 머리를 턱 높이로 자르고 베티 페이지(관능적인 핀업 모델로 1950년대를 풍미했다 — 옮긴이)처럼 앞머리를 냈다. 물려받은 옷은 인디애나에 갖다 놓고 일주일 일찍 캠퍼스로 돌아가 호프눙 가족과 함께 지냈는데, 그때 프랜과 함께 하노버의 중고 매장에 가서 배스킨라빈스에서 번 돈으로 펑퍼짐한 검은색 옷과 망사 스타킹, 가짜 군용 재킷을 샀다. 우리는 프랜의 언니들이 쓰는 옷장을 뒤져서 당장 없어져도 찾지 않을 것들을 골라냈다. 나는 살집을 숨기고 싶은 마음에 온몸을 검은색으로 도배하고 플란넬 셔츠를 허리에 감거나 외투처럼 걸쳐서 요즘 같으면 고스 그런지라고 할 수 있는 스타일을 완성했다. 컨의 클로버뮤직에서는 마 섬유와 피모(특수 고분자 점토 — 옮긴이)로 만든 초커와 반짝거리는 검은색 매니큐어를 샀다. 프랜이 자기가 신던, 발가락 부분을 접착테이프로 붙인 낡고 큼지막한 닥터 마틴을 주었다. 나는 눈썹을 뽑아 작고 날카로운 체크 마크 모양으로 다듬었다. 다들 마찬가지였지만 내 눈썹은 유독 심했다. 까만색 아이라이너를 칠하는 법도 배웠다. 그해 여름 나는 한심한 기교를 벗어던지고 진정한 나로 돌아갈 채비를 했다.

10학년 때 카를로타 프렌치가 버지니아의 어느 여학교에서 도망치듯 전학을 왔고, 프랜과 나는 우리보다 멋진 그녀를 새 절친으로 기꺼이 받아들였다. 카를로타는 브래지어를 입지 않았으며 발찌를 했다. 그녀가 나무 밑에 담요를 깔고 앉아 기타를 치고 있으면 이론상으로는 샴푸 광고에 나올 법한 사립 학교 여자애들한테나 관심을 보여야 할 남자애들이 그 근처로 옮겨와 원반던지기를 했고, 그러다 결국은 배를 깔고 누워 그녀와 대화를 나눴다. 그녀는 그 애들을 우습게 여겼다. 카를로타가 「폴리스」에서 「리아넌」을 부르면 천상의 우아함이 느껴져서 나는 그녀가 되고 싶어졌다. 모래 빛 머리칼은 헝클어져 있었고, 갈대처럼 가냘픈 몸매도 밉지 않았다. 잡지를 들춰 보며 공들여 가꿨다기보다는 그 모습 그대로 땅에서 솟아난 것 같았다.

그해 겨울에 프랜은 전년도에 한 「드래곤 테일즈」를 언급하면서 신입생 파트에서 내가 입은 의상을 보여 줬고, 카를로타는 정말 개구리 같은 웃음을 터뜨렸다. "광신도 집단에 납치라도 된 거야? JC페니 백화점의 사이비 버전 같아!" 다행히 그녀가 사진 속 소녀를 뭔가 대단히 잘못된 가짜 나로 여겨 줘서 나도 함께 웃을 수 있었다.

하지만 다른 사람들은 대부분 그해 가을 나의 변신에 걱정스러운 반응을 보였다.

캐런 킹은 기숙사 입실 첫날 나를 보고 말했다. "맙소사, 조정은 그만두려고?"

가엾은 쉴즈 선생님은 내가 괜찮은지 확인하려 했다. 어느 아침, 연습을 나가려고 팀원들과 체육관 밖에서 드래곤 웨건을 기다리는데, 쉴즈 선생님이 지난여름에 대해 묻기 시작하더니 2분도 안 되어 누구와 상의하고 어떻게 약속을 잡을지 등 도움이 될 만한 방법들을 나열했다. 나는 횡설수설하며 더듬거렸고, 나중에야 내가 상황을 악화시키고 있다는 걸 깨달았다. 물론 정확히 그런 상태이긴 했다. 나는 상처받았고 무의식중에 그 부분이 나아지기를 바랐을 것이다. 하지만 다른 사람들은 내 상처를 처음 봤으니 생긴 지 얼마 안 됐을 거라고 지레짐작했다. 그해 여름에 내가 마약 혹은 마법을 접했다는 소문이 돌았다. 1990년대 미국의 공립 고등학교에 다녔다면 어느 무리에든 섞였을 것이다. 하지만 랄프 로렌과 덕 부츠(명문 사립 학교 학생, 일명

프레피들이 즐겨 입는 스타일—옮긴이)의 영역인 그랜비에서 나는 만신창이처럼 보였고 실제로도 그랬다. 헤로인에 오컬트, 손목을 긋는 자해까지! 세세한 부분들이 너무 잘못 알려져서 오히려 소문을 무시할 수 있었다.

11학년 때 커트 코베인이 죽은 후 클로버뮤직은 그가 남긴 친필 유서의 사본을 판매했다. 사본의 사본이어서 가장자리가 뭉개져 있었다. 유서가 양면이라 두 부를 사서 앞뒷면이 다 보이도록 침대 위에 테이프로 붙여 놓았다.

나는 욕실에 다녀오는 길에 복도에서 레이철이 약쟁이 같은 목소리로 유서를 읽는 것을 우연히 들었다.

탈리아가 말했다. "난 귀여운걸. 그 애한테는 영웅이었잖아."

베스가 말했다. "지금은 그렇게 말하지만 기다려 봐. 천정에 목을 맨 걸 발견하게 될 테니까."

내가 방문을 열자 날카로운 웃음소리가 뚝 끊겼다.

어쨌든 탈리아의 친구들에게 나는 1학년 여름에 뭔가 일이 있었던 애, 아무리 좋게 봐도 뭐 하나 제대로 하는 거 없이 잡다한 배역을 연기하는 애였다. 하지만 탈리아는 나를 있는 모습 그대로 봐 줬다. 멋진 구석을 찾아보기 힘들어도 브래지어를 훔칠 일은 없는 깔끔하고 사려 깊은 룸메이트.

그리고 나는 당신에 대해 모든 걸 알고 있는 사람이었다.

나는 당신이 로얄크라운 콜라를 제일 좋아한다고 그녀에게 말했다. 당신이 배우 휴게실 냉장고에서 여섯 개들이 로얄크라운 콜라를 보고 질색하길래 그랬다. 그 후로 당신은 그걸 매일 한 캔씩 권하며 내게 떠넘기려고 애썼고, 나는 결국 그것들을 받아서 뚜껑도 따지 않은 채로 당신의 사무실 여기저기에 숨겨 놓았다. 탈리아가 로얄크라운 콜라를 줬다면 당신은 알았을 것이다. 실은 그게 나한테서 왔다는걸.

19.

수요일 밤까지도 야하브는 묵묵부답이었고, 나는 브릿이 만나자고 해서 다행이라고 되뇌었다. 내가 놓친 사소한 순간들을 애써 떠올리다 보면 야하브와 당신에게 쏠린 주의를 돌릴 수 있을 것 같았다.

브릿의 팟캐스트에서 나만 다른 목소리를 내게 될까 봐 대화를 나눠 볼 만한 사람들(프랜, 그리고 아직 가까이 있는 선생님들)의 명단을 알려 줬다.

우리는 오후 7시에 90년대에는 없었던 유리처럼 매끈한 어퍼 캠퍼스의 기숙사 드와이어홀의 빈 자습실에서 만났다. 나는 화이트보드 아래 고급 소파에 앉았고, 브릿은 앞 테이블에 휴대전화를 올려놓고 내가 아이들에게 내려받게 한 녹음 앱을 열었다.

브릿은 어부들이 입는 두꺼운 크림색 스웨터와 스키니진에다 프랜이 1994년에 신었던 롱부츠 비슷한 걸 신고 있었다. "사건의 타임라인부터 듣고 싶어요."

나는 요약해서 설명했다. 탈리아와 나는 1993년부터 1994년까지 룸메이트였다. 그녀는 1995년 3월에 죽었다. 그해 봄에 오마르가 체포됐지만 자세한 내막은 여름까지도 알려지지 않았고, 그때 우리는 이미 전국 방방곡곡으로 흩어져 대학에 가져갈 짐을 싸고 있었다. 인터넷이 막 생겨난 시기여서 나는 그해 9월에야 첫 이메일 계정을 갖게 되었다. 브릿에게 일반 우편과 신문 스크랩 이야기를 하는데 정말 먼 과거처럼 느껴졌다. 오마르는 1997년에 재판을 받았고 1999년에 항소했다. 항소심에서 패한 뒤로는 잠잠했다. 범죄 프로그램에서 가끔 언급되기는 했다. 이유는 알다시피 백인 소녀의 시신이 기숙 학교에서 발견됐으니까. 거기에 예쁘고 부유하기까지 했다. 금발이었으면 완벽했을 것이다. 간단히 말해서 이런 이야기다. 이 섬뜩한 사건을 기억하십니까? 사건이 다뤄질 때마다 세부 사항은 더 흐려지고 결론은 더 선명해졌다. 천만다행으로 탈리아를 살해한 남자는 붙잡혔다. 수년을 감옥에서 지냈다는 사진 속 남자는 체중이 불어나고 눈에 생기를 잃었다. 살인자처럼 보이지 않는다고? 그렇다면 온라인에서 오마르의 석방을 요구하는 움직임이 커지던 2005년에 탈리아의 사망 10주기를 맞아 방영된 「데이트라인」 특집을 보라.

「데이트라인」은 오마르를 옹호하는 사람들(특히 「스파이더맨」에서 단역으로 출연한 여자가 눈에 띄었는데, 오마르 사건이 당시 그녀가 몰두하던 사회적인 대의인 듯했다)에게도 시간을 할애했지만, 대개는 DNA와 수영장 출입 여부 같은 증거들에 초점을 맞추었다. 나중에 철회하기는 했지만 오마르가 자백도 했고 인명록에 동그라미 표시를 해 둔 것도 발견되었다. 설사 오마르가 탈리아가 친구들에게 말한 "나이 많은 남자"가 아니었다고 해도, 세 명의 스키 선수가 주장한 바에 따르면 그는 탈리아를 웨이트 벤치에 결박하는 환상에 대해 농담을 했다.

"오마르는 재밌는 사람이었어. 체력단련실이 쾅쾅 울리도록 음악을 틀어 놓고 이리저리 돌아다니면서 주먹을 마이크처럼 내밀고 노래를 시켰지." 내가 브릿에게 말하려던 타임라인과는 무관하지만 왠지 중요하게 느껴졌다. "그 사람은 교사라면 치곤 하는 벽 같은 게 없었어. 사타구니에 얼음을 대 주는 사이다 보니 좀 더 친밀했던 것 같아."

브릿은 내 말에 고개를 끄덕이고 말했다. "저는 사실 그날 밤의 타임라인이 궁금했어요."

"아." 무슨 말을 해야 할지 알 수 없어 도리어 안심이었다. 당신을 언급할 생각은 없었지만(특히 녹음 중에는) 머릿속 카드들이 거북한 방식으로 뒤섞이고 있었다. 예를 들어, 난 수년 동안 탈리아에 대해서는 그렇게 많이 생각했으면서 오마르에 대해서는 왜 그토록 무관심했을까? 나는 이 질문으로부터 나 자신을 변호하고 싶었다.

"좋아. 그날은 금요일이었어. 나는 무대 감독이었고 공연을 마친 뒤에 기숙사로 돌아갔어. 그리고 다음 날 저녁에 모든 사실을 알게 됐지. 그게 토요일이야."

"그렇군요. 토요일과 관련해서 뭐 기억나는 거 있으세요?"

우리가 앉은 자습실 유리 벽 앞으로 여학생들이 드문드문 지나갔는데, 아직 운동 장비를 벗지 못한 아이들도 있었고 저녁 시간 샤워실을 차지하기 위해 잽싸게 수건을 두른 아이들도 있었다.

"나는 12학년이어서 1인실을 썼고 늦잠을 잤어. 중요한 건 아니지만, 금요일 자정쯤 기숙사 화재경보기가 울렸어. 사소한 전자레인지 사고였고, 그래서 모두가 꽤 늦은 시각까지 밖에 서 있었지. 요즘도 애들이 팝콘을 태우니?"

브릿이 소리 내 웃었다. "말도 마세요. 팝콘용 버튼은 왜 있는지 모르겠어요. 그걸 누르면 남아나는 게 없거든요."

"내 말이! 아무튼, 알다시피 금요일 밤에는 아이들 여럿이 노르딕 트레일과 멀지 않은 숲속 매트리스에서 술을 마시고 있었어. 3월치고 날이 푸근했거든. 섭씨 0.5도 정도였는데 그해 들어 처음으로 바깥 공기를 쐬도 얼굴이 아프지 않은 날이었어. 뭔지 알지?"

"그 부분에 대해서는 적어 둔 게 많아요. 총 열아홉 명이었어요."

"다 공연에 갔던 애들일 거야. 아니면 공연에 참여했거나. 친구들 대부분이랑 남자 친구가 파티에 갔는데 탈리아는 없었다는 게 조금 이상하긴 했어. 어쨌든, 그래서 토요일에 많은 애들이 숙취에 시달렸지. 물론 나는 아니었어. 내가 도덕적이어서가 아니라 걔네랑은 평소에 어울리지 않았거든. 술을 마신 데다 화재경보까지 울렸으니 다들 피곤해서 늦잠을 잔 거야. 게다가 탈리아도 1인실을 써서 한동안은 아무도 찾지 않았어."

12학년 회장이었던 제니 오사카(무대 앞 오케스트라석에서 플루트를 연주했다)도 매트리스 파티에 초대받았지만 그녀는 본분을 다하고자 탈리아와 내가 생활하던 기숙사에 남았다. 매트리스 파티에 참석한 싱어베어드 학생들은 입실 시간(주말은 오후 11시)에 늦었고, 제니는 평소보다 천천히 인원을 확인하면서 시간을 끌었다. 제니는 술을 마시지도, 통금을 어기지도 않았지만 아이들을 배신할 생각이 없었다. 그녀는 나중에 아이들이 어디에 있는지 알아서 걱정하지 않았다고 설명했다. 5분 후 여자애들 몇 명이 1층에 있는 베스 도어티의 방 창문으로 쏟아져 들어와서는 허둥지둥 자기 방으로 돌아갔다. 제니는 그들이 돌아온 시각을 일지에 기록하고 다른 아이들의 이름에도 체크 표시를 하여 보겔 선생님께 제출했다. 제니는 친구들이 있으니 탈리아도 있을 거라고 짐작했다. 아니면 어디에 있겠는가? 화재경보 사건은 그 후에 일어났다. 보겔 선생님은 지침에 따라 기숙사 안을 점검하며 방이 전부 비었는지 확인했지만, 마흔 명쯤으로 보이는 아이들이 추위에 떨며 한데 뭉쳐 있었고 기숙사 안에는 아무도 없었기 때문에 출석을 따로 부르지 않았고, 12시 30분에 방으로 돌아갈 때도 일일이 확인하지 않았다.

제니는 죄책감에 시달렸다. 지금도 그럴지 모른다. 그녀는 올림픽 스키 대회에 출전하여 동급생 중에서는 처음으로 뭔가 대단한 일을 해냈다. 그런 실수를 어떻게 잊을 수 있겠는가? 탈리아의 시신이 발견된 후 제니는 보겔 선생님을 찾아가 매트리스 파티에 대해 털어놓았다. 다른 아이들이었다면 그러지 않았을 것이다. 그렇게 빨리는. 아무튼 그것은 파티에 갔던 아이들의 알리바이였다. 제니는 회장직과 선도부에서도 깔끔히 물러났다. 보겔 선생님이 더 조용하고 심각한 타격을 입었을 것이다.

이렇게까지 말할 생각은 없었다. 가엾은 제니 오사카의 이름은 더더욱 피하고 싶었다.

"선생님도 그 기숙사셨어요? 싱어베어드?"

"응, 4년 내내."

"와, 진짜요?" 브릿은 언젠가 그랜비에 있었을 법한 치어리더 같은 소리를 냈다. "저도 처음 2년은 거기서 지냈거든요! 탈리아가 어느 방에 있었는지는 알아내지 못했어요."

탈리아의 방이 귀신 들린 사당 같은 게 아니라 기뻤다. "몇 호였는지는 모르겠는데 2층 복도의 왼쪽 끝에 있는 1인실이었고 창문이 있었어."

브릿이 몸서리를 치며 기뻐했다. "누가 그 방을 쓰는지 알아요! 걔한테 알려 줘야 할까요?"

"안 그러는 게 좋을 거야."

브릿은 얼핏 꿈꾸는 듯한 표정을 지었다. 그 방에 들러서 옷장 안에 탈리아의 이니셜이 있는지 확인하려고 핑곗거리를 만드는 모양이었다. "그런데 2층이라는 건 한밤중에 방을 나갈 수 없다는 뜻이잖아요."

"1층 방으로 나가지 않는 한은 그렇지. 그렇다고 해도 공식적인 사망 추정 시각은 늦어도 자정이야." 나는 말했다. "화재경보가 울리고 나서 기숙사 안이나 밖에서 그 애를 본 사람은 일절 없었어."

"그런데도 시신이 발견될 때까지 없어진 걸 아무도 눈치채지 못했다고요?"

"맞아. 토요일 오후에야 알았지." 내가 직접 관련된 부분이어서 기분이 좋았다. "나는 조정팀이었고, 시즌 전에 수영 시험을 봐야 해서 팀원들과 체육관에 가던 중이었어. 그때가 아마 4시쯤이었을 거야. 갑자기 경찰차와 구급차가 진입로로 달려왔어. 그들이 가장 먼저 도착했을 거야."

"뭐 본 건 없으세요?" 브릿은 전문가처럼 침착해 보이려고 했지만 초롱초롱한 눈빛을 감추지 못했다.

나는 고개를 젓다가 팟캐스트라는 걸 기억하고는 큰 소리로 "없어." 라고 말했다. 나는 이런 경우에 보통 대본을 들고 있었다. "밖에 사람들이 몰려들기 시작했어. 조정팀 여자애들, 배구 선수들, 선생님들. 그러다 익사라는 얘기를 들었지. 그때는 소방차도 와 있었어. 구조대란 구조대는 다 보냈던 것 같아."

"그게 탈리아라는 건 언제 아셨어요?"

나는 애써 기억을 더듬어 보고 말했다. 한 시간쯤 후 수영장 옆문으로 들것이 나왔고 거기에 흰 천으로 덮인 사람이 있었다. 날이 어두웠고 체육관의 투광 조명등 밑에 모든 것이 반짝였다. 하지만 그때는 그게 누군지 몰랐고, 어째서인지 나는 그랜비 학생이 아닐 거라고 생각했다. 동네 수영 동호회에서 온 백발의 노부인이 레인을 돌다가 심장마비를 일으킨 게 분명했다. 경비원이었거나 농구 연습을 지켜보는 걸 좋아하던 징그러운 동네 주민이었을지도. 사람들이 학생이라고 웅성거리기 시작했을 때도 (하니 카알리라고도 하고, 미셸 맥패든이라고도 하고, 로넌 머피라고도 했다) 너무 드라마 같아서 실감이 나지 않았다.

"쫓겨날 때까지도 그게 누군지 몰랐어. 기숙사로 돌아가니 저녁 식사 전에 기숙사 의무 회의가 열릴 예정이고 「카멜롯」 공연은 취소되었다는 공지가 벌써 붙어 있었어. 우리는 휴게실에 모였고, 시신이 누군지 알게 된 여자애들은 어느새 울먹이고 있었지." 직원 아파트에 사는 프랜도 이례적으로 회의에 참석했다. 그녀와 커피 테이블에 앉아 있었던 것이 기억난다. 그녀의 부모님도 참석했다.

선생님들에게 듣기도 전에 나는 그게 누군지 알았다. 휴게실 안으로 말이 퍼졌다. 당연하게도 탈리아 말고는 사라진 사람이 없었다.

"그 사실은 누가 발표했어요?"

"보겔 선생님. 젊은 여자분이었어. 이 학교에 오래 있었던 것 같지는 않아. 물리학을 가르치고 여자 스키팀을 지도했지." 경찰 조사가 끝나고 기숙사 사감이던 안젤라 보겔이 탈리아의 방을 치웠겠다는 생각이 스쳤다. 탈리아의 부모님에게 연락하는 일은 캘러핸 교장 선생님에게 맡겨졌을 것이다. 그런 소식을 누군가에게 전한다는 건 상상조차 하기 힘들었다. 그런 순간을 예상하고 훈련하는 의사들과는 상황이 달랐다. 그걸로 모자라 같은 해에 두 명이 더 세상을 떠났다. 캘러핸 선생님이 박물관 기금을 마련하는 한직으로 도망가지 않고 거기서 10년을 더 버틴 것은 기적이었다.

"식당에 가기 싫은 사람들을 위해 피자를 배달시켰어." 프랜과 나는 피자 몇 조각을 가지고 내 방으로 도망가 침대에 책상다리를 하고 앉았다. 프랜은 이런 말 할 때가 아닌 것도 알고 이런 게 중요하지 않은 것도 알지만 총 4회 중에 겨우 2회만 하고 막을 내리다니 정말 짜증난다고 했다. 프랜은 중저음 목소리와 거만한 걸음걸이로 아서왕의 적수인 모드레드를 연기했다. 나는 말했다. "야, 그래도 내 룸메이트였잖아." 프랜이 말했다. "네가 싫어하는 줄 알았지." 내 방이 아니었다면 뛰쳐나갔을 것이다. 그럴 수 없어서 그냥 빤히 노려봤더니 프랜이 당황한 얼굴로 안아 주었고, 나는 그녀의 어깨에 기대어 흐느꼈다.

"그때까지도 우린 그냥 사고인 줄 알았어. 탈리아가 술에 취해 수영을 한 줄 알았지. 매트리스 파티에 갔다가 인사불성이 됐을 거라고 넘겨짚었어. 그게 아니면 그 밤에 뭐하러 수영장에 갔겠어?"

"경찰이 탈리아의 죽음을 살인 사건으로 조사하고 있다는 게 확실해진 건 언제였나요?"

"며칠 안 돼서였어. 경찰이 부검을 했거든. 사고사에서는 일반적인 절차였을 거야. 그리고 주 경찰이 등장했지."

브릿이 노트북을 가리키며 말했다. "보니까, 화요일에 주 경찰이 오고 유족이 직접 고용한 수사관들도 왔네요. 시신이 발견된 지 꼬박 사흘이 지났고 그랜비 경찰은 사건 현장을 보존하지도 않았어요."

"그야 사고라고 생각했으니까."

"현장을 보존해야 하는데 누가 봐도 그냥 방치한 거잖아요. 사진도 제대로 찍지 않았어요. 학교는 체육관 출입을 막지 않았고요."

나는 천천히 고개를 끄덕였다. "실제로 수영장 물도 다 빼 버렸잖아. 알지?"

브릿은 몰랐던 모양인지 눈을 동그랗게 뜨고 입을 가렸다. 하지만 팟캐스트를 위해서는 무슨 말이든 해야 했다. 나는 고개를 까딱하며 그녀의 휴대전화를 가리켰다.

그러자 그녀가 말했다. "헐, 대박."

"내 기억에는 동문회가 다가오고 있었어. 바로 다음 주말이었을걸. 체육관 주변에 노란 테이프를 휘감는 것만큼은 막고 싶었을 거야."

화사한 봄이 아니라 스키 시즌 막바지 주말에 동문회를 해야 졸업생들이 학교 초청 경기에서 낮술을 마실 수 있었다.

"주말 행사가 취소됐을 수도 있다고 생각하겠지만 학교에서는 그대로 밀어붙였어. 환영의 현수막을 내걸었지. 행여 누가 보기라도 할까 봐 주 경찰 차량은 체육관 뒤에 세우게 했어." 그때는 영문을 몰라 곁눈질만 했는데, 2018년이 되어 학교의 냉담함뿐 아니라 경찰이 캘러핸 교장 선생님의 요구에 따라 움직였다는 사실을 알고 적잖이 충격을 받았다.

"바로 그 주말부터 경찰이 학생들을 조사하기 시작했어요. 탈리아가 죽고 일주일 내내 이어졌네요."

그랬나? 아이들이 수업을 빠졌던 게 곧장 기억나긴 했지만 형사가 아니라 상담사를 만나기 위해서였을 수도 있다.

나는 게시판에 올라온 상담 프로그램을 신청할 엄두도 내지 못했다. 몇몇 여자애들처럼 그 후 몇 주 동안 탈리아를 핑계로 맥없이 쓰러지며 시험을 피하지도 않았다. 잔인하게 들릴 수도 있지만 정말이지 그해 봄에는 쟁쟁한 오스카 여우주연상 후보가 여럿 있었다.

형사들의 참고인 명단에 올라 있던 나는 어느 밤 보겔 선생님의 아파트로 불려 갔고, 싱크대 위 새장에서 작은 앵무새가 재잘대는 가운데 강력계 형사 둘과 테이블에 마주 앉았다. 한 사람은 우람했고 다른 한 사람은 백발이었으며 둘 다 장신이었다. 그들의 목소리가 작은 부엌에 쩌렁쩌렁 울렸다.

"형사들은 10분 정도 나를 조사했어. 탈리아와 다툰 사람이 있느냐고 물었던 게 기억나. 그 전에 며칠 동안 다른 애들이 오마르에 관해 말하는 걸 들었지만 나도 전해 들은 얘기여서 입 밖으로 꺼내지는 않았어. 떠오르는 대로 말했고, 그 사람들이 내 말을 받아 적는 게 비현실적이라고 생각했어. 중요한 사람이 된 기분이었지."

당시 형사들에게 알려야 할 만큼 중요하다고 느꼈던 것을 브릿에게도 똑같이 느꼈다. 나만 아는 이야기가 하나 있었다.

"그해 9월에 나는 교내 석조주택에 사는 가족의 아이들을 돌봐 주는 일을 했어." 프랜과 앤의 집 오른쪽에 있는 펠로니 부부의 집이었는데, 당신이 기억할지 모르겠다. 그 집의 세 아이는 아빠의 책상 의자에 서로를 앉히고 멀미가 날 때까지 돌리는 걸 재밌어하는 기분 나쁜 녀석들이었다. "그때 주택단지 뒷마당과 식당 상하차장 사이에 쓰레기봉투 수거함이 몇 개 있었어."

브릿이 고개를 끄덕였다. "지금도 그 자리에 있어요."

"아이들을 재운 뒤에도 집 뒤편은 여전히 환하니까 뒷베란다에 나가 숙제를 했어. 그러다 문득 고개를 들었는데 탈리아가 잠옷 바람으로 쓰레기통 옆에 서 있었어. 맨발에 사각팬티랑 티셔츠만 입고 말이야. 그 애는 나를 보지 못했어. 우리 사이에 관목들이 있었거든." 나는 탈리아가 당황한 나머지 선심 쓰듯 말이라도 걸까 봐 나를 못 봤으면 했다. "걔가 쓰레기통을 빙빙 돌기 시작했어. 그냥 그 주위를 걷고 또 걸었는데 무슨 일이 있었나 싶더라고. 그리고 어쩌다 한 번씩 그 안을 들여다보려는 듯 폴짝 뛰어올랐어. 이상한 일이었지."

브릿이 혼란스러운 표정을 지었다. 나는 사실대로 말하지 않았다.

"그러니까 뭔가 냄새가 났어. 처음에는 몽유병인 줄 알았는데 가만 보니 오후 8시 반이잖아. 마약이라도 했나 싶었지. 심각한 거 있잖아. 현실 감각이 완전히 사라지는 그런 거."

브릿이 흥분한 듯 몸을 한껏 내밀었다. "전망대에서 수영장으로 뛰어들게 만들 수 있는 그런 거요!"

"하지만 약물 검사 결과는 살짝 취한 정도였잖아?"

"이상한 건 혈중 알코올 농도는 낮았지만 흡수되지 않은 알코올이 위장에 많았다는 거예요. 술은 많이 마셨지만 취하기 전에 죽었다는 얘기거든요."

"아, 그렇지." 이미 알고 있었지만(프랜이 보내 준 기사 중에 있었을 것이다) 연관 지어 볼 생각은 못 했다. 연관 짓는다면 무엇과? 문제를 타개하지 못한 융의 타개책처럼 말이 혀끝에서 맴도는 느낌이었다.

"그게 재판에 이용된 거 아시죠? 탈리아가 죽기 직전에 취해 있었다면, 아이들과 숲에 가지 않았으니 어떤 식으로든 체육관에서 알코올을 섭취했을 거라고요. 그래서 검찰 측은 알코올의 출처가 오마르라고 단정하던데요. 참 순진하죠? 성인만 술을 가지고 있을 수 있다고 생각하는 걸까요?"

술병. 비디오에서 베스 도어티가 들고 있던 납작한 휴대용 술병.

나는 침묵했다. 조각을 아직 맞추지 못했는데 내 말이 녹음되고 있었기 때문이다.

공연이 끝날 무렵 아이들은 매트리스에서 본 게임을 시작하기에 앞서 연습 게임으로 무대 뒤에서 술병을 돌렸을 것이다.

제때 제대로 된 질문을 받았다면, 어느 정도 솔직했더라면, 몇몇 아이들은 탈리아가 술 마시는 걸 봤다고 말했을지 모른다. 마지막 연기를 마치고 온 탈리아가 거기에 남은 걸 벌컥벌컥 마셨을지 모른다.

"술 종류도 알아냈을까?" 브릿이 어깨를 으쓱했다.

술병에 들어 있던 건 틀림없이 보드카였을 것이다. 베스는 늘 보드카를 마시고 입 안에 구강청결제를 뿌린 다음 남의 얼굴에 숨을 후 내뱉고는 냄새가 나는지 묻곤 했다. 더 정확히 말하면 냄새를 핑계 삼아 좋아하는 남자애들한테 입김을 불곤 했다.

탈리아의 위장에 있는 것이 보드카였더라도 아무것도 입증할 수 없었을 것이다. 하지만 탈리아가 공연 직후에 죽었음을 시사할 수는 있다.

그건 어떤 뜻일까? 탈리아가 오마르의 사무실에 가자마자 살해당했다? 무대 옆을 향해 뭐라고 벙긋댄 건 무대 뒤에서 기다리던 오마르를 향한 것이었을까?

무대 앞 오케스트라에 있었던 당신을 향한 것은 분명히 아니다.

"있잖아요. 혹시 그렇게 생각하세요?"

"응?"

"경찰이 선생님한테서 그 사실을 알아낸 거라고?"

나는 몹시 당황하며 그녀를 쳐다보았다. 내가 말을 빠뜨렸나 싶었다.

"탈리아가 마약을 했다는 얘기요. 경찰의 주장처럼 탈리아가 마약을 얻는 대가로 오마르와 잠을 잤다는 거요. 선생님이 한 말을 근거로 했을까요?"

마음이 팔랑개비처럼 돌아가고 속이 울렁거렸다. 그럴 리 없다. 그게 유일한 이유일 리 없다.

경찰은 내가 탈리아와 같은 무리가 아니었다는 걸 알아야 했다. 그런데 알았을까? 낡디낡은 내 제이크루 치마가 탈리아와 진짜로 친하지는 않다는 것을 의미한다는 걸 정말 이해했을까?

나는 알 수 있었다. 흩어진 단서들이 어떻게 연결됐는지, 형사들이 어쩌다 **마약**이라는 단어를 노란 수첩에 적고 동그라미를 쳤는지, 그랜비 아이들이 마약을 어디서 구하는지를 어쩌다 캐기 시작했는지. 오마르를 옭아맨 가설이 어떻게 탄생했고, 어떻게 복음처럼 검찰에 전달됐는지도. 그가 친구들이 말하는 탈리아를 스토킹한 남자였고, 사건 당시 체육관 안에 있던 남자였다. 탈리아는 마약을 했고, 오마르는 마약을 팔았다. 탈리아는 나이 많은 남자와 애정 문제가 있었고, 오마르는 나이 많은 남자였다. 즉 탈리아는 마약을 얻는 대가로 나이 많은 남자인 오마르와 자고 있었다.

하지만 다른 사람들도 분명 비슷한 얘기를 했을 것이다. 친구들이 탈리아는 마리화나에 손도 댄 적 없다고 주장했다면 경찰도 그 말을 듣지 않았겠는가?

"가능하지." 나는 답했다. 목소리가 덫에 걸린 짐승처럼 들려서 마음에 들지 않았다.

"아무튼 저는 약물 검사 보고서 안 믿어요. 탈리아가 뭔가에 취해 있었다고 주장하는 것 같거든요. 자기가 날 수 있다고 생각했을 수 있다고요."

#2: 탈리아

그날 밤의 불면이 만들어 낸 것들:

선잠이 든 채로 당신과 탈리아에 대한 꿈을 꾼다. 당신이 쓰레기통 안을 들여다보는 꿈, 당신이 오랜 세월 탈리아를 집 안에 숨겨 두는 꿈. 당신이 대학 시절 나를 성폭행한 남자로 변하는 꿈. 콘택트렌즈를 끼려고 하는데 크기가 접시만 하고 딱딱해서 눈에 맞지 않는 꿈.

세게 긁을수록 더 심해지는 허벅지의 가려움, 길게 부르터 화끈거리는 자국.

내가 나에게 보여 준 또 다른 이야기, 또 다른 필름 릴:

탈리아는 홀로 자리를 떠난다.

그녀는 친구인 척하지만 실은 그렇지 않은 레이철과 베스, 그리고 숲에서 술에 취하면 견디기 힘든 로비에게서 벗어나길 원한다. 그녀는 당신에게서 벗어나길 원한다. 모두가 나가고 당신이 그녀를 뒤에 붙잡아 둘 핑계를 찾지 못하도록, 강아지 같은 눈으로 쳐다보며 그녀가 자기 심장을 움켜쥐고 있다고, 모든 힘을 가지고 있다고 말하지 못하도록 말이다. 그래서 재빨리 옷을 갈아입고 슬그머니 빠져나간다.

그전에 그녀는 막스 크라멘이 목욕가운 주머니에 넣어서 눅눅해진 마리화나를 몇 모금 피웠다. 2막 후반부에는 베스의 술병을 홀짝거린다. 만취는 아니고 살짝 취기가 도는 정도다. 머릿속이 생각으로 꽉 찼다.

체육관에 가 보니 정문도 열려 있고 수영장 문도 열려 있다. 안으로 들어가 문을 잠그고 근처에서 여분의 수영복을 가져와 데크 위에서 갈아입는다. 그에 앞서 그곳을 지나던 오마르가 먼저 바닥에서 그 수영복을 주웠고(그리고 뭐, 거기다 대고 재채기를 했나? 이마에 흐른 땀을 닦았을까? 그 정도면 충분할까?) 자신의 DNA를 묻혀 벤치 위에 던져 놨다.

물에 천천히 들어가다가는 추위를 참지 못하고 꽁무니를 뺄 게 틀림없다. 그래서 전망대에 오른다. 거기서 뛰어내리면(남들이 하는 걸 봐서 안다) 도망칠 새도 없이 물속일 것이다.

그랜비를 상징하는 녹색이 칠해진 바 두 개를 밟고 난간을 넘어서 맨 위에 있는 바를 잡은 뒤 발꿈치만 걸치고 선다. 결국 힘의 문제다. 세게 뛰기만 하면 위험하지 않다.

그녀는 고집이 있는 편이었다. 풀물이 들고 햇볕에 그을린 채로 나뭇가지에 매달려 몸을 힘차게 흔들던 열 살, 라켓에 공을 맞히려고 몸을 날리던 열두 살. 하지만 최근 무슨 일이 일어났다. 그것도 테니스장에서. 마음처럼 몸이 최고 속도로 움직여 주지 않았다. 아마 자기 보호 본능 같은 것이 발휘된 것일 텐데, 그 본능은 늘 그녀를 배신한다.

열일곱 소녀는 어쩌다 통제력을 잃는 걸까? 빙고판이 화장실에 등장한 순간 금이 갔을까? 서른세 살의 음악 교사가 10대 소녀의 몸을 차지하면 근육의 기능도 뺏기는 걸까? 그가 몸과 마음의 경계를 허무는 걸까? 모두 그 탓만은 아닐 것이다. 그러나 1센치, 3센치, 5센치 차이를 만들기에는 충분하다.

그녀는 뛰어오른다. 하지만 살짝 망설이고 만다. 10살짜리의 다리가 아니라, 다른 사람들이 그게 뭐라고 세뇌해 온 다리로 뛰고 만 것이다.

땅이 솟구치는 걸 보고 그녀는 잘못 떨어졌다는 생각에 모두 알고 있듯이 간신히 몸을 비튼다. 그러나 이발소 회전등처럼 비스듬히 떨어지는 바람에 뒷머리가 수영장 모서리에 부딪힌다. 바깥 모서리도 아니고 수면에서 몇 센티미터 아래에 있는 안쪽 모서리. 그녀의 머리는 충돌의 흔적을 남기지 않는다. 물속에서 피가 희미한 분홍빛 구름처럼 피어오른다.

그녀는 의식의 경계를 드나들며 잠시 허우적거린다. 물 밖으로 나갈 수 없어서 레인 로프를 따라 얕은 곳으로 간다. 녹색과 금색 링에 몸을 걸치고 턱을 괸다. 미끄러지면 올라오고 미끄러지면 또 올라온다. 그때 뭔가가 그녀의 머리카락을 잡는다. 뭔가가 그녀의 머리를 뒤로, 그리고 아래로 잡아당긴다. 이제 가장 쉬운 선택지는 잠드는 것뿐이다.

20.

인터뷰가 끝난 뒤 브릿이 데인 루브라는 남자의 유튜브 링크를 보내 주었다. 그의 채널은 실제로 약 90퍼센트가 탈리아에 관한 내용이었다. 오전 2시에 돌연 잠에서 깬 나는 딱 한 시간만 이 독특한 토끼 사육장에 다녀와서 자기로 했다.

말하기 조심스럽지만 데인 루브라는 해를 보거나 채소를 먹거나 섹스를 한 지 10년은 되어 보이는 사람이었다. 가늘고 지저분한 머리에, 밀가루 반죽처럼 허여멀건 뺨은 노먼 베이츠(영화 「싸이코」의 주인공—옮긴이)보다 더 파리했다. 스크롤을 한참 내려서 찾아낸 첫 번째 영상에 따르면 그는 "일을 쉴 때" 처음 「데이트라인」 특집을 보고 나서 자기가 도움이 될 수 있을 거라고 직감했다.

그가 모음이 새는 발음으로 탈리아의 이름을 말하는 걸 듣고 목 피부가 팽팽해지는 느낌이 들었다. 내 또래인 그는 탈리아를 우연히 만났다면 자기가 그녀를 구해 주고 잠자리를 하고 사랑을 쟁취할 수 있었으리라고 믿는 듯했다.

그가 푸자 샤르마의 졸업 앨범 사진을 보여 주며 말했다. "친구만큼 예쁘지 않다는 게 질투의 원인이 됐을 수 있다는 걸 간과해서는 안 됩니다. 샤르마 씨가 진범일 가능성이 있어요. 유감스럽게도 절대 의심받지 않을 사람이죠." 나는 그 인간쓰레기의 뻔뻔함과 고집스러움에 질려 노트북을 쾅 닫아 버렸다. 설령 푸자가 콩고물을 탐내는 추종자였다 하더라도(탈리아의 친절함을 이용해 무리에 합류했고 2월에는 마이크 스타일스의 스키하우스에서 2월 주간을 보냈으며 긴 주말 연휴에는 포도농장에 갔다) 탈리아의 죽음에 엄청난 충격을 받은 것도 사실이었다.

사건 2주 후 푸자는 한밤중에 길을 나섰고 맨발로 대로변을 걸으며 마을 두 곳을 지나 넋 나간 진흙투성이 몰골로 경찰에 구조되었다. 그녀는 런던의 집으로 보내졌고 그 후로는 영영 볼 수 없었다. 2년 후 그녀가 사라 로렌스 칼리지에서 약물을 과다 복용한 사건이 그 일과 관련이 있는지 늘 궁금했다.

로비 세레뉴의 이름을 언급할 때면 질투가 나방처럼 데인 루브라의 얼굴을 스쳐 갔다. 그는 로비가 뭔가를 알고 있으리라 확신했고, 그를 '수상할 정도로 완벽한 알리바이'를 가진 '기숙 학교의 얼간이 도련님'쯤으로 여겼다.

한 영상에서 그는 로비와 통화를 한다. 졸업생 연락 담당자인 척 하면서 최신 근황을 확인한다고 사무실에 전화한 것이다. 로비가 자기 입으로 술술 내뱉는 집 주소는 다행히 삐 처리로 들리지 않는다. 데인이 1995년 졸업생 중에 연락하는 사람이 또 있는지 묻는다. "누락된 주소가 너무 많아서요. 혹시 안젤라 파커라는 분과 연락하시나요?" 로비가 아니라고 대답한다. "그러면…… (여기서 데인은 발음이 어려운 척 연기를 한다) 탈리아 키스는요?"

"아, 그 친구는…… 그러니까 탈리아 키스는 1995년에 죽었어요."

"저런! 돌아가셨다니 유감입니다. 제가 여기서 일을 시작한 지 얼마 안 되기도 했고 저희 쪽 기록에는 그런 내용이 없어서요."

"이상한 일이군요. 아무튼 그 친구는 명단에서 지우셔야 해요."

"그 일에 대해 더 말해 주실 수 있나요? 더 자세히? 최신 근황을 파일에 기록해 두려고요."

로비가 눈치를 챘는지 짧은 침묵 뒤에 말한다. "이만 끊습니다."

나는 신입생 오리엔테이션에서 로비를 처음 만났다. 우리는 같은 조에 배정되었고, 열두 명이 안뜰에 모여 플라스틱 원반으로 말뚝을 맞혀 넘어뜨리는 게임을 했다. 원반던지기를 무슨 발레처럼 하는 아이들도 있었다. 나는 원반을 어떻게 던지는지 몰라서(누가 가르쳐 줬겠는가?) 처음에 몹시 당황했다. 그런데 로비가 깔보는 기색 하나 없이 원반 던지는 법을 알려 주었다. 그는 인내심을 가지고 누구도 애써 알려고 하지 않았던 내 이름을 불러 주었다.

눈이 내리기 전까지는 그도 인기 많은 스키 선수가 아니었다는 걸 이해하기를 바란다. 8월에는 그 역시 갓 들어온 애송이(TV에 나오는 10대 연예인처럼 균형 잡힌 몸과 맑은 피부를 가진 긁지 않은 복권)에 불과했다. 까만 머리, 들창코, 날렵한 턱. 다 떨어진 레드삭스 모자. 스키팀의 경기를 보려면 따로 차를 타고 가서 눈 속에 몇 시간씩 서 있어야 하는데 사귀는 사이가 아니면 쉽지 않은 일이었다. 하지만 누가 실력이 좋은지는 다 알고 있었고, 9학년 겨울에는 헬멧에 고글을 쓰고 설산을 가르는 로비의 사진이 「센티넬」에 실렸다.

그는 탈리아와 사귀기 시작한 11학년 늦가을 무렵에는 마음을 갈가리 찢어 놓는 냉정한 바람둥이로, 그리고 추수감사절 연휴에 만취 상태로 로넌 머피의 차를 들이받은 사건으로 명성이 자자했다.

그는 완벽한 남자 친구가 아니었다. 도리언 컬러가 멍청한 금발 미녀에 관한 농담의 결정적인 구절에 탈리아를 넣어 재구성한 '탈리아 농담'을 하는 동안, 그는 뒤로 기대앉아 조소를 보냈다. ("탈리아가 임신한 걸 알고 뭐라고 했게? 내 애가 맞는지 모르겠어.") 어느 밤 탈리아는 학생 식당에서 로비를 향해 왜 친구를 말리지 않냐고, 왜 내 편을 들어 주지 않냐고 고함을 질렀다.

로비는 누구에게도 못되게 굴지 않았다. 그보다는 모두가 길을 비킬 것을 예상했다는 듯 빙판을 다듬는 정빙기처럼 거침없이 복도를 가로질렀다.

나는 그가 처음부터 내게 친절했고 우리가 늘 화기애애했다는 사실이 괜히 뿌듯했다. 그는 아무에게나 시간을 내주지 않았다. 하지만 한때는 누가 시키지도 않았는데도 나를 친절히 대해 줬다.

나는 영상 밑에 댓글을 남겼다. 로비는 당신이 생각하는 것보다 좋은 사람이었어요. 그리고 탈리아는 당신과 절대 사귀지 않았을 거예요.

21.

그 후에 잠을 푹 잤는지 모르겠다. 오전 7시(LA는 꼭두새벽이다)에 휴대폰이 울려서 보니 레오의 항불안제 복용량을 묻는 제롬의 문자였다. 나는 CVS(미국의 드러그스토어─옮긴이) 앱을 열고 처방전을 불러온 뒤 화면을 캡처하여 제롬에게 보냈다. 같은 앱만 있으면 그 혼자서도 충분히 할 수 있다는 걸 잘 알면서도.

잠시 후 그가 노트북으로 영상 통화를 요청해 왔다. 약국 위치를 물어볼 것 같아서 대답을 준비하고 있는데 제롬이 형편없는 몰골로 등장했다. 두 눈은 빨갛고 은백색 머리칼은 땀범벅이 되어 잔가지처럼 뻗쳐 있었다.

"여태 깨어 있었던 거야?"

나는 그가 거대한 가죽 의자에 맥없이 주저앉는 모습을 지켜보았다. 아이들에 관해 나쁜 소식을 전할 참이었다면 주저앉는 게 아니라 허둥지둥했을 것이다. 다른 사연이 있는 듯했지만 일단 침대로 다시 올라가 맨발에 이불을 덮었다. 그리고 물었다. "뭔데?"

"진짜 트위터 안 봤구나. 아, 이런. 그러니까, 아무래도 내가, 어…… 사람들 표현에 따르면 퇴출당했어."

이해하는 데 시간이 조금 걸렸다. 그가 용어를 맞게 쓴 건지도 의문이었다. 일단 아이들이 어디 있는지 묻고 나서(아직 자는 중이었다) 물었다. "무슨 짓을 했길래?"

"들어 봐. 15년 전 일이야." 그는 이 정도 이야기면 내가 자기 편이되어 줄 것이라는 듯이 눈썹을 치켜올렸다. "덴버에 살 때였어."

그러면 우리가 만나기 직전이었다. 나는 최종 경위서를 받아 결론까지 쭉 훑어볼 수 있으면 좋겠다고 생각하면서 고개를 끄덕였다.

"피터의 낡은 갤러리에서 전시를 하고 있었어."

피터 볼은 퇴출당할 만한 사람이었다. 그런 느낌이 있었다.

"그리고 거기에…… 갤러리 걸이라고 부르던 사람이 있었어. 이제는 그렇게 부르면 안 되겠지만. 피터의 비서로 일하던 젊은 여자야."

"제롬, 무슨 짓을 했냐니까?"

"사귀었어! 그 여자랑! 합의하에!" 그가 두 손을 들어 보였다. "여섯 달 정도 만났어. 주기적으로, 얽매이는 거 없이 가볍게. 파란만장했지. 여자가 스물한 살이었거든."

셈을 해 봤다. 지금 내가 마흔 살이고 제롬이 나보다 열한 살 많으니까 15년 전이면 제롬은 서른여섯 살이었다. 처음 만날 때부터 나는 그가 내 또래 여자들을 만나 왔지만 가장 오래 사귄 건 여덟 살 연상이었다는 것을 알고 있었고, 그래서 균형이 맞겠다고 생각했다. 그는 권력이나 군살 없는 여자들에게만 관심을 두지 않았다. 그는 바람둥이였고, 나는 그걸 알면서도 그가 좋았다. 그는 불쾌하게 굴지 않았다. 눈가에 잔주름이 잡히도록 환하게 웃고 입술을 깨물고 와인 잔의 우묵한 부분을 어루만지는 식이었다. 어깨를 쓰다듬거나 가슴에 대고 대화를 하거나 입에서 양파 향을 풍기며 주변을 맴돌지 않았다.

"옛날 야후 계정에 수작질하던 이메일들이 아직 있을 거야."

"제롬, 무슨 일인데?"

그는 한숨을 쉬고 커피잔을 내 눈앞에 가져오더니 마시지는 않고 빤히 쳐다보기만 했다. "그 여자. 이름은 재스민 와일드야. 실명이고. 지금은 브루클린에서 행위 예술가로 활동하고 있어. 그리고 이번에, 어, 새 작품을 발표했는데 누가 봐도 내 얘기더라고."

"'작품'이라니 그게 무슨 말이야?"

"행위 예술인데. 공원 벤치에 앉아서 대화하는 거야. 멈춰서 들을 의향이 있는 사람들한테만. 두 시간 정도 걸려."

"「포레스트 검프」가 그런 구성이잖아."

그는 잠시 멍한 표정을 짓더니 숨을 헐떡이며 웃기 시작했다. 많이 과하다 싶을 정도로.

그의 웃음이 잦아든 뒤 물었다. "나더러 검색해 보라는 거야? 요점이 뭔데?"

"아. 맞다." 그가 웃느라 흘린 눈물을 닦아 냈다. "그게, 자기랑 사귀었다고 나를 고발하는 거야. 나는 서른여섯 살이고 그 여자는 스물한 살이었거든."

"그거 말고 뭐가 더 있을 텐데."

"어. 맞아. 그 여자 말로는 내가 성공한 예술가였기 때문이라는데 15년 전에 내가 성공을 했었나? 그 여자 눈에는 그렇게 보였겠지만 난 빈털터리였고 막 시작하는 단계였어. 내게는 갤러리가 곧 권력이야! 그들이 판매와 수익을 처리하고 나는 우리 안 원숭이일 뿐이라고! 어쨌든 자기는 갤러리 직원이었고 나는 성공한 예술가였으니 나한테 권력이 있었다는 거지. 그래서 당시에는 자기도 그렇게 보지 않왔어도 약탈적 관계였던 게 분명하다는 거야."

"그랬어?"

"방금 말했잖아, 아니라고!" 제롬의 목소리는 놀랄 정도로 날카로웠다. "몇 번 헤어지자고 했다가 결국엔 차였어. 좋은 남자 친구가 되려고 주변에 소개도 해 주고 몇 군데 연결도 해 줬는데, 이제는 누가 봐도 그루밍인 거지."

"그루밍이면, 소아성애 같은?"

제롬이 움찔했다. "맙소사, 보디. 굳이 따지면 그렇지만."

"그리고 그 여자가…… 공원 벤치에서 그런 얘기를 하고 있다?"

그가 자포자기한 듯 다시 웃기 시작했다. 그리고 말했다. "미안해, 난 그냥……."

"당신, 그 여자가 「포레스트 검프」처럼 하얀 정장을 입고 있는 걸 상상하는구나. 초콜릿 상자 들고."

그는 웃음기가 가시지 않는 얼굴로 독서용 안경을 쓰고 휴대폰을 꺼내 엄지손가락을 이리저리 놀렸다. 그리고 말했다. "링크 하나 보냈어." 진동과 함께 화면 꼭대기에서 링크가 내려와서 누르니 비디오 섬네일이 보이는 트위터 글로 연결되었다. 호리호리한 여자가 푸석푸석한 장발을 헝클어뜨린 채 벤치에 앉아 있었고, 두 손은 뭔가를 하는 중인 것처럼 어정쩡하게 멈춰 있었다. 내용은 이랬다. 천재 @wilde_jazz 를 보는데 피가 **끓네요**. 약탈자 제롬 웨이저가 무슨 짓을 했는지 들어 보세요. @CGRgallery 는 부디 이 남자의 봄 전시회에 전시장을 제공하지 마시길. 이틀 전에 올린 글이었다.

"그럼 봐야지. 내가 직접 답해야겠네. 피할 수 있는 일은 아닌 것 같아."

나는 그가 더 일찍 알려 주지 않은 것에 대해 사과하기를 바랄 만큼 어리석지 않았다. 그가 말했다. "일단 보고 어떤지 말해 줘. 솔직하게. 당신도 알잖아, 내가 완벽하지 않았던 거. 그때는 술도 더 많이 마셨고, 그 친구는 내 이해 범위를 넘어선 신의를 기대했던 것 같아. 그런데 이 사람들이 다짜고짜 날 몰아내려고 하잖아."

"대학에서?" 나는 물었다. 바보 같은 질문이었다. 제롬의 수입은 대개 의뢰비와 판매 수익에서 나오지만, 진짜 직업이라고 할 만한 건 오티스 미대에서 한 학기에 한 과목씩 맡아 가르치는 것뿐이었다.

"대학 다닐 나이였다고 이러는 걸까? 실제로는 대학에 다니지도 않았어! 그때는 나도 학생들을 가르치지 않았고."

"제롬, 이건 말이 안 돼." 그가 고개를 끄덕였지만 내 의도는 질문에 더 가까웠다. 이 정도로 이야기가 이렇게 굴러갈 리 없었다. 그가 모든 걸 털어놓지 않았든, 자신이 한 짓을 까먹고 핵심을 빠뜨렸든(지난해 심판대에 올랐던 수많은 남자들처럼) 둘 중 하나였다.

트위터에 들어가니 화면 구석으로 밀려난 제롬의 얼굴이 우표 크기가 됐다. 검색창에 그의 이름을 입력하자 비슷한 트윗 수십 개가 검색되었고, 같은 순간에 멈춰 있는 비디오 섬네일이 무더기로 나타났다.

몇 가지 검색 결과에는 내 닉네임도 보였다. 나는 중독에서 벗어나고자 2016년부터 계정을 한 주에 한 번만 확인하기로 하고 주로 「스탈렛 피버」의 홍보성 게시물을 올렸다. 누군가가 나를 태그하고 이렇게 썼다. 이봐, @msbodiekane, 당신 남편의 약탈 행위는 언제쯤 다룰 생각이야? 혐의들이 점점 늘어나고 있어. 지금은 침묵할 때가 아니라고.

"혐의들?" 나는 그도 화면을 보고 있는 것처럼 물었다. "여기 사람들 말로는……."

"예전에 한번 어떤 패널의 말을 가로막았는데 흑인 여자였어. 기억은 안 나지만 아마 사실일 거야. 아니, 모르겠다. 그런 일들이야. 그러니까 일단 영상부터 봐."

"애들한테 영향이 있을까?"

"여긴 예술계야. 몇몇은 이걸 주제로 떠들고 있겠지만 학교 주차장에서 꺼낼 만한 소재는 아니잖아. 아닐 거야. 그렇지? 젠장."

나는 그가 정신을 차리기를 바라는 마음에 알면서도 시간을 물었다.

"이런, 보, 미안해. 실은 당신 말대로 한숨도 못 잤어. 애들 등교시키고 잘 거야."

"괜찮은 거지? 그럴 리는 없겠지만 혹시……."

"당장 돌아와서 날카로운 물건들을 치울 필요는 없어. 하지만 강의를 계속할 수는 없을 것 같아. 내 존재가 이런 번거로움을 감수할 만큼 중요한 건 아닐 테니까. 짜증 나는 건, 학교에서 나를 해고하면 모든 주장이 더 그럴듯해질 거라는 거야. 몇 가지 혐의가 제기된 후 해고된 예술가. 너무 명확하잖아."

나는 나중에 문자하겠다고 한 뒤 사랑한다고 덧붙였다. 그가 옆집으로 이사하고 나서는 거의 한 적 없는 말인데 불쑥 튀어나왔다. 하지만 이전과 달리 많은 의미를 내포하고 있었다. 묻고 싶은 것들이 있었다. 지난 몇 년 동안 나는 빛이 바랜 듯한 최근의 제롬으로부터 멀어졌다. 우리는 소원해졌다. 이 말은 이해하기 쉽고, 사회적으로 해도 되는 말이었다. 하지만 그날 아침, 식은 다리로 침대에 누워 있는 나는, 내가 알고 있던 처음의 제롬과도 멀어졌다는 생각이 들었다. 내가 몰랐던 건 무엇이고, 언제부터 몰랐던 걸까?

그것은 오마르에 관한 모든 기억을 되살리느라, 지난 하루 당신에 관한 기억을 환한 곳에 꺼내어 놓고 오랫동안 감춰져 있던 추한 뒷모습과 더러운 이면을 들여다보느라 불편했던 감정의 메아리였다.

나도 상황이 바뀌었다고 불평하고 싶었다. 그러나 내 주변의 누구도 변화하고 있지 않았다. 이곳에서 내 모교는 호박 보석 속에 온전히 보존되기라도 한 것 같았다. 변한 것은 오직 내 시각뿐이었다. 처음 안경을 쓰고 경이에 휩싸여 수목을 바라보았을 때처럼, 나는 설명할 수 없는 배신감을 느꼈다. 윤곽이 뚜렷한 잎사귀들은 줄곧 거기에 있었는데, 누구도 내게 말해 주지 않았다.

침실에서 다시 스크롤을 내리며 트윗을 보다가 제롬이 나를 태그한 그 사람에게만 답을 해 준 것 같다는 사실을 알게 되었다. 보디 케인과 저는 몇 년 전에 헤어졌습니다. 제발 그 사람은 내버려두세요. 그는 멋스러운 사람이었다. 적어도 나는 늘 그렇게 생각했다.

22.

학생 식당의 드립커피보다 더 강력한 게 필요했다. 젖은 머리로 로어 캠퍼스를 벗어나 소금이 허옇게 말라붙은 크라운가를 걸었다. 그러다 토스트 냄새가 나서 보니 그랜비 학생들의 작품을 전시하는 새로운 소규모 카페가 있었다. 그 주에 카페인을 좀 많이 섭취하긴 했지만 그게 아니면 어떻게 제정신을 유지했겠는가?

나는 긴 테이블에 앉아 큼지막한 헤드폰을 쓰고 노트북으로 영상을 재생했다. 재스민 와일드는 존 에버렛 밀레이가 그린 오필리아처럼 풍성한 머리칼을 갈색 드레스 위로 내려뜨리고 나무 밑을 거니는 반짝이는 숲의 정령이었다. 그녀가 시민 공원 벤치로 다가갔다. 숲속 공터에서 그녀를 우연히 발견했다고 우길 수 있을 정도로 나무 그늘이 많지는 않았지만, 그래도 숲과 자연의 순수함이 전달되었다. 그녀는 1분 정도 벤치 주위를 빙빙 돌다가 자리에 앉았는데, 소리 하나하나가 너무 선명해서 귓가를 스치는 연인의 옷자락처럼 은밀하게 느껴졌다. 이윽고 호리호리한 백발의 남성이 옆에 앉았다. 그는 화면 밖에 있는 누군가의 요청에 이끌려 벤치에 앉은 사람처럼 수줍어했고 자신이 어떤 상황에 놓였는지 모르는 듯했다.

그녀가 말했다. "스물한 살이 된다는 게 어떤 건지 기억나세요?"

남자는 그녀가 아닌 카메라를 향해 말했다. "어, 네."

그때 버퍼링이 걸려 영상이 멈추었다. 뒤로 건너뛰었더니 이번에는 아예 멈춰 버렸다.

"그것참." 아까 와이파이 암호를 알려 준 종업원이 말했다. "되긴 되는데 정말 느리죠. 로딩이 끝날 때까지 그냥 두는 게 좋을 거예요."

영상은 48분 분량이었고 수업까지는 아직 두 시간이 남아있었다. 이미 라테와 크루아상을 주문한 터라 영상이 재생되기를 기다리면서 리타 헤이워드 편의 초안에 애써 관심을 돌리려고 했다.

그녀가 「라이프」의 핀업 사진에서 입은 새틴 가운은 2002년 소더비 경매장에서 약 27,000달러에 판매되었다. 구매자에 대해서는 아무것도 알아낼 수 없었지만 그가 오래된 할리우드 자료를 수집하는 사랑스러운 게이 남성이기를, 가장 덜 징그러운 방식으로 그 진가를 알아본 사람이기를 바랐다.

테이블에는 커피 자국으로 얼룩진 「USA 투데이」가 놓여 있었는데, 며칠 전 언론에 보도된 기사가 표지를 장식하고 있었다. 남성들이 수십 년 전에 신부들이 저지른 만행을 폭로했을 때 사람들은 그들의 용기에 박수를 보냈다. 5년 후 여성들이 전면에 나서자 사람들은 왜 더 일찍 말하지 않았냐고 반문했다.

종업원이 내가 읽고 있는 기사를 보고는 말했다. "그 여자가 그렇게 나 힘들었으면 제작자한테 말하지 않았겠어요?"

열다섯 명의 여성들이 한 남성을 같은 혐의로 고발했는데 우연치고는 너무 많으니 사전에 입을 맞춘 게 분명하다는 내용이었다.

목격자는 6년 전에도 다른 남성을 같은 혐의로 고발한 전력이 있으니 진술에 신빙성이 있다고 볼 수 없으며, 그녀가 진실을 말했을 확률은 번개가 한 나무를 두 번 때릴 확률보다도 낮다고 했다.

「USA 투데이」를 획 내던지고 리타에게 돌아갔지만 도무지 집중할 수가 없었다. 캠퍼스로 돌아가서 학교 와이파이로 영상을 보면 그만이었지만 두려움에 추위까지 더해져(문이 열릴 때마다 북극의 찬바람이 찾아오는 통에) 영 내키지 않았다.

가게에서 데워 준 크루아상은 놀라우리만치 훌륭했다. 바삭바삭한 껍질과 새콤한 반죽. 빵 부스러기가 온 사방에 떨어졌다.

나는 당신을 검색해 보기로 했다.

인터넷이 느린 걸 다 알면서 왜 그러는지 알 수 없었다. 그렇게 오래 기다려 놓고 왜 하필 404 에러 메시지가 뜰 가능성이 농후한 그때서야 당신을 찾아보려 했을까? 그 일을 하기 싫었던 것처럼.

마침 구글은 멀쩡했다. 와이파이가 안 되는 건 영상뿐이었다.

나는 2년 전 모두를 검색하느라 깨어 있었던 그 밤에 당신을 찾아보았다. 프로비던스에 있는 주간 사립 학교의 웹사이트에서 낯익은 사진을 발견했기 때문이다. 여전해 보였다. 얼굴이 살짝 넙데데해지고 머리 색이 설탕 가루를 뿌려 놓은 양 옅어진 게 전부였다. 그 학교 신문인 「길버트 앤드 설리번」에 당신의 통솔하에 시카고 수학여행을 다녀왔다는 기사가 실린 것 말고는 별다른 게 없었다. 만족스럽지 않왔다. 머그샷도 없고 후광도 없고 옛 제자와의 결혼 발표도 없었다. 당신의 이름에 탈리아의 이름을 더해 검색해 봤지만 「카멜롯」 영상과 「센티넬」 기사 몇 개만 나올 뿐이었다.

당신의 아내를 검색해도 건질 게 없어서(혹시 성이 달랐나?) 아이들을 찾아보았다. 나탈리와 필립을 몇 번 봐 준 덕에 당신을 닮은 까만 머리와 장밋빛 뺨, 그리고 당신의 아내를 닮은 선명한 파란 눈동자가 기억났다. (우리는 당신의 아내에 대해 특별히 아는 바가 없었다. 아이들을 부엌의 아동용 의자에 앉히느라 옥신각신하는 모습을 먼발치에서 본 게 전부였다. 그녀는 탈리아가 질투하고도 남을 만큼 어리고 예뻤다.) 나는 페이스북에서 찾아낸 보스턴의 매력적인 흑발 여성이 당신의 딸, 나탈리 블로흐라고 확신했다. 나탈리의 프로필을 살펴보는데 약탈자의 기운을 느꼈다. 수영복을 입은 몸매가 탄탄해 보였고 옆에 있는 남자와 사랑에 빠진 듯했다.

나는 페이스북을 끄고 카를로타에게 문자를 보내어 스스로를 구했다. 나 지금 망할 놈의 뉴햄프셔 그랜비야! 그녀는 이번 출장에 대해 알았고, 나와 프랜으로부터 직접 사진을 찍어 보내겠다는 약속도 받아냈었다. 카를로타는 상상을 뛰어넘을 정도로 다정한 남자(레스토랑 그룹의 수석 소믈리에)와 결혼하여 완벽한 세 아이를 키우며 필라델피아에서 살고 있었고, 다운증후군인 막내아들은 가슴이 벅차도록 사랑스러웠다. 나는 소셜미디어가 출현한 이후로 줄곧 카를로타와 긴밀한 연락을 주고받았다. 우리 세대가 놓친 것은 서로의 20대뿐이었다.

나는 물었다. 허구한 날 데니 블로흐가 학생들이랑 사귄다고 했던 거 기억나? 사실일까?

잠시 후 그녀가 답했다. 하하, 우리 생각은 그랬지만 아니지 않을까? 그때는 별 이상한 생각을 다 했잖아.

웬지 모르게 기분이 상했다. 사실이 아니기를 바랐으면서도 그녀의 대답이 너무 무심하게 느껴졌다.

그래서 다시 물었다. 탈리아랑도 아무 사이 아니었을까?

그녀는 어깨를 으쓱하는 이모티콘을 보냈다. 뭐, 그럼 사귀었나 보지.

문득 돌아보니 10학년 때 카를로타는 나와 프랜과 매번 밥을 같이 먹었는데, 그러다 돌연 그해 2월에는 사키나 존하고만 밥을 먹었고, 나중에 봄철 하이킹 여행을 다녀와서는 한 무리의 여자애들과 일주일 내내 같이 앉았다. 그녀의 큰 웃음소리는 식당 맞은편에 있는 우리에게까지 들렸다. 그러다 아무 일도 없었다는 듯 다시 돌아와 제프와 시시덕거리고 내 방에 와서 「코스모」에 실린 야한 퀴즈를 풀었다. 그런 패턴을 여러 번 반복했다. 간에 붙었다 쓸개에 붙었다 했을 뿐이지 상처를 주려고 일부러 그런 건 아니었다.

영상을 한 번 더 눌러 보니 온 힘을 쥐어짠 듯 재생할 준비가 되어 있었다.

재스민이 말했다. "스물한 살 때 제롬 웨이저가 갤러리로 들어와서는 상사와 만나기 전에 물 한 잔을 부탁했어요."

그녀는 어린애가 된 기분이었다고 설명했는데, 그 나이면 너무 어리고 순진무구한 어린애가 맞았다. 서른여섯 살의 제롬은 어엿한 성인이었다. 서른아홉 살의 제롬과 결혼한 사람으로서 증언하자면 그때도 지금처럼 대체로 어린애 같았다. 서른아홉 살이나 먹고도 만들 수 있는 저녁 메뉴는 파머잔 치즈를 얹은 가지구이뿐이었다. 가죽 스니커즈를 세탁기에 돌려서 망가뜨렸고, 투표 등록을 한 적도 없다. 남자들은 아주 더디게 성숙하니까 어린 여자와 짝을 짓는 게 최선이라는 식으로 들릴까 봐 조심스럽지만 내가 하고 싶은 말은 30대에도 제롬은 참 지독히 철들지 않았다는 것이다.

재스민이 꼼지락대는 아기를 앉고 옆에 앉은 여자에게 말했다. 제롬은 그녀가 하는 일에 관심을 보였다. 함께 저녁을 먹으면서 그녀의 작품에 관해 묻고 흥미로워했다. 두 사람은 잠자리를 갖기 시작했고, 그는 그녀를 예술계 친구들에게 소개했다. 그는 형편없는 남자 친구였다. 예를 들어, 그녀의 생일에 이별을 통보하고 이튿날 아침이 되자 용서해 달라며 매달렸다. 사용한 콘돔을 그녀의 집 바닥에 버리고 갔다. 콘돔 쓰는 건 딱 질색이라고 했다. 그녀가 돼지고기를 먹지 않는다는 걸 매번 잊어버리고 페퍼로니 피자를 주문했다. 일부일처제로 살 수 없다고 했다. 그녀는 아침 섹스를 좋아하지 않았다. 그가 좋아해서 동의하긴 했지만 그다지 즐겁지 않았다. 그는 그걸 알면서도 줄기차게 요구했고, 그래서 의무적으로 응했다. 한번은 그의 요구로 새벽 4시에 일어나 섹스를 했는데 계속 잠드는 바람에 결국은 중단되었다.

나는 그가 그녀를 결박했다거나 때렸다거나 경력을 망치겠다고 협박했다거나 하는 폭로가 터져 나오기를 계속 기다렸다. 여태껏 알지 못한 제롬의 본모습이 그를 향한 내 감정을 영원히 바꿔 놓고, 그와 완전히 갈라선 뒤에 양육권을 가져오게 하고, 그간 쌓아 온 경력에서 그를 탈선시키고, 대중의 비난을 만장일치로 끌어내기를. 하지만 40분 만에 그녀는 (암사자처럼 벤치를 다시 빙빙 돌면서) 작품을 마무리했고, 그 이야기는 원치 않았던(그러나 합의는 한) 아침 섹스 이상으로 심각해지지 않았다.

그녀는 처음으로 카메라를 쳐다보며 말했다. "어디에서 뭔가 책이나 목걸이 같은 걸 잃어버리고 나서 팔이나 귀를 두고 온 것 같은 기분을 느껴 보신 적 있으세요? 당신은 당신의 일부를 잃어버렸고, 저는 제 일부를 2003년 덴버에 두고 왔어요. 그렇게 제 일부를 이 나라

곳곳에 두고 왔답니다. 그렇게 두고 온 그걸……" 그녀가 가슴 앞에다 주먹을 쥐어 보이는데 마치 뻥 뚫린 구멍, 잃어버린 심연의 구멍 같았다. "……도무지 찾을 수가 없네요."

이 정도면 됐다. 그녀의 트라우마는 진짜였다. (덧붙이자면 수많은 트위터 댓글도 이렇게 말했다. 당신이 보여요, 재스민, 그리고 당신의 트라우마가 보여요.)

21세기의 기본을 이해하지 못하는 일부 윗세대가 먼 과거처럼 느껴졌다. 그때 그녀가 내 친구였다면 헤어지라고 훈수를 뒀을 것이다. 그의 잘못을 줄줄이 읊고 네가 더 나은 사람이라고 말했을 것이다.

하지만 맙소사.

내가 느끼는 분노가 애들 아빠를 공격했다는 개인적인 이유(내 안에 있는 충성스러운 핏불)에서 비롯된 것인지, 아니면 합법적으로 성관계에 동의할 수 있는, 힘 있는 성인이고 폭행이나 강요가 없었는데도 학대를 주장하는 모든 여성에게서 비롯된 것인지 판단하려 애썼다. 빌어먹을. 그것은 분명 제롬보다는 재스민에게 느끼는 분노였다. 그보다 더 심각한 일을 겪은 우리 같은 사람들은 큰 감흥을 느끼지 못했다. 대학 시절에 의식이 없는 나를 덮친 남자는 말할 것도 없고, 우라질 도리언 컬러만 가지고도 더 심각한 사례를 들 수 있었다. 도리언 컬러를 찾아내 그의 아내에게 공개적인 비난을 요구할 수도 있었다.

트위터를 확인했지만 새로운 것은 보이지 않았다. 그러고 나서 「스탈렛 피버」 계정을 열어 보니 누가 그랬는지 스무 개쯤 되는 트윗 밑에 재스민의 영상이 일일이 달려 있었다. 더는 외면할 수 없었다. 나는 랜스에게 나중에 설명하겠다고 문자를 보냈다.

속이 만신창이였다. 이제 교실에 들어가 아이들에게 세상사에 도가 튼 사람처럼 이야기할 시간이었다.

23.

지금까지는 그랜비에서 2주간 일어난 일을 되도록 시간순으로 말했는데, 이제부터는 한참 뒤에 알게 된 것에 대해 말해 보려 한다. 그날 아침(더 정확히 말하면 내가 카페의 그릇 수거함에 접시를 내려놓던 바로 그때) 오마르 에반스는 80킬로미터 떨어진 뉴햄프셔 주립 남자교도소에서 동료 수감자가 휘두른 10센티미터 길이의 깨진 유리 조각에 옆구리를 찔렸다. 오마르를 다른 누군가와 착각해서 벌어진 사건 같았다. 오마르는 그 사람이 누구인지 몰랐다.

유리 조각은 우측 갈비뼈 아래를 파고들었다. 내가 나와 제롬에 대해 걱정하고 추위를 불평하며 캠퍼스로 이어지는 언덕을 오르는 동안 오마르는 교도소 구급차(동료 수감자 둘이 드는 들것을 뜻한다)에 실려 의무실로 옮겨졌다.

내가 퀸시홀로 향하는 문을 열고 라디에이터의 폭발적인 열기를 느끼는 동안, 의무실 담당자들은 상처 부위를 맨눈으로 훑어보고 의료 기구로 자세히 살폈다. 스캔해서 장기 손상을 확인하거나 엑스레이를 찍어서 남은 유리가 있는지 확인하지는 않았다. 곧장 상처 부위를 닦고 봉합한 뒤 파상풍 주사를 놓고 국소 항생제와 거즈 몇 장을 주었다. 그리고 여덟 시간 간격으로 소염진통제 600밀리그램을 먹어도 좋다고 말했다.

그날 늦은 아침 우리가 교실에 앉아 오마르를 영화 속 인물처럼 다루는 동안, 그는 의무실 침상에서 몸을 일으키려다 통증에 그만 기절하고 말았다.

24.

그날 수업에서 보라색 머리를 한 롤라가 큰 소리로 전했다. "삼촌이 선생님 안대요."

"그래?"

"선생님이랑 같은 학년이었어요. 이름은 마이크 스타일스고요."

"네 삼촌이 마이크 스타일스라고?"

롤라가 1995년 졸업 앨범에서 최고의 매력남을 찾아 놀리는 건 아닌지 의심스러웠다.

"우리 엄마 남동생이에요."

농담 같지 않았다. "말도 안 돼."

"삼촌 말로 선생님은 멋지긴 했는데 좀 무서웠대요."

"무섭다니! 까만 옷을 너무 많이 입어서 그랬나 보다."

"아무튼 안부 전해 달래요."

무슨 일이 벌어지는 게 아닌가 싶을 정도로 얼굴이 화끈거렸다.

"지금은 뭐하시니?" 나는 인터넷을 통해(구글을 파다가 처음으로 당신이 있던 프로비던스의 학교에 다다른 그때) 그가 코네티컷 대학교의 교수이고 미국의 대외관계 전문가이며 살짝 배가 나오는 겸손함조차 갖추지 않았다는 것을 알면서 구태여 물었다.

능력을 숨긴 건지 대학에서 머리가 트인 건지, 마이크는 그랜비에서 학업적으로 두각을 나타내지 않았다. 「카멜롯」에 합류하기 전까지 우리는 그의 뇌가 새하얀 눈으로 만들어졌을 거라고 짐작했다.

그는 12학년 추수감사절에 자전거 사고를 당해 넓적다리가 산산조각이 났고, 통깁스한 다리로 체육 수업을 듣는 수모를 견디느니 겨울 뮤지컬을 하기로 했다. 그는 단골 배우들과 경쟁하여 아서 왕 역할을 따냄으로써 노래와 연기가 모두 가능하다는 사실을 알렸다. 그는 겸손하고 상냥한 데다, 운동을 좋아하는 여느 남자애들처럼 무대에서 뚝딱거리지 않아서 다들 깁스가 장난인 줄 알았다.

그는 공연 일주일 전에 깁스를 풀었고, 무대 뒤에서 창백하고 민둥민둥한 왼쪽 다리를 보여 주며 만져 보라고 아이들을 부추겼다.

하지만 마이크 스타일스를 향한 내 짝사랑은 그 시점에 이미 끝난 상태였다. 어느 봄날 남자 기숙사인 램버스에서 열린 개방의 밤에 프랜과 함께 그의 방(규정에 따라 방문을 90도로 열어 둔)을 지나치면서 돌연 마음이 식어 버렸다. 그는 침대에 대자로 누워 맨발의 긴 다리를 문 쪽으로 뻗고 있었다. 그 위로 케이트 모스와 위노나 라이더의 포스터가 보였다. 볼이 움푹 패고 입술이 불룩한 깡마른 여자들, 팔에서 가장 넓은 부위가 팔꿈치인 여자들이었다. 그는 한쪽 어깨에 메고 다닐 수 있는 여자를 원했다. 그때 마이크 스타일스를 좋아하면 안 된다는 것을 깨달았다. 그러기에 나는 너무 뚱뚱하고 너저분한 데다 얼룩다람쥐처럼 볼이 빵빵했다.

학생들에게 이런 얘기까지 할 생각은 없었지만, 남은 수업 시간 내내 나는 롤라의 둥글고 보들보들한 얼굴과 마이크 스타일스의 조각 같은 얼굴 사이에서 닮은 점을 찾았다.

마이크 스타일스는 카를로타와 사키나 존이 11학년 때 작성한 성기 리스트에서도 특출났다. 카를로타는 그의 성기에 대해 기재하고는 얼굴과 놀랍도록 유사하다는 결론을 내렸다.

내가 위선자라는 것을 인정한다. 탈리아 빙고를 생각하면 여전히 속이 부글거리지만, 누구의 성기가 됐든 관련 정보를 아는 대로 속속들이 적어 놓은 그 리스트를 떠올리면 죄책감 없이 웃게 된다. 내가 그 이야기를 글로 남기겠다고 생각한 것은 동료들에 대한 의무감에 서였다. 남자가 그랜비에 다니는지는 중요하지 않았다. 우리(나, 카를로타, 사키나, 프랜, 사키나의 친구 제이드, 코를 뚫은 카를로타의 룸메이트 다니)는 정보만 있으면 무조건 다 리스트에 올렸다. 그리고 항목별로 길이, 굵기, 휨, 고환에 대해 적었다.

나는 그해 여름 인디애나에서 유사 성행위를 한 브라이언 원과 반쯤 발기되어 배 위에서 설치류처럼 펄떡거리던 그의 음경에 관해 상세한 정보를 제공했다. 카를로타는 그랜비 남학생 몇 명을 가지고 놀았지만 고향에서도 늘 한두 명과 데이트를 했다. 사키나(아버지의 반대를 무릅쓰고 그랜비 이사회에 최초로 입성한 흑인 졸업생)는 늘 말썽을 일으키던 마르코 워싱턴에게 4년 내내 들러붙어 있었다. 그래서 램버스 남자애들의 물건에 관해 자세히 전해 들을 수 있었다. 기숙사에 사는 남자애들은 샤워실에서 서로의 몸은 물론 완전히 발기한 모습(조롱거리, 제법 쓸 만한, 위협적인)도 심심치 않게 봤기 때문이다. 마르코에 따르면 켈런 테넥의 것은 콜라 캔처럼 거대하고, 안 그래도 괴롭힘을 당하던 블레이크 옥스퍼드의 것은 아주 작은 데다 포경도 안 되어 있었다. 사키나는 그것을 새끼손가락이라고 적고 상상한 모습을 그렸다. 마이크 스타일스의 이름 밑에는 마르코마저 질투한다고 적었다.

사키나는 「카멜롯」의 모건 르 페이와 「흡혈 식물 대소동」의 시폰과 「그리스」의 리조를 연기했고 천생 브로드웨이 스타처럼 보였다. (실제로는 산부인과 의사가 됐지만.) 나는 그녀와 특별한 친분이 없었다. 그러나 카를로타가 밴드를 시작하고 사키나를 끌어들이면서 둘이 가까워졌고, 그녀가 「마이 소 콜드 라이프」를 연습하기 위해 싱어베어드의 휴게실을 찾으면서 셋이 어울리기 시작했다. 나는 그녀가 나를 멋대로 판단할까 봐 늘 걱정했고 실제로도 그랬겠지만 나중에는 최측

근이 되었다. 처음에는 둘 다 뉴욕에서 살아서였고, 그다음은 첫 아이가 같은 날에 태어나서였다.

리스트는 카를로타의 서랍장에 있었다. 다른 사람이 알면 안 됐지만(단순히 재미로 모두의 성기에 대해 떠벌린 마르코조차 몰랐다) 12학년의 어느 아침 매트리스로 가던 길에 나는 제프에게 모든 사실을 털어놓고 말았다. 하지만 제프는 마냥 재밌는 모양이었다. 자기가 리스트에 없다는 말을 듣고서는 더더욱 그랬다. 그는 말했다. "나도 올려 주라. 제발. 길이는 23센티미터고 신이 내린 불알이라고 해 줄 수 있어?" 그 후로 몇 주 동안 그는 복도나 저녁 식사 대기줄에서 마주치기만 하면 입을 뻐끔거리며 말했다. 신이 내린 불알. 아직도 그 말을 떠올릴 때마다 빵 터진다고 하면 잘못일까? 빙고판과 달리 우리의 리스트는 누군가를 위험에 빠뜨리지도, 누군가를 절대 반지로 바꿔 놓지도 않았다.

게다가 우리는 원하든 원치 않든, 비유적으로든 문자 그대로든 늘 남자애들의 성기를 마주했다. 대학에 가기 전까지는 그걸 찾거나 보려 하지 않았는데도 늘 눈앞에 있었다. 그해 여름, 겁많은 브라이언 윈조차 벨트를 풀고 땀에 젖은 손으로 내 머리를 내리눌렀다. 도리언 컬러는 내 앞에서 몸을 세 번이나 노출했다. 한 번은 체육관 뒤에 있는 복도에서였다. 내가 바닥에 앉아 공부하고 있으면 그는 그 옆을 지나갔다가 친구들을 데리고 히죽거리며 돌아왔다. 그리고 말했다. "보디, 어젯밤에 내 방에 몰래 들어와서 고추에 이빨 자국을 남기고 갔더라." 그리고 그것을 체육복 반바지 위로 꺼내서는 혼란스럽고 상처받은 표정을 지었다. 내가 본능적으로 손을 들어 시야를 차단하자 (겨우 몇 걸음 거리였다) 그가 말했다. "맙소사, 보디, 또 손 뻗는 거 봐. 넌 만족을 모르는구나. 내가 이렇게 다쳤는데도! 난 치료가 필요하다고." 나는 내 잘못된 행동을 스스로 꾸짖었다. 어떻게 해야 옳았을까?

나는 그 애들이 다시 돌아올까 봐 책을 그러모아 들고 앉을 만한 자리를 찾아다녔다.

정확히 말하자면 그랜비의 성기를 기록하는 일은 약탈이라기보다 복수에 가까운 느낌이었다.

난 제롬이 재스민 와일드 앞에서 그것을 불쑥 꺼내는 모습을 상상해 보려 애썼다. 하지만 그럴 수 없었다. 제롬은 도리언이 아니었다. 뒤풀이 자리에서 제롬이 그녀를 잡아당겨 무릎에 앉히는 모습을 상상해 보려 애썼다. 그가 이렇게 말하는 모습을 상상해 보려 애썼다. "조언을 좀 해 주고 싶으니까 오늘 밤 작업실에 꼭 들러." 혹은 "알다시피 난 이 바닥에서 누군가를 성공시킬 수도, 망가뜨릴 수도 있어." 누가 어떤 행동을 하는 걸 상상할 수 없다고 해서 그 사람이 그런 일을 저지르지 못하는 건 아니다.

롤라가 노트북으로 마이크의 사진(코네티컷 대학교 웹사이트에 있는 프로필 사진)을 찾아 아이들에게 보여 주는 동안, 이 모든 생각이 머릿속을 스쳤다.

브릿이 구석 자리에서 벌떡 일어났다. "네 삼촌 내가 인터뷰해도 돼? 괜찮을까?"

롤라는 어깨를 으쓱했다.

나는 말했다. "마이크는 탈리아를 꽤 잘 알았어. 오마르도 알 거야. 운동선수였으니까."

마이크는 또 다른 스키 스타 로비 세레뉴의 절친 중 하나였다. 나보다 할 말이 더 많을 것 같았다. 그는 공연 때도 있었고 매트리스 파티에도 참석했다. 경찰 진술에서 나보다 훨씬 더 길게 말했을 것이다. 게다가 그가 브릿과 대화를 나눠 보고 그녀가 그 사건에 얼마나 집착하는지를 알게 되면, 팟캐스트 소식이 내 동창들한테 퍼지더라도 내가 그 애를 부추긴 게 아니라는 걸 증명해 줄 수 있을지 모른다.

로라가 브릿에게 말했다. "뭐, 이메일 주소는 알려 줄게."

첫 에피소드의 첫 편집본이 다음 날 아침까지였으므로 우리는 모두의 프로젝트를 서둘러 살펴보고 편집에 대해 논의했다.

올더는 「우주전쟁」(미국 CBS에서 실시간으로 방송한 라디오 드라마로, 이로 인해 수많은 청취자가 화성인의 침공을 믿었다—옮긴이)이 사람들을 속인 것처럼, 재발견된 1938년 테이프들을 엮어서 청취자들을 납득시키겠다는 난해한 아이디어를 제시했다. 아자렛 게이지 그랜비를 다루기로 한 알리사는 꾸벅꾸벅 졸았다. 그렇다고 탓할 수는 없었다. 라디에이터 앞에 앉아서 창문으로 내리쬐는 아침 햇살을 온몸으로 받고 있었기 때문이다. 나는 그녀가 부러웠다.

브릿은 변호사를 통해 오마르에게 직접 연락하려 했지만 답변을 듣지 못했다. 그래서 해답을 얻지 못한 질문들로 방송을 구성해 보기로 했다. 1995년에 수영장 비상구가 정확히 어떻게 작동했을까? 또 누가 그 건물에 접근할 수 있었을까? 학교는 주 경찰에 어떤 영향을 미쳤을까? 오마르가 자백할 만한 정황이 있었을까? 탈리아는 음악 교사와 자는 사이였을까? 아니, 마지막 질문은 안 된다. 아직은.

25.

그날 오후, 나는 플래시백에 대해 생각해 볼 수 있는 영화들을 준비했다. 가장 먼저 보여 준 것은 내가 청소년기에 본 「웨인즈 월드」에서 회상 장면에 사용한 물결 모양의 화면 전환이었다. 이어서 「로스트」의 촌스러운 점프컷을 보여 주었다. 아이들이 태어나기도 훨씬 전에 만들어진 「라쇼몬」의 짧은 영상들도 보여 주었다.

우리는 등장인물의 기억과 실제 과거를 편견 없이 바라보는 카메라의 시선이 어떻게 다른지를 토론했다.

지미 스튜어트가 꿈을 꾸다가 무덤 속으로 떨어지고, 현기증이 날 것 같은 총천연색 화면에 그의 머리가 둥둥 떠 있었다. (「현기증」—옮긴이)

펠리니의 교통 체증은 비행으로 이어진다. (「8과 1/2」—옮긴이)

그날 밤 과제는 「메멘토」를 보고 각자 견해를 적어 오는 것이었다. "너희는 휴대폰으로 보겠지." 나는 교실을 나서려는 아이들을 향해 말했다.

그들이 어깨를 으쓱했다. 유독 총명한 아이가 말했다. "얼굴에 바짝 갖다 대면 극장만큼 좋아요."

26.

휴대폰을 확인하기가 무서웠다. 제롬에 관한 나쁜 소식을 더는 보고 싶지 않았다. 하지만 결국은 열어 봤고 잘했다는 생각이 들었다. 모레 토요일에 들를 수 있다는 야하브의 문자였다. 다시는 볼 수 없을 것 같아서 평생 연마해 온 남자 잊는 기술들을 떠올리며 마음을 다잡고 있었다. 그런데 세상에, 토요일에 갈 테니 '좀 걷든지' 하자면서 '길면 세 시간'은 머물 수 있다는 것이었다.

그는 내가 가까이 와 있어서 몹시 당황한 듯했다. 8월 이후로 나는 휴대폰 속 나체 사진, 문자와 픽셀 같은 전자기 상태로만 존재했다. 그리고 이제 거기서 그를 정박지에 매어 놓은 밧줄을 흔들고 있었다. 나는 평소처럼 그를 내버려두지 못했다. 그건 야하브가 친해진 다음 연인으로 발전한 첫 남자라는 사실과 관련이 있었다. 두 단계를 걸친 셈인데, 제롬과의 사이에서는 일어난 적이 없는 일이라 나는 야하브에게서 벗어날 수 없었다. 제롬은 한 친구의 갤러리 개업식에서 처음 만난 순간부터 섹시한 눈빛을 던졌다. 우리의 첫 대화는 빈정거림으로 가득했고, 그는 마티니의 올리브가 보드카를 충분히 빨아들이지 않았는데 벌써 꺼내 먹는다며 나를 짓궂게 놀렸다. 만일 내가 젊은 예술가였고 제롬의 작품을 익히 알고 있어서 그에게 어떤 인상을 줄지 걱정했다면 그 만남을 어떻게 느꼈을지 궁금하다. 차라리 내가 더 순수하지 않은가? 나는 그를 있는 그대로, 자신감도 과하고 불안감도 과한 바람둥이로 보았다.

하지만 야하브와는 뭐랄까, 우리는 밑바닥을 보인 다음 돈독해졌다. 그가 없어졌다는 사실은 생살이 드러난 듯 쓰라렸다.

너무 고통스럽지만 않았으면 매혹적으로 느껴질 욕구였다.

나는 답장을 썼다. 내 청소년기를 보여 줄게. 각오해.

27.

오마르가 1999년 항소심에서 패한 후 그의 가족은 「오마르에게 자유를」이라는 웹사이트를 열었다. 몇 년 전 「데이트라인」에서 사건을 다룬 뒤 잠깐 찾아본 적이 있었다. 저녁 먹기 전에 어두컴컴한 손님용 침실에서 열어 봤더니 거의 예전 그대로였다. 초기에 언론의 관심이 물밀듯 밀려들고 나서 온라인의 관심은 행동주의에서 실제 범죄에 관한 소문으로 흘러간 모양이었다. 「스파이더맨」의 단역 여배우는 새로운 대의를 추구하기 위해 떠났고, 이 세계의 데인 루브라들이 발을 내디뎠다.

웹사이트는 오마르의 어릴 적 사진으로 시작되었다. 귀는 머리와 비교해 너무 컸고 발가락은 모래에 파묻혀 있었으며 입이 귀에 걸리도록 활짝 웃고 있었다. 그의 가족은 1세대 인터넷의 까만 배경에 형광 보라색으로 오마르가 거짓 자백을 강요당했다는 입장을 명시했다. 그를 범인으로 지목한 증거는 의심할 여지가 있었다. 다른 용의자들은 수사를 받지도 않았다.

기부를 위한 링크와 제보를 위한 이메일 주소가 있었다. 「탈리아를 위한 기도」라는 제목의 페이지도 있었다. 내용은 이렇다. 사랑하는 딸이자 하느님의 귀한 자녀인 탈리아 키스의 영혼과 그 가족을 위해 기도합니다. 그녀는 세상을 너무 일찍 떠났습니다. 그녀의 영혼이 그 자신과 오마르를 위해 우리를 진실로, 정의로 이끌어 주기를 기도합니다. 그리고 테니스팀 사진에서 잘라 온 듯한 사진이 보였다.

사건의 세부 사항들이 정리된 페이지도 있었다. 지난번에는 여기까지 도달하지 못했다. 하지만 프랜이 데리러 올 때까지(앤이 집에서 아이들을 보는 동안 외식을 하기로 했다) 한 시간이 남아 있었고, 그날 아침 랜스가 팟캐스트를 태그한 재스민의 지지자들을 다 차단해야 하느냐고 물은 뒤 연이어 보낸 문자 일곱 개를 읽느니 그 페이지를 읽는 게 나았다.

나는 마우스를 클릭하면서 내용을 훑어보기 시작했다. 거기에는 항소에 실패할 경우를 대비해 만든 1심 공판의 녹취록이 있었다. 오마르가 철회한 자백과 그것의 모순점을 지적하는 각주도 있었다.

법정에서 변호 측이 제출한 짧은 증거 목록(클릭만 하면 오마르의 사무실 통화 기록을 볼 수 있는 식이었다)에 이어 검찰 측이 제출한 훨씬 더 긴 문서와 증거 물품 목록은 물론, 재판 전 증거 개시 절차에 따라 소송 당사자끼리 공개한 증거들도 있었다. 여기에 매트리스 파티에서 찍은 사진 스물한 장이 전부 들어 있어서 탈리아의 절친 열아홉 명이 밤새 어디에 있었는지는 조사할 필요도 없었을 것이다. 몸서리쳐지는 사진들이었다. 플래시가 터져서 색은 날아가고 빛이 반사되어 눈만 벌건 아이들. 요즘 같으면 휴대폰에서 곧바로 지워 버릴 만한 사진들. 하지만 이 아이들은 숲에서 술을 마시다 빛에 과도하게 노출된 채로 영원히 박제되었다. 사건에 무슨 도움이 된다고 그런 사진들까지 올렸는지 알 수 없었지만, 포괄적인 자료의 하나로 보였다.

나는 아이들을 거의 다 알아보았다.

로비 세레뉴. 그는 레드삭스 모자에 그랜비 스키팀의 금색 스웨터와 청바지 차림으로 여러 장의 사진에 등장했다.

벤트 젠슨, 우리의 덴마크 교환 학생은 기네비어를 연기한 베스의 상대역인 랜슬롯이었다. 모두가 그를 사랑했다.

비슈와스 싱, 9학년 때 와인병을 따기 전에 샐러드드레싱처럼 흔드는 바람에 피즈('거품'이라는 뜻이다—옮긴이) 라고 불리게 된 아이. 아이들이 깔깔대며 그만하라고 외치자 그는 자신 있게 말했다. "싫어, 맥주도 아닌데 뭐." 어째서인지 그 후에도 그는 여전히 인기가 많았고 10학년 때는 반장으로 뽑혔다. 한 사진에서는 양손에 담배를 한 개비씩 쥐고 허수아비처럼 양팔을 들고 있다.

미녀 삼총사처럼 자세를 취하고 있는 레이철 포파, 베스 도어티, 도나 골드백. 베스는 벤트, 사키나 존, 마이크 스타일스처럼 「카멜롯」 무대에서 막 내려온 것 같다. 사키나는 아이라이너로 눈꼬리를 길게 올린 모건 르 페이 분장을 하고 있다. 마이크가 깁스를 푼 지 얼마 안 돼서 그날 밤 아이들은 노르딕 트레일을 빠르게 뛰어 내려가지 못했다.

홀로 나무에 기대어 선 도리언 컬러. 창백한 뺨과 긴 속눈썹에 눈을 감고 뭐라고 말하듯 입을 벌리고 있다. 그렇게 못되게 굴지 않았다면 잘생겨 보였을지 모른다.

아사드 미르자, 그때만 해도 독실한 이슬람교도였으니 매트리스 파티에서 적어도 한 사람은 맨정신이었을 것이다.

그리고 별 의미 없는 몇몇 스키 선수들 혹은 스키와 친한 아이들의 얼굴.

사진을 찍은 아이는 지미 스칼치티(그 역시 스키 선수였고 「카멜롯」의 커튼콜을 찍기 위해 졸업 앨범에 사용하는 고가의 펜탁스 카메라를 가져왔다)였다. 그는 당시 숲에서 남은 필름을 소진했다. 학교 카메라로 미성년자 음주를 남기는 게 무슨 생각인지 모를 만큼 취한 뒤에야 사진을 찍기 시작한 게 분명했다.

아이들은 손전등 모닥불을 만들었다. 학교에서 나눠 준 휴대용 손전등과 그보다 크고 튼튼한 손전등을 켜서 불쏘시개처럼 준비하고 무더기로 쌓아서 공터를 밝혔다는 뜻이다.

나는 이 사진 중 한 장을 본 적이 있었다. 「데이트라인」에서 공개됐는데, 사진 속에서 로비는 어깨 너머의 카메라를 돌아보고, 사키나와 베스는 그 뒤에서 서로에게 기댄 채 웃고 있고, 도리언은 장난스럽게 두 손을 비틀어 갱단의 상징을 흉내 내고 있다. 사진 속 맥주병과 번쩍거리는 담뱃불은 10대의 가벼운 일탈을 완벽히 압축해서 보여 준다.

내 기억에 그 필름은 주 경찰이 정보를 캐내고 다니기 시작한 무렵까지도 지미가 기숙사 방에 갖다 놓은 펜탁스 카메라 안에 있었다. 그때 지미는 필름을 제프에게 가져가 경찰 조사를 받기 전에 현상할 수 있는지 물었다. "세레뉴가 괜한 오해를 살까 봐 그래." 그가 그러더라고 제프가 알려 줬다. 사진에서 술과 담배를 잘라 낼 방법이 있는지도 물었지만, 때마침 학교에서 그날 밤 약을 하거나 술을 마신 사실을 털어놓으면 징계를 면제해 주겠다고 약속하면서 그의 질문은 무의미해졌다.

제프는 그래도 혹시 모르니 보관용 사본을 만들고 있다고 했다. "당연히 보관해야지, 안 그래?" 흠잡을 데 없이 논리적으로 들렸다. 스칼치티가 다 갖다 버렸는데 나중에 중요한 것으로 밝혀지면? "게다가 졸업 앨범 필름이잖아."

어떤 이유에서인지 지미 스칼치티가 타임스탬프를 켜 놓은 바람에 제프가 일일이 잘라 내지 않는 한 「카멜롯」 사진을 졸업 앨범에 쓸 수 없게 됐지만, 매트리스 파티 사진은 그날 밤의 타임라인을 밝히는 데 매우 유용했다. 여기서 10여 개의 인터넷 가설들이 파생되었다. 이를테면 지미가 공연 중에 날짜 스탬프만 켰는데 파티 사진을 찍을 때 어쩌다 타임스탬프도 켜졌다는 것이다. 어떤 사람들은 이를 너무 편리한 핑계라고 생각했다. 또 어떤 사람들은 술 취한 어린애가 숲의 진창과 추위 속에서 사진을 찍었으니 버튼을 엉망으로 조작했을 것이라고 주장했다.

나는 어느새 「오마르에게 자유를」에서 나와 레딧에서 필름과 관련된 스레드를 검색하고 있었다.

(미스터 블로흐, 당신이 신경 쓸지 모르겠지만, 오마르는 80킬로미터 떨어진 곳에서 그제야 소염진통제의 2차 복용을 허락받았다. 의무실에서 결국 흠뻑 젖은 거즈를 갈아 주었다. 감염의 징후가 나타나기에는 너무 일렀다. 아직 열이 오르지 않았다.)

레딧에는 관련 스레드가 정말 많았다. 그중에는 탈리아가 매트리스에서 열아홉 명의 아이들에게 사탄의 제물로 살해당했다는 가설도 있었다. 어떤 사람은 팀 부세의 광기 어린 벌건 눈을 지적했다. 쟤는 약에 취해서 제정신이 아니야. NotYoPaulie82가 적었다. 무슨 짓이든 저지를 수 있어. 정말 그래 보이긴 했다.

로비의 스키 스웨터 뒤에 튄 진흙에 관한 긴 글도 있었는데, 그걸 혈흔이라고 주장하는 사람들도 있었다. 수백 명이 '좋아요'를 누른 댓글이 반문한다. 그러니까 당신 말은, 로비가 뮤지컬과 파티 사이 **10분** 동안 탈리아를 죽여서 수영장에 내던졌을 뿐 아니라 **등진 채로** 범행을 했다는 거야? 이 친구에 비하면 진저 로저스(배우와 가수로 활약한 미국의 뛰어난 무용가 ─ 옮긴이)는 아무것도 아니네.

이는 전부 매트리스 파티에서 두 번째로 찍힌 자연스럽고 무질서한 단체 사진을 근거로 했다. 대부분은 사진이 찍힌 타이밍과 순서에 집착했다. 오후 9시 58분에 최초로 찍힌 사진에는 땅바닥, 흐릿한 외투, 다리 몇 짝이 담겨 있다. 진흙이 튄 스키 스웨터 다음에 찍힌 10시 2분 사진에서는 로비가 혀를 내밀고 미치광이 악마처럼 활짝 웃으며 베스와 도리언에게 팔을 두르고 있다. 이 사진에서 로비는 모자를 쓰고 있지만, 다른 사진에서는 옆머리를 밀고 윗머리는 5대5 가르마로 길게 늘어뜨린 것을 볼 수 있다. (프랜은 이런 머리를 "귀두 컷"이라고 불렸다. 1995년에는 유행했다.)

공연은 아무리 빨라도 8시 45분에 끝났다. 「카멜롯」 출연진이 의상을 벗는 데 걸린 시간이 15분이라고 하자. 그사이 마이크는 분장까지 지웠다. 관객석에 없던 친구들이 모이고 베스가 침대 밑에 숨겨 둔 술병들을 배낭에 쑤셔 넣고 나머지 아이들이 손전등, 담배, 라이터를 챙기는 데 또 몇 분이 걸렸을 것이다. 남자 기숙사는 먼 로어 캠퍼스에 있었기 때문에 필요한 건 전부 여자 기숙사에서 어렵게 공수했다. 남자애들은 밖에서 여자애들을 기다렸다. 그들은 마이크가 절뚝거리면서 걸을 수 있는 속도로(도보로 약 30분) 노르딕 트레일을 따라 걸으며 공연장에서 2.3킬로미터 떨어진 매트리스로 향했다. 첫 번째 사진을 찍은 오후 10시쯤에는 이미 파티가 한창이었다. 댓글에서 언급한 '10분'은 바로 이런 계산에서 나온 것이었다. 누군가는 몇 분 만에 달려가서 뭔가를 할 수 있을지 모르지만, 상대에게 중상을 입히고 옷을 갈아입혀서 물에 던져 넣기에 충분한 시간은 아니었다.

주 검찰에 따르면, 파티가 진행 중일 때 탈리아는 오마르를 만나기 위해 공연장에서 체육관으로 향했고 그가 사무실 전화를 끊은 오후 10시 2분까지 기다렸다. 그들은 탈리아가 통금 시간 전에 사망했다고 믿었다. 나도 동의했다. 탈리아가 11시까지 기숙사로 돌아오지 않았다면 무슨 일이 벌어진 것이 분명했다. 교칙을 어기더라도 걸릴 만한 짓은 절대 하지 않는 아이였다. 입실 시간을 놓쳤을 리 없다.

피즈가 팹스트 맥주 캔을 들이켜고 있는 마지막 사진이 오후 10시 39분에 찍혔으니 나머지 사진은 대부분(서른여섯 장 중 스물한 장이 숲에서 찍혔다) 40분 안에 찍힌 것이다.

현장에 있던 아이들은 그때 처음 몇 시인지 인지했다고 진술했다. 그들은 앞다투어 노르딕 트레일을 내려왔고, 지미 스칼치티는 넘어져 발목을 접질렀다. 여자애들은 통금 시간보다 5분 늦게 기숙사로 복귀했고, 남자애들은 다친 지미와 깁스를 푼 지 얼마 안 된 마이크를 데리고 로어 캠퍼스까지 가느라 12분 늦게 도착했다. 달 선생님에게 한 소리 듣기는 했지만 모두 입실을 완료했다. 또 다른 가설은 로비와 탈리아가 기숙사로 돌아갔다가 다시 몰래 빠져나와 만났고, 그때 로비가 탈리아를 죽였다는 것이었다. 누군가가 말했다. 로비는 그런 유형 같아, 뭐가 잘 안 풀리면 성질부리는 버릇없는 애들 있잖아. 탈리아가 오마르랑 잔다는 걸 알고 뒤집어진 거지. 이 가설이 성립할 수 없는 이유 중 하나는 그날 램버스 당직이었던 달 선생님의 증언이었는데, 로비가 입실 확인 뒤 위층 자기 방에 있어야 하는데도 휴게실에서 자정까지 존 매든 미식축구 게임을 했다는 것이었다. 달 선생님은 일찍 자는 편이 아니었고 아이들이 나가지 못하도록 현관에 경보 장치를 설치했다. 그는 카드 게임용 탁자를 층계참에 펴놓고 앉아 자기만의 작은 파놉티콘에서 새벽 2시까지 역사 시험지를 채점하기로 유명했다.

마지막 사진 세 장은 그다음 주 화요일에 지미가 필름을 빨리 소진하고자 기숙사 방바닥(빨랫감과 교과서와 몰래 빼돌린 식당 접시)을 찍은 것이었다.

그제야 나는 프랜의 문자를 확인했다. 어디야?? 나 밖에 있어. 이어서 그 남자랑 뒹굴고 있냐? 당장 내려와. 나는 벌떡 일어나 머리를 빗었다. 마지막 문자가 15분 전이었다. 너무 깊이 빠져 있었다.

#3: 로비 세레뉴

그는 자신을 둘로 나눈다.

첫 번째 로비 세레뉴는 매트리스 파티에 가서 사진에 찍히고 친구들에게 목격되고 기숙사에 12분 늦게 입실한다. 이튿날 아침 학교 식당에 나타나 농담을 던지고 우리와 마찬가지로 그날 오후에 탈리아의 죽음을 알게 된다. 이 사람은 탈리아를 사랑하는 로비, 훌륭한 아버지가 되어 아이들에게 스키를 가르쳐 주는 로비다.

만능 스포츠맨으로 불리는 두 번째 로비 세레뉴는 모든 걸 쉽게 얻고 분노나 주먹질을 조절하지 못하며 술을 마시면 극도로 날카로워진다. 이 사람은 공연장 밖에서 탈리아를 만나는 로비다.

첫 번째 로비가 친구들과 자리를 옮기는 사이, 두 번째 로비는 탈리아에게 당신과 보낸 시간에 관해 꼬치꼬치 물어야 한다. 그는 오늘 밤 공연이 시작되기 전에 무대 뒤로 몰래 들어갔다가 뭔가를 알게 되었다. 당신이 탈리아와 바짝 기대앉아 그녀의 팔꿈치에 손을 얹은 것을 보았다. 고개를 살짝 떨군 채 당신을 올려다보는 그녀의 눈빛을 알아차렸다. 그는 무대 뒤를 서성이며 무대에 있는 탈리아의 주의를 끌려 애썼고, 그녀는 무대 측면에 감춰진 날개를 돌아보며 입 모양으로 말했다. 왜? 관람석에 가 앉아 있는데 속이 부글부글 끓는다. 도리언이 그를 향해 몸을 기울이고는 탈리아에 관한 농담을 던진다. "네 여친은 걸레가 아니야. 자발적인 화냥년이지."

커튼콜이 시작되자 로비는 다시 무대 뒤로 가서 그녀에게 날개 쪽으로 오라고 손짓한다.

그가 말한다. "나가서 좀 걷자."

그가 그녀를 추궁한다. 당신에 관한 질문을 멈추지 않을 것이다. 그는 취한 상태다. 싸구려 보드카를 채운 생수병들이 관중석을 돌아다니고 있었고, 로비는 마시지도 못하는 술을 받아 마셨다. 그사이 첫번째 로비는 매트리스에서 카메라를 향해 브이를 그리며 첫 맥주를 한 모금 마시고, 끝내는 인사불성이 된다.

어느새 체육관 뒤편이다. 탈리아가 화장실이 급해서 가 봐야겠다고 말한다. 그는 체육관에도 화장실이 있다며 붙잡는다. 그리고 평소처럼 주머니에서 해골 모양 열쇠를 꺼내 뒷문을 연다. 수영장 열쇠는 따로 필요하지 않다. 비상경보도 울리지 않는다. (로비는 늘 모든 일이 술술 풀린다.) 그들은 복도를 따라 조용조용 걸으며 수영장을 지나고 문이 환하게 열려 있는 오마르의 사무실을 피해 여자 탈의실로 들어간다. 그녀가 소변을 보는 중에도 로비는 질문을 멈추지 않는다.

한참이 지나도 그녀가 나오지 않자 그는 샤워 부스에 들어가 옷을 입은 채로 샤워기를 튼다. 벽에 기대어 잠깐 졸았는지 어느 틈에 다가온 그녀가 뺨을 때리며 일어나라고 말한다.

그는 이왕 샤워 부스 안이니 섹스나 하자 싶어 그녀의 젖은 옷을 벗기려 한다.

그녀가 화를 내고 고함을 지르며 그를 밀친다. 너무 시끄럽다. 그는 왜 하기 싫으냐고, 오늘의 할당량은 이미 다른 사람과 채워서 그러냐고, 그 사람이 당신이냐고 묻는다.

그녀가 한심한 놈이라고 말하며 샤워 부스를 나가려 한다.

두 번째 로비가 탈리아의 목을 움켜쥐고 흔든다. 정신을 차리게 해주고 싶다. 그러려면 뭔가 단단한 것이 필요하다. 그래서 이 축축하고 미끌미끌한 벽에 대고 흔든다. 근육으로 불길이 흘러들고 몸이 기계적으로 움직인다. 한 마리의 짐승이 되어 눈 덮인 언덕을 활강하는 느낌이다. 중력을 따라 언덕을 내려가는 데 익숙한 그의 몸은 따로 명령하지 않아도 뭘 해야 하는지 알고 있다. 그리고 그는 지금 중력을 따라가고 있다. 탈리아가 눈알을 뒤집으며 몸부림칠 때까지. 그녀가 샤워 부스 바닥으로 미끄러지고 벽에 묻은 새빨간 피는 물에 씻겨 분홍빛으로 사라진다.

정신이 든다. 적어도 눈앞에 벌어진 상황은 명확히 인지한다. 바로 잡아야 한다. 그녀가 감전된 것처럼 경련하고 있는 걸 보니 바로잡기에는 너무 늦었다. 하지만 이 끔찍한 영화, 그에게 닥친 모든 문제는 바로잡아야 한다.

그는 작고 축축한 몸을 질질 끌고 탈의실을 나가 수영장으로 돌아가서는 옷을 벗고 근처에서 발견한 수영복으로 갈아입힌다. 그사이 숲에 있는 로비는 대형 카세트 라디오에서 흘러나오는 「내 창으로 와」를 가성으로 따라 부르고 있다. 시간은 차고 넘친다. 저쪽 로비가 양팔을 뻗고 빙빙 돌며 과장된 몸짓을 하는 동안 이쪽 로비는 탈리아를 수영장으로 밀어 넣는다. 그녀가 아직 살아 있다는 걸 어느 정도는 알고 있다. 샤워 부스에서 일어난 일은 사고였지만 이건 의도한 살인, 살인, 살인이다. 시간이 남아서 표백제를 찾아와 수영장 데크와 복도(오마르는 보이지 않고 사무실 불도 꺼져 있다)와 탈의실을 닦는다. 그리고 싱크대에 게워 낸 것을 배수구로 흘려보내고 손과 얼굴을 씻는다.

탈리아의 가방에서 여벌의 옷가지(녹색 스웨터, 청바지, 속옷 몇 벌)를 꺼내어 원래 입고 있었던 양 벤치 위에 깔끔히 개켜 놓는다. 그러고 나면 피 묻은 축축한 옷들을 가져가 태울 방법을 찾을 것이다.

그는 비상구를 통해 뒷문으로 슬그머니 빠져나간다. 아침이 되어서야 수영장에 혼자 들어간 것처럼 보이도록 열쇠를 탈리아 옆에 두고 왔어야 했다는 생각이 든다.

그러나 이 버전의 로비는 아침에 깨어나지 않을 것이다. 곧 사라지기 때문이다. 그는 분자로 변해 눅눅한 3월의 공기 속으로 흩어진다.

진짜 로비는 친구들과 다급히 노스브리지를 건너 기숙사로 돌아가고 있다. 즐겁다. 아주 살짝만 취했고 통금 시간에도 아주 살짝만 늦었다.

그는 결혼해 아이들을 낳고 코네티컷에 살 것이며, 자기가 무슨 짓을 했는지 절대 알 수 없을 것이다.

28.

그랜비 서퍼클럽은 내가 기억하는 모습 그대로였다. 성인이 되어 그저 그런 음식의 맛을 한층 끌어올려 줄 훌륭한 와인 리스트를 선택할 수 있다는 것을 제외하면. 또 테이블 유리잔에 담긴 막대 모양 빵, 그리고 롤빵과 작은 집게가 든 바구니를 가지고 돌아다니는 남자가 특히 마음에 들었다. LA에는 빵 바구니를 들고 다니는 남자들이 많지 않다.

남자가 빵을 채워 주고 자리를 떠난 뒤(내가 어렵게 눈을 떼자 프랜이 눈을 치켜떴다) 나는 말했다. "너 블로흐 선생님이 징그러운 인간이라고 했잖아."

"그게 뭐, 어때서?"

"우리가 그 선생님이랑 탈리아랑 그렇고 그런 사이라고 했던 거 기억해?"

프랜이 웃으며 말했다. "잠깐, 브릿이 팟캐스트에서 괜한 소리 못하게 해라. 나도 인터뷰 요청받았다고 말했나? 월요일에 하기로 했어."

"하지만 넌 둘이 자는 사이라고 생각했잖아?"

"아니. 아니라고! 그런 말 하게 두면 안 돼. 맙소사. 학생들이랑 지나치게 가깝다는 거였지, 잔다는 건 아니었어."

"아니, 네 말이 맞아. 10대들은 그런 일에 감이 좋잖아. 아무리 생각해 봐도 우리가 그렇게 생각했으면 그랬을 거야. 적어도 뭔가는 있었어. 섹스는 아니어도 부적절한 행동은 했을 수 있잖아." 베데스다 분수에서 있었던 일을 말했지만 먹혀들지 않았다.

"내 말은…… 10대들은 유언비어에도 쉽게 넘어가잖아. 마르코 워싱턴이 덴젤 워싱턴의 친척이라고 믿었던 거 기억나?"

발뺌하는 모습이 실망스러웠다. 내 마음에 의혹의 씨앗을 뿌려 놓고 일주일 내내 잠 못 이루게 하고서 이제 와 나 몰라라 하다니 온당치 않았다.

"두 사람은 너무 많은 시간을 함께 보냈어. 발표 연습한다고 찾아가도 당최 문을 열어 줘야 말이지. 뭔가 이상하더라고."

프랜은 고개를 끄덕였다. "어릴 때야 우리랑 어울리는 선생님이 훌륭한 선생님이지. 누가 열여섯 살짜리 애들이랑 어울리고 싶지 않겠어? 이러면서. 그러다 나이가 들면 흠, 저 사람은 제대로 된 사회생활을 하지 못하는구나 싶지."

"내 말은 그게 아니야."

"알아. 그래도 브릿한테는 말하지 마. 그런 더러운 일에 엮이게 두지 말라고."

프랜이 가게로 들어오는 한 무리에 손을 흔들었다. 예전에 생물학을 가르쳤던 다나 라모스 선생님도 있었다. 전날 아침, 나는 기분 좋게 시금치 라비올리를 먹으면서 그녀에게 요즘도 숲에서 훌라후프를 두고 관찰을 하는지(그렇다고 했다), 요즘도 스케치를 하는지(그렇다), 그리고 요즘도 돼지 태아를 해부하는지(선택 사항이었지만 대개는 가상 대체물을 선택했다) 물었다. 과학에 큰 관심은 없었지만 매 학기 그리스어나 라틴어의 어원을 알려 주며 동물학(Zoology)은 동물원학(Zoo—ology)이 아니라 생명학(Zo—ology)라고 고집하던 그녀가 좋았다. "이건 생명에 관한 학문이야. 동물원이 아니라." 그녀는 이렇게 말하곤 했다. 그녀는 광합성을 신의 진짜 이름처럼 설명했다. 나는 나뭇잎이 햇빛을 포도당과 산소로 전환하는 한 편의 시와 같은 서사를 무척 좋아했다. 햇빛을 더 많이 받기 위해 싹을 일찍 틔우거나 거대한 잎사귀를 펼치거나 가시 같은 잎을 두르는 등 식물들이 태양과 접촉하기 위해 적응이라는 방식으로 경쟁하는 것도 좋았다. "특화하는 거야. 너희가 입학 원서를 특화하는 것과 비슷한 방식이지."

다나를 비롯해 여자 다섯이 모여 앉으니 벌써 대화에 활기가 돌았다. 선물 봉투를 가져온 걸 보니 누가 생일인 듯했다.

프랜은 말했다. "그래서 브릿이 한다는 팟캐스트의 요점이 정확히 뭔데?"

나는 반응을 예상할 수 없어 얼굴을 찡그렸다. "오마르가 받은 유죄 판결이 잘못됐다는 거지."

프랜은 천천히 고개를 끄덕였다. 웨이터가 와인을 가져와 잔을 가득 채운 뒤 종종걸음으로 멀어지자 그녀가 말했다. "진짜 하는 건 아니겠지? 그, 방송 말이야."

"인터넷에 올릴 수 있을 거야."

"내 말은, 어느 쪽으로든 일을 더 키울 건 아니잖아. 외부에 알려서 괜한 분란을 일으키지는 않겠지?"

"맙소사, 나야 모르지. 걔가 내일 일파만파 퍼질 만한 영상을 올릴 수도 있어."

프랜은 나를 닦달하려고 여기 데려왔나 싶을 만큼 성난 얼굴로 말했다. "너도 그렇게 생각해? 그 사람이 아니라고?"

지금까지 나는 안전하고 중립적이며 학구적인 입장이었다. 적어도 내 생각에는 그랬다. 나는 브릿에게 유용한 질문, 날카로운 질문, 악마를 옹호하는 질문을 던질 수 있었다. 답은 필요 없었다.

"내가 어찌할 수 있는 일이 아니야."

프랜은 롤빵을 잘게 찢는 대신 한입 가득 베어 물고 말했다. "모르지."

"그 사람 짓인지 아닌지?"

"브릿이 뭘 할지, 그리고 그걸로 네가 어디서 뭘 할지 말이야." 그녀는 금박 포션 버터가 담긴 차가운 그릇에 손을 뻗으며 말했다. "방금 블로흐가 그 일과 무슨 관련이 있다는 것처럼 들렸거든."

나는 반박하듯 새된 소리를 내며 말했다. "블로흐 선생님은 아내랑 아이들이랑 집에 있었어. 그런 뜻이 아니라고!"

"은연중에 그런 뉘앙스를 풍기는 것 같은데."

"아니라니까! 선생님은 그날 밤 공연이 끝나고 나랑 극장에 남아 뒷정리를 했어."

"아내와 함께 있었다고 하지 않았나?"

"그건 그다음이지, 맙소사. 프랜. 난 전혀 그렇게 생각 안 해. 너도 그 사람이 얼마나 샌님이었는지 알잖아." 내 귀에도 상당히 우스꽝스럽게 들렸다. 하지만 실제로 나는 그 가능성을 받아들이기 힘들었다. 당신이 탈리아와 자는 사이였다는 생각은 이미 고려해 볼 만한 단계를 넘어서 있었다.

"네가 그 사람 좋아했던 거 알아. 부적절한 방식으로 그랬다는 건 아니야. 하지만 블로흐는 네게 관심이 많은 걸 드러냈어. 그런 데 능숙한 사람이었잖아? 사람들의 재능을 알아봤지. 그렇게 대단한 거 말고 스키 실력처럼 명확한 거 말이야."

두 겹으로 신은 양말과 스노 부츠 탓에 발이 너무 뜨거웠다. 웨이터가 내 머리통만 한 유리잔에 따라 준 산지오베제 와인에 취해 팔다리가 천근만근이다가 또 한없이 가볍게 느껴졌다.

"내가 보기에 그건……."

"있잖아, 널 힘들게 하려고 부른 게 아니야. 너무 굳건해 보여서 그랬어. 미안해, 널 악순환에 빠뜨리고 싶지 않아."

"내가 악순환에 빠졌다고 누가 그래?"

"보디. 너 여기 온 후로 한숨도 못 잔 사람처럼 보여. 여전히 멋지지만 꼴이 말이 아니라고."

때마침 음식(프랜이 먹을 스테이크와 내가 먹을 기름기 많은 채소 테린)이 도착해서 겨우 살았다. 그 틈을 타 그랜비 졸업 후 23년 동안 나는 유능한 어른의 삶을 살았고, 그동안 프랜이 나를 본 시간은 다 합쳐도 몇 주뿐이라는 걸 떠올리며 정신을 다잡았다. 그녀는 내가 12학년에 겪은 참사로부터 얼마나 멀리 왔는지 알지 못했다.

"신경 쓰이는 게 좀 있어서 그래. 좀처럼 빠져나오기가 힘드네." 재스민 와일드의 비디오에 대해 말할 준비는 안 돼서 대신 야하브에 대해 말하기로 했다.

프랜이 가진 최고의 장점 중 하나는 아무리 엉망진창이어도 진심으로 자초지종을 듣고 싶어 한다는 것이다. 그녀의 두 눈이 좋아하는 영화를 볼 때처럼 반짝거렸다.

"사실 야하브 말고는 성욕이 느껴지지 않아. 다른 남자들은 나한테 나이 든 여자나 마찬가지야. 나를 봐, 이 와중에도 일부일처제에 충실하잖아."

그녀는 토요일에 야하브를 만날 수 있냐며 캠퍼스에서 우연히 마주치게라도 해 달라고 했다.

다나 선생님이 점점 더 요란해지는 일행의 테이블을 벗어나 우리를 향해 손을 흔들었다. 손에 쥔 유리잔에서 노란색 와인이 반짝거렸다. 그녀는 쩌렁쩌렁한 소리로 말을 걸었다. "너희 둘, 근황 얘기 중이니? 그래서 최근 소식이 뭐야?" 그녀의 머리는 레스토랑에 들어온 후 더 곱슬곱슬해졌다.

프랜이 사적인 이야기를 시작하기 직전의 대화를 되짚어 보는가 싶더니 대답했다. "데니 블로흐에 관해 얘기하고 있었어요. 기억나세요? 음악을 가르쳤던?"

"물론이지, 여기는 한두 해 정도 있었을걸."

"3년이에요. 저희가 10학년일 때 왔던 게 기억나요. 그리고 마지막 홈경기 날에 고별 상 같은 걸 받았죠."

프랜의 말에 나는 되물었다. "떠난다고 상을 줘?"

"아, 러시아에서 학생들을 가르친다고 떠났거든. 아니, 불가리아였다. 그랜비 스카프인지 뭔지를 줬던 건 확실해. 안사람이 불쌍했지." 다나 선생님이 답했다.

"왜요?"

"아니, 그야, 누가 불가리아로 이사하고 싶겠어?"

어째서인지 나는 당신이 불가리아로 이주했다는 사실을 잊고 있었다. 불가리아라니! 당시에는 졸업생들이 대학 때문에 간다는 캘리포니아나 콜로라도, 심지어는 스코틀랜드나 별반 다를 바 없이 낯설었다. 내게는 그 모든 곳이 이국적으로 다가왔다.

다나 선생님이 한 손으로 테이블을 짚고 자세를 바로잡은 뒤 말했다. "우리를 내팽개쳤다는 건 기억나. 늦어도 1월에는 나간다고 했어야 괜찮은 후임자를 구했을 텐데. 후임으로 구한 여자는 정말 최악이었어. 하지만 5월에 일자리를 찾는 건 그 여자뿐이었지."

"5월이면." 말문이 막혔다. 당신이 졸업식 직전에 자기도 '같이 졸업하겠다'며 깜짝 소식을 전했던 게 떠올랐다.

선생님은 이어 말했다. "나중에 다시 돌아와서는 프로비던스에서 아이들을 가르쳤고, 그 이후는 나도 몰라. 고든 달이 연락을 주고받았지만 그 사람도 곧 은퇴했고. 젊은 선생들이 너무 빠르게 오갔어. 어떨 때는 학생들보다도 더 빨랐다니까!"

"애들도 많이 컸겠네요." 프랜은 말했다.

"재밌는 사람이었어. 오페라 과정을 가르쳤던 게 기억나. 애들이 수강 신청을 한다는 게 믿기지 않았어."

"뭔가 좀 수상쩍은 건 없었나요? 학생들과 관련해서?"

다나 선생님은 괜한 말을 했다는 듯 테이블에서 손을 떼고 물러서서 프랜의 의자 등받이에 체중을 실었다. "에이! 데니 블로흐가? 아니, 전혀! 다정다감한 사람이었어. 요즘 보니까 엄청나게 유행하는 것 같던데? 폭로하는 거 말이야."

프랜이 눈을 동그랗게 뜨고 나를 빤히 쳐다보았다. 1991년부터 익숙하게 본, 웃거나 소리 지르지 않으려고 애쓰는 눈빛이었다. 내 작은 일부분이 속으로 말했다. "맞아요, 선생님, 저도 동의해요, 서른여섯 살이 스물한 살과 합의하에 사귀는 걸 그루밍 혹은 강간이라고 하던데요?" 그러자 내 더 커다란 부분이 조용히 말했다. "넌 네가 무슨 말을 하고 있는지 몰라. 1994년부터 1995년까지 블로흐가 탈리아 키스와 잠자리를 한 것 같아서 갈수록 더 걱정스러워." 그런데 입 밖으로 튀어나온 말은, "여기 디저트 좀 알려 주세요. 좋아하는 거 있으세요?"

선생님이 드디어 자기 테이블로 돌아갔고, 우리는 바클라바(페스트리를 겹겹이 쌓아 만드는 튀르키예의 전통 파이―옮긴이)으로도 모자라 경솔하게 산지오베제 와인을 한 병 더 주문했다.

프랜은 말했다. "그 사람은 이 일에 끌어들이지 않겠다고 약속해."

"누구?"

"데니 블로흐 말이야. 팟캐스트에다가. 정말 멍청한 짓이 될 거야."

"말했잖아, 뭘 폭로하려는 게 아니라고."

"넌 탈리아가 로비와 오마르, 블로흐와 자는 사이였다고 생각하잖아. 보수적인 사람들한테는 너무 많은 숫자야."

"오마르랑은 안 잤어."

"재밌네. 그러니까 넌 그 사람 짓이라고 생각하지 않는구나."

"자지 않아도 그런 짓은 얼마든 할 수 있어! 어쨌든 다른 가능성도 있잖아. 이를테면 70년대에 바바라 크로커를 죽인 남자처럼 말이야."

나는 살짝 취해 있었다. 어쩌면 많이 취했는지도 모른다.

새삼 지난 23년 동안 탈리아 키스는 나보다 세련된 열일곱 살로 내 마음속에 멈춰 있다는 사실을 깨닫기 시작했다. 하지만 제발 좀, 나도 이제는 엄마고 10년 뒤면 레오는 죽은 탈리아 나이가 될 것이다. 내가 가르치는 귀여운 학생들이 아무리 명석하더라도 아직은 어린아이들에 불과했다. 그리고 오마르, 오마르도 어렸다. 당시 내 어린 눈에 비친 것처럼 그를 경찰의 심문에도 잘 처신할 수 있는 세상 물정에 밝은 남자로 보는 걸 멈춰야 했다.

"오마르의 유죄를 입증할 증거는 너무 많았어. 다만 답을 찾지 못한 의문점들도 늘 존재했잖아. 안 그래?"

탈리아의 친구 중 누구도 당신과 그녀에 대해 알지 못했다면? 탈리아와 로비의 로맨스에 몰두하느라 그녀의 삶을 제대로 보지 못했다면? 그들이 몰랐던 걸 내가 알았을 수 있다. 가능한 일이었다!

"그래, 하지만 이건 「페리 메이슨」 같은 법정 드라마가 아니야. 회상 장면 따윈 없다고."

"감옥에 있는 오마르에 대해 생각해 본 적 있어? 그러니까 일상을 살면서 네가……."

"땅속에 묻힌 탈리아에 대해서는 생각하지. 리드 칼리지에 입학해서 1년 내내 시신이 부패하는 데 얼마나 걸릴지 생각했어. 탈리아의 피부가 썩어 없어졌는지가 계속 궁금하더라고."

"맙소사."

"내가 생각하는 건 그런 거야. 미안하지만, 난 탈리아의 온몸에 DNA를 묻힌 남자를 그다지 동정하지 않아."

나는 화제를 돌리려고 열심히 머리를 굴렸다.

그리고 기껏 내뱉은 말이 "성기 리스트는 어떻게 됐는지 궁금하네." 였다. "학교에 기증해서 길이길이 남겨야 할 텐데."

"입학처 진열장에 전시해야지!"

"못해도 동문 잡지에는 실려야 해."

프랜은 말했다. "카를로타가 아직 가지고 있을걸. 탈리아에 대한 기괴한 엉터리 사이트 중 한 곳에 올려야 해. 이것 좀 보세요, 여기에 성기 크기에 관한 정보가 있어요!"

"궁금해." 나는 필요 이상으로 진지하게 말했다. "아직 탈리아 빙고판을 가지고 있는 사람이 있는지."

프랜이 웃음을 멈췄다. "너 그거 집착이야. 어째 더 심해지는 것 같다."

"안 그러려고 노력 중이야. 하지만 그게 뭐 그렇게 나쁜 일인가? 사람이 뭐에 신경 안 쓰는 척하는 때가 언제인 줄 알아? 청소년기야. 그때는 신경 안 쓰는 척하는 데 온 힘을 쏟았지."

"혹시 너……."

"뭐."

"아무것도 아냐. 난 그냥, 네가 어릴 때 어떤 트라우마를 겪었는지 아니까. 그 후에 여기로 왔고 12학년은 악몽 같았지. 내가 얼마나 큰 충격을 받았을지를 헤아리지 못해서 마음이 안 좋아. 그때는 너희가 친하지 않았다고 생각해서……. 네가 이유 없이 화를 내는 게 가족 때문일 거라고 짐작했었어. 하지만 너한테는 탈리아의 죽음이 자기 일처럼 느껴졌겠지."

네가 틀렸다고 외치고 싶기도 하고, 웅덩이로 녹아내려서는 네 말이 옳다고도 하고 싶었다.

나는 더 차분하게 말했다. "그렇게 말해 줘서 고마워. 그런데 솔직히 말하잖아? 그래서 더 신경 쓰지 않으려고 했던 것 같아. 나는 이미 개인적인 비극들을 겪었고 그건 내 일이 아니었으니까. 남의 일이었지. 근데 말이야, 그때 내가 더 신경 썼어야 했다면? 내가 더 신경 써서 다른 결과를 끌어냈다면 어땠을까?"

"네 말은, 경찰에 데니 블로흐를 눈여겨봐야 한다고 말했어야 한다는 거야?"

"그건 아니고, 탈리아 빙고를 언급했을 수 있잖아. 그게 불법은 아니지만 경찰은 그런 걸 알고 싶지 않았을까? 내가 만약……."

그러다 전날 밤 깨달은 것을 떠올렸다. 어쩌면 이미 충분한지 모른다. 탈리아가 쓰레기통 주위를 맴돌던 일을 자세히 이야기하는 건 도를 넘는 일일 수 있다.

상황이 진정되지 않는다는 걸 알아차렸는지 웨이터가 우리 테이블로 다가왔다. 나는 계산서를 집으려는 프랜의 손을 휘휘 쫓아내고 신용 카드를 내밀었다. 이상한 힘겨루기에 갈증이 났다.

프랜은 말했다. "탈리아 빙고가 도움이 될 것 같지는 않아. 오히려 엄청난 방해가 될걸. 상상할 수 있겠어? 저는…… 레스터 홀트입니다." 진지하면서도 익살스러운 훌륭한 모사였다. "그리고 이건…… 야한 빙고판입니다."

웃었더니 김이 빠졌다.

아무리 가까운 거리여도 둘 다 운전대를 잡으면 안 될 것 같아서 프랜이 라틴어 교사인 친구 앰버에게 문자를 보냈다. 그리고 서퍼클럽의 대기실에서 그녀를 기다렸다.

스카프와 파카, 장갑, 모자로 단단히 무장한 프랜이 스카프 너머로 말했다. "브릿에 대해 염려하는 건 이거야. 오마르가 인종 차별주의 경찰들의 희생자였다는 게 더 좋은 서사인 건 나도 알아. 하지만 오컴의 면도날(논리적으로 가장 단순한 것이 진실일 가능성이 크다는 원칙 ― 옮긴이)이 답일 때도 있잖아? 탈리아를 스토킹하던 남자가 그 애를 죽인 거야."

"스토킹하고 있었다는 걸 어떻게 알아?" 나는 데스크에서 박하사탕을 꺼내 물었다.

"사람들이 그러더라. 오마르가 기숙사로 전화를 백만 번은 했다고 말이야. 학생 식당 밖에서 기다리기도 하고, 테니스 경기도 보러 왔대."

"본 적 있어?"

"그럼 뭐, 내가 탈리아 단짝이게? 걔 친구들이 봤겠지."

나는 많이 생각해 보지 않은 듯, 처음 계산해 보는 듯 말했다. "그런 얘기는 탈리아가 죽기 전에 들은 거야, 죽은 후에 들은 거야?"

"아마 죽은 후일걸? 하지만……."

"맞아. 사람은 누구나 사건의 일부가 되기를 원하거든. 가끔 이런 일이 일어나면 다들 한마디씩 거들기 마련이지. 뭔가 중요한 걸 봤다고 말이야." 내 쓰레기통 얘기처럼.

"나중에 모두가 알고 있었던 것으로 밝혀질 수도 있어. 그리고 보디, DNA가 발견됐다는 거 명심해."

"맞아." 실제로 잠시 잊고 있었다. "DNA가 있었지."

혼다 시빅이 우리 앞에 멈춰 서서 전조등을 비췄다.

"저 친구가 앰버야. 그리고 잘 들어. 네가 엉망진창이어도 사랑한다, 친구야."

29.

당신에게 들려 줄 농담이 하나 있다.

소녀 둘과 소년 하나가 한 술집에 들어간다. 거기 있으면 안 되는 애들이다.

한 소녀는 둥근 얼굴형을 가진 어설픈 고스족이고, 또 한 소녀는 전체적으로 유행에 맞지 않는 옷차림에 큰 소리로 웃고 떠들었으며 손등에는 유성 마커로 만다라를 그렸다. 소년은 말랐지만 강단 있고 기민하며 늘 몸을 앞으로 내민 자세로 먹잇감을 찾는 짐승처럼 다음 농담을 궁리한다.

컨에 있는 술집이다. 치즈 튀김 바구니와 산처럼 쌓은 나초부터 가져다주는 진짜 술집이지만 앞에 술이 놓이기 전까지는 언제든 쫓겨날 수 있다.

결정적인 대목이 오고 있다. 기다리시라.

소년이 손을 들고 주문한다. 키는 작지만 턱을 뒤덮은 까칠한 수염, 그럴듯한 가짜 신분증, 자갈을 넣은 통이 굴러가는 듯한 목소리 덕이다. 그는 진토닉 세 잔과 나초를 주문한 뒤, 스프라이트와 라임 같은 것을 제법 그럴듯하게 채워 넣은 유리잔 세 개를 들고 의기양양하게 돌아온다.

그는 "스위즐 스틱(일반적으로 술이나 음료에 든 설탕을 녹이기 위해 휘젓는 막대─옮긴이) 좀 줘 봐."라고 말하고는 테이블 밑으로 유리잔을 건넨다.

목청이 큰 소녀가 말한다. "원래 이렇게 단가?"

그들을 드래곤 웨건에 태워 컨에 데려다준 여교사는 중식 레스토랑에 있겠다면서 안 믿겠지만 8시 정각까지 한나포드에 있는 차로 돌아오지 않으면 그냥 출발하겠다고 경고했다.

소년은 혹시 선생님이 술집에 들를까 봐 걱정한다.

"거기 계실 거야." 고스족 소녀가 그를 안심시킨다. "만약에, 음, 시내를 여기저기 돌아다니시면 비상시에 선생님을 찾을 수 없으니까."

다른 아이들도 이곳저곳으로 흩어졌다. 한 무리의 소녀들은 식료품점으로 갔고, 소년 둘은 담배를 피우러 갔고, 몇몇 아이들은 피자를 먹으러 갔고, 스키 스타와 그의 여자 친구는 먹을 만한 게 팬케이크뿐인 식당으로 갔다.

그런데 그들이 지금 여기에 있다. 스키 스타와 죽은 소녀가 술집으로 들어온다. 죽은 소녀는 자기가 죽은 걸 모른다.

"이런 젠장." 목청 큰 소녀가 속삭인다. 세 아이는 눈높이를 칸막이 밑으로 낮추어 몸을 숨긴 뒤에도 주문하려고 서 있는 죽은 소녀와 스키 스타의 동향을 계속 살핀다.

스키 스타는 늘 그렇듯 그녀의 등허리 위에 손을 받치고 있다. ("저런 허리 지지대가 있으면 정말 좋겠다." 소년이 속삭인다.)

스키 스타가 뭐라고 말하자 바텐더가 몸을 숙여 양손으로 바를 짚고서 눈썹을 치켜올리며 뭐라고 묻는다. 스키 스타가 언쟁을 벌이고 바텐더는 고개를 내저으며 웃는다. 그가 뭔가를 내줄 일은 절대 없을 것이다. 스키 스타는 빈 뒷주머니를 더듬거리고, 죽은 소녀는 자신의 작고 파란 핸드백을 보란 듯 들여다본다. 없다.

칸막이 안에서 소년이 말한다. "천하의 세레뉴한테 신분증이 없다고?"

죽은 소녀가 그만 나가고 싶은지 스키 스타의 팔을 잡아당긴다. 그는 그녀의 손을 뿌리치며 세 아이한테 들릴 만큼 큰 소리로 말한다.

"저리 꺼지라고!"

죽은 소녀는 세 아이가 있는 칸막이 자리를 황급히 지나 화장실로 들어가고, 스키 스타는 홱 돌아서서 나가 버린다.

칸막이 안 아이들이 방금 벌어진 일에 대해 숙덕거린다. 죽은 소녀가 돌아와 멍한 눈으로 바를 훑어볼 때쯤에는 이미 화제가 바뀌어 있다. 세 아이를 발견한 소녀가 마음을 가라앉힌 후 그들이 있는 테이블로 다가간다.

"너희가 여기 웬일이야?" 그녀는 기분 좋은 척 태연하게 말한다.

그녀가 소년의 술잔을 들어 냄새를 맡더니 한 모금 마신다. 이어서 "잘한다, 잘해!"라며 그에게 손가락질한다. "너 어떻게……."

소년이 얼굴을 붉히며 말한다, "사실 나, 가짜 신분증을 만들거든. 암실에 장비가 있어. 혹시 너도……."

죽은 소녀가 소리 내 웃고는 말한다, "맙소사. 잠깐, 로비도 하나 만들어 줄 수 있어?"

"물론이지." 소년이 어깨를 으쓱한다. "와서 사진 한 장만 찍으면 돼."

"사진은 안 돼. 놀라게 해 주고 싶거든. 혹시, 옛날 버스 카드 같은 거 갖다주면 안 돼?

"티가 너무 많이 날 거야. 그래도 해 볼 수는 있어."

친구들은 신분증 하나에 보통 50달러를 받는다는 것을 알지만 그는 비용을 언급하지 않는다.

"다음 주말까지 해 줄 수 있어? 그다음 월요일이 개 생일이거든."

소년은 고개를 끄덕인다. "토요일은 종일 암실에 있을 거야. 필요하면 네 것도 만들어 줄게."

죽은 소녀가 자리를 떠나면 목청 큰 여자애가 말할 것이다. "아, 정말 눈꼴 시려서 못 봐 주겠네. 이리로 와 자세를 취해 주시오! 내 뮤즈가 되어 주오!" 그러면 고스족 소녀가 배꼽을 잡을 것이다.

죽은 소녀는 고마워하며 일주일 안에 괜찮은 사진을 찾거나 핑곗거리를 만들 수 있을 거라고 말한다. 그리고 덧붙인다. "도리언은 어디 갔는지 알아?" 고스족 소녀는 그 이름을 듣자마자 그녀가 도리언 컬러의 동향을 쫓는다고 생각하니 가슴이 벌렁거린다. 담배를 피우러 갔다는 걸 알고 있지만 말하지 않는다. "난 도리언을 찾으러 갈 거야." 죽은 소녀는 거칠고 용감한 일을 하려고 결심한 듯 말한다. "로비가 돌아오면 그렇게 말해 줘. 좋아, 제프. 다음 주 토요일이다." 그녀가 술집 문을 나서자마자 소년의 친구들이 두 사람을 흉내 내며 놀리기 시작한다.

아, 잠깐, 결정적인 대목이 아직 남아 있다.

죽은 소녀는 신분증을 받지 못할 것이다. 토요일이 되기 전에 죽을 것이기 때문이다.

30.

술을 진탕 마셔서 다음 날 고생할 게 빤한 상황에서 몸이 할 수 있는 최선은 숙면으로 숙취를 떨치게 일찌감치 쓰러져 자는 것이다. 하지만 내 몸은 그러기를 거부했다. 나는 욕실로 달려가 마스크팩을 붙이고 욕조에 몸을 담갔다. 캄캄한 욕실에서 휴대폰 화면만 환했다. 머릿속이 뒤죽박죽이었다.

트위터는 바빴던 모양이다. 새 게시물이 수십 번 리트윗되고 몇몇은 나를 태그했다.

마이애미에서 열린 @아트바젤 행사에서 제롬 웨이저가 부탁하지도 **않았는데** 술값을 대신 내고는 두 번이나 알려 주더라. 속셈이 빤했어.

___

그럴듯하게 들렸지만 굳이 설명하자면 취해서 한 행동이었을 것이다. 그는 자신을 아름다운 여성에게 관심을 구걸하는 겸손한 약자로 여겼을 것이다. 그러나 그녀는 그를 맞거래를 요구하는 저명한 예술가로 여겼을지 모른다.

또 다른 여성이 적었다.

아이를 낳은 제 친구가 말하길, #제롬_웨이저 가 "뚝딱 돌아온" 몸매를 칭찬하면서 배를 쳐다보는데 성적 대상으로 치부되는 느낌이었답니다. 본인이 요청하지 않는 한 실명은 밝히지 않겠습니다.

___

맙소사, 제롬. 내가 봤다면 일단 말려 놓고 집으로 돌아가는 길에 그런 언행이 왜 부적절한지 설명했을 것이다.

나는 절대 답해 줄 리 없는 질문을 몇 가지 더 해 봤다. 그가 빤히 쳐다봤을까? 흘깃 쳐다봤을까? 추파를 던졌을까? 새벽 1시에 술집에서 혼자 작정하고 다가갔을까? 다른 사람들, 입 모아 맞장구를 쳐 줄 여자들 앞에서 그런 말을 했을까? 마지막이 가장 그럴듯했다. 제롬은 소녀처럼 말하는 버릇이 있었는데 예술계 남자들에게서 어렵지 않게 볼 수 있는 모습이었다.

이 사람들은 탈리아에 관해 쓴 사람들과 달랐을까? 남의 이야기에 어떻게든 자기를 끼워 넣은 건 아니었을까?

자신을 재난의 한복판으로 밀어 넣는 것이 인간의 본능이라는 건 이해한다. 관심받고 싶어서가 아니라 정말 그렇게 느껴서라는 것도. 어떤 사람은 911테러를 복기하는 과정에서 사고 다음 날인 탑승 일정을 사고 당일로 바꿔 말했다. 사실 그는 공항에 가는 길이었다. 아니, 공항 안이었다. 사고기 중 하나를 탈 예정이었다고 주장한다든지 그런 건 아니고, 그저 자신을 탑승구에 몇 걸음 더 가까이 가져다 놓을 뿐이었다.

하지만 어째서인지 그때 나는 탈리아에 대해 정반대의 본능을 느꼈다.

프랜이 옳았다. 나는 12학년 내내 악순환을 반복했고 탈리아의 죽음은 내가 인정한 것보다 더 많은 영향을 미쳤다. 그해 봄에 그간의 노력이 전부 물거품이 되어 버렸다.

우울증과 불면증, 자기 파괴 행위는 대학교 1학년까지 계속되었고, 학교 심리치료사를 열 차례나 만나고 나서야 탈리아 얘기로 들어갈 수 있었다. (변명하자면 죽은 아빠와 죽은 오빠, 사막에 있는 엄마, 모르몬교 입양 가족부터 해결해야 했다.) 그냥 지나가는 말로 11학년 때 룸메이트였던 애가 12학년 때 살해당했다고 툭 던졌는데 심리치료사가 집요하게 파고들었다. 그 일이 과거에 어떤 영향을 미쳤는지, 그 일이 어떻게 남자에 대한 불신감을 키웠는지, 왜 마음 놓고 슬퍼하지 못하는지 알고 싶어 했다.

내가 친한 사이도 아니었다고 말하자 그는 그게 중요하냐고 물었다. 나는 그렇다, 당연히 중요하다고 말했다.

나는 마스크팩을 쓰레기통 쪽으로 던지고 끈적거리는 잔여물을 피부에 문질렀다.

그리고 스크롤을 계속 내렸다.

@wilde_jazz 가 한 일은 과감하고 용감했습니다. 제롬 웨이저에게 피해를 당한 사람이 있으면 DM하세요. 익명성은 보장하겠습니다.

제롬 웨이저가 왜 아직도 교단에 설 수 있는지 설명할 수 있는 사람? 아직도 트위터하네. @CRGgallery 는 그의 행동을 규탄하는 **어떤** 성명도 발표하지 않았고.

이게 학대야? 그냥 형편없는 연애 아냐? 데이트 좀 잘못했다고 퇴출한다고?

오바마 벽화가 대체 왜 인종 차별적이라는 거야?

이런 설명을 해야 하다니 슬픕니다. '소프트 파워'도 구조적으로 불균형하면 지배적인 권력으로 작용합니다. 학대가 꼭 강간이어야 할 필요는 없어요.

@msbodiekane 은 여전히 침묵하네. 저기요, @starletpod?

#제롬_웨이저 가 역풍을 맞더라도 피해는 돌이킬 수 없어. 다른 사람들의 몫이었던 전시회가 얼마나 많았을까? 권력을 휘두르고 타인을 억압하면서 그가 얼마나 많은 돈을 벌었겠냐고.

그 벽화가 어떻게 인종 차별적이느냐고 묻는 네가 문제다.

이 나라에 동의 연령에 관한 법이 딱 **하나** 있거든? 그리고 그 연령이 열여덟 살이야. 열여덟 살이면 백 살하고도 잘 수 있어. 미안하지만 **완전 합법**임.

실제로 동의 연령이 낮은 지역도 몇 군데 있지만 이건 그런 문제가 아니지. 이 구제불능 똥멍청아.

분노로 몸이 부들부들 떨렸다. 제롬에 대한 믿음이나 그의 명성에 대한 염려로 인한 분노가 아니었다. 온라인상의 분노는 이렇게 쉬운데, 당신이나 도리언 같은 인간들에게 수년이나 마땅히 느껴야 했던 분노는 그렇지 않았다. 그 아찔한 대비에 화가 났던 것이다.

마치 길 저쪽에서 누군가는 은행을 털고 있는데, 껌을 훔쳤다고 교수형을 당하는 사람을 보는 것 같았다.

아무것도 하지 말았어야 했다. 맨정신이었으면 그러지 않았을 것이다. 하지만 그때는 맨정신이 아니었다. 나는 말린 자두 같은 엄지손가락으로 메시지를 입력한 뒤 혹시 취해서 오타가 났을까 봐 빠르게 훑어보며 일일이 타래를 달았다.

재스민 와일드가 어떻게 해 달라고 요구하던가요? 내가 알기로 이건 예술 작품이지 행동에 대한 촉구가 아닙니다. 1/6

저는 제롬 웨이저와 헤어졌지만 **실제** 성폭행의 생존자로서 이 모든 것에 동의하기 어렵습니다. 나이는 권력의 유일한 형태가 아닙니다. 갤러리에서 일했다면 재스민도 그만큼 직업적 권력을 갖고 있었다고 할 수 있죠. 2/6

지금 여기서 이야기하고 있는 건 자기 결정권의 페미니즘입니까, 아니면 피해자의 페미니즘입니까? 스물한 살 여성은 자기 삶을 스스로 결정할 수 있는 성인 혹은 크고 무서운 남자들로부터 보호해야 하는 무력한 약자, 둘 중 무엇일까요? 둘 다일 수는 없습니다. 3/6

스물한 살 여자는 성적 결정권이 없다는 겁니까? 자기 몸에 대해 결정할 능력이 없다? 연상을 만나려면 허락을 받아야 하나요? 아빠한테? 그녀를 어린애 취급하는 거예요. 4/6

몇 살 차이면 다들 받아들일 수 있을까요? 다섯 살 연상이면 괜찮을까요? 한 살 연상이면? 한 달은? 5/6

재스민이 기억을 환기하는 작품을 만든 건 사실입니다. 트위터의 폭도들을 부르는 외침이 아니라 예술, 딱 거기에서 멈추시죠. 6/6

혈압이 계속 오르는 것 같아 스스로 멈췄다. 제롬의 의중은 확인하지도 않았다. 읽고 싶지 않은 답글들이 벌써 올라오고 있었다. 나는 바닥에 미끄러지지 않고 간신히 침대에 도착했다.

31.

진짜 잠을 잔 건 아니고 그냥 쉬면서 술기운을 조금씩 가라앉혔다.
(뉴햄프셔 건너편에 있는 오마르도 밤새 깨어 있었다. 거즈를 제거하고 베갯잇으로 붕대를 만들어 감고 지혈하기 위해 상처 부위를 깔고 누운 참이었다. 피가 금세 밖으로 배어 나왔다. 심박수가 올랐고 쇼크 증상을 인지했는데 이상하게 그날 아침에 쇼크가 오지 않았다.)
이 시점에서 내가 잠들지 못한 건 오마르의 고통에 대한 어떤 초자

연적 공감 때문이었다고 믿고 싶지만, 실상은 허벅지가 간지럽다는 어처구니없는 이유 때문이었다. 그러다 빈대가 떠올랐고, 탈리아와 나 둘 다 빈대에 물려서 스스로 해결해야 했던 일이 기억났다. 유년기에서 성년기로 넘어가는 과정이 얼마나 매서웠는지 생각하게 되었다.

팟캐스트를 함께 진행하던 랜스가 집을 떠나 기숙 학교에서 생활하는 아이들이 더 성숙하냐고 물어본 적이 있다. 나는 답했다. "아닐 걸." 정서적으로는 이미 열한 살 때부터 혼자였다는 얘기는 굳이 하지 않았다.

희한하게도 빈대 사건은 비교적 따뜻한 기억으로 남아 있다. 일단은 탈리아가 나를 탓하지 않아 줘서, 빈대가 자신의 랄프 로렌 시트와 거위 털 베개에서 퍼졌을 리 없다고 단정 짓지 않아 줘서 고마웠다.

그해 겨울의 어느 아침, 그녀가 침대에 일어나 앉더니 말했다. "시발, 뭐야 이거?" 욕하는 건 처음 들어 보는 것 같았다. 그녀는 로비 세 레뉴의 사각팬티를 입고서 햇볕에 그을린 긴 다리를 보란 듯 내밀었다. 핏자국과 길게 줄지어 선 붉은 점들로 뒤덮여 있었다.

"어, 그거 나도 있는데." 내 몸을 괴롭히는 문제들(여드름, 경련, 뻣뻣한 머리칼)과 다른 범주에 있는 문제라는 것을 알아채지 못하고 일주일 내내 부은 자국을 긁고 있던 참이었다.

탈리아가 비명을 지르며 침대에서 뛰어 내려와 이불을 마구 털어 댔다. 그녀는 곧장 빈대의 소행이라는 것을 알아차렸고(그녀는 다림질하는 법과 고집불통 라디에이터 고치는 법 같은 무한한 어른의 지식을 갖추고 있었다) 우리는 각자의 침구를 싸안고 복도 끝 세탁실로 뛰어갔다. 그녀는 가져온 침구를 모조리 건조기에 밀어 넣고 강도를 초강력으로 맞췄다. 그리고 자기가 입고 있던 민소매 티와 사각팬티, 내가 입고 있던 플란넬 잠옷 바지와 레몬헤즈 티셔츠를 내려다보며 말했다. "옷도 벗어서 넣어."

10대 둘이 옷을 벗는다고 하면 포르노의 시작처럼 들릴 수도 있지만, 현실에서는 당황스럽고 우스꽝스러우며 끔찍한 데다 섹시하지도 않았다. 게다가 더 말할 것도 없이 우리는 아직 어린애들이었다. 이른바 학년 최고의 미녀라는 탈리아도 옷을 벗으니 볼품없는 사내아이 같았다. 그녀의 결함, 세상이 결함이라고 여기는 것(이를테면 하얀 피부와 대비되는 배꼽 위 까만 털)을 보는 순간 온몸이 짜릿해졌다.

게다가 그녀는 너무 앙상했다. 마른 몸매를 부러워하던 내 눈에도 심각해 보였다. 가슴보다 갈비뼈가 더 도드라졌다. 우리는 방에서 옷을 갈아입을 때 늘 조심했다. 그녀는 옷장 문을 열어 그 뒤로 갔고 나는 보통 샤워실에서 갈아입었다. 하지만 그 순간 나는 섭식 장애에 관한 소문을 증명해 줄 근거가 많다는 것을 알게 되었다. 테니스 시즌에는 그렇게 마르지 않았었다. 겨울 청바지와 스웨터가 조금씩 드러나는 뼈대를 감추고 있었다.

갈비뼈가 앞은 물론 뒤에서도 보인다고, 척추뼈가 몇 개인지 셀 수 있겠다고 누군가는 말해 줘야 한다는 것을 알고 있었다. 하지만 그게 나일 수는 없었다. 뚱뚱한 여자애가 날씬한 여자애한테 너무 말랐다고 말할 수는 없었다.

나는 아무에게도 말하지 않기로 했다. 권위자는 물론(고민할 필요도 없었다) 프랜이나 제프나 카를로타에게도 말하지 않을 생각이었다. 나만 아는 다른 누군가의 비밀, 가슴에 간직할 또 하나의 정보일 뿐이었다.

탈리아는 건조기를 열어 자신의 옷가지를 던져 넣고 말했다. "빨리." 다행히 그녀는 몸을 가릴 만한 것을 찾으려고 돌아서는 중이었다. 그리고 세탁물 바구니에서 남의 분홍색 수건을 꺼내어 몸에 둘렀다. 그녀는 멈추지 않고 누군가의 청바지와 맨투맨 티를 찾아 어깨에 걸쳤다. 나는 그녀가 돌아선 틈을 타 재빨리 옷을 벗어서 가슴과 구멍 난 빵 반죽 같은 배를 가렸다. 그 밑에 조정으로 단련된 근육이 있었지만 누가 알겠는가. 그와 동시에 문득 탈리아가 나한테 옷이 안 맞겠다고 생각하겠구나 싶었다. 낯선 당혹감을 채 드러내기도 전에 그녀가 내 옷가지를 낚아채고는 분홍색 수건을 홱 벗어서 건넸다. 다행히 그 수건으로도 온몸을 감쌀 수 있었다. 탈리아는 청바지와 티셔츠를 다급히 걸치고 내 잠옷을 건조기에 넣었다.

그러나 건조기 문이 닫히지 않았고 이때부터 우리는 깔깔대기 시작했다. 그녀는 헐렁한 청바지를 한 손으로 틀어쥐고 한 걸음 물러나 맨발로 세탁물을 마구 욱여넣은 뒤, 무릎으로 건조기 문을 밀어 가까스로 닫았다. 그러고는 혹시라도 누가 나와서 자신의 옷과 수건을 걸친 우리를 볼까 봐 서로 연신 쉿 소리를 내며 복도를 내달렸다.

"완벽하겠어." 나는 방 안에 안착해 말했다. "우리가 훔쳐 입은 게 크리스티나의 옷이면 말이야." 우리는 배꼽 빠지게 웃었다. 그녀를 웃게 만드는 건 아주 멋진 일이었다.

수업에 가려고 샤워를 하고 서둘러 옷을 갈아입는데 탈리아가 손목시계를 보더니 말했다. "젠장, 보디, 아직 6시 50분이야."

"환장하겠네." 나는 말하면서 맨 매트리스에 털썩 주저앉았다.

"뭐 하는 거야?" 탈리아가 빽 소리를 질렀다. 나는 벌떡 일어나 옷을 털면서 멍청하고 어설픈 모습으로 돌아갔고, 탈리아는 최대한 멀찍이 서 있었다. 우리는 더 이상 우리가 아니었다. 그녀는 깨끗했고 나는 그렇지 않았다.

32.

그랜비에서의 두 번째 숙취는 닷새 만에 찾아왔다. 머릿속이 온통 솜뭉치처럼 뿌옇고 망치로 두들기듯 쿵쿵 울렸다.

나는 교직원 휴게실 커피를 보온병에 가득 채우고 종이컵에도 급히 한 잔 따라 마셨다.

트위터는 확인할 수 없도록 휴대폰에서 아예 지워 버렸다. 작은 아이콘이 술김에 쓴 타래에 달렸을 답글들과 함께 사라지는 것을 보는데 어찌나 후련하던지.

나는 거대한 얼음주머니처럼 머리를 감싸는 겨울 공기에 감사하며 천천히 교실로 걸어갔다.

긴 한 주의 끝이라 아이들 역시 가라앉아 보였는데, 그중에서도 브릿은 유독 더 어두워 보였다. 변호사로부터 오마르는 사건에 관해 언급할 수 없다는 이메일을 받았기 때문이었다.

자밀라가 말했다. "그럴 줄 알았어. 뭣도 아닌 그랜비 애들을 상대해 줄 리 없잖아."

롤라도 말했다. "미안한데 내 생각도 그래. 백인 여자애가 또 자기 인생을 망치려고 든다? 무조건 아니올시다겠지."

브릿은 한숨을 쉬고 책상에 얼굴을 파묻으며 말했다. "오마르의 목소리 없이는 안 할 거야. 그게 빠지면 안 되잖아."

알리사가 그랜비 베이커리에서 산 도넛을 들고 뒤늦게 나타났다. 우리는 시나몬 설탕이 책상을 하얗게 뒤덮을 때까지 도넛을 먹으며 서로의 첫 번째 에피소드를 경청했다. 브릿은 내 인터뷰는 물론 프리실라 선생님과의 인터뷰도 담았는데 편집이 필요한 상태였다.

몇 분 후 브릿이 오마르 하면 뭐가 기억나냐고 물었다.

프리실라: 솔직히 체포되고 재판받기 전에는 기억나는 게 거의 없어. 운동부는 교무위원회 소속이 아니었거든.

브릿: 로비 세레뉴는요?

프리실라: 아, 남자 친구. 그럼, 기억하지. 경찰은 그 애가 애초에 사건과 무관하다고 판단했어. 숲에서 술을 마시고 있었거든. 너도 사진에서 봤을 거야.

브릿: 봤죠. 제가 묻고 싶은 건, 그분이 어떤 사람이었는지예요.

프리실라: (잠시 침묵) 재능 있는 스키선수였어. 프랑스어 수업을 듣지 않아서 잘은 몰랐지만, 자신의 진가를 깨닫지 못한 채로 우리한테 온 학생 중 하나였다고 할까. 로비는 미성숙했어. 복도에서 시끄럽게 굴었고 좀 재수 없었지. 부모님은 무척 다정했던 걸로 기억해. 부친은 포르투갈 이민자였고, 아니다, 두 분 다 포르투갈에서 뉴잉글랜드로 이주했을 거야. 버몬트의 노동자 계층이었어. 부친이 전기기술자였지, 아마. 틀린 부분이 있으면 고쳐 줘도 돼. 로비는 장학금을 받고 들어왔어. 내 첫 번째 남편이 포르투갈 사람이어서 학부모 초청 주간인지 언제 세레뉴 부부를 만나서 대화를 나눴어. 작은 연결 고리 하나면 금방 친해질 수 있거든.

그녀의 말이 너무 충격적이어서 다른 네 학생이 브릿에게 편집과 관련해 제안하는 것들은 거의 듣지 못했다. 나는 늘 긴 주말 연휴에 A자형 스키하우스로 내빼는 반 아이들처럼 로비도 버몬트 어딘가에서 왔을 거라고 생각했다.

많은 아이들이 부와 계급 외의 자산으로 인기를 얻었다. 카리스마가 있거나 훌륭한 운동선수이거나 정말 매력적이거나 셋 다인 경우도 있었다. 출신이 어디든 로비는 학교 최고의 인기남으로 손색이 없었고, 탈리아와 사귈 정도의 교양은 갖추고 있었다. 그래도 부유하지 않은 로비 세레뉴라니, 혼란스러운 전개였다. 내 머릿속에 사는 또 다른 프랜이 말했다. 봤지? 우리가 너무 단정 지어 생각해서 그런 거야.

이어서 알리사가 아자렛 게이지 그랜비 프로젝트에 대해 말하기 시작했고, 나는 기지개를 켜며 다시 집중해 보려고 애썼다.

나는 남편 새뮤얼보다 학교 설립에 더 많이 기여한 아자렛의 동상이 없다는 사실에 학생으로서 화가 났었다. 새뮤얼만 혼자 청동으로 주조되어 눈과 꽃가루를 맞으며 서 있었다.

그러나 졸업하고 몇 년 만에 알게 된 것처럼, 그리고 알리사가 프로젝트를 준비하면서 조사했듯이 버지니아에서 자란 아자렛은 삼촌이 유언으로 남긴 남자와 여자, 어린아이를 해방시키기 위해 뭔가를 하기는커녕 노예로 다시 팔아넘기고 뉴햄프셔의 숲으로 떠나 버렸다. 그녀를 위한 성지를 짓지 않아서 그나마 다행이었다.

90년대에 캘러핸 교장 선생님이 매년 가을 입학식에서 해 준 이야기에 따르면, 1814년 당시 주지사는 지금도 미드포인트라고 불리는 마을의 청년들을 공부하는 농부로 탈바꿈시키고자 학교 인가를 내주었다. 스물네 살의 노처녀 선생이던 아자렛 게이지는 사택 옆 오두막으로 거처를 옮기고 다양한 연령대의 소년 열몇 명을 가르치기 시작했다. 캘러핸 교장 선생님은 집을 떠나 자기가 알던 곳과 전혀 다른 풍경으로 향하는 아자렛을 상상해 보라고, 1814년의 캄캄한 숲과 찬란한 별빛을 상상해 보라고 말하곤 했다.

공식적인 뒷이야기는 이랬다. 6년 후 일찌감치 변호사를 그만두고 자신의 흔적을 남길 만한 곳을 물색하던 새뮤얼 그랜비가 한창 번성

중이던 그곳을 찾아왔다. 그는 거기서 맨땅에 명문 학교를 뚝딱 만들어 낸 버지니아 출신의 젊은 여성을 만났고, 제대로 된 장로교 신학대학 예비 학교를 만들기 위해 기금을 대고 도서관과 예배당과 기숙사를 짓고 그녀를 총책임자로 앉히겠다고 제안했다. 그는 거기 있으면서 장로 교회 재건과 도로 정비에 자금을 댄 덕에 자기 이름을 딴 학교와 마을을 갖게 되었다. 그러다 어느 순간 두 사람은 사랑에 빠져 결혼했고, 새뮤얼은 급성장하는 학교의 교장이 되었으며, 아자렛은 교장의 뒤치다꺼리를 했다. 부부는 평생 아이를 갖지 않았고, 그랜비의 소년들은(1972년부터는 소녀들도) 그들의 유산이 되었다.

나는 늘 궁금했다. 새뮤얼과의 결혼이 아자렛의 생존 전략이었는지, 아니면 그의 돈을 유용하게 쓸 수 있을 것 같아서 무턱대고 꾀어 눌러 앉혔는지.

알리사는 요즘 입학식에서 들려 주는 버전은 더 포용적이어서 추방된 아베나키와 아자렛의 노예 판매 전력을 둘 다 인정한다고 확인해 줬다. 학교 웹사이트에 기재된 연혁에서도 1860년에 첫 번째 흑인 학생이 졸업하고 1923년이 되어서야 두 번째 흑인 학생이 입학 허가를 받았다는 사실을 인정한다. 그 밑에는 1930년부터 1950년까지 유대인에게 할당된 입학 정원이 있었다는 세부 사항이 적혀 있다.

1991년에 입학한 나는 그랜비가 굉장히 포용적이라고 생각했다. 인디애나의 브로드 런은 그보다도 못했기 때문이다. 고향에서 내가 아는 아시아인이라고는 백인 가족에 입양된 아이 둘뿐이었다. 멕시코에서 온 가족이 있기는 했다. 그 외에는 「코스비 가족」(1984~92년에 미국 NBC에서 방영한 시트콤으로 아프리카계 미국인 중산층 가정을 다뤘다―옮긴이)을 보는 게 다였다. 그러다 갑자기 그랜비에서 인도, 파키스탄, 남아프리카, 사우디아라비아, 브라질, 싱가포르에서 온 동급생들을 만난 것이다. 나는 자메이카 킹스턴에서 온 다이아몬드 베일리와 같은 방을 썼다. 돌이켜 보면 전체 정원과 비교해 턱없이 적은 수였다. 스무 명 남짓이던 흑인 학생들은 늘 시리얼 배식대 옆 긴 식탁에 모여 앉으려 했다. 그때는 그런 경향성이 자기 보호 행위일 수 있다는 생각은 못 하고 배타적이라고만 여겼다.

2018년에는 유색 인종이 훨씬 더 많았고, 아이들은 학교 안내 책자에 소개된 모습처럼 교내에서 한데 어울려 지냈다.

그렇다고 완벽한 건 아니다. 자밀라는 정작 지원이 가장 절실한 학생들은 학자금 지원 신청이 쉽지 않다는 것을 보여주는 통계 자료를 준비했다. 비아시아계 유색 인종 학생들의 잔류율은 여전히 백인 아이들보다 낮았다. 그녀는 평등과 공평의 차이를 날카롭게 지적했다.

다시 아자렛 게이지 그랜비 이야기로 돌아가자. 그러니까 내가 하려던 말은, 그 주 금요일 수업 때 우리가 아자렛을 위한 강령회를 열곤 했다는 사실을 실수로 말했다는 것이다. 아이들 모두, 특히 올더는 알리사가 팟캐스트를 위해 강령회를 열기를 바랐고, 나는 게이지 하우스를 야간에 사용해도 좋다는 허락을 받아 오면 참관하에 녹음할 수 있다고 했다. 그리고 아이들에게 무(無)에서 콘텐츠를 만들어 내는 유용한 기술을 연습할 기회가 될 거라고 말했다.

"무슨 일이 일어난 적은 없었죠?" 자밀라가 물었다.

"일이 있긴 했지. 누가 친구를 불러와 창문에 자갈을 던지게 했거든. 이런 건 포함되지 않겠지만."

우리는 허락 없이 강령회를 열었다는 사실은 말하지 않았다. 한밤중에 동문 사무실과 대외협력부가 있는 건물이 빌 거라고 확신하고 기숙사를 몰래 빠져나갔다. 그곳은 이제 아자렛이 초반에 살던 작은 오두막이 아니라 새뮤얼 그랜비가 그녀에게 지어 준 멋진 석조 건물이 되었고, 거실과 침실은 사무실로 개조된 상태였다.

프랜이 부모님의 열쇠뭉치에서 슬쩍 빼돌린 갖가지 열쇠들로 교내에 있는 문을 거의 다 열 수 있었다니, 돌이켜 보면 정말 무서운 일이다. 모든 기숙사 방문을 열 수 있는 마스터키도 있었는데 내 방문이 실수로 두어 번 잠겼을 때 말고는 쓴 적이 없다. 하지만 학교 건물에 사용하는 마스터키는 자주 빼돌렸고, 맨 위에 '복사하지 마시오'라고 적혀 있는데도 불구하고 컨에 있는 오부숑 철물점까지 가서 어렵게 복사해 왔다.

나는 1995년 봄에 많은 학생이 경찰 수사 과정에서 졸업생들이 후배들에게 넘겨주거나 형제자매끼리 주고받으며 떠도는 마스터키를 언급했을 거라고 확신했다. 물론 나는 말하지 않았다. 경찰이 묻지도 않았을 뿐더러 다른 사람도 아닌 프랜을 지목해서 뭘 어쩌겠는가? 그러다 문득 궁금해졌다. 아무도 말하지 않았으면 어쩌지? 하지만 경찰도 아이들이 잠긴 문을 어떻게든 열었을 거라고 생각은 했을 것이다.

2018년의 학생들은 더 합법적인 절차를 밟을 준비가 되어 있었다. 알리사가 오전에 쉬는 시간을 이용해 학생주임 사무실에 이메일을 보낸 덕에 우리는 수업이 끝나기 전에 허가를 받아 계획을 세울 수 있었다. 그날 저녁에는 내가 교사들의 미디미니 파티에 참석해야 해서 토요일 밤늦게 하기로 했다. 그때쯤이면 야하브는 진즉 내빼거나 자고 간다고 침대에서 나를 기다릴 것이다. 나는 아이들과 게이지 하우스 밖에서 만나기로 했고 휴대폰 번호를 알려 주면서 혹시 무슨 일이 생기면 문자하라고 일러두었다.

(후회할 줄 알았지만 그렇게 금방일 줄은 몰랐다. 퀸시홀을 채 벗어나지도 못했는데 올더에게서 문자가 왔다. 수정 구슬 위로 손을 뻗는 여자의 움직이는 이미지였다. 저 올더 P예요! 타로 가져가도 되죠?)

33.

점심을 먹으러 학교 식당에 가면서 구글로 세레뉴 + 포르투갈인을 검색했다. 누가 봐도 포르투갈식 이름이었다. 포르투갈계 뉴잉글랜드 인들에 관한 내 지식은 대부분 영화 「미스틱 피자」의 노동자 계층 아이들(물론 부유한 가족들도 있었다)에게서 얻은 것들이었다. 그런데도 프리실라 선생님은 확신에 찬 목소리로 노동자 계층이라고 말했다. 탈리아의 죽음을 다룬 기사들은 하나같이 탈리아와 로비는 돈과 재능과 특권을 갖춘 완벽한 사립 학교 커플이고, 오마르 에반스(다트머스에 근무하는 모친에 대한 언급은 없었다)는 외부인이라는 데 집착했다. 그렇게 최고의 서사가 완성되었다.

로비가 부유하지도 가난하지도 않은 중간 지대에 있을 가능성은 작았다. 2018년에도 학생들의 가족은 학비를 전액 납부하거나 전액에 가까운 학자금을 지원받았다. 중산층에 해당하는 아이들은 프랜과 같은 교직원의 자식들뿐이었다.

샐러드바에 줄을 서서 세레뉴 + 전기기술자 + 버몬트를 검색하자 호베르투 아데마 세레뉴의 부고가 떴다. 같은 이름의 아들을 하나 남기고 2009년에 사망했다는 걸 보니 로비가 분명했다. 호베르투는 여러 직장(모터 리와인드 전문점(그게 뭐였든 간에), 전자용품점, 농기구회사)을 전전하느라 어디에서도 높은 자리에 오르지는 못했다. 그는 의용소방대 '라이언 앤드 엘크'의 대원이었다. 팬케이크를 잘 굽고 트랙터로 이웃집 눈까지 치워 주곤 해서 인기가 많았다.

나는 빈 테이블에 앉아 누가 합석하면 그만하자고 스스로를 타이르며 노트북으로 검색을 이어 갔다. 하지만 아무도 나타나지 않았다.

페이스북에 따르면 로비 세레뉴는 코네티컷에서 자산관리사로 일하고 있었다. 3년 전에 마지막으로 업데이트된 프로필 사진 속에서 그는 아내와 어린 두 아들, 아장아장 걸어 다니는 딸과 함께 연하늘색 옷을 맞춰 입고 해변에서 포즈를 취하고 있었다. 그는 성공한 사람처럼 보였다. 배가 살짝 나오고 머리는 벗어지고 관자놀이는 희끗희끗했다. 그의 아내는 탈리아만큼 예쁘지는 않았지만 탄탄한 팔과 탈색한 긴 머리, 비현실적인 속눈썹 같은 겉보기에 매력적인 요소들은 갖추고 있었다.

공개된 내용은 많지 않았다. 친구네 아이의 목숨을 앗아 간 병을 위해 기금을 마련하고자 오래전에 올린 게시물들과 유튜브 링크 몇 개. 기념일에 올린 결혼사진. 프로필 사진에서보다 더 자란 딸이 티 없이 맑게 웃으며 크리스마스트리를 향해 잠옷이 휘날리게 달려가는 사진. 아내와 함께 요가를 하는 사진. 우연의 일치일 수도 있지만 작년 탈리아의 기일에는 제프 버클리가 리메이크한 「할렐루야」의 링크를 올렸다. 그는 '나는 그녀와 함께한다'라는 문구가 적힌 티셔츠를 아들과 똑같이 맞춰 입고 강가에 앉아 있었다. 보편적 기본 소득에 관한 기사도 있었다. 3년 전에는 하트퍼드에 있는 문해력 학습 센터를 위한 모금 행사에 참석했다. 그는 당황스러울 정도로 나와 비슷한 부류처럼 보였다.

대부분은 처음 구글 검색에 빠져든 날에 이미 본 것들이었다. 나는 「카멜롯」의 출연진을 검색하기 시작했고 제롬이 방해하기 전까지 익숙한 몇 명을 찾아냈다. 레이디 캐서린을 연기했고 5번 자리에서 노를 저었던 로빈 페이서는 철인 경기에 나갔다. 와이오밍에 사는 로스 선생님은 페이스북을 활발히 운영하며 많은 그랜비 졸업생들과 친구를 맺었다. 멀린과 펠리노어 왕을 연기했고 늘 약에 취해 있던 막스

크라멘은 LA에서 변호사로 일했고 머리모양을 비롯해 전반적으로 점잖은 모습이었다. 베스 도어티는 부유하고 지루한 전업주부 엄마였고 소셜미디어로 에센셜 오일을 팔아 돈을 벌었는데, 사는 집을 봐서는 그럴 필요가 없어 보이긴 했다.

나는 이중 누구와도 연락한 적이 없었다. (나는 페이스북에서 엘리자베스 웨이저 같은 가명을 사용했는데, 진짜 친구들은 남기고 게으른 스토커들만 따돌릴 요량으로 제롬의 성을 딴 것이다.) 그랜비의 몇몇 소식통들과만 연락을 유지하는 것은 엉망인 보디의 망령이 방 창문에 나타나지 않게 해 주는 나만의 건강한 경계였다. 동문 잡지가 1년에 네 번 집으로 배송되긴 했지만, 내 또래는 아무도 근황을 업데이트하지 않는다는 점에서 괜찮았다.

하지만 이왕 판도라의 상자를 열었으니 계속 뒤져 보는 편이 나을 것 같았다. 사람들을 찾아서 그들의 삶에 관한 기본 정보를 대강 얻어 내는 것은 무서울 정도로 쉬웠다.

탈리아의 원래 룸메이트인 크리스티나 구라는 플로리다에 살고 있었다. 벤트 젠슨이 덴마크어로 올린 페이스북 게시물은 번역기를 돌리면 반 정도 이해할 수 있는 정치 선전물들이었다. 아사드 미르자는 희극 작가로 일했는데, 그가 썼는지 모르고 본 작품도 있었다. 레이철 포파는 보스턴의 한 통학형 사립 학교에서 수학을 가르쳤다. 어느 상원 의원과 결혼해 패션계에서 일할 줄로만 알았는데 깜짝 놀랐다. 졸업생 대표 벤저민 스콧(이왕 죽을 거면 성적이나 주고 가라고 했던 그 아이)은 「워싱턴 포스트」에 LGBTQ 관련 쟁점들을 보도했다. 도리언 컬러는 페이스북에 없었지만 구글에서 쉽게 찾을 수 있었다. 기업이 아닌 노조를 대변하는 노무사가 된 듯했다. 얼굴을 보니 소름이 끼쳤지만 그가 하는 일은 정당하고 중요해 보였다.

그랜비의 지배 계급은 지성을 능가하는 영향력으로 나라를 주무르는 무지렁이 특권층으로 자라야 했다. 하지만 반대로 그들은 올바르게 자란 듯했다.

물론 그렇지 않은 사람들도 있었다. 영어를 가르치던 메이어 선생님은 권력에 대해 말하며 『1984』를 교탁에 세게 내리쳤다. 데이나 라모스는 가만히 앉아 식물들을 살펴보게 했다. 레빈 선생님은 매번 그리스 기하학자들에 대해, 그리고 식당에서 그릇을 치우며 등록금을 냈던 대학 시절에 대해 들려 줬다. 내가 가진 공감 능력과 끈기는 그랜비를 견디게 해 준 것이 아니라 그랜비에서 얻은 것이라는 생각이 서서히 들었다. 그랜비가 원하는 사람에게 그걸 기꺼이 나눠 줬을 수도 있다는 생각이.

내가 같은 교훈을 얼마나 여러 번 배워야 했던가? 너는 특별하지 않아. 그래도 괜찮아.

나는 로비의 페이스북으로 돌아가 프로필 사진을 가만히 들여다보았다. 뒤에서 파도가 덮치기라도 할까 봐 겁이 나는 듯 그는 한쪽 팔로 아내를 감싸 안고 손끝으로 그녀의 허리께를 파고들었다. 탈리아의 「폴리스」 연습이 끝나기를, 「카멜롯」 리허설이 끝나기를 기다리던 로비가 떠올랐다. 그는 그녀를 기숙사까지 바래다주려고 공연장 계단에서 혼자 혹은 친구와 때때로 공부를 하며 대기했다.

그런데 가끔(까맣게 잊고 있었다) 당신은 즉흥적으로 로어 캠퍼스로 자리를 옮겨 옛 예배당 밖에 있는 아치형 구조물 밑에서 「폴리스」의 리허설을 진행했다. 당신을 위해 연출 내용을 적다 보면 어느새 주변이 어두워졌다. 로비가 거기로 찾아온 적은 없는 것 같다.

나는 클립보드를 들고 옛 예배당 계단에 앉아 있으면서 소리가 밤에 얼마나 다르게 전달되는지를 처음 깨달았다. 당신이 배우들을 원형으로 배치하면 목소리가 한층 더 맑고 우아하게 울렸다. 끝을 알수 없는 샤워장 안에서 부르는 노래처럼.

"어딜 보고 부르는 거니?" 언젠가 당신이 물었다. 사키나는 대답했다. "마지막 줄이요." 아니, 아이들은 제대로 이해하지 못했다. 맡은 배역이 누구를 향해 노래하냐는 뜻이었다. 아무리 장기자랑이라고 해도 「폴리스」는 엄연한 시사 풍자극이었다. '그대'라는 말은 한 번도 나오지 않았지만, 뮤지컬 노래를 부르든 마드리갈(14세기와 16세기에 이탈리아에서 유행한 세속적인 성악곡—옮긴이)을 부르든 머라이어 캐리의 노래를 부르든 배우는 그 인물이 되어야 했다.

당신은 말했다. "누구를 향해 부르는 건지가 눈에 보일 정도로 아주 열심히 그려 봐."

누군가가 물었다. "자신을 향한 노래라면요?"

"자기를 향해 노래하는 사람은 없어." 당신의 대답에 항의가 빗발쳤다. 그럼 「사운드 오브 뮤직」에서 언덕 위를 빙그르르 돌며 노래하는 마리아는?

결국 당신은 말했다. "잘 모르겠으면 보디를 향해 노래해 봐. 어차피 부스 안에 있을 테니까. 사랑을 고백해. 꿈에서 꿈을 꿨다고, 네가 바로 신식 소장의 모범(길버트와 설리번이 쓴 코믹 오페레타 「펜잰스의 해적들」의 대표곡에서 인용함—옮긴이)이라고 말해 봐." 그러더니 내 어깨를 움켜잡고 아치형 구조물 앞으로 데려가 유일한 관객으로 앉혔다. 내가 왜 검은 옷을 입고 무대 뒤에 숨는지는 안중에도 없다는 듯.

다음 순서인 콴 리는 정말 그렇게 했다. 내게 시선을 고정한 채 타고난 멋진 목소리로 「그대에게 바라는 건 오직(All I Ask of You)」를 불렀다. 그다음에는 그레이엄 웨이트가 기타를 들고 서서 「블랙버드」 대신 인디애나의 어느 마을에서 성장한 이야기를 담은 톰 페티의 노래를 불렀다. 그걸로 장난이 끝난 줄 알았는데 후렴구가 시작되었다. "보디 케인과 마지막 춤을!" 리듬마저 완벽했다.

기억하는가? 당신은 눈물이 날 만큼 격하게 웃으며 그레이엄에게 박수갈채를 보냈다. 그리고 내게 누가 저런 노래를 불러 준 적이 있냐고 물었다. 아니요, 나는 마지못해 시인했다. 재밌는 장난이었고, 내가 인디애나 출신이라는 걸 기억해 준 게 기쁘기도 해서 모두를 따라 웃었다. 하지만 앞으로 어떤 일이 벌어질지 안 봐도 빤했다. 연말까지 복도나 식당에서 마주칠 때마다 다 그 노래를 부를 테니 어떻게 반응할지 미리 고민해 둬야 했다.

"좋아." 마침내 당신이 얼굴을 닦으며 말했다. "다음에는 좀 더 은유적으로 표현해 봐, 그래도 잘했어."

한 시간 뒤에도 나는 여전히 노트북을 노려보고 있었다. 스트레스가 극심한 작업을 하는 것처럼 보였는지 내 테이블로는 아무도 오지 않았다.

우리는 퀸시홀과 게이지 하우스에 유령이 있다고 믿었다. 위소키스 선생님이 버몬트 대학교의 어느 대학원생과 약혼했다고 발표하기 전까지는 아레나 선생님과 사귄다고 믿었다. 우리는 우리가 사실상 어른이라고 믿었다.

나는 추위와 가방에 든 노트북, 자꾸만 싫어지는 겨울 코트의 무게에 짓눌린 채 영화 수업을 하러 갔다. 그랜비에서도 4년 동안 이렇게 발붙일 곳 하나 없이 불편하게 터덜터덜 걸었더랬다.

내가 머물렀던 어질어질한 의식의 공간을 설명하기는 어렵다. 다만 더는 뭐가 진실인지(제롬, 로비, 오마르, 당신과 관련해) 알 수가 없다. 야하브가 아직도 나를 사랑하는지 알 수 없었다. 탈리아에게 무슨 일이 있었는지를 잘 아는 사람이 지금의 나인지, 아니면 막 열여덟 살이 된 나인지 알 수 없었다. 전자는 경험과 관점을 가지고 되짚어 보는 성인의 자아이고, 후자는 모든 걸 새롭게 받아들이는 다듬어지지 않은 10대의 자아로, 둘 다 지치고 순진했다.

탈리아가 당신에 대해 어떤 말도 하지 않았으니 살아남은 피해자에 대한 신뢰의 문제도 아니었다. 물론 그녀는 살아남지 못했지만.

34.

11학년 2월 주간에 나는 캠퍼스에 머물렀다.

인디애나 대학교에서 학사 과정을 반쯤 마쳤을 무렵 누군가에게 '2월 주간'이라고 했다가 2월 방학으로 정정한 적이 있는데, 그때 상대는 나를 별 이상한 사람이라는 듯 쳐다봤었다. 그 방학이 실시된 데에는 난방비 절감 등 몇 가지 기원설이 있기는 했지만, 실상은 유서 깊은 그랜비 가문들의 입김으로 유지되는 특별한 별장 모임을 위한 것이었다.

그즈음 스키팀만 스키를 타는 게 아니라 내 주변 사람들 모두가 스키 활강을 밥 먹듯 하며 자랐다는 걸 알게 되었다. 물론 스키를 탄다고 해서 다 상위층은 아니었다. 누구에게는 스키가 어린 시절의 아스펜(미국 콜로라도에 있는 스키 휴양지 — 옮긴이) 여행을 의미했지만, 뉴잉글랜드 아이들에게는 그 지역의 자갈투성이 설산과 중고 장비, 얼마 안 되는 체육 학점을 의미했을 수 있다.

나는 스키하우스에 초대받은 적이 없다. 학교의 후원을 받아 교육을 목적으로 떠나는 갈라파고스나 에버글레이드 습지 여행에도 관심이 없었고, 그럴 돈도 없었다. 9학년 때는 인디애나로 돌아가 낮 동안 TV를 보며 로브슨 가족을 피해 겨울을 보냈다. 10학년 때는 기숙사에 남아 프랜과 어울렸고, 11학년 때도 마찬가지였다. 학교에는 우리 둘과 외국 아이들 몇 명뿐이었다. 학자금 지원을 받거나 스키를 타본 적이 없더라도 인기만 있으면 온수 욕조와 술, 섹스를 즐기러 버몬트에 있는 누군가의 집에 따라갈 수 있었다. (소문대로라면 이런 그림이 그려져야 하지만, 이제 와 생각해 보면 숙취와 만화 감상, 유치한 대화와 실연, 피자를 어떻게 주문할지 계획하는 게 주였을 것이다.)

1994년 2월 주간, 프랜과 나는 기숙사 비디오를 독점할 생각에 잔뜩 신나 있었다. 우리는 텅 비다시피 한 캠퍼스의 분위기를 제대로 느끼게 해 줄 「샤이닝」과 「어두워질 때까지」, 그리고 「트윈 픽스」를 몇 편 보았다. 영화에 막 눈을 뜨기 시작한 내게 호프눙 가족이 소장한 영화들은 엄청난 보물이었다.

어느 밤, 우리는 호러와 서스펜스로 이어지던 굴레를 벗어나 디즈니의 「로빈 후드」를 틀었고, 반쯤 보다가 불쑥 매니큐어를 바르기로 의기투합했다. 매니큐어를 가져가려고 방문을 열었는데, 탈리아가 침대에 누워 팔로 눈을 가리고 있었고 바닥에 놓인 그랜비 더플백에서는 옷가지가 쏟아져 나와 있었다.

그녀가 후딱 일어나 말했다. "그래서 문이 열려 있었구나. 네가 있다는 걸 잊고 있었어."

눈 주위가 분홍빛이고 코는 빨갰다.

"어디 아파?" 아직 목요일인데 벌써 돌아오는 건 말이 안 됐다. 개학은 화요일이었다.

그녀가 일어서서 가방에 있는 옷을 서랍장에 던지기 시작했다. "로비 세레뉴가 개자식이라고만 해 둘게." 그녀와 로비는 11월부터 만났고 잘 사귀는 줄 알았다. 그녀는 나를 가리키며 눈을 가느다랗게 떴다. "걔랑은 절대 만나지 마. 다혈질에 성차별주의자 새끼니까." 그리고 가방에 있던 「햄릿」을 책상으로 휙 던졌다.

앞서 말했듯 탈리아가 욕하는 걸 거의 들어 보지 못해서 아주 명확히 기억난다. 그리고 내가 로비와 데이트를 한다느니 그가 나와 데이트를 한다느니 하는 터무니없는 발상도.

눈치 없이 그가 무슨 짓을 했냐고 묻지는 않았다. 비밀을 털어놓을 만큼 우리가 친하지도 않았고, 나는 그들 무리의 내부 사정에 대해 아는 바도 없었다. 하지만 내 침묵이 그녀를 계속 말하게 했다.

"꼴리면 아무한테나 집적거릴 게 분명해. 그러면서 내가 다른 사람이랑 걷기만도 해도 핵전쟁을 일으킬 판이라니까. 그리고 맹세하는데 개 알코올 중독이야. 오후 9시에 취해서 기절해 놓고 아무랑도 얘기하지 말라니? 그럼 뭐, 잠든 사람이랑 놀아? 토한 거나 치우면서?"

"와." 나는 여전히 문 근처에서 말했다. "진짜 별로다."

그녀가 짐 풀기를 멈추고 그제야 의식한 듯 나를 쏘아보았다. "별로라니, 그게 무슨 뜻이야?"

"그러니까, 안 좋게 들린다고."

"야, 눈물 나게 고맙다. 그렇게까지 날 믿어 주다니 말이야."

나는 나중에 보자고 말하고 나서(사과도 했던 것 같다) 서랍장에서 매니큐어를 한 움큼 집어 들고는 다시 휴게실로 뛰어갔다. 프랜에게 무슨 일이 있었는지 설명하고 내가 뭘 잘못했는지 물었더니 그녀도 내 잘못이 아니라고 했다.

일요일에 아이들이 하나둘 캠퍼스로 돌아오기 시작하자 탈리아는 다시 불안해하며 베스나 레이철을 봤느냐고 묻고 또 물었다. 스키를 타러 갔던 애가 월요일도 되기 전에 돌아와 숙취에 시달리며 허벅지 앞쪽이 아프다고, 아무것도 읽지 못했다고 투덜댈 줄 몰랐다. 일요일 밤, 샤워실에 갔던 탈리아가 무릎까지 내려오는 분홍 가운을 입고 줄무늬 수건으로 머리를 정교하게 감싸 올린 채 돌아왔다. 그녀는 옷장 문 뒤에서 옷을 갈아입으며 말했다. "보디, 혹시 너, 임신 테스트기 같은 건 없지?"

잠시 나 때문인가, 배가 나와 보여서 그러나 싶었다. 그러다 진의를 깨닫고 말했다. "어. 아니, 그러니까 나는, 여기서 누굴 사귄 적이 없어서 그래. 고향에서만 만나 봤거든. 양호실에 있지 않을까?"

"그냥 해 본 말이니까 신경 쓰지 마."

그날 밤늦게 화장실에 다녀온 그녀가 가볍게 춤을 추며 흥얼거렸다. "새—앵—리가 터졌다, 새—앵—리가 터졌어!"

곁에 있는 사람이 나뿐이라서 공유하는 것뿐이라는 걸 알면서도 나는 장단에 맞춰 물었다. "얼마나 늦었는데?"

솔직히 섹스라고 해 봤자 그해 여름 집에 가서 한 번 해 본 게 전부였다. 너무 짧고 서툴러서 삽입을 제대로 했는지도 헷갈렸다. 그러나 몇 안 되는 중학교 친구 중 절반은 10대 엄마가 되는 길로 직행하고 있었다. 난 방학 때 한 번은 임신 테스트기를 훔치는 걸 도왔고, 또 한 번은 맥도날드 화장실 칸 밖에서 친구 르네를 기다렸다가 그녀가 내미는 음성 막대를 재차 확인해 주었다. 그래서 뭘 물어봐야 하는지 정도는 알았다.

탈리아는 말했다. "그게, 한 달은 된 줄 알고 무서워 죽을 뻔했어."

"안 적어 놔? 플래너 같은 데다?"

"뭐야, 달력에 나 생리한다고 쓰라고?"

나중에 탈리아의 어머니를 만나 그녀의 냉담한 남부식 예절을 경험한 뒤에야 그녀가 탈리아에게 생리 주기를 표시하는 방법을 가르쳐줬을 리 없다는 것을 이해하게 되었다. 탈리아는 매사추세츠 덕스베리 출신이었지만, 그녀의 어머니는 사우스캐롤라이나의 사교계 무도회에서 막 튀어나온 사람 같았다.

나는 책상에서 그랜비 플래너를 꺼내어 달력의 네모 칸 구석에 보일 듯 말 듯 그려 넣은 빨간 점을 보여 주었다. (나도 엄마한테 직접 배울 형편은 아니었지만, 어린 시절 내내 엄마가 부엌 벽걸이용 달력에 빨간 점을 그려 넣는 것을 지켜봤다.) 그리고 브라이언 윈과 걔네 지하실에서 서로를 더듬었던 8월 중순으로 페이지를 넘겼다. 나는 개학 첫 주에 플래너를 받은 뒤 날짜를 역순으로 헤아려 표시한 보라색 X를 보여 주며 말했다. "섹스할 때마다 이렇게 하는 거야. 그러면 테스트를 언제 해야 하는지도 알 수 있어. 2주가 지나야 확실히 알 수 있거든." 이제와 말이지만 그걸 보여 주고 얼마나 뿌듯했는지 모른다. 브라이언 윈의 앙상한 다리와 솜털 같은 콧수염을 봤다면 탈리아는 뭘 좀 아는 듯한 내 조언을 절대 받아들이지 않았을 것이다. 하지만 그녀가 본 것은 보라색 X뿐이었다.

"멋지네. 남자애는 누군데?"

"완전 찌질이야." 무시하는 말투가 실제보다 더 과장되게 들려서 좋았다.

"아무튼 망할 놈의 로비 세레뉴랑은 다시는 안 잘 거니까 필요 없어."

그러나 화요일 오후가 되니 둘은 달 선생님의 교실 밖 벤치 위에서 뒤엉켰고, 로비가 그녀의 목을 빨아 댔다.

35.

데인 루브라는 밀워키에 살았지만 그랜비에 다섯 차례나 다녀갔다. 처음에는 자비로, 그다음부터는 수만 명의 유튜브 구독자들이 참여한 크라우드 펀딩으로.

한 영상에서 그는 수영장 비상구를 통해 체육관 뒤편으로 나가면서 문틀과 외벽에서 발견된 희미한 혈흔에 대해 말했다. 그 혈흔들은 레딧에서 높은 관심을 불러일으켰다.

"구조대원들과 들것이 드나들 때 문을 잡아 주던 경비원이 남긴 것일 수 있어요. 아닐 수도 있고요. 나중에 주 경찰이 발견한 것인데, 알다시피 오마르 에반스의 사무실에서는 혈흔이 발견되지 않았어요. 사무실 전체에 루미놀 검사를 했는데 아무것도 안 나왔죠. 그래서 있지도 않은 포스터가 피를 다 흡수했을 거라는 얘기를 지어낸 거예요. 자, 들어 보세요. 그게 말이 되려면 오마르가 탈리아의 머리를 한 번, 딱 한 번만 때려서 혈흔의 양이 아주 적어야 해요. 여러 번 때렸으면? 온 사방이 피였을 거거든요. 사람들이 오마르가 탈리아를 건물 안에서 죽였다고 믿었으니까 건물 밖에 묻은 혈흔은 중요하지 않았던 거예요."

우리는 모두 루미놀을 완제품으로 알고 있었다. TV에 나오는 과학수사대들은 루미놀을 유리 세정제 뿌리듯 아무렇지 않게 쓰는데 현실은 그렇지 않다. 루미놀은 과산화수소, 수산화나트륨과 섞여 있어야 해서 유독 가스에 노출되지 않도록 보호 장구를 착용해야 한다. 빛도 완전히 차단되어야 해서 당시에는 체육관과 수영장의 높은 창문들을 전부 까만 쓰레기봉투와 테이프로 막았다. 그리고 삼각대에 카메라를 설치했다. 그전까지는 수영장만 아니면 체육관을 드나들 수 있었지만, 그 후 다시 며칠 동안 전체 출입이 제한되었다. 프랜은 가장 아끼는 털옷을 탈의실에 두고 왔다며 노발대발했다.

「데이트라인」에 따르면, 경찰이 수영장 주변에서 발견한 것은 엉망 진창이 된 현장이었다. 루미놀은 표백제와 반응하면 밝게 빛나는데 (혈액 속 철 성분과 반응하면 어슴푸레하게 빛나는 것과 다르다) 얼마 전 수 영장 데크를 표백한 것으로 밝혀졌다. 아니면 그냥 수영장 물의 염소 때문이었을까? 정확한 사실은 알 수 없었다. 시멘트에서도 혈흔 반응 이 나타났지만, 표백 전에 생긴 건지, 후에 생긴 건지, 탈리아의 시신 을 옮기다 생긴 건지 확실치 않았다.

하지만 경찰은 생각보다 일찍 체육관 건물에서 철수했다. 봄철 스 포츠를 시작해야 했고 동창회도 코앞이었다. 캘러핸 교장 선생님은 떼지어 다니는 수사관들을 내보내고 노란색 테이프와 창문에 붙인 쓰레기봉투를 제거하지 않으면 방사능 낙진 대피소처럼 보이는 곳에 서 배구 경기를 해야 할지도 모른다는 압박감에 시달렸을 것이다. 경 찰이 싱어베어드에 있는 탈리아의 방을 조사하는 동안 우리더러 가 까이 오지 말라고 했던 게 기억난다.

"경찰은 감추는 게 너무 많았어요. 수사가 진행 중이면 그럴 수 있어 요. 뭔가를 숨기고 있다가 범인이 실수로 대중이 모르는 상세한 내용 을 발설하면 그때 빡!" 데인 루브라가 주먹으로 손바닥을 친다. "잡을 수 있잖아요? 그런데 알려진 대로라면 용의자는 이미 붙잡힌 상태였 어요. 그건 그렇다 치고 수영장 현장 사진은 왜 없을까요? 학교 정문 에 있던 감시 카메라에 찍힌 영상은 왜 없을까요? 체육관 뒷문을 찍 은 사진은 왜 없을까요?" 휘몰아치는 바람에 데인 루브라의 얼굴에 눈물이 그렁그렁해진 건지, 아니면 평소에도 그런 건지 분간이 안 된다. "이 학교는 뉴햄프셔 지검장을 마음대로 주물러요. 학교를 대상으로 한 소송이 얼마나 많이 기각됐는지 아십니까? 이 학교가 성범죄를 얼마나 많이 은폐했는지 아세요?"

데인은 1995년 출입문에는 경보 장치가 없고 바깥 손잡이로 잠갔으며 열쇠를 가진 사람이 들어왔을 거라고 믿는다. "로비 세레뉴 같은 사람, 푸자 샤르마 같은 사람 말이에요."

그는 말한다. "학교 경비원이 구조대원들에게 문을 열어 줬어요. 그날에 대한 경찰 진술에서 경보음을 기억하는 사람은 아무도 없고요. 문을 열기 전에 경보를 해제했을까요? 당시에는 그런 식으로 사용하지 않았을 거예요. 아니면 애초에 경보 장치가 없었던 건 아닐까요?"

그가 카메라를 똑바로 바라본다. "모든 졸업 앨범을 샅샅이 뒤졌지만, 저희의 시도는 아직 끝나지 않았습니다. 1990년대면 몇 년도든 상관없으니 그랜비 캠퍼스의 마르디스 체육관 뒤편이 찍힌 사진을 가지고 계시면 연락해 주세요. 댓글에 남기시지 마시고 제게 직접 연락해 주십시오." 그의 이메일 주소가 화면을 지나간다. "보상도 해 드리고 익명성도 보장하겠습니다." 그의 코가 벌름거렸다.

모든 것과 가까이 있어서 그런지 데인 루브라는 들떠 보인다. 눈을 정신없이 깜박거리고, 얇은 입술을 자꾸만 적신다.

36.

그날 밤 프랜과 내가 파티에 초대한 동거인 올리버는 도착하자마자 신선한 먹잇감이 간절하던 젊은 여교사들에게 둘러싸였다.

파티는 반갑게도 프랜이 자란 싱어베어드 아파트에서 열렸다. 구조는 같지만 부엌을 개조했고 정신없이 알록달록하던 호프눙 가족의 옛집보다 훨씬 깔끔한 분위기였다. 다들 자기 집인 양 부엌을 돌아다녀서 누구 집인지조차 알 수 없게 되었다. 프랜이 무심하게 난방 장치를 조절했다. 잘 차려입은 꼬마들이 뛰어다니는데 보호자가 누구고 어느 집 아이들인지 알 수 없었다.

나는 밤새 찔끔거릴 맥주 한 병을 집어 들었다. 이틀 연속으로 과음하고 싶지 않았고, 야하브가 꽁무니를 빼지 않는다면 이튿날 만날 텐데 다 죽어 가는 사람처럼 보이고 싶지도 않았다.

(우리가 파티를 시작했을 무렵, 콩코드의 오마르도 기분이 조금 나아지기 시작했다. 외부 출혈은 거의 멈췄지만 여전히 춥고 어지러웠다. 그는 아무것도 먹지 못했고 복부가 부풀어 오르는 것을 느꼈다. 그날 오후 상처를 확인한 간호사가 슬며시 소염진통제를 두 알 더 챙겨 주며 중요한 때를 위해 아껴 두라고 했다. 그날 저녁 진통제를 삼키고 나니 계속되던 미열이 가라앉았다.)

사람들은 아일랜드 식탁에 둘러앉아 뉴스 보도에 대해 이야기했다. ("그 여자는 2차 가해를 당하고 있어." "말 그대로 토하고 싶더라. 정말 화장실에 가서 토하려고 했다니까.")

아무리 따져 봐도 우리는 실로 엄청난 양을 마셔 댔다. 차를 몰고 귀가해도, 아침에 일이 있어도 안 됐다. 집에 아이들이 있는 사람들은 늦게까지 아이들을 돌봐 줄 학생을 고용했다. 다들 그보다 더 취할 수 없을 만큼 취해 있었다.

아까 와인병을 떨어뜨린 여자는 우리가 신발을 신고 있는지 자꾸 확인했다.

레빈 선생님도 파티에 와 있었다. 나는 선생님이 피타고라스가 채

232

식주의자였다는 것을 알려 준 덕에 퀴즈 대회에서 팀을 우승으로 이끌 수 있었다고 털어놓고는 덧붙였다. "술 한잔 사 드리고 싶은데 술값을 누구한테 내야 할지 모르겠네요."

거리낌 없는 젊은 영어 교사 이안은 셜리 잭슨을 더 읽어 보라고 권했는데, 내가 완전히 수긍한 뒤에도 내 스웨터에 진토닉을 튀겨 가며 설교를 이어 갔다. 한 달 후 내가 숙제를 했는지 확인할 수 있도록 휴대폰에 이메일 주소도 입력해 줬다.

농구 경기가 끝나 가고 있었고(보라색 대 노란색) 파티에 참석한 사람들은 응원하는 팀에 따라 나뉜 듯 보였다. 시간이 지날수록 TV 주위로 사람들이 더 많이 모여들었고 더 많이 취했다.

이름이 기억나지 않는 두 여자(한 사람이 변호사라고 해서 교사들의 배우자인 줄 알았다)가 다시 뉴스 이야기를 꺼냈다. 레빈 선생님과 아기를 안은 남자가 차례로 대화에 참여했다. 남자가 말했다. "자살할까 봐 그 남자 감시하는 거 보셨어요?"

레빈 선생님이 말했다. "그야 당연하지. 그 사람은 살해돼서도 안 돼. 증언하기 전까지는."

변호사가 말했다. "전 그 사람이 눈앞에서 살해당해도 상관없어요. 미안한데 지금 말하는 건 수십 년을…… 그 여자 신용카드를 어떻게 관리했는지 보셨어요?"

또 다른 여성이 말했다. "시신을 그런 식으로 덮는 건 개인적인 동기와 수치심을 드러내요."

프리실라 선생님이 슬그머니 대화에 끼어들었다. "여자가 살아남은 건 기적이야."

영어 교사 이안이 말했다. "수신호를 보냈다는 그거죠? 보안 카메라에다? 거기에 앉아서 그 자식 이름을 한 자 한 자 알려 줬다던데.

죽을 걸 알면서 어떻게 그런 기지를 발휘했을까요?"

변호사는 말했다. "범인은 늘 남편이에요."

"DC는 그런 식이야." 레빈 선생님이 말했다. "인턴을 휴지처럼 쓰고 버리거든."

"애들은 또 어쩌고요! 애들이 어떻게 될지 궁금하네요."

"그 엄마가 계속 떠올라요. 문을 잠가서 딸이 집에 못 들어오게 하잖아요. 가해자가 있다는 걸 도대체 어떻게 알았을까요? 세상은 보통 안전하잖아요. 그걸 잊었을 리 없어요."

"비디오테이프는 왜 20년씩이나 마룻바닥 밑에 있었을까요?"

프리실라 선생님이 말했다. "난 여자 친구가 왜 거기에 가담했는지 이해가 안 돼. 여자도 남자만큼 나쁜 것 같아."

"할리우드는 돈을 위해 뭐든 숨길 거라는 게 문제야. 아, 보디, 넌 알겠구나. 그 사건도 조사했니?" 레빈 선생님이 말했다.

나는 대답하지 못했다. 농구 팬들은 점점 더 소란스러워졌고, 누가 술을 넣은 희한한 푸딩을 한 쟁반 가져오는 바람에 다들 아일랜드 식탁을 치우는 데 손을 보태야 했다.

또 다른 여자는 교사의 배우자가 아닌 미술사 선생님으로 밝혀졌다. 나는 즉흥적으로 물었다. "제롬 웨이저에 관한 그거 봤어요?"

"누구요?"

"웨스트할리우드에 오바마 벽화를 그린 남자요, 그……."

"아! 네! 너무 좋아하죠. 잠깐, 그거라뇨?"

"아무것도 아니에요."

정말 다행이었다. 트위터가 있다면 현실 세계도 있었다.

레빈 선생님이 말했다. "피망을 넣은 치즈 소스는 누가 만들었지? 맛있는걸." 나도 동의했다. 더 먹지 않으려면 뒤로 물러나야 했다.

TV를 보던 사람들이 함성을 터뜨렸다. 대단한 결승골을 몇 번이고 다시 보여 줄 것이었다.

데이나 라모스는 내가 없는 동안 애들은 누가 보냐고 물었다.

프리실라 선생님은 내가 참여하는 대화에 족족 끼어들더니 결국은 싱크대 옆 구석으로 나를 몰아넣었다. 그녀가 내 어깨에 손을 얹고 말했다. "뭘 좀 물어봐야겠어." 차라리 그녀의 불독과 이야기하고 싶었다. "이것 때문에 돌아온 거야?"

"파티요?"

"학생 때 일 말이야, 탈리아 키스 사건."

갑자기 등골이 오싹해졌다. 줄곧 우려한 일이었다. "세상에, 아니요. 부탁을 받아서 온 거예요. 주제는 학생들이 각자 골랐고요."

"난 키스 부부와 가까웠어." 그러고는 키스 부부의 '겨울 별장'과 캐롤라인 키스가 구운 크랜베리 빵에 대해 두서없이 늘어놓았다. "어쨌든 두 사람이 큰 충격을 받을 거야." 그녀는 말을 멈추더니 은혜라도 베풀 듯 몸을 구부려 나와 눈높이를 맞췄다. "이 사건에 대해 헛소리를 더 지껄였다가는 쑥대밭이 될 거라고."

나는 대수롭지 않게 웃어 보였다. "브릿의 팟캐스트는 그냥 수업용이에요. 전국에 퍼뜨릴 생각은 없어요."

프랜이 부엌 건너편에서 쳐다보길래 눈썹으로 날 좀 구해 달라는 신호를 보냈다.

"하지만 너는 목소리가 있잖니. 듣는 사람이 많단 말이야. 그걸 인정하고 유명세를 즐기길 바라마. 그런데, 보디, 잘 생각해야 해. 그러다 누가 다칠 수도 있어."

"이 일로 어떻게 누가 다칠 수 있다는 건지 모르겠네요." 물론 대다수의 피해자 가족들은 종결된 사건을 들쑤시는 것을 반가워하지 않는다. 그건 알고 있었다. 프랜은 내게 오려다 미트볼을 가득 넣은 저온 조리기와 씨름하는 사람 뒤에 갇혀 버렸다.

"브릿이 감옥에 엉뚱한 사람이 있다고 말하려는 것 같아서 그래. 알잖아, 숲에 사는 남자가 어떻다느니 사탄과 얽힌 일이라느니 그런 황당한 얘기들."

"저야 모르죠." 나는 거짓말을 했다.

"난 피해에 대해 생각해. 마이런과 캐롤라인이 받을 고통 말이야. 가끔 이런 사건들을 재수사하고 재판을 처음부터 다시 하잖아. 그래서 범인을 풀어주고, 그러고 나면 어쩌려고?"

"유죄 판결을 뒤집는 건 엄청나게 어려운 일이에요. 오마르 에반스가 풀려난다면 그만큼 타당한 이유가 있어서겠죠. 그런 일이 학교 과제 때문에 일어날 리 없어요."

차라리 내가 취했기를 바랐다. 시간이 해결해 주기를, 아침이면 이 일이 전혀 기억나지 않기를, 모두 내 얘기를 할까 봐 걱정하지 않아도 되기를 바랐다.

"어쨌든, 벌 받을 사람이 감옥에 간 거야. 그 사람은 괴물이었어. 너무 어리고 유망한 누군가의 삶을 갈가리 찢어서 빼앗았지. 애초에 그런 직업을 왜 구했을지 자문해 봐. 알다시피……." 그녀가 내 어깨에 다시 손을 얹으며 말했다. "너무 오래전 일이야. 바로 어제 같다가도 그때 내가 얼마나 젊었는지 떠오르더라고. 세기가 바뀌었어. 여기 애들한테는 지나간 일일 뿐이야."

마지막 말에는 나도 동의했다. 고개를 끄덕이는데 마침 프랜이 나타났다. 프리실라 선생님이 말했다. "보디한테 역사는 역사로 남겨 둬야 한다고 말하던 참이었어."

고맙게도 프랜이 커피 테이블에 컵케이크가 있다고 말해 주었다.

그리고 한쪽 구석에 있는 소파를 가리켰다. 올리버가 어젯밤 우리를 집까지 태워 준 젊은 라틴어 교사 앰버와 몸을 기댄 채 대화를 나누고 있었다. 둘 다 모범생 스타일에 사랑스러워서 캐스팅 감독이 꿈꿀 만한 커플처럼 보였다. 그녀가 말했다. "밤새 점점 더 가까워지고 있어. 한 시간 동안 꿈쩍도 하지 않고 저러더라니까."

#4: 푸자 샤르마

도대체 어떻게 이럴 수 있나?

커튼콜이 진행되는 동안 푸자는 무대 뒤에서 기다리다가 탈리아에게 대화를 청한다. 탈리아의 징징대는 목소리가 싫다. 1막에서 무대 뒤로 온 자기를 발견하고는 짜증스러운 표정을 지으며 입을 벙긋대는 게 싫다. 탈리아는 출연진을 위한 매트리스 파티가 있어서 잠깐만 얘기할 수 있다고 말한다. 출연진만을 위한 파티. 하지만 푸자는 출연진만을 위한 파티가 아니라는 걸 알고 있다. 로비와 레이철이 중간 휴식 시간에 말하는 걸 들었다. 탈리아는 푸자를 초대했어야 했다. 탈리아와 가장 먼저 친해진 사람이 푸자 아닌가? 탈리아는 이제 그녀와의 관계를 창피하게 여긴다.

어둠 속을 걷던 푸자가 내가 뭘 했길래 기분이 상했냐고 묻자 탈리아가 답한다. "그냥 바빴어!" 푸자가 다른 애들은 네 친구가 아니라고, 뒤에서 네 뒷담화를 한다고 경고한다. 하지만 탈리아는 그 말을 그냥 웃어넘긴다. 어느새 체육관 뒤에 다다르고, 수영장 뒷문을 여는 법을 아는 푸자가 속임수를 보여 준다. 그들은 이제 따뜻하고 습한 암흑 속에 서 있다. 푸자가 말한다. "밤에 수영해야 해. 12학년 전통이야."

"이 옷을 입고는 안 되지." 탈리아는 가방을 툭 내려놓고 옷을 벗더니 주인 없는 수영복을 깡마른 몸에 걸친다. 그녀가 출발대에서 길고 우아하게 뛰어내리자 푸자의 청바지에 물이 튄다. 그녀가 물 밖으로 나와 눈을 덮은 젖은 머리칼을 떼어 낸다.

수영복이 없는 푸자는 속옷만 입은 채로 곧장 뛰어든다. 발이 수면에 먼저 닿는다. 염소가 콧속을 채우고 얼굴이 따갑다.

탈리아는 말한다. "조금만 견디면 대학에서 진짜 친구들을 사귈 수 있을 거야. 너랑 공통점이 많은 애들 말이야."

푸자는 열이 오르고 두 손이 따끔거리는 것을 느낀다. 그러다 갑자기 탈리아의 뺨을 세게 후려친다.

"미쳤어!" 탈리아가 뺨을 어루만진다. "이래서 애들이 너랑 안 어울리는 거야! 알겠어? 이제 알겠냐고?"

방금 일어난 일을 무마해야 하는데, 어째서인지 푸자의 본능은 탈리아의 수영복 어깨끈을 잡아채 앞으로 잡아당겼다가 뒤로 밀친다. 그녀의 머리에서 딱딱한 과일이 쪼개지듯 소름 끼치는 소리가 난다. 뭐지? 수영장 모서리? 고함을 지르며 달려들 줄 알았는데 어둑한 불빛 속 탈리아는 멍하고 메스꺼워 보인다.

푸자가 말한다. "맙소사, 그러려고 그런 게……."

탈리아가 비명이라고 할 수 없는 소리를 내며 푸자의 가슴을 할퀸다. 물속에 처박혀 물을 먹는다. 일어나려고 잡히는 대로 당기고 보니 탈리아의 머리카락이다. 두 사람은 앞다투어 레인 로프 위로 오르고, 푸자가 먼저 올라와 탈리아를 내리누르며 그녀의 목을 레인 로프로 밀어젖힌다. 단지 숨을 고르고 생각할 시간이 필요할 뿐이다.

모든 것이 두려움에 사로잡혀 번쩍인다. 윙윙거리고 깜빡이고 포효한다. 누군가가 그들을 발견할지 모른다. 수영장에서 나가야 하는데, 탈리아는 헛구역질을 하고 몸을 떨면서 물속으로 가라앉는다.

수영장 밖으로 기어 나온 푸자는 젖은 속옷 위에 옷을 걸치며 생각한다.

탈리아가 물에 빠졌다. 입과 코가 수면 밑에 잠겨 있다. 탈리아를 끌어올리면 끝이 좋을 리 없다. 만약 그냥 내버려두면…….

그녀는 자신의 시간 감각을 믿는 대신 시합용 벽시계를 올려다보며 기다린다. 1분, 2분, 5분. 그리고 내달린다.

통금 시간을 1분 넘겨 기숙사에 도착하지만 숲에서 다른 여자애들이 맥주와 진흙 냄새를 풍기며 더 늦게 기어들어 온다. 탈리아는 실종 상태가 될 것이다. 처음에는 별일 아니겠지만 밤이 깊어질수록 사람들은 그녀를 걱정할 것이고, 찾아다니다 결국은 그녀를 발견할 것이다. 푸자의 지문이 아직 탈리아의 몸에 남아 있을지도 모른다. 지문이 남아 있을 수 있나? 탈리아가 물속에 오래 있을수록 좋다. 푸자는 팝콘을 전자레인지에 집어넣고 타이머를 15분으로 맞춘다. 혼란을 틈타 최소한 30분은 벌었다.

푸자는 잠을 자지 못했고 2주 뒤에는 이리저리 배회하기 시작하는데, 자기가 한 짓 때문이기도 했고 수군거림 때문이기도 했다. 베스와 레이철과 도나 골드벡, 그들은 눈치가 너무 빨랐다. (오토바이나 차가 있었으면 하노버를 거쳐 뉴욕에 갔을 수도 있다. 갑자기 사라져 버릴 수 있다. 하지만 오토바이를 가진 사람도, 차를 가진 사람도 없다.)

그뿐만이 아니다. 그녀의 아버지가 런던에서 휴지처럼 얇은 항공우편을 보내어 죽은 여자애를 아는지, 시내에서 호신용 스프레이를 살 건지 물었다. 그리고 말한다. 대학이 더 위험한 곳인 줄 알았는데 낙원에서도 보호는 필요하구나.

어떤 이유에서인지 낙원이라는 단어(그보다 더 좋을 수 없음을 암시한다)가 그녀를 끌어당긴다.

37.

랜스와 제롬, LA 친구들로부터 영문을 알 수 없는 우려의 문자가 휘몰아치며 토요일 아침 잠을 깨웠다.

손이 너무 떨려서 트위터를 휴대폰에 다시 내려받지는 못하고, 대신 노트북에 있는 PC 버전을 열었다. 어제 밤늦게 재스민 와일드가 내 타래를 인용하고 답글을 달았다.

내용은 이랬다. 보디 케인이 나 같은 사람의 아주 현실적인 경험은 일축하면서 자신의 경험을 "**진짜** 폭력"으로 정의하려 들다니, 유색 인종으로서 참담한 기분이었다.

그게 시작이었지만, 나는 작품 영상으로 돌아가 그녀의 연갈색 머리카락을 응시했다. 오마르를 중동 사람으로 생각했을 때만큼 바보가 된 느낌이었다. 나는 제롬에게 문자를 보냈다. 유색 인종??? 이런 건 알릴 필요가 없다고 생각한 거야?

그가 답장했다. 도대체 무슨 말인지 모르겠어. 맹세코 그런 말은 들은 적 없어. 눈동자도 파랗다고! 나는 뭣도 모른다니까, 보디.

나는 트위터를 샅샅이 뒤졌다. 어떤 사람이 다른 타래에서 재스민의 인종적 배경이 뭐냐고 묻자 누군가는 질문이 공격적이라고 했고, 누군가는 레이첼 돌러잘(백인 부모에게서 태어났지만 스스로를 흑인으로 정체화한 활동가 — 옮긴이)을 들먹거렸다. 한 사람이 재스민은 4분의 1이 볼리비아인이라며 그녀가 독일 아버지를 둔 볼리비아 할머니에 대해 언급한 인터뷰를 링크하자, 다른 사람이 그러면 8분의 1이 볼리비아인인 거라고 지적했다. 누구는 그 밑에 인종 차별주의자 엘리자베스 워런을 포카혼타스에 빗댄 움직이는 이미지를 투척했고, 누구는 그 여자는 스페인어도 못한다고 썼으며, 누구는 장장 트윗 8개에 걸쳐 인종주의가 어떻게 민족성을 지키는지를 장황하게 늘어놓았다.

본능적으로 가장 먼저 떠오른 생각은 직접 해명하는 것이었지만 상황을 악화시키지 않을 자신이 없었다. 인터넷이 돌아가는 방식을 볼 때 사과하면 관련된 모든 사람의 상황도 나빠질 게 분명했다.

랜스의 문자를 읽었다. 제발 전화 좀 해 줄래? 방금 '플라워 피플'이랑 '프레시 피스트'가 날아갔어.

나는 전화를 거는 대신 트위터를 꺼 버리고 모든 게 어떤 식으로든 지나가기를 바랐다. 아마도 지나갈 거라고 되뇌었다. 더는 말하지 않을 것이다. 사람들도 잊을 것이다. 조만간 트럼프가 위험할 정도로 멍청한 발언을 하면 모든 관심이 그쪽으로 쏠릴 것이다.

나는 이렇게 쓰고 덧붙였다. 이제는 그 근처에도 가지 않을 거야. 글도 다시는 올리지 않을게.

나는 노트북을 창밖으로 내던지고 싶은 충동을 간신히 누르고 노트북과 헤드폰을 챙겨 식당으로 갔다. 학생들의 첫 번째 에피소드에 대해 첨삭하면서 야하브를 기다릴 생각이었다. 이러면 그가 나타나지 않아도 마음 졸이지 않을 수 있었다.

나는 과일 샐러드바(과일 샐러드바라니!) 옆에 앉아서 아침 겸 점심을 먹기 위해 들어오는 아이들(졸린 얼굴로 혼자, 혹은 둘씩 짝지어 재잘거리며, 혹은 운동 연습 후 땀투성이로 무리 지어 떠들썩하게)을 지켜보며 뒤통수에서 울리는 희미한 화재경보를 무시하고 나와 사건을 분리하기 위해서 최선을 다했다.

학생들은 또 다른 팟캐스트를 편집할 것이고 다음 주 금요일이면 두 번째 에피소드를 완성할 것이다. 나는 혹시 미니 학기 후에 세 번째를 만들어 보내면 피드백을 주겠다고 말했다. 2월 주간 전에 학교 웹사이트에서 그룹 포털을 시작할 생각이었다. 브릿의 첫 에피소드에 내 목소리가 담길 것을 생각하니 새삼 걱정이 밀려왔다. 그녀의 팟캐스트가 공개되고 누군가가 분노하여 물고 늘어진다면 브릿은 나, 제롬과 함께 소용돌이로 끌려 들어갈 수도 있다.

올더는 준비 부족으로 수업 시간에 팟캐스트를 재생하지 못했고, 금요일 밤늦게 이메일로 제출했다. 뒤죽박죽에 의욕도 과했지만 주의를 딴 데로 돌리기에는 아주 제격이었다. 반쯤 들었을 때 그의 목소리가 불쑥 등장했다. "저기, 케인 선생님? 이쯤에서 마지막 버전은 재학생들과 뭔가를 해 볼까 하는데요. 각자 마지막으로 온 문자를 읽어 달라고 요청한다든지, 뭐 그런 거?" 그게 1930년대와 무슨 상관인지는 알 수 없었지만, 아이디어가 많은 학생은 언제든 환영이었다.

그때 기적이 일어났다. 야하브가 5분 일찍 식당으로 들어온 것이다. 뺨이 발갛게 빛나고 눈과 코에는 물기가 맺혀 있었다. 정확히 어디로 갈 것인지 말해 줬는데도 불구하고 차를 캠퍼스 밖에 세워 놨다고 했다. 걷느라 숨이 찼을 수도 있지만, 그보다는 나를 만난다는 스트레스가 컸던 것 같았다.

그는 말했다. "진짜 숲속에 있네."

나는 그의 찬 기운을 껴안고 체취를 맡았다. 땀이 났는데도 산뜻했다. 말도 안 되게 아름다운 남자였다. 억양은 또렷하면서도 화사했고 무슨 말을 하든 슬픈 예술 영화의 대사처럼 들렸다. 왜인지는 설명할 수 없지만, 그는 마치 상상으로 빚어낸 듯 남성성과 섹스 둘 다에서 플라톤의 완전무결한 이상이 구현된 화신이었다. 현실 속 인물이라고 믿기 어려웠다.

나는 대여 가능한 휴대용 머그컵 두 잔에 커피를 가득 채워 왔다.

주머니에서 휴대폰이 계속 진동했지만(화내는 사람이 많을수록 잘못한 일도 많아졌다) 깡그리 무시했다.

나는 그를 데리고 오르막길을 걸으며 학교를 구경시켜 주었다. 저기 화재 대피용 비상계단에서 공부하곤 했어. 저기서 9학년 때 발목을 삐기도 했어.

야하브는 두 가지 모드(밀착 아니면 회피)가 있었는데, 그날은 두 번째 모드를 고른 모양이었다. 10분이 지나도록 나와 입을 맞추지도 시선을 제대로 맞추지도 내 어깨를 꼭 움켜잡지도 않았다. 그중 어느 것도 요구할 생각은 없었는데 나도 모르게 그를 끌어당기려고, 그의 앞에 반짝이는 것들을 내놓으려고 애쓰고 있었다.

나는 그에게 퀸시홀을 보여 주고 옛 암실로 들어가는 문도 보여 주었다. 바람직하게도 그 문은 3D 프린터가 안전히 보관되도록 잠겨 있었다.

"남자애들이랑 재미 보던 데가 여기야?" 야하브는 그제야 긴장이 조금 풀렸는지 시시덕거리며 장난을 쳤다.

"그랜비 애들은 사귄 적 없어. 고향 애들하고만 만났어."

"인디애나에서 말이지." 그의 억양이 그 말을 훨씬 더 부드럽고 낭만적으로 만들었다.

"여름에 잠깐 즐겼던 거라 실연이랄 것도 없었어. 그리고 그랜비에는 내 사정을 아는 사람도, 쓰레기처럼 버려졌다고 안쓰러워할 사람도 없었어."

"쓰레기처럼 버려졌다는 너무 가혹한 표현인데. 히브리어에도 똑같은 관용어가 있지만 그렇게 험하게 들리지는 않아. 댄스파티는 갔어?"

"갔지, 여럿이."

"분명히 예뻤을 텐데."

"완전 폭탄이었어. 내가 사진 보여 준 적 있나?"

"당장 봐야겠는걸."

나는 그를 데리고 졸업사진이 있는 도서관 뒷벽으로 가서 1995년 「드래곤 테일즈」, 웃음기 없는 졸업사진, 페이지 절반을 차지하는 감사 인사와 메시지(프랜과 카를로타를 위한 은밀한 농담, 너바나의 노래 가사, 제프를 위한 몬티 파이튼의 대사)를 보여 주었다. "넌 메시아가 아니야, 넌 정말 답 없는 놈이야!"

"화장을 보니 너구리를 좋아했었던 거 같은데?"

눈은 까만 테두리를 둘렀고 얼굴이 수척한 걸 보니 봄에 찍은 사진이 틀림없다. 아주 늦은 봄은 아니다. 하니 카얄리가 순서를 정해서 탈리아의 사진이 다음 페이지에 있었다. 탈리아는 바깥 의자에 앉아 어깨 너머를 돌아보고 있는데, 사진사가 그런 식으로 비틀어 놓은 게 아니라면 절대 나오지 않을 자세였다.

메시지를 읽어 본다.

지난 2년이 내 인생에서 가장 긴 4년이었다!

"사랑으로 한 일은 언제나 옳다."―반 고흐

레이처베스: 우리가 리무진 한 대에 다 들어갈까? 둘 다 애정한다!

S―B 크루우우우: 푸자, 도나, 제니, 미셸―내 또오오오옹 치우는 거 잊지 마라

도리언: 꿈도 꾸지 마셔

사키나, 부부, 피지, 스타일스: 우리가 해냈어! 기억해라, 졸업병은 졸업생의 염증으로……

로스 선생님, 달 선생님, W 선생님, 아레나 선생님: 끝까지 도와주셔서 감

사해요.

엄마, 아빠, 바네사, 브래드: 집이라고 부르기에 가장 좋은 사람들이야.

디비: 때가 되면 알겠죠. (아는 거 알아요.) **물건은 모으지 마세요.**

로비: 내 사랑. 넌 내 100%고 내 삐약이야! 멀리 안 갈게!

테니스팀, 11, 12

10월 폴리스, 11, 12

그랜비 합창단, 11

합창단원들, 11, 12

봄 뮤지컬, 11, 12

세타 소사이어티, 11, 12

'레이처베스'는 레이철과 베스일 것이다. 'S—B 크루우'는 싱어베어드 친구들을 의미했다.

'디비'는 당신이었을까?

"잠깐, 사진을 찍어야겠어." 나는 100년은 묵은 듯한 둥근 원목 테이블에 앨범을 펼쳐 놓고 전체가 과노출되도록 플래시를 길게 비췄다. 강령회에서 브릿한테 보여 줘야지 하다가 이미 찾아봤겠다 싶었다.

야하브도 탈리아에 관해 대략은 알고 있어서 설명해 줬다. 얘가 개야, 죽은 룸메이트.

그는 말했다. "똑똑해 보이네."

나는 그를 데리고 밖으로 나가 어퍼 캠퍼스 쪽으로 걸었다. 올리버가 냉장고 안에 숨겨 놓은 맥주를 한 병 꺼내 줄 요량이었다. 평소에는 그 정도로도 충분히 녹일 수 있었다.

디비. 누가 당신을 그렇게 부르는 걸 들어 본 적은 없지만, 가족과 로비 사이라는 영광스러운 자리에 있는 걸 보면 당신을 부르는 것임이 분명하다. 반드시 그래야 한다. 당신은 다른 교사들 사이에 있지 않았는데 탈리아가 당신만 빼뜨릴 리도 없었다. 데비나 디팍이 있었는지 열심히 생각해 봤다. 하지만 데니 블로흐만큼 딱 들어맞는 이름이 없었다.

'물건은 모으지 마세요'는 도대체 무슨 뜻이지?

나는 야하브를 데리고 사우스브리지(숙소로 가는 최단 경로는 아니지만 같은 방향인) 쪽으로 걸었다.

눈이 마주칠 때마다 그는 미안한 듯 웃고 내 어깨 너머를 살피며 시선을 둘 만한 것을 찾았다. 모퉁이 뒤로 끌고 가서 바지 벨트 고리를 잡아당겨 그에게 키스할 수도 있었지만, 그러다 모조리 망쳐 버릴 가능성도 없지 않았다. 손만 잡아도 그가 죽을힘을 다해 맞잡을지, 손이 덴 것처럼 떨쳐 낼지 알 수 없었다.

물건은 모으지 마세요는 두 사람이 합창단에서 부른 노래에서 따온 것일 수 있었다. 뒤통수에서 음이 떠오를 듯 말 듯 했다.

나는 야하브에게 11학년 생물학 시간에 바로 이 다리 밑에다 훌라후프를 갖다 놓고 2월에서 5월까지 그 안에서 일어나는 변화를 전부 기록했다고 말했다. 총 네 개 조였고 우리 조에는 카를로타와 마이크 스타일스, 레이철 포파가 있었다. 레이철은 허리를 푹 숙이고 머리카락을 한데 모아 다시 올려 묶거나 계곡의 비탈면에서 끌어올려 달라고 부탁하는 식으로 마이크에게 끊임없이 질척거렸다. 마이크는 그녀의 매력에 면역이 되어 있었는지 둘은 끝내 사귀지 않았다. 나는 말했다. "어느 날은 원 안에 스니커즈 봉지가 떨어져 있는 거야. 우리는 그걸 버릴지, 아니면 거기 두고 그걸 탐색하러 오는 개미들에 대해 기록할지 토론했어."

"그래서 넌 어쩌자고 했는데?"

"나는 인간과 인간이 유발한 오염도 관찰할 가치가 있다고 했어. 내 친구 카를로타는 개미들한테 이름을 붙여 주기 시작했지. 그중 한 마리는 청코라고 불렀어."

이야기의 결말을 말하려는데 야하브가 사우스브리지 중간에 멈춰 서서 말했다. "어째 차에서 자꾸 멀어지는 것 같네."

"벌써 가야 해?" 겨우 한 시간이 지났을 뿐이었다. 그가 자고 갔으면, 작은 숙소 침대에서 사랑을 나눴으면 했다. 관자놀이를 마사지하며 긴장을 풀어 주면 눈을 감고 등을 기댄 채 숨을 길게 내쉬기를 바랐다. 왠지 모르게 늘 차향을 풍기는 그의 머리카락에 얼굴을 묻고 싶었다.

야하브가 난간 위에 두 손을 얹었고, 나는 그것이 나쁜 징조임을 알아챘다. "해야 할 말이 있어. 나는 오디션을 본다는 마음으로 이곳에 왔어. 학교에서 아주 혹할 만한 자리를 제안하고 있어서 완전히 눌러앉을까 싶어."

"와, 잘됐네!" 진심이었다. 물론 그걸로 끝일 것 같지는 않았다. 그가 말을 아꼈고 나는 농담을 해야겠다는 생각에 얼마나 대단한 자리길래 그렇게 군침을 흘리냐고 물었다.

하지만 그는 아랑곳하지 않고 말했다. "전반적으로 새로운 시작이 필요해." 그리고 말을 계속 이어 갔다.

사우스브리지 위에서 쓰레기처럼 버려지고 있다는 사실을 감당하기 힘들었다. 캠퍼스 안에서만큼은 상처받지 않으려고 내가 얼마나 애썼는지를 이제 막 털어놓은 참이었다. 나는 그랜비를 가장 깨지기 쉬운 달걀처럼 손바닥에 쥐고서 위험을 피했고 짝사랑은 머리로만 했으며 빤히 다 내다보이는 곳에서 몸을 숨기려 최선을 다했다. 로브슨 부부의 차창을 통해 처음 본 그랜비를, 상처받을 수 있는 장소보다는 신화 같은 장소로 지키기 위해 4년을 노력했다.

날씨는 생각도 안 하고 있었는데 갑자기 공기가 뼛속까지 시리고 축축하게 느껴졌다.

나는 자기방어 모드(치료를 받으면서 새로 배워 볼까 했던 모드 말고)에 돌입했다. 그를 보내 줘야 한다고 마음을 다잡았다. 그의 독백에 답하지 않았다. 늘 염두하고 있었던 것처럼 야하브를 데리고 차를 세워 둔 쪽으로 걷기 시작했다. 그리고 말했다. "하던 얘기는 마저 끝낼게. 레이철이라는 여자애가 부츠 한 짝을 스니커즈 봉지와 개미 떼 위에 내려놓고는 말했어. 자. 내 인간 부츠가 모든 걸 박살 냈다고 쓰시든가."

"애들이야말로 진짜 사이코패스라니까."

애들이 아니라 11학년이었다고 반박하고 싶었지만 쓸데없는 소리였다.

작별 인사를 하는데 얼굴 전체가 따끔거렸다. 돌아보지 말고 가자고 다짐했다.

9학년 말에 나는 주먹만 한 매끈한 돌에 보라색 네임펜으로 에이스를 뜻하는 'A'를 쓴 뒤 사우스브리지에서 계곡으로 떨어뜨렸다. 돌은 글자가 위로 보이게 착지해서 왠지 남은 학교생활에 대한 좋은 징조처럼 느껴졌다. 그해 가을에 그 돌을 다시 발견했는데 계곡물에 쓸려 가지도 않고 햇볕에 색이 바래지도 않아서 깜짝 놀랐다. 그것은 1년 내내 그 자리에 있었고 이듬해 가을에도 마찬가지였다. 하지만 11학년 봄에 눈이 녹고 나서는 쓸려 갔는지, 아니면 표시가 완전히 바랬는지 영 보이지 않았다. 그래도 나는 매번 돌을 찾아보았다. 돌이 떨어진 자리는 그랜비에서 나를 안전하게 지켜 주는 닻이자 신성한 장소였다. 다시 다리를 건너가며 돌을 찾아보았다. 그 자리가 비어 있는 것을 보니 역시 더 괴롭기만 했다.

물건은 모으지 마세요, 물건은 모으지 마세요. 문득 다음 가사가 떠올랐다. 사람들은 우리가 사랑에 빠졌다고 말할 거예요. 뮤지컬 「오클라호마!」에 나오는, 당연하게도 진짜 사랑에 빠진 사람들에 관한 가사였다.

젠장.

정말이었다. 프랜이나 카를로타의 동의도 필요 없었다. 탈리아가 제 입으로 말하고 있었다.

38.

다리 중간에 서 있는데 랜스에게 전화가 왔다. 혹여 야하브를 쫓아갈까 봐 얼른 전화를 받았다. 랜스는 모래 속에서 숨 쉬는 듯한 목소리로 말했다. "다시는 트위터에 손대지 않겠다고 했던 것 같은데."

"손 안 댔어!"

"그래. 알겠어. 트위터에 '마음에 들어요'를 누르면 사람들이 볼 수 있다는 건 알아?"

"당연하지. 왜? 뭔데?"

"네가 '마음에 들어요'를 누른 걸 누가 캡처했어. 엘리자베스 워런이 움직이는 거 있잖아, 깃털 머리 장식을 하고……."

"나도 봤는데 하트는 **안** 눌렀어. 미쳤어? 나도 모르게 눌렀나?"

나는 그 자리에 주저앉았다. 다리가 젖어서 청바지 안으로 물기가 스며들었다.

"인종 차별주의적인 이미지를 좋아하는 건 물론이고 그 여자가 그런 척하고 있을 뿐이라는 데 동의한다는 식으로 보여."

"그래, 알겠는데 '마음에 들어요'는 **안** 눌렀다니까."

"트위터에 가 봐. 가서 확인해 보라고."

스피커폰을 켜 놓고 최근 활동을 살펴보니 빌어먹을, 정말이었다. 빨간색 하트와 그 옆에 '20+'라는 알림이 뜬 걸 보니 수백 개일 가능성이 컸다. 나는 강렬한 공포와 탈의실 안에서 스웨터에 갇힌 듯한 울렁임의 물결을 느꼈다.

모두가 미웠고 나 자신이 미웠다. 전화한 랜스도 미웠고 무엇보다 미움받는 게 싫었다.

"맙소사, 통화할 때 그랬나 봐. 내가 아무거나 누르는 거 알잖아."

"그럼 물론이지. 나야 널 믿지만 그걸 발견한 여자가 화면을 캡처해 올렸고 그걸 130명이 리트윗했어."

"정말? 토요일에? 방금 '마음에 들어요' 취소했어."

"그랬다가 상황이 더 나빠질 수도 있어. 다른 것들도 많아. 사람들은 여전히 네가 쓴 글에 분노하고 있어."

다들 뭐라고 지껄이고 있을지 안 봐도 뻔했다. 위선자라고 하겠지. 수십 개의 에피소드를 할애해 할리우드의 여성 학대 사례를 파헤쳐 놓고 정작 남편이 고발을 당하니까 그를 옹호하겠다고 발 빠르게 움직였다. 내가 한 게 뜨개질 팟캐스트여도 문제였겠지만 나는 이미 대의를 저버린 인종 차별주의자였다. 어쩌면 나는 백인 여자들만 믿는 건지도 몰랐다. 그게 내 문제일지 몰랐다. 내 얼굴이 양배추처럼 보였다. 재스민 와일드를 백인으로 생각했다는 점을 제외하면 대부분 일리 있는 말들이었다.

"계정을 닫아야 할까?"

"아마도."

"노트북에 불을 지르면 트위터도 지워지겠지?"

그는 그럴 기분이 아니었다. 우리와 서로 팟캐스트를 홍보해 주던 팟캐스트 두 개 중 하나를 잃었다고 했다. 머리 염색약 광고도 날아갔다. "'에덴 매트리스'에서 온 메일도 하나 있는데 못 열겠어."

"어쩌면 좋을지 말해 줘." 가슴이 옥죄어 왔다.

"팟토피아는 연락이 없어. 뭐 주말이니까." 랜스는 제작사와 더불어 모든 걸 처리하는 사람이었다. 그가 잘하는 일이기도 했고, 나보다 먼저 팟캐스트를 시작해서 다른 공동 진행자와 함께 열 개의 에피소드를 만들었기 때문이다.

나는 말하는 동시에 내가 하는 말을 들었다. "방송을 그만둬야 할까봐." 랜스는 아이들을 부양할 다른 마땅한 직업이 없었고, 그의 아내는 초등학교 1학년 교사였다.

"그런 말 하지 마."

"진심으로 제안하는 거야." 이 모든 상황을 나아지게 할 유일한 방법이었다. 과잉 반응으로 보일 테니까. 혹시 사람들은 그 이상을 원하는 걸까? "상황이 더 나빠지거나 더 나아지지 않으면 그러자고."

"가라앉을 거야." 그는 말했다. 공기가 너무 시리고 축축했고, 나는 여전히 야하브를 쫓아가고 싶었다. 눈물은 흘리지 않더라도 누군가에게 기대어 소리 내 울고 싶었고, 그는 내가 기대어 울고 싶은 유일한 사람이었다.

"이제 사람들은 내가 팟캐스트에서 한 말을 샅샅이 뒤질 거야. 그리고 무슨 말을 할 때마다 꼬투리를 잡겠지."

얼룩다람쥐 한 마리가 난간을 타고 내 앞을 허겁지겁 지나 기둥 아래로 내달리더니 이내 시야에서 사라졌다.

"일단 수신함에 남은 이메일부터 확인할게. 피해 상황을 파악해 보자고."

39.

나는 진흙과 얼음으로 뒤덮인 비탈을 따라 계곡으로 내려갔다. 거기서 한참을(몇 시간?) 울어 보려 애썼지만 그야말로 총체적 난관이라 몇 분에 한 번씩 헛웃음만 나왔다.

바지와 부츠가 흠뻑 젖었고 양말은 발목에 얼어붙었다. 나는 얼음과 진창이 뒤섞인 개울가에 앉아 있었다.

속마음까지 얼릴 수 있었다면 내부와 외부 상태의 균형을 찾을 수 있었을 것이다. 개한테 물린 곳에 개털을 붙이고 독으로 독을 중화하는 동종 요법처럼.

내 숨을 가로챈 것은 한 가지가 아니었다. 모든 것이 한꺼번에 몰려왔다. 돌연 연무처럼 흩어진 야하브와 제롬과 랜스. 어쩌면 한 줄기 연기로 사라질 팟캐스트. 탈리아의 죽음에 대한 확신이 서서히 녹아내리고 있다는 걸 인정하기 두려웠지만 더는 무시할 수도 없었다. 내가 그랜비에서 가장 좋아한 것 중 하나인 당신이 사기꾼에 약탈자였을 뿐 아니라 그보다 더 지독한 괴물이었을지 모른다는 생각도 서서히 그 모습을 드러내고 있었다.

공기를 힘껏 들이마셔 보지만 산소 없는 허공뿐이었다.

뉴스 이야기도 꿈의 가장자리를 할퀴며 나를 괴롭혔다. 사람들은 그녀의 증언을 귀담아듣지 않았고, 그녀의 피해 진술을 조롱했고, 그녀의 일기를 큰 소리로 읽었다.

거기 어딘가에 내가 던진 돌이 있었다. 거기 어딘가에 우리가 관찰하던 훌라후프가 있고 그 안에 4분의 1세기의 변화가 담겨 있었다.

우리가 커트 성지를 지은 곳은 캠퍼스 끝자락에 있는(안쪽보다 더 건조하고 더 평평하고 더 빽빽한) 숲이었다. 그랜비의 대지 경계선 바로 바깥에 있는 그 숲에서 1975년에 바바라 크로커의 시신이 발견되었다. 12학년 말, 나는 한밤중에 호프눙 부부의 술 보관장에서 슬쩍 한 앱솔루트 커런트 보드카 반 병을 가방에 넣고 숲으로 갔다. 그리고 꽃과 쪽지와 빛바랜 잡지 사진으로 뒤덮인 나무 밑에 앉아 겁도 없이 술을 병째 들이켜며 첫 번째 파도가 덮쳐 오기도 전에 몇 모금을 더 삼키고 또 삼켰다. 파도를 다 맞고 나니 저류의 강렬한 힘이 저 먼 어두운 심해로 나를 끌어당겼다.

다음 날 아침, 나는 구역질을 하며 깨어났다. 등과 목과 머리가 욱신거리고 손가락이 얼얼했다. 가방 옆 주머니를 더듬어 타이레놀 약통을 꺼낸 뒤 그 안에 든 일곱 알을 전부 삼켰던 것이 희미하게 기억났다. 약이 더 있었으면 그마저도 다 삼켰을 것이다. 분명히 그랬겠지. 술에 취해 캄캄한 허공에 대고 속삭였던 게 기억났다. "신중히 살고 싶어서 숲에 왔어." 그것은 숲과 학교, 나 자신을 향한 일종의 질책이었다. 신중히 살고 싶어서 여기에 왔는데 그러지 못했다. 뭐가 문제인지 모르는 채로 내 상태는 점점 더 나빠졌다. 아침마다 더 무거워진 공기, 더 무거워진 뼈, 더 무거워진 눈꺼풀에 짓눌려 깨어났고 늘 추위를 탈 정도로 비쩍 말라 갔다. 전날 엄마와 다퉜지만 그건 사소한 일에 불과했다. 나는 몇 주 동안 망가져 갔다. 상담사에게 달려가 비통해하는 탈리아의 친구로서 한 자리를 차지하려 했던 걸까?

계곡에서 나는 시간이 스며드는 것을 느꼈다. 어찌 된 일인지 1995년의 그 소녀가 찾아와 자신의 숨과 내 숨을 바꿨다. 그리고 내 숨과 심장 박동을 가로채 다시 깨어났다. 대신 내게는 가사 상태, 장기 부전, 다가오는 망각을 건넸다. 이리로 왔다.

약 90센티미터 깊이인 타이거립 계곡은 얼음과 진흙에 차례로 덮여 있어서 얼음이 얼마나 단단한지 알 수 없었다. 토끼 발자국이 그 위를 가로지르는 걸 보니 토끼는 빠지지 않은 모양이었다.

얼음이 내 무게를 견디지 못하리라 확신하고 그 위에 올라섰다. 깡그리 부서져 허리 깊이로 내려앉기를 기다렸다. 발밑의 모든 것이 달라지고 물가에서 끼익 하는 신음이 흘러나왔지만 나는 빠지지 않았다. 아마도 거기에 교훈이 있었는지 모르겠다. 나는 좋은 기회를 이용해 안전한 곳으로 뛰어야 한다는 것을 알면서도 움직이지 않았다.

내가 당신에게 하고 싶은 말은 이것이다.

내가 아직 미성숙한 날것이었을 때 모두가 나를 실망시켰다. 영원한 사람은 없었다. 고향에도 좋은 사람들이 있었지만 의지할 만한 사람은 없었다. 열네 살에 나는 나 자신에게 의지할 수 있고 나 자신에게만 의지할 수 있다는 쓸쓸한 사실을 알게 되었다. 그래서 고향과 닮은 구석이 없는 곳으로 옮겨가 외딴 섬이 되었다. 당신은 나를 그렇게 외딴 섬으로 여겨 주고 그 사실을 기분 좋게 받아들이게 하는 몇 안 되는 사람 중 하나였다.

열네 살의 나를 거부해야 성장하고 배울 수 있었다. 대학에서 만난 심리치료사는 믿고 의지할 사람들을 찾으라고, 그들이 갑자기 사라지지 않을 테니 사람들을 믿으라고 정말 열심히 나를 설득했다.

그래서 그랜비를 졸업한 뒤 나는 해마다 남들에게 기대기도 하고 그들을 지지하기도 하려고 더욱 애썼다. 파트너들과 제롬과 친구들과 동료들. 문제는 정말 그랬다는 것이었다. 나는 진심으로 기댔고 충성을 맹세했다. 하지만 마음속 깊은 곳에서는 그것이 실수라는 것을 늘 알고 있었다.

나는 해 질 녘까지 아주 오랜 시간을 계곡에 있었다.

나중에 알았지만 내가 계곡에 있는 동안 오마르는 침상에서 40도가 넘는 고열로 의식을 잃은 채 발견되었다. 그는 때늦은 정밀 검사를 위해 콩코드 병원으로 이송되었고, 7센티미터 길이의 낫 모양 유리 파편이 간에 박혀 내출혈이 지속되었다는 사실이 밝혀졌다. 외상이 감염되고 열이 올라 병원에 가면서 목숨을 건질 가능성이 커졌다. 유리 조각이 간의 주요 혈관을 찢어서 즉시 수술을 받아야 했다.

오마르의 몸이 펄펄 끓는 동안 나는 얼음처럼 차갑게 식어 갔다. 개울에 얼어붙어 그 일부가 되고, 이 숲을 영영 떠나지 못하는 눈의 아이가 될 수 있을 것 같았다. 눈물이 그치고 얼굴 감각이 무뎌지는 동안 나는 전에 없는 분노와 함께 당신에게로 마음을 굳혔다.

당신은 그녀를 괴롭히던 나이 많은 남자였다. 당신이 모든 열쇠를 쥐고 있었다. 당신은 예의 바르고 존경받는 백인이라는 이유로 보호받았다.

어떤 미친놈이 불가리아로 가겠는가?

어떻게 그녀의 몸에서 오마르의 DNA가 발견되고 어떻게 오마르가 자백을 했는지는 알 수 없었지만, 당신이 뭔가를 감추고 있다는 것은 틀림없었다. 당신이 뭔가를 저질렀거나 뭔가를 알았거나 뭔가를 야기했다는 것은 확실했다. 그게 당신이라는 걸 나는 알았다.

프랜의 말처럼 내 충성심은 맹렬했고 위험했다. 하지만 더는 기대하지 않는 게 좋다. 나는 당신보다 탈리아에게 더 많은 빚을 졌다.

이것이 나를 얼음에서 끌어내 나무뿌리를 붙잡고 비탈을 기어오르게 했다.

숨을 크게 들이마시자 차가운 공기가 폐를 때리며 가득 차올랐다.

날이 어두웠다. 샤워하고 옷을 갈아입고 젖은 옷을 말려야 했다. 그리고 무엇보다 강령회를 준비해야 했다.

40.

내가 아이들을 데리고 게이지 하우스에 갔을 때 탈리아의 유령이 당신에 대해 전부 말했다면 어땠을까? 당신의 이름을 위자보드에 한 자 한 자 짚어 줬다면?

그러지 않았으니 걱정하지 마라. 유령은 나타나지 않았다.

게이지 하우스의 거실은 여전히 기부자들과 졸업생들이 담소를 나눌 수 있는 응접실로 꾸며져 있었다. 벽에는 그랜비의 역사를 담은 사진들이 걸려 있었다. 10시 30분, 우리는 어둑한 전등을 켜고 석재 벽난로를 향해 배치된 불편한 의자와 소파에 걸터앉았다. 올더가 '강령회 바리스타'를 자청하며 학교 식당 커피포트에 커피를 채워 와 아이들의 흥분이 고조되는 불운한 부작용을 불러왔다. 브릿은 기분이 안 좋은지 조용했지만, 그녀의 침묵은 중학생처럼 들뜬 다른 네 아이에게 묻혀 버렸다.

그날 밤은 다행히 거기에 있어서 술과 인터넷을 멀리할 수 있었다.

10대의 혈기가 성난 내 마음을 진정시켰다.

손가락과 발가락의 감각이 돌아왔다.

아이들의 에너지와 어두운 불빛 아래에서도 비현실적으로 생기발랄한 얼굴이 아직 어린아이들이라는 사실을 새삼 떠올리게 했다. 야하브가 옳았다. 우리는 스물네 살의 배우들이 연기하는 고등학생에 너무 익숙해져서 과거의 자신도 무척 성숙한 모습으로 기억한다. 현실속 10대들은 어휘가 제한적이고 자세가 삐딱하고 위생 상태가 의심스럽고 야단스럽게 웃고 옷을 체형에 맞춰 입을 줄 모르고 점심 메뉴로 치킨너깃과 마카로니를 선호한다. 곧 다가올 스무 살보다 막 지나간 열두 살을 떠올리는 게 더 쉽다.

성인 남자들이 머릿속에 떠올리는 치어리더는 대개 머리를 양 갈래로 따고 포르노에서처럼 비명을 지르는 성인(제발 성인이기를 바란다)이다. 그 기억이 진짜라고 생각하는 것뿐이다. 뭔가 문제가 있지 않고서는 청소년이 그럴 리 없다.

결론은 이렇다. 당신은 탈리아를 사랑한다고 믿었을 것이다. 그녀에게도 그렇게 장담했을 것이다. 지금도 여전히 그렇게 믿고 있을지 모른다. 하지만 내 마음속 깊숙이 자리 잡은 분노로 미루어 볼 때 어쩌면 그건 권력욕이었을 수 있다. 성욕이었을 수도 있고 통제욕이었을 수도 있다. 심지어는 다정하고 맹목적인 뒤틀린 부성(당신의 망가진 일면)이었을 수도 있다. 다만 사랑은 아니었다.

위자보드로 강령술을 몇 번 시도하고 나서(유령의 이름은 **XGHER—ERE**였고, 평온히 지내냐는 질문에는 **그렇다**, 아자렛 게이지 그랜비의 유령에 대해 아느냐는 질문에는 **모른다**고 답했다) 올더가 탈리아의 유령을 불러내도 되는지, 혹시 내게 불편한 일은 아닌지 물었다. 나는 뭐든 시도해도 좋다고 말했다. 그걸 녹음하면 팟캐스트에 쓸 수 있을 텐데 브릿은 꼼짝하지 않았고, 그래서 올더가 자기 휴대폰으로 녹음을 시작했다.

이번에는 아이들이 꾀를 냈다. 그들은 유령의 이름을 묻는 대신 탈리아냐고 물었고, 의식적으로든 무의식적으로든 포인터를 **YES** 쪽으로 조금씩 움직였다.

"탈리아라는 걸 어떻게 증명하죠?" 자밀라의 질문에 나는 말했다. "크리스티나가 운동화를 훔쳐 갔냐고 물어봐."

나는 포인터가 **YES**로 가는 것을 보고 고개를 저으며 말했다. "가짜야." 그리고 브라 사건에 대해 알려 주었다.

추위에 얼어붙은 한쪽 벽에서 뭔가가 쩍 하고 갈라졌고, 모두가 벌떡 일어났다. 올더가 비명을 지르며 브릿 옆에 바짝 붙어서 무릎을 가슴팍까지 당겨 안았다. 누구나 재밌고 귀엽게 여길 모습이었다. 나는 90년대에 저런 남자애가 있었으면 어땠을지 상상하다가 한 사람을 떠올렸다. 모두가 '오클라호모'라고 부르던 신입생이었다. 그는 번개와 폭풍우가 치는 와중에 기숙사 룸메이트들에게 끌려가 발가벗겨진 뒤 쿠치면 기둥에 테이프로 칭칭 감겼다. 당시에는 짓궂은 장난정도로만 여겨져서 충격이 크지 않았고, 가해 학생들도 별다른 처벌을 받지 않았다. 그는 이듬해에 돌아오지 않았다. 오랜 세월 잊고 있었다. 나는 그를 잘 알지 못했고 현장에 있지도 않았는데도 죄책감에 찌르는 듯한 아픔이 느껴졌다. 진짜 경련이었다. 내 학생들, 유치원 때부터 괴롭힘 방지 교육을 받은 이 사랑스러운 영혼들이 그 사건이나 그 사건에 대한 우리의 무관심을 이해할 수 있을지 알 수 없었다.

나는 그 이야기 대신 너희가 예전 우리 반 아이들보다 더 양심적이고 상냥하며 예술 감각도 좋다고 말했다. 자밀라가 코웃음을 치고 말했다. "어떤 수업인지에 따라 달라요. 주식 시장 수업이나 대놓고 아버지한테 스타트업 필요 자금을 투자받으라고 하는 수업을 듣는 애들을 보셔야 해요."

"얼간이들이 많아요. 비밀 클럽들도 여전히 건재하고요. 할아버지가 그랜비 출신인 백인 남자애들만 들어가는 그런 데요." 롤라도 말했다.

올더가 물었다. "거기서 뭘 하는데?"

"아무것도. 우리 삼촌 말로는 하나로 똘똘 뭉치려고 서로를 협박할 만한 비밀을 공유한대. 대학 졸업 후에는 서로 일자리를 주선하겠지?"

"잠깐, 너희 삼촌도 그중 하나였니?" 나는 물었다. 예전에 우리는 졸업생들이 스케이트장을 지어 줬다는 송골매 소사이어티와 한밤중에 제록스로 복사한 클럽의 상징을 캠퍼스에 도배하는 게 주요 활동이었던 오메가에 누가 있을지 추측해 보곤 했다.

"절대 안 알려 줄걸요!" 롤라가 말했다.

올더는 말했다. "그럼 그렇다는 거네." 그리고 "이거야, 브릿, 그쪽을 탈탈 털어야 해! 탈리아가 그들의 비밀 같은 걸 알아냈다면? 내 가설 중 하나야. 총 여덟 개가 있거든."

브릿은 눈을 감고 입으로만 웃었다. 나만큼 멍해 보였다.

"케인 선생님." 대부분은 보디라고 부르라는 제안을 받아들였지만 올더는 나를 그렇게 불렀다. "무슨 일이 있었다고 생각하세요? 신에 대고 맹세한다면요?"

여전히 어지러운 마음을 헤매느라 대답을 고르는 데 한참이 걸렸다. 나는 말했다. "일단 녹음을 멈춰야 해." 그는 어쩔 수 없이 녹음을 중단했다. 나는 조심스럽게 말했다. 아직 나 자신도 모르는 것들이 많아서이기도 했다. "오마르에게 불리한 증거 중에 말이 안 되는 것들이 많아. 실제로 경찰이 던진 그물은 그리 넓지 않았어. 개인적으로는 브릿과 마찬가지로 경찰이 중요한 정보와 인물들을 놓쳤다고 생각해."

"잠깐만요!" 올더가 말했다. "잠깐만요, 전에는 그런 얘기 안 하셨잖아요! 이를테면 누구요?"

"가까운 친구들 몇 명은 숲에 가지 않았어. 푸자 샤르마라는 여자애가 있었는데 몇 주 후에 아주 이상한 정신 문제를 겪고 나서 학교를 떠났지. 「카멜롯」에 출연했고 늘 취해 있었던 막스 크라멘이라는 애도 있었어. 두 사람이 무슨 짓을 저질렀다고 생각하지는 않지만 조사해 볼 필요는 있었어." 막스가 빙고판을 시작한 장본인이라는 소문이 있긴 했는데 그가 그렇게 지독한 야심가는 아니었다. 그리고 나는 대수롭지 않게 말했다. "데니 블로흐라는 선생님도 있었어."

그 순간 당신이 배신감 혹은 죄책감에서 오는 찌릿한 통증을 느꼈을지 궁금하다. 아무 이유도 없이 문득 내가 떠올랐을 수 있다. 수탉이 세 번 울었을 수 있다(베드로가 예수를 세 번 부인한 것을 상징한다—옮긴이).

"합창단과 오케스트라, 「폴리스」, 봄 뮤지컬을 담당했고 음악 수업도 했지."

자밀라가 말했다. "그걸 다 한 사람한테 맡겼다고요?"

"시대가 달랐잖니. 그런데 브릿, 그 사람 주의 깊게 살펴봐야 해. 아이들이 있는 유부남이면서 바람을 피우고 있었거든. 탈리아랑 말이야." 브릿을 제외한 아이들이 입을 쩍하고 벌렸다. "아니, 먹잇감으로 이용한 거지. 바람은 아니었어."

내 일부가(아직도!) 당신이 젊고 모두에게 매력적으로 여겨졌으며 친구들 사이에서 우쭐할 수 있는 일이었기 때문에 탈리아가 온전히 자의로 당신과 잤을 거라는 생각을 고수한다는 사실이 너무 끔찍했다. 실은 그렇지 않다. 탈리아와 재스민 와일드 같은 사람 사이에는 견고한 경계가 있었다. 나이의 경계, 힘의 경계. 당신과 제롬 사이에도 엄청난 차이가 있었다.

탈리아와 룸메이트가 된 직후에 푸자가 이렇게 물었던 게 기억났다. "걔 살짝 호이 같지 않아?" 모르는 단어인 데다 런던 억양까지 더해지니 도통 알아들을 수 없어서 무슨 말이냐고 되물었다. "호이, 호 (창녀라는 뜻─옮긴이)처럼 말이야." 그래서 그냥 내가 놓친 비속어겠거니 했다. 그 말은 내 머릿속에 탈리아의 일부로 남았고, 그 후로 다른 사람에게 쓰이는 것은 듣지 못했다.

올더가 말했다. "잠깐, 저 누군지 알아요! 「카멜롯」 영상 끝날 때쯤 무대 위에 있는 그 남자죠?" 연보라색 소파에 우울한 얼굴로 앉아 있는 브릿이 아니라 그녀와 나란히 앉은 올더가 왜 그런 질문을 하는지 알고 싶었지만, 그저 고개만 끄덕였다.

이윽고 브릿이 단조로운 목소리로 말했다. "경찰이 그 사람을 조사했다는 건 알지만 내용은 전혀 몰라요. 지금은 그렇게 중요하지도 않고요."

자밀라가 바닥에 대자로 누워 땅이 꺼지라 한숨을 쉬고는 말했다. "브릿, 아까 한 말 가지고 그렇게 짜증 낼 건 없잖아."

다른 세 아이는 얼굴을 찡그리면서도 무슨 일이 있었는지 다 아는 듯한 표정을 지었다.

"이 밤에 웬 그리스 연극인지 궁금한걸." 나는 말했다.

긴 침묵 끝에 롤라가 입을 열었다. "자밀라가 농담을 했어요." 그리고 다 같이 말했다. "해리엇 비처 스토에 관해서요."

이해하는 데 잠깐 시간이 걸렸다. "작가 말이니?"

"브릿이 백인 구세주 같이 굴고 있다고요."

"진짜 그냥 장난이었어! 네 마음대로 해. 원하는 대로 하라고." 자밀라는 말했다.

"분명 그런 느낌이 아니었어. 그리고 솔직히, 자밀라, 아까는 화가 났었는데 듣고 보니 네 말이 맞아. 이건 내가 할 얘기가 아니야." 브릿이 답했다.

"그런 말이 아니었어."

머리가 터질 지경이었지만 자밀라에게 어떤 의도였는지 말해 보겠냐고 애써 물었다.

"브릿이 펄쩍 뛸 것 같아서 농담한 거예요."

나는 자밀라에게 나중에 따로 이야기하고 싶으면 언제든 찾아오라고 말했다. 기분이 상했는지 알 수 없었고 교실 안의 역학도 절반 정도만 이해할 수 있었다. 이런 상황에서 나는 본능적으로 뒤로 기대앉아 경청하며 상황을 깨우치는 편이지만, 아이들은 모든 걸 해결해 달라는 듯 나만 쳐다봤다. 여린 아이들을 보고 있자니 마음이 약해졌다. 궤도를 이탈한 느낌이었다. 나는 당신에 대한 생각을 쏟아 냈고, 그것은 안개처럼 뿌연 10대의 불안과 인종 차별에 대한 백인의 죄책감 속으로 사라졌다.

"이건 정말 중요한 대화야. 팟캐스트로 잘 엮어 낼 수도 있겠어. 하지만 수업 진도가 반이나 나간 상태라. 브릿, 주제를 바꾸는 게 현실적으로 가능할지 모르겠구나."

동시에 브릿이 그 주제를 포기할 거라는 생각에 그걸 시작했을 때만큼 당혹스러웠다. 나는 그녀가 계속 파고들기를 바랐다. 해야 했던 일을 하지 못했으니 그녀를 뒤에서 도와야 했다.

"알아요." 브릿의 말에 진짜 눈물이 날까 봐 걱정스러웠다.

그래서 말했다. "올더, 커피 좀 더 따라 줄래? 더 마실 사람? 그리고 네 가설들에 대해서도 알려 주렴."

"잠깐만요!" 롤라가 말했다. "선생님의 가설을 말하던 중이었잖아요. 음악을 가르치던 남자가 그랬다고 생각하세요?"

나는 멈칫했다. 순간 모든 것이 무너져 내렸다. 더는 당신에 대해 아무것도 믿지 않았고 당신이 사건에 연루되어 있다고 믿었지만, 당신이 그녀의 머리를 후려치는 것은 도무지 상상할 수가 없었다. 왜일까? 당신을 좋은 선생님이자 세심한 아버지로 알고 있어서? 당신이 오페라를 좋아해서? 너무 쉽게 얼굴을 붉히는 모습이 섬세해 보여서? 피부색이 어두운 오마르가 격분하는 걸 상상하는 게 더 쉽다고 생각하는 아주 명백한 덫에 빠져서?

물론 오마르를 살인자로 생각하는 게 익숙한 때도 있었다. 지난 23년 동안 그를 그런 식으로 생각했고, 내가 알던 그의 섬세한 모습보다 머그샷과 유죄 선고를 우선시했다. 오마르는 어느 봄 발목을 접질린 내게 테이핑하는 법을 알려 주었다. 조정팀 선수들에게는 명상에 적용하도록 양쪽 콧구멍을 번갈아 사용하는 호흡법을 가르쳤다. 오마르는 스키틀즈 캔디의 노란색 색소에 알레르기가 있었는데, 그냥 버리는 대신 누구든 가져갈 수 있게 작은 그릇에 담아 놓았다.

머릿속이 뒤죽박죽이었다. 목이 따가웠고, 병이 나도록 일부러 추운 데 있었던 건 아닌지 의심스러웠다.

나는 말했다. "중요한 건, 캠퍼스에 학생이 500명이나 있었다는 거야. 교사도 수십 명이었지. 그런데 브릿의 말처럼 경찰이 제대로 조사한 건 오마르 하나뿐이었어."

"거기에 직원들도 있잖아요, 맞죠?" 올더가 말했다. "관리인이랑 식당 직원들은요?"

브릿이 고개를 젓고는 나지막이 말했다. "캠퍼스에서 살지 않는 사람은 여기에 없었어. 오마르와 경비원만 빼고. 크라운가 쪽 출구에 보안 카메라가 있고 진입로는 그날 밤 폐쇄되어서 경찰이 오고 간 차량을 모두 확인했어. 그리고 또, 연기 탐지기가 울려서 소방차가 왔으니 소방관들도 있었겠지. 너무 나간 것 같긴 하다."

올더가 물었다. "오마르가 캠퍼스를 떠난 건 언제야?"

"11시 18분. 사망 추정 시간과 완벽히 일치해. 그래서 그에게는 불리하게 적용되었지. 게다가 과속도 했어." 브릿이 말했다.

"「데이트라인」에 나온 내용이야." 알리사가 말했다.

잊고 있었다. 내 안에 무언가가 가라앉더니 자리를 잡았다. 나는 말했다. "맞아. 그리고 그의 유일한 알리바이는 탈리아가 사망한 시각에 같은 건물에 혼자 있었다는 거야. 그건 알리바이가 아니야. 알리바이의 목적과는 정반대지."

41.

다들 「데이트라인」을 보고 싶어 해서(빙 둘러앉아 부루퉁한 브릿을 지켜보며 시간을 때우는 것보다는 나을 것 같았다) 알리사의 노트북으로 스트리밍 영상을 찾았다.

도입부는 건너뛰고 몇 분 후부터 보기 시작했다. 마이런 키스와 캐롤라인 키스가 부엌 식탁에 앉아 있었고 그 뒤로 고상한 식기류가 가득한 유리장이 보였다.

올더가 말했다. "잠깐 앞으로 돌려봐, 「카멜롯」이 지나갔어!"

그의 요구는 거부당했다.

마이런 키스가 말했다. "우리 애는 선머슴이었어요." 앞니 없는 탈리아가 축구팀 유니폼을 입고 무릎을 꿇고 있었다. "그런데 어느덧 어린 숙녀가 되었죠."

"10학년 때 집에 있는데 낯빛이 안 좋았어요." 그녀의 어머니, 캐롤라인은 짧은 은백색 머리에 예쁘고 늘씬했다. "실연을 당한 데다 친구들과의 관계도 틀어졌거든요. 저희는 기숙 학교가 좋은 기회라고 생각했어요. 학교에서도 아이들을 가까이에서 지켜본다고 장담했고요." 여기서 그녀의 목소리가 갈라졌다.

카메라가 20대 초반이 된 탈리아의 여동생을 비췄다. 내 기억 속 바네사는 11학년 말에 탈리아의 기숙사 방에서 부모님과 함께 짐을 싸는 걸 도우며 엉터리 프랑스 억양으로 종알대던 야무진 열한 살이었다. 그리고 이듬해 봄, 새 예배당에서 열린 탈리아의 장례식에서는 침울하면서도 어쩔 줄 모르는 표정으로 부모님과 나란히 앉아 있었다. 분장팀이 파운데이션을 너무 두껍게 발랐는지 얼굴이 피곤해 보였다.

"언니는 행복해했어요. 적어도 보기에는 그랬죠." 바네사가 말했다.

드라마 주인공처럼 잘생긴 탈리아의 이복 오빠가 진중하게 고개를 끄덕였다. 그는 탈리아를 만나러 갔다가 캠퍼스에 깊은 인상을 받았다고 했다.

그랜비의 자료 화면이 이어졌다. 개교기념일, 가방을 둘러매고 미들브리지를 건너는 학생들, 코네티컷강을 따라 노를 젓는 여덟 명의 소년들. 관중이 꽉 들어찬 미식축구 경기, 응원가를 부르는 팬들. 너희는 그랜비 드래곤즈를 꺾을 수 없어! 공격은 형편없고 수비는 느려 터졌으니까!

"어." 나는 다음 장면을 보며 말했다. "저분이 호프눙 선생님이야! 호프눙 선생님의 아버지!" 그가 칠판에 뭔가를 휘갈겨 쓰는 동안 학생들은 그것을 받아 적었다.

일찌감치 세어 버린 백발을 귀 뒤로 깔끔히 넘긴 캘러핸 교장 선생님이 교장실에 나타났다. "탈리아는 훌륭한 학생이자 운동선수였고 인기도 많은 데다 사교적이었어요." 그녀의 목소리가 세심한 온기를 퍼뜨렸다. "그랜비의 정신 그 자체였죠."

인터뷰가 끝나자 레스터 홀트가 어두운 목소리로 1995년 3월 3일의 타임라인을 설명했다. "오후 9시쯤 「카멜롯」 공연이 끝났습니다."

"확실하지 않아!" 올더가 불쑥 끼어들었다.

탈리아가 멀린 역의 막스 크라멘과 팔짱을 끼고 인사하는 커튼콜 영상이 나왔다. "학생들은 사각거리는 눈밭을 가로질러 읽을 책들이 기다리는 기숙사로 향했습니다."

"아니야, 눈이 녹아 진창이었어." 내가 말했다.

다음 장면은 방문이 다 닫힌 싱어베어드의 복도였다. "그러나 통금 시간인 오후 11시에 탈리아 키스는 다른 곳에 있었습니다." 제니 오사카가 전자레인지 사고를 내는 바람에 보겔 선생님이 탈리아의 부재를 알아차리지 못했다는 사실은 언급하지 않았다.

"다음 날은 토요일이었습니다." 레스터 홀트가 말을 이어 갔다. "아무런 일정이 없는 날이었죠. 엄격한 그랜비의 학생들도 주말에는 자유를 즐깁니다. 하지만 토요일 오후에도 탈리아 키스는…… 어디에서도 발견되지 않았죠."

"저 사람이 '그랜비'라고 말하는 투가 마음에 안 들어." 자밀라가 말했다. 나도 동의했다. 왠지 모르게 점잖은 척 조롱하는 느낌이었다. "저런 방송은 매번 저래. 누가 들으면 혼자 귀신 들린 집에라도 들어

가는 줄 알겠어."

정확한 지적이었다. 세상 물정을 좀 아는 사람이라면 엄청난 특권층 출신의 아이들이 있어 업보가 쌓일 수밖에 없는 숲속 기숙 학교는 멀리할 것이라는 말투였다.

잠시 후 레스터 홀트는 그날 밤 체육관에 있었던 유일한 인물로 알려진 스물다섯 살의 선수 트레이너에게 의심의 눈초리가 쏠리게 된 배경을 설명했다.

오마르는 여자 하키팀을 데리고 세인트폴 고등학교로 원정 경기를 갔다가 8시 15분에 돌아왔다. 그는 잠긴 체육관 문을 열고 들어가 사무실에서 서류 작업을 하고 8시 53분부터 10시 02분까지 통화를 했다. 그리고 브릿이 말한 대로 11시 18분에 서둘러 캠퍼스를 떠났고, 주 경찰은 탈리아를 죽이고 범행 흔적을 지운 뒤 현장을 빠져나가기에 넉넉한 시간이라고 확신했다.

"피고 측에서 데려온 사설 의학 전문가는 오마르 에반스에게 확실한 알리바이를 만들어 주고자 탈리아가 10시 이전에 사망했다고 주장했습니다." 레스터 홀터가 말했다.

"누구랑 통화했을까? 잠깐 기다리라고 하고 수화기를 내려놨을 수 있잖아." 자밀라가 물었다.

브릿이 고개를 저었다. "학부모와 의사한테 전화해서 부상 선수에 대해 상의하고 곧장 운동부 감독과 통화했어. 세 사람 다 똑같이 진술했고."

뒤이어 등장한 오마르의 변호사는, 뉴햄프셔주는 피구금자 심문 기록을 의무화하지 않았기 때문에 오마르가 변호사 없이 열다섯 시간에 걸쳐 심문을 받는 동안 무슨 일이 있었는지 알 수 없다고 설명했다. 마리화나에 중독성 강한 마약까지 동원해 탈리아 키스를 유인하고 성관계를 했는데 그녀가 관계를 끝내려고 해서 화가 났고, 사무실에서 싸우다가 그녀의 머리를 벽에 붙어 있던 포스터 쪽으로 세게 밀치고 목을 조른 뒤 수영장에 던져서 죽게 놔뒀다는 진술서에 오마르가 서명을 하긴 했지만, 그전에 어떤 말과 행동이 오갔는지에 대한 기록은 없었다.

결국 그는 24시간이 채 지나기 전에 강압에 의한 자백이었다며 자백을 철회했다.

오마르가 화면에 등장했다. 까까머리에 상하의가 일체형인 짙은 황록색 죄수복을 입고 가슴에는 성이 적힌 의료용 테이프 조각을 붙이고 있었다. 몸과 얼굴에 살이 붙었지만 넓은 턱과 날카로운 눈매는 여전했다. "경찰은 거짓 이야기를 꾸며서 자기들 말하는 대로 적고는 그대로 말하면 사고로 처리할 것처럼, 그게 최선인 것처럼 말했어요."

이 영상을 처음 봤을 때는 거짓말이라고 확신했다. TV를 노려보며 꼬투리를 잡아 보려 애썼다. 그런데 다시 보니 체념과 피로감, 쉬 가시지 않는 황당함이 눈에 띄었다.

"세상에 이래서 항상 변호사를 기다려야 해. 그렇게 하면 진짜 죄지은 사람처럼 보일까 봐 그랬겠지만, 친구. 꼭 그래야 한다고." 올더가 말했다.

아이들 떠드는 소리에 나머지 내용은 잘 들리지 않았다. 오마르는 유죄 판결을 받은 뒤 항소했고 탈리아의 가족은 그를 감옥에 가두기 위해 투쟁했으며, 레스터 홀트는 방송을 「카멜롯」과 비슷하게 마무리 지으려 안간힘을 썼다. "영원한 행복은 없었답니다."

42.

느려도 너무 느리던 뇌의 바퀴가 마침내 굴러가기 시작했다.

탈리아의 위장에는 알코올이 있었지만 혈액에는 흡수되지 않았다.

내 짐작대로 무대 뒤에서 술병을 건네받아 술을 마셨다면 그녀는 「카멜롯」이 끝난 직후에 사망했을 것이다.

공연 직후에 그녀가 사망했다면 오마르는 통화를 하고 있었을 시간이었다.

아.

또 한 건 해냈다.

맙소사.

설사 그날 밤 그녀가 무대 뒤에서 뭔가를 홀짝거렸다고 한들 이렇게 오랜 세월이 흘렀는데 아직도 그걸 기억하는 사람이 있을까? 증명할 수 있는 사람이 있을까?

43.

"음악 틀어도 돼요?" 자밀라가 묻길래 그렇게 하기로 했다.

다들 자정을 기다리는 듯했다. 아직 어린 이 아이들에게 12시를 알리는 소리는 마감 기한, 배앓이 하는 아기, 야간 비행보다는 짓궂은 장난, 파티, 유령에 더 가까웠다.

나는 술병과 사망 시각에 대해 언급하지 않았다. 아침에 맑은 정신으로 다시 생각해 보고 셈이 맞는지도 삼세번은 확인하고 싶었다.

"조명 꺼야지." 11시 58분이 되자 올더가 말했다. "조용히 앉아서 환영하는 기운을 내뿜는 거야. 녹음도 다시 해!"

자밀라는 그러다 잠들겠다고 했지만(이미 바닥에 드러누워 있었다) 우리는 올더의 제안을 받아들였다.

브릿과 올더가 웃음을 참지 못해 낄낄대며 서로에게 쉿 하고 검지를 세워 보이는 대신, 알리사가 롤라의 목을 간지럽혀서 비명을 지르게 하는 대신, 결국 침묵이 우리를 뒤덮은 대신, 탈리아가 나타났다고, 그녀의 얼굴이 유리창에 비쳤다고 해 보자. 납작한 술병을 들고 있었다고 해 보자.

그 주부터는 탈리아의 목소리가 기억나기 시작했다. "웬 뜬금포!" 하는 소리, 웃을 때 딸꾹질하는 소리, 옷장 문 뒤에서 옷을 갈아입으면서 합창곡 「물속을 걸어라」의 소프라노 파트를 부르는 소리.

아무튼 그날 밤 게이지 하우스에 탈리아의 얼굴이 나타났다고 해 보자. 그랬다면 아마 이렇게 말했을 것이다. 보디. 마약설은 너한테서 나온 거야. 그 사람들은 네가 지어낸 얘기를 들었지. 오마르는 통화 중이었어. 1995년에 DNA에 대해 뭘 알았겠어?

아니면 이렇게 말했을 것이다. 어린 여자애를 죽일 만한 사람은 누굴까? 팔꿈치에 테이핑해 주는 남자, 아니면 같이 자는 남자?

아니면 이렇게 말했을 것이다. 땅에 묻힌 내 몸을 몇 번이나 떠올렸어? 감옥에 갇힌 오마르의 몸은 몇 번이나 떠올렸는데? 누구 몸이 자유를 얻을까?

어쩌면 이렇게 말했을지도 모른다. 다 똑같아. 데니 블로흐와 오마르 에반스와 로비 세레뉴와 개입하지 않은 선생님들과 모든 걸 재밌거리로 여긴 남자애들. 도리언 컬러와 연극 출연진과 로스 선생님과 레이철과 베스와

날 여기로 보낸 부모님, 내 브라와 몸을 화젯거리로 만든 크리스티나, 그리고 너랑 너랑 너랑 너랑 너.

하지만 그런 일은 없었다. 나는 눈을 감은 채 잠에 빠져들고 있었다. 12시 5분에 올더가 전등을 다시 켰고, 우리는 방금 요가 수업을 마친 사람들처럼 고요히 앉아 있었다. "뭔가 느껴졌어." 올더가 말했다.

"그분이 이렇게 말씀하셨노라." 롤라의 말에 아이들은 다시 재잘대며 낄낄거렸다.

#5: 나

내가 했다고 해 보자. 기억은 안 난다. 어떻게 그럴 수 있었는지 모르겠지만, 질투에 눈이 멀어서 그랬다고 하자. 그리고 그 일을 내 머릿속에서 완전히 지워 버렸다. 그 모든 잠재의식의 힘겨루기가 나를 그랜비로, 내 영혼에서 차차 묽어지던 죄책감의 중심에서 비롯된 이 순간으로 이끌었다.

웃기는 얘기지만, 일요일 아침 내 몸이 갑자기 열을 내며 협곡에서 보낸 시간에 대한 대가를 치르는 동안, 나는 반쯤 잠든 채로 같은 꿈을 곱씹었다. 나는 내가 탈리아를 따라 수영장에 갔다고 드문드문 확신하게 되었다. 아니, 내가 그녀를 수영장에 데려갔다. 아니면 수영장 안에서 그녀를 발견하고 같이 헤엄쳤다. 그러다 그녀가 나를 쳐다보며 피가 흐르는 머리에 손을 갖다 댔다.

내 알리바이가 뭐였더라? 나는 조명과 음향판을 끄고 소품을 제자리에 정리하고 극장 문을 걸어 잠그고 기숙사로 돌아가 화재경보음이 울리기 전까지 혼자 공부했다.

내 기억이 꿈만큼 잘못된 것이었다면? 내 꿈이 진짜 기억이었다면? 우리가 빌린 수영복을 입고 함께 헤엄치는데 물이 무겁고 걸쭉해졌다면? 오마르가 힘들게 던져 준 구명구가 가라앉았다면? 거기에 당신이 있었다. 전망대에서 돌을 던지고 있었다. 돌은 계속 우리를 빗나갔고, 그래서 내가 하나를 집어 들어 당신을 도왔다. 그것을 탈리아의 머리 위로 들어 올린 다음 내리쳤다. 그리고 나는 바닥으로 가라앉았다. 돌이 되어 그곳에 가라앉았다. 그리고 수년 동안 그곳에 살았다.

44.

그날 오후, 잠을 잤더니 열은 거의 다 내렸고 나머지는 약으로 잡았다. 그리고 나서 제롬과 영상 통화를 했다. 아이들이 아이패드를 들고 집 안을 야단스럽게 돌아다니며 저빌 쥐와 물고기, 고양이 엉덩이를 보여 줬다. 리오가 뉴햄프셔에 눈이 왔는지 궁금해서 휴대폰을 가지고 밖으로 나가 특별한 것 없는 딱딱한 눈의 표면을 보여 주었다. 눈 뭉치를 만들어 달라고 해서 최선을 다해 만들었다.

"엄마. 나 건초 먹는다." 실비는 노란 뜨개실 몇 가닥을 물고 있었다.

아이들을 지하실로 내려보낸 제롬에게 어떻게 버티고 있냐고 물었다.

그는 진지하게 말했다. "쉽게 끝날 것 같지 않아."

"당신을 변호하려다 나도 곤란해졌어."

그는 고개를 뒤로 넘기고 말했다. "알아. 그러지 말아야 했어. 내 말은, 그럴 필요 없었다는 거야. 새끼 지키는 엄마 곰이 된 거지."

팟캐스트에 미친 악영향에 대해서는 모르는 것 같았다. 당장 그런 것까지 알릴 필요도 없었고 소리 내어 말하고 싶지도 않았다.

"이 사람들, 갱생을 믿는다는 사람들이잖아? 솔직히 15년 전에 강도질하다가 누굴 쐈으면 모두에게 용서를 구한다면서 투쟁해 줬을 걸. 실수를 통해 배웠을 거라고."

"그건 아니지, 제롬."

"보스턴에서 온 가수 있잖아, 그 사람이 누굴 죽이려 했던 건 다 잊었잖아."

"누굴 쏘지 않아서 고마워. 당신은 인생을 담보로 그런 짓을 하지는 않을 거야."

"하지만 인간관계에서 잘못한 게 살인보다 나쁘다니. 이해가 안 돼. 평생 집에 처박혀서 아무랑도 말하지 않을 거야."

"애들하고 요리를 좀 해 보는 건 어때? 늘 효과가 있잖아."

"당신은 이 모든 게 괜찮아? 괜찮겠어?"

실비가 울며 돌아왔다. "엄마, 오빠가 내 꼬리 밟았어. 사과도 안 할 거야. 꼬리도 아프고 갈기도 아픈데."

45.

월요일 아침, 갓 내린 눈이 나뭇가지와 난간에 손가락 마디만큼 쌓였다. 발을 디딜 때마다 부츠가 바닥을 덮은 폭신한 새 구름을 뚫고 내려가 단단하고 오래된 얼음에 닿았다.

그랜비를 떠난 후로 이런 눈은 처음이었다. 뉴욕에 쌓인 눈은 몇 시간 만에 거칠고 시커멓게 변해 버렸다. 런던에 있을 때도 마찬가지였다. LA는 말할 것도 없다.

갑자기 뉴햄프셔의 추위가 누그러지고 눈이 녹아서 잃어버린 물건을 되찾는 상상을 했다. 11학년 때 잃어버린 계산기를 찾을 것이다. 그걸 새로 사느라 베이비시터로 모은 돈을 전부 써야 했었다. 카를로타에게 크리스마스 선물로 받아 차고 다니다가 노스브리지에서 떨어뜨린 유리구슬 팔찌를 찾을 것이다. 23년 묵은 영구 동토층에서 탈리아가 떨어뜨린 뭔가 작고 완벽하며 대단히 중요한 물건을 되찾을 것이다. 일기장, 결정적인 지문이 묻은 펜, 살인범의 이니셜을 수놓은 손수건 같은 것. 나는 야하브를 되찾고, 팟캐스트를 되찾고, 단 일주일 만에 박살 나 버린 어른으로서의 자아를 되찾을 것이다.

나는 찬 공기를 깊이 들이마시며 캠퍼스를 가로질렀다. 태양이 떠올랐지만, 강하게 내리쬐는 빛이 눈에 반사되어 앞이 잘 보이지 않았다.

(바로 그 시각 뉴햄프셔 맞은편에서는 오마르가 수술 후 36시간 만에 드디어 일어나 간호사들과 감시 요원들의 부축을 받으며 병원 복도를 걷고 있었다. 환자와 직원들을 복도에서 전부 내보내야만 가능한 일이라 다음을 기약하기는 힘들었다. 일주일은 입원해야 하지만 주 정부가 병실 감시에 너무 큰 비용이 든다고 판단하면 예정보다 훨씬 더 빨리 교도소 의무실로 돌아갈 수도 있었다. 그래도 낫고는 있었다. 움직이고 있었다. 그는 순전히 운으로 이 까다로운 부상을 극복할 것이다. 걷기를 마치고 병실로 돌아가자 감시 요원들이 수갑을 이용해 그의 오른쪽 손목과 왼쪽 발목을 침대 틀에 결박했다.)

퀸시홀의 아이들은 팽팽한 침묵 속에 근심 어린 표정으로 앉아 있었다. 바보같이 나는 다 나 때문인 줄 알았다. 내가 성차별주의자에 인종 차별주의자, 약탈자의 조력자라는 말을 들은 줄 알았다. 수업을 그만두고 싶을 줄, 내가 캠퍼스를 떠나기를 바랄 줄 알았다.

브릿이 말했다. "잠깐 복도에서 얘기 좀 할 수 있을까요?" 수업을 시작해야 했지만, 그녀는 아랑곳없이 말을 이어 갔다. "바바라 크로커 살인 사건으로 바꿀까 생각 중이에요."

"반 이상이 지났잖니. 두 번째 에피소드부터 방향을 틀 수는 있지만……."

"아니요. 지금까지 한 건 다 버리고 싶어요."

자밀라가 큰 소리로 한숨을 쉬고 말했다. "브릿, 잘난 척 그만하고 시작한 거나 마무리해. 내가 지적 좀 했다고 그러지 말고."

"아니거든!" 브릿이 악을 쓰며 말했다. 흐느껴 우는 것 같았다.

올더가 말했다. "그래, 그래. 알았어." 그리고 자신의 허벅지를 토닥거렸다. "잠깐 내 말 좀 들어 봐. 나도 프로젝트 때문에 씨름해 왔는데 솔직히 이제는 뭐가 뭔지 모르겠어." 나도 부정할 생각은 없었다. "만약에……."

"너랑 맞바꾸고 싶지 않아. 그냥 그만두고 싶어."

"안 돼! 우리 둘이 같이하면 어때? 뺏으려는 건 아니지만, 내가 그 사건에 미쳐 있는 거 너도 알잖아."

자밀라는 올더가 매번 저렇게 백인 여자애들을 곤란한 상황에서 구해 준다는 듯 눈을 치켜떴다.

올더가 말했다. "그렇게 해도 될까요, 케인 선생님?"

"괜찮을 것 같구나." 지금 당장 아무도 울지 않을 수 있다면 더더욱. "너희 둘이 두 편을 더 만들면 공평하겠지?"

브릿은 크게 안도하는 듯 보였고 올더는 무척 신나 보였다. 자밀라가 뭐라고 속닥거렸고 알리사는 노트북을 보며 히죽거렸다.

올더가 말했다. "솔직히 거의 매일 밤을 새워 가며 그 사건을 검색했거든요."

나는 말했다. "브릿? 너는 괜찮니?"

브릿이 자밀라를 흘깃 보았지만 그녀는 동조해 줄 생각이 없어 보였다. "네, 그러면 훨씬 더 나을 것 같아요. 뭐 어쨌든, 관점이 많아지는 거니까. 에피소드 네 편도 문제없어요."

"그럼 괜찮을 것 같구나."

롤라가 말했다. "새로운 소식도 말씀드려!"

"아." 브릿이 억지로 조금 웃어 보였다. "탈리아의 여동생한테서 연락이 왔어요."

바네사에게 연락한 줄은 몰랐다. 몇 살쯤 되었을지 속으로 헤아려 봤다.

"부모님은 답이 없는데 여동생이 답장을 보내 줬어요. 화난 것 같기 도 하고 대화에 관심이 없는 것 같아요. 그래도 본인이 의료 기록이랑 주 경찰과 사립 탐정들이 캠퍼스 안에서 인터뷰한 내용의 녹취록 같 은 걸 갖고 있다고 알려 줬어요. 대박인 게, 「오마르에게 자유를」 사 이트에는 없는 내용이에요. 그걸 우리와 공유하겠다고 하지는 않았 어요. 우리가 뭔가 더 공적인 일을 하고 있다고 생각하는 것 같아요."

올더가 입을 열었다. "그걸 다 갖고 있다고? 와, 그럼 내가 얘기해 봐도 돼? 어디에 있든 우버 불러서 갈게. 말 그대로 지금 당장."

브릿이 어깨를 으쓱했다. "정말 내키지 않는 것 같았어. 뭐라고 썼 는지는 보여 줄게."

"나한테도 보여 줄 수 있니?" 바네사가 갖고 있다는 모든 자료를 당 장 보고 싶었다. 목과 귀의 통증이 눈 녹듯 사라졌다. 며칠 만에 처음 잠에서 깬 느낌이었다. 인터뷰 녹취록이라면 몇 시간이든 몇 주든 할 애할 수 있었다. 내 인터뷰도 거기에 있겠다는 생각이 들었다. "방해 하지 않을게. 그래도 아는 사람이니까 어쩌면 내 학생들이라고 몇 자 적어 보낼 수 있을지도 몰라. 날 기억할지 모르겠지만 손해 볼 거 없 잖아."

그리고 술병과 타이밍에 대한 내 가설에 관해 이야기했다. 두 번째 에피소드를 시작할 소재가 생겨서인지 브릿도 완전히 기운을 차린 것 같았다. 롤라가 말했다. "저희 삼촌한테 물어보세요! 무대 뒤에서 술판이 벌어졌다면 삼촌이 안 꼈을 리 없어요."

46.

브릿과 올더가 이야기를 나눠 볼 반 친구들이 더 있는지 물었다. 협조해 줄 만한 사람을 찾느라 머리를 짜내던 중에 문득 제프 리츨러가 떠올랐다. 탈리아를 잘 알지는 못했지만 어쨌든 지미 스칼치티의 매트리스 파티 사진을 현상한 장본인이니 제법 중요한 인물이었다. 재밌고 똑똑해서 팟캐스트 게스트로도 안성맞춤이었다. 그는 뉴욕에 살고 있었고, 몇 년에 한 번 시내에 들를 때마다 술 한잔하자고 떠들면서도 정작 만난 적은 한 번도 없었다. 그는 내 팟캐스트를 들을 때마다 문자를 보내곤 했다. 여자가 암페타민에 중독됐다는 부분을 듣고 있어. 죽기 살기로 도망쳐, 주디! 그래서 한번은 그의 온라인 테드 강연을 보면서 문자 폭탄을 보내 복수했다. (네가 왼쪽으로 돌고 있어! 방금 목청을 가다듬었어! 우, 과연 온라인 시장이 지역 성장을 자극할 것인가!)

학생들이 연락할 거라고 문자로 미리 알려 줬더니 팝콘 먹는 원숭이의 GIF를 보내왔다.

영화 수업은 평소와 달리 저녁에 하기로 해서 점심을 먹고 나서는 앤의 스노 슈즈를 빌려 신고 프랜과 함께 노르딕 트레일에 갓 쌓인 눈을 밟았다. 대화의 주제는 제프였다. "마지막 여자 친구가 정말 말도 안 되게 섹시했어." 프랜은 내가 참석하지 못한 20회 동창회에서 두 사람을 만났다.

"그야 지금은 객관적으로 봐도 매력적이고 성공한 남자잖아. 우리한테는 여전히 꼬꼬마 제프지만."

"진짜 모델도 만나지 않았나? 아, 아니다, 헬스 트레이너였지."

"그랜비에서는 여자애들한테 말 한번 못 붙이더니."

"그랬지. 너랑 카를로타한테 알랑거리느라 바빴으니까."

"저기 난 아니거든." 응당한 눈빛을 쏘아 주고 싶었지만 프랜이 앞서 가고 있어서 그럴 수 없었다. "카를로타한테 그랬지." 하지만 프랜은 마뜩잖은 듯 콧소리를 내고는 말했다.

"걔가 입고 다니던 셔츠 기억나? 그것만 아니었어도 반은 먹고 들어갔을 텐데."

불현듯 기억이 되살아났다. 9학년 때 그는 색깔만 다른 세 장의 셔츠(칼라와 소매에 좁은 흰색 천을 덧댄 보석빛의 럭비 셔츠)를 돌려 입었다. 다섯 살짜리나 입을 만한 옷이었다.

"가엾은 제프."

나는 숨을 헐떡이며 프랜을 쫓아갔다. LA에서 살다 보면 무거운 옷이나 장비를 착용하고 움직이는 법을 잊어버린다.

수목은 물론 노르딕 트레일도 예전과 달라져서 매트리스의 정확한 위치는 찾지 못하고 그 부근에 도착했다.

프랜이 말했다. "우리 괜찮은 거 맞지? 간밤의 일로 화난 거 아냐? 네가 그런 음모론자 같은 사고방식에 빠질까 봐 그랬어."

내가 데인 루브라처럼 될까 봐 그러냐고 묻고 싶었지만, 그러면 데인을 알고 있다는 걸 인정하는 꼴이 되어서 내게 좋을 게 없었다.

"아까도 말했지만 내가 기획한 게 아니야. 10대 아이들을 세뇌하는 법을 알았으면 벌써 부자가 됐겠지."

"그래, 알았어. 말도 안 되는 얘기가 너무 많아서 그래. 우리가 다 같이 사탄 의식으로 탈리아를 죽였다던데?"

"그때 초대받지 못해서 아직도 화가 나."

"바바라 크로커를 살해한 범인에 관한 것들 있잖아. 점 가설이니 하는 것도 그렇고."

그녀가 같은 말을 반복했지만 무슨 말인지 전혀 알아들을 수 없었다.

"걔 플래너? 제발 들추지 마, 너만 골치 아파져. 발견 당시에 플래너가 가방에 있었을 텐데 증거로 채택된 적은 한 번도 없어."

"그건…… 이상하네."

"학업과 관련된 내용뿐이었거든. 사생활에 관한 건 없었어. 특정 날짜에 색깔 점이 찍혀 있기는 한데, 레딧의 미치광이들은 그걸 무슨 암호라고 생각하더라."

"생리 날짜야." 그 사실을 아는 데다 그럴듯한 설명을 할 수 있어 뿌듯했다.

"프리메이슨 암호네 뭐네 하는 것보다는 훨씬 더 그럴듯하네."

"점자가 아니라면 생리 주기가 확실해. 나랑 같이 살 때 그렇게 했었어."

사실이었다. 그해 봄에 내가 생리 날짜를 기록하는 방식을 알려 줬고, 그 후 탈리아가 빨간 펜을 빌려 가고는 말했다. "나 좀 봐! 진짜 잘하고 있다니까!"

"어, 재밌네. 난 진짜 생리혈로 표시하거든." 탈리아는 작고 조심스럽게 웃으며 겁에 질린 표정을 지었다. 혹시 친구들한테 가서 똑같이 할까 봐 얼른 농담이라며 무마했다.

우리는 트레일 정상에 올라서 잠시 캠퍼스를 내려다보았다. 타이거 웁도 보이고 옛 예배당과 새 예배당의 뾰족한 지붕도 보였다.

우리는 그날의 소문에 관해 이야기했다. 파티에서 만난 내 동거인과 라틴어 교사 앰버의 파릇파릇한 관계에 관한 것이었다. 올리버가 뉴저지에 살기는 했지만, 장래를 그려 볼 만한 관계를 유지하기에 그리 먼 거리는 아니었다.

프랜이 말했다. "문제는 앰버를 세상에 뺏기느냐, 아니면 올리버를 여기에 영원히 붙잡아 두느냐지."

프랜이라면 분명히 몇 킬로미터를 더 걸었겠지만, 내가 안쓰러웠는지 정상에서 잠시 시간을 보낸 뒤 발길을 돌렸다.

그녀가 조심스럽게 말했다. "나 「스탈렛 피버」의 트위터 계정을 팔로우하고 있어."

"오, 맙소사."

"무슨 일인지 도무지 모르겠더라."

"제롬에 관한 일이야."

"그래, 그건 알겠어. 그런데 너한테는 도대체 왜 그러는 거야?"

그녀가 본 것은 성난 사람들이 그 작품의 예전 트윗에 일일이 달고 있는 아리송한 장광설들이었다. 나는 상황을 최대한 자세히 알려 주고, 만취해 욕조에서 쓴 트윗 타래와 제멋대로인 엄지손가락을 애써 비웃었다.

"팟캐스트를 그만두겠다고 했어. 그 김에 책이나 한 권 낼까 봐. 아니타 루스랑 프란세스 마리온 같은 초창기 여성 시나리오 작가들에 대해서."

"어떤 분들인지 모르겠다만 그런 이유로 일을 그만두지는 마."

"1925년 전까지 할리우드에서 제작되는 영화의 절반 가까이는 여자들이 썼어. 그런데 돈이 몰리기 시작하니까 남자들이 득달같이 낚아채 갔지."

"트위터는 트위터일 뿐이야."

"최근에 25퍼센트 수준으로 돌아왔지만 아주 오랫동안 거의 전멸한 상태였어."

"보디. 그냥 무시해. 그러다 보면 잠잠해질 거야."

나는 프랜의 조언이 늘 '그냥'이라는 말로 시작되는 게 참 좋았다.

(그냥 개한테 좋아한다고 해, 그냥 연장해 버려, 그냥 로브슨 아줌마 아저씨한 테 나랑 같이 지내도 되냐고 물어봐, 그냥 올려 달라고 말해.)

"너무 늦었는지도 몰라."

"그 덕에 한 가지는 배웠겠네. 인터넷에서는 다들 제정신이 아니니 가까이하지 마라."

제롬의 상황만을 말하는 게 아니라는 걸 알았지만 모르는 척하기 로 했다.

"더러운 걸 멀리하면 인생도 그리 더럽지 않아."

47.

비밀 공중전화로 엿들은 것 중 최고는 12학년 가을에 제프 리슬러 와 그의 어머니가 나눈 대화였다. 친구 얘기를 엿듣고 있다는 죄책감 에 1분 만에 끊어 버렸다. 어머니의 잔디밭에 주머니쥐들이 나타났는 데 주민자치회에서 아무 조치도 하지 않았다는 내용이었다.

"주머니쥐는 생각도 못 했네요. 방금까지 존재 자체를 잊고 있었 어요."

"아주 흉측한 놈들이야.".

"눈이 바늘구멍만 한 게 악마 같잖아요."

"송곳니는 또 어떻고!"

이튿날, 제프와 나는 담배를 피우러 장대비를 맞으며 매트리스까 지 갈 수 없어서 운동 장비 창고를 쇠지레로 비틀어 열었다. 창고는 체육관 뒤에 있었고 미식축구장과 육상 트랙 바로 옆이었으며, 그 옥상에는 야외 중계석이 있었다. 창고 안을 통해 중계석으로 가려면 주황색 콘과 스프링클러와 라크로스 골대를 지나 곧 무너질 듯한 실내 계단을 올라야 했다. 그래서 보통은 위험하고 더러운 창고 안이 아니라 건물 측면에 설치된 사다리를 이용했다. 우리는 높이뛰기에 쓰는 파란 매트에 앉았는데, 그 위가 푹신하기도 하고 쥐가 있을지 모르는 바닥에 발을 딛기 싫어서였다. 그 위에서 얼마나 많은 사람들이 벌거벗었을지에 대해 농담을 하면서도 세균보다는 쥐가 더 신경 쓰였다. 그곳은 쥐, 먼지, 부식된 것, 거미줄, 곰팡이에서 날 법한 냄새가 났다. 크기는 기숙사 방 두 개를 합쳐 놓은 정도에 불과했지만 해충이 숨어 있을 만한 틈새가 구석구석에 셀 수 없이 많았다. 그런데도 담배 한 대 피우겠다고 거기까지 찾아간 걸 보면 중독이 확실했다.

나는 입을 열었다. "쥐보다 더 나쁜 게 뭔 줄 알아? 주머니쥐야."

"맙소사." 하지만 나는 제프가 말을 끝마치기 전에 하려던 말을 이어 갔다.

"눈이 바늘구멍만 한 게 악마 같잖아. 어제 어쩌다 문득 생각이 났어. 4시에 방에 앉아 있다가 느닷없이 주머니쥐라니. 이상하지?"

잘 보이지 않았지만(창고를 비추는 것은 줄 달린 전구 하나뿐이었다) 제프의 눈이 휘둥그레지는 건 알 수 있었다. 고작 몇 초의 침묵이었지만 제프에게는 기록적인 일이었을지 모른다.

"보디, 식겁하게 좀 하지 마."

"주머니쥐가 무서워?"

"아니, 나 지금 꿈꾸는 거 아니지?"

그가 자신이 느낀 기시감에 대해 설명했지만 나는 일말의 단서도 주지 않았다. 농담을 망치고 싶지 않기도 했고, 우리 사이에 특별한 정서적 유대감이 있다고 생각해도 좋을 것 같았다. 내가 제프에게 빠져 있었을 수 있다. 내내 그랬는지 모른다. 그랬다면 그건 마이크 스타일스 같은 애들한테 느끼는 이론상의 욕망과는 완전히 달랐다. 제프가 나보다 조금 작아서 감정이 느껴질 리 없다고 생각했는데 결과적으로는 그 덕에 더 가까워질 수 있었다.

그때 문이 삐걱 열리더니 신입생 남자애들 세 명이 한 줄기 빛과 함께 나타났다. 우리를 보고 적잖이 놀란 눈치였다. "좀 둘러보고 있었어요." 한 아이가 재빨리 말했다. 우리가 선도부인 줄 알았던 모양이다. 어두워서 누군지 제대로 보이지도 않았을 것이다.

제프가 말했다. "이상하네. 담배 냄새가 심상치 않아서 살펴보러 왔거든. 이 냄새가 어디서 왜 나는지 아는 거 있어?"

한 아이가 용감히 말했다. "너희야말로 거기서 뭐 하고 있었는데?"

"들어와서 확인해 보든가." 제프가 이렇게 말하고는 셔츠를 풀어 해치기 시작했다. 소년들은 욕지거리를 내뱉고 낄낄대며 도망쳤다.

그때 또 다른 우주의 내가 제프에게 입을 맞췄다. 그곳에서 나는 역겨운 존재가 아니었다. 제프도 반겼을지 모른다. 적어도 우쭐하기는 했을 것이다. 나는 경계심을 낮추고 죽은 음악가와 그랜비 최고의 인기남보다는 실존하고 가능성도 있는 사람을 좋아했을 것이다. 하지만 현실 세계에서는 전혀 그런 생각이 들지 않았다.

48.

나는 그날 밤 영화 수업을 듣는 학생들을 극장으로 불러 모아 「스카페이스」의 원작과 1983년 리메이크작을 동시에 보여 줬다. 아이들은 「메멘토」뿐 아니라 「얼굴 없는 눈」과 「칼리가리 박사의 밀실」과 「파고」를 이미 봤을 뿐더러 보고 싶어서 봤다고 했다. 바로 그 무대에서 나는 춤추고 노래하는 동료들에게 조명을 비췄고, 바로 그 무대에서 우리는 이따금 머리 위에 달린 스크린을 아래로 쭉 끌어내려 비디오 영화를 상영했다. 이제는 노트북만 연결하면 리모컨 하나로 무대만 한 스크린을 소리 없이 스르륵 펼칠 수 있었다.

톱밥과 땀, 페인트에서 나는 냄새는 여전했지만, 내가 쓰던 조명 부스는 극장을 철거하고 확장하면서 교체되었다. 그래도 수업을 시작하기 전에 나는 이곳에서 영화를 알게 됐다고 말했다. "나는 영사기 조작을 허락받은 몇 안 되는 학생 중 하나였어. 그래서 영화반에 가입할 수밖에 없었지." 그리고 두서없이 이런저런 얘기를 했다. 제프리 쉴러는 거기 모인 몇 안 되는 아이들에게 「베이비 길들이기」를 소개하고, 헵번과 그랜트가 주고받는 대사가 딱딱 들어맞는 건 하워드 혹스(1932년에 「스카페이스」를 연출했다)가 희극적 광란이 꼬리에 꼬리를 물도록 채찍질한 결과라고 설명해 줬다. 영화를 보면서 플롯 이외의 것에 주목한 건 그때가 처음이었다. 머지않아 나는 카메라워크와 역사, 영화 이론에까지 관심을 갖게 되었다.

우리 학생들의 열정은 훨씬 덜했다. 그들은 혼자 혹은 둘씩 짝지어 극장 여기저기로 흩어졌다. 나는 말했다. "다시 한번 말하는데 휴대폰 볼 생각은 하지 마. 캄캄한데 턱만 파랗게 빛나면 다 티 나니까."

10분도 채 지나지 않아 내가 먼저 규칙을 어기기는 했지만 「스카페이스」는 열 번도 더 본 영화였다. 나는 뒷줄에 앉아 바네사 버치가 된 바네사 키스에게 메일을 보냈다. 무작위로 한 방에 배정됐다는 사실은 언급하지 않고 언니의 룸메이트였다고만 소개하며 이렇게 적었다. 저희 학생들에게 어떤 정보든 공유해 주시면 감사하겠습니다. 문제를 일으키려는 게 아니라 학교가 어떤 식으로 수사를 방해했는지 혹은 도왔는지에 초점을 맞출 겁니다. 정말 그럴지 확실치 않았지만 그 글을 읽고 마음이 진정되기를 바랐다. 뒤이어 나도 비슷한 나이에 오빠를 잃어 봐서 그 슬픔이 얼마나 오래갈 수 있고 얼마나 나빠질 수 있는지를 잘 안다고, 당신의 마음을 아프게 하고 싶지 않다고 덧붙였다. 그러고는 뒤로 기대어 앉아 영화를 마저 감상했다.

포피가 토니에게 보석에 관해 묻고 있는데 벌써 답장이 왔다.

메시지는 없고 드롭박스 링크뿐이었다.

흥분되는 동시에 두려움이 엄습했다. 내 인터뷰 녹취록을 발견할까 봐, 이 소용돌이에 더 깊이 끌려 들어갈까 봐, 그리고 쓸 만한 게 하나도 없을까 봐 무서웠다.

몇 년 전 어느 밤, 나는 제롬이 다른 작가와 외도 중이라고 확신하고 그의 휴대폰을 훔쳐 욕실로 가져갔다. 문자 메시지에 아무것도 없다는 걸 확인하고 나서야 단지 우리 사이가 뭔가 대단히 잘못됐다는 직감을 입증해 줄 증거를 원했다는 것을 깨달았다. 이상하게 그때와 똑같은 기분이었다. 나는 내가 관여할 수밖에 없는 최악의 사태를 원했다. 모든 걸 내려놓고 앞으로 몇 년은 사태 해결에만 몰두해야 한다는 걸 알려 줄 명백한 증거를 원했다.

손을 떨다가 실수로 지울까 봐 걱정됐지만(그런 끔찍한 이미지를 좋아하는 거면 뭐가 더 나올지 누가 알겠는가) 간신히 링크를 열고 뒷줄에 앉아 혼자만의 끔찍한 크리스마스 아침을 맞았다.

400페이지가 넘는 자료가 등장했다. 가장 먼저 눈에 띄는 건 의학 및 법률과 관련된 방대한 기록들이었는데, 둘 다 똑같이 난해해 보였다. 의학 문서보다는 법률 문서가 그나마 조금이라도 더 수월하게 읽힐 줄 알았건만 보이는 건 온통 어려운 법률 용어뿐이었다.

내가 바라던 인터뷰 녹취록도 있었다. 내 기억에 탈리아가 죽고 몇 주 후에 보겔 선생님의 식탁에서 인터뷰가 진행되었다. 주 경찰이 탈리아와 친한 친구들을 인터뷰하기 위해 여러 번 방문한 것 같았다. 전부 인쇄해서 찬찬히 읽어 보고 싶었지만 스캔한 구식 서체를 휴대폰으로 들여다봐야 해서 몇 가지는 건너뛸 수밖에 없었다.

매트리스 파티에 대한 벤트 젠슨의 진술과 기숙사 화재경보기 사건에 대한 제니 오사카의 진술이 있었다. 첫 인터뷰는 탈리아의 시신이 발견되고 꼬박 일주일(용납할 수 없는 이레)이 지난 3월 11일 토요일에 한 것으로 보였다.

아니나 다를까(젠장) 내 짧은 인터뷰도 있었지만 읽을 준비가 되어 있지 않았다. 내가 간절한 기회주의자처럼 느껴질 것 같기도 했고(들어 보세요! 정말 거기 있었다니까요!), 탈리아가 마약을 했다고 진술한 내용을 보면 참담할 것 같기도 했다.

나는 오마르에 관한 내용이 있는지 쭉 훑어보았다.

베스 도어티가 말했다. "체력단련실에서 일하는 남자가 있는데 굉장히 수상해요. 여자애들이 운동하는 걸 자주 보러 갔거든요. 일이어서 그랬을 수 있지만 하여튼 이상했어요. 탈리아가 이런 말을 계속했어요. '나이 많은 남자랑 엮이지 마, 그럴 가치가 없어.' 하지만 로비는 탈리아보다 겨우 한 달 먼저 태어났거든요. 뭔가 있는 것 같아요."

푸자 샤르마가 말했다. "적당히 매력 있는 여자라면 원치 않는 관심을 받기 마련이에요. 남자애들은 대부분 탈리아가 로비랑 만나는 걸 알고 있어서 그 애를 건드리지는 않았을 거예요. 학생은 아닌 것 같아요. 학생이라면 탈리아를 그런 식으로 보지 않았을 테니까요. 그러니까 찾으시는 사람은 학생들 주변에 있는, 그런데 학생이 아닌 사람인 거죠?" 뭔가 짚이는 사람이 있는지 문자 푸자가 놀라울 만큼 노골적으로 말했다. "체육관에서 오마르를 예의 주시해야 한다는 얘기를 들었어요."

질문은 대개 강력계 소속 부드로 형사가 했다. "혹시 그날 저녁에 뭘 할 거라고 말했니?" 그는 모두에게 물었다. "탈리아가 성생활을 하는 건 알았어?" "탈리아가 어떤 식으로든 자해하는 걸 본 적은?" 사건과 무관해 보이는 질문도 했는데 누가 어떻게 죽었든 똑같이 물어볼 것 같았다. "어째서?" 혹은 "철자 좀 말해 줄래?" 혹은 "그게 몇 시쯤이었을까?" 가끔 대답을 듣고 추가 질문을 했지만 소름 끼치게 날카롭지는 않았다.

나는 탈리아가 마약을 한다고, 아니면 가끔 마리화나를 피운다고 말한 사람이 또 있을지 모른다는 희망을 버리지 못했다. 나만 한 말이 아니어야 했다. 하지만 거기까지 훑어본 결과로는 아무도 없었다.

나중에 맑은 머리로 꼼꼼히 체계적으로 읽어 봐야 했다. 아니면 브릿과 올더가 읽어 보는 게 더 나을 수도 있었다. 나는 드롭박스 링크를 그들에게 전송했다.

어둠 속에서 한 남학생이 말했다. "잠깐, 저 사람이 오빠라고? 그러기에는 너무 여자한테 빠졌잖아." 누군가가 쉿 하는 소리를 냈다.

1932년 원작이 결말을 향해 달려가는 동안 나는 밖에서 주문한 피자를 기다려야 했다. 추위에 떨며 오른발로 섰다가 왼발로 섰다가 하는데 문자 알림음이 울렸다. 마이크 스타일스였다. 롤라가 금요일에 문자를 통해 마이크 삼촌을 브릿에게 소개하면서 나도 끼워 줘서 조금이나마 충격이 덜했다. 그리고 내게 문자가 온 것이다. 혹시—마이크 스타일스

내용은 이랬다. 야, 보디, 롤라한테 네 이름 듣고 너무 반가웠어. 이게 얼마 만이야! 학생들과 이야기하는 것에 대해 몇 가지 궁금한 게 있어. 내일 시간 있으면 얘기 좀 할까?

갑자기 저기 추위 속에서 누가 지켜보는 듯한 느낌이 들었다. 표정을 가다듬고 외투를 판판히 당겨 배를 덮고 어깨를 펴야 할 것 같았다. 뭐라고 답할지 생각하다가 장갑을 벗기에는 너무 추워서 내일 전화하는 게 낫겠다 싶었다. 때마침 피자가 도착했다.

극장으로 돌아가니 토니가 수조에 떨어져 죽고 그 뒤로 세상은 너의 것이라는 네온사인이 비쳤다. 완벽한 타이밍이었다.

49.

새벽 2시까지 바네사가 보낸 자료를 검토하고 이해할 수 있는 건 모조리 읽었다. 두 페이지에 불과한 내 인터뷰 내용도 살펴보았다. 경찰이 주목한 것은 쓰레기장에 관한 진술뿐이었다. 공연에 대해서도 말했지만 몇 시에 끝났는지는 묻지 않았다.

1차 조사에서 마약을 언급한 사람은 정말 나 하나뿐이었다. 속이 더욱 울렁거렸다. 뭔가 관련 있어 보이고 싶은 마음에 시작했다는 걸 누가 알았겠는가? 탈리아가 마약을 했는지, 음주 문제가 있었는지,

자살 징후를 보였는지 묻자 탈리아의 친구들은 모두 아니라고 대답했다. 2차 조사가 시작되면서 오마르에게 초점을 맞춘 질문이 늘어났고 "탈리아가 캠퍼스에서 마약을 사려고 했다면 누구한테 갔을까?" 같은 질문을 하자 다들 그 견해에 동조하는 듯한 모습을 보였다. 그들은 탈리아는 마약을 사지 않았다고 말하지는 못하고, 오마르가 마약을 파는 건 다 알았다고 말했다. 그들이 처음부터 언급해 온 바로 그 남자. 푸자와 레이철과 베스는 물론 로비, 도리언, 마이크, 마르코 워싱턴까지 모두 그를 지목했다.

실제로 오마르가 탈리아를 따라다녔을 가능성도 여전히 존재했다. 로비의 말처럼 그가 '탈리아를 불편하게 했거나' 마르코의 말처럼 '겁을 줬거나' 레이철의 말처럼 '스토킹 같은 걸 했거나' 도리언과 마이크와 그들의 스키 친구인 커츠먼의 말처럼 탈리아를 헬스 벤치에 묶고 싶다는 농담을 했을 수도 있다.

그러나 인터뷰 며칠 전에 친구들의 기억이 무의식적으로 무리의 일원이나 교사, 학생이 아닌 사람(우리 중 누구도 상상할 수 없는 짓을 저지를 만한 외부인)에게 불리한 방향으로 굳어졌을 수도 있다. 태초부터 인간은 문제로부터 멀어지기 위해 그것의 원인을 무리 밖에 있는 누군가의 탓으로 돌리고자 하는 본능이 있었다. 밥슨 칼리지 입학이 확정된 흑인 그랜비 학생 마르코조차 오마르를 근본적으로 다르게 본 것도 그래서였다.

새벽 3시에 나는 눈을 감을 수조차 없어서 레딧에 올라온 타임라인을 보고 있었다. 이제는 탈리아의 죽음에 관한 세부 사항과 정황을 닥치는 대로 읽는 것이 불안과 직결된 트랩도어(극적인 효과를 위해 무대 바닥에 설치하는 출입구―옮긴이)처럼 느껴지지 않았다. 그보다는 주위의 구명 뗏목이 전부 가라앉는 상황에서 유일하게 쥔 생명줄처럼 느껴졌다. 그 줄을 꽉 붙잡기 위해 새벽 동이 틀 때까지 깨어 있어야 한다면 그럴 수밖에.

새벽 4시에 나는 데인 루브라의 유튜브 채널로 돌아갔다.

"잠깐 얘기해 보죠." 어느 초창기 영상에서 데인이 말한다. "1975년 바바라 크로커 사건에 대해서요. 바바라 크로커는 그랜비에서 근무하던 젊고 아름다운 스페인어 교사입니다. 퀘벡 출신이었고 캠퍼스와 떨어진 컨 시내에 살았어요. 크로커는 1975년 4월 말에 실종되고 5월 13일에 그랜비 캠퍼스의 인근 숲에서 부패한 시신으로 발견됩니다. 누가 감옥에 갈까요? 그녀의 남자 친구예요. 네, 맞습니다. 대개는 남자 친구의 짓이죠. 당신을 지켜보고 있어요, 로베르토 A 세레뉴 주니어. 대개는 남자 친구의 짓이거든요."

데인이 화면에서 사라지고, 대신 12학년 때 레이철 마틴이 「20년 전 여기서 무슨 일이 벌어졌는지 아는가」라는 제목으로 센티넬에 실은 바바라 크로커의 흑백 사진이 등장한다. 정중앙에 가르마를 탄 길고 까만 머리카락과 매력이라고는 눈곱만큼도 찾기 어려운 안경. 너무 1975년대 사람 같아서 사진 밖에서의 삶은 상상조차 안 된다.

데인이 돌아와 바바라의 남자 친구인 아리 허트슨이 범인인 이유를 말한다. 대개는 정황 증거지만 많아도 너무 많다. 그는 바바라의 월말 전화 요금을 냈을 뿐 아니라 그녀의 서명을 흉내 내 그녀의 조카에게 생일 카드를 보냈다. 이웃들이 증언한 바에 따르면 여자 친구가 없어졌는데 실종 신고도 하지 않고 며칠 동안 그 집을 들락날락했다. 바바라의 카펫을 표백할 수 있고 살인 도구를 씻어서 칼꽂이에 다시 넣을 수 있는 사람도 남자 친구뿐이었다.

데인 루브라가 빠뜨린 재밌는 사실이 하나 있는데 늘 남자 친구의 짓은 아니라는 것이다. 당신이 관심이 있을지 모르겠지만, 통계에 따르면 전 세계에서 친밀한 파트너에게 살해되는 여성은 38.6퍼센트다. 몇몇 국가는 훨씬 더 높다.

그러나 불법 활동에 연루되어 있지 않고 거리에서 생활하지 않고 매춘에 종사하지 않고 지지 체계가 있고 방학 때 클럽 밖에서 강도를 당하지 않았고 진지한 관계의 남자 친구가 한 명, 혹은 두 명 있는 젊은 여성이라면. 그렇다, 그녀와 잠자리를 하던 사람이 범인이었다. 그래서 누구와 잠자리를 했는지를 아는 것이 경찰에게는 매우 중요하다.

하지만 주 경찰과의 인터뷰에서 범인이 당신일 수 있다는 언질을 준 사람은 하나도 없었다. 당신의 이름은 마지막 성인 목격자 둘 중 하나로, 그리고 그녀와 가깝던 선생님으로 등장한다. 경찰은 당신의 이름을 계속 '블록'이라고 적을 정도로 관심이 없었다.

주 경찰이 당신을 인터뷰한 시간은 다 해야 7분이었다. 당신은 최대한 단조롭고 모호하게 말했다. 그날 밤 어디 있었는지 묻기는 했지만 더할 나위 없이 형식적이었고, 당신은 모든 알리바이를 밝힌 뒤(뒷정리를 하고 나와 대화를 나누었다며 내 이름을 직접 거론했다) 아내와 아이들이 있는 집으로 곧장 돌아갔다. 그들은 탈리아의 성적이 곤두박질쳤는지, 힘들어 보였는지에 더 큰 관심을 보였다. 당신은 네 차례나 말했다. "훌륭한 아이였어요."

데인 루브라는 말한다. "크로커의 남자 친구가 치정으로 그녀를 죽였다고 칩시다. 하지만 그랜비는 학교의 명성이 범죄 현장으로 더럽혀지는 걸 원치 않았어요. 신문에는 시신이 뉴햄프셔 숲에서 발견된 것으로 나옵니다. 최종적으로는 캠퍼스 인근으로 발표되죠." 데인은 일련의 지도를 보여 주면서 시신은 캠퍼스 안에서 발견되었고 학교에서 지검장과 검시관을 구슬려 공식적인 발견 위치를 45미터 정도 이동시켰다고 주장한다.

"제 말은 주머니가 깊으면 의혹도 깊어진다는 겁니다." 그가 이마에
난 땀을 닦는다.

#6: 아리 허트슨

다들 숲속 라크로스 골대에 살면서 캠퍼스 언저리에 도사리던 남자에 대해 알고 있다. 누군가는 항상 그 사람을 본 적이 있다고 했고, 우리는 그에게 다양한 이름(도사, 은둔자)을 붙였다. 프랜과 나는 그 남자가 커트 성지에 쪽지를 붙였다고 우스갯소리를 한다. 한 이야기에 따르면 그는 졸업까지 1학점만을 남겨 두고 학교를 떠난 그랜비 학생이다. 제프 리츨러는 말한다. "덫을 놔서 너구리를 사냥한대. 훌륭한 먹거리라지."

일반적으로 받아들여지는 내용은 이렇다. 그는 유죄를 선고받은 바바라 크로커의 남자 친구로 출소 후 범행 현장으로 돌아갔다. 컨에 아파트가 있지만 따뜻한 계절에는 그랜비에서 야영을 한다. 아리 허트슨은 1989년에 출소했으므로 불가능하다.

인터넷에서 사진 몇 장을 찾았는데 친근한 더벅머리와 듬성듬성자란 턱수염이 눈에 띄었다. 한 사진에서는 줄무늬 터틀넥을 입고 파티에서 누군가와 함께 웃고 있다. 솔직히 매력적이다. 1975년인 걸 고려하면.

3월 3일, 탈리아가 나타났을 때 그는 체육관 옆 어둠 속에 있었다. 그녀는 거기서 당신을 기다렸다. 그녀는 커튼콜이 끝나자마자 서둘러 나갔지만, 당신은 이것저것 살펴보고 타악기를 안전한 곳에 갖다 놓고 무대 관리자들과 얘기도 해야 했다.

당신이 약속 장소에 도착할 때쯤 탈리아는 거기에 없다. 체육관 정문을 확인해 보니 잠겨 있어야 할 문이 열려 있다. 차마 이름은 부르지 못하고 일단 건물 안을 둘러보는데 온통 어둠뿐이다.

당신은 아내와 아이들이 있는 집으로 돌아간다. 다음 날 늦은 아침 학생 식당에서 탈리아를 찾아보지만 주말이라 다들 늦잠을 자는 듯했다. 걱정까지는 아니어도 살짝 신경이 쓰여서 통화라도 하고 싶다. 싱어베어드의 공중전화로 전화해서 변조한 목소리로 그녀를 바꿔 달라고 해 볼까 생각한다. 결국 그렇게 해 보지만 전화를 받은 소녀는 탈리아가 방에 없다고 한다. 어차피 저녁 식사 시간이나 그날 밤 「카멜롯」 공연 때문에 볼 것이다.

물론 당신은 탈리아가 당신을 만나기 위해 거기에 있었다고 경찰에 말하지 않는다. 그녀가 누군가와 마주쳤을 때 어디쯤 서 있었을지 말하지 않는다. 오마르와 자지 않았다고 말하지 않는다. 당신은 탈리아의 친구들이 들었다는 그 나이 많은 남자가 자신이라는 걸 안다. 당신은 당신의 알리바이와 그녀가 얼마나 사랑스러운 소녀였고 얼마나 전도유망한 학생이었는지를 빼고는 아무것도 말하지 않는다. 그저 훌륭한 아이, 훌륭한 아이, 훌륭한 아이.

당신은 반의반 세기 동안 자신을 지키며 살았다.

50.

야하브 꿈을 꿨으니 적어도 몇 분은 잤을 것이다. 돌아보면 그가 있을 것 같았는데(방금까지 등 뒤에서 나를 껴안고 있지 않았던가?) 아니었다. 베개가 차가웠고, 늘 침대에 남아 있던 까맣고 부드러운 머리카락도 없었다. 꿈에서 야하브에게 뭔가를 물어야 했고 뭔가를 말해야 했다는 절박함만 남았다.

어쩌면 정말 그래야 할지 모르겠다. 나 혹은 그에 관해서가 아니라 그 사건에 관해서.

야하브는 형사 전문 변호사는 아니었지만 그와 연관성이 있어 보이는 증거법을 가르쳤다. 그는 열일곱 살 때 부모님과 함께 미국 시민이 되었고, 같은 해에 TV에서 폴 뉴먼의 「심판」을 보고 미국의 사법 체계에 심취했다. 그는 뭘 보든 법적 근거를 기막히게 짚어 냈다. 내 의도가 의심스러웠지만(단순히 야하브의 관심을 얻고 싶은 건가?) 사실 그를 되찾을 유일한 방법은 그냥 내버려두는 것이라는 사실쯤은 알고 있었다. 하지만 그와 정반대로 할 수밖에 없었다.

나는 그에게 「오마르에게 자유를」 웹사이트의 링크를 보내고 드롭박스 링크도 보냈다. 그리고 이렇게 썼다. 의견을 듣고 싶어. 내가 룸메이트 얘기한 거 기억할 거야. 이 유죄 판결에 재고의 여지가 전혀 없을까?

수업 30분 전 퀸시홀 교실에 들어가 보니 혼자여서 '그랜비 + 탈리아 + 점 + 플래너'를 검색해 그 까다로운 수수께끼의 답을 확인하기로 했다. 사실은 학생들이 수정한 에피소드를 들어야 하긴 했다. 이미 모두에게 A를 주기로 마음먹었지만 말이다. 내가 뭐라고 느닷없이 나타나서 남의 학점을 망치겠는가?

당신이 스캔 자료를 직접 봤는지, 늦은 밤 교무실에 홀로 남아 탈리아 사건을 자세히 검색해 봤는지, 아니면 그 일과는 담을 쌓고 탈리아의 이름을 자판으로 치지도 않았는지 궁금하다.

플래너는 증거로 채택된 적이 없지만 다수의 웹사이트에서 그 일부를 보여 주고 있었다. 어떤 사람이(경찰? 탈리아의 가족?) 1995년 3월 3일 금요일로 끝나는 두 페이지와 여백에 압축된 네 번째와 다섯 번째 주말을 대중에 공개했다. 예상대로 문제의 점들은 각 칸의 하단 구석에 찍혀 있었다. 탈리아의 꼼꼼한 필체를 보니 진짜인 듯했다.

프랜이 언급하지 않은 건 점만이 아니었다. 2월 27일 월요일 하단에 빨간색 점 하나. 화요일에는 없음. 첫째 주 수요일에는 파란색 X. 둘째 주 목요일에 파란색 X와 보라색 X.

레딧에서 어떤 사람은 오마르에게 맞은 횟수를 표시한 것이라고 주장했다. 오마르를 신고하려고 기록하는 중이었는데 그 전에 살해당했다는 것이다. 그러자 또 어떤 사람이 다 볼링 점수와 관련된 것들이고 X는 스트라이크라고 줄기차게 주장하며 게시자를 도발했다. 그럴수록 내 견해는 더 견고해질 뿐이다. 게시자가 받아쳤다. X가 스트라이크라면 이 말의 사전적 의미처럼 그날 맞았다는 암시일 수 있다.

왜 그 플래너를 법정에서 사용하지 않았는지 이해되었다. 정확히 해석할 근거가 없었다. 그래도 나머지 부분이 보고 싶었다. 빨간색 점들이 며칠 전으로 거슬러 올라가면 생리 날짜가 확실했다. 그녀가 내 기록 방식을 따랐다면(그렇게 생각하면서 우쭐해도 될까?) X는 성적 접촉을 의미할 것이다. 괄호는 다른 형태의 성행위, 혹은 짧은 시도로 끝났음을 의미할 수 있다. 파란색 X와 보라색 X는 상대가 다르다는 의미일 수 있다. 하나는 로비고 다른 하나는 당신일까? 아니면 피임 여부일 수도 있다.

드롭박스 파일에 대해 고마움을 표시했지만 바네사는 답이 없었다. 그래도 다시 한번 메일을 보냈다. 이 시점에서 추가 정보에 관심이 없으셔도 전적으로 이해합니다만, 이 말은 해야겠습니다. 최근에 탈리아의 플래너를 보게 됐는데 거기 적힌 점과 X를 어떻게 해석해야 할지 알 것 같아요. 저도 그렇게 했었거든요. 감당하기 어려우시면 무시해 주십시오.

그러고는 레딧으로 돌아갔다.

누군가는 X가 자해한 횟수라고 했다.

또 누군가는 점은 말없이 끊긴 전화이고 X는 협박 편지라고 했다. 흠, 기숙사 방에는 전화기가 없었으니 그랬을 리 없다.

몇몇은 다이어트와 관련된 것이라고 주장했다. 폭식과 구토 횟수. 어떤 사람이 나도 같은 기록 방식을 사용했다고 썼다. 가능성이 있다는 걸 인정할 수밖에 없었다.

브릿이 가장 먼저 교실에 들어왔다가 내 표정이 어땠는지 흠칫 물러서며 말했다. "아, 그게, 너무 일찍 왔죠?" 브릿은 긴 꽃무늬 드레스에 길고 추레한 카디건을 걸치고 닥터마틴을 신었다. 빈정대기 좋아하는 귀여운 소녀가 1994년에서 막 튀어나온 듯했다.

"안타깝게도 점 음모론에 빠진 것 같아. 플래너 말이야."

그녀가 씩 웃으며 말했다. "빠지실 줄 알았어요."

수업을 막 시작하려는데 야하브에게서 문자가 왔다. 그가 판결 내용을 자세히 살펴볼 거라고 기대하지 않았다. 답장이 오더라도 뻔한 반응일 줄 알았다. '재밌어 보이긴 하는데 이런 경우는 힘들어.' 이런 식의.

그의 대답은 예상 밖이었다. 아침 내내 읽었어. 전화 줄래? 생각해 둔 게 많아.

51.

그날 아이들은 두 번째 에피소드에 사용할 새로운 내용을 들려 주었다. 알리사는 강령회에서 핵심을 뽑아내고 경쾌한 음악을 더해 2분 분량으로 재밌게 만들었다.

롤라는 폭시스의 웨이트리스를 인터뷰했다. "조카가 거기에 지원했어요. 학교가 이 동네 애들을 가르치지 않을까 싶어서요. 그런데 장학금을 줄 수 있는데도 지역 아이들에 주는 건 적절하지 않다고 보고 캘리포니아에 가서 장학생을 찾더군요. 조카는 단칼에 거절당했어요. 이유도 말해 주지 않더라고요. 성적표에 A, B가 대부분이고 C는 몇 개 없는데도요. 당신이라면? 그쪽이라면? 학교를 위해 100년을 일한 집안의 사람을 아무 설명도 없이 거절하겠어요?"

아이들은 잠시 침묵했다. 다들 진보적인 편이지만, 타고난 천재도 아니고 극적인 트라우마 극복기도 없는 생뚱맞은 지역 학생이 비범한 학생에게 돌아가야 할 장학금을 받고 그랜비의 9학년 교실에 입성할 수 있다는 주장에 곤란해하는 듯했다.

올더가 말했다. "설명은 해 봤어?"

롤라가 어깨를 으쓱했다. "내 취재는 중립적이라."

브릿과 올더의 차례가 돌아오자 올더가 언제 튈지 모를 벌레를 때려잡을 것처럼 조심스레 손을 들었다. 그리고 말했다. "어떻게 해야 할지 모르는 게 있어서요."

브릿이 꺼내서는 안 될 얘기를 꺼냈다는 듯 낙담한 표정으로 말했다. "녹음본도 아니에요."

"우리가 소리 내 읽으면 되지." 그가 노트북을 열고 목청을 가다듬었다. "그게, 소냐 루소라는 분인데요. 누구냐면 오마르가 여기 오기 전에 1년 정도 결혼 생활을 한 사람이에요. 그래서 5년 전에 변변치 않은 웹사이트와 인터뷰를 했더라고요. 본인인 건 확인했어요." 모두 볼 수 있도록 그가 화면의 각도를 조정했다. 사이트 이름이 눈에 익었다. 레딧에서 누군가가 언급한 인터뷰였는데 직접 본 건 처음이었다.

나는 오마르한테 들어서 뉴스 보도 전부터 소냐에 대해 알고 있었다. 그는 우리가 로잉머신을 탈 때 그 옆에서 잡담을 하다가 뉴햄프셔 대학교를 졸업하고 다트머스 대학교 4학년생을 만나서 여자 부모의 반대를 무릅쓰고 결혼했다고 털어놨다. 두 사람은 가출까지 감행했지만 1991년 첫 번째 결혼기념일 무렵에 헤어졌다. 어느 날 그녀는 그가 출근한 사이에 예고도 없이 텔레비전에 고양이까지 모든 걸 챙겨 떠났다. 오마르는 강박적으로 그 여자 얘기를 했다. 소냐는 너희처럼 똑똑했어, 혹은 전처는 4.5킬로그램 이상은 절대 들지 못했어. 아, 내 팔! 이런 식이었다니까. 복수하려는 의도는 없었다. 미친년 혹은 나쁜 년이라고 부르지도 않았다. 그저 끊임없이 이야기했을 뿐이다.

올더가 그녀의 이야기를 읽기 시작했다. 오마르는 걸핏하면 화를 내며 나와 부모님을 겁줬어요. 한 번은 나를 집 밖으로 내쫓고 문을 잠그더군요. 영하 6도에 맨발로 쫓겨난 거예요. 고함을 지르거나 어깨를 움켜쥐고 얼굴을 바짝 들이밀었죠. 키가 190센티미터에 달하고 운동을 하는 남자가 말이에요. 몸싸움으로 번질까 봐 하라는 대로 고분고분 따르기도 했어요. 몸을 쓰지 않고도 폭력을 행사할 수 있는 사람이었거든요. 이해되세요? 그리고 눈이 뒤집히면 절대 포기하는 법이 없었어요. 한 번은 집을 뛰쳐나가길래 현관문을 잠가 버렸어요. 그랬더니 다시 들어오겠다고 문을 두드리다가 결국은 현관 지붕으로 기어 올라가서 침실 창문을 열더라고요. 경찰을 불렀지만 납득시키지 못했어요. 그 사람이 내 남편인 것도 맞고 이 집이 그 사람 집인 것도 맞지만 거기 있으면 안 된다는 걸 어떻게 설명하겠어요?

"잠깐." 롤라가 말했다. "남편이 자기를 내쫓고 문을 잠근 건 잘못이지만, 남편이 밖에 있을 때 자기가 문을 잠근 건 괜찮다는 거야?"

알리사는 말했다. "그래도 남자가 위험했던 거 같은데."

"어깨를 어떻게 잡았는지가 중요해. 어깨 잡는 거야 흔한 일이니까. 평범하게 잡았는지, 무섭게 잡았는지를 봐야지." 자밀라가 말했다.

"무서웠다잖아."

"그래, 하지만 백인 여성이 살인 혐의로 체포된 흑인 남성에 대해 말하고 있잖아. 인식 자체가 편향적일 수 있어." 롤라가 말했다.

아이들이 논쟁을 시작했지만 누구의 목소리도 귀에 들어오지 않았다. 이래서 엮이면 안 된다는 걸 새삼 깨달은 나는 그 자리에 축 가라앉았다. 나까짓 게 뭘 안다고? 소냐가 억울함에 부풀려서 그렇지 오마르는 내가 알던 것처럼 외향적이고 친절한 사람일지 모른다. 아니면 소냐의 말대로 오마르가 탈리아를 죽였고 감옥에 가지 않았으면 또 살인을 저질렀을지 모른다. 어쩌면 그가 실제로 형편없는 남편이고 공격적인 남자여서 탈리아를 안 죽였는데도 그녀의 친구들이 범인으로 지목할 만한 빌미를 충분히 제공했는지 모른다.

1995년에 탈리아의 친구들이 뭔가를 추측하고 자체적으로 판단한 것이(나 역시 쓸데없는 기억을 경찰에 제공했다) 부적절했다면, 이 학생들이 연루되는 것도 똑같이 부적절할 수 있었다. 우리 중 누구라도 진실을 위해 나섰던가?

하지만 내가 뭐라고? 나는 아이들이든 나든 막을 생각이 없었다.

나는 가장 설득력 있는 교사의 목소리로 말했다. "전후 맥락을 살피면 더 좋은 팟캐스트가 될 거야. 질문이 필요하다는 걸 명심해. 그러면 아주 훌륭한 질문들이 떠오를 거야."

52.

영화 수업 후 야하브에게 전화하고 싶었지만 그가 아이들 저녁을 차려 줄 시간이고(그는 가족의 요리사였다) 나는 마이크 스타일스와 통화도 해야 했다.

나는 전화가 싫다. 가족이나 약사와 통화하는 건 괜찮지만, 어설프게 아는 사람과 약속된 통화를 할 때면 목덜미 털을 잡아 뜯고 싶어진다. 그럴 때는 움직이는 게 최고라서 숙소에서 뜨거운 물로 샤워를 한 뒤 에어팟을 꽂고 식당을 향해 걷기 시작했다.

다행히 그가 "보디!" 하고 전화를 받아서 용건을 다시 설명하느라 더듬거릴 필요는 없었다. "다들 어때? 잘 지내?"

나는 롤라와 수업, 캠퍼스에 대해 생각나는 대로 지껄이고 누가 아직 근처에 있는지 말했다. 그리고 덧붙였다. "코네티컷 대학에 있다고 들었어." 그는 애가 셋이고 첫째가 열두 살이라고 했다.

나는 미들브리지를 건너는 중이라고 보고했다.

"부럽다! 롤라는 내가 초대를 받든 안 받든 졸업식에 갈 거라는 건 알 거야." 그러고는. "롤라 얘기가 나와서 말인데 그 프로젝트 말이야."

"이상하게 들리겠지만, 난 그 아이디어와 아무런 관련이 없어." 나는 바보같이 그가 알아주기를 간절히 바라며 말했다. 이어서 브릿은 수업 전부터 그 사건에 관심이 있었고 아이들은 이 모든 것을 무슨 고대 전설처럼 여긴다고 설명했다.

"실은 자주 생각했었어. 지난 몇 년 동안."

"자식이 생기면 의미가 새로워지지."

"응, 맞아. 그런데 지금 우리 상황이, 우리가 겪은 일은…… 젠장, 나도 모르겠다."

내가 아이들에게 가장 먼저 가르치는 것 중 하나가 상대의 입을 열려면 하고 싶은 말을 꾹 참아야 한다는 것이었다. ("말 그대로 필요하다면.") 아니나 다를까 그는 스스로 정적을 채웠다.

"굳이 골라야 한다면 오마르를 지목할 거야. 하지만 소문을 가지고 사람을 체포할 수는 없잖아? 어딘가에 동의하고 들어가서 아는 걸 말했던 게 기억나. 하지만 그때는 이미 모두가 대화를 나눈 뒤였어. 며칠간 물러서서 무슨 일인지 파악하려고 하는데 사람들이 오마르 얘기를 하는 거야. 그렇게 상황이 이해되기 시작한 거지."

새 예배당을 지나는데 다시 눈이 내리기 시작했다. 묵직하고 축축한 눈송이가 빠른 속도로 얼굴과 스카프에 내려앉고 다리를 향해 불어왔다. 눈을 피해 현관에 들어섰다. 예전에는 공중전화가 있었는데 지금은 휴대폰 충전소로 바뀌어 있었다.

"그 후에 오마르가 자백했잖아. 철회하기는 했지만 뭐 그런 심정이었겠지. 옛다, 너희가 원하던 답이다. TV 쇼가 마무리되듯 문제가 해결된 거야. 하지만 이제는 나도 거짓 자백이 너무 흔하다는 걸 아니까."

그의 목소리가 너무 익숙하게 들려서 뜻밖이었다. 그는 수업 중에 입을 여는 법이 없었고 대화를 한 적도 별로 없었다. 하지만 과거에는 매일 밤 「카멜롯」 리허설에서, 최근에는 유튜브 버전으로 걸걸하게 대사를 읊는 그의 목소리를 들었다. 항상 일어난 일보다 일어나지 않은 일을 더 잘 기억하는 나의 스승 멀린이시여.

"특히 이 사건을 보면 마약 혐의가 너무 쉽게 씌워졌어. 우리가 오마르를 넘겨준 거나 다름없어. 경찰이 그럴 만한 사람이 있냐고 물었을 때 우리가 하나같이 그랬거든. 저기, 어떤 남자가 탈리아를 따라다니는데 그 사람이 대마초를 판다더라고. 아니, 그 사람이 대마초를 판다고.

경찰이 집을 수색해서 감방에 처넣을 만한 양의 마약을 찾았을 거야. 가 본 적은 없었지만, 그의 아파트에 다녀온 애들이 식물 재배용 조명을 비롯해서 온갖 게 다 있다고 했거든." 그 애들이 정말 그 집에 갔는지, 아니면 오마르를 체포하고 나서 그런 주장을 했는지 궁금했지만 되묻지 않았다. "마약이 자백을 끌어낸 요인이었을 수 있어. 최초의 자백 말고 제대로 된 근거가 있었나?"

"수영장에 드나들 수 있었잖아. 사건 당시 건물 안에 있었고." 마이크의 질문에 이렇게 답하기는 했지만, 나 역시 이를 명백한 증거로 보지 않았다.

"정황일 뿐이지. 그리고 또, 보디. 수영장만 아니면 체육관은 다들 드나들었잖아. 얼마나 많은 마스터키가 돌아다녔겠어? 수영장 문만 잠겨 있지 않았으면 누구든 들어갈 수 있었을 거야. 어떤 애들은 수영장 열쇠도 있었을걸. 경찰의 질문에 대답하는데 젠장, 사물함에 있는 운동화 깔창 밑에 넣어 둔 불법 열쇠 두 개가 떠오르더라. 경찰이 알면 날 체포할 거라고 생각했어."

"오마르의 DNA가 수영복에서 나왔잖아. 올가미도 그렇고."

"그래." 그가 한숨을 푹 쉬었다. "그렇지." 그리고 잠시 침묵했다.

다른 성인과 이런 대화를 나눌 수 있어서 안심이었다. 프랜과 카를로타는 언급 자체를 꺼렸지만 마이크는 팟캐스트 참여보다는 사건의 세부 사항에 관심이 더 많은 듯했다. 그 역시 시간을 들여 그런 생각을 한다고 하니 돌아 버릴 것 같던 기분이 조금 나아졌다.

어느새 예배당 통로 두 곳 중 한 곳을 반쯤 걸어가 있었다. 무대 위에 꾸며진 거실을 보니(꽃무늬 소파, 무선 조명, 레이스 덮개를 씌운 커피 테이블) 여기서 열린 단막극 축제를 홍보하기 위해 캠퍼스 곳곳에 붙어 있던 포스터가 기억났다. 서쪽 벽의 스테인드글라스로 햇살이 비쳐들고 있었다. 사방에서 따뜻하고 오래된 나무 냄새가 났다.

"오마르가 정말 마약 혐의를 살인 혐의와 맞바꿨을까?"

긴 정적이 흘렀다. 뭔가를 말하려는 듯 심호흡하는 소리가 두어 번 들렸지만 그는 아무 말도 하지 못했다. 그러다 마침내 입을 열었다. "나는 많은 연구에서 사면과 인권을 다뤘어. 그러고 나서 이 사건을 보니 내가 위선자처럼 느껴져. 나도 한몫했으니까."

"그 사람 짓이 아니라는 거야?"

"그 사람 짓이겠지. 하지만 내가 뭘 알겠어? 그건 내가 결정할 수 있는 사안이 아니야. 그때도 입을 다물어야 했어. 아이들이 떼지어 한 사람을 경찰에 넘기는 걸 방관하지 말았어야 해. 내 말은, 오마르한테 적용된 혐의가 우리한테서 비롯됐다는 거야. DNA는 제외해야겠지. 하지만 우리 중 누구도 개인적인 의견으로 그 사람한테 죄를 뒤집어씌우고 있다고 생각하지 않았어. 그리고 이건 너한테만 하는 얘긴데 우리 짓인지도 몰라. 범인을 지목한다고 한 게 모함이었을 수 있어."

바로 그때 신체적 동요가 느껴졌다. 한때 끌리던 사람과 대화를 해서 그런 건 아니었다. 그는 의도치 않게 나를 '우리'에 포함했다.

나는 현관으로 돌아가 무작정 화장실로 향했다. 단순히 토할 것 같거나 혼자 있고 싶을 때 찾는 장소였다. 낡은 문을 홱 열어젖히자 익숙한 변기 칸 두 개와 개수대, 그 위로 뒤틀린 거울과 고장 난 종이 타월 거치대가 보였다. 5초 전만 해도 이 화장실에 대해 아무것도 설명할 수 없었는데 이제 하나하나 속속들이 기억난다.

성에 낀 작은 창문 밑 라디에이터 앞에 서서 청바지를 입은 채로 엉덩이를 데웠다.

나는 말했다. "뜬금없지만, 그날 밤 「카멜롯」 무대 뒤에서 애들이 술을 마셨던 거 기억나? 탈리아도 마셨을까?"

그가 숨을 내뱉었다. "뭐, 평소 같으면 그랬겠지. 그날 밤? 모르겠네. 왜?"

나는 최선을 다해 타임라인을 설명했다. 그의 반응은 이도 저도 아닌 "허"였다. "맙소사, 이러다 정말 엉망진창이 될지 몰라. 어젯밤에 뭘 먹었는지도 정확히 기억 못 하는데, 20년 전 기억은 어떻겠어? 어쨌든, 너희 학생들이 얘기하자고 하는데 이런 생각이 스치더라. 괜히 벌집을 건드리는 건 아닌지 모르겠다."

그래서 사건을 조사하지 말자는 건지 헷갈렸다. 설마 아니겠지. 하지만 괴로운 듯한 목소리였다.

"일개 학생의 프로젝트일 뿐이야." 나는 힘없이 말했다.

"페이스북도 처음에는 그랬지."

어떤 얘기가 나오든 기분이 어떨지 알았기 때문에 그는 결국 브릿과 올더에게 탈리아에 대한 기억 정도만 말하기로 했다. 나는 외투를 벗고 좁은 화장실의 후텁지근한 열기를 만끽하며 라디에이터 앞에서 다리를 여기저기 데웠다. "롤라 말로는 고등학교 때 날 무서워했다며."

"아. 그러니까, 좀 까칠했다는 거지. 네가 날 상대하고 싶지 않았을 수도 있고. 난 겉멋 든 백인 남자애였으니까. 형편없었겠지."

"너는 나한테 잘해 줬어."

"그야 당연하지. 원래 무서운 사람한테는 그러는 거야." 그러면서도 그는 웃고 있었다. 그가 나를 연민하거나 경멸하지 않았다고 생각하니 뭔가 으쓱해졌다. "넌 도통 알 수 없는 애였어. 노 젓고 뮤지컬을 하던 꼬마 고스족이었지." 뮤지컬을 했다고 보기는 어렵지만, 그는 나에 대해 예상보다 두 가지를 더 기억했다. 그의 목소리에서 뭐라 설명할 수 없는 향수, 어쩌면 다정함마저 묻어났다.

그는 그만 끊어야 한다며 학생들과 얘기한 뒤 연락하겠다고 했다.

"내 번호 있지?" 내 말투가 업무 회의와 로맨틱 코미디 중 어디에 더 가까웠을지 궁금했다. 그리고 어이없게도 야하브가 들었으면 질투했을지 궁금했다.

전화를 끊는데 휴대폰이 웅웅거려서 보니 카를로타의 페이스북 메시지였다. 귀여운 남자애랑 무슨 얘기를 했는지 미주알고주알 보고하던 1995년의 나로 잠시 돌아갔다. 괜찮아? 내용은 이랬다. 내가 할 수 있는 게 있으면 **뭐든** 알려 줘, 진심이야.

나는 라디에이터에 굽듯이 말린 외투를 다시 걸쳤다. 학생들의 팟캐스트에 관한 내용이면 좋았겠지만 제롬과 나의 몰락에 관한 이야기였다. 카를로타가 아니었어도 지인들의 개인 메시지를 통해 어떻게든 내 귀에 들어왔을 것이다.

거기 있으니 점점 더 뜨거워졌고, 터무니없는 추위 속으로 나가는 순간 안도감이 밀려왔다.

53.

머릿속을 끊임없이 맴도는 것들.

랜스에게 다음 연락이 오면. 트위터를 확인해야 할지. 메일 수신함을 확인해야 할지. 직업이나 이름을 바꿔야 할 때인지.

제롬이 아이들을 안전히 태워다 줄 정도로 잘 자고 잘 먹고 있는지.

팟캐스트를 그만두면 다시 제롬에게 재정적으로 의존해야 할지, 제롬에게 내가 의존할 만한 소득이 있는지.

피아노 앞에 있던 오마르의 어머니.

식탁에 앉은 탈리아의 부모님.

보스턴에 가서 야하브를 붙잡아 그날 오후만 모텔에서 보내자고 설득하여 그를 몇 달 치 들이켜려면 최소한 얼마가 걸릴지.

그날 밤 극장을 떠난 후, 내게 작별 인사를 한 직후 당신이 무엇을 했을지.

오마르를 가리키던 수북한 증거들이 순식간에 모래 더미로 변했다. (전처의 이야기와 그녀의 두려움은 남아 있었지만.)

인터넷을 하지 않아도 피할 수 없는 뉴스 보도. 또 다른 여성이 전면에 나섰다. 대통령은 그녀를 개라고 불렀다.

결코 끝맺지 못할 리타 헤이워드 에피소드의 미진한 결말. 네 살짜리 딸을 데리고 순회공연을 다니며, 신체적으로 그리고 성적으로 학대하여 평생 끔찍한 관계에서 벗어나지 못하게 만든 플라멩코 댄서 아버지. 그녀는 평생 자신을 배우나 섹스 심벌보다는 댄서로 여겼다. 다섯 명의 남편 중 두 번째 남편인 오손 웰즈는 그녀가 힘들어할 때마다 스페인 음악이 담긴 레코드판을 틀고 마음껏 춤추며 스트레스를 풀라고 했다. 유일한 탈출구가 곧 탈출하고자 하는 것이면 어떻게 될까? 여기 당신의 비극을 노래할 사운드트랙이 있으니 음악에 맞춰 춤을 춰라.

54.

나는 야하브를 직접 전화로 불러내는 대신 수요일 수업 후 브릿과 올더가 함께하는 화상 회의에 초대하는 고급 기술을 꺼내 들었다. 그러나 결국은 다른 아이들도 남아 내 휴대폰 화면 앞에 둘러앉았다. 위스키 잔의 얼음처럼 차가운 야하브의 목소리가 테이블과 바닥, 두 다리를 통해 전해졌다.

"이상하게 들릴지 몰라도 나는 유무죄 여부에는 별 관심이 없어요. 절차의 적법성에 관심이 있죠. 그 남자가 한 짓일 수도 있지만 일단 사건 자체가 엉터리예요."

브릿은 녹음 중인데도 노트북을 미친 듯 두드렸고, 올더는 기분 좋은 흥분감에 두 팔을 가만두지 못했다.

"뉴햄프셔 법은 정확히 모르지만 대충 말해 볼게요. 냉정하게 정황적이지 않은 증거는 DNA와 자백뿐이에요. DNA도 극미량이죠. DNA는 증거로 쓰기도 까다로워요. 몇 년 전 사망한 소녀의 청바지에서 DNA를 찾아내 엄청난 비용을 들여서 역추적했는데, 결국은 청바지를 만든 대만 공장의 한 노동자의 것으로 밝혀졌어요. 무용지물이었죠. 게다가 1995년의 DNA 과학은 아주 개판이었어요. 유전자 풀도 훨씬 작아서 기껏 한다는 말이 일치할 확률은 8백만 분의 1이라는 거였어요. 지금은 일치할 확률이 2천 분의 1이에요. 그때는 지금과 완전히 다른 분야였어요."

학생들이 활짝 웃고 있었다. 그렇게 우아한 억양으로 '개판' 같은 말을 해서 그런 것 같았다. 청바지 이야기는 처음 들었다. DNA로 알아낸 게 고작 오마르가 수영복에 접촉한 적이 있다는 거라면, 글쎄,

내가 배심원이라면 확실한 증거로 보지 않았을 것이다. 나는 마음속에 있던 짐 하나를 또 덜어 냈다. 무거운 짐이었다.

"남은 건 자백인데, 마약 혐의가 들어가면 곧장 감이 와요. 뭘 하는 건지 아니까. 그들은 피의자에게 마약 혐의로 FBI에 넘길 건데 지역 수사에 협조하면 보호해 줄 수 있을지도 모른다고 말해요. 그리고 묻죠. 그날 밤 탈리아를 수영장에 들여보냈습니까? 탈리아를 만난 게 아니면 당신 DNA가 왜 거기에 있죠? 그리고 말하는 거예요. 현장 증거에 더해 마약 혐의까지 상황이 안 좋아 보인다. 유일한 희망은 자백뿐이다."

그는 정말 그 사건에 파고들었다. 다른 상황이었다면 로맨틱한 희망으로 한껏 부풀었을 내 가슴이 오마르를 떠올리며 두근거렸다. 머그샷에 있는 남자가 아니라 내가 아는 진짜 오마르. 남은 생을 감옥에서 보내고 있는 진짜 오마르. 야하브는 당신에 대해 몰랐으니 아직 그의 결백을 확신하지 못하는 게 어쩌면 당연했다.

"이런 경우 들어 봤어요? 수면이 너무 부족했던 사람들이나 증거가 있다거나 선처해 준다거나 집에 보내 준다는 거짓말을 믿는 사람들은 어디든 서명할 수 있어요. 거기서부터 상황이 악화하죠. 폭행과 고문이 실제로 일어나요. 심지어 미국에서도요."

"정말 놀라운 얘기네요. 혹시 저희가……."

브릿이 말했지만 야하브는 강의 모드였다. "이렇게 오랜 세월이 흐른 뒤에 다시 항소하려면 기본적으로 두 가지 조건이 충족돼야 해요. 하나는 변호인의 불충분한 조력이에요. 법률팀으로부터 충분한 도움을 받지 못했다는 뜻이죠. 99년 항소에서 오마르 측은 증거 제출 방식과 더불어 이 부분을 주장했지만, 실제로 변호인이 법정에서 매번 졸지 않는 이상 그걸 증명하기란 거의 불가능해요. 변호인이 형편없었던 건 사실이지만 법원이 알 바는 아니니까."

안 그래도 그날 아침 브릿이 설명하길 오마르의 원심 변호인은 그 랜비 캠퍼스에 대한 자체 조사를 거의 하지 않았다. 오마르의 돌아가신 아버지에게는 민간 항공기 조종사로 나름 성공한 형제가 있었는데 그가 보스턴의 유명 변호사인 자기 친구를 쓰자고 주장했다.

뉴햄프셔의 국선 변호사들은 실력도 뛰어나고 수임료도 무료인 데다 워낙 작은 주라 법조계 사람들을 잘 안다. 지역 문화에 익숙해서 법정에 출석할 때 과하게 차려입지도 않는다. 그러나 보스턴 변호사는(「데이트라인」에서 봤다) 숱이 많은 까만 머리에 디자이너의 맞춤 정장을 입고 밝은 청색의 자동차를 법원 바로 앞에 주차하는 사람이었다. 그는 재판이 진행된 5주 동안 컨이 아니라 30분 거리에 있는 브래틀보로의 고급 호텔에 묵었다. 배심원들은 이중 어느 것도 쉽게 넘기지 않았다. 레스터 홀트가 인터뷰한 크고 노란 머리의 여성 배심원은 그를 '보스턴에서 온 번지르르한 변호사'라고 불렀다. 무엇보다 그는 아주 오만한 태도로 들어와 할 일은 최대한 미루고 증인이 남에게 전해 들은 전문 증거를 말하는데도 이의를 제기하지 않았다. 그러고는 유죄 판결에 충격을 받은 척 연기를 했다.

"항소에 패한 에반스 씨에게는 새로운 증거가 최선책이에요. 아무 증거가 아니라 사건을 뒤집을 증거 말이에요. 새로운 DNA 같은 거. 원심 변호인들이 찾았어야 하는 증거임을 주장하거나 변호인의 불충분한 조력을 새롭고 더 확실하게 주장할 수 있다면 재심의 기회를 얻을 수 있을지 몰라요. 여러분은 바로 이 바늘에 실을 꿰어야 해요."

브릿이 말했다. "그게, 아시다시피 저희는 고등학생이지만, 여기에 시간과 노력을 쏟고 있어요. 저는 로스쿨에 갈 계획이고, 어느 정도 해답을 얻을 때까지는 이 팟캐스트가 어떻게든 오래가기를 바라요.

그래서 말인데, 연락 정도는 드려도 될까요?"

아하브가 천천히 숨을 가다듬고 말했다. "깊이 개입하기에는 내가 시간이 없어요. 유죄 판결 후 소송은 악몽이거든요. 범행 현장이 고스란히 찍힌 비디오가 있지 않는 한 법원은 에반스 씨를 풀어 주지 않을 거예요. 설령 그런 비디오가 있어도 승산이 없으니 내 말 믿어요." 그는 쓸쓸하게 웃었다. "하지만 물론 뭔가를 찾으면 얘기는 해 볼 수 있어요."

아이들이 떠난 뒤 고맙다고 문자를 하자 그가 답했다. 몇 년 동안 기를 써 봤자 얻을 수 있는 건 쓰레기 같은 판결이었다는 걸 더 많은 사람들에게 알리는 것뿐이야. 뒤집히는 건 아무것도 없어.

그가 문자를 입력하는 동안 점 세 개가 한참을 출렁였다. 그립다고 할지, 토요일 일을 후회한다고 할지 궁금했다.

하지만 아니었다. 그는 대신 이렇게 썼다. 원칙적으로는 좇을 가치가 있다고 생각해. 너무 기대하지 않도록 조언했을 뿐이야. 살인 사건을 절반도 풀지 못했다는 게 몸서리치게 불만스러울 수 있어. 그가 감옥에 있는데도 피해자 가족을 비롯해 누구 하나 사건을 종결하지 못하고 있으니까. 당신이 여기서 얻을 수 있는 건 그것뿐이야.

나는 안뜰로 나가 얼굴에 차가운 공기를 쐬며 몇 가지를 정리했다.

하나는 오마르가 한 짓이 아니라는 생각이 확고해졌다는 것이다. 한때 유죄를 증명했던 이유가 전부 사라졌고, 그가 범인일 가능성이 다른 사람보다 더 높다고 볼 수도 없었다. (당신이 한 짓인지 아닌지는 당분간 신경 쓰지 않기로 했다. 당신이 자백할 리도 없고, 이렇게 한참이 지난 뒤에 수영장 문에서 지문을 찾을 리도 만무했기 때문이다.)

또 하나는, 「스탈렛 피버」를 그만두면 이번 주뿐 아니라 가까운 미래에도 자유 시간이 많아진다는 것이었다. 여전히 아이들이 주체가 되겠지만 도와줄 여유가 생겼다. 유통 경로를 찾아보거나 조언, 상담, 제작도 가능했다. 정말 쓰고 싶던 책을 쓰는 등 다른 계획과 병행할 수도 있었다.

또 하나는, 이번 주말에 내가 1995년의 봄을, 못다 한 질문을, 다시 만나야 할 사람들을 뇌둘 리 없다는 것이었다.

마지막 하나는 이랬다. 어쨌든 나도 오마르에게 빚을 지지 않았던가?

55.

그날 밤 저녁을 먹고 숙소로 돌아가 보니 올리버가 아일랜드 식탁에서 토르티야 칩과 살사 소스를 먹고 있었다.

나는 그의 옆자리에 앉았다. 간밤에 라틴어 교사 앰버가 자고 간 게 분명했지만 터져 나오는 질문들을 간신히 참았다. 대신 벌써 2주가 거의 다 지났다는 게 믿기냐고 물었다.

올리버가 고개를 젓고 말했다. "그런 시간이 있었나 싶어요. 아이들이랑 이 공간. 싫어하고 싶은데 잘 안 되네요."

그때 제롬에게서 문자가 왔다. 오티스에서 자르기 전에 그만두려고 그게 낫겠지?

왠지 모르게 나는 올리버와의 대화를 억지로 이어 나갔다. "그야 훌륭한 학교니까요. 예전보다 지금이 훨씬 나아요. 저는 중학교 성적이 엉망이었어요." 나는 화면이 보이지 않게 휴대폰을 엎어 놓았다. "그런데 받아 주더라고요. 하버드만큼 들어가기 힘든 사립 고등학교들이 있는 거 아세요? 그런 학교에 못 들어가거나 중도에 포기한 애들이 오는 데가 여기였어요. 입학할 때까지도 몰랐어요. 세상에서 가장 똑똑한 아이들이 모여 있으니 당연히 낙제할 줄 알았죠. 모범생은 아니었지만 교과 과정은 무난히 통과했어요."

올리버의 혼란스러운 표정을 보면서 내가 횡설수설하고 있다는 걸 알아차렸다. 나마저 실직하면 제롬의 작품을 팔아서 먹고살 수 있겠지만 그마저 줄어들 것이라는 생각에 머릿속이 복잡했다.

나는 어떻게든 수습해 보려 애썼다. "내 말은 지극히 평범한 아이들에게는 아주 특별한 학교였다고요."

"이 학교가 사람을 어떻게 눌러 앉히는지 알겠어요. 여길 떠난 적 없는 선생님 친구분처럼 말이에요. 정착할 수 있겠다는 느낌이 들어요." 두려워하면서도 살짝 멍한 표정을 보니 사랑에 빠졌다는 걸 알 수 있었다. 상대야 물론 앰버겠지만 그랜비도 마음에 들었을 수 있었다. 그는 그랜비에서 그녀와 함께하는 삶을 그리고 있었다.

"여기 다닐 때 저는 진짜 마법을 믿었어요. 그럴 만한 나이이기도 했지만 마법 같은 공상을 많이 했어요." 그가 더 자세히 캐묻지 않아 다행이었다. 에이스 오빠를 위해 남긴 표식, 공중전화, 진지한 강령회, 모든 걸 계시로 여기던 당시의 나를 설명할 길이 없었다.

내가 또 그런 공상에 빠져든 건지 모르겠지만 우주가 명확한 방향을 가리키고 있었다. 그건 나를 그랜비로 불러들이고 브릿과 올더를 그 길 위에 던져 놓고 야하브를 빼앗고 한때 제롬이 제공하던 안정감마저 앗아 갔다. 탈리아의 졸업 앨범 메시지와 플래너에 찍힌 점을 건네고 베스 도어티의 술병을 보여 줬다. 내 앞에 남은 것은 뚜렷한 길 하나뿐이지 않은가?

올리버는 살사에 답이 있는 듯 그것을 빤히 쳐다보았다. 나는 파티

때 소파에 앉아 있던 그를 보았다. 식당의 거대한 와플에 대해 엠버와 이야기를 나누는 그의 눈을 보았다. 그래서 말했다. "지금은 몸 사릴 때가 아니에요." 속마음을 간파당해 놀란 건지, 당황한 건지 그가 나를 올려다보았다.

나는 자리에서 일어났다. 2층으로 올라가서 랜스에게 메일을 보내야 했다. 나는 정말 여기까지고 이만 놓아줄 테니 당장 새 진행자를 찾아보라고 전해야 했다. 염두에 둔 사람이 몇 명 있었다.

"당신 마음이 어떤지 엠버에게 말해요."

56.

열여덟 살에게는 한 달이 몇 년이다. 탈리아의 죽음과 푸자의 밤마실, 오클라호마시티 폭탄 테러, 도쿄 지하철 테러, O. J. 심슨 재판, 보스니아 내전, 반 아이들의 차 사고, 이 모든 것은 어느 분주한 봄날의 소동이었고 심리적으로 특별히 가깝게 느껴지지는 않았다.

기억나는 것. 푸자, 레이철과 베스가 소원해짐, 밤의 세계로 떠남, 이후 그랜비에서 종적을 감춤. 팀 부세와 그레이엄 웨이트, 퀘백에서 술을 마신 뒤 차를 몰고 돌아오다 사고를 냄, 그레이엄은 중환자실에서 아무 희망 없이 하루를 버팀. (마법의 공중전화로 엿들은 첫 번째 목소리의 주인공 팀, 그리고 내게 톰 페티의 노래를 불러 준 그레이엄, 그나마 좋아한 남자애 둘이었다) 세 번의 장례식은 모두 흐릿하다. 당신은 매번 「험한 세상의 다리가 되어」와 「예루살렘」이라는 곡으로 합창단을 지휘했다. 「롤링스톤」의 기자도 있었는데, 그녀는 기사를 쓰기 위해 시내를 배회하며 빵집이나 약국에 가는 아이들을 붙잡으려 했다.

탈리아의 죽음이 우리 각자와 대중의 상상 속에 섞여 드는 게 이상한 일이었을까? 제니 오사카가 내려놓은 반장 자리를 이어받은 하니 카얄리는 졸업식 연설에서 모든 대화에 스며든 쓰라림과 생기 잃은 캠퍼스 반달리즘의 새 물결, 비난과 후회와 불신의 진흙탕, 이 모든 것으로부터의 치유와 새 출발에 대해 이야기했다.

가벼운 신부 드레스부터 라스베이거스식 칵테일 드레스까지 흰색 드레스를 입은 소녀들과 카키 바지와 검은색 블레이저를 입은 소년들은 안뜰에 모여 그 얘기를 멍하니 들었다.

내가 케이크 접시를 들고 세번 로브슨과 엄마 사이에 서 있는데 당신이 작별 인사를 한다고 찾아왔다. 그들을 어떻게 소개해야 할지 모르는 나와 그들이 누군지 완전히 이해하지 못하는 당신, 그 어색함을 기억하는지 모르겠다. 어차피 난장판이긴 했다. 사방에서 수많은 이모와 삼촌, 대부와 대모들이 불법 시가와 휴대용 술병을 들고 무리지어 다녔다. 4년 동안 친밀감을 강요당한 결과로 우리는 서로의 가운데 이름을 알게 되었다. 기숙사 방은 이미 비어 있었다.

당신이 엄마한테 한 말이 기억난다. "보디는 지난 3년간 제 충직한 비서였답니다. 할 수만 있다면 복제하고 싶어요."

엄마가 그랜비에 발을 들인 건 이때가 처음이자 마지막이었다. 캠퍼스를 둘러보는 내내 킁킁대고 냄새를 맡으며 모든 건물을 '고급스럽다'고 표현했다. 발목이 훤히 드러나는 카프리 바지와 꽃무늬 티셔츠를 입고 딸의 졸업식에 온 엄마를 나는 최대한 피했다. 당혹감은 일부였고 불쾌감이 대부분이었다. 엄마가 알지도 못하는 곳을 침범하여 내게 이별의 상실감을 안겨 준 장소들을 회의적으로 흘깃거리는 데 화가 치밀었다.

그리고 다들 내 아버지로 착각한 세번이 있었다. 나는 자라는 동안 로브슨 부부를 우아하고 부유한 부류로 여겼는데, 거기서는 그 역시 잘 맞지 않는 수수한 재킷을 걸친 중서부 중산층의 배불뚝이 아저씨에 불과했다.

엄마가 당신에게 물었다. "어떤 과목을 가르치세요?"

"음악입니다." 당신의 대답에 엄마가 당황한 표정으로 나를 힐끔 쳐다보았다. 당신은 사무실 문밖에 두고 온 선물(작별을 기념하는 마지막 로얄 크라운 콜라)을 언급하며 고마움을 전했다. "이사 갈 집 주소를 알면 편지하자고 할 텐데, 네가 유명해지면 소식을 들을 수 있겠지." 말이 끝나자마자 누군가가 사진을 찍자며 당신을 끌고 갔다.

"그게 무슨 뜻이니?" 휑한 테이블로 걸어가는데 엄마가 물었다. 반아이들이 잔디 건너편에서 가족을 떼어 내고 사진을 찍느라 자세를 취하는 동안 나는 엄마와 세번 옆에 앉았다. 아이들과 함께하고 싶은 마음이 간절했다. "충직한 비서? 그리고 네가 뭐로 그렇게 유명해진다는 거야?"

그때 도리언 컬러가 우리 테이블로 성큼성큼 걸어왔다. 그리고 세번을 향해 더할 나위 없이 점잖게 악수를 청했다. 그 뒤로 스키 선수 둘이 낄낄대며 따라왔다. 그가 말했다. "케인 선생님, 만나 봬서 영광입니다. 몇 년간 따님의 환심을 사려고 애썼는데 성공하지 못했습니다. 대신 말씀 좀 잘 해주십시오. 풍족하게 살면서 따님에게도 잘하겠습니다. 자녀는 따님이 원하는 만큼 가질 수 있습니다. 적어도 예닐곱 명. 제 이름은 불러입니다." 이 말을 들은 친구들은 남은 평정심마저 잃어버리고 배꼽을 잡으며 웃었다. "페리스 불러입니다." 도리언은 눈하나 깜짝하지 않았다. 당황한 세번이 점잖게 타이르자 도리언은 가벼운 묵례를 하고 돌아갔다.

세번이 말했다. "뭐, 다들 활기차 보여서 좋구나. 너무 진지한 건 보기 싫더라고."

나는 시가를 휘두르는 떠들썩한 무리로 돌아가는 도리언을 바라보았다. 집안들끼리 잘 아는 모양이었다. 그의 어머니가 휠체어를 타고 등장해 놀라긴 했다. 나중에 프랜이 자기 부모님께 들은 정보로 부연해 줬다. 컬러 부인은 도리언을 낳고 얼마 지나지 않아 휠체어를 탔다. 우리는 전혀 몰랐다. 캠퍼스에서 본 적이 없는 걸 보니 한 번도 오지 않은 모양이었다. 캠퍼스 주변의 길은 돌투성이여서 자전거를 타기에도 험했다. 학교에서 입학 전에 대놓고 자전거를 가져오지 말라고 우편으로 공지할 정도였다. 안뜰을 돌아다니는 것만으로도 보통 일이 아닐 듯했다. 그리니치에 있는 도리언의 집을 여러 번 방문했을 로비가 험한 길에서 자진해 휠체어를 밀고, 케이크와 펀치를 가져오고, 자신의 부토니에를 떼어서 그녀의 드레스에 꽂아 주었다.

오장육부가 다 도리언 컬러를 싫어했지만 처음으로 말을 걸고픈 충동을 느꼈다. "전혀 몰랐어. 너도 날 전혀 모르겠지만."

하지만 이미 다들 흩어져 빈틈없이 세워진 차량에 오르고 있었다. 떠날 시간이었다.

57.

목요일에는 진눈깨비가 왔다. 솔직히 잊고 있었다. 영화에서도 비나 눈이 오지 진눈깨비는 오지 않는다. 따갑고 질척이는 이 지긋지긋한 진눈깨비를 할리우드가 뭐하러 흉내 내겠는가?

나는 그랜비에서 우산을 쓴 적이 없다. 웬만한 별종이 아니고는 숲에서 무슨 할머니처럼 우산을 들고 다니기 어렵다. 11월부터 4월까지는 인후통, 12학년의 마지막 3주는 잔기침과 미열에 시달렸지만, 비틀거리며 수업에 들어갔고 양호실에서 받은 모트린 진통제로 연명하면서도 개의치 않았다. 그 미열이 몇 주간 자제력을 상실하여 커트나무 밑에서 위험한 노숙까지 감행한 기간의 전인지 후인지를 기억해 보려 애썼다. 그 무렵은 확실했다. 모두가 내 파리함과 초점 없는 눈을 걱정했지만 나는 아프다는 말로 모조리 무시했다. 심지어 나 스스로도 그렇게 믿었다.

그날 아침 수업은 영 기운이 없었다. 다들 그 이튿날 수업에 제출할 마지막 과제를 하느라 넋이 나가 보였다. 알리사는 현수교와 관련된 과제를 하느라 밤을 새웠다.

나는 메일을 확인하고(자동 반사적인 최악의 습관이었다) 아이들이 반쯤 나갔을 때 브릿과 올더를 불러 세웠다. 제롬과 나에 대한 항의 메일 사이에 바네사의 답장이 있었다. 퉁명스러울 뿐이지 화가 난 건 아니었다.

탈리아 언니의 플래너는 제가 가지고 있어요. 하지만 스캔을 부탁하시는 거라면 그건 어려울 것 같아요. 한번 보고 싶으시다면 제가 사는 매사추세츠 로웰과 그랜비 사이 어디쯤에서 만날 수는 있어요. 학생이 관여한다는 게 그리 반갑지는 않지만 내용은 보여 줄 수 있어요. 마음의 평화를 위해 신분증만 좀 확인할게요 이번 주말 어떠세요?

나는 토요일 아침에는 집으로 돌아가는 비행기를 타야 했다. 날짜를 미룰 수도 있지만 비용도 많이 들고 제롬이 어떤 몰골인지, 아이들을 얼마나 더 봐줄 수 있는지, 아이들 덕에 정신을 붙들고 있는지, 아이들 탓에 나빠지고 있는지 모르는 상태였다. 하지만 그 기회를 놓칠 수는 없었다.

　나는 너무 부담스러워하지 않기를 바라며 내일 아침 일찍이면 훨씬 수월할 거라고 답장을 보냈다. 제가 로웰로 갈게요. 나는 이렇게 적었다. 프랜한테 태워 달라고 하거나 리프트(미국의 택시 앱—옮긴이)를 이용하면 됐다. 그날 오후 영화 수업에 들어가면서 다시 메일을 확인해 보니 그녀가 아침 7시에 만나자며 카페 이름을 알려 주었다.

#7: 당신의 아내

당신의 아내였다고 해 보자.
당신의 아내였을까?

58.

내 계획을 들은 프랜은 좀처럼 불만을 감추지 못했다. 새벽 5시에 일어날 생각은 없지만, 차는 빌려줄 수 있다고 했다. 그리고 말했다. "이걸로 네가 종지부를 찍으면 좋겠어." 종지부와는 정반대의 것을 찾고 있던 나는 그 말에 웃음이 나왔지만, 애써 참았다. 프랜은 상황이 마무리되고 있다고 생각하는 편이 나았다.

아직 어두운 금요일 아침, 나는 무스가 나올까 봐 조심스럽게 언덕을 달렸다. LA에서는 운전하는 걸 워낙 싫어했다 보니 일상적인 운전을 좋아한다는 사실은 잊고 있었다.

가는 길에 연료를 채우고 얼떨결에 업무용 신용카드를 사용했다. 왜냐하면 그러니까. 당장은 이것이 유일한 업무이지 않은가? 브릿과 올더에게 팟캐스트를 계속할 수 있게 돕겠다고 제안하는 건 그날 오후에 할 생각이었다. 수업이 다 끝나지도 않았는데 대놓고 편애할 수는 없었다.

바네사는 약속대로 요가복에 어그 부츠를 신고 테이블 구석에 앉아 있었다. 기숙사에서 만난 어린아이의 얼굴 또는 「데이트라인」에서 본 젊은 여성의 얼굴보다 더 나이 들어 보였다. 자리에 앉으면서 운전면허증을 꺼냈더니 나를 미친 사람 보듯 쳐다봤다. "먼저 말씀하셨잖아요." 내가 말을 꺼내자 그녀는 자기가 뭐라고 했는지 금세 기억났는지 자조하며 신분증을 재빨리 훑어봤다.

"믿을지 모르겠지만 낯이 익네요. 어릴 때 언니는 아주 흥미로운 삶을 살았어요."

안 그래도 문자로 뭘 시킬 건지 물어보더니 그녀가 미리 주문한 라테를 내게 쓱 내밀었다.

"오해하실까 봐 확실히 해 둘게요. 가깝지는 않았지만 같이 살았고……."

"괜찮아요. 실은 더 좋아요. 가까운 친구들은 언니를 보호해 주지 않았잖아요? 그중 한 사람이었다면 신뢰하기가 더 어려웠을 거예요."

예상 밖이었다. 뼛속 깊이 안도감이 들었다.

"제가 이걸 왜 하겠다고 했는지 모르겠지만 사람들이 인터넷에서 플래너에 대해 떠드는 게 싫더라고요. 그 표시들이 폭식증 때문이네 뭐네 하면서." 폭식증이 살짝 있었던 건 확실했지만 끼어들지는 않았다. "뭔가 아시는 것 같은데 저도 알고 싶어요."

나는 혹시 실망할까 봐 걱정하며 고개를 끄덕였다.

"사건과 관련해서 형편없는 인간들이 수도 없이 접근해 오지만, 그 오랜 세월 동안 그랜비에서 탈리아 언니를 알고 지냈고 직접 만나 본 사람이 찾아온 건 처음이에요. 이거 참." 그녀가 의자에 걸어 둔 토트백에 손을 넣어 스프링으로 제본한 그랜비 플래너를 꺼냈다. 얼마나 오래됐는지 녹색 표지가 너덜너덜했다. 폭삭 바스러질세라 조심스럽게 받아 들었다. 하지만 그 안은 탈리아가 금방이라도 한 일에 줄을 긋고 단정하고 동글동글한 필체로 다른 할 일을 적을 것처럼 전부 새것 같았다.

나는 8월부터 이듬해 8월까지 쓴 플래너를 한 장씩 넘기며 프리시즌 테니스 일정, 구석에 적어 둔 전화번호들, 프로젝트 마감일과 과제 메모, 성가대 연습을 확인했다. 월요일부터 수요일까지는 왼쪽 페이지, 목요일부터 주말까지는 오른쪽 페이지에 있었다. 12월 8일에는 「카멜롯」 오디션. 12월 9일에는 성경 읽기와 캐럴 콘서트. 12번째 주는 중간고사. 그리고 곳곳에 빨간색 점, 파란색 X, 보라색 X가 있었다.

빨간색 점은 약 4주 간격일 때도 있고 6주나 8주 간격일 때도 있었다. 탈리아의 생리 날짜는 예측하기 어려웠다. 혹시 그게 문제의 일부였을까? 그녀는 깡말랐었다. 매번 생리를 하지는 않았다 해도, 그래서 매번 불안해했다 해도 놀랍지 않았다. 탈리아는 나처럼 생리한 날을 전부 표시하지 않고 시작일만 표시한 듯했다. 그래서 해석하기 더 어렵긴 했지만 나는 확신했다.

"알다시피 빨간색 점은 생리 날짜예요."

바네사가 고개를 끄덕였다. "그것도 하나의 가설이죠."

"아니, 진짜예요. 제가 이런 식으로 기록하라고 가르쳐 줬거든요. 전년도 건 없죠?"

그러자 바네사가 가방에서 뭔가를 하나 더 꺼냈다. 놀랍게도 겉표지가 황금색인 1993~94년도 플래너였다.

"세상에, 완벽해요." 나는 11학년 말의 2월 주간을 펼쳤다. 그녀가 기숙사에 일찍 돌아온 바로 그 목요일에 빨간색 점이 있었다. 나는 말했다. "탈리아는 임신에 대한 공포가 있어서 생리가 시작되면 무척 안심했어요. 이게 그거예요."

바네사가 천천히 고개를 끄덕였다. "그렇군요, 그래서 죽었을 때는 임신이 아니었는데 언니가 임신한 걸로 믿었다고 생각하는 사람들이 있었나 봐요. 하지만 점이 있으니……." 그녀는 12학년 플래너를 다시 가져와 한 곳을 펼쳐 보였다. 수사 과정에서 복사기와 스캐너에 납작하게 눌린 부분이었다. 탈리아가 죽기 나흘 전인 2월 27일 월요일에 빨간색 점이 있었다. 그녀가 말했다. "영 마음에 안 들었어요. 언니가 오마르에게 임신 소식을 알렸다느니 어쨌다느니 하는 가설이요. 둘은 사귀지도 않았거든요. 확실해요."

탈리아가 오마르라는 살인자와 사귀었다는 건 상상도 할 수 없는 일이라는 뜻일 수도 있지만, 어쨌든 일리 있는 말이었다.

나는 11학년 플래너를 2월 주간 전으로 넘겼다. 화요일에 파란색 X, 목요일에 보라색 X. 파란색과 보라색이 그해 봄 날짜 칸의 오른쪽 아래 구석에 드문드문 보였다.

나는 바네사가 화내지 않도록 조심스럽게 말했다. "거의 확실한데 X는 누군가와 잔 횟수일 거예요." 책장을 획획 넘기다 그녀가 로비와 참석한 봄철 댄스파티를 발견했다. 구석에 파란색 X 두 개. 봄철 댄스파티는 하노버 인에서 열렸다. 주말 외박을 신청한 학생들은 파티가 끝난 뒤 귀가하는 걸로 되어있었지만 실제로는 파티 하우스에 갔다. 그다음 날에도 파란색 X가 있었다. 나는 플래너를 바네사의 앞으로 돌려 놓은 뒤 주황색 형광펜으로 쓰고 검은 중성펜으로 테두리를 그린 봄철 댄스파티를 가리키며 말했다. "파란색은 로비예요. 보라색은 다른 사람인 것 같고요."

바네사는 머리카락이 양 뺨에 닿을 만큼 세차게 고개를 저었다. "언니는 오마르와 자지 않았어요. 두 사람이 사귀었다면 오마르는 자백을 철회하고 나서도 그렇게 말했을 거예요. 자기 DNA가 언니한테서 나온 이유를 설명하는 데 활용했겠죠."

"맞아요. 오마르는 아니었어요. 잠깐만요."

나는 그녀와 플래너를 맞바꾼 뒤 직감에 따라 12학년 겨울을 훑기 시작했다. 탈리아는 월요일마다 나보다 먼저 당신과 졸업생 발표를 연습했다. 1월 30일 월요일에 보라색 X가 하나 있었다. 2월 6일 월요일에도 하나 있었다. 탈리아가 로비와 휴가를 떠난 그다음 주 2월 주간에는 보라색 X는 없고 파란색 X가 많았다. 그리고 2월 20일에 다시 보라색 X 하나. 매주는 아니어도 제법 많았다. 맙소사, 내 생각이 맞는다면 내가 복도에서 대기할 때 당신은 탈리아와 관계를 맺고 있었을 것이다. 혹시 책상 옆에 있던 갈색 코르덴 소파에서? 다시 정리해 보자. 내가 그 방에 들어가 그 소파에 앉으면 당신은 일이 벌어진 바로 그 자리에 앉아 내게 말을 건네고 나를 쳐다봤을 것이다. 그때 그 카페에서도, 지금도 소화하기 힘든 얘기다.

그녀가 죽기 일주일 전인 2월 25일 토요일에는 DB, o/y라고 적혀 있었다. 그게 무슨 뜻인지는 당신에게 직접 들어 봐야겠지만(1년? 오직 당신?) 그날도 보라색 X가 있었다. 나는 플래너를 바네사 쪽으로 돌렸다. "데니 블로흐라는 이름 들어 봤어요?"

내가 당신과 탈리아의 관계에서 의심스러운 부분을 모두 털어놓았지만 그녀는 역겨워할 뿐 충격을 받지는 않았다. 약탈 행위에 진심으로 충격받을 여성은 정말 없는 걸까?

우리는 남은 시간을 염두에 두고(수업에 늦지 않으려면 뛰어야 했다) 20분 동안 플래너를 자세히 살펴봤고, 그해 가을 「폴리스」 연습이 있었던 밤과 보라색 X의 상관관계와 같은 확실한 패턴을 찾을 수 있었다. 그리고 기막힌 단서를 발견했다. 10월에 뉴욕으로 오페라 여행을 다녀오는 동안에는 파란색 X가 세 개, 보라색 X가 두 개였다. "뉴욕에 함께 간 남자애들은 둘이에요. 오마르 에반스는 확실히 아니고요." 나는 둘의 이름을 냅킨에 적어 바네사에게 보여 줬다. 죽은 켈런 테넥, 그리고 잉글리시 내셔널 오페라의 수석 테너가 된 콴 리. 베데스다 분수에서 본 일에 대해서도 말해 줬다.

그렇지만 예를 들어 보라색과 파란색이 각각 질내 삽입과 구강성 교라면 둘 다 로비일 수 있었다. 그게 아니라는 걸 바네사가 증명했다. 나는 94~95년도를, 그녀는 93~94년도를 살펴보고 있었다. 그녀가 펜으로 테이블을 때리며 정적을 깼다. "여기요." 1994년 3월 4일부터 6일까지 주말 전체에 스키팀—헤브론 원정이라고 적혀 있었다. 그때 스키팀은 분명 메인주에 있었다. 그런데 그 주 토요일에 보라색 X 가 있었다. "언니가 스키팀을 따라가지는 않았죠?"

나는 고개를 저었다. "원정에 친구들을 데려갈 수는 없었어요. 어쩌면 외박 신청을 하고 다른 누구의 집에 갔을지도, 아니, 이것 보세요. 주말에 테크 리허설(배우의 동선과 무대의 기술적 측면 등을 점검하는 기술 총연습—옮긴이)이 있었네요." 훨씬 작은 글씨지만 「흡혈 식물 대소동」의 배우를 포함한 테크 리허설이 로비의 경기 일정과 함께 적혀 있었다. 내가 총책임자인 중요한 날에 탈리아가 참석하지 않았다면 기억에 남았을 것이다.

"그렇다면." 그녀가 말했다.

나는 고개를 끄덕였다. "그러네요."

바네사가 12학년 플래너를 가운데로 끌어당겼다. "언니가 죽은 그 주에도 수요일에 괄호 친 파란색 X가 있네요. 괄호는 뭘까요?"

"생리 중이었을 수 있어요. 섹스가 아니었을 수도 있고요."

"체외 사정인지도 모르죠." 그녀가 말했다. 나는 바네사가 이런 것으로부터 보호받을 필요 없는 성인임을 스스로 상기하고 말했다. "목요일에는 둘 다 있었어요."

"너무 많네요." 바네사는 이렇게 말하고 무미건조하게 웃었다. "그렇게 어렸는데 상상이 가요?"

나는 고개를 젓고 말했다. "저보다 더 잘 아실 테지만, 제 느낌에 데니 블로흐는 제대로 조사받은 적이 없는 것 같아요. 탈리아의 죽음에 대해서요." 사건이 해결되지 않은 채로 완전히 은폐되었을 수 있다고 하면 그녀가 어떻게 받아들일지, 얼마나 분개할지 알 수 없었다.

바네사는 내 얼굴이 아닌 다른 뭔가를, 어깨 너머에 있는 뭔가를 응시했다. "그 사람이 몇 살이었다고요?"

"서른셋이요. 기혼이고 애가 둘이었어요. 아직 교단에 있고요."

그녀가 손끝을 콧등으로 가져갔다. "맙소사."

"걱정이에요. 경찰 조사가 시작되기 전에 아이들끼리 별 얘기를 다 했거든요. 소문이 어떻게 만들어지는지 알잖아요. 다들 로비를 보호 하려고 했을 거예요. 경찰이 가장 먼저 주목할 게 빤하니까. 내가 친 구들보다 더 많이 알 거라고는 생각하지 못했어요. 나한테 없는 정보 가 있으니까 오마르를 지목했겠거니 했죠. 그런데 최근 들어 내가 더 많이 알았을 수 있겠다는 생각이 들어요. 적어도 이 한 가지는, 중요 한 한 가지는 알았는데 누구도 묻지 않더군요."

주문대 뒤에서 들려오는 요란한 충돌음과 이어지는 날카로운 키득 거림. 바네사가 뒤를 돌아보았다. 조명을 받으니 체념한 듯 굳어 버린 얼굴이 더 늙어 보였다. 갑자기 그녀에게서 뉴스에 나온 모든 살해된 소녀의 자매들이 보였다.

그녀가 다시 나를 돌아보는데 일반적인 당혹감 외에는 읽을 수가 없었다. "이런 얘기를 해 줘서 고마워요. 이걸로 뭘 해야 할지는 모르 겠지만."

나는 그녀의 표정을 읽어 보려 애썼다. 오마르의 유죄 판결에 관한 의혹들을 받아들일 수 있을지, 아니면 그가 죽을 때까지 철창에 갇혀 있기를 원하는지, 아니면 불과 며칠 전의 나처럼 확실한 것에서 한 발짝이라도 떨어지면 심각하게 불안해지는지 알아보려 애썼다.

"여기까지 오면 안 되는 일이죠. 수사관들이 오래전에 일을 해야 했 어요. 경찰 말이에요. 오마르도 제대로 된 변호인단을 갖춰야 했고요. 변호인 측 수사관들이 다른 용의자들을 조사하면서 이런 많은 일을 해야 했어요. 모두의 마음이 편안해지려면 말이죠."

"소화할 시간이 필요해요."

나는 고개를 끄덕였다. "혹시 편지나 졸업 앨범에 데니 블로흐가 썼거나 그와 관련된 것이 있으면…… 예를 들어 그가 여름에 편지를 썼는지 알고 싶어요."

그녀는 듣고 있지 않은 듯 말했다. "이렇게 될 줄 꿈에도 몰랐어요."

"오마르가 또 항소를 할 수 있을지 모르겠어요. 그걸 당신이 어떻게 느낄지도 모르겠고요. 하지만 우리 학생들이 계속 사건을 파헤치다 보면 수사관들이 그랜비에서 전혀 주목하지 않았던 것들이……."

"전 연락하고 있어요. 오마르랑."

막 일어나서 어색하게 포옹을 나누며 작별 인사를 할 참이었는데 온몸이 의자 위로 축 가라앉았다.

"몇 년 전에 치료사가 제안했어요. 용서와 평화를 얻기 위해서요. 그 사람을 만나러 한 달에 한 번 콩코드에 가요. 그게, 처음에는 편지를 썼고 그다음은 통화를 하다가 결국 찾아가기 시작했는데, 그 얘기를 하지는 않아요. 언젠가 그 사람이 자기 짓이 아니고 언니를 잘 알지도 못한다고 말한 적이 있는데, 그 후로는 둘 다 그 일에 대해 언급하지 않아요. 그보다는…… 각자의 삶에 대해 이야기하죠. 부모님은 모르세요. 이해하지 못하실 거예요."

"대단하네요. 아무나 할 수 있는 일은 아니죠." 그리고 불쑥 내뱉었다. "제 학생들도 당신, 그리고 그분과 이야기를 나누고 싶을 거예요."

그녀가 목소리를 낮추고 말했다. "저는 물론이고 당신은 더더욱 알아서는 안 되지만, 그 사람 지금 병원에 있어요. 적어도 엊그제까지는 그랬어요."

"아. 심각한 일인가요?"

그녀가 한심하다는 듯 쳐다봤다. "목숨이 왔다 갔다 하는 수감자들만 병원에 데려가요. 수요일에 교도소를 찾아갔는데, 거기서 알게 된 여자분이 남편을 면회하고 나오면서 오마르가 공격을 당해서 거기 없다고 알려 줬어요. 자세한 내용은 그분도 모르더라고요. 너무 걱정되는데 더 알아낼 방법이 없어요. 당신이 알면 안 되는 일이라는 거 명심해요. 감방에 돌아가기 전까지는 그 사람 가족도 모를 거예요. 수감자 이동 현황은……."

"아무 말도 안 할게요."

왜인지 오마르를 도울 기회가 적을 수 있다는 생각은 하지 못했다. 오래 살 줄만 알았다. 늘 건강해 보이던 사람 아니었던가? 어리석게도 나는 감옥에서 죽는 게 얼마나 쉬운 일인지 고려하지 못했다.

나는 가는 목소리로 말했다. "언젠가 학생들과 대화할 의향이 생기면, 일이 잘 풀리고 오마르도 나아져서 소개해 줘도 괜찮겠다 싶으면 잘 좀 얘기해 주세요. 문제를 일으키지 않을 겁니다. 좋은 아이들이에요." 나는 바네사가 콩코드를 오가면서도 여전히 오마르의 유죄를 믿는다(내가 설득한 게 아니라면)는 걸 눈치채고 다음 말을 신중히 골랐다. "답이 없는 질문은 일부 묵혀 둘 수 있을 거예요."

그녀가 눈을 감고 옅은 미소를 지으며 고개를 살짝 떨궜다. 대화의 마침표 혹은 쉼표였다.

평범한 방식으로(동료로서 이웃으로서) 바네사를 만나고 나중에 그녀가 평생 살해당한 언니의 동생이라는 역할로 살아왔다는 것을 알게 됐다면 정말 이상했을 것이다. 처음에는 그녀가 강력한 무게중심과 뭔가를 꿰뚫어 보는 지친 눈을 가졌다고만 생각하다가 나중에는 그녀가 평생을 고갈된 상태로 살아왔음을 깨달을 것이다. 하지만 나는 그녀가 늘 이렇지는 않을 거라고, 늘 어렵게 찾은 자기 평화를 무력화하려는 사람을 카페 구석에서 만나지는 않을 거라고 스스로 상기했다.

차로 돌아가는 길에 내가 스친 모든 사람이 슬픔의 파장을 내뿜었다. 그들은 푹신한 소파에 앉아 카메라를 보며 시신이 발견됐을 때 어땠는지, 또는 시신을 찾지 못해 어떤지, 또는 음성 메시지를 듣고 어땠는지, 또는 늘 소지하던 핸드백이 발견됐을 때 어땠는지를 이야기하는 삼촌 혹은 조카딸 혹은 베이비시터였다. 어떤 여자가 핸드백을 두고 가는가? 핸드백을 두고 간 적이 있는가?

유모차를 끄느라 인도 전체를 차지한 여자는 피곤해도 행복해 보였다. 하지만 그럴 리 없었다. 그녀는 레스터 홀트에게 범행 현장을 안내해야 하는데 늦었다. 그에게 눈더미 속에서 마네킹을 발견한 장소를 보여 줘야 했다. 그를 계곡으로 데려가 이태리 구두를 신고서 죽은 통나무를 조심조심 넘게 해야 했다. 그에게 침대와 베개, 부서진 커튼 봉, 머리빗을 보여 줘야 했다.

이것 봐요, 레스터 홀트. 이게 그 여자 핸드백이에요. 누가 핸드백을 두고 가겠어요?

#8: 당신

이제 그리로 가 보자. 장면을 그려 보자.

당신은 공연이 끝난 뒤 잊지 않고 무대 위에 오른다. 목격되는 것은 그리 중요하지 않다. 그보다는 차분하고 행복한 아버지로 찍혀서 나중에 사람들이 녹화 테이프를 보고 이 남자는 누굴 죽일 사람이 아니라고 생각하게끔 하는 것이 훨씬 더 중요하다.

탈리아는 임신인 것 같다고 했지만 그렇게 조심하는데 그럴 리 없다. 그 애는 두 달에 한 번은 꼭 생리가 늦다고 확신한다. 생리 주기를 더 잘 기록해 보라고 하니 그녀가 말한다. "꼭 보디 케인처럼 말씀하시네요. 이게 다 그 애가 써 온 방식이라고요." 탈리아가 지난 1년간 그 방식을 따라 써서 자기가 임신이 아니라는 사실을 더럽게 잘 안다는 걸 당신은 모른다. 당신이 아는 탈리아는 약속한 시각에 전화하고 당신이 사다 준 알약을 먹고 친구들에게 비밀로 하는 등의 사소한 일에 마음 쓰지 않는다.

탈리아는 아이들을 봐 달라는 아내의 부탁에 매번 응한다. 원래는 밤늦게 집에 바래다주려고 짜낸 전략이었지만, 당신은 더 좋은 계획을 세우고 나서 수잰의 부탁을 거절하라고 말한다. 하지만 토요일에도 탈리아는 당신의 집을 지키고 당신과 수잰은 하노버의 친구들과 저녁을 먹으러 간다. 월요일, 탈리아는 당신의 사무실에 앉아 뿌루퉁한 표정으로 신혼여행을 어디로 갔냐고 묻는다. 이어지는 질문들을 보아하니 앨범을 뒤져 본 것이 분명하다. 그 주 후반에는 수잰의 파란색 나이트가운이 사라진다. 몇 주 후 탈리아가 또 아이들을 봐주고, 그날 밤 당신은 침대에 올라가다가 탁자에서 눈물방울 모양의 귀걸이 한 쌍을 발견한다. 마치 당신이 그녀를 침대에 들인 것처럼, 마치 수잰이 그걸 발견해야 했던 것처럼, 마치 탈리아가 어느 영화의 한 장면을 그대로 옮겨 놓은 것처럼. 당신은 귀걸이를 잽싸게 주워 잠옷 바지 주머니에 넣고 새벽 2시쯤 몸을 뒤척이다 귀걸이에 허벅지를 찔린다. 다행히 허벅지만 찔린다.

당신은 세 번이나 관계를 정리하려고 했다. 그러고 싶어서가 아니라 졸업식이 다가오고 있어서였다. 탈리아가 멋진 마무리를 위해 무슨 짓이라도 벌일까 봐 걱정이다. 그녀는 앤도버에 사는 어떤 소녀에 대해 말해 줬다. 소녀는 수학 선생님과 열렬한 사랑에 빠졌고, 선생님은 졸업식이 끝나자마자 사표를 던지고 모두가 보는 앞에서 그녀를 안아 들었다. 두 사람이 그의 차를 타고 떠나자 소녀의 부모는 아연실색했다. 그녀는 이 이야기를 여러 번 했다. 졸업 앨범 메시지가 전부 당신에 관한 것이니 기다리라고 말했고, 졸업생 장기 자랑에서 일어나 노래를 바치겠다는 농담을 했다. 그리고 어떻게 사랑하지도 않는 여자와 살 수 있냐며 매사추세츠 대학교 애머스트 캠퍼스의 대학원 과정 안내 책자를 가져다주고, 아내에 대한 증오심을 키워 당신을 두렵게 했다. 수잰이 매주 토요일 오후에 시내에서 요가 수업을 듣자 탈리아도 그 수업을 따라 듣기 시작했다.

당신은 대학에 가면 자유를 원하게 될 것이고 애머스트 캠퍼스는 가능성의 세계가 될 것이라고 세 차례 말했다. 두 번째 시도에서 그녀가 말한다. "자해하지 않고 이 일을 극복하려면 정신과 의사를 찾아갈 수밖에 없어요. 걸스타인 선생님과 얘기를 해야겠어요." 배리 걸스타인은 환자의 비밀을 지켜야 할 의무가 있겠지만 그 역시 그랜비에서 고용한 사람이다. 동료와 관리자들, 그리고 당신을 아는 사람이다.

세 번째 시도에서는 과호흡이 오는 바람에 탈리아는 사무실 소파에 앉아 무릎 사이로 숨을 내쉬며 말했다. "엄마랑 얘기해야겠어요. 일단은 집에 가서 엄마한테 다 털어놓을래요." 당신은 등을 쓰다듬으며 네가 오해하는 것이고 내가 다 알아서 하겠다고 말했다.

남은 이야기는 이렇다고 해 보자.

당신은 탈리아와 체육관 뒤에서 만나기로 하고, 일단 집에 들러 수잰에게 한동안 지하 사무실에 있을 거라고 말한다. 9시 45분, 육아로 지친 아내가 침실로 향한다. 당신은 수면유도제를 건네며 할 일이 너무 많다고 말한다. 그리고 지하로 내려가 긴 작업(한 친구가 읽어 달라고 부탁한 시나리오를 인쇄하는 일)을 시작한 뒤 사무실 문을 닫고 덧문으로 나간다. 멀리서 보면 교사인지 학생인지 알아볼 수 없도록 그랜비 맨투맨 셔츠와 스키 모자를 쓴다.

혹시라도 DNA가 남을까 봐 입 맞추려는 탈리아를 막아 세운다. 그리고 한 번 더 기회를 주고자 말한다. "탈리아, 이제는 끝내야 해. 산 사람한테는 절대 아무것도 말하지 않겠다고 약속해."

설사 그러겠다고 해도 당신은 믿지 않았을 것이다. 그녀가 가방을 바닥에 패대기치고 벽에 기대어 너무 큰 소리로 우는 바람에 입에 장갑을 물릴 수밖에 없다. 그녀는 이별을 감당할 수 없을 것이 분명했고, 그러면 너무 많은 사람의 삶이 부수적인 피해를 볼 것이다. 본인은 모르겠지만 그녀 역시 마찬가지다. 이 일이 밝혀지면 그녀의 삶은 어떻게 될까? 그녀의 부모님의 삶은? 당신과 수잰, 아이들도 있다. 그랜비도 있다. 그랜비가 무슨 일이든 잘 숨긴다 해도 관련자들이 모두 침묵해야만 가능하다. 탈리아는 지금처럼 악을 쓸 것이다. 입을 막고 있던 손으로 그녀의 머리를 벽에 메다꽂는다. 두 번, 세 번, 어려울 것 없다. 다른 손으로는 그녀의 목을 찾는다. 곧 드러나듯 당신은 이런 짓을 할 만한 사람이 아니다. 하지만 이왕 시작한 것은 최대한 빨리 끝내는 사람이다. 절박해지자 힘이 솟는다. 피를 볼 생각은 아니었고 그냥 기절시켜서 수영장에 넣으려고 했을 뿐인데 손가락이 매끈한 목을 찾아간다. 피가 말해 준다. 이걸로 끝이고 이게 현실이다. 돌이킬 수 없다.

당신은 한때 그녀를 사랑했다. 이렇게 당신의 사랑이 떠날 수 있다는 건 당신은 무엇이든 떠날 수 있는 사람이라는 뜻이다. 당신은 일을 쉽게 구분하는 사람이다.

당신은 남은 계획을 충실히 이행한다. 그날 아침에 경보를 해제한 수영장 뒷문을 열고 미리 준비해 둔 여분의 수영복을 가져와 그녀의 깡마른 몸에 손쉽게 입힌다. 핏자국도 문제고 당신이 원하는 만큼 단순한 이야기로 비치지는 않겠지만 그래도 당신은 장갑 낀 손으로 그녀의 머리를 받쳐 들고 수영장에 굴려 넣는다. 상처에서 피가 소용돌이치다가 분홍빛으로 옅어지고 사라지는 모습을 지켜본다. 이 모든 것이 전부 떠밀려 가고 가벼워져서 아무것도 아닌 일이 될 거라는 신호다. 딸의 등교를 준비하듯 그녀의 가방과 옷가지를 가지런히 정리한다.

집에 돌아가니 인쇄 작업이 끝나 있다. 옷을 벗어 세탁기에 넣고 건조기에서 운동복 바지와 티셔츠를 꺼내 입은 뒤 친구의 시나리오를 들고 침실로 간다. 수잰이 눈을 뜬다. "프린터 소리에 깬 거 아니지?" 당신은 시나리오를 흔들며 말한다. 유난히 시끄러운 고물 프린터라서 전에도 불평한 적이 있다. 그녀가 시나리오는 어떠냐고 묻는다. "형편없어. 골치 아파 죽겠어."

당신은 늦은 샤워를 한다. 어릴 때처럼 젖은 머리로 잠드는 걸 좋아해서 자주 그런다. 그리고 침대로 돌아가 아내의 몸을 부표처럼 휘감아 안는다.

59.

그랜비로 돌아가 보니 며칠째 흔들지 않은 스노볼처럼 모든 게 그대로였다. 안뜰을 가로지르거나 식당 건물에서 냉동 와플과 커피를 들고 종종걸음치는 사람도 보이지 않았다. 늦은 시간이라 움직이는 건 나뿐이었다. 나는 올더에게 문자를 보내 먼저 수업을 시작하라고 일러두었다. 그리고 프랜의 차를 퀸시홀 뒤 주차장에 세워 두고 큰 나무 계단을 따라 2층으로 뛰어 올라갔다. 한 번에 두 칸씩 오르는 건 12학년 이후로 처음이었다.

9학년 때 영어 중간고사를 망치고 그 계단에서 흐느껴 운 적이 있다. 계단에서 굴러떨어져 꼬리뼈에 멍이 든 적도 있다. 한 번은 도리언 컬러와 땅꼬마라고 부르던 전학생이 나와 카를로타를 층계참 구석으로 몰았다.

앞서 말한 땅꼬마와 얽힌 사연이 바로 이것이다.

카를로타와 나는 계단과 계단 사이에 있는 층계참의 첫 번째 계단에 앉아 있었다. 당신은 퀸시홀에서 많은 시간을 보내지 않았을 테니 곡선으로 휘어지는 짙은 녹청 난간을 기억해 내지 못할 수 있다. 방과 후였고, 카를로타는 기타로 「디즈 아 데이즈」라는 곡을 연습하고 있었다. 그 노래는 몇 차례 잠시 유행했지만 졸업을 앞둔 무렵에야 우리의 영혼을 울리는 노래가 되었다.

두 소년은 카메라를 가지고 있었는데 암실 옆이었으니 이상할 건 없었다. 도리언이 우리를 찍었고, 카를로타는 노래를 멈추고 뭘 원하는지 물었다.

"남은 필름을 처리하고 있었어." 그가 말했다. 그러고는, "땅꼬마, 너도 같이 찍어." 파크먼 월콧은 거구를 이끌고 계단을 뛰어 올라오더니 땀 냄새와 드라카 느와르(80년대를 대표하는 남성용 향수—옮긴이) 향을 풍기며 우리 사이에 털썩 주저앉았다. 나는 도리언의 헛소리에 넘어가지 않았고 카메라를 향해 웃을 생각도 없었다. 카를로타 역시 마찬가지였다. 플래시가 터지는 순간, 땅꼬마가 두 팔을 뻗어 내 오른쪽 가슴과 카를로타의 왼쪽 가슴을 세게 움켜쥐었다. 손끝에 짓눌려 멍 자국이 남을 정도였다. 카를로타는 길길이 날뛰며 자기에게서, 우리에게서 그를 떼어 내고 의도한 건 아니었지만 기타 헤드로 손쉽게 목젖을 후려쳤다. 그가 욕지거리를 내뱉었고 그녀가 다음은 불알이라며 고래고래 소리를 지르는 동안, 나는 어쩔 줄 몰라 멀뚱히 있었고 도리언은 웃느라 허리를 펴지 못했다. 거기를 어떻게 빠져나왔는지 모르겠다.

　1995년 이후로 그 일을 떠올린 건 한두 번이 다였다. 억눌렀다기보다는 다시 떠올리지 않았을 뿐이다. 하지만 2018년에 같은 계단을 반쯤 오르던 나는 문득 따져 보았다. 도리언 컬러는 자기 성기를 세 번이나 내 얼굴에 들이밀었고, 친구가 내 가슴을 움켜쥐는 걸 카메라로 찍었으며, 4년간 또래들 앞에서 내게 망신을 주었다. 그가 장난이라며 웃어넘길 수 있었던 것들이 점차 확장되더니 물리적 폭력이 된 것이다. 이때가 12학년 가을이었다. 카를로타가 학부모 초청 주간 콘서트를 위해 그 곡을 연습하고 있었으니 확실했다. 그녀는 계단 사건 이후 며칠을 차갑게 굴었고, 우리는 콘서트 날 밤이 되어서야 속마음을 털어놓았다. 그녀는 사건의 책임을 내게 돌리며 겁쟁이처럼 구는 데 질렸다고 말했다. 그러면서 나를 모질이라고 불렀다. 내가 어린 시절과 아빠, 오빠 얘기를 꺼내자 말을 가로막으며 듣기 싫다고 했다. 그러다 이내 사과했고 우리는 눈물을 흘렸다. 이때는 10월이었다.

10월은 채식주의라는 편리한 핑계를 대며 굶기 시작한 때였다. 담배를 유일한 숨구멍인 양 빨아 대기 시작한 때이기도 했다. 그때부터 봄까지 몸을 굶겼더니 정규 시즌에는 시합을 뛰기는커녕 걸스카우트용 카누도 저을 수 없게 되었다. 이렇게 긴 세월이 흐르고 나니 명확해졌다. 그때 나는 내 몸을 좀먹고 있었다.

가슴을 붙잡힌 일은 내게 일어날 수 있는 최악의 사건이 아니었다. 나는 더한 곳에서도 살아남았다. 다만 감당하기 버거웠을 뿐이다.

그러고 나서 탈리아가 죽었다. 그녀가 심하게 훼손되어 물속에 던져졌듯 모든 소녀는 이용당하고 버려지는 한낱 몸뚱어리에 불과했다. 몸뚱어리만 있으면 그런 식으로 붙잡히고 파괴될 수 있었다.

결국 나는 숲에 있는 그 나무에 다다랐다.

그리고 더딘 방법들로 스스로를 해쳤다.

로레타 영은 클라크 게이블에게 강간당했다는 것을 인지하지 못했다. 그녀는 그와의 사이에서 태어난 딸을 '걸어 다니는 죄악'으로 여겼고, 80대에 「래리 킹 라이브」를 보면서 데이트 강간에 대해 알게 되었으며, 그를 피하지 못한 것이 자기 잘못이 아니라는 걸 깨달았다.

나는 그날 오후 영화 수업에서 로레타 영의 이야기를 하기로 했다. 그들을 세상으로 내보내기 위한 준비 같은 것이었다.

어느새 나는 퀸시홀 212호 문 앞에 서 있었다. 그 안에서 팟캐스트 꿈나무들이 우리의 마지막 만남을 기다리고 있었다. 전할 소식이 많았다. 나는 외투를 벗고 머리를 매만졌다.

문을 열자 아이들 뒤로 태양이 빛났고 그들은 빛 그 자체였다.

60.

토요일 아침, 프랜이 두 아들을 체조 수업에 데려간 사이에 나는 앤의 차를 타고 공항으로 향했다.

공영 라디오 방송에서 뉴스가 흘러나왔다. 작은 마을의 시장이 전비서에게 성희롱으로 고발당하고 이튿날 스스로 목숨을 끊었다는 것이었다.

아니다. 셰프가 곧 강간 혐의로 기소될 것을 알고 자신의 빈 레스토랑에서 스스로 목을 맸다는 것이었다.

전남편이 문 앞에 나타나 알약을 삼켰다면서 다시 받아 주지 않으면 병원에 가지 않겠다며 으름장을 놨다는 것이었다.

차 안에서의 1시간 30분이 어색해지지 않도록 이런저런 화젯거리를 생각해 뒀지만, 캠퍼스를 벗어나자 앤이 기다렸다는 듯 말했다.

"프랜은 학교를 너무 보호하려 든다는 게 문제예요."

나는 식료품점에 다녀올 때 무임승차한 듯한 자색 양파 껍질을 보조석에서 집어 들고는 작은 조각으로 접고 또 접었다. 섬유가 매번 깔끔하게 갈라지는 느낌이었다.

"프랜은 내가 그만두기를 바랄 거예요. 알아요."

"소설 쓰지 말라면서 반박하겠죠. 문제를 일으키고 싶지 않아서 그래요."

화가 치밀어 나도 모르게 거친 숨을 내뱉었다. "돌겠네. 이건 불편하고 말고의 문제가 아니에요. 만약 오마르가……."

"네, 알아요."

"재밌네요. 평지풍파를 일으키는 방법을 알려 준 장본인이 프랜이

거든요."

"그러게요. 하지만 프랜에게는 여기가 집이잖아요. 잘 아실 거예요."

안다. 완전히 동의하지는 않아도 수벌이 벌집을 보호하듯 그랜비를 보호하려는 본능적이고 반사적인 행동이라는 것은 이해했다. 어떤 장소에 그 정도의 애착을 갖는다는 것 자체를 나는 상상조차 할 수 없었다. 처음 만났을 때 나는 집이 없는 사람이었고 프랜은 집을 떠난 적이 없는 사람이었다.

다른 신입생들이 다양한 교실의 위치를 숙지해 가는 동안, 프랜은 내게 여분의 플라스틱 원반을 넣어 두는 레슬링장의 보관장을 보여 줬다. 동창회에 쓸 주류를 보관하는 곳도 보여 줬는데 감히 손대지는 못했다. 숲에 가서 200년 전에 죽은 농부들의 작은 묘비도 세 개 보여 줬다.

이런 비밀 장소들을 안다는 건 학교를 잘 알고 소유한다는 뜻이었다. 혼자 또는 단둘이 갈 수 있는 비밀 장소가 많았다.

조명 부스, 분장실, 소품 창고, 캣워크(무대 조명이나 음향 등을 조정하고 보수할 때 사용하는 천장의 좁은 통로—옮긴이) 같은 극장의 공간들은 12학년이 되면서 내 차지가 되었다. 누가 음료수 캔을 내려놓을 때마다 고함을 질러 대는 것이 즐거운 일은 아니어서 친구들을 초대하지는 않았다.

암실은 제프가 독점하다시피 해서 자연스레 나와 프랜과 카를로타의 공간이 되었다.

운동 장비 창고는 쥐에 대한 공포를 극복할 수 없어서 웬만하면 가지 않았다.

자코비 홀에는 사용하지 않는 벽난로가 있었는데, 몇몇 커플은 그 앞에 있는 피아노를 바짝 당겨 놓고 그 안에서 불장난을 하며 상습적으로 그 공간을 차지했다.

숲은 어둡고 추운 날이 많았고 그 바닥은 참을 수 없을 정도로 딱딱하거나 부츠가 떨어지지 않을 정도로 무르고 축축했지만, 그 안에도 매트리스는 물론이고 유명한 그루터기와 벽돌담의 잔해 등 만남의 장소가 10여 곳은 있었다.

대담한 아이들은 복사한 열쇠로 이곳저곳을 드나들었다. 캠퍼스 밖에 살던 어느 선생님의 교실이 가장 안전한 편이었는데 그러다 11학년 때 호르헤 카르데나스와 라런 빌레브란트가 아레나 선생님한테 현장을 들키고 말았다. 옷은 거의 다 입고 있었지만 망신은 망신이었다.

통금 시간과 현관 경보 장치, 당직 선생님을 피하는 방법도 있었다. 프랜은 엄밀히 말해 통학생이었지만 스무 명 가량의 다른 통학생들과 달리 야간 자율 학습 시간에도 캠퍼스 밖으로 쫓겨나지 않는 유일한 통학생이었다. 언젠가 펠로니 선생님이 밤 10시에 안뜰을 가로지르는 프랜을 붙잡아 이를 문제 삼으려 하자, 그녀는 그러면 통학생은 방과 후에 집 안에만 틀어박혀 있어야 하냐며 그를 설득했다. 개를 산책시켜야 한다면? 가족과 테라스에서 바비큐를 한다면? 그 일이 있고 나서는 더 대담하게 돌아다녔다. 12학년 때는 1층에 있는 내방 창문 밖에 의자를 끌어다 놓고 수다를 떨었다.

당신은 공적 공간과 사적 공간이 겹친 캠퍼스를 보지 못했을 것이다. 우리는 무척 드물고 귀중한 이 사적 공간을 위해 모든 위험을 감수했다. 그러나 당신에게는 아파트가 있었고 교실이 있었다. 차가 있었고 그 차를 타고 갈 만한 곳도 있었다.

우리가 가진 것이라고는 두 다리뿐이었다. 집과 수십 수만 킬로미터 떨어져 있고 실제로 책임질 일도 거의 없는 10대로서의 자유를 누리면서도 우리는 늘 갇힌 기분이었다. 유일한 선택지는 같은 길로 되돌아가는 것뿐인 실험실 쥐들 같았다. 퀸시 홀로 이어지는 돌계단 중간에 있는 매끈한 홈들은 200년 동안 운동화와 부츠가 같은 곳에 부딪히면서 만들어진 것들이었다.

앤의 차 안에 공영 라디오 방송이 계속 흘러나왔다.

그녀의 치아 사이에서 녹색 합성 섬유를 찾았다고 했다.

그녀의 신발이 사라졌다고 했다.

그녀의 자전거가 사라졌다고 했다.

다투는 과정에서 부러진 그녀의 손톱이 사라졌다고 했다.

앤이 말하고 있었다. "누가 학교를 구글에 검색하기만 해도 나는 입학처의 입장을 생각해야 해요. 먼 과거도 그렇지만 진행 중인 드라마도 악몽이거든요."

누군가 급히 휘갈겨 쓴 손글씨처럼, 약사만 읽을 수 있는 의사의 처방전처럼 나뭇가지들이 흐릿하고 무질서한 형체로 변했다.

나는 이해한다고 대답하면서도 운동 장비 창고를 생각했다. 창고는 체육관 뒤 측면에 있었고 수영장 비상구와 9미터 남짓 떨어져 있었다. 투광 조명등은 없었다. 나는 전교생 중 절반은 열 수 있었던 창고 문을 떠올렸다. 누구든 올라갈 수 있었고 실제로도 종종 올라가는 애들이 있었던 그 위의 중계석을 떠올렸다.

눅눅한 창고 벽에 루미놀을 뿌려 봤을까? 중계석에 올라가 봤을까? 관람석은? 철커덕대는 금속과 그 아래 공간들. 두 사람이 늦은 밤에 실제로 대화를 하러 갔을 만한 장소는? 참사가 일어난 뒤 누군가를 끌고 가기에 가장 적합한 장소로 수영장을 선택할 만큼 수영장 뒷문과 가까운 장소는? 체육관에 둘러친 노란색 접근 금지 테이프만 떠올랐다.

오마르가 한 짓이라면 당연히 체육관에서 일어났을 것이다. 다른 곳을 뭐하러 보겠는가?

나는 즉흥적으로 올더에게 문자를 보냈다. 그가 보낸 문자들은 아직 수신함 상단에 있었다. 마지막 수업 후 나는 올더와 브릿에게 팟캐스트를 계속할 거라면 돕겠다고 했다. 너희가 너무 바빠지면 내가 뭔가를 직접 해 볼 수 있다고 했다. 너희가 조사해 볼 만한 게 있어. 이렇게 적었다. 창고와 아나운서들을 위한 중계석은 축구장이 없어져서 필요 없는데도 아직 건재했다. 그리고 이렇게 적었다. 페인트를 다시 칠했겠지만 뭐가 됐든…… 혈흔이 남아 있을 수도 있지 않을까? CSI 놀이를 하라는 게 아니었다. 이 장소들을 수사했는지 살펴보고, 시설물 기록에 접촉해서 마지막 페인트칠이 언제였는지, 관람석은 언제 마지막으로 교체되었는지 알아보라고 제안했을 뿐이다.

그러고는 유나이티드 항공 앱으로 비즈니스석이 있는지 알아보았다.

나도 내가 무슨 짓을 한 건지 알 수 없었다.

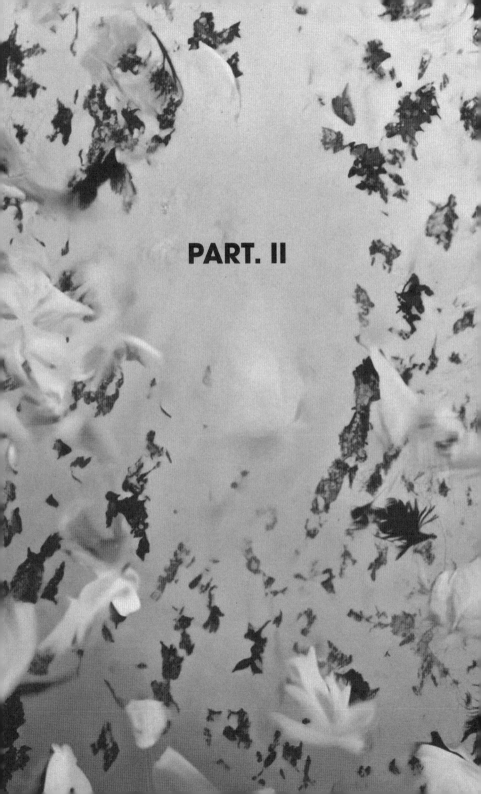

PART. II

1.

2022년 3월 어느 혹한의 수요일, 나는 다시 돌아왔다.

정확히 따지자면 나는 캠퍼스가 아니라 컨에 있는 캘빈 인에 묵고 있었다. 컨은 주말 셔틀 차량이 운영되던 시절과 비교해 4분의 1 정도가 바뀌었다. 극장은 다 없어졌고 블록버스터 극장은 신용 조합이 되었다. 아시아 음식점에는 여전히 똑같은 네온사인이 걸려 있었다. 제프가 진토닉을 주문해 준 술집도 이름만 바뀌었지 자리는 그대로 였다. 번화가의 작은 가게들은 팬데믹에도 대부분 살아남았다.

작은 모텔과 야영장 몇 곳을 제외하고 캘빈 인은 시내에 하나뿐인 호텔이다. 시내 밖에 엠버시 스위트 호텔과 민박집이 두 곳 더 있기는 하지만, 캘빈 인(컨이 카운티의 중심지에 가까웠을 때 지어져 낡고 무질서했다)은 법원과 가깝고 들쑥날쑥한 난방과 이해할 수 없을 정도로 많은 객실 탓인지 생각보다 저렴하다. 단풍 시즌과 결혼 시즌을 제외하면 예약 변경도 수월한 편이다. 건물을 빙 두른 1층 칸막이 테라스와 벽돌로 된 2층과 3층, 목재로 된 벽에 지붕창이 있는 4층까지 호텔 정면은 아주 익숙했다. 하지만 안에 들어가 본 적은 없었다.

법률팀이 항공료와 숙박비를 예산으로 책정했지만 신세 지지 않기로 했다. 변호 비용이야 아낄수록 좋고, 또 이렇게 해서 며칠 더 묵으면 증언 전에 긴장을 누그러뜨릴 수 있고 증언 후에는 할 수 있는 게 많지 않더라도 근처에 머물 수는 있었다. 증인은 법정에 앉을 수 없고 다른 증인들과 사건에 관한 이야기를 나눌 수도 없지만, 주변에 있는 것은 가능하다.

미스터 블로흐, 당신을 위해 몇 가지 상식을 알려 주겠다. 재심 청구 심판은 승률이 가장 낮은 편인데, 여기서는 무죄 추정의 원칙이 적용되지 않는다. 변호인 측은 새롭게 나온 증거가 원심 판결의 타당성에 심각한 의문을 제기할 만큼 유력하고, 따라서 합리적인 배심원단이라면 해당 증거가 있는 상황에서 유죄 판결을 내리지 않았을 것임을 증명할 책임을 진다. 이런 이유에서 재판을 먼저 시작하는 것은 변호인 측이다. 판사가 유죄 판결을 파기하는 것이 가장 좋은 결과다. 그런다고 오마르가 석방되는 것은 아니고, 탈리아를 살해한 혐의로 체포된 시점으로 돌아간다. 주 정부가 기소를 취하하지 않는 한 오마르는 유죄가 증명되기 전까지는 다시 무죄로 추정되며 재판도 새로 해야 한다. 물론 이런 일은 거의 일어나지 않는다.

나는 현관에 서서 시내 광장을 돌아보았다. 다채로운 외투를 입은 별개의 두 무리가 널찍한 법원 계단을 오르고 있었다. 뉴스 중계차와 거대한 법정 TV 트럭이 서 있고 주변은 조용했다. 문 옆에 있는 현판에 관심 있는 척하면서(캘빈 인은 1762년에 지어졌고 화재 후 재건되었다) 로비를 쓱 훑어보았다. 노부부 한 쌍만 있고 텅 비어 있었다. 나는 한때는 빨간색이었을 카펫에 발을 디뎠다. 바닥이 심하게 기울어져서 프런트에서 서서 캐리어 손잡이를 놓으면 멀리 굴러갈 것 같았다.

휴대폰을 보니 문자가 엄청나게 와 있었다.

프랜이 환영한다며 위아래가 뒤집힌 채로 웃고 있는 이모티콘을 보냈다. 나는 이미 2주 전에 도착했지만 기내용 머리에 렌즈 대신 안경을 끼고 건강과 익명성을 위해 작은 양치류가 그려진 천 마스크를 쓴 얼굴 사진을 보냈다. 그리고 이렇게 썼다. 간사한 변장술. 사실 팟캐스트의 배후에 머물 계획이라 그렇게까지 할 필요는 없었다.

열한 살이 된 레오는 문자를 보내 드론 배터리를 사 달라고 한 것을 기억하냐며 어디에 있는지 물었다.

올더가 보낸 문자도 있었다. 도착하셨어요? 컨베이거스에 오신 걸 환영합니다! (나는 답했다. 응, 하지만 문자는 절대 안 되는 거 명심해!) 올더도 엄밀히 말하면 언론인이어서 대화하면 안 될 것 같았다. 브릿도 변호인 측 증인이어서 우리와 사건 얘기를 할 수 없었다.

소환장을 받지 않은 제프 리츨러는 비행기를 탈지 말지 고민 중이었다. 도착했어? 다른 사람들도 있어? 영화로 치면 「새로운 탄생」에 가까워, 아니면 「그것」의 후반부에 가까워? 나는 광대와 풍선 이모티콘을 보냈다. 그가 답했다. 나도 갈래. 주말 껴서 가면 돼. 갑자기 왜 그러는지 잘 이해되지는 않았지만 대화를 할 수 있는 일행이 간절했다. 법정에서 개인 속기사 해 줄게. 나는 답했다. 됐어, 그래도 만나면 반갑긴 하겠다!

혼자 방에서 전화해야 할 곳이 몇 군데 있었다. 법률팀에 소재를 알리고 혼자 도착해서 정식으로 격리 중이라는 것을 보고해야 했다.

프런트에서 얼굴이 우묵우묵한 소년이 이름을 묻더니 내 대답을 듣고는 씩 웃으며 속삭였다. "팬이에요." 그러고는 너무하다 싶을 정도로 오래 컴퓨터 화면을 곁눈질했다. 나는 로비 전체가 보이게 몸을 틀었다.

땡 하는 소리에 흠칫 놀라 돌아보니 그랜비에서 알고 지내던 사람이라고 하기에는 너무 앳된 여자가 서 있었다. 그녀는 엘리베이터에서 내려 아기 띠를 가다듬었다.

"헬스장은 엘리베이터 뒤에 있습니다. 실내 수영장도 열려 있는데 조금 추울 거예요." 프런트에 있던 소년은 이런 특별한 심리를 위해 모인 사람들이라면 당연히 좋은 수영장을 원할 것이라는 듯 너무 자연스럽게 말했다. 실내 수영장이 그 지역보다 더 오래되었다는 설명은 하지 않았지만, 수십 년간 많은 희망 사항들을 덧대어 온 그런 곳처럼 보였다.

그는 와이파이 암호를 알려 주고 금속 열쇠를 건네며 엘리베이터 버튼이 잘 안 눌릴 수 있다고 말했다. 막 돌아서려다 이때가 기회다 싶어서 프런트에 기대어 속삭였다. "혹시 예약이 얼마나 들어왔는지 알려 줄 수 있어요?"

"어, 그게, 음…… 지금이요? 네, 열둘이요."

"변호사들도 있나요?"

그가 고개를 저었다. "아마 법률팀은 대부분 엠버시 스위트에 있을 거예요. 친구 말로는 꽉 찼대요."

"열둘이라. 누군지는 말해 줄 수 없겠죠?"

그의 은밀한 말투가 규칙을 어기겠다는 신호이기를 바랐지만 아니었다.

"아마 이 정도는 말씀드릴 수 있지 않을까요?" 그 역시 속삭이고 있었다. "몇 사람은 확실히 알아요."

2.

탈리아와 오마르는 물론 로비, 마이크, 베스, 푸자, 나, 그리고 당신까지 우리 모두의 이름이 어느 정도 알려지게 됐다는 사실은 이 모든 과정에서 여전히 가장 이상하게 느껴지는 부분이다. 인터넷의 변두리에만 알려져 있다가 대중에 알려지니 또 달랐다.

팟캐스트에서는 당신을 일절 언급하지 않았다는 걸 알아 주기를 바란다. 내가 게스트로 나갔을 때 딱 한 번 탈리아와 의심스러울 정도로 가까웠던 '남성 교사'로 언급했을 뿐이다. 어떤 과목을 가르쳤는지도 말하지 않았다. 나는 당신을 주 경찰이 오마르에게 초점을 맞추느라 살피지 못한 다른 유력 용의자들과 동일선상에 두고 고려했다. 봐주고 싶어서 그런 게 아니라 나도 어쩔 도리가 없었다. 그때 우리는 법률 상담을 받고 있었는데, 가장 먼저 들은 조언 중 하나가 용의선상에 오른 적 없는 사람의 이름을 공개적으로 언급하지 말라는 것이었다. 그래서 나는 당신을 뒷주머니에 아껴 두고 가볍게 걷는 중이었다. 한 그랜비 졸업생이(누군지 영영 알 수 없겠지만) 당신과 탈리아에 대해 '다 알고 있었다'며 구구절절 폭로하자 레딧의 방구석 탐정들이 단 몇 시간 만에 당신의 신원을 밝혀냈다.

나는 당신이 심판받는 순간을 기다려 왔다. 프로비던스든 불가리아든 그랜비든 진실을 아는 젊은 여성들의 폭로가 시작되기를 바랐다. 당신의 약탈 행위를 증언하고, 특유의 진지함으로 집착과 통제욕과 폭력성을 감춰 왔다는 것을 증명할 구체적인 진술을 내놓기를 바랐다. 제롬의 잘못을 아는 사람들이 여기저기서 나타나 비난을 퍼부은 것과 똑같은 상황을 당신이 직면하기를 기다렸다. 당신의 삶을 파헤쳐서 내가 미치지 않았다는 것만이라도 증명해 주기를 기다렸다. 오마르 대신 당신이 체포되지는 않아도 대중의 관심은 당신이 가르치는 학생들을 보호하고 당신의 실직을 보장할 것이다. 태풍은 아직 오지 않았다. 이제 겨우 빗방울 몇 개(당신은 보지 못했을 수도 있는 게시글들)가 떨어졌을 뿐이다.

그 주에 일어난 큼지막한 사건 두 개는 당신에게 엄청난 행운이었다. 버몬트에 사는 남자가 범행을 자백했으나 사건 당시 페르시아만의 해군 함정에 있었다는 사실이 밝혀졌고, 탈리아의 이복 오빠가 미디엄이라는 온라인 플랫폼에 괜히 사건을 들쑤시지 말고 가족을 가만히 내버려두라는 내용의 글을 올린 것이다. 당신을 향한 관심은 너무 빨리 식어 버렸다. 그리고 수십 가지 가설이 돌았다. 하고많은 사람 중에 상냥한 레빈 선생님을 탈리아의 내연남으로 지목하기도 했고, 컨의 한나포드에서 일하는 어떤 남자에 대해 험담하기도 했고, 논의가 중단되기를 바라는 이복 오빠가 한 짓이 틀림없다고 말하기도 했다.

당신이 용의자로 떠오르려면 데인 루브라 같은 사람이 관심을 가져 줘야 했다. 하지만 하필 그때 그는 어디서 무슨 냄새를 맡았는지 로비 세레뉴의 대학생 여자 친구를 추적하고 있었다. 당신에게는 행운이었다. 게다가 그는 자기 사건이라고 굳게 믿던 것을 우리 팟캐스트에 뺏겼다고 몹시 억울해했다. 우리가 꺼내는 이야기는 뭐든 다 거부할 태세였다.

사건에 도움이 되려면 심리 중에 당신이 수사받은 적 없는 유력 용의자로 부상해야 했다. 그전까지 당신에 대해 무엇이 드러날지는 운명에 달려 있었다.

실제 증거도 없이 당신의 이름을 끄집어낼 수는 없었다. 그랬다가는 오마르 사건의 증인으로서 신뢰를 잃을 수 있었다. 익명으로 인터넷에 글을 올릴 수도 없었다. 그랬다가 추적당해서 나라는 것이 밝혀질 수도 있었다.

오해하지 마라. 나는 당신의 머리를 창에 꽂고 싶었다. 그저 기꺼이 기다릴 뿐이었다.

3.

엘리베이터 안에는 오는 4월 호텔의 '퀼트 행사'를 홍보하는 포스터가 있었고, 방에는 오돌도톨한 흰색 침대보와 액자에 넣은 오래된 뉴햄프셔 지도가 있었다.

방에는 코네티컷강이 보이는 발코니도 있었다. 우리는 노를 저으면서 이 지점을 수백 번은 지나갔다. 나는 덩굴이 우거진 낡은 호텔을 올려다보며 그보다 훨씬 더 화려했을 과거를 상상했다. 하지만 너무 추워서 담배라도 피울 게 아니면 발코니를 쓸 일이 없었다. 그리고 나는 2005년 이후로 담배를 피우지 않았다.

올더가 다시 문자를 보냈다. 네, 이제 문자 안 할게요. 롤라가 그러는데 도움이 될지 모르겠지만 마이크 아저씨가 오늘 밤 거기에 갈 거예요.

하나 더. 스냅챗 같은 걸 이용하면 어떨까요? 메시지가 자동으로 지워지겠죠? 브릿이 인사 전해 달래요.

또 하나 더. 확신할 수는 없지만 잘 풀릴 것 같아요. 판사가 세계 최고의 포커페이스네요.

마지막으로 하나 더. 스냅챗 계정 있으세요?? 제가 대신 만들어 드릴 수 있어요.

나는 답했다. 브릿한테 인사 전해 주고 **문자 좀 그만해!**

4.

당신이 그 팟캐스트를 들었는지는 영영 알 수 없을 것이다. 브릿과 올더가 풋풋한 에피소드 네 편을 끝으로 중단한 팟캐스트 「그녀가 물에 빠져 죽다」가 아니라 그 이듬해에 나와 제작자가 합류하여 실제 대중에 공개한 팟캐스트 말이다. 하지만 내가 올더에게 운동 장비 창고 수색을 재고해 보라고 보낸 문자에서 이 모든 게 시작되었다는 사실은 알 것이다. 우리는 그 일을 첫 번째 에피소드에 이런 식으로 녹여 냈다. 시작하고 5분 뒤 올더가 말한다. "그녀가 공항에 가던 중간에 문자를 보냈습니다." 브릿이 그보다 더 낮은 목소리로 극적인 효과를 준다. "그것은 우리가 그 사건에 대해 알고 있는 모든 걸, 지난 23년 동안 세상이 그 범죄 현장에 대해 알고 있던 모든 걸 뒤집어 놓을 문자였습니다."

그들은 첫 번째 광고를 내보낸 다음 문자 내용을 밝혔다. 이어서 브릿이 대학 수준의 AP 화학 수업을 들은 덕에 루미놀을 아주 손쉽게 만들었고, 무려 23년이 지났는데도 창고 문 안쪽 바닥, 특히 시멘트 바닥의 갈라진 틈 안에 혈흔이 제법 남아 있었다고 말했다. 피는 끈질기다.

창고는 7백만 달러짜리 실내 경기장 건축이 지연된 덕에 살아남을 수 있었다. 문은 녹슬어 갈색이었고 손잡이와 잠금장치가 교체된 것 말고는 쇠지레로 열던 그때와 똑같았다. 그랜비에서 가장 오래되었다고 하기는 어려웠지만 흉물스러운 것 중에 가장 오래된 건 확실했다.

때로 언론이 암시하듯 화학 수업 덕에 모든 걸 어려움 없이 한방에 찾아냈다고 하면 더 나은 이야깃거리가 되었을지 모른다. 하지만 실상은 달랐다. 두 사람이 어둑한 파란색으로 빛나는 액체 형태를 발견하자 심상치 않음을 직감한 화학 선생님은 둘을 가능한 한 빨리 내보낸 뒤 루미놀은 혈액이 아니어도 빛날 수 있다고 거듭 알려 주었다. 루미놀은 이를테면 특정한 페인트, 심지어 순무의 속살에도 반응할 수 있었다. 그녀는 훌륭한 판단력으로 그 사실을 교장에게 알렸고, 교장은 경찰에 연락했다. 경찰은 1995년에 써야 했던 시간과 돈을 들여 현장을 봉쇄하고 나서 고품질 루미놀과 조명과 카메라를 비롯해 페인트 제거제, 고운 사포, 면도칼을 가지고 들어갔다. (시멘트 벽돌로 만든 벽을 1996년과 2004년에 새로 칠했는데 두 번 다 낙서가 있어서였다.) 샘플을 전부는 아니어도 넉넉하게 검사할 수 있었다. 그것은 탈리아 키스의 혈액이었다.

문 안쪽에는 비산 혈흔뿐 아니라 보이지 않던 긴 형태의 혈흔이 발견되었는데, 범인이 문을 열기 위해 피 묻은 운동화로 걷어차면서 묻은 듯했다. 심지어 문 왼쪽 벽에는 그보다 더 많은 혈흔이 남아 있었다. 내가 몰랐던 사실은 다음과 같다. 머리가 벽에 처음 부딪혔을 때는 피가 사방으로 튀지 않았을 것이다. 그러나 피가 고인 외상 부위가 뭔가에 다시 세게 부딪혔다면 가능하다. 따라서 탈리아의 머리는 벽에 2, 3회 부딪혔다고 볼 수 있다. 그녀는 제 발로 서 있었거나 마주선 가해자에게 목을 잡힌 상태로 들려 있었을 것이다.

곧 다량의 혈흔이 전구가 하나뿐인 어두운 창고 안에서 보이지 않을 정도로 지워졌다. 바로 새로운 낙서를 위에 덧썼을 수도 있다. 기존의 스프레이 페인트, 네임펜, 분필과 자연스럽게 섞이도록 스프레이 페인트로 빠르고 형식적인 곡선을 그렸을 것이다. 얼룩과 거미줄과 설치류의 배설물이 가득한 창고 벽의 머리 높이에서 희미한 갈색빛 원형 자국을 발견한들 그걸 뭐하러 수영장에서 익사한 소녀와 관런짓겠는가?

그 발견은 몇 가지 이유에서 중요했다. 프랜의 평소 표현대로 '근거 제 1호'는 그 발견이 1995년과 1996년에 오마르의 변호인단이 자체 수사를 제대로 하지 않았다는 강력한 증거라는 것이다. 새로운 증거가 발견됨에 따라 유죄 판결이 달라졌을 수 있음이 시사되었고, 이는 즉 변호인의 불충분한 조력을 주장할 근거가 되었다. 그리고 2호, 누가 수영장에서 살해당했다면 오마르가 뭔가를 보거나 들었을 게 분명하다는 검찰 측의 주장을 배심원들이 신뢰하지 않았다면 판결이 달라졌을 수 있다. 그러나 이제 탈리아가 체육관 안에서 공격당하지 않았다는 것이 명백했다. 창고와 수영장 비상구의 근접성(거기에 경비원의 부주의로 진즉에 지워진 비상구 문틀의 혈흔)도 탈리아가 오마르의 사무실 밖 복도가 아니라 창고에서 수영장으로 옮겨졌음을 강력히 시사했다. 3호, 오마르의 DNA가 탈리아의 수영복과 입 안의 체모와 일치한다는 결론을 끌어낸 방법론은 사실상 말도 안 되는 구닥다리가 되었다. 4호, 몇몇 반 친구들이 공연이 끝났을 무렵 탈리아가 무대 뒤에서 술을 마셨다고 기꺼이 증언하면서 사망 추정 시각이 당겨져야 했다. 그리고 5호, 원심 변호인단이 증인들에게 다시 연락하지 않고 탈리아의 플래너를 해석할 수 있는 나와도 대화를 나누지 않았다는 것은 심각한 과실이었다.

어쨌든 2019년에 공개된 팟캐스트는 내 문자와 그 여파로 시작되었다. 두 청소년이 진행하는 쇼를 사람들이 기꺼이 듣고자 한 이유는 그들이 운동 장비 창고에서 혈흔을 발견하여 「피플」지에 실리고 다른 팟캐스트들의 초대를 받고 NBC 뉴스 진행자인 사바나 거스리와 인터뷰를 하여 TV에 그럴듯하게 비쳤기 때문이었다. 나는 가끔 게스트로 나오는 공동 제작자였지만, 팟캐스트의 주인은 늘 두 아이여야 했다. 잠재적 증인의 자격을 온전히 지켜야 했고, 여전히 나와 제롬을 따라다니는 혐오가 그 프로젝트를 더럽힐까 봐 걱정스럽기도 했고, 하고많은 사람 중에 왜 하필 내가 연루되어 있는지를 반 친구들이 궁금해할 거라는, 좀처럼 사라지지 않는 비이성적이고 미성숙한 두려움이 있었던 것도 사실이다.

그래도 여전히 나는 인터넷에서 가장 뜨거운 관심을 받았다. 비난(명망 있는 매춘부라느니, 부정적인 수단을 쓴다느니, 말하는 것보다 더 많은 걸 알고 있다느니)도 있었고 사적인 내용(페이스북 친구가 베스 도어티를 포함해 열 명뿐인 사람이 보낸 도대체 뭐 하는 인간이냐고 묻는 메시지)도 있었다. 재스민 와일드는 믿지도 않고 지지하지도 않으면서 남성인 데다 그다지 흥미롭지도 않은 오마르는 왜 믿느냐고 지적하는 사람들도 있었다. 하지만 감당할 수 있었다. 나는 아이들과 대중 사이에 서서 아이들이 가는 길로 들어오려는 것들을 흡수하는 인간 방패인 셈이었다. 나는 거의 모든 걸 무시했다. 여성 시나리오 작가들에 관한 책을 쓰는 데 집중했고, 제롬의 상황이 어느 정도 안정되고 나서는 제안서와 두 개 챕터를 포함한 견본을 가지고 에이전트를 물색했다.

점성술을 좋아하는 친구 엘리스는 천왕성과 태양이 지구를 가운데 두고 일직선상에 놓여서 그럴 수 있다고 말했다. 그러면서 40대 초반에는 모두가 자발적이든 비자발적이든 싹 불태워 버리고 삶을 재조정하는 격동의 시기를 겪는다고 설명했다. "바람을 피우는 사람들도 있고 스포츠카를 사는 사람들도 있어. 그리고 너, 넌 정의를 실현하는 거야. 난 마음에 들어. 게다가 이렇게…… 활기찬 모습도 처음 봐. 터보 엔진을 단 것 같아."

사실이었다. 그랜비에서 2주를 지내는 동안 내 삶은 원래의 모습을 완전히 잃어버리고 이 두 가지 프로젝트를 중심으로 바뀌었다. 물론 아이들은 여전히 내 곁에 있었다. 제롬과 나는 정식으로 이혼했다. 인터넷에서 일어난 일 때문이 아니라 줄곧 그 방향으로 향하고 있었기 때문이다. 그는 여전히 옆집에 살았다.

그렇게 삶의 목적을 찾았지만, 밤마다 나를 괴롭히는 것이 하나 있었다. 바네사를 제외한 탈리아의 가족은 이중 어떤 것도 원하지 않는다는 것이었다. 그녀의 이복 오빠는 부모와 친척들을 대표해 유가족과 애도의 과정에서 우리가 뭘 하든 전부 반대한다고 밝혔다. 그들은 1997년에 사건이 해결됐다고 믿어야 했다. 그들은 이미 사건을 종결했고, 엉뚱한 사람이 감옥에 갇혔다는 생각이 그간의 노력을 물거품으로 만들 것이라고 여겼다. 우리가 옳았다는 사실, 불행의 저울이 그들의 분투에서 오마르의 지난 25년으로 기울었다는 사실이 그러한 우려를 무의미하게 만들었지만 그들은 그렇게 생각하지 않았다. "동생을 다시 잃는 기분이에요." 탈리아의 이복 오빠가 「유니온 리더」와의 인터뷰에서 나를 겨냥한 듯 말했다. 나는 과거의 고통을 소환하는 존재였다. 게다가 바네사는 다른 가족과 멀어진 상태였다. 중압감이 느껴질 수밖에 없었다.

1년 뒤 팟캐스트가 종영할 무렵(스미스 칼리지 2학년인 브릿과 컬럼비아 대학교 1학년인 올더는 학교가 봉쇄되어 온라인으로 학기를 마쳤다) 뉴잉글랜드 무죄 입증 프로젝트가 개입했고 오마르를 변호하기 위한 기부금이 쏟아졌다. 「스파이더맨」의 여배우도 다시 관심이 생겼는지 여기에 생각보다 적은 돈을 기부하고 대단한 것인 양 떠들었다.

팟캐스트는 오마르의 유죄 판결 이후 구호 심리가 확정되었다는 소식과 함께 마무리되었는데, 그때만 해도 팬데믹과 밀린 사건들 탓에 이 정도로 지연될 줄은 상상도 못 했다.

그들은 진상이 밝혀지면 보너스 에피소드를 올리겠다고 약속했다.

당시 그 사건만을 다루는 정식 팟캐스트가 적어도 다섯 개 이상이었다. 그중 세 개는 각각 변호사들이 증거를 자세히 분석하거나 법의학적으로 살펴보거나 은퇴한 경찰과 피해자 권리 운동가가 진행했으며, 나머지 두 개는 모두의 견해를 통합하고 그에 관해 수다를 떨었다. 그랜비 사람들을 비롯해 사건과 관련된 인물들이 다양한 프로그램에 등장했다. 바네사도 가족의 반대를 무릅쓰고 여기저기에 출연했다. 야하브는 브릿과 올더의 팟캐스트에 주기적으로 출연하여 법적인 측면을 이야기했다. 그는 아내와의 결혼 생활을 유지했고, 여전히 근사했다.

오마르는 브릿, 올더와 대화를 나눈 뒤에 변호사들로부터 사건에 영향을 줄 수 있으니 공개 발언을 하지 말라는 조언을 들었다. 당신도 들었는가? 이 와중에도 나는 오마르와 한 번도 대화를 나누지 못했다.

미스터 블로흐, 지난 몇 년간 내가 여러 번 곱씹은, 그리고 당신이 곱씹어야 할 것이 있다. 수감 생활의 지옥은 형편없는 음식이 아니라 음식을 선택할 권리를 박탈당하는 것이다. 차갑고 축축한 바닥이 아니라 있고 싶은 장소를 선택할 수 없는 것이다. 갇혀 있는 것이 아니라 예전처럼 달릴 수 없고 내 차에 올라타 빠르게 멀어질 수도 없다는 것이다. 바네사에 따르면, 뉴햄프셔 주립 남자교도소는 지어진 지 200년 가까이 된 석조 건물이어서 얼어 죽거나 쪄 죽거나 둘 중 하나다. 인생의 반이 넘는 세월 동안 오마르는 언제 일어나고 언제 먹고 언제 잘지를 스스로 선택할 수 없었다. 화장지 한 장도 허락을 받아야 쓸 수 있었다. 2018년 사건이 최악이었을 뿐이지 공격을 받은 것도 한 번이 아니다. 그는 살인과 자살을 셀 수 없이 목격했다. 모친이 코로나19로 사망했을 때도 임종을 지키지 못했다. 그보다 더한 일도 있었을 것이다. 당신이 이런 부분을 고려하는 데 얼마나 많은 시간을 할애했는지 궁금하다.

팟캐스트의 공식 방송은 탈리아와 내가 12학년 때 은퇴를 앞두고 영어를 가르친 메이어 선생님의 목소리로 나갔다. "우리는 결코 정의가 실현됐다고 느낄 수 없을 겁니다. 누군가 자백하지 않는 한 말이죠." 믿기 어려울 정도로 노쇠한 목소리였다. "한 사람을 감옥에서 꺼내고 다른 사람을 집어넣는다. 그게 정의일까요? 우리는 알 수 없을 겁니다. 그게 옳다고 느끼지도 않을 거고요. 신을 믿는다면 다르게 생각할 수도 있겠지만요. 제 말은, 과거로 돌아가 확실히 알 수 있는 게 아니라면, 우리는 절대 정의를 얻지 못할 겁니다. 절대로요."

배경 음악이 깔리면서 그 말이 꽤 강렬하게 들렸다는 걸 당신도 감안해야 한다.

5.

레오와 실비가 실비의 체조 수업에 가는 길에 뒷좌석에서 페이스타임을 걸었다. 레오는 덩달아 끌려가는 게 영 못마땅한 눈치였다. 실비는 자기 눈동자가 레오의 것보다 더 짙다고 말해 주기를 바랐다.

"아빠 좀 바꿔 줄래? 운전하는데 얼굴에 휴대폰을 막 떠밀지는 말고."

갑자기 차량의 천정이 보이는 걸 보니 휴대폰을 조수석으로 던진 모양이었다.

제롬의 목소리가 들렸다. "우린 10번가(街)에 갇혀 있어. 왜 방과 후 활동은 다 오후 5시에 시작하는 거야?"

"언제든 온라인 체조 수업으로 돌릴 수 있어."

뒷좌석에서 들려오는 항의의 아우성.

"재판은 어떻게 돼 가?"

"심리야. 아직은 모르겠어. 전에 말한 대로 이길 확률도 있지만 아주 희박해. 이런 일들은 범인이 잡혀 있는 채로 있으면 하는 사람들이 많거든."

"뉴스가 쏟아지더라."

"나도 아는데 그 얘기는 하지 말아 줘. 지금 격리 중이니까." 그렇게까지 엄격하게 따질 것 같지는 않았지만 위험을 감수하고 싶지 않았다.

"격리하려면 어떻게 해야 해? 즐겁게 들리는걸."

아까 말했듯 제롬의 상황이 어느 정도 안정되긴 했지만 일시적일 뿐이었다. 그 전해 가을에 두 번째 재난이 닥쳤다. 첫 번째 허리케인으로 그가 직장을 그만두고 갤러리에서 쫓겨나자 오랜 시간 잠잠했다. 사람들은 그를 잊었고 그의 작품은 가치를 잃지 않았다. 의뢰가 다시 들어오고 새로운 에이전시를 찾았다. 인터넷도 조용한 편이었다. 그런데 2021년 10월, 재스민이 워싱턴 스퀘어 공원에서 한 달간 사람들이 가져다주는 음식만 먹고 사람들이 가져다주는 옷만 입는 행위 예술을 선보였다. 이게 어떻게 단순한 부랑이 아니고 노숙인에 대한 모욕이 아니라는 건지 이해할 수 없었다. 이로써 많은 관심을 얻은 그녀는 이듬해 「뉴욕」 매거진 1월호에 장문의 기사로 실렸다. 기사는 제롬을 다룬 그녀의 새로운 이야기를 인용하며 제롬을 다룬 그녀의 작품을 다시 소환했고 2003년에 두 사람이 아르테미스와 제우스로 변장하고 파티장에서 찍은 흑백 사진을 게재했다. 새로운 폭로는 없고 플랫폼이 커졌을 뿐이었다.

죽음의 재가 다시 한번 트위터를 뒤덮었다. 사람들은 제롬의 새 갤러리를 태그하고 그를 내보내라고 요구했다. 그리고 제롬에게 늦어도 한참 늦은 공개 사과를 촉구했다. (그는 그것이 덫이라는 조언을 들었다. 그들이 사과를 받아들일 리 없었다. 그렇다고 자신을 변호하면 상황이 더 나빠질 게 뻔했다.) 사람들은 어떻게 그의 편을 들 수 있느냐며 나를 다시 끌어들이려 했다. 다행히 우리의 이혼이 진행 중이라는 사실이 금세 알려졌고, 사람들은 재스민이 원인일 거라고 짐작했다. 나는 그것을 바로잡지 않았다.

당신은 내가 재스민 와일드가 얼마나 부당한 취급을 당하고 얼마나 큰 피해를 입었는지 깨닫고 그녀에 대한 생각을 바꿨을 거라고 생각할지 모르겠다. 아니면 재스민이 자발적으로 제롬과 데이트를 한 것처럼 당신과 탈리아 사이의 애정도 그만큼 평범했다는 것을 깨닫기를 바라고 있을지 모르겠다. 절대 아니다.

나도 그 부분에 대해 생각해 봤다. 재스민이 제롬과 데이트할 때 탈리아는 그보다 겨우 네 살 어린 열일곱 살이었다. 별것 아닌 것 같아도 그 나이 때 4년은 열한 살과 열다섯 살의 차이만큼이나 크다. 4년은 내가 그랜비에서 전 교육 과정을 마친 기간이었다. 학생들을 가르치러 돌아갔다가 삶이 바뀐 지도 이제 4년이 되었다.

좋은 소식은 내가 제롬의 선량함을 직접 판단하지 않아도 된다는 것이었다. 이혼이 이 사실을 공식화한 것도.

나는 팬데믹이 덮치기 전 몇 달 동안 누군가를 만나다가 2021년 여름, 백신으로 낙관론이 물결치던 그 잠깐 사이에 학회 참석차 LA로 날아온 야하브와 함께 주말을 보냈다. 그리고 다시 한번 맹렬한 갈망으로 내던져졌다. 그러다 야하브가 내 인생에서 차지하는 크기가 불

확실하고 우리의 관계는 몇 년간 여기저기서 보낸 두 시간에서 이틀 짜리에 불과하다는 사실을 받아들이고 나서는 이러지도 저러지도 못 하는 고통스러운 상태에 놓여야 했다. 그것은 마치 장염처럼 주말 내 내 나를 괴롭히다가 돌연 사라졌다.

"참, 이상한 일이 있었어. 어제 누가 나한테 전화해서 당신을 찾는 거야. 주소를 알아내려고 하더라고. 그래서 끊었어."

"헉, 남자, 여자?"

"젊은 여자였고 상당히 긴장한 목소리였어. 내 생각에는 아마추어 탐정 같아."

지난 3년 동안은 이메일이 너무 많이 와서 사건 관련 정보가 있으 면 법률팀으로 연락하라는 답장을 자동으로 보내게끔 설정해 놨다. 사실 사건에 관한 정보는 하나도 없었다. 온통 가설뿐이었다. 그중 하 나는 2001년 퀘벡에서 수면에 떠오른 연쇄살인범이 90년대 초 메릴 랜드에서도 활동했다는 가설이었다. 어떤 사람들은 가장 가까운 가 족 계획 연맹(낙태권을 보장하는 미국 최대 기관—옮긴이)에서 나한테 탈 리아의 방문 여부를 알려 줬는지 궁금해했다. 또 어떤 사람들은 형제 가 텍사스의 한 주유소에서 일어난 총격 사건에 휘말려 억울하게 유 죄 판결을 받았다며 도와줄 수 있는지 물었다. 그리고 이메일을 보내 는 100명 중 한 명은 아직도 그레타 가르보(전성기를 누리던 서른여섯 살에 알 수 없는 이유로 일찍 은퇴한 뒤 평생 독신으로 은둔하다 세상을 떠났 다—옮긴이)에 대해 말하고 싶어 했다.

레오의 목소리가 들렸다. "엄마, 사람들이 스토킹하지는 않겠죠? 우리 집을 찾아낼까요?"

"아니. 당연히 아니지." 하지만 그런 일은 이미 두 번이나 일어났다. 한 번은 한 여성이 휴대폰으로 우리 집을 촬영했고, 또 한 번은 젊은

남성 둘이 비디오 팟캐스트에 나와 달라고 이메일을 보내고는 내가
답장하지 않자 집 주소를 알아내 접근하려고 했다.

실비가 말했다. "만약에 살인자가……."

제롬이 답했다. "아니. 실비, 얘기했잖니. 위험한 사람이 우리한테
관심 가질 일은 절대 없어."

"알았어요, 그런데 그 살인자가 자기를 아는 사람들을 다 죽이고 싶
어 하면요? 우편으로 독극물을 보낼 수도 있잖아요."

"음, 살인자가 누군지는 아무도 모르잖아. 그러니까 우리도 안전할
거야." 그래도 내 말에 불안감이 전부 해소되지는 않았을 것이다.

목 졸림이나 두부 손상보다 독극물이 더 당신답다고 생각했다. 독
극물은 당신을 둘러싼 음흉하고 역설적이며 심미적인 거품에 어울린
다. 당신은 걸작에 가까운 극장판 악당을 만들었다.

재스민 와일드는 제롬에 대해 이렇게 인터뷰했다. "그 사람은 우물
에 독을 탄 거예요."

6.

팟캐스트에 나오는 오마르의 목소리는 누군지 알아들을 수 없을 만큼
낮고 거칠다. 연결 상태가 그리 좋지 않고 배경 잡음도 있다.

그랜비는 좋은 직장이었습니다. 생각해 보면 아마 오륙 년은 다녔

을 것 같아요. 그러고 이직했겠죠? 한 번쯤 일했을 만한 곳이에요.

감옥에서 겪는 일 중 하나가 이겁니다. 밖에서 마지막으로 알고 있던 사람과 장소들을 가장 또렷이 기억하는 거죠. 제 경우에는 그랜비가 그래요. 지금껏 가 본 데라곤 법원과 감옥뿐인데, 그랜비는 법원이나 감옥과는 사뭇 다르거든요. 뇌가 다른 정보로 가릴 새가 없어요.

예를 들어 지금도 저는 체력단련실의 기구 하나하나가 어디 있었는지 말할 수 있어요.

그렇다고 해도, 너무 오래전이긴 하네요.

올더가 탈리아가 죽은 날 밤에 대해 뭐가 기억나는지 묻는다.

정말 별거 없어요. 경찰들이 너무 많이 질문했고, 얼마 안 된 때라 뭐라고 말했는지 아직도 생생히 기억나요. 그날 밤 전 사무실에 있었어요. 여자 하키팀을 데리고 시즌 마지막 원정을 다녀왔고, 통화 몇 번 하고 주문서를 마무리하고 학생 트레이너들을 위해 시간표를 짜고 있었어요. 라디오도 잠깐 들었고요. 그리고 집에 가서 당시 만나던 마리사라는 여자한테 전화를 걸었고 대충 새벽 1시부터 2시까지 통화했어요. 그 여자도 그렇게 증언했고요.

나중에 법정에서 그걸 가지고 내가 죄책감으로 잠을 이룰 수 없어서 전화한 거라고 하더군요.

이튿날은 토요일이라 출근할 필요가 없었어요. 시즌과 시즌 사이여서 경기나 대회도 없었고요. 1년에 몇 없는 쉬는 주말이어서 종일 자다시피 했죠. 그다음 날인 일요일에 마리사를 만나고 엄마 집에 가서 저녁을 먹은 뒤 귀가했는데 집 앞에 경찰차가 있었어요.

솔직히 그때 대마초를 조금 길렀는데, 신호 위반 몇 번 말고는 내가 저지른 유일한 범법 행위였어요. 그래서 생각이 그리로 흐르더군요. 그것 때문인 줄 알았어요.

경찰은 그랜비에 있는 경찰서로 부르면서 이유는 말해 주지 않았어요. 언제든 일단 변호사부터 선임해야 한다는 걸 지금은 아주 잘 알아요. 하지만 그때는 그게 이상해 보일 거 같더라고요. 무슨 일인지 듣고 나서야 대마초 문제가 아니라는 걸 알게 됐어요. 알고 지내던 아이라 설명을 듣는데 겁이 나더군요. 정말 괜찮은 아이라고 생각했는데 너무 어린 나이에 죽었으니까. 게다가 제가 일하는 곳이었잖아요. 무지하게 혼란스러웠어요.

1차 심문 때는 경찰도 느긋했어요. 뭐라도 들은 게 있는지 확인하려는 것뿐이다, 이런 식이었죠. 그러니 뭐하러 잠깐, 변호사를 선임할게요, 이러겠어요? 그러면 잘못이 있다고 인정하는 것 같잖아요. 난 잘못이 없는데.

그 사람들은 지역 경찰이었어요. 주 경찰이 개입하기 전이었죠. 부검을 언제 끝냈는지도 잘 모르겠어요.

이때까지는 경찰도 음주 사고라고 생각해서 별일 아닌 척 속이지도 않았어요. 간단한 보고서를 작성하기 위해 탈리아가 체육관에 들어간 경위를 알아내려고 할 뿐이었죠. 사고라고 해도 이상할 게 없었어요. 어떤 사람들은 그랜비 아이들을 천사로 생각했겠지만 저는 더러운 얘기를 많이 들어야 했어요. 교사가 아니니까 제 앞에서는 별의별 얘기를 다 했죠. 술 마시고 몰래 돌아다니는 그런 빤한 짓만 하는 게 아니라 돈은 있는데 숲은 지루하니 사고를 치는 거예요.

그래서 월요일에 다시 출근했어요. 수영장과 뒤쪽 복도가 접근 금지 테이프로 막혀 있는 거 말고는 평소와 거의 똑같았죠. 아이들도 체육관을 자유롭게 드나들다가 이틀 뒤에야 쫓겨났고요.

그다음 주 초에 다시 연락이 왔어요. 그때는 주 경찰이었고, 그제야 다들 탈리아의 죽음에 뭔가 석연치 않은 부분이 있다는 것을 알게 됐죠. 학생들과 교사들이 조사를 받고 있었어요. 그렇다고 해서 처음에도 부르지 않은 변호사를 두 번째라고 부르겠어요? 경찰들은 미진한 부분이 있어서 그렇다고 말해요. 그러고는 제가 무슨 말을 해도 고개를 저으며 실망스러운 표정을 짓는 이상한 짓거리를 하죠. 거기에 말려들기 시작한 거예요. 그들은 저를 한 시간 동안 방치하고 돌아와서 같은 질문을 반복했죠. 그리고 두 가지를 제시했어요. 아이들이 제가 대마초를 길러서 판매한다고 하더라고, 그리고 제가 탈리아 키스에게 집착했다고 했고요.

그 시점에서 제가 뭐하러 대마초 혐의를 인정하겠어요? 그들은 두 가지 일이 결부된 것처럼, 생장 촉진 램프가 두 개 있다고 제가 인정한 걸 마치 살인 자백처럼 들리게 해요. 그리고 저는 탈리아에게 빠지지 않았어요. 그 애를 놀리는 건 좋아했지만, 저는 원래 그런 사람이었어요. 철이 없었죠. 탈리아가 테니스를 치다가 팔꿈치를 몇 번 다치면서 알게 되었어요. 경기를 보러 간 것도 사실이지만 그건 지난가을이었고요. 겨우내 한 번도 보지 못했어요. 그렇다고 탈리아가 체력단련실에 운동하러 오겠어요?

경찰이 체모와 타액 샘플을 요구했어요. 거기에 응하니 집에 보내줬죠.

사실은, 잠깐, 이건 설명해야겠어요. 그 사람들이 어떻게 하는지 아세요? 체모를 100가닥쯤 뽑아요. 고무장갑을 낀 여성분이 지키고 서서 머리의 다양한 부위와 팔, 다리에서 털을 뿌리째 뽑아요. 고문이죠.

그 주 금요일, 경찰이 학교 사무실로 찾아와 저를 체포하죠. 그 사람들이 사무실에 들어올 때도 별다른 생각이 들지 않았어요. 워낙 체육관을 여기저기 들쑤시고 다녀서 익숙했거든요.

그들이 저를 일으켜 세워 수갑을 채우고 미란다 원칙을 고지하는데 웃음만 나오더군요. 이상한 반응이라는 건 알아요. 히스테릭한 웃음이 아니라 황당하다는 뜻의 웃음일 뿐이지만. 한 편의 영화처럼 느껴졌어요. 아니나 다를까 2년 뒤 법정에서 한 경찰관이 사무실에 들어가 체포하는데 제가 웃고 있었다고 증언했어요. 제가 들어도 미친 놈 같던데요.

그들이 확보한 증거, 확보했다고 생각하는 증거는 탈리아의 입 안에서 발견된 아주 작은 체모 조각과 수영복에서 발견된 DNA였어요. 뭐라고 해야 할지 모르겠어요. 기막힌 행운이 아니라면 살짝 손을 썼다고 볼 수밖에 없죠. 사건을 해결해야 한다는 어마어마한 압박감에 승리를 굳히려고요. 저는 학교를 만족시킬 만한 해결책이었어요. 학생이나 교사도 아니고, 지역 사회에서 중요한 역할을 차지하지도 않았고요. 그들은 진상을 밝혀냈다고 생각할지 모르죠. 그저 약간의 도움이 필요했을 뿐.

어쩌면 진실일 수도 있어요. 저는 그 수영장에서 아침 수영을 즐겼어요. 웨이트를 하고 물로만 헹군 뒤에 수영까지 하고 나서 샤워하고 출근했어요. 그러니 당연히 제 체모가 수영장에 있을 수 있죠. 수영복은 저도 모르겠네요. 체육관에 있는 것들을 자주 만지기는 했어요.

'DNA'라는 말을 혈액이나 정액처럼 너무 확고한 증거라는 듯이 말하더군요. 그리고 당시 DNA는 배심원들도 TV에서나 몇 번 들어 봤을까 싶을 정도로 생소하고 흥미로운 증거였죠. 'DNA'라는 말에 와우하고 놀랐던 걸 보면 확실해요.

하지만 증거라던 것은 수영장 물 95만 리터와 그 안의 부유물들, 그중 하나가 제 체모 조각이라는 거였죠.

경찰은 그걸 체모 한 가닥과 수영복에 남은 흔적이라고 말하지 않아요. 제 DNA가 소녀의 온몸에서 발견됐으니 그녀를 죽였든 그녀와 잤든 둘 중 하나라고 말하죠. 이런 얘기를 새벽 3시에 했어요. 그렇다고 제가 시간을 안다는 건 아니에요. 그들이 시계를 가져갔거든요. 제가 아는 건 거기에 열다섯 시간 정도 있었다는 것뿐이에요. 그들이 말해요. "당신 DNA가 왜 피해자한테서 나왔는지 이해할 수 있게 도와주면 용의선상에서 제외해줄 수 있습니다. 타당한 이유가 있으면 괜찮아요. 그리고 그 타당한 이유는, 당신이 사건에 연루되었다는 겁니다." 그들은 뉴햄프셔의 성관계 동의 연령이 열여섯 살이라면서 탈리아와 잤다면 직장에서는 해고되겠지만 최근 일이었다면 법에 저촉되지 않는다고 말해요.

머리가 어떻게 된 건지 모르겠지만 그때는 그게 유일한 탈출구 같았어요. 완전히 깨어 있는 상태도 아니어서 앞에 있는 차디찬 테이블을 응시하며 그게 베개로 변하기를 바라죠. 그래서 저는 그렇다고 말해요. 하지만 그걸로 끝이 아니에요. 이제는 "당신은 피해자와 자는 사이였고, 건물에 있었던 유일한 사람이고, 무슨 일이 벌어졌다면 그 소리를 들었을 겁니다. 우리한테 DNA가 있어요. 당신이 한 짓이잖아요." 그들은 살인 및 마약 혐의로 체포하겠다면서 살인을 자백하면 마약은 눈감아 주겠다고 말해요. 그리고 주 경계를 넘은 사실이 밝혀지면 마약 혐의는 연방 경찰로 넘어갈 거라고 말하죠. 버몬트에 친구가 있으니 엄밀히 말하면 사실이었어요. 그리고 덧붙이죠. "사고였을 수 있습니다. 과실 치사 말이에요. 피해자가 미끄러지면서 수영장으로 떨어진 거죠? 이 정도면 당신한테도 그리 나쁘지 않아요. 하지만 우리가 살인과 마약 혐의를 둘 다 제기하면 전문 범죄자처럼 보일 겁니다."

슬프면서 재밌는 사실은 우리 집에 있던 대마초가 정말 소량이었다는 거예요. 그때 법이 엄격하긴 했지만, 모르겠네요. 젠장.

그다음 그들은 그랜비 인명록을 트럼프 카드처럼 제 앞에 펼쳐 놨어요. 이름과 얼굴을 기억하기 쉽게 해마다 사진 밑에 별명을 써 뒀는데, 남자 하키팀이 그걸 발견하고는 둘러앉아 뭐라고 쓸지 알려 줬어요. 아까도 말했지만 그때는 철이 없었죠. 탈리아의 사진 밑에 제일 베이트라고 쓴 건, 하키팀 남자애가 말해 준 탈리아와 그전 학교 선생님에 대한 소문 때문이었어요. 경찰이 탈리아의 목에 감긴 올가미 그림을 보여 주는데 그런 기억이 없어요. 통화 중에 끄적이다가 그렸는지도 모르죠. 하지만 하키팀 아이들이 이미 여기저기에 손을 댄 상태였어요. 제 생각에는 열다섯 살 아이가 한 짓이에요. 다른 아이들 사진에서 나치의 만자 무늬가 발견됐는데 제가 알기로 저는 그런 짓을 하지 않았거든요.

어쨌든 그들은 결국 사무실에서 탈리아를 공격했고 그녀의 머리를 벽에 메다꽂았다는 자백을 끌어냈어요. 이어서 사무실에 혈흔이 없었다는 사실을 떠올리고는 말하죠. "좋아요, 그러니까 포스터 같은 게 있었군요. 어떤 포스터였을까요?" 이제 와 돌아보면 꿈 같기도 하고 최면에 걸린 것 같기도 해요.

몇 시간 뒤에야 변호사를 요청할 수 있다는 사실이 떠올라요. 그들이 말해요. "그럼, 물론이죠. 그런데 변호사가 온 뒤에 진술하면 어떻게 말하라는 지시를 받은 것처럼, 당신이 뭔가를 감추고 있는 것처럼 보일 거예요. 일단 이것부터 끝내고 변호사는 나중에 부르자고요. 그러면 당신이 사실을 털어놓은 걸 모두가 알게 될 겁니다." 그들은 정말 이렇게 말해요. 하지만 이런 내용은 녹화되지 않죠.

그들은 진술서라는 걸 쓰게 해요. 그쪽도 봤죠? 그들이 불러 주면 그대로 받아 적는 거예요. 이어서 거기에 서명하게 하고 소리 내어 읽게 해서 그 부분만 녹음해요.

브릿이 그 일로 그랜비를 원망하는지 묻는다. 긴 침묵이 이어진다.

그랜비가 일부러 저를 이용했다고 생각하지는 않아요. 다만 이 사건을 해결하기 위해, 그리고 교사들과 학생들을 너무 자세히 조사하지 못 하게 하려고 경찰에 너무 많이 의지한 것 같아요. 학교는 그쪽이 믿기 어려울 정도로 많은 변호사와 돈을 가지고 있거든요.
의심이야 할 수 있어요. 어느 한 사람이 "자, 오마르한테 죄를 뒤집어씌우자."라고 말하지는 않았을 거예요. 하지만 사람들한테 너무 많이 의지하다 보면 그들은 상대가 원하는 걸 내놓을 수밖에 없어요. 그들이 원한 건 저 같은 사람이었고요.

7.

그날 밤 저녁을 먹으러 가면서 느낀 흥분은 예상된 것이었다. 나는 반 친구든 심리와 관련된 사람이든 기회주의자든 누군가와 마주칠 수 있다는 것을 알았다. 대부분은 피해야 한다는 것도 알았다. 그들이 언제 불쑥 튀어나올지 몰랐을 뿐이다.
프런트에 있는 소년이 몇 블록 떨어진 이탈리안 레스토랑을 추천해 줬다. 알고 보니 좌석이 황당할 정도로 많아서 결혼식과 대통령

예비 선거일 저녁에는 유용하지만 수요일 밤에는 대체로 비어 있는 그런 곳이었다. 사회적 거리두기에도 완벽했다. 나는 칸막이 자리(실은 몸을 숨길 등껍질)를 부탁하고 쉬라즈 와인을 한 잔 주문한 뒤 곧장 노트북을 폈다. 방패로 쓸 노트북이 없던 시절에도 레스토랑에서 혼자 밥 먹는 여자가 있었는지 모르겠다.

몇 테이블 건너에 수석 변호인 에이미 마치가 있었다. 이름을 알게 됐을 때도 기뻤지만, 줌을 통해 그녀가 닭을 키우고 있고 누가 봐도 닭 키우는 사람처럼 입는다는 걸 알게 됐을 때는 훨씬 더 기뻤다. 그녀는 몇 년 동안 국선 변호사로 일하다가 법률 사무소를 열었다. 아직 만나 본 적이 없었는데(증언 연습은 이튿날로 잡혀 있었다) 스웨터 드레스와 레깅스에 클로그(밑창이 두꺼운 나무나 코르크로 된 신발—옮긴이)를 신은 그녀가 거기에 있었다. 스컹크와는 반대로 잿빛 구름 속에 한 가닥 남은 검은 머리카락이 인상적이었다. 여자 둘, 남자 하나와 함께 앉아 심각한 토론 중이었는데, 식사는 오래전에 끝났고 와인병은 반쯤 비어 있었다. 남자가 계속 문자를 하더니 뭔가를 소리 내 읽었다. 심리는 이틀 전에 시작되었고, 그날도 증인 몇 사람을 부른 것 같았다.

어차피 화장실을 가야 하니까 옆을 지나가면서 에이미 마치와 시선을 맞춰 보기로 했다. 하지만 그곳에 닿기도 전에 인접한 바 구역에서 내 이름을 부르는 소리가 들려왔다. 사키나 존이었다.

"야, 보디 케인, 당장 이리로 안 튀어 와!" 그래서 갔더니 그녀가 스툴에서 폴짝 내려와 양손으로 내 얼굴을 쥐어짰다. "너도 증언하래? 난 오늘 아침에 했어. 와 씨, 증언 내내 떨었다니까. 진짜 수술할 때도 안 떠는데 거기 서서 이름이 불리니까 떨리더라. 판사만 있고 배심원은 없는데도 막, 판사를 쳐다봐야 하나? 눈을 맞춰야 하나? 그랬다니까. 판사랑 마주 보는데 팬데믹 때문인지 뭔지 모르겠지만, 반대편 끝에 서게 하더라고. 그리고 경고하는데 마스크를 쓰려면 입 모양이 보이는 괴상한 플라스틱 투명 마스크를 써야 해. 나야 아니요, 괜찮습니다 하고 거절했지."

역시나 그녀는 살짝 취해 있었다. 다른 구역에 앉아 있었다고 했더니 내 자리로 가서 와인 잔과 빵 바구니를 가지고 돌아왔다. 어느새 나는 균형이 맞지 않는 바 스툴에 앉아 사키나의 이야기를 듣고 있었다. 변호인 측은 연습 때와 똑같이 질문했고, 대개는 2막 끝에 탈리아가 무대 뒤에서 술을 마신 부분에 관한 질문이었으며, 오마르의 원심 변호인단이 그날 저녁에 탈리아와 함께 있었던 자기나 다른 애들한테 한 번도 연락하지 않은 것에 대해서도 물었다고 했다. 변호인단은 주 경찰의 틀에 박힌 인터뷰 내용을 읽고도 더 물어볼 생각을 하지 않았다. 주 경찰은 탈리아가 그날 밤 술을 마시고 있었는지와 같은 기본적인 질문도 하지 않았다. 대신 술에 취한 것처럼 보였냐고 물었다. 그녀의 친구들은 모두 정직하게 대답했다. 아니요, 안 취했어요.

주 검찰은 사키나를 반대 심문하면서 그날 밤에 관해 뭐가 기억나는지 묻더니(탈리아가 베스의 술병을 홀짝이고는 드레스 상의에 장난스럽게 끼워 넣은 것) 그 이후의 기억에 대해 묻기 시작했다. "'무대 뒤의 기억이 그렇게 선명하면 다른 기억들도 완벽할 테니 그날 밤으로 함께 돌아가 보시죠.' 이러는 거야."

"이런 얘기 나한테 하면 안 돼." 내 경고에도 사키나는 수제 맥주 티셔츠를 입고 바에 앉아 있는 거구의 동네 남자들을 둘러보며 아무도 듣고 있지 않다는 것을 확인하고는 어깨를 으쓱했다. 나는 몸을 기울여 문 너머에 있는 메인 홀을 주시했다. 에이미 마치의 테이블은 거기서 보이지 않았다.

"검찰은 타임라인의 세부 사항을 모조리 알고 싶어 했지만, 기억이 나야 말이지. 너한테 뭐라고 했는지는 기억해. 기억한다고 기억하는 걸 기억하는 거지."

주 경찰은 당신이나 로비 같은 사람들을 조사할 필요가 없다는 것을 암시하는 기존의 타임라인을 강화하려고 했다. 격리 전에 이미 많은 정보를 접해서 놀랍지 않았다. 그리고 사키나는 내게 가장 먼저 연락해서 탈리아가 술을 마셨다고 말하고 팟캐스트에 출연해 오마르의 유죄 판결에 대해 오랫동안 의구심을 품고 있었다고 말하는 동안 단 한 번도 그날 밤의 세부 사항을 바꿔 말한 적이 없었다.

그녀가 돌연 심각한 표정으로 몸을 바짝 기대고 내 팔에 손을 얹었다. "나를 재소환할 수도 있다는 거야, 여기로 다시 돌아올 수도 있는데 시애틀 집까지 날아갈 생각은 없거든. 그래서 며칠 더 쉬려고 했어. 그런데 날 또 불러내는 게 몇 주 뒤일 수도 있겠더라고. 그래서 집에 갈 거야. 그 전에 필라델피아에 가서 사촌이나 만나려고. 이것도 (그녀가 와인잔을 들어 올렸다) 휴가잖아? 6학년 수학 숙제는 다리우스한테 맡기지 뭐."

증언대에서 또 무슨 일이 있었는지 속속들이 캐묻고 싶었지만, 술에 취해 횡설수설하는 걸 듣기만 하는 게 아니라 질문까지 하는 건 증인에게 금지된 행위로 한 걸음 더 내딛는 길이었다. 다행히 그녀는 화제를 돌려 우리 아이들에 관해 물었다. 그리고 레오와 같은 날 태어난 딸 에이바의 최근 사진을 보여 준다고 휴대폰을 꺼내면서 둘을 엮어 주자며, 둘 다 그랜비에 보내면 홈커밍 파티의 파트너가 될지도 모른다고 말했다. 내 아이들은 하늘이 두 쪽 나도 그랜비에 보내지 않을 것이다. 열네 살이면 집을 떠나기에 적절한 나이인 것 같지만, 아직도 침대에 레고를 가득 채워 놓고 자는 레오는 3년이 지나 열네 살이 되어도 한없이 어릴 것만 같았다.

그녀가 에이바의 무용 선생님에 대해 말하다가 내 어깨 너머로 손을 흔들었다. 그리고 화면이 툭 튄 것처럼 머리 위로 활짝 웃는 마이크 스타일스가 불쑥 나타났다. 그는 분명히 여기에 있었고, 밖에 나갔다 돌아왔다. 그가 반쯤 마신 맥주병이 내 앞에 있었다. 나는 의식할 수 없을 정도로 큰 충격을 받았다. 우리는 오랜 친구들처럼 껴안았다. 실제로 그랬다. 꼭 친했어야만 나중에 오랜 친구가 될 수 있는 건 아니다.

"앤 증언도 안 한대!" 사키나가 큰 소리로 말했다. 나도 이미 아는 사실이었다. 마이크는 탈리아가 무대 뒤에서 술을 마셨는지 기억하지 못했다. 그래도 운이 좋아서 재심을 받는다면 그는 중요한 증인이 될 것이다. 그는 오마르에 대한 수사와 원심이 잘못되었다는 쪽으로 완전히 돌아섰고 학술 블로그에 사건에 관한 글을 써서 대중에 공개했다.

마이크는 내 맞은편에 앉았다. 나는 뒤로 물러앉아 우리 셋의 스툴을 삼각형으로 배치했다. 그는 중년 남성 특유의 제멋대로 자란 눈썹을 가지고 있었는데, 검은 눈썹 사이에서 회색 눈썹이 길게 자라난 모습이 묘하게 어울렸다. 프랜이 네안데르탈인이라고 부르던 툭 튀어나온 눈썹 뼈에는 주름이 깊게 팼다. 하지만 진지하게 여기기에는 너무 잘생겨서 그런지 전체적으로 날티가 났다. 나는 20대의 어느 시점부터 대칭에 더 매력을 느끼게 되었다. 마이크는 나이가 들면서 더 멋져졌지만, 여전히 치아미백 광고에 나오는 사람보다는 못하다는 것이 내 결론이었다.

그는 말했다. "조카가 지금 9학년이야. 롤라 남동생. 온 김에 조카도 만나고 내일 세레뉴한테도 가 보려고. 주의를 돌릴 만한 게 필요할 거야."

사키나가 말했다. "걔는 증언한대? 변호인 측에서?" 조용히 좀 하라
고 하고 싶었다. 나는 메인 홀을 힐끔 쳐다봤다.

"명단에 있겠지." 마이크는 친구 장례식에 온 사람처럼 침울해 보였
다. "세레뉴를 거기에 세워서 용의자처럼 보이게 할 거야. 물론 탈리
아가 마약을 하지 않았다는 진술을 되풀이해 주기를 바라는 마음이
가장 크겠지. 마약은 주 경찰이 제시한 가설의 일부니까. 하지만 걔가
증언대에 오르면 어떻게 될지 알잖아."

그는 브릿과 올더의 팟캐스트 대신 출연료를 넉넉히 줄 수 있는
번지레하고 오래된 팟캐스트의 한 에피소드에 출연했다. 분량은 겨
우 5분이었고 대부분은 예상 가능한 단조로운 내용이었지만, 탈리아
가 마약은커녕 마리화나도 한 적 없다는 부분은 유독 힘주어 말했다.
"그런 얘기가 어디서 나왔는지 모르겠어." 그의 말에 기분이 잠시 롤
러코스터를 탔다. 그가 우리 팟캐스트를 주의 깊게 들었다면 내가 자
책하는 걸 들었을 것이다. "있잖아, 2020년이니까 이제는 말할게. 내
가 꼬드긴 적은 있어! 마리화나를 피워 보라고 말이야. 그런데 흥미
가 없더라고. 그러니 그런 이유로 오마르와 관계를 맺지는 않았을 거
야. 오마르와 사귀었다고도 생각하지 않아. 전부 그만의 환상이었겠
지. 그 애가 동조해 주지 않으니까 폭발한 거야."

탈리아가 쓰레기통을 맴돌던 기억이 성인으로서 얻은 지식과 어울
려 제자리를 찾기를 계속 기다렸지만 결국은 수수께끼로 남았다. 몽
유병 증세였을 수 있다. 치아 교정 장치나 학기말 리포트 같은 걸 실
수로 던지고 다시 꺼내 오기 위해 용기를 내는 중이었을 수도 있다.
당신을 기다리고 있었는지도 모른다. 여하튼 그 모습을 나는 벤트 젠
슨의 반딧불이만큼 극적으로 오해했다.

"그래서 들어가 있잖아. 마약 때문에. 재판에 회부하지는 않을 거야. 다른 사람들은 수사받지 않았다는 걸 보여 주기 위한 것이기도 하고."

"그래, 그렇지." 마이크는 내 테이블에서 가져온 빵 바구니를 발견하고는 큰 바게트 조각을 접어서 입 안으로 사정없이 밀어 넣었다.

마이크는 흥미로운 연구 대상이었다. 인권 분야에서 경력을 쌓았으면서 친구에게 영향을 줄 것 같으면 아직도 옳고 그름을 제대로 판단하지 못하다니.

내가 로비의 악재에 무감한 건 아니었다. 그것은 우리가 사건을 재개하는 바람에 인터넷 초창기에는 경험할 수 없었던 관심이 그에게 쏟아졌다는 성가신 죄책감의 근원이었다. 동료들과 친구들은 이제 그를 부당하게 의심하거나 측은하게 바라볼 것이다. 사람들이 그의 아이들에게 뭐라고 할지 상상하고 싶지 않았다. 「로비 세레뉴는 유죄다」라는 웹사이트가 있었는데 다행히 아주 활발하지는 않았다. 최근 데인 루브라는 로비와 탈리아가 한밤중에 술을 마시러 기숙사를 빠져나갔고, 탈리아의 사망 시각이 부정확하며, 로비에게 스테로이드로 인한 분노 조절 문제가 있었다는 가설에 꽂혀 있었다. 코카인이나 마리화나라면 몰라도 스테로이드는 터무니없는 헛소문이었다. 로비 세레뉴는 마른 편이었지만 활강으로 단련된 다부진 근육질이었다.

"세레뉴는 잘 지내?"

내 물음에 마이크는 어깨를 으쓱해 보일 뿐이었다.

"조카 사진 좀 보여 줘." 내 말에 그가 휴대폰을 잠깐 뒤지더니 열네 살 때의 마이크와 똑 닮았고 몽롱한 눈과 얇은 입술은 롤라와 살짝 비슷한 소년을 보여 주었다.

"여자깨나 울리겠는데."

한번은 남자인 친구가 자기와 판박이인 할아버지의 군 시절 사진을 보여 주길래 여태 본 것 중 가장 화끈하다고 말했었다. 또 한번은 어느 작가에게 주인공한테 홀딱 반했다(누가 봐도 자전적 작품인데)고 말하기도 했다. 나는 이걸 놀라운 효과를 발휘하는 완곡한 추파라고 생각한다. 엄밀히 말해서 마이크 스타일스에게 한 말은 추파가 아니었다. 그럴 수 있다는 걸 동물적 본능으로 증명한 것에 더 가까웠다. 우위를 내보인 것이다. 나는 이제 적합하다고 여겨지는 방식으로 추파를 던지거나 던지지 않음으로써 즐거움을 추구할 수 있는 사람이었다.

그것은 대화에서 심리를 배제하고자 하는 광범위한 시도의 하나이기도 했다. 그러나 얼마 지나지 않아 우리는 원래 주제로 다시 돌아갔고, 사키나는 의료계의 일이 법조계만큼 오래 걸리면 환자들이 살아남지 못할 거라고 말했다.

"제대로 해내야 한다는 건 알아. 하지만 가끔 난 새벽 3시에도 제대로 해내야 해. 완벽한 순간을 기다리고 있을 수만은 없어. 죄송하지만 환자분, 일단 서류 작업부터 해야 해서 제왕절개 수술은 두 달 뒤에나 가능하겠네요, 이런 식으로 말이야."

"정의의 바퀴가……." 마이크가 사뭇 진지하게 입을 뗐다.

"정의의 바퀴가 오래전에 수레에서 떨어졌도다." 나는 말했다.

그가 어정쩡하게 웃었다. "너 원래 이렇게 웃겼어?"

의도한 건 아니었다.

사키나가 말했다. "동창회가 되어 가고 있네. 우리 셋이 이렇게 술을 마실 거라고 생각해 본 적 있어? 1995년의 내가, 2022년 그랜비에서 누구랑 술을 마시고 있을 것 같냐는 질문에 보디 케인과 마이크 스타일스라고 대답할 확률이 얼마나 될까? 그리고 마이크, 보디 좀 봐! 섹시해지지 않았니? 누가 예상이나 했겠어?"

마이크는 당황한 표정이었는데, 기혼 남성에게 여성의 외모를 평가하라고 해서인지, 아니면 10대 같은 내 행동에 기분이 상해서인지 알 수 없었다. 그가 맥주를 동아줄인 양 잡고 들어 올리며 말했다. "현재를 위하여."

8.

2020년 말에 오마르의 심리가 더 지연될 것이라는 소식을 들었을 무렵, 프랜에게 전화가 오길래 그에 관한 내용일 줄 알았다. 그녀는 혈흔이 발견되자 내 오지랖을 거의 다 용서했다. 더 자세히 말하면, 그랜비를 대신해 여전히 화가 나 있었지만 나라는 개인보다는 세상에 더 화가 나 있었다.

하지만 그것은 그 사건에 관한 전화가 아니라 카를로타가 유방암 3기라는 소식을 전하기 위한 전화였다. "수술을 못 한다고 치료도 못 하는 건 아니야."

카를로타는 한 사람한테 전화하는 것도 힘들었겠지만 내가 아니라 프랜한테 전화했다는 사실이 꽤 쓰라렸다. 나는 이기적인 상처를 삼키며 말했다. "어느 가슴?"

"뭐?"

"어느 쪽 가슴인데?"

"맙소사, 나도 몰라. 이 시점이면 양쪽 다겠지. 그게 중요해?"

그렇다, 내게는 중요했다. 피위 월콧의 손가락이 오른쪽 가슴을 파고들던 느낌이 여전히 생생했다. 카를로타는 왼쪽 가슴을 잡혔다는 뜻이었다. 전혀 말이 안 되지만 나는 알았다. 그가 그녀에게 손상을 입히고 그 안에 뭔가를 심어서 25년 뒤 세포들이 돌연변이를 일으켜 스스로를 공격하게 했다는 걸. 불가능하지만 사실이었다.

그녀의 아이들은 열한 살, 여덟 살, 여섯 살이었다. 몸에 있는 모든 세포를 공격적으로 독살하는 치료 과정은 혹독할 것이다.

치료는 어느 정도 효과를 보였다. 머리카락도 다시 자랐다. 하지만 1년 뒤 병이 재발했다. 암이 전이되었고 프랜은 두 번째 크라우드 펀딩 페이지를 열었다. 아이들은 열세 살, 아홉 살, 일곱 살이었다.

지난 몇 년 동안 변화가 있었다. 그전까지는 고등학교나 대학교 동창들이 세상을 떠났다고 하면 대개는 갑작스러운 사고여서 당사자는 고통받을 사이 없이 생존자들의 충격만 남았다. 그러다 1년 전 대학 친구가 백혈병으로 죽고 한 친구는 뇌종양으로, 또 한 친구는 장기간 지속된 코로나19 합병증과 심장 문제로 잇따라 세상을 떠났다. 그다음이 카를로타였다. 사진 속 그녀는 창백했고, 그녀의 삶은 장난감 고무처럼 한없이 늘어나다가 끝내 툭 끊어져 허공으로 사라졌다. 30년 뒤면 나름 잘 살았다는 내용의 부고가 정기적으로 꾸준히 이어질 것이다. 그러나 그 중간 단계인 40대 초반의 죽음은 무엇보다 잔인하게 느껴졌다. 이런 건 항상 아이들 때문이지 않나 싶다. 두고 가기엔 너무 어리니까.

카를로타에게 가망이 없다는 건 몇 주 전부터 알고 있었다. 무지근한 통증처럼 느껴지는 사실이었다. 그날 밤 호텔로 돌아가는 길에 사키나가 확인해 주었다. 사키나는 자기가 무슨 말을 하는지 알고 있었다.

내가 옳았다. 나는 끝끝내 그것이 왼쪽 가슴이라는 사실을 카를로타에게서 직접 알아냈다. 뭐, 그때는 이미 뼈와 간과 폐, 온몸에 퍼져 있었다. 하지만 시작은 왼쪽 가슴이었다.

9.

다음 날 이른 아침, 나는 심리가 시작되기 전에 증언을 연습하기 위해 캘빈 인의 '블루 볼룸'(연회장과 비슷한 건 크기뿐인)에서 변호 측 보조 변호인 두 사람을 만났다. 그곳의 푸름은 수십 년의 얼룩을 감추고 있을 정교한 페이즐리 카펫에서 비롯되었다. 우리는 연회장 테이블을 밀고 등받이가 높고 푹신하며 흰색과 금색으로 된 의자에 앉았다. 예식용이 분명했다.

그날 오후에는 증언할 줄 알았는데, 주 검찰이 각 증인에 대한 반대 심문을 예상보다 훨씬 더 길게 해서 이튿날 늦게야 증언대에 오를 것 같았다. 준비한 말들을 하나하나 곱씹어 볼 수 있을 만큼 시간이 넉넉했다. 나는 올더의 문자를 통해 그날 브릿이 혈액 증거를 발견한 과정을 증언한다는 것을 알게 되었다. 나는 올더에게 증언 내용은 안 되지만 누가 증언하고 있는지는 알려 줘도 된다고 말했다. 판사는 어떤지(진지해 보이지만 실은 재밌는 할아버지일 것 같아요. 별 도움은 안 되는 내용이었다. 저분의 마음을 읽을 수 있으면 좋겠네요), 오마르가 어쩌고 있는지(잘 모르겠어요. 반응을 보이면 안 돼서 그런지……)도 괜찮다고 했지만 나도 곧 두 눈으로 보게 될 것들이었다.

"에이미가 격리에 대해 한 번 더 알려 주라고 했어요." 젊은 변호사

헥터가 말했다. 뭘 잘못했나 싶어 움찔하는데 그가 파일에서 종이 한 장을 꺼내어 건넸다. 글머리 기호로 강조된 판사의 명령이었다. 특정 인을 위한 내용은 아니었다. "작은 동네라 그래요. 힘드시겠지만, 밉 보일 만한 행동은 하지 마세요, 아시겠죠?" 헥터는 로스쿨을 갓 졸업 했으며, 콜롬비아 억양이 묻어나는 말투와 고뇌에 찬 지적인 눈빛이 특징이었다. 연설을 싫어하는데 억지로 무대에 선 사람처럼 줌에서 도 직접 만나서도 그는 모든 문장을 떨리는 목소리로 말하여 신경질 적인 인상을 주었다.

그보다 연상인 리즈는 리사 쿠드로를 닮았다. 에이미 역할을 맡은 리즈는 곧장 본론으로 들어갔고, 헥터는 에이미가 나중에 검토할 수 있도록 휴대폰으로 모든 내용을 녹음했다. 처음에는 이름, 직업, 그랜 비 입학 연도, 탈리아와 기숙사 방을 함께 쓴 날짜 같은 쉬운 질문을 했다. 그러고 나서는 2018년에 캠퍼스로 돌아가 보낸 시간, 팟캐스트 에서의 역할, 혈흔 발견 과정에서의 역할 같은 까다로운 질문을 했다. "증거물 58호는 1993년부터 1994년까지 작성된 이 그랜비 플래너 입니다. 알아보시겠습니까?" 그녀가 내민 건 컬러로 인쇄한 A4지 몇 장이었지만 나는 고개를 끄덕이며 잊지 않고 대답했다. "네." 그리고 색깔별로 기록하는 방식에 대해 설명했다. 소리 내 연습하니 좋았다.

다음은 1994년부터 1995년까지 작성된 플래너가 등장했고, 나는 나름의 해석을 내놓았다. 물론 그것은 여전히 하나의 해석에 불과했다.

리즈가 물었다. "탈리아 키스가 남자 친구였던 로비 세레뉴 외에 성 적인 관계를 맺은 사람을 알고 있습니까?"

"그때나 지금이나 탈리아가 그랜비의 음악 감독이었던 데니스 블 로흐와 성적이거나 로맨틱한 관계를 맺었다고 믿을 만한 확실한 이 유가 있습니다." (이 부분을 많이 연습했느냐고? 맞다. 겁나게 연습했다.)

"그렇게 믿는 이유가 뭐죠?"

나는 가장 구체적이고 노골적인 베데스다 분수 사건으로 이야기를 시작했다. 그다음은 탈리아가 당신과 교실에서 단둘이 시간을 보내거나 리허설 후에 홀로 남아 있었던 것에 대해 자세히 설명했다. 그녀의 졸업 앨범 메시지에 대해서도 말했다. 지금이 2022년이라는 사실이 고마웠고, 사리 분별이 확실한 판사라면 누구든 이런 유형의 접촉이 얼마나 부적절한지를 이해할 것이라는 생각에 기뻤다. 적어도 내가 상상하는 판사는 그랬다.

내가 법정에서 공개적으로 이런 말을 하고 당신의 이름을 언급하는 건 처음일 것이다. 대중이 이런 세부 사항들, 나를 당신에게로 이끈 부스러기들을 듣는 것도 처음일 것이다. 당신의 이름이 인터넷 전체에 퍼지는 게 정말 시간문제일지 궁금했다.

"다른 학생들도 두 사람의 관계를 그런 식으로 추측했습니까?" 리즈가 물었다.

"당시 제가 그 일에 대해 자세히 알려 준 친구 세 명은 그랬습니다."

"증인의 의혹에 동의한다고 말했나요?"

"네."

여기까지는 쉬웠다. 어려운 부분은 리즈가 반대 심문을 하는 검사로 바뀔 때부터였다. 검사로 분한 그녀가 더 까칠한 목소리로 물었다. "고인이 점과 X의 의미에 대해 말한 적 있습니까?"

"빨간색 점이 뭔지는 압니다. 하지만 나머지도……."

"그러니까 증인은 이 색상과 기호들에 대해 직접적으로 아는 게 없군요."

"네."

"이를테면 증인이 아는 범위 내에서 이 X 표시들은 과제를 암시할 수도 있겠네요."

"네." 확신한다, 상당히 확신한다, 확신한다고 볼 수 있다고 얼버무리며 항변할 기분은 아니었다.

"케인 씨, 탈리아 키스가 데니스 블로흐와 연애를 한다거나 성적인 관계를 맺고 있다고 말한 적 있습니까?"

"아니요."

"증인이 아는 선에서 탈리아가 데니스 블로흐와의 관계를 다른 사람에게 알렸나요?"

"아니요."

"케인 씨, 뉴햄프셔의 성관계 동의 연령이 몇 살인지 알고 계십니까?"

"열여섯 살입니다. 하지만 그랜비 교칙에 따르면……."

"그렇다면 증인이 그랜비의 내부 지침을 위반했다는 이유로 데니스 블로흐를 비난하더라도 위법 행위를 했다는 의미는 아니군요."

"살인이 아니라면요."

리즈가 잠시 배역에서 빠져나왔다. "그렇게 말하면 안 돼요."

"네."

"탈리아와 데니스 블로흐가 키스하는 걸 본 적 있습니까?"

"아니요."

"손잡는 건요?"

"본 적 없습니다."

"성행위와 관련된 건요?"

"없습니다. 하지만 아까도 말씀드렸듯이 두 사람은 분수대에서 발목을 맞대고 있었어요." 너무 시시하게 들렸다.

"증인은 성적 관계를 맺고 있지 않은 사람과 발목을 접촉한 일이 있습니까?"

"그런 식이 아니었어요." 나는 용케 대답했다.

"그럼 어떤 식이었나요?"

"두 사람의 다리는…… 뒤얽혀 있었어요. 서로에게 기대 있었고요."

"그렇게 단 한 차례 발목을 접촉한 일을 근거로, 게다가 인파가 붐비는 공공장소에서 거리를 두고 목격한 일인데도 불구하고 증인은 두 사람이 성적 관계를 맺었다고 추정하는 겁니까?"

"그건 많은 단서 중 하나였어요." 나는 얇은 목소리로 말했다. 문득 소름 끼치는 생각이 스쳤다. 내가 법정에서 당신의 이름을 언급해도 아무 일도 일어나지 않을 수 있다. 내가 어떤 불길을 일으켜도 즉각 진압될 수 있다.

"그렇다면 증인은 그런 추정을 근거로, 탈리아의 플래너에 적힌 작은 기호들에 대한 가설을 근거로, 초기 수사에 더 많이 기여할 수 있었다고 생각하나요?"

그럴 수 있었을까? 열여덟 살인 내가 수사관들에게 그중 어떤 것이라도(생리에 관해서든 교사와의 섹스에 관해서든) 말할 수 있었을까? 제일 좋아하는 선생님인 당신을 살인 사건에 끌어들일 수 있었을까? 물론 옳은 대답이 뭔지는 알고 있었다. "네."

"이번 심리에 증인의 개입이 상당 부분 작용했지 않습니까?"

"그건 답변드릴 수 없습니다."

"증인은 분명 그 사건에 대해 공개적으로 많은 얘기를 했어요, 아닌가요?"

나는 그녀가 나를 진심으로 미워한다고, 내 말을 하나도 믿지 않는다고 생각하기 시작했고, 리즈는 바로 그 부분을 공략하고 있었다.

"제가 공개석상에서, 그리고 이 법정에서 말한 내용은 제가 1995년에 알고 있었던 것과 일치합니다. 수사관들이 물었어도 그렇게 말했을 겁니다." 나는 부족했던 확신이 잘 드러나게끔 이야기했다.

"좋아요. 방금 어떻게 말했는지 잘 기억해 두세요." 헥터가 말했다.

"하지만 그런 질문은 안 했잖아요. 혹시 그 정보를 가지고 수사관들에게 접촉했나요?" 리즈가 말했다.

"아니요. 그 전해에 탈리아와 기숙사 방을 같이 썼다는 이유로 수사관들에게 불려가 조사를 받기는 했어요. 하지만 탈리아의 애정사에 관한 질문은 없었어요. 플래너를 보지도 못했고요. 수사관들의 초점은 온통 그 애가 죽은 날 밤에 대해 뭘 알고 있는가에 맞춰져 있었어요. 그리고 그날 밤 저는 무대에서 말고는 탈리아를 보지 못했어요."

헥터가 힘차게 고개를 끄덕였다.

리즈가 말했다. "당신의 제안으로 브릿 그윈이 그랜비 캠퍼스의 운동 장비 창고를 수색하지 않았나요?"

"맞아요."

"지나치게 구체적이네요. 혹시 다른 장소도 제안했나요?"

"장비 창고와 그 건물 옥상에 있는 중계석, 그리고 육상 트랙과 미식축구 경기장이었던 라크로스 경기장의 관람석을 제시했어요."

"모든 장소가 근접해 있네요. 실제로 혈흔이 발견된 장소를 살펴보라고 제안한 건 우연이었다?"

나도 모르게 입이 떡 벌어졌다. "정말 그렇게 물어볼까요?"

리즈는 어깨를 으쓱했다. "그럴 수도 있죠."

"하지만 제가 무슨 일이 있었는지를 어느 정도 알고 있었다고 하면, 1995년에 저를 확실히 조사했어야 한다는 의미 아닐까요?"

"증거가 나중에 심어졌다는 식으로 몰고 갈 수 있어요. 연출됐다고요."

"말도 안 돼요. 그렇죠? 그런 일이 가능하기는 해요?"

"그 사람들은 그걸 애매하게 흘리기만 하면 돼요. 당신을 시끄럽고 오지랖 넓고 유명해지려는 사람으로 만들겠죠. 판사가 당신을 싫어하게 만드는 게 그 사람들 목표예요."

쉬운 일일 것 같았다. 유명세에 환장한 이 참견쟁이 잡년의 작고 새침한 얼굴을 보세요. 심지어 이 여자는 그 사람들을 잘 알지도 못한다니까요.

리즈가 쉬고 싶냐고 물었다. 그랬다. 정말 쉬고 싶었다.

10.

차를 몰고 캠퍼스에 가서 프랜을 만나려고 했지만, 육체적으로나 감정적으로나 소진된 상태라서 프랜에게 두 아들을 데리고 호텔에 수영하러 오라고 했다. 호텔 뒤 잔디밭 위로 솟은 거대한 일광욕실과 그 안의 절반을 채운 적당한 크기의 수영장과 온수 욕조. 삼면이 유리벽이고 천장은 완만하게 경사졌으며, 자연광을 은은한 빛으로 거르는 두꺼운 녹색 유리가 여름의 장막을 가장하며 습기와 온기와 염소 냄새를 그 안에 가두었다. 아이들은 프랜이 자판기에서 사 준 치토스를 먹고 나서 대포알처럼 몸을 웅크리며 수영장으로 뛰어들기 시작했다. 우리는 남은 부스러기를 집어먹으며 손가락을 주황색으로 물들였다. 몇십 년 만에 먹는 치토스였다. 원하는 대로 먹게 놔뒀으면 아마 매일 먹었을 것이다.

나는 아침에 있었던 일을 자세히 알려 주고(프랜은 증인 명단에 없어서 해될 것이 없었다) 지난 저녁에 사키나와 마이크를 만났던 일도 이야기했다.

프랜이 두툼한 치토스로 나를 가리키며 말했다. "만약에 말이야, 마이크 스타일스가 너 때문에 아내를 버리고, 너희 둘이 옛 예배당에서 결혼식을 올린다면 어떨까?"

"나도 보는 눈이 높아졌거든."

"성가대가 노래하면 되겠네! 신부 들러리는 녹색이랑 금색으로 맞춰 입으면 되고!"

"그럼 네가 들러리 대표니까 머리끝부터 발끝까지 호박단으로 만든 옷으로 쫙 빼입어 줘라."

지난 몇 년 사이에 들은 가장 기쁜 소식 중 하나는 그랜비에서 숙소를 함께 쓴 올리버가 젊고 다정한 라틴어 교사 앰버와 결혼했다는 것이었다. 올리버는 그랜비에서 일자리를 구해 정착했다. 프랜이 다음 날인 금요일 밤에 캠퍼스에 있는 두 사람의 집에서 파티를 열고 잠깐이지만 팬데믹 중에 모일 수 있다는 사실을 축하할 거라며 초대장을 전해 줬다. 변호사들이 반대할 것 같기는 했는데 마땅한 이유를 찾을 수 없었다. 범죄 현장이 코앞이기는 하지만 여느 파티와 다를 것이 없었다.

다른 아이들(남자애 둘과 여자애 하나)이 들어와 프랜의 아이들과 어울렸고, 3남매의 엄마는 물속으로 우아하게 뛰어들어 두어 바퀴를 돌았다. 우리 또래인데도 짜증 나게 셀룰라이트가 보이지 않았다.

프랜이 목청을 가다듬고는 내 어깨 너머를 의미심장하게 쳐다봤다. 돌아보니 수영장 건너편에 파란 수영복을 입은 남자가 있었다. 배는 말랑말랑해도 팔다리는 근육질이었다. 낯이 익다 싶더니 로비 세레뉴였다. 먼저 들어온 이들은 그의 사랑스러운 아내와 아이들이었다.

그는 튜브에 바람을 넣고 있었다. 그의 아내가 물에서 나와 수건으로 몸을 감싸고는 그에게서 카드 키를 받아들고 떠났다.

나는 어찌할 바를 몰라 잠시 당황하다가(물속에 숨는 건 이미 글러 먹은 듯했다) 선택의 여지가 없다는 걸 깨달았다. 어차피 그와의 대화는 허용되지 않았다. 심리에 관한 대화만 아니면 되지만 멀찍이 떨어져 있을 핑계로 충분했다. 나는 다리 옆에서 머뭇거리는 손바닥을 억지로 들어 보였다. 그가 어리둥절한 표정으로 눈을 가늘게 뜨고 우리를 쳐다봤다. 머리가 눈에 띄게 벗어져 있었다.

"가서 인사하고 올게." 내가 부탁하기도 전에 프랜이 말했다.

그녀는 수영장을 빙 둘러 가다가 잠시 멈춰서서 제이콥을 부르고는 맥스의 눈에 물을 튀기지 말라고 타일렀다.

지난 몇 년 동안 로비를 너무 지나치게 상징적 인물로 내세운 건 아닐까? 어쩌면 그는 고등학교 때부터 내 상상 속에 그렇게 도사리고 있었던 건 아닐까? 그의 삶을 뒤엎었다는 죄책감, 나를 미워할 거라는 두려움 등으로 혈압이 치솟는 걸까? 그 안에 산소는 없고 염소 기체만 가득한 느낌이었다.

프랜은 어느새 그의 옆에서 양손을 써 가며 무슨 말을 하고 있었다. 습기가 자욱해서 뭐라고 하는지 알 수 없었다. 두 사람이 번갈아 가며 웃었다. 로비의 아들 하나가 물 밖으로 기어 나오더니 물을 뚝뚝 흘리고 서서 칭얼거렸다. 로비는 아들의 머리에 손을 얹어 기다리게 하고 프랜과 대화를 이어 갔다. 휴대폰을 보는 척하면 되겠다 싶어서 그러고 있는데 맥스가 킥판을 놓쳐 배수로에 매달렸다. 나는 무릎을 꿇고 물 위로 손을 뻗어 킥판을 밀어 준 뒤 다이빙을 할 원형 튜브도 던져 주었다.

로비의 목소리가 수영장 건너편까지 들려올 정도로 커졌다. 그가 내 쪽을 돌아봤다. "보디랑 말하면 안 되는 거 알아." 그는 어중간하게 외쳤다. "얼굴 봐서 좋다고 전해 줘."

정말 다행이었다. 나는 웃으며 어깨를 으쓱하고 다시 손을 흔들었다. 그가 중간쯤을 향해 소리쳤다. "되게 멋있어진 것 같다고 말해 줘. 악감정은 없어. 우리 아내가 엄청 팬이라고도 전해 줘!"

로비는 일곱 살쯤 되어 보이는 둘째 아들에게로 주의를 돌렸다. 프랜이 돌아오는 동안 그는 깔깔거리는 감자 자루 같은 아이를 안아 들어 물속에 홱 집어 던졌다. 그러고는 뒤로 물러나 수영장 모서리로 뛰어가더니 두 다리를 말아 안으며 대포알처럼 몸을 날렸다.

11.

올더가 문자를 보냈다. 아 제발 좀. [11:45] 나는 답을 미뤘다.

진짜 별로예요. [11:47]

이유도 말하면 안 돼요??? 상황이 안 좋아요. 브릿은 아직 증언대에 있고 주 검찰이 선생님을 십자가에 매다는 중이에요 [11:50]

나는 라이트 에이드에서 깜빡하고 챙기지 못한 치실과 제산제를 사는 중이었다.

뒤집혔어요. 선생님이 관여한 시기를 시간순으로 정리하고 있어요. 그 주에 선생님 남편이 집중 조명됐고 그 전후로 트위터에 글을 올렸다가 역풍을 맞았다고요 더러워서 참 [11:52]

선생님이 자기랑 남편한테 쏠린 주의를 돌리기 위해 이 모든 일을 꾸민 거

라고 주장하려나 본데요? [11:55]

빌어먹을 제롬.

만일 제롬과 그의 기행과 내 형편없는 대응을 빌미로 잡혀 패소한다면 제롬이든 나든 절대 용서할 수 없을 것 같았다.

나는 제산제가 줄줄이 진열된 위장약 코너에 멈춰 섰다. 올더한테 문자하지 말라고 해야 했지만, 어차피 내가 알았어야 하는 내용 아닌가?

선생님을 그만큼 절박한 사람으로 만드는 중. 에이미가 계속 이의를 제기하고 있지만 판사는 인정하는 듯?? [11:59]

한때는 절박한 참견쟁이처럼 보일까 봐 두려운 게 전부였지만, 이제는 이 일이 브릿의 증언이나 내일 진행될 내 증언에 어떤 영향을 미칠지가 훨씬 더 신경 쓰였다.

오마르는 이런 일을 당해 마땅한 사람이 아니었다.

변호인석에서 자기들끼리 회의를 하는데 끝날 기미가 안 보여요. 뭐라고 하는지 전혀 안 들려요, 허허허 [12:20]

어느새 계산대 앞이었다. 문득 정신을 차려 보니 나는 얼어붙은 보행로를 따라 걷고 있었고, 또 문득 정신을 차려 보니 주정뱅이처럼 길모퉁이에서 병에 든 프라푸치노를 마시고 있었다.

질문 두 개 더 받고 또 회의 중 [12:45]

변호사들 등이나 쳐다보려고 수업을 빠지다니 [1:15]

5시가 조금 넘어서 에이미 마치에게 전화가 왔다. 나는 까슬까슬한 호텔 가운을 입고 젖은 머리로 침대에 누워 있었다. 객실 벽을 통해 엘리베이터 소음이 너무 크게 들려서 잠을 잘 수가 없었다. 그녀는 말했다. "오늘 일에 대해 어느 정도 들으셨을 거예요. 걱정하지 않으시면 좋겠어요. 그리고, 아직 확실한 건 없지만 일단 당신을 증언대에 세울지 고민하는 중이에요."

천정에 달린 연기 감지기의 작고 빨간 불빛이 끝없이 깜빡이며 시험 경고를 보냈다.

그녀가 말했다. "당신을 이 모든 일의 핵심 인물로 만들고 정직성과 의도성에 의혹을 던지려는 전략으로 보여요."

"판사님이 저를 봐야 그게 사실이 아니라는 걸 알 수 있지 않을까요?"

그녀가 머뭇거렸다. "탈리아의 플래너에 대해 증언하면 좋겠지만, 당신을 증언대에 세웠다가 역효과가 날 수도 있어요." 그녀는 사건보다 내가 더 문제라는 듯 무척 미안한 목소리로 말했다. "혈흔만으로도 이미 충분하다는 게 우리의 핵심 주장이에요. 당신도 증언을 해야겠지만 다른 사람들이 더 있어요. 저쪽에서 당신을 십자가에 못 박을 준비를 하고 있어요. 당신을 세우지 않아야 당신 말고도 증인이 많다는 신호를 줄 수 있을 거예요."

"일리 있는 말이네요." 진심이었지만 목소리에 암담함이 묻어나서 에이미도 눈치챘을 게 분명했다. 나는 말했다. "그럼 데니 블로흐의 이름을 언급할 기회가 없을 거예요."

"네, 알아요. 하지만 이 시점에서는 그게 사건의 논지를 흐릴 거예요." 무척 조심스럽게 회유하려는 목소리였다. 에이미가 내가 내 문제에 매몰되어 있다고 생각할까 봐 걱정한 게 처음은 아니었다.

"그럼 법정에서 가서 방청하는 건 가능할까요?"

대답은 들으나 마나였다. 거기서도 나는 방해가 될 게 뻔했다. "증인 명단에는 남아 있을 거예요. 아직 확실한 건 아무것도 없으니까. 가능하면 시내에 머무는 게 좋겠어요. 격려도 계속해야 하고요."

"좋아요."

"월요일 늦게나 화요일 일찍 쉴 테니 그때 가면 돼요."

계산해 보니 앞으로 며칠은 글을 쓰며 칩거할 수 있겠다 싶었다. 마침 매리언 웡과 그녀가 세운 만다린 영화사를 심도 있게 조사하던 중이었다. 거기에 종일 빠져 있을 수도 있었다. 하지만 글 쓰는 시간도 아쉬움을 달래 줄 보상에 불과했다. 내가 원하는 건 증언대에 서는 일뿐이었다.

당신의 이름은 세상에 나가려고 내 목구멍에 걸린 채로 4년을 기다렸다. 나는 오마르를 만나려고, 그를 마주 보려고 4년을 기다렸다. 달리 원하거나 기대하는 건 없었다. 그저 그의 얼굴이 보고 싶었다.

나는 한참을 침대에 누워서 엘리베이터가 사람들을 다른 층에 내려 주는 소리를 들었다.

12.

그날 저녁, 나는 외투도 벗지 않은 채 부서진 발코니 의자에 앉아 눈 쌓인 긴 잔디밭과 비탈을 따라 흐르는 강을 가만히 쳐다보았다. 그 사이 어디쯤 여름 예식에 쓰였을 법한 정자가 이별을 위한 공간인 양 고적히 서 있었다. 석양이 만물에 금빛 광채를 뿌리며 온기가 느껴지는 듯한 엉성한 착각을 불러일으켰다.

제롬이 문자로 내일의 행운을 빌어 주는데 여기까지 온 게 다 헛수고가 되었다는 사실을 어떻게 설명해야 할지 알 수 없었다. 야하브는 트위터를 통해 이번 일을 유심히 지켜본 데다 올더에게 최신 정보를 종종 전해 들어서 따로 얘기할 필요가 없었다. 에이미와 통화를 마치고 얼마 뒤 그에게서 문자가 왔다. 지금은 당신을 증인으로 세우는 게 부담스러울 수 있어. 다른 얘기는 없고?

방 안에 막 들어가려던 참에 강변을 서성이며 통화를 하는 남자가 시야에 들어왔다. 내가 아는 그 시절의 소년처럼 구부정하게 걷는 게 아니라 목적을 가지고 당당하게 걷는데도 제프 리츨러라는 확신이 들었다. 플리스를 입었지만, 그의 어깨는 재킷을 위해 빚어진 듯 보였다. 값비싼 것을 걸쳐야 하는 건축 구조물 같았다. 휴대폰을 주머니에 넣는 걸 보고 소리쳐 부르니 역시나 제프였다. 그가 잔디밭 위를 성큼성큼 뛰어왔다. 그러고는 제자리에서 높이 뛰어올라 발코니 밑단을 잡으려 했다. 처음에는 실패했지만 두 번째는 성공했다. 그는 몸을 간신히 끌어올려 바깥쪽에 올라서고는 난간을 사이에 두고 나와 얼굴을 마주했다. 나는 그의 양어깨를 꽉 움켜쥐었다. 난간을 놓으면 곧장 곤두박질칠 거라 그는 나를 안지 못했다.

내가 말했다. "신수가 훤하네!"

"넌 어떻고!"

소셜 미디어로 자주 접해서 그런지 1995년 이후로 처음 본다는 사실이 믿기지 않았다.

"자세히 말해 봐!"

"음…… 사건 얘기? 아니면 내 인생 얘기?"

"심리 얘기부터 시작하자."

나는 고개를 저었다. "격리 중이라 안 돼, 증언하게 해 줄지 모르겠다만."

그는 이 소식이 나만큼 충격적이지 않은 모양이었다. 그가 말했다. "데니 블로흐는 증언대에 안 세운대? 그 사람 소환하는 거, 딱 그거 하나 바랐는데. 왜 못 하는 거야?" 눈가에 잡힌 가지각색의 주름이 제프를 친절하고 현명하고 장난기 많은 사람으로 보이게 했다. 주근깨는 여전했다.

"알아." 나는 말했다. "나도 알지. 그런데 그 전략이라는 게…… 문제는 증언대에 세워도 증인, 탈리아 키스와 성관계를 했습니까? 하고 물으면 아니요, 그게 무슨 말입니까 하면서 발뺌할 거래. 몇몇 아이들은 그렇게 생각했던데요 하면 아니요, 절대 아닙니다 할 거고. 자칫 성실하고 온순하게 보이기라도 하면 그걸로 끝장이야. 우리는 지푸라기라도 잡으려는 절박한 인간들로 보이겠지."

"그래. 알았어. 끝나기만 해 봐, 집 앞에 찾아가서 면상에 주먹을 날려 줄 거니까."

팟캐스트에서는 우리가 뭘 알고 있고 당신이 왜 의심스러운지에 대해 말하지 않았지만, 제프한테는 모든 걸 털어놨다. 제프는 당신이 탈리아의 죽음에 연루되어 있다고 굳게 믿었는데, 내 믿음이 95퍼센트라면 그는 100퍼센트라고 할 수 있다. 또 당신이 탈리아의 목숨을 앗아 갔다고 생각하면 나는 배신감과 공포가 뒤섞인 감정을 느끼는데 제프는 더 원초적인 분노가 차오르는 듯했다.

태양이 빠르게 내려앉아서 거의 사라지고 없었다. 나는 말했다. "손가락이 난간에 얼어붙지 않을까?"

"고결한 죽음이 되겠지."

내가 카를로타에 대한 소식을 자세히 전해 주자 아는 바가 거의 없었던 그가 두 눈을 꾹 감고 말했다. "나는 그 애를 늘 좋아했어."

"알아."

"실은 너희 둘 다 좋아했어. 포르노에 나오는 그런 식으로 말고 한 쌍의 명콤비로 말이야. 진짜 너무 웃겼거든."

그러고 싶지 않은데 이해가 됐다. 나는 제프와 오랜 시간 정감 어린 농담을 주고받으며 웃기도 하고 웃기기도 했지만, 개기름이 흐르는 얼뜨기 같은 꼴로는 차마 그를 이성으로 대할 수 없었다. 카를로타라면 기타 치는 여신처럼 보였을 것이다.

우리는 함께 그의 욕구를 채웠다.

"이렇게 둘이 어울린 적은 없네. 프랜이 있었으니까."

"맞아. 프랜하고도 얘기했었어."

"내가 카를로타와 관련해서 단연 제일 좋아하는 기억이 뭔 줄 알아?" 그도 분명히 아는 이야기였을 것이다. 그녀가 미술실에서 점토로 프리다 칼로의 흉상을 마무리하는 걸 기다리고 있었는데, 도리언 컬러가 허락도 없이 들어오더니 큰 금속 테이블에 걸터앉아 아크릴 물감으로 저글링을 시도했다. 우리는 산에서 퓨마를 마주쳤을 때 침묵이 냄새를 가려 주기를 바랐던 것처럼 그를 모르는 척했다.

도리언이 말했다. "카를로타, 이렇게 불러도 될지 모르겠다. 난 우리 친구 보디가 걱정돼. 보다시피 난 진지한 연애 중인데 그 애가 이 사실을 감당할 수 있을지 모르겠어. 사실은 말이지, 눈 주위에 저것도 아이라인이 아니야. 방금까지 나 때문에 울어서 그래."

내가 꼼짝 못 하고 서 있는 사이 카를로타는 작업대 밑으로 손을 넣어 파란색 물감을 집더니 조금 짜내 붓에 묻히고는 도리언에게 다가서서 이마부터 코까지 파란 줄을 힘주어 내리그었다.

"미쳤냐!" 그가 이렇게 말하면서 테이블에서 펄쩍 뛰어내렸다. 소매로 얼굴을 닦았지만 온 얼굴에 번지기만 했다. "이 미친 사이코패스야." 그리고 미술실을 떠났다.

"제일 좋은 게 뭔 줄 알아? 비누로 씻어도 안 지워질 거라는 거야." 카를로타는 복도를 따라 멀어지는 도리언에게까지 들릴 만큼 큰 소리로 웃어 댔다.

그날 밤 저녁 식사 시간에도 그의 얼굴은 옅은 파란색이었다.

"스머프 같더라." 나는 제프에게 말했다.

제프가 고소하다는 듯 웃고는 말했다. "걘 문제가 있었어. 구질구질한 좀생이 자식."

뒤통수를 얻어맞은 기분이었다. 특히 도리언의 괴롭힘이 나와 상관없다는 걸 대번에 알았어야 했다. 내가 누구고 내가 어떻게 보이든 상관없었다. 나는 그저 맞서 싸우지 않는 소품에 불과했다. 그걸 깨닫는 데 이렇게 오래 걸리지 말았어야 했다. 제프에게 지적받지 말았어야 했다.

제프 뒤로 두툼한 파카를 입은 사람이 정자로 걸어가더니 얼굴 앞에 아이패드를 들고 그 주위를 천천히 돌았다. 헥터나 법률팀 사람이 아닌 건 확실했다. 제프는 증인이 아니라서 문제될 게 없었지만, 호텔 뒤에서 어설픈 로미오와 줄리엣을 연기하고 있는 건 이상해 보일 수 있었다.

"이리로 넘어올래?"

그는 고개를 저었다. "믿을지 모르겠지만 오늘 밤에 화상 회의가 두 건 있어. 대신 아침 먹자. 그러고 나서 네 학생들이 부탁한 걸 찾아볼게. 혹시 전에……."

"부탁한 거?"

"사진을 구해 달라고 엄청나게 매달렸는데 다 엄마 집에 있거든. 오래된 콘서트 프로그램인가 뭔가. 내가 사본을 따로 보관했잖아. 만나도 되지? 네 학생들?"

"마음대로 해. 애들이랑 말해도 되는데 개인적으로만 해. 브릿은 증인이고 올더는 팟캐스트를 녹음하는 중이라 일종의 언론인이니까. 나한테도 말해도 돼. 하지만 우리 셋은 대화할 수는 없어."

"권력을 쥔 것 같아 신나는걸." 그가 이렇게 말하고 씩 웃었다. "이 걸 어떻게 휘둘러 볼까나?"

나는 검지로 그의 이마를 짚으며 말했다. "내가 밀어 줘야겠니? 저 명한 경제학자가 갑작스러운 최후를 맞다."

그는 한 손으로 머리를 때리는 척하며 휘청이더니 잔디밭 쪽으로 몸을 기울이고는 뛰어내렸다. 너무 세게 떨어져서 다쳤을까 봐 걱정 이었다. 빨간 파카를 입은 남자가 무슨 일인지 확인하려는 듯 돌아서 서는 황급히 몇 걸음을 옮겨 호텔 조명 밑으로 들어섰다. 하지만 제 프는 멀쩡했다. 아침을 먹자고 외치며 벌써 저만큼 뛰어가고 있었다.

그 순간 나는 알아보았다. 빨간 파카를 입은 남자는 데인 루브라였 다. 그가 호기심 어린 눈으로 나를 올려다보았다. 생각보다 키가 컸고 회색 겨울 모자로 지저분한 머리를 덮고 있었다.

나를 알아봤는지 데인이 아연실색하며 더 빤히 쳐다보는데 가슴이 덜컹 내려앉았다.

그는 5미터 이상 떨어진 곳에 아무 말도 없이 우두커니 서 있었고, 우리는 잠시 기하학 문제에 등장하는 인물이 되었다. 죽은 소녀의 옛 룸메이트가 3미터 높이의 발코니에 있다. 그녀의 유튜브 원수는 호텔 과 비탈에서 5미터 이상 떨어져 있다. 어색하게 시선을 고정하고 있 는 두 사람의 직선거리를 구하라.

나는 그를 고통에서 꺼내 주기 위해 말했다. "당신이 데인이군요." 그리고 가까이 오라고 손짓했다.

그는 나를 촬영하려는 듯 두꺼운 녹색 케이스를 씌운 아이패드를 들어 올리더니 이내 마음을 고쳐먹고 다시 낮춰 들었다. 최근 영상에 서 내가 한 일에 대해 마지못해 감사를 표했지만, 기회가 있을 때마 다 나 또는 올더와 브릿이 실수한 부분을 지적하던 사람이었다.

"이렇게 만나네요." 마치 자기를 기다렸냐는 듯. 자기와 내가 이 드라마의 주인공이라는 듯. 어느덧 발코니 바로 아래에 선 데인은 새로운 단서를 발견했다고 생각하거나 로비를 향한 손에 만져질 듯한 증오심을 이야기할 때처럼 콧구멍을 벌름거렸다.

"당신이 어딘가에 도사리고 있을 줄 알았어요." 나는 무슨 말을 하는지도 모르고 지껄였다. "뭐 좋은 거라도 찾았어요?"

"그럼요. 아마도요. 저기, 빨간색 점에 대해 증언하실 거죠? 뭐라고 말할 계획이세요?"

"대답 못 하는 거 아시잖아요. 게다가 녹음 중이신 것 같은데."

그는 당황한 표정으로 사타구니 앞에 움켜쥐고 있던 아이패드를 흘낏 쳐다봤다. 그리고 말했다. "아니요, 저는……." 그는 원반을 날리듯 아이패드를 얼어붙은 잔디밭 위로 던졌다. 그것은 오래된 갈색 눈이 굳은 얼음덩이 중 하나에 부딪혀 착지했다.

"그래도 말 안 할 거예요." 나는 말했다.

나는 널브러진 아이패드를 보다가 지금이야말로 이메일 추적이나 휴대폰 녹음 없이 일대일로 대화할 수 있는 절호의 기회라는 것을 깨달았다. 어떤 사실을 세상에 알리는 방법은 증언 말고도 많았다. 때마침 관련된 사람이 그 사실을 듣고 나서서 당신의 이름을 터뜨릴 수도 있었다. 데인한테 말하면 뭐든 내일까지 인터넷에 쫙 퍼뜨릴 수 있었다.

나는 책상다리를 하고 앉아 그의 얼굴에 더 가까이 다가갔다. "그래도 뭘 좀 알려 드릴까요?" 데인은 똑바로 살라는 말을 들을까 봐 마음의 준비를 하는 듯했다. 나는 덧붙였다. "단서 말이에요."

"얼마든지요."

"나는 로비 세레뉴를 그렇게 좋아한 적 없어요. 그 애는 고등학교 때 모두가 알아주던 거물이었죠. 탈리아에게는 그다지 좋은 남자 친구가 아니었어요. 그렇다고 해서 무슨 일을 저질렀다는 건 아니에요. 당신은 명백한 걸 놓치고 있어요."

데인은 어색하게 웃었다. 그런 비난으로부터 자신을 옹호하고 싶지만, 내 말을 들을 기회를 날려 버리고 싶지 않은 듯했다. "계속하시죠."

"팟캐스트에서 힌트를 주기는 했는데 변호사들이 실명을 언급하게 두지 않을 거예요. 데니스 블로흐라고, 음악 감독이에요. 탈리아와 잠자리를 하던 사이가 확실해요. 결혼 생활도 위태롭고 직업도 위태롭다고 생각해 봐요. 졸업을 앞둔 탈리아가 감당이 안 됐을지도 모르죠. 뭔가 이상하지 않아요? 탈리아에게 끌리는 것 자체는 큰 문제가 아니에요. (데인 역시 10대 소녀인 탈리아에게 관심이 있는 40대 남자이기에 덧붙인 얘기다.) 하지만 그런 식으로 사람을 조종하고 이용하고 규칙을 모조리 어기는 건 안 되죠. 그 사람은 탈리아의 삶을 파괴했어요. 목숨을 빼앗았을 가능성도 커요."

확실히 감정적이고 과장된 연설이었다. 하지만 나는 데인이 어떤 식으로 말하고 어떤 식으로 생각하는지를 이미 알고 있었다.

"최악은, 그 사람이 아직 교직에 있다는 거예요. 아이들을 바꿔 가며 학교에서 27년을 보냈어요."

데인이 목청을 가다듬었다. "내 생각에는 그건 특정한 개인보다는 그랜비의 자비로움에 대해 더 많은 걸 말해 주는 것 같네요. 나도 데니스 블로흐를 조사했어요. 안 했다고 생각하지 마세요. 그랜비는 그런 남성 수십 명의 범행을 은폐했어요. 그리고 추천서를 써서 다른 곳으로 보냈죠. 비열한 인간인 건 알지만 범행 수법이 미숙해요. 홧김에 벌인 짓이고 엉성해요. 익사로 믿게 하려고 수영복을 입혀 놓다니, 성인 남자는 그런 식으로 생각하지 않아요."

400

"대부분의 살인자들은 애거서 크리스티의 소설 속 악당들과 다르답니다."

"글쎄요." 그는 아이패드 쪽을 돌아봤다. "조언 감사합니다."

그를 놓칠 수 없었다. 그 기회를 놓쳐서는 안 됐다. "체육관 로비에 전화기가 한 대 있었어요." 나는 말했다. 이 이야기가 어디로 흐를지 나조차 알 수 없었다. 그냥 계속 말해야 했다. "수화기를 귀에 갖다 대면 남자 기숙사 중 하나인 바튼홀의 공중전화에서 하는 얘기가 다 들렸어요. 어차피 아무도 믿지 않을 것 같아서 여태 누구한테도 말한 적이 없어요. 변호사들도 몰라요." 거짓말을 할 것 같은, 선을 넘어 버릴 것 같은 기분이었다. 하지만 그것은 더 큰 진실을 위한 대가였다. 데인이 물고 늘어지길 바란다면 그가 한 번도 듣지 못한, 자기 자신이 특별하게 느껴질 만한 뭔가를 던져 줘야 했다. "그걸로 별의별 얘기를 다 들었어요. 거기는 블로흐 선생님이 일주일에 한 번 당직을 서는 기숙사이기도 했어요. 그리고, 이런 얘기를 하면 안 될 수도 있어요. 하지만 아직도 그 일에 대해 생각해요. 그건 협박이었어요."

"탈리아를 위협했나요?"

"이렇게 말했어요. 그렇다고 말해, 그렇다고 말하라고. 탈리아가 죽기 일주일 전이었죠. 네가 나한테 이러면 안 되지 이런 식으로요." 시간이 있었다면 더 나은 대화를 생각해 냈을 것이다. "중요한 건 말의 내용이 아니라 말투로 위협했다는 거예요. 말 속에 숨긴 거죠. 증언할 수 있는 얘기가 아니에요. '안 그러면 죽여 버릴 거야.'라고 하지는 않았거든요. 그건, 세상에 이래라저래라하는 알파 남성들의 목소리 알죠?"

나는 데인이 알파 남성들의 권력을 무한히 신뢰할 거라고 짐작했다. 그리고 실제로 그는 한껏 집중한 눈빛으로 고개를 끄덕였다.

뭐가 됐든 당신한테 알파라는 말을 갖다 붙인다는 게 얼마나 우스운 일인가.

"하지만 단순히 그런 느낌을 받았다고 해서 누구를 수사하지 않을 거예요. 게다가 목소리를 착각한 거라고 하면 그만이잖아요? 애초에 공중전화에서 그런 일이 있었다는 걸 누가 믿어 주겠어요? 내 신용만 깎아 먹겠죠."

"그런 걸 브릿지 탭이라고 불러요. 피복이 벗겨진 전선 한 쌍이 교차점에서 맞닿아 신호가 섞이는 거죠."

"아."

"난 믿어요."

"그럼 다행이에요. 기쁘네요. 내가 미쳤나 했거든요."

"그 얘기를 왜 나한테 하는 겁니까? 왜 하필 나죠?"

"당신이라면 뭔가를 할 수 있을 것 같았어요. 그랜비 출신도 아니고 법정에 서지도 않고 증인도 아니고 경찰도 아니니까. 진실을 말할 수 있겠죠." 맞다, 심하게 과장하기는 했다. 데인 루브라의 삶을 다루는 영웅 탄생기에서 단역을 맡은 기분이었다. "너무 자세한 얘기는 하지 말아요. 나를 끌어들이지도 말고요. 그래도 난 당신이 뭔가를 해낼 거라고 생각해요."

그는 손가락으로 모자 끝을 매만지며 엄숙히 고개를 끄덕였다. 아이패드를 찾으러 뛰어가고 싶어서 온몸이 근질거리는 게 분명했다. 다시 이야기를 나눌 수 있냐는 질문에 이미 너무 많은 걸 말해서 안 된다고 답했다.

어깨를 짓누르던 1000파운드가 사라졌다. 그 무게가 당신을 찾기 위해, 당신의 목 주위에 내려앉기 위해 발코니에서 날아오르는 모습을 상상했다.

내가 방해하기 전에 기분 좋은 궤도에 올라 있었을까?

너무 서둘러 업보를 치르게 한 걸까?

그래도 사과하지 않을 것이다.

13.

그 전날 건너뛴 호텔 조식은 주문 방식이 복잡했다. 유리로 된 실내 테라스나 그 바깥에 있는 실외 테라스에서 테이블을 선택하고 오늘의 메뉴에서 일곱 가지 음식을 종류별로 골라 동그라미 친다. 나는 오트밀과 라테만 주문했고 제프는 브리오슈 프렌치토스트, 베이컨, 요거트, 과일샐러드, 수란, 크루아상, 커피까지 한 상 거하게 받았다. 저렇게 많이 먹으려면 온몸의 근육을 끊임없이 움직여야 하겠지 싶었다. 잊고 있던 모습이었다. 10대 소년일 때는 평범해 보이던 행동을 다 큰 남자가 하고 있으니 더 특이하게 보였는지도 모른다.

제프가 먼저 벽을 등진 채로 금방이라도 넘어갈 것 같은 의자에 기대앉았다. 그래서 다행히 나는 등 뒤를 오가는 사람들을 신경 쓸 필요 없이 그의 얼굴만 볼 수 있었다.

"94년은 대중문화의 마지막 황금기였어. 음반 시장을 생각해 보면 크랜베리스, 부시, 베루카 솔트, 스매싱 펌킨스가 있었잖아. 그 이듬해에는 뭐가 있지? 데이브 매튜스가 평정하잖아. 오아시스랑 진 블로섬스. 거칠 것 없는 직활강 같았어. 우리 다음 학년도 정말 반짝거렸다고, 기억나? 정말 발랄했다니까. 돌아보면 걔들이 첫 밀레니얼 세대였지, 아마?"

"마음에 들지 않았던 건 기억나. 뭐랄까, 너무 행복해 보였다고나 할까."

"낙관주의가 기본으로 깔려 있었지. 어, 세상에, 베스 도어티잖아."

나는 돌아보려다 멈추고는 소량 포장된 잼으로 손을 뻗으며 딴청을 부렸다. 그녀가 내게 못되게 굴고 일부러 도리언 컬러와 데이트한 것, 어쩌면 페이스북으로 네가 뭐라도 되는 줄 아냐는 이상한 메시지를 보낸 것도 용서할 수 있었다. 정말 용서할 수 없는 것, 그녀를 생각만 해도 갈비뼈가 코르셋처럼 몸통을 바짝 조여 오는 이유는 첫째, 경찰에 오마르의 이름을 처음 언급했고 둘째, 내게 자위 마스터라는 별명을 붙여서 1년 내내 시달리게 했다는 점이다. 비교 자체가 안 된다는 건 알고 있다. 오마르에게 한 시간의 자유를 벌어 줄 수 있다면 그런 별명은 1000개를 붙여도 참았을 것이다. 그저 둘 다 용서할 수 없었다는 뜻이다. 나는 속삭였다. "잠깐, 쟤 오늘 증언하나?"

제프가 눈썹을 들썩였다. "벌써 했지. 어제 아침에. 갑자기 내가 더 많이 아네?"

"믿을지 모르겠지만 나도 그렇게 잘 알지는 못해."

제프의 시선을 쫓으면 그녀가 어디에 있는지 알 수 있었다. "날 절대 못 알아볼 거야. 어디 아주 못된 장난을 쳐 볼까."

"제발 좀 그래 줘. 어제 증언했는데 왜 아직도 여기 있지?" 질문에 대한 답은 대강 유추해 볼 수 있었다. 재소환 가능성, 돌아가는 항공편을 일부러 늦게 잡음, 세계 최악의 고등학교 동창회 약속, 집과 아이들과 직장에서 벗어나 하룻밤을 더 보낼 기회. 하지만 나는 그녀가 간절히 원해서 온 게 아니라는 걸 알고 있었다. 사키나와 달리 베스는 증인을 자처하지 않았다. 언론 보도로 흥밋거리가 되는 건 물론이고 사건 후 27년 만에 누가 미성년자 음주로 불러내서 무대 뒤에 있던 술병에 대해 왜 경찰에 함구했냐고, 왜 오마르를 지목했냐고 다그치는 것이 유쾌할 리 없다. 베스는 원심 재판에서 증언한 몇 안 되는 그랜비 학생 중 한 명이었다. 여기 불려온 게 무슨 일로 이어질지 누가 알겠는가? 나라면 벌써 오래전에 내뺐을 것이다.

"쟤 남편이 비버 로고가 달린 기술 있잖아, 뭐더라? 그걸 시작한 사람이래. 아니다, 비버가 아니라 수달인가?"

"그래서 증언은 어땠는데?"

"넌 네가 하는 팟캐스트도 안 듣냐? 어젯밤 에피소드가 쟤에 관한 내용이었어. 그리고 사람들이 너랑 브릿을 어떻게 십자가에 못 박으려 했는지 말이야. 아주 처절한 개수작이었지."

"어째 난 미끼로 불려 온 것 같다. 내가 시내에 있으면 주 검찰은 계속 날 주시할 테니까. 그런데 어쩌나, 난 증언대에 못 설 텐데."

"됐다, 저기 오렌지 주스 있는 데 앉았어. 그리고, 어, 대개는 술병에 관한 내용이었어. 쟤는 탈리아가 술을 마셨는지는 기억 못 하고 술병을 돌렸다는 것만 인정했지. 기본적으로 95년에 경찰에 진술한 걸 가지고 불러낸 거야."

"아. 아니, 잠깐, 대답해 달라는 게 아니었어. 난……."

"쉿, 쉿, 쉿. 넌 지금 팟캐스트를 듣는 것도 아니고 다른 증인과 대화하는 것도 아니야. 그냥 오트밀을 먹는 중이라고. 거기 앉아서 오트밀만 퍼먹고 있잖아."

나는 오트밀을 한 입 밀어 넣었다.

"상황이 좀 꼬였어. 솔직히 말하면 변호인 측이 쟤를 심각한 인종 차별주의자처럼 보이게 만들었거든. 오마르에 대해 '다들 안다'고 말했을 뿐인데 그러는 거지. 그러니까 소문을 상당히 신뢰했다는 말씀이군요."

"실제 증언을 방송한다는 거야?" 마지막 대화를 나눌 때까지도 올더는 녹음이 허용될지, 현장음을 잘 딸 수 있을지 확신하지 못했다.

"흥미진진한 부분들만. 너 그런 거 끝까지 들어 본 적 없지? 99퍼센트는 지루한 내용이야."

"좋아. 나 지금 오트밀을 한 입 더 먹는 중이니까 정말 충격적인 일이 있었으면 얘기해 봐. 뭐든 내가 모를 만한 거."

"글쎄다. 아, 장비 창고에 간 적 있는지, 다른 애들도 갔는지 물어봤어. 검찰 측은 모두 진술에서 오마르가 창고 열쇠를 가지고 있었기 때문에 사건 현장이 바뀐다고 달라질 건 없다고 주장했어. 창고 문에 잠금장치가 있긴 했던가? 베스는, 이런 젠장." 그가 갑자기 접시를 내려다보며 시럽에 젖은 음식 부스러기를 괜히 쳐다보았다.

힐끗 돌아보니 때마침 베스가 우리 테이블로 성큼성큼 걸어오고 있었다. 그녀는 휴가철마다 섬에서 요가 수련을 하는 사람처럼 나이 들었다. 그녀의 얼굴 역시 세월에 풍화했지만 윤택한 방식이었다. 처진 데도 없고, 보톡스로 없앨 수 있어도 굳이 그럴 필요 없을 만큼 고운 주름뿐이었다. 귀 뒤로 넘긴 짧은 금발은 여전히 눈에 띄게 아름다웠다. 그녀는 존 휴즈의 영화 속 학교 식당에 나오는 아이처럼 우리 테이블 옆을 지나치며 말했다. "널 여기서 보다니 정말 놀라운걸."

웃으며 반갑다고 인사해야 했지만, 그녀가 그 자리를 완전히 떠나기 전에 말해야 했다. "나도 증인으로 왔어. 너처럼."

베스가 휙 돌아서서 혀로 치아를 쭉 빨아들이고는 작은 헛웃음을 두 번 내뱉었다. "증인은 개뿔. 넌 그저 애처롭게 관심을 구걸하는 것뿐이야. 책은 아직이니?"

"그건 아니지만 화요일에 앨범이 나올 겁니다." 그가 말했다.

베스가 누군지 알아내려는 듯 찡그린 눈으로 제프를 쳐다봤지만, 그렇다고 너무 애쓰지는 않았다.

"아무래도 증인을 매수하려는 모양이신데."

제프의 말에 통쾌하게도 베스는 놀란 기색이었다. 그가 변호사인지 누구인지 몰랐으니까. 그녀는 마치 우리를 닦아 내기라도 하려는 듯 두 손을 스웨터에 문지르고는 말없이 자리를 떠났다.

신은 안다. 그 순간 내가 왜 베스 도어티(나를 데인 루브라와 같은 부류로 여기는 베스)를 옹호하고픈 욕구를 느꼈는지. 그러나 나는 말했다. "재는 여전히 키스 가족과 가까울지도 몰라."

"가깝기는, 알랑방귀나 뀌겠지. 있잖아, 원하면 법정에서 문자할게."

제프는 오전 10시에 방청할 준비가 되어 있었다. 처음 며칠은 언론인과 구경꾼들로 가득했던 방청객 수가 외진 이곳의 위치 탓에 다소 줄어들었다.

그날 밤 캠퍼스에서 열리는 파티에 같이 가자고 하니 제프가 씩 웃었다. "마흔다섯인데도 그랜비 캠퍼스에서 마음 놓고 마실 생각하니 두근두근한데."

"동문 주간에도 마실 수 있을걸."

"돈 주고 연사로 초대하면 생각해 볼게."

로비를 지나는데 프런트의 소년이 영상 장비를 든 젊은 여성 둘과 큰 소리로 옥신각신하고 있었다. 소속을 알 수 있는 스티커가 없는 걸 보니 취재팀은 아닌 듯했다. 둘은 학생처럼 어려 보였다. 소년이 촬영하려면 허가를 받아야 하니 매니저를 불러올 때까지 밖에 나가 있으라고 더듬거리며 설명했다. 나는 그 곁을 허둥지둥 지나 황급히 엘리베이터에 올라탄 뒤 버튼을 급하게 눌러 빠르게 문을 닫았다.

14.

올더가 에이미 마치에게 전달받은 내용을 문자로 보냈다.

콩코드의 주립교도소에 수감 중인 오마르는 매일 아침 오전 6시에 일어나 차가운 아침 식사를 짧게 끝내고 보안관실의 세단형 자동차에 태워져 한 시간 거리에 있는 컨으로 이동한 뒤 심리가 시작되는 9시까지 유치장에 갇혀 있었다.

에이미는 오마르에게 점심을 갖다주려고 집행관에게 허가를 요청했지만, 심리가 시작된 이후로 줄곧 거부당했다.

(왜???? 내가 문자 올더가 어깨를 으쓱하는 이모티콘을 보냈다.)

매일 오후 4시쯤 심리가 마무리되고, 오마르가 6시쯤 주립교도소로 돌아가면 저녁 식사는 이미 끝나 있었다.

그래서 심리가 시작되고 그 주 내내 오마르는 하루 한 끼로 근근이 버티고 있었다. 그 한 끼마저도 추가되는 것 없이 정해진 양만 먹을 수 있었다.

올더는 에이미가 오마르가 법정에서 쓰러질까 봐 걱정할 뿐 아니라 그의 멍하고 텅 빈 눈빛이 판사에게 자칫 잘못 비칠까 봐 걱정한다고 했다. 그래서 매일 같이 집행관에게 허가를 요청했지만 돌아오는 대답은 늘 '안 된다'였다.

15.

컨에 딜라일라스라는 여성복 매장이 있었는데 90년대에 가끔 물건을 훔치던 곳이었다. 그래서 속죄의 의미로 돈을 좀 쓰기로 했다.

매장에서는 여전히 파촐리 향이 났고 리넨 드레스, 청키 스웨터, 비즈 장신구, 클로그를 팔았다. 계산대에 있는 은발의 여성도 그 자리에 그대로 서 있었던 것 같았다.

나는 드레스를 몇 벌 골라 작은 파란색 커튼 뒤에서 입어 보기 시작했다. 한참 작은 드레스를 어깨에 욱여넣고 있는데 휴대폰 벨소리가 울렸다. 전화를 받았더니 법률팀 헥터가 다른 증인들과 이야기하는 모습이 호텔에서 목격됐다고 알려 주며 혹시 모르니 일단은 다른 증인들과의 접촉을 최대한 피해 달라고 했다. 심리가 시작되기 10분 전이었고, 그는 늘 이런 식으로 시간을 활용했다.

"증인이 누군지 다 알지도 못하는데요."

"그러니까 그냥 증인이 아닌 게 확실하지 않으면 무조건 피하세요." 그리고 호텔에서 필요한 사람들에게 조식을 포장해 주기로 했으니 프런트에서 받아 가면 된다고 덧붙였다. "방에 숨어 계실 필요는 없어요. 그냥 조심하시라는 거예요." 격리 자체를 걱정해서라기보다는 내가 시내 여기저기를 쏘다니며 사람들을 겁주는 배후의 조종자처럼 보일까 봐 그러는 건 알고 있었다.

나는 귀걸이를 보려고 탈의실을 나갔다가 전날 수영장에서 본 로비 세레뉴의 아내와 마주쳤다. 그녀는 셔츠 두어 벌을 팔에 걸치고 있었고, 가까이에서 보니 피곤해 보였다. 우리는 서로를 알아보고 잠시 어색하게 서 있었고 그녀가 먼저 손을 내밀었다.

"누구신지 알아요. 저는 젠 세레뉴예요."

"아, 저는……. 네, 안녕하세요."

"얘기해도 괜찮겠죠? 로비는 증인 명단에 있는 사람들과 얘기하면 안 되는 거 알아요, 아시다시피 그이한테는 쉽지 않은 일이죠. 마이크도 여기 있어요. 저는 늘 마이크를 좋아했거든요. 저희 결혼식에도 참석했고요! 저는 그랜비분들이 정말 좋아요." 젠 세레뉴는 평소에도 쉴 새 없이 말하는 유형의 사람이거나 남편의 인생을 망쳐 놓은 여자를 마주쳤을 때 쉴 새 없이 말하는 유형의 사람이었다. 그녀가 불안한 얼굴로 몸을 너무 바짝 내밀고 있어서 나는 마스크를 쓴 게 다행이라고 생각했다. 헥터가 이런 대화를 허락할 리 없었지만 젠이 증인일 가능성은 전혀 없었다.

드레스를 선반에 다시 되돌려 놓으려고 옆으로 비켜섰을 뿐인데 내가 도망이라도 치는 줄 알았는지 그녀가 팔을 붙잡아 세웠다. "있잖아요, 그 일이 자기 인생에서 제일 힘들었대요. 첫 데이트 때 그러더라고요. 최악의 순간과 최고의 순간이 언제였냐고 물었더니 탈리아를 잃었던 일에 대해 말해 줬어요. 남편은 그런 사람이에요. 뭐든 쉽게 받아들이는 법이 없죠. 특히 지난 몇 년 동안은 모든 걸 다시 떠올려야 했어요."

사과를 원하는 걸 알았지만 나는 딴말을 했다. "감당하기 어려우시겠어요."

"아! 뭐, 그렇죠. 그래도 로비가 증언을 통해 해명할 수 있어서 정말 다행이에요. 그동안 메일과 전화를 받아 왔거든요. 페이스북도 없애야 했고요. 어떤 택배가 오든 주문한 게 맞는지 다시 한번 확인해야 해요. 사람들이 정의를 원할 뿐이라는 건 알지만 혼란스러운 상황이잖아요. 한 번은 남편 짓이다라는 문구가 적힌 티셔츠를 입은 여자를 봤는데, TV 쇼에서 나온 말이겠거니 싶어 무슨 뜻인지 물어보니까 여자가 살해당하면 범인은 늘 남편이나 남자 친구라는 뜻이라고 하더군요. 우리는 그런 식의 사고에 너무 길들여졌어요."

나는 그 셔츠가 틀리지 않았다고 말하고 싶었다. 문제는 탈리아의 남자 친구가 한 명이 아니라는 점이었다. 그리고 데인 루브라가 어떤 의혹을 제시하던 상황이 더 나아졌으면 좋겠다고 말하고 싶었다.

"남편이 스트레스를 너무 많이 받아요. 이번 고비를 넘기면 당연히 나아지겠죠. 저희는 어제 도착했어요. 주말 전에 부를 줄 알았는데, 어쩌겠어요! 뭘 묻고 싶은지 알아요. 남편이 왜 더 수사받지 않았는지 알고 싶어 하잖아요. 그이가 어떻게 생각하는지 아세요? 그때 조사를 받았어야 한다고 남편은 그럴 거예요. 거짓말 탐지기 조사를 받았어야 해요. 그랬으면 이런 의혹에 휩싸이지 않았겠죠. 로비랑 그 남자도 자세히 살펴봤어야 해요, 숲에 산다는 그 남자에 대한 소문 아시죠? 그리고 다른 아이들, 심지어 여자애들도 살펴봤어야 해요. 그중 몇몇은, 세상에, 피위인가 뭔가 하는 친구 기억나세요? 그 사람은 가정 폭력으로 한 번 이상 체포됐어요. 파티에는 있지도 않았고요! 그 사람한테 어디에 있었냐고 묻기는 했나요?"

"그 자식 때문에 친구가 유방암에 걸렸어요." 나도 모르게 큰 소리로 말했다.

"네?"

"아무것도 아니에요. 잘 알고 계시니 기쁘네요. 문제는 수사받은 사람이 거의 없다는 거예요. 그냥 한 사람을 지목해서 그가 한 짓이라고 단정하고 눈과 귀를 닫아 버렸죠."

"제 말이 그거예요. 그렇다니까요. 증언대에 서서 증언할 때…… 아직 안 하셨죠? 그렇게 말하실 거 알아요. 로비가 어떤 사람이었는지 말할 수도 있겠죠. 얼마나……."

멈칫하는 걸 보니 내 눈빛에서 경고의 메시지를 읽은 게 틀림없었다.

"제가 너무 말이 많았나 봐요. 한번 안아 봐도 될까요? 로비가 아이들 점심을 먹이고 있어서 찾아봐야 하지만, 그냥 한번 안아 드리고 싶어서요."

나는 그녀가 밤색 모직 코트의 소매와 섬세한 향수, 금발 커튼으로 나를 감싸게 두었다.

젠은 발걸음을 옮기다 얼마 안 가 다시 돌아보았다. "저라면 탈리아를 좋아했을 것 같아요."

"그랬을 거예요."

"탈리아가 저를 좋아했을지는 모르겠네요." 그녀는 웃었다. "정말 별로였거든요. 촌스러운 책벌레였죠. 뉴욕 어딘가의 공립 고등학교에 다니는. 그래도 탈리아는 좋아했을 거예요."

"모두 그랬죠."

그녀가 떠나고 나는 짤랑거리는 귀걸이 세 쌍과 백랍 목걸이를 골랐다. 그리고 현금을 건넨 뒤 여자가 돌아서기 전에 거스름돈 12달러를 계산대에 남겨 둔 채 황급히 매장을 나섰다.

젠을 떠올리면 속이 쓰렸지만 그래도 로비 세레뉴가 수다쟁이 책벌레와 결혼했다는 사실을 알게 되어 기뻤다.

매장을 나서는데 문자 알림음이 울려서 보니 올더였다. 내용은 이랬다. 선생님 남자 친구가 미쳐 가고 있어요. 마음에 드실 거예요. 데인을 내 남자 친구라고 부르는 게 재밌는 모양이었다. 유튜브 영상으로 연결되는 링크가 있었다. 나는 보행로에 서서 바람을 맞으며 영상이 나오기를 기다렸다.

다시 올더의 문자. 시작부터 또 작전 회의예요, 차라리 죽여 줘ㅓㅓㅓ.

뒤이어 시계를 쳐다보고 있는 움직이는 고양이 이미지.

나는 핸드백에서 에어팟을 꺼내 들고 카페 안으로 숨어들었다.

"이곳 컨에서 엄청난 소식을 전해 드립니다." 데인 루브라였다. 그는 어두운 호텔 창문을 등지고 침대에 앉아 가쁜 숨을 몰아쉬고 있었다. 어젯밤에 나와 대화를 나눈 다음 찍은 것이 분명했다. "독점 소식통이 있으니 믿으셔도 됩니다. 이러니까, 좀 들어 보세요. 이러니까 발품을 팔고 현장에 나가야 하는 겁니다. 말하기 조심스럽지만 뭔가 엄청난 걸 간과해 왔다고 믿을 만한 이유가 있습니다. 제가 몇 차례 말씀드린 대로 그랜비에 데니스 블로흐라는 음악 교사가 있었습니다. 1962년 4월에 미주리 올리베트에서 태어났어요. 최근에는 로드아일랜드의 프로비던스에서 학생들을 가르치다가 몇 년 전 교직을 떠난 걸로 보입니다. 다들 파 보는 거 좋아하시니까 댓글에 관련 링크 올리겠습니다.

제 말은 데니스 블로흐가 이 사건에 대해 27년 전에 밝혔어야 할 뭔가 중요한 사실을 알지 모른다는 겁니다. 이 사람은 교직에 몸담으며 계속 아이들과 함께했습니다. 그중 몇몇은 뭔가를 알지 모릅니다. 그리고 어쩌면……." 그는 카메라로 다가가 고개를 살짝 젓고는 이를 앙다물며 마음을 가다듬은 뒤 말을 이어 갔다. "지금도 어린 여자애들과 관계를 맺고 있을 수 있어요. 이런 짓을 수십 년간 아무런 제지 없이 해 왔을지도 모릅니다. 고용 기록, 고발당한 이력, 최근 연락처가 필요합니다. 특히 그랜비 학생들은 뭐든 제보해 주십시오. 소문이나 전해 들은 말이 아니라 직접 목격했거나 봤거나 아는 것이어야 합니다."

정신을 차려보니 카운터 쪽으로는 가지도 않고 카페 출입문 안쪽에 멍하니 서 있었다. 나는 순서를 기다리는 사람들 뒤에 서서 휴대폰만 계속 쳐다봤다. 데인은 팔로워들에게 직접 접근하거나 직접 해결하려고 하지 말고 법의 테두리 안에 머물면서 기록하라고 주의를 주었다.

"수사를 방해해도 안 되지만 여러분의 안전을 위해서이기도 해요."

그 뒤로 옷가지가 뒤죽박죽 쌓여 있는 침대. 깜빡거리며 자정을 알리는 알람시계.

16.

그날 밤 프랜은 나와 제프를 태워 파티가 열리는 캠퍼스로 데려다주었다. 제프는 휴대폰으로 「라디오 가가」를 틀어 놓고 박장대소했다. 한낮에 프랜이 엄마 차를 끌고 나와 우리를 태우고 몰래 프로거트 바로 가는 길에 다 같이 부르던 노래였다.

지난 4년, 저녁을 먹으러 가거나 달리러 나가거나 비행기를 탈 때마다 오마르가 감옥에 갇혀 있다는 사실이 무척 괴로웠다. 봉쇄 기간에 친구들이 그림 퍼즐과 사워 도우 발효종에 대해 불평하면 나는 하고 싶은 말을 꾹 참아야 했다. 하지만 법정에서 벌어지고 있는 일들과 밀접한 파티에 가는 게 큰 잘못처럼 느껴졌다. 내가 아는 오마르는 술판이 벌어지기를 바랄 테지만.

노래가 끝나자 제프가 내가 앉은 뒷좌석을 향해 말했다. "법정에서 있었던 일을 보디한테 말하면 안 되지만, 오마르를 보는 데 충격이었어. 일단은 수갑을 찼다는 거야. 손목과 발목은 물론이고 손목에 채운

수갑은 허리를 두른 사슬과 붙어 있었어. 정상적으로 움직일 수가 없
겠더라고. 기억하겠지만, 오마르는 늘 스프링처럼 뛰어다니는 만능 스
포츠맨이었잖아. 지금은 너무 경직돼 있어. 고통스러워 보여. 변호사
를 쳐다봐야 하는데 고개만 돌릴 수 없었는지 온몸을 돌리더라고."

딱딱한 침상과 물리적 폭력과 추위에 대해서는 자주 생각했다. 하
지만 그제야 깨달았다. 교도소에서는 척추와 관련된 만성 통증 정도
는 돼야 의사를 만날 수 있겠구나. 작지만 큰일이었다.

제프는 말했다. "와 씨, 우리가 캠퍼스에 있다니. 학교가 줄어들었
나? 프랜, 왜 모든 게 이렇게 작아 보이지?"

공교롭게도 올리버와 앰버는 두 사람이 처음 만났고 한때 프랜이
살았던 싱어베어드 아파트에 살게 되었다. 사회학자라면 사람들이
끊임없이 서로의 집으로 옮겨 가는 사회에 대해 논문을 쓸 수 있을
정도였다.

나는 어느새 호프눙 부엌의 세 번째 버전에 서 있었다. 냉장고는
50개 주에서 사 온 싸구려 휴게소 자석으로 덮여 있었지만, 그 외의
미관은 매끈하고 여유로웠으며, 거실의 일부는 검은 가죽으로 되어
있었다. 올리버와 앰버가 동시에 나를 안아 주고 마실 것을 권했다.
앰버의 임신 소식을 들으니 감개무량했다.

누군지 모르는 여자 둘이 구석에서 나를 빤히 쳐다보았다. 우습게
도 프랜에게 용서를 받아서인지 오늘 밤에 적지로 걸어 들어갈 수 있
다는 점은 고려하지 못했다. 프랜이 입학생 수에는 문제가 없다고 나
를 안심시켰다. 그랜비의 은폐 공작이 드러나면 상황이 바뀔 수 있다
고 생각했지만 굳이 꺼내지는 않았다. 두 여자가 바짝 붙어 이야기하
는데 나에 관한 내용일 것 같았다. 물론 과대망상이었을 수도 있다.
어쩌면 내가 외지인이라 실내에서 마스크를 쓰고 있다가 먹고 마실

때는 벗는다는 내용일 수도 있다. 누군지 몰라도 4년 전 피망을 넣은 치즈 소스를 가져온 사람이 또 한번 해냈다.

"애는 그랜비에 보내겠네!" 나는 올리버에게 말했다. 호텔 방에서 위스키를 마셔서 이미 살짝 취해 있었다. "처음 와서는 기숙 학교가 도 대체 뭐냐 그러더니 이제 곧 꼬마 드래곤이 태어나겠는걸!

올리버는 프로그래밍과 웹디자인을 가르치고 있었다. 그는 프로그 래밍을 배우던 보츠와나 출신 학생이 얼마 전 스탠퍼드에 들어갔다 고 말했다. 희색이 만면했다.

나는 말했다. "아주 제대로 홀렸네."

제프는 제집인 양 소파에 편안히 앉아 숙소 주인이었던 페트라와 떠들고 있었다. 나는 그에게서 눈을 떼지 못하는 그녀가 싱글인지 기 억해 내려고, 제프가 추파를 던지고 있는지 확인하려고 애썼다. 그녀 의 눈에 제프는 그저 재밌고 성공한 미남이지만, 내 눈에는 여전히 서투른 10대의 흔적이 보였다. 페트라는 내게 아직 인사하지 않았지 만 노려보지도 않았다.

셜리 잭슨을 권하던 젊은 영어 교사가 읽을 만했냐고 물어서 그렇 다고 답했다. 우리는 「우리는 언제나 성에 살았다」에 대해 이야기를 쏟아 냈고, 그는 와인잔을 들고 있는 내게 축하 칵테일을 또 따라 주 었다. 그러면서 4월에 자기가 돕고 있는 뮤지컬을 꼭 보러 오라고 말 했다. "제가 숲에 너무 오래 살아서 그런지 모르겠지만, 여기 아이들 은 남달라요."

다나 라모스가 곧장 다가와 나를 껴안았다. 실비가 4학년 과학에서 나뭇잎의 형태에 대해 배우고 있다고 하니 그녀가 열변을 토했다. "아 이들이 동물학만 편애해서 정말 문제야. 다들 동물만 찾지 식물에는 관심도 없어. 식물을 먼저 이해하는 게 훨씬 더 유용할 텐데 말이야!"

제프는 어떤 애가 정교한 유리 후카 위에 작은 전등갓만 하나 씌워서 1년 내내 기숙사 방에 보관했는데 어떤 선생님도 눈여겨보지 않았다는 얘기를 하고 있었다. 그 얘기가 재밌었는지 페트라가 고개를 젖히고 긴 목을 드러내며 깔깔거렸다.

프리실라 선생님이 감자칩 한 봉지를 들고 파티장에 들어왔다. 그녀가 이번 심리에 대해 어떻게 느낄지, 여전히 당신과 연락하는지 알 수 없었다. 가까이 왔다면 그녀가 키우던 불도그에 관해 물었을 것이다. 선생님은 나를 보자마자 감자칩을 내려놓고 올리버에게 뭐라고 말하며 자신의 휴대폰을 가리키더니 밖으로 나갔다. 급한 상황을 꾸며 낸 것이다. 오히려 잘됐다. 이제 감자칩을 먹을 수 있으니.

앤이 새로운 기금 관리자를 소개해 줬는데, 그는 "어떤 일을 하시는지 잘 압니다" 이러고는 자리를 떠나 버렸다.

문득 내가 이 파티를 망치고 있는 게 아닌가 하는 생각이 들었다.

휴대폰이 진동해서 확인해 보니 마이크 스타일스의 문자였다. 내가 어디 있는지 못 믿을걸. 이어서 새뮤얼 그랜비 동상의 사진이 도착했다. 조카랑 시간을 보내고 멍하니 돌아다니는 중이야.

왜 로비가 아닌 나에게 문자를 보냈는지 궁금했지만 오래 곱씹지는 않았다. 탈출할 기회일 수도 있었다. 그래서 얼른 답장했다. 나도 캠퍼스인데! 그리고 20분 후에 로어 캠퍼스 안뜰에서 만나겠냐고 물었다.

프랜에게 문자를 보여 줬더니 재밌어하며 말했다. "마스터키 줄게! 마음껏 써도 좋아." 마치 마이크와 내가 12학년 휴게실에서 불장난이라도 할 것처럼. 알딸딸하게 취한 프랜이 기어이 열쇠고리에서 열쇠 하나를 빼 줬다.

17.

마이크는 옛 예배당 앞의 빛 웅덩이 위에 서서 모아 쥔 손안에 따뜻한 숨을 불어넣었다. 한 시간 사이 온도가 급락했고, 산책을 생각했던 내가 가장 먼저 한 행동은 열쇠를 보여 주는 것이었다. 어두워진 피난처의 비상등 불빛에 기대어 길을 더듬었다. 새 예배당의 4분의 1 규모인 그곳은 100명의 영양결핍 소년들을 위해 지어졌고 의자는 청교도적으로 좁고 딱딱했다.

"여기 죽은 아이들의 위패가 있어." 마이크가 말했다. 잊고 있었다. 스무 개 남짓한 작은 황동 추모비가 측벽에 늘어서 있었다. 재학 중에 사망한 소년들을 기리기 위한 것으로 가장 최근이 1920년대였다. 마이크가 휴대폰 조명을 켜고 위패를 읽었다. 1840년에 세 명이 같은 기숙사에서 화재로 사망했다. 50년 이상 차이 나는 두 소년은 졸업식 날 밤에 타이거윕에서 익사했으며 음주가 원인인 것으로 추정되었다.

"이상하다고 생각하겠지만 이것 때문에 그랜비를 좋아하게 됐어. 8학년 때 견학 와서 봤거든."

"이상하다기보다 소름 끼치는 쪽에 가까운데."

"올바른 전통이라고 생각했어. 디어필드나 엑시터는 아니었지만 전통과 진중함이 느껴졌지."

"여기서 엑시터나 디어필드는 처음 들어 봐."

"아, 아이오와 출신이지?"

"인디애나야."

"아빠랑 형은 엑시터를 나왔어. 솔직히 나도 지원했으면 그냥 받아 줬을 텐데 혹시라도 떨어질까 봐 너무 무서웠어. 성적이 엉망이었거든."

"네가?"

"난독증이었어. 극복하는 데 오래 걸렸지. 여기 있는 이 친구 말이야." 그는 1890년에 사망한 루이스 스티크니의 명판을 비추며 말했다. "신고식이 문제였어. 일주일 내내 밤마다 침대에 찬물을 끼얹어서 폐렴에 걸렸대."

"신고식?"

"멍청한 짓이었지."

"비밀 결사 같은 거? 롤라가 은근슬쩍 너도 그중 하나였다고 하던데."

마이크가 헛기침을 하며 웃었다. "우리는 나름 비밀 결사라고 생각했지."

어린 시절의 철부지 같은 매력은 이미 닳아 없어진 지 오래겠지만 그렇게까지 순순히 털어놓는다는 사실이 놀라웠다.

"이름은 말 못 해. 솔직히 저급한 남학생 클럽처럼 멍청한 짓이었어. 특별히 하는 일도 없었고. 가끔 전부 파란색 옷으로 맞춰 입었는데 아무도 알아채지 못하더라. 1년에 한 번 유산의 날 같은 걸 하면 밤중에 기숙사를 뛰쳐나갔지." 그리고 나를 흘깃 쳐다보았다. "4월 3일은 아니니까 엉뚱한 생각 하지 마."

"그래도 충성을 맹세하잖아?"

"그렇지."

캠퍼스에 있던 많은 소년들이 서로를 보호하자고 맹세했다면 그건 변호인단에 유용한 정보가 될 터였다.

"또 누가 있었어?" 내 질문에 그가 웃었다.

"세레뉴는 아니야, 혹시 이 대답을 원하는 거라면."

"아니야! 내가 로비를 그런 식으로 여긴다고 생각하지 말아 줘." 그를 대단하게 생각해서라기보다(여전히 사실이지만) 시간 여행을 할 수도 없는 노릇이고 당신에 대해 이미 아는 것들이 있어서 그런 거라고 굳이 덧붙이지는 않았다.

"알았어." 마이크는 한결 긴장이 풀린 모습이었다. "그런 사람들이 많거든. 로비가 말도 못 하게 고생했어. 널 원망하는 건 아니지만 인터넷에 있는 사람들은 제정신이 아니야. 개네 애들이 학교를 옮겨야 했던 거 알아?"

나는 고개를 저었다.

"어떤 미친놈이 자꾸 학교에 전화를 하는 거야. 경비원도 없는 작은 사립 학교라서 로비와 젠은 아이들을 공립 학교로 전학시켰어. 뭐, 경제적인 이유도 있었겠지. 일이 잘 안 됐거든. 꽤 많은 일들이. 그래서 새집을 사야 했고, 모르겠다."

"젠장, 돌아 버리겠네." 내가 그제야 막 알게 된 사실들을 생각하면 오늘 오후의 젠은 많이 자제한 편이었다. 내 죄책감을 덜어 주고 싶었는지 모른다.

구역질이 날 것 같아서 프랜의 열쇠가 시계탑에 맞는지 확인해 보자고 제안했다. 열쇠가 맞았다. 우리는 여전히 가파른 나무 계단을 올랐다. 콕스가 짐 빔을 채운 존슨즈 베이비 샴푸 병을 찾기 위해 조정 팀 친구들과 한번 시계탑에 올라간 적이 있다. (그녀는 그것을 욕실 선반에 보관했는데, 선생님들도 샴푸 냄새를 맡아 볼 생각은 하지 못했다.) 디스크맨으로 라디오헤드를 들으며 혼자 올라간 적도 있다. 불안한 10대가 시계탑 안에서 들을 만한 유일한 음악이었다.

나는 어둠 속에 어색하게 서 있는 대신 기어 박스와 가까운 바닥에 앉았고, 마이크도 덩달아 따라 앉았다. 우리를 둘러싼 4개의 시계 뒷면은 150센티미터 높이의 불투명한 유리로, 바깥의 가로등 불빛과 달

빛에 빛나고 있었다. 캠퍼스에서 촬영할 장소를 찾는 영화제작자라면 환장할 곳이었다. 하지만 바닥은 먼지투성이였고 거의 바깥만큼 추웠다. 박쥐가 나올 분위기여서 술이라도 진탕 마시면 좋을 것 같았다. 오래된 베이비 샴푸 병이라도. 우리는 무릎을 끌어안았다.

"그러면 애들은 누가 봐? 아직 너무 어리지 않나?"

"통조림이랑 호신용 스프레이랑 챙겨서 TV 앞에 두고 왔지."

그는 깜짝 놀란 표정이었다. "농담이지?"

"아마도."

"마음이 좀 바뀌었다는 걸 말하고 싶었어. 처음 너랑 얘기했을 때는 절차의 문제라고 했잖아. 오마르가 한 짓이겠지만 수사도 잘못됐고 기소도 잘못됐고 제대로 된 변호도 받지 못했다는 게 원래 내 생각이었어. 전문가로서의 의견이었지. 그가 한 짓이 거의 확실하다고도 했을 거야."

"그런 식으로 말했지."

"오마르가 팟캐스트에 나왔는데, 모르겠어. 그 편만 한 다섯 번 들었거든. 그냥 느낌이기는 하지만 믿을 만해. 혼자 들으면서 든 생각은 이거였어. 맙소사, 이 사람 짓이 아닌데. 대배우가 아닌 이상 그날 밤 일과 무관할 거야."

"반가운 소식이네."

"마리화나 있어?"

"나한테?"

"뭐, 캘리포니아에서 왔으니까."

"정확해. 비행기를 타고 날아왔지."

"아, 맞다. 혹시나 해서."

"그것 때문에 문자한 거야?"

당황하는 걸 보니 적어도 반쯤은 사실인 모양이었다. "코네티컷은 작년에 합법화됐어. 그래서 그런지 재미가 좀 덜하더라고. 몰래 할 때의 두근거림이 그리워."

"오마르가 뭐하러 창고에서 탈리아를 만났을까?"

"응?"

그제야 너무 생뚱맞은 말이었다는 걸 깨달았다. 취기가 아직 반은 남은 데다 너무 추워서 뇌가 쪼그라드는 것 같았다.

"오마르는 사무실도 있고 차도 있고 아파트도 있는 성인이잖아. 섹스를 목적으로 만나는 거면 뭐하러 낡은 운동 장비를 쌓아 둔 먼지투성이 창고로 가겠어? 거기 쥐도 있었는데, 기억나? 너라면 사귀는 사람을 만날 때 따뜻하고 남들 눈에 띄지 않는, 적어도 여기처럼 로맨틱한 장소로 가지 않겠어?"

마이크가 얼굴을 붉혔다. 뺨이 무슨 색인지 잘 보이지는 않아도 눈빛과 갑작스럽게 고개를 떨구는 모습에서 알 수 있었다. 당연히 그런 뜻이 아니고, 지금 우리 얘기를 하는 게 아니라고 해명할 수도 있었지만 나는 하던 말을 이어 갔다.

"소파가 있는 사무실이 아니라 창고로 탈리아를 데려간다는 건 사전에 계획이 있었다는 얘긴데, 그러면 다른 정황들과 맞지 않아. 당황한 사람처럼 탈리아를 수영장에 넣은 것도 이상하고, 홧김에 벌인 짓이라는 주 경찰의 주장과도 맞지 않지."

"출입문을 어떤 열쇠로 어떻게 열었는지나 확인해 주면 좋겠어. 95년에 출입문에 대해 자세히 기록했어야 하는데, 정말 속 터져."

다른 뭔가가 나를 괴롭히기 시작했다. 당신은 왜 탈리아를 거기로 데려갔을까? 분명히 집에는 갈 수 없었을 것이다. 하지만 교실은? 합창실은? 오마르처럼 당신에게도 차가 있었다. 창고는 지저분했다. 뭔가 어울리지 않는다는 생각이 처음은 아니었다. 당신이 단정히 다림질한 카키 바지를 입고 거미줄과 부서진 경주용 허들을 치우며 길을 만드는 모습이라니. 탈리아가 당신을 데려간 걸까? 문 여는 방법을 보여 줬을까? 완전한 암흑과 먼지 냄새. 그녀는 자기가 방금 무슨 선물을 준 건지 몰랐을 것이다.

"얼어 죽겠다. 나랑 파티나 가자. 마실 만한 것들이 제법 있어."

18.

숙취에 헥터의 경고까지 아침 내내 호텔 방에 숨어 있을 이유는 충분했다. 포장된 조식(썰지 않은 차가운 베이글, 작은 크림치즈, 조잡한 플라스틱 나이프)만 얼른 가지고 돌아와 주택 관련 채널인 HGTV를 시청했다. 토요일이라 법원도 쉬었고, 데인의 영상에 대한 알림 진동 말고는 기다릴 것도 없었다. 영상에 달린 댓글은 데인의 팬들이 인터넷에서 찾은 자잘한 정보를 가지고 동의하느니 마느니 하며 떠들어 대는 것들뿐이었다. 한껏 들뜬 분위기였지만 당신을 아는 사람의 댓글은 아직 보이지 않았다.

문밖에 방해하지 말라는 팻말을 걸어 놓고 깜빡 잠이 들었는데 누가 문을 두드리기 시작했다. 오후 1시였다.

문구멍으로 내다보니 올더였다. 저리 가라고 외치고도 싶고 그러지 않고도 싶어서 문을 열고 팔을 잡아서 안으로 확 끌어당겼다.

나는 말했다. "미쳤구나."

"저는 여기 있지도 않는데요!"

퍼플 레인 티셔츠에 재킷을 걸친 올더는 그새 더 자라 있었다. 남자 애들이 얼마나 늦게까지 자라는지 매번 잊는다.

"이걸 꼭 보셔야 해요." 앨더는 침대 끝에 앉아 휴대폰을 눌렀다.

"아기 고양이 영상보다 나아야 할 거야."

"주 경찰 강력계 수사팀장이에요. 어제 마지막 증인이었어요."

"드와이트 부드로?" 나는 멈춘 화면을 보았다. 나이가 지긋한 남성 이었다. 보겔 선생님의 식탁에서 잠시 이야기를 나눴을 때 이미 은퇴 할 나이로 봐도 무방할 만큼 고령이었다. "나한테 보여 주면 안 돼."

"그래서 안 보냈잖아요! 그래서 직접 온 거라고요!"

"간단히 말해 줄래?"

"어느 부분은 진짜 웃기니까 꼭 들으셔야 해요. 일단, 에이미가 검 시관의 연락을 받은 때부터 시작해서 수사에 관해 하나하나 되짚어 요. 대부분은 고통스러울 정도로 지루해요. 소리가 있는 문서 작업처 럼요. 그다음은 인터뷰 녹취록을 검토하는데 후속 조사가 전혀 안 돼 있어요. 어떤 선생님이 탈리아의 성적이 곤두박질치고 있었다고 얘 기한 걸 보고 에이미가 성적표를 입수했냐고 물어보면 안 했다고 대 답하고, 그런 식이에요. 너무 많아서 셀 수 없을 정도예요. 제가 판사 였으면 그랬을 거예요. 아이고, 저런.

아무튼. 저는 이 아기 고양이 영상을 여기에 올려놓을 거예요. 우연 히 뭐라도 들으시면 그냥 운이 나빴다고 생각하세요."

그는 재생 버튼을 누르고 휴대폰을 침대에 올려놓았다. 나는 곤경 이라도 면해 보려는 듯 몇 걸음 떨어진 서랍장에 반쯤 걸터앉았다. 에이미 마치의 목소리. "증인은 1995년 3월 8일 수요일에 그랜비의 교장인 메리 엘런 캘러핸 박사와 만나기로 되어 있었습니다, 맞습니까?" 가래 끓는 걸쭉한 노인의 목소리. "네."

"그리고 이건 그때 만나서 적은 내용이죠?"

"네."

"표시된 부분을 큰 소리로 읽어 주시겠습니까? 여기 돋보기가 있습니다."

"읽을 수가 없네요."

"알겠습니다. 재판장님이 허락하시면 제가 읽도록 하겠습니다." 판사가 중얼거렸다. "내용은 이렇습니다. Dr. C가 발버둥 치는 사람을 수영장에 던져 넣을 만큼 힘이 센 지역 주민들을 살펴보라고 함. 학생들 말고, 교사도 말고 이렇게 적은 거 기억나십니까?"

"제 필체가 맞다면 제가 쓴 것이겠지요."

"캘러핸 박사의 조언을 따랐습니까?"

"그걸로 수사 방향을 잡았다고 말하기는 좀 그렇지만, 맞아요. 10대 소녀를 옮길 수 있고, 수영복을 강제로 입혔다는 가정하에 몸싸움으로 제압할 수 있고, 수영장에 던져 넣을 수 있는 사람을 찾아본 건 사실입니다."

"부드로 형사님, 사망 당시 탈리아 키스의 체중은 얼마였습니까?"

"기억나지 않습니다."

"50킬로그램이 조금 안됐습니다."

"그렇군요."

"키에 비하면 상당히 마른 편이에요. 심각한 저체중이었어요."

"제 경험상, 사람 몸은 다루기가 더 까다롭습니다."

"그러니까 50킬로그램인 소녀를 들어 올리려면 아주 건장해야 한다는 거군요."

"네."

"어느 정도로 건장해야 하는지 예시를 들어 주시겠습니까?"

"예시요?"

"어떤 유형의 사람이면 그 정도 크기의 몸을 들 수 있을까요?"

"운동을 잘하고, 덩치가 큰 사람이요. 평범한 열다섯 살짜리 남자애 말고."

"열여덟 살인 올림픽 스키 유망주라면 50킬로그램을 들어 올릴 수 있을까요?"

"아마도요."

"미식축구 감독인 서른 살 영어 교사는 50킬로그램을 들 수 있을 까요?"

"누구냐에 따라 다르겠지요."

"여기 있는 제 동료 변호사는 체중이 50킬로그램인 여성을 들 수 있을까요?" 헥터를 말하는 것 같았다.

"모르겠습니다."

"저는 탈리아 키스보다 훨씬 무거운 72킬로그램이에요. 신장은 똑같이 170센티미터고요. 저 친구를 불러서 저를 들 수 있는지 확인해 볼까요?"

"저도 궁금하네요." 헥터가 말했다. 검찰 측이 이의를 제기하자 판사가 즐거운 듯한 목소리로 이의를 인정했다.

에이미가 말했다. "헥터, 힘 자랑은 다음에 하도록 하죠. 부드로 형사님, 캘러핸 박사의 조언과 별개로 학생이나 교사는 탈리아 키스를 들 수 없을 거라고 판단하셨다는 겁니까?

"어려울 겁니다. 이 사건을 수사할 때 나도 못 들겠다 싶었던 게 기억나거든요."

"그러니까 형사님의 부실한 체력이 의사 결정을 이끌도록 내버려두셨군요."

누군가가 이의를 제기했고, 올더가 영상을 멈추며 웃음을 터뜨렸다. "자, 그러고 나서 휴회를 했는데, 판사가 퇴장하니까 너도나도 시험한다면서 서로 들어 보더라고요. 판사도 누구한테 해 보지 않았을까 싶어요."

"기가 막힌 아기 고양이 영상이네."

"그렇죠?"

오마르의 첫 재판을 들었을 때(팟캐스트를 위해 녹음본을 입수했다) 보스턴에서 왔다는 변호사는 따분한 소송 절차를 위해 감흥 없이 대본을 읽는 사람 같았다. 에이미 정도면 엄청난 발전이었다.

"선생님 남자 친구한테 무슨 일이 있었는지 모르겠지만, 그 영상이 나오고 나서 데니 블로흐가 드디어 주목받고 있어요." 나는 대답하는 대신 침을 삼켰다. 올더와 브릿은 나만큼 당신이 저지른 죄에 집착하지 않았지만(올더는 두 번째 살인을 위해 숲에서 등장한 아리 허트슨에 더 주목하게 되었다) 오마르 외의 용의자는 누구든 도움이 된다는 데는 모두 동의했다. "이거 보셨어요?"

그가 '데니스 블로흐 탈리아 키스 **미해결** 살인 사건 현상금'이라고 이름 붙인 페이스북 페이지를 보여 줬다. 게시물은 관리자가 올린 것 하나뿐이었다. 데니 블로흐, 어디 있는가? 사건의 당사자들은 당신과 당신의 아내 수잔 햄비 블로흐를 위해 거짓말 탐지기 비용을 기꺼이 낼 것이다. 세상은 알고 싶어 한다. 데니 블로흐, 당신은 뭘 숨기고 있는가? 이와 관련해 우리는 현상금 1만 달러를 지급할 것이다. 데니스 블로흐가 탈리아 키스의 죽음에 연루되어 있다는 사실과 관련된 정보라면 뭐든 상관없다. 당신의 아내 수잔 블로흐도 뭔가를 감추고 있는가? 자백하라, 데니스 블로흐. 1995년에 일어난 탈리아 키스 살인과 관련해 대니 블로흐에 대한 정보는 무엇이든 DM

으로 보내 주십시오.

팔로워가 벌써 1000명이었다.

"화끈한데."

"상황이 변하고 있어요! 지각 변동이 일어나고 있다고요."

"너무 큰 기대는 하지는 마."

올더가 자리에서 일어나 청바지를 툭툭 털고는 말했다. "저는 미국에 사는 흑인 남자예요. 큰 기대는 안 해요."

19.

운동하기에 가장 안전한 장소는 유리문을 지날 때마다 매번 비어 있던 헬스장이었다. 수영장에 가면 세레뉴를 다시 만날 수 있었고, 시내를 걷거나 달리면 더 많은 증인과 마주치거나 문제가 될 만한 방식으로 '목격될' 수 있었다.

한쪽 벽 전면이 거울로 된 작은 공간이었다. 일립티컬 머신 두 대와 고정 바이크 한 대, 중량 운동을 위한 바벨과 덤벨. 머리 위 TV에 나오는 가혹한 CNN 뉴스. 키이우 폭격, 하르키우 폭격, 그 모든 사안에 대한 의견을 요란하게 떠드는 시끄러운 남자들. 리모컨 버튼을 몇 번 세게 누르고 나서야 TV를 끌 수 있었다. 파리 연예 기획사에 관한 프로그램을 보면서 일립티컬 머신을 한 지 10분쯤 지났을 때 베스 도어티가 들어왔다.

더 정확하게는 들어오다가 나를 보고 곧장 돌아서서 나갔다. 잠시 후 다시 돌아온 그녀는 옆에 있는 다른 일립티컬 머신으로 후다닥 걸어가 물병을 거치대에 탁 내려놓았다. 그리고 분노를 동력 삼아 날아오를 것처럼 손잡이를 빠르게 움직였다. TV를 다시 켜려고 했지만 리모컨이 말을 듣지 않았다. 베스는 40대 중반이면서 거의 쉬지 않고 운동만 해야 유지할 수 있는 날씬한 근육질 몸매를 가지고 있었다. 피부도 보기 좋게 그을린 갈색이었다. 3월에.

나는 어떤 이유로든 그녀에게 말을 걸면 안 되었고 그럴 계획도 없었는데, 그녀가 다가와 뭐라고 하길래 무선 이어폰을 뺐다.

"뭐라고?"

"너한테 하는 말 아니야. 혼자 욕하는 거야."

"아. 그래."

"다시 모르는 척해도 돼."

"무례하게 굴려던 건 아니었어. 대화하면 안 되니까 그랬지. 난 아직 증언 안 했거든."

그녀가 씁쓸하게 웃었다. "참 편리하네. 자기 좋을 때는 사람들 앞에서 마음대로 지껄이더니, 네 행동으로 피해 본 사람이 있으니까 갑자기 규칙을 엄청나게 따지는구나."

"내 행동으로 피해를 봤다고 느낀다면 미안해." 나는 내가 하는 말을 들으면서 악인들이 전형적으로 구사하는 표현이라는 것을 깨달았다. 하지만 신경 쓰지 않았다. 베스 도어티에게 불편을 끼치는 게 미안하지 않았다. "넌 이제 여기 있을 필요 없잖아? 다시 소환하지 않을 테니까. 그냥 집으로 돌아가면 안 되겠니?"

"남편이 한 시간 안에 데리러 올 거야. 그냥 걸어갈 걸 그랬어. 이게 싫거든. 너 같은 사람들 만나는 거. 인생 최악의 몇 년을 다시 겪어야 하니까."

인생 최악의 순간이 아니라 최악의 몇 년이라고 말했다는 걸 알아차리는 데 잠시 시간이 걸렸다. 복수형이었다.

"이제는 그랜비가 그렇게 좋지 않은 모양이네?"

그녀가 콧방귀를 뀌었다. "거기서 지낸 매 순간이 악몽이었어." 그리고 기구의 버튼을 꾹 눌렀다. 삐 하는 소리와 함께 그녀가 기구에서 내려가는 동안 짧은 운동 기록이 표시되었다.

예상과 달리 그녀는 밖으로 나가지 않고 바벨과 덤벨 옆에 보라색 요가 매트를 펼친 뒤 책상다리를 하고 앉아 손을 무릎에 얹은 채 거울을 응시했다. 이어서 크게 심호흡했다. 나는 고개를 살짝 틀고서 잠식해 들어가는 들불을 구경하듯 거울에 비친 그녀의 모습을 지켜보았다. 나는 무선 이어폰도 다시 끼지 않았고, 쇼 프로그램은 작은 개가 가방에서 나오는 장면에서 그대로 멈춰 있었다.

"블로흐 선생님에 대해 물어볼까 봐 걱정했어." 베스의 목소리가 더 작아졌다. 뭔가가 잘못된 것 같았다. 주저 없이 기구를 멈추고 내려갔다. 그리고 베스 옆으로 다가가 두 손을 엉덩이에 얹은 채 땀을 흘리며 거울 속 그녀와 눈을 맞췄다.

"그랬으면 문제가 됐을까?"

그녀는 죽어 가는 별 같은 얼굴로 말했다. "이 일과 조금도 엮이고 싶지 않아. 97년에 증언을 하느라 대학을 떠나 이곳으로 와야 했어. 원해서 한 일이 아니야." 예상치 못했는데 부적절하게도 그녀를 안아 주고 싶어졌다. 안 그래도 작은데 조약돌처럼 바닥에 가만히 있으니 너무 작아 보였다. 그녀가 두 눈을 감았다. 나는 최대한 빨리 그 옆에 앉아 두 다리를 접고 요가 강사의 지도를 기다리는 사람처럼 거울을 똑바로 바라보았다. "술병에 대해 알고 싶어 하는데 그걸 어떻게 기억하겠어? 질문이 지난번이랑 똑같아. 같은 말을 되풀이하게 할 거면 그냥 전에 말했던 걸 읽으면 안 되나? 더 기억나는 것도 없어. 그리고 참나, 내가 죄를 뒤집어씌운 것처럼 보이게 하더라니까. 경찰이 우연히 먼저 말을 꺼낸 상대가 나였을 뿐이지 우리 모두 똑같이 대답했는데. 왜인지 모르지만 내가 원흉이더라고. 결국엔 우리가 옳았잖아. DNA가 발견됐지. 우리의 진술이 유일한 증거였다면 느낌이 달랐을 수 있지만 그렇지도 않았고."

나는 반박하고 싶은 걸 간신히 참았다.

나는 눈을 뜬 그녀에게 말했다. "다른 사람들이 수사받지 않았다는 걸 증명하려는 것뿐이야."

"웃긴 건 그때 경찰이 물어봤으면 블로흐 선생님에 대해 얘기할 수 있었을 거라는 거야."

"그 사람과 탈리아에 대해서?"

"그 사람은 노래 부를 때 횡격막이 어떤지 확인하겠다면서 등 뒤에 서서 양손을 내 배에 얹곤 했어. 숨 쉴 때 어깨를 움직이면 안 된다는 걸 보여 준다고 앞에 서서 양손을 어깨에 얹은 적도 있는데 입김이 얼굴에 닿을 정도로 가까웠어. 커피를 마시고 난 뒤에는 입 냄새가 지독했지."

"아." 왜 흠칫했을까? 그런 얘기는 탈리아와 비슷해 보이는 프로비던스의 먹잇감들에게 들을 줄 알았다. 기간을 두고 한 명씩 선택할 거라고 지레짐작했다. 모두에게 마수를 뻗쳤을 거라고는 생각도 못 했다. 머릿속이 복잡해졌다. 나를 괴롭히지 않았다고 해서 한 사람만 고집한 건 아니다. "그보다 더한 짓도 한 적 있어?"

"우쭐해질 수밖에 없어. 블로흐가 부임한 첫해가 우리 10학년 때지? 그때 블로흐는 12학년 선배한테 푹 빠져 있었어. 에린 도미니치 기억나? 진짜 예쁜 언니였는데. 그러다 그해 봄부터 나한테 관심을 쏟기 시작하더라. 내가 그 선배 정도는 아닌데 이상하잖아. 다들 블로흐가 귀엽다고 하니까 감언이설에 취하는 거야. 그 사람, 돌아보면 동안이었어. 10대들에게는 턱수염이 덥수룩한 것보다 더 매력적이잖아? 일대일 연습을 늘리고 싶어 했어. 그해 여름에는 심지어 우리 집에 전화까지 했다니까. 내가 받아서 다행이었지. 어쩌면 그전에도 걸었는데 아빠가 받아서 끊었을지도 몰라. 내가 노래 연습을 하고 있는지 확인하고 싶댔어. 그러면서 그랜비가 여름에 얼마나 쓸쓸한지 이야기하더라."

문득 그녀가 심리 치료를 많이 받은 사람의 숙련된 자기 인식과 독백 능력을 갖추고 말하고 있다는 것을 깨달았다.

"난 가을에 학교로 돌아가서 전학 온 탈리아에게 「폴리스」를 해 보라고 권했어. 블로흐는 곧 그 애한테 푹 빠졌지. 정말 거지 같은 건, 그 관심의 대상이 나일 때는 괜찮았는데 갑자기 개로 바뀌니까 역겹게 느껴지더라. 그때는 질투라고만 생각했어. 탈리아는 정말 예뻤고, 블로흐가 나를 좋아한다 어쩐다 생각한 게 바보 같았지. 하지만 탈리아가 어떻게 속고 있는지 보이니까 신경 쓰였어. 나는 이렇게 생각했어. 블로흐가 모두를 향해 던진 속임수에 홀린 거라고.

탈리아는 나보다 훨씬 더 멀리 휩쓸려 갔어. 그해 가을에 같이 쇼핑하러 간 적이 있는데 탈리아가 까만 레이스가 달린 야한 속옷을 구경하더니 그 사람이 좋아할 거 같냐고 묻는 거야. '어차피 볼 일 없는데 뭐, 안 그래?' 이렇게 말하니까 '불 켜고 하는 걸 좋아하거든' 이러더라고."

"맙소사." 거울에 비친 내 얼굴이 활활 불타오르지 않는 게 놀라울 따름이었다. 에이미 마치에게 전화해서 베스를 다시 소환하라고 말해야 했지만, 그 전에 숨부터 돌려야 했다.

"내가 탈리아랑 로비 엮어 준 거 알아? 둘을 사귀게 하려고 얼마나 애썼는지 몰라. 블로흐한테서 떼어 놓을 겸 말이야. 효과는 없었지만. 그런데 로비가 한심하게 굴더라고. 난 오랫동안 내가 관심을 독차지하고 싶어서 그랬다고 생각했어. 그런데 가끔 돌아보면 어려도 생각보다 더 똑똑할 때가 있었어. 질투해서 신경 쓴 게 아니었어. 신경이 쓰이니까 신경 쓴 거지."

그녀가 말을 멈췄다. 정적이 길어지자 무슨 말이라도 해야 할 것 같았다. "네 직감이 정확했네."

"오페라 여행을 갔는데 탈리아가 블로흐랑 계속 사라지는 거야. 로비가 같이 있을 때도 말이야. 둘을 떨어뜨려 놓으려고 탈리아한테 자꾸만 뭔가를 같이 하자고 하다가 결국은 크게 싸웠어. 몇 주 동안 말도 안 했지."

내 관찰력이 남다른 줄 알았는데 이 모든 일은 그저 나를 스쳐 갔을 뿐이었다.

"그래서 그랜비를 싫어한다고 생각하지는 않았으면 좋겠어. 여자애들은 끔찍했어. 남자애들도 못지않았고. 신입생 때 보건 세미나에서 섹스와 관련해 익명으로 어이없는 설문 조사를 했는데, 제기랄, 누군지 말하지 않을 거지만 아무튼 누가 설문 조사지에서 내 걸 빼돌린거야. 섹스를 해 봤다고 답한 사람이 나뿐이었거든. 그게 전교에 다 퍼지고 나서야 왜 다들 수군거리는지 알게 됐지. 선택지는 두 가지였어. 숨어 다니면서 창피해하거나 인정하거나. 학교를 그만두려고 했지만 아빠가…… 몰라. 결국은 남았지."

창피하게도 기억이 났다. 도나 골드벡(이 녀석 짓이었다)은 베스가 작성한 설문지를 그녀가 공중전화에서 끄적인 낙서와 함께 기숙사에 돌렸다. 그리고 필체가 일치하는지를 여러 사람한테 일일이 물어봤다.

"어이없는 게 뭔 줄 알아? 난 섹스를 한 적도 없었어. 새 학교고 애들이 다 너무 세련되어 보여서 그걸 안 해 본 사람은 나뿐일 줄 알았던 거야. 빌어먹을 열네 살 때. 그래서 모든 항목에 그렇다고 답했어. 누가 내 어깨를 넘겨다보면서 내숭 떤다고 생각할까 봐 무서웠거든. 그리고 그게 어마어마한 역효과를 낳았지."

"그런 일이 있었다니 마음이 안 좋다. 양심 고백을 하자면 나도 거들었어, 미안해. 네 얘기를 했거든. 아닌 척하고 싶지 않아." 이 이야기가 아니었다면 내가 베스 도어티를 괴롭히는 데 한몫했을 거라고는 죽어도 생각하지는 못했을 것이다.

"그 얘기를 믿었다고 누굴 원망하지는 않아. 지금도 우리 애들한테 말하다 보면 무지하게 헷갈려. 소문을 믿지 말라고 하면 딸이 이러거든. 하지만 소문을 들어야 누가 학대범인지 알 수 있잖아요. 열두 살인데 그런 단어를 알다니 기절초풍할 일이지. 그러면 그래, 그런 소문은 믿고 다른 건 믿지 마, 남자에 관한 소문만 믿어, 뭐 이래야 하는 거야?"

"음, 여자를 믿어라. 완벽하지는 않지만 그게 시작일지 모르지."

베스가 고개를 획 들더니 처음으로 나를 똑바로 바라보았다. "미안한데, 네 남편이 미투에 제대로 당하지 않았어?" 원래의 날카로운 목소리가 돌아왔다. 한때 '윗옷 멋지네'처럼 모든 대화가 덫이었다는 듯.

"그 사람하고 문제가 있는 사람들이 좀 있었지."

"이중적이네? 그 여자는 안 믿지만 네 마음에 드는 여자는 믿는다는 거잖아."

"못되게 얘기하네."

베스는 시선을 다시 거울로 옮긴 뒤 숨을 골랐다. 우리는 다시 요가 수업으로 돌아갔다.

"어쨌든, 그 일에 대해 다 읽었어."

"그래, 워낙 유명하니까. 내가 하고 싶은 말은, 네가 그런 일을 겪어서 마음이 안 좋다는 거야."

"내가 12학년 때 도리언이랑 만났던 거 기억나? 펜실베니아 주립대 첫 학기에 헤어졌지만 잊을 수 없는 1년이었어. 나를 대할 때 걘 모든 게 장난이었어. 그랜비에서 단연 최악이었지."

베스와 도리언이 하도 자주 만나고 헤어져서 우리한테는 몇 번을 들어도 재밌는 농담 같았다. 그녀가 잔뜩 붓고 충혈된 눈으로 수업에 들어오면 프랜이 내게 쪽지를 건넸다. 둘만의 세상에 위기 발생!

"버몬트에 있는 마이크 스타일스네 겨울 별장에 갔을 때였는데, 현관에 보안 카메라가 있었거든. 도리언이 어떻게 했는지 그걸 침실로 옮겨 달고 나를 데려간 거야. 다른 애들한테 모니터로 보고 있으라고 해 놓고. 나는 아무것도 몰랐어."

거울 속 나는 휘둥그레진 눈으로 할 말을 찾지 못하고 머뭇거렸다.

"끔찍하다."

"다들 모니터 앞에 앉아서 우리가 뭘 하는지 지켜봤어. 심지어 내가 원한 것도 아니었는데 말이야. 도리언은 그게 재밌다고 생각했어."

"끔찍해." 거기 앉아서 그들을 지켜보며 웃었을 만한 사람을 떠올려 봤다. 일단, 마이크 스타일스. 로비. 탈리아가 그런 자리에 앉아 있는 건 상상할 수 없었다. 그녀라면 역겨운 짓이라며 방을 나갔을 것이다.

"아주 뜨거웠어." 도나 골드백이 베스와 도리언에 대해 말했던 게 떠올랐다. "싸움도 화끈하던걸. 스타일스 집에서 그렇게 고함을 질러 대더니 5분인가 지나니까 2층에서 떡을 치더라."

나는 그 말을 곧이곧대로 받아들였다. 아주 뜨거웠다고, 부러울 정도였다고, 열망할 수밖에 없는 그런 수준에 도달한 관계라고.

"그래도 넌 이해 못 해. 끔찍하다지만 아무것도 모르지. 너는 안전했으니까. 그런 입장에 처한 적 없잖아."

"내가 안전했다고?" 나는 무슨 뜻인지 이해해 보려 애썼다.

"맙소사, 보디. 넌 이상한 애였어. 위협적이었지. 우리가 무슨 말만 하면 세상에서 가장 저급한 인간들이라는 듯 눈을 치켜떴단 말이야."

동의하지 않을 수 없었다. 내 삶과 유년에 대해 말하고 그녀가 나를 자위 마스터라고 부른 일을 떠올리게 할 수도 있었다. 하지만 나는 남의 트라우마를 내 트라우마로 받아치면 안 된다는 걸 오래전에 배웠다. 그래서 말했다. "그런 일을 겪었다니 정말 마음이 아파. 몰랐어, 정말 미안해."

"나도 널 이렇게까지 미워해서 미안해. 하지만 보디, 난 네가 너무 미워. 네가 이 모든 걸 시작하는 바람에 그 인간들을 마주해야 하잖아. 이번 주에 남편이 수술을 받아야 해서 여기가 아니라 거기에 집중해야 해. 그냥 내 삶을 계속 살아가고 싶을 뿐이야. 날 여기로 데려온 네가 미워."

우리는 여전히 거울을 들여다보고 있었다. 똑같은 자세로 앉아 있는 동갑내기 두 여자. 그랜비에서 그녀의 아담함은 흡사 화폐와 같았다. 그때 나는 작은 여자애일수록 이 세상에서 더 많은 것의 축이 될 수 있다고 믿었다. 내 몸집의 3분의 2에 불과한 옆자리의 그녀는 너무 거대한 세상에 압도된, 어린 여자애 이상의 힘은 허락받은 적 없는 사람처럼 보였다.

나는 다시 말했다. "몰랐어."

그녀는 무중력 상태인 양 바닥에 손도 대지 않고 스르륵 일어났다. "여기를 떠날 수 있어서 진저리치게 기쁘다."

20.

데인 루브라가 가쁜 숨을 몰아쉬었다.

그 혹은 그의 '커뮤니티' 안에 있는 누군가가 당신을 찾아냈다. 메릴랜드의 실버 스프링에서 지역의 유소년 오케스트라를 지도하고 있는 59세의 D. 스탠리 블로흐. 잠시 미심쩍기도 했지만(스탠리?) 데인의 팔로워들이 실사에 나섰다.

"여러분." 데인이 새로 올린 영상에서 말했다. 그는 새소리와 교통 소음으로 둘러싸인 주차장에 서 있었다. "누군가의 소재를 안다고 해서 떼로 찾아가서는 안 됩니다. 그와 가까운 사람들, 1995년 이후에 접촉한 고용인, 동료, 옛 제자들에게 접근해야죠. 특히 마지막은 아무리 강조해도 부족합니다. 옛 제자들 말이에요. 길거리에서 이 남자를 마주친다 해도 우리는 아무것도 얻지 못할 겁니다. 하지만 그가 무릎에 앉힌 꼬마 플루트 연주자 샐리는 해 줄 말이 있을지 모르죠."

둘 다 똑같이 역겨웠다. 환희에 찬 데인 루브라의 눈빛과 1955년부터 어떤 이유에서 순진무구한 소녀를 뜻하게 된 샐리라는 상투적 표현을 들먹이는 태도. 꼬마 샐리와 오빠 티미 말이다.

그래도 그는 유용했다. 그의 팔로워들도 유용했다. 그들이 또 뭘 찾아낼지 누가 알겠는가?

그날 오후 법률팀에 문자를 보내 베스와 다시 얘기해 보게 하려고 세 번이나 시도했지만 매번 썼다가 다시 지워 버렸다. 나는 탈리아뿐 아니라 베스가 당한 학대에 대해서도 허락 없이 말할 것이다. 내 고발도 필요치 않다는데 베스의 고발이라고 필요할까? 이미 증언을 마쳤으니 다시 소환하면 강요한 것처럼 보이려나? 검찰 측이 증언 사이에 나와 대화를 나눴냐고 물으면? 에이미의 전화가 분명했지만 생각해 봐야 할 것들이 많았다. 아직 토요일이니 다음 날 통화해도 괜찮을 것 같았다.

그사이 데인의 종들은 내가 바라던 대로 빵부스러기를 쫓을 것이다.

"저희가 원하는 건 계속 지켜보는 겁니다. 이 남자는 적어도 한 번 이상 이름을 바꿨어요. 도망치게 두면 안 됩니다."

그 순간 얼마나 많은 사람들이 실버 스프링으로 향하거나 당신의 이메일을 해킹하고 있을지. 얼마나 많은 사람들이 그보다 더 큰 일을 계획하고 있을지 궁금했다.

존재하지도 않는 소아성애자 집단을 찾는다고 총을 들고 피자가게 지하실에 간 남자가 불현듯 떠오르면서, 미국에 얼마나 많은 사람들이 총을 소지하고 있는지가 떠오르면서 목덜미와 두 팔에 소름이 돋았다.

충격적이게도 내 안의 아주 작디작은 부분은 여전히 당신에게 충성했고 메시지를 보내고 싶어 했다. 차를 몰고 달려라. 이름도 바꿔라. 돌아보지 마라.

21.

영화로 주의를 돌려 보려고 했지만, 캘빈 인의 와이파이가 너무 약해서 방에 있는 커다란 파나소닉 TV에 신세를 져야 했다. 거기에는 내가 싫어하는 「버스 정류장」이 있었다. 「버스 정류장」은 여성이 각본에 참여하지 않으면 어떤 일이 벌어지는지를 명확히 보여 주는 영화다. 마를린 먼로가 버스 안의 한 여성에게 조심조심 다가가 납치당했다고 말하자 이런 대답이 돌아온다. "당신이 그 남자를 사랑했다면 그렇게 나쁜 일은 아니었을 텐데요."

나는 TV를 끄고 이메일을 확인했다. 모르는 사람이 보스턴역에서 탈리아의 이복 오빠인 브래드 키스와의 인터뷰 영상을 일부 보냈다. 위엄 있는 빽빽한 백발에 연청색 스웨터 차림이었다. 마지막으로 소식을 들었을 때 브래드 키스는 무역 일을 하고 있었다.

"하지만 정의를 위해서는……." 맞은편에 있는 기자가 말했다.

"정의는 실현됐어요. 그 사람은 법정에서 실형을 받았고 항소에서도 마찬가지였어요. 공정한 재판을 받을 권리가 있는 건 알겠는데, 그럼 재판은 얼마나 해야 끝납니까? 세 번? 네 번? 다섯 번? 원하는 숫자가 나올 때까지 주사위를 굴릴 수는 없어요."

기자는 심리와 재판의 차이점을 지적하지 않았다. 그녀가 말했다. "새로운 증거가 나왔습니다. 저희가 알 수 있는 건……."

"새로운 건 없어요. 옛 룸메이트라는 사람이 점에 대해 떠드는 건 헛소리예요. 혈흔 증거는 범행 현장을 좌측으로 몇 미터 옮겨 놓았을 뿐이고요. 오마르 에반스는 탈리아뿐 아니라 우리 모두의 삶을 망쳐 놨어요. 그는 매번 저희를 과거로 소환해 무너뜨리죠. 이미 겪을 만큼 겪었어요."

"여동생인 바네사 씨는 동의하지 않으시던데요."

그가 체념한 듯 고개를 저었다. "그 일이 있었을 때 동생은 너무 어렸어요."

영상 링크 밑에는 이렇게 적혀 있었다. 양심 없는 네년이 뭘 하고 있는지 봐.

22.

우리는 제프가 저녁으로 주문한 피자를 그의 방에 있는 작은 테이블에서 먹었다. 식당 컵에 초콜릿 우유와 핫소스, 랜치 드레싱, 오렌지 주스를 겁 없이 섞어 마시던 제프도 이제는 세련된 입맛을 갖게 되었다. 그는 그럽허브(미국의 음식 주문 배달 플랫폼─옮긴이)를 통해 하노버에서 상당히 독특한 허브 피자를 따뜻하게 주문한 뒤 전혀 다른 곳에서 좋은 시라 와인도 한 병 시켰다. 우리는 제프가 브릿과 올더를 위해 가져온 케케묵은 잡동사니들을 살펴볼 계획이었다. 하지만 그 전에 탄수화물과 치즈와 와인부터 먹고 싶은 만큼 먹기로 했다.

캘빈 인에서는 자격이 있으면 뭐든 누릴 수 있다며 그가 이해할 수 없는 말을 했다. 그러고는 칼뱅주의에 관한 농담이라고 설명했다.(캘빈 인을 스펠링이 같은 칼뱅주의에 빗대어 말한 것이다─옮긴이) "아, 그거." 나는 말했다. "괜찮은 칼뱅주의 농담은 나도 좋아하지."

카를로타가 나아질 것 같냐는 질문에 치즈가 목에 끈적끈적하게 달라붙었다.

올더는 9시에 합류했다. 그를 멀리하는 건 포기하기로 했지만(어차피 증언도 안 할 건데 언론 구성원 하나와 대화 좀 한다고 뭐가 달라질까?) 베스한테 들은 얘기는 아직 하지 않았다. 올더는 입이 무거운 편이 아니었다.

제프가 벽장에서 캐리어를 끌고 와 방 한가운데에 펼쳤다. "엄마의 간병인에게 이걸 다 꺼내 달라고 부탁해야 했어." 그 안에는 졸업 앨범과 문서와 사진과 「센티넬」이 가득 들어 있었다.

나는 말했다. "이런 1톤짜리 짐가방을 가져오려면 공항에 대체 얼마를 내야 하는 거야?"

우리는 아주 깨끗하다고는 보기 어려운 카펫 위에 책상다리로 앉았다.

나는 맨 위에서 12학년 「드래곤 테일」을 집어 들고 서명을 받은 페이지를 펼쳐 가짜로 읽는 척을 했다. "친애하는 제프 군, 내가 살인을 자백하고 싶은데 말이야…… 맙소사, 이걸 27년이나 처박아 둔 거야!"

"캘러핸 선생님!" 그가 우는 소리를 냈다. "매번 그러신다니까!"

우리는 세 시간 동안 그것들을 꼼꼼히 살피며 따로 분류해 놓기도 하고 큰 소리로 읽은 뒤 웃음으로 날려 버리기도 했다. 제프는 「센티넬」에 영화 평론을 올리곤 했는데 1994년에 「펄프 픽션」을 '명예의 전당에 올라 훌륭한 고전으로 불릴 운명을 지닌 우상 파괴적 작품'으로 평했다.

"강의할 때 마음껏 이용해도 좋아. 그냥 막 갖다 써." 제프는 말했다.

올더는 머리 모양이 특이한 학생들에 대해 말하고 싶어 했다. 프리실라 선생님 같은 사람들의 앳된 모습이 담긴 사진도 좋아했다. "웹서핑 클럽이 있었어요?"

"그냥 컴퓨터에 미친 괴짜들이었어. 지금은 다 억만장자가 되어 있어야 할 텐데."

자정까지 정신없이 웃고 떠드느라 녹초가 되어서 그만 자려던 참에 지미 스칼치티가 찍은 사진(「카멜롯」과 매트리스 파티, 마지막으로 지미의 기숙사 방바닥)의 필름을 발견하고는 올더가 무척 신나 했다. 흰색 서류 봉투에는 서른여섯 장이 넘는 사진이 들어 있었는데 일부는 중복된 것이었다.

인화용 필름이 그대로 남아 있는 건 물론이고 주 경찰이 이걸 증거로 요청하지 않았다는 사실도 무척 놀라웠다. 애석하게도 새로운 건 없었다. 전부 인터넷에 있는 사진이었지만, 우리는 뭔가에 홀린 듯 그것들을 침대에 시간순으로 늘어놓았다.

2018년 말, 인터넷에서는 창고 문에 남은 발자국을 식별하여 누구의 운동화인지 확인하는 데 큰 관심이 쏟아졌다. 매트리스 파티에 갔던 누군가가 나중에 엉망이 된 현장을 치우는 걸 도와주지 않고서는 시간상 말이 안 됐지만, 오마르의 결백을 확신하는 사람들에게는 한번 시도해 볼 만한 일이었다. 발자국과 일치하는 신발이 그 사건의 작은 실마리가 될 수도 있었다. 그러나 육안으로 명확히 구분되는 신발은 아사드 미르자의 덕부츠뿐이었다.

"이런 얘기에 극도로 흥분할 사람이 있지." 제프가 베스와 피즈의 사진을 침대 위에 올려놓으며 말했다. "유튜브 하는 그 창백한 남자 말이야."

"너무 맞는 말이라 걱정이다."

우리는 인화용 필름에 맞춰 사진을 시간순으로 정리하고 같은 사진은 겹쳐 놓았다. 「카멜롯」 공연에서 찍은 사진 열두 장(플래시를 터뜨리지 못해 엉망인)에 이어 어두운 숲에서 찍힌 흐릿한 다리와 누군가의 파란 노스페이스 재킷(이번에는 플래시를 터뜨린 게 확실했다). 그리고 여기서 갑자기 등장하는 타임 스탬프. 시각은 9시 58분이었다.

다음은 9시 59분에 찍힌 악명 높은 '피가 튄' 사진이었는데, 실은 로비의 맨투맨 티셔츠 뒤에 진흙이 튄 것이었다. 인터넷 버전은 일부를 확대한 것이어서 실제 사진은 화각이 더 넓었다. 다섯 아이 중 셋은 등을 돌리고 있었다. 두 사람의 얼굴(사키나 존, 아사드 미르자)은 손전등 모닥불이 비쳐 번들거렸고 눈은 카메라 탓에 악마처럼 빨갰다. 이름을 하나하나 알려 주려고 했더니 올더는 이미 다 알고 있었다.

다음은 로비가 베스와 도리언에게 팔을 두르고 있는 10시 2분 사진. 로비의 등이 아니라 얼굴이 보여서 그의 알리바이를 쉽게 증명해 주며 온라인에서 가장 논란이 되는 사진이기도 하다. 레딧에 관련 스 레드들이 올라왔다. (1990년대 카메라의 타임 스탬프가 얼마나 정확하겠는가? 그 리니치 평균시에 맞춘 스마트폰과는 다르다. 표준시간대, 서머타임 등으로 많이 달랐을 수 있다!) 시각이 달랐어도 피즈가 맥주를 마시는 마지막 사진을 찍기까 지 41분이 걸린 건 분명하고, 아이들이 모두 기숙사로 날아간 게 아 닌 이상 적절한 시간이 고려되어야 한다. 그리고 시간 설정이 여러 번 바뀌려면 지미 스칼치티보다 더 똑똑한 사람이 찍었어야 한다.

지미의 기숙사 방바닥이 찍힌 마지막 사진 세 장을 살펴보며 서른 여섯 장을 전부 확인해서 만족스러워하고 있는데, 올더가 "헐" 하는 소리를 냈다.

마치 작고 둔탁한 종소리처럼.

뭘 보는지 궁금해서 뒤에서 올더의 어깨를 넘겨다보았다. 그가 아 이들의 등이 찍힌 진흙 사진을 집어 들었다.

"세레뉴 맞죠?" 올더가 로비의 등을 새끼손가락으로 가리켰다. 축 늘어진 머리카락, 그리고 다른 사진에서도 그랜비 스키팀의 금색 맨 투맨 티셔츠와 헐렁한 청바지를 입은 걸로 봐서 그의 뒷모습이 확실 했다.

"응. 피는 아니야."

"네, 알아요." 올더가 입술로 펑 하고 소리를 냈다.

"그냥 진흙이야."

"그렇네요."

그가 사진 한 장을 아이폰으로 찍고 대비를 최대치로 조정했다. 그 리고 맨투맨 티셔츠의 뒷면을 확대했다. 가운데로 곧게 튄 진흙은 아 래쪽은 넓고 위로 갈수록 좁아지는 형태였다. 인터넷에 있는 사진보다 몇 밀리미터 더 커서 진흙 자국을 더 길게 볼 수 있었다. 그래도 혈흔은 아니었다. "제 생각에는 자전거에서 묻은 것 같아요. 자전거를 타고 진창을 달리다가요."

무슨 말인지 알 수 없었지만 숨이 잘 쉬어지지 않았다.

"아니, 자전거를 가진 사람은 없었어. 요즘은 캠퍼스에서 자전거도 타고 다니니? 그럴 리 없어." 제프가 말했다.

하지만 올더 말이 옳았다. 위스콘신에 있는 제롬의 가족을 방문했을 때 자전거를 타고 농장을 돌고 온 레오의 티셔츠 뒷면도 그렇게 보였었다.

올더가 어두운 패턴에 답이 적혀 있기라도 한 것처럼 사진을 최대로 확대했다. "자전거에서 묻은 게 틀림없어요."

"자전거에서 묻었다." 나는 그의 말을 멍하니 따라 했다.

제프가 말했다. "그래, 그럼 자전거는 누구 건데?"

"있잖아, 어린애들. 그렇지? 교사 자녀들 말이야." 레빈 선생님의 아들 타일러가 아동용 BMX를 타고 사시사철 이용 가능한 고무 트랙을 돌고 또 돌았던 게 기억났다. 학생들이 자전거를 타고 캠퍼스를 돌아다니면 바보같이 보였을 테지만 다섯 살짜리 아이가 있으면 자전거를 사 줬을 것이다. 어떻게든 배워야 하니까.

제프가 말했다. "집에는 한 대 있었겠지."

올더가 말했다. "크리스마스 때 버몬트 집에서 자전거를 탄 걸까요? 진창에서? 그때 입은 티셔츠를 가져와서 석 달이나 안 빨았다?"

"그랬을지도. 2월 주간도 있고. 그래도 말이 안 돼. 심장이 왜 이렇게 뛰지?" 내가 말했다.

제프가 사진을 빤히 쳐다보다가 모든 걸 알아냈다는 듯 말했다. "맙소사." 이제 영문을 모르는 사람은 나뿐이었다.

올더가 말했다. "저도 설명해 주세요. 저도요." 그가 침대 끝에 걸터앉자 다른 사진들이 그쪽으로 밀려 내려왔다.

너무 오래 걸렸다. 멍청하다 싶을 정도로 오래 걸렸다. 맞다. 내 가장 큰 문제는 당신한테 너무 집착했다는 것이다. 당신의 알리바이, 당신의 동기, 당신의 죄악, 당신의 거짓말에만 무섭게 초점을 맞추고 있었다. 마치 개기일식처럼 정작 봐야 할 것은 가려져서 보이지 않고 그 테두리만 보였다.

나는 말했다. "자전거를 탄 이유는, 그래, 파티에 가려고 자전거를 탄 거야. 다른 애들은 다 걸어갔는데 그 애만 자전거를 탔다?"

제프가 두 손을 머리에 얹고 서성거렸다.

올더가 말했다. "「카멜롯」 공연장을 나서요. 그리고 걷기 시작했어요. 기숙사에 들렀다가 아마 9시쯤 출발할 거예요. 시간은 30분쯤 걸려요. 마이크 스타일스 때문에 천천히 걷겠죠?"

나는 여전히 알아듣지 못했다.

"로비는 아이들과 함께 있지 않았어. 처음에는. 열아홉 명이 무리 지어서 모여 있었으니 인원은 확인하지 않았을 거야. 절반은 이미 취해 있었고."

나는 말했다. "로비가 아이들과 함께 있지 않았다." 적어도 입을 벙긋대기는 했다. 가능한 일인가? 계산이 필요했다. 나는 제프의 책상에서 캘빈 인의 메모지와 펜을 집어 들고 적기 시작했다.

8:45 정도? 「카멜롯」 끝남

9:00 걷기 시작함

9:30 매트리스

9:58 매트리스에서 찍은 첫 번째 사진

9:59 세레뉴의 첫 번째 사진

10:45 매트리스를 떠남

11:05 기숙사로 돌아옴

제프가 내 펜을 가져가더니 「카멜롯」 끝남'부터 '로비 세레뉴의 첫 번째 사진'까지 원을 그렸다. 그리고 그 옆에 1:14이라고 적었다. 정말 긴 시간이었다. 공연이 5분 늦게 끝났다 해도 마찬가지였다.

"자전거를 타고 체육관에서 매트리스까지 얼마나 걸릴까?"

"진창이었으니까." 나는 말했다. 제일 바보 같은 생각들만 제대로 처리되고 있었다. 그리고 문득 물었다. "올더, 녹음하는 거 아니지?"

그는 고개를 저었다. "녹음해야 해요?"

"아니."

제프가 말했다. "내가 천천히 달리면 1분에 320미터 정도 가거든. 2.2킬로미터가 넘는 진창길을 아동용 자전거로 빠르게 달린다고 할 때 넉넉히 10분이 걸린다고 하자. 혹시 모르니까 15분이라고 할게. 아드레날린이 넘치는 10대 운동선수라지만."

나는 말했다. "그래도 한 시간 가까이 남아."

얼굴은 뜨거워지고 손은 얼음장처럼 차가워져서 두 손으로 얼굴을 감쌌다.

올더가 카펫으로 미끄러져 내려오더니 등을 대고 누워 천정을 응시했다. "우리 미친 거죠? 미친 걸 거예요. 그러면 잠깐, 로비가 무대 뒤에 있는 탈리아를 찾아가요. 매트리스 파티에 가자고 설득하려는 걸 수 있어요. 친구들한테는 간다고 했겠죠? 둘이 다투기 시작하고 체육관으로 향해요. 그리고 뭔가 일이 일어나요. 기겁한 로비는 알리 바이가 필요하다는 걸 깨달아요. 기숙사로 돌아가면 지난 45분을 설명할 수 없으니까요."

"아마 술도 마시고 싶었을 거야." 제프가 말했다.

"맞아요. 친구들이 필요해요. 최대한 빨리 매트리스에 가야겠죠. 주변을 둘러보다가 아동용 자전거를 발견해요. 교직원의 자전거든 뭐든요. 도착하자마자 타고 간 자전거는 숲에 버리고 친구들한테 눈도장부터 찍어요. 처음부터 거기에 있었던 것처럼 말이에요."

"올라오는 걸 못 본다고? 어디 있다 왔냐고 묻지 않았을까?"

내 물음에 제프가 답했다. "음, 알아채지 못했거나 잊어버렸을 수 있지. 아니면 일부러 숨겼을 수도 있고. 그런데 로비는 스칼치티한테 카메라가 있는 걸 알아. 로비가 도착하기 전까지는 촬영도 시작 안 했으니까. 카메라를 집어서 타임 스탬프를 켠 거지."

올더는 바닥에 누운 채로 말했다. "와 대박. 브릿한테 전화해도 돼요?"

나는 말했다. "술 취한 사람치고 너무 주도면밀한 것 같은데."

제프가 말했다. "누가 취했대? 술은 한 방울도 안 마셨을 수 있어. 아니면 물론, 저녁 내내 취해 있었을 수도 있지. 멀쩡한 사람이 할 만한 행동이 아니니까. 처음부터 그렇잖아. 탈리아를 수영장에 던지고. 자전거를 훔쳐서 숲을 달리고."

나는 말했다. "너 지금 말이 돌고 있어. 그럼 맨투맨 티셔츠는 어쩔 건데? 몇 달 빨지 않았을 수도 있어. 10대 소년이잖아. 다른 데서 묻은 걸 수도 있고. 다른 사람 옷일 수도 있지."

"맞아요, 법정에서도 그다지 유용하지 않을 거예요. 로비의 맨투맨 티셔츠가 더러우니까 오마르는 결백하다. 그건⋯⋯." 올더는 엎드려 카펫에 얼굴을 대며 말을 아꼈다.

나는 말했다. "그건 정말 아무것도 아니야."

아직 뭔가가 모호한 느낌이었다.

나는 아주 오랫동안 오마르가 범인이라고 믿었다. 새가 알을 깨고 나오듯 사건에 대한 의문(당신에 대한 의구심)이 고개를 들기 시작했을 때도 이미 끝난 일이라고 믿었다. 알은 금이 가 산산이 부서졌고, 그럴듯한 설명은 범인이 당신이라는 것뿐이었다.

범인은 당신, 바로 당신이었다. 모든 게 맞아떨어진다. 동기도 있었고 기회도 있었다. 당신은 끔찍한 짓을 저질렀고, 그래서 또 한 번 끔찍한 짓을 저질러야 했다.

나는 가장 멍청한 생각을 했다. 지난번 수영장에서 근심 걱정 없이 물속에 뛰어들었던 걸로 봐서 로비일 리 없다고.

올더와 제프는 다시 사진을 응시하고 있었다. 그 건물 어딘가에서 로비와 그의 가족이 자고 있을 터였다. 저기 어딘가에서 당신도 그랬을 것이다.

23.

주 밖으로 나간 적이 없다고 주장하다가 렌터카의 전면 유리에서 캘리포니아 밖에서만 볼 수 있는 벌레의 사체가 발견되어 체포된 남자가 있었다.

아마존에서 칼을 주문하여 체포된 남자가 있었다.

스타벅스 컵에 붙어 있던 이름이 그녀의 쓰레기통에서 발견되어 체포된 남자가 있었다.

아내의 시신이 숲에서 발견됐다는 소식을 들은 남자가 있었다. 그는 현장에 도착하자마자 접근 금지 테이프로 달려가는 대신 그녀의 시신을 버린 바로 그 장소로 달려갔다.

정액이 그녀의 속옷이나 바지가 아니라 몸 안에서 발견되면서 합의된 성관계였다는 주장이 거짓으로 밝혀진 남자가 있었다. 검사는 설명했다. "왜냐하면 살해당한 여성들은 일어나지 않기 때문입니다."

납치범의 운전면허증을 20개의 조각으로 잘게 부숴서 삼킨 여자가 있었다. 그녀의 위장에서 발견된 증거로 그의 신원이 밝혀졌다. 그들은 그를 체포했고, 경찰서로 데려가 심문했다. 하지만 어떠한 처벌도 하지 않았다.

24.

방으로 돌아가 침대에 누워서 생각해 봤다. 만약 로비가 탈리아를 죽였다면, 로비가 이성을 잃고 폭력적으로 변했다면 당신 때문이었을 것이다. 그를 화나게 할 만한 이유가 또 있을까? 어떤 사람들은 표면 바로 밑에 분노가 있어서 감자가 푹 익었다는 이유만으로도 사람을 죽일 수 있다. 내가 알기로 로비는 그렇지 않았다. 탈리아는 얼굴에 멍이 든 채로 수업에 간 적이 없다. 그녀는 당신의 공연을 마치고 돌아오는 중이었다. 로비가 당신과 그녀 사이에서 뭔가를 본 걸까?

내가 느낀 첫 불안의 씨앗이 기억났다. 탈리아가 무대 밖으로 고개를 돌리고는 뒤에서 기다리고 있는 화가 난 누군가에게 입 모양으로 왜? 하고 묻는 듯한 모습. 당신은 오케스트라를 지휘하고 있었다. 오마르가 관객석에 있었다면 눈에 띄었을 것이다. 반면 로비 세레뉴는 몰래 무대 뒤로 갈 수 있었다. 대기 중인 배우 무리 속으로 곧장 걸어가도 "로비, 넌 여기 있으면 안 돼!"하고 속삭이는 게 다였을 것이다. 무대 뒤로 퇴장한 그녀가 그에게 나가라고 하면서 다툼이 시작됐을 수 있다. 아니면 그가 무대 뒤로 가기 몇 시간 전에 다툼이 시작되었는지 모른다. 어쩌면 그는 몇 시간째 분노에 사로잡혀 있었는지 모른다. 어쩌면 그는 자신이 뭘 하려는 건지 정확히 알고 있었을지 모른다.

잠을 청했지만 똑같은 일들이 꿈으로 반복되었다. 제프의 침대 위에 놓인 사진들, 숲과 자전거에 관한 계산 문제. 오후 9시 정각에 캔자스시티를 떠나 체육관으로 향하는 열차. 차장은 얼마나 화가 난 걸까?

아침에 프랜에게 문자를 보냈다. 제이콥과 맥스한테 물어볼 게 있어. 그리고 체육관에서 자전거를 타고 최근에 만들어진 길을 피해서 매트리스가 있던 자리까지 가면 시간이 얼마나 걸리는지 직접 재 줄 수 있냐고 물었다. 이유는 설명하지 않았다.

프랜이 답했다. 자전거를 누가 가지고 있었나?? 어쨌든 좋아! 안 그래도 운동해야 하거든!

날이 춥고 땅이 질척거렸으며 눈은 아주 조금 내린 상태였다. 환경 조건은 거의 비슷했다.

그날 밤 헤어질 때 올더가 자세한 내용을 브릿과 변호인단에 알리기로 했다. 성급한 추측이라는 건 알았지만(미친 사람들 얘기처럼 들리겠지만) 로비가 아직 증언하기 전이니 어쩌면 활용할 수 있을 것 같았다. 그리고 그사이 더 나은 방법이 없는 우리는 더 열심히 파고들 수밖에 없었다. 나는 숲에 남겨진 녹슨 자전거의 핸들에서 로비의 지문과 탈리아의 혈흔을 찾아내는 말도 안 되는 상상을 했다.

엉킨 목걸이 줄의 모습이 자꾸만 떠올랐다. 유년기가 저물어 가는 어느 평범한 순간에 엄마가 매듭 푸는 법을 가르쳐 줬다. 올리브유로 목걸이를 닦고 길고 곧은 핀을 꺼내어 그나마 주어진 아주 작은 틈을 공략하기 시작한다. 매듭이 하나만 풀리면 뒤이어 하나씩 풀 수 있었다. 처음에는 매번 밀실 공포증이 느껴졌다. 하지만 시간이 지나면서 인내를 배웠고, 불편함 속에서 숨을 쉬다 보면 어떤 보상이 주어지는지 알게 되었다.

일단 매듭 속에서 틈은 찾은 것 같았다. 또 뭐가 풀릴지 알 수 없었고 너무 세게 당기고 싶지도 않았다. 다만 정교한 솜씨로 조심스럽게 꼼지락대다 보면 다른 것들도 따라온다는 걸 알고 있었다.

이튿날 정오, 제프와 나는 노트북을 들고 아로마 모카 카페에 가서 1995년 인터뷰 기록을 훑으며 매트리스 파티의 타임라인에 대한 자세한 사항들과 로비가 거기에 줄곧 있었다든지 누가 같이 걸었다든지 하는 내용을 모조리 살펴보았다. 매트리스 파티에 있었던 열아홉 명의 아이들 모두 술을 마신 것을 인정하고 탈리아를 마지막으로 본 게 언제였는지 말했다. 노르딕 트레일에서 어떻게 흩어졌는지에 관한 내용은 없었다.

질문이든 대답이든 그런 내용이 언급된 것은 주 경찰이 사키나와 벤트 젠슨에게 로비가 거기에 계속 있었냐고 물었을 때뿐이었다. 사키나는 자기가 알기로 거기에 쭉 있었다고 말했고, 벤트는 그런 줄 알고 있었다고 말했다. 로비가 일찍 떠났을 수 있냐고 묻자 사키나는 스타일스가 아픈 다리로 돌아가는 걸 그가 도와줬다면서 아니라고 했다. 마이크 스타일스도 인터뷰 중에 로비와 도리언이 기숙사로 돌아가는 걸 도와줬다고 말했다.

제프가 말했다. "놀라운 일이야. 로비가 일찍 떠났는지를 물어보면서 늦게 도착했는지는 물어볼 생각은 못 했다니."

"맞아. 나쁜 일은 밤늦게 일어나니까. 나쁜 일은 술을 마시고 나서 일어나지 그 전에 일어나지는 않잖아." 내가 답했다.

올더가 문자를 보냈다. 하하하, 에이미의 반응은, 어, 뜨뜻미지근하네요. 자전거에서 튄 진흙처럼 보인다는 데는 동의했어요!

자리에서 일어나 빈 잔을 카운터 위에 올려놓는데 프랜이 답장을 보냈다. 제이콥은 9분, 맥스는 보조 바퀴를 달고 12분, 내가 매트리스 자리를 제대로 찾은 거라면. 제이콥은 바닥이 덜 축축했으면 더 빨리 도착했을 거래.

25.

그날 밤 나는 나를 무기로 삼았다. 비밀의 대가로 섹스를 교환하거나 약속하는 위대한 여성 스파이처럼. 나는 잠옷 바지에 서던캘리포니아 대학교 맨투맨 티셔츠만 걸치고 마이크 스타일스에게 문자를 보냈다. 오래 갇혀 있으니 미칠 것 같아. 나는 적었다. 빌어먹을 증인 목록에 없는 사람과 대화를 해야겠어. 발코니에서 한잔할래? 날도 별로 안 추워!

문을 열었을 때까지만 해도 차분해 보이던 그가 방 안으로 들어오며 얼굴을 붉혔다. 유부남이 밤중에 외간 여자의 호텔 방에 들어가려니 민망했던 모양이다. 우리는 발코니에 앉았고 얼음 양동이에서 화려한 잔 두 개를 꺼내 위스키를 마셨다. 그리고 롤라에 대해, 요즘 애들이 쓰는 인칭 대명사에 대해(그는 아직 적응 중이었다), 베일러 대학교 학생들에 대해 이야기했다.

도리언이 베스를 모니터로 유인했을 때 마이크도 거기 있었다는 생각을 떨칠 수 없었다. 어쩌면 도리언에게 보안 카메라의 위치를 알려 줬을지 모른다. 그는 모니터 앞에 앉아서 두 사람을 지켜보던 '패거리' 중 하나였다. 자랑스러워할 리 없었다. 그 일에 대해 한 번이라도 생각해 봤는지 궁금했다.

나는 그가 잔을 다시 채울 때까지 기다렸다가 말했다. "이번 심리 때문에 너무 많은 게 떠올라. 청소년기에 겪는 불안들. 그냥 과거로 남겨 두고 싶었거든." 거기서 베스의 말을 인용한다는 것 자체가 죄스러웠지만 거짓말을 꾸며 낼 자신이 없었다.

"재밌네. 네가 불안해할 거라고는 생각 못 했어. 내 기억에 넌 게임에 끼려고 하지 않았거든. 좋은 의미로 말이야. 10대 잡지에 나올 만한 짓은 하지 않았지."

"무슨 말인지 모르겠어."

"그냥, 똑같은 머리모양을 하고 도서관에서 남자애들 무릎에 앉으려고 하던 여자애들 말이야. 걔들은 불안정했거든. 넌 그렇지 않았어."

남자가 넌 다른 여자애들과 다르다고 하면 대개는 칭찬으로 받아들였지만 그럴 때가 아니었다. 나는 그를 똑바로 바라보며 말했다. "난 늘 내가 뭘 좋아하는지 알았거든."

어딘가 낯익은 대사였지만 효과 만점이었다. 그가 귀를 붉히며 무슨 말을 하려다 멈췄다.

너무 추워서 방 안으로 자리를 옮겼다. 마이크가 꽃무늬 의자를 침대 가까이 끌어다 놓고 털양말을 신은 발을 침대에 올렸다. 나는 과하게 많은 호텔 베개에 비스듬히 기대어 맨투맨 티셔츠를 벗었다. 일부러 그 안에 민소매 티셔츠를 입고 있었다.

"스키 타던 애들 중에서 실제로 쓸모 있는 일을 하는 사람은 너뿐일걸. 다른 애들은 기본적으로 있는 돈을 불리기만 하지 않아?"

그는 아니라면서도 뿌듯해했다. 그가 위스키를 들이켜고 말했다. "부모님이 원하는 삶의 양식을 저버리기는 어려워. 적어도 부모님만큼은 벌어야 한다고 생각하니까. 세레뉴처럼 형편이 넉넉하지 않은 애들도 있었어. 우리 할아버지와 아빠는 등골 빠지게 일했어. 나는 학계에서 안락한 삶을 누리고 있지만 안전망은 늘 있지."

"잠깐, 세레뉴는 부자인 줄 알았는데." 나는 조악한 연기를 감추고자 위스키를 홀짝 마셨다.

그는 비밀스럽게 몸을 앞으로 기울였다. "전혀. 세레뉴는 늘 막대한 지원을 받았어. 지난 2년은 레이철 포파네 집에서 돈을 대 줬지."

"그 집에서 왜?"

"그야 능력이 있으니까. 모르겠어, 그냥 대단한 놈이야. 남의 부모한테 잘 보이는 법을 기가 막히게 알거든. 특히 엄마들. 그래서 스웨터가 정말 잘 어울리시네요, 스타일스 부인, 이런 식으로 갑자기 점잖게 굴어서 다들 놀리곤 했어."

무슨 말인지 알 것 같았다. 그는 선생님들과 잘 지냈고 편안한 관계를 맺었다. 내가 9학년 영어 수업에 어쩌다 일찍 들어간 적이 있었는데 그는 거기서 이미 호프눙 선생님에게 제일 아끼는 옥스퍼드 티셔츠에 묻은 초콜릿 아이스크림 얼룩을 어떻게 지울 수 있는지 묻고 있었다.

"항상 너랑 휴가를 같이 가지 않았어?"

"그랬지. 하지만 돈은 우리가 냈어. 몇몇이 맥주 통에 돈을 모은다든지 하는 방법으로 걔는 낼 필요가 없게 했어."

"탈리아는 확실히 알고 있었던 것 같아. 로비가 지원받고 있다는 거."

"응, 근데 로비는 사실 탈리아를 버몬트 집에 데려가지도 않았어, 알아? 탈리아는 뒤늦게 와서 형편없는 옷이랑 싸구려 스키 같은 건 못 봤지. 우리한테 이것저것 다 받고 난 뒤에야 만났어."

속이 쓰렸다. 그의 '형편없는' 옷도 인디애나에 비하면 한 단계 위였던 데다 남자애라서 옷을 잘 못 입는 줄로만 알았다. 프랜의 언니들 옷장을 급습하던 나와 비슷하게 그도 나름의 변화를 겪고 있었다니 마음이 아팠다. 왜인지는 알 수 없었다. 안쓰러웠을 수도 있고, 내 변화가 나를 또래들에게서 더 멀리 떨어뜨리는 동안 그의 친구들은 그를 사회적 스타덤에 올려놓았다는 게 싫었을 수도 있다. 그래도 내 친구들도 날 잡아 주지 않았나? 그 정도면 나도 잘한 거 아닌가?

"몰랐어." 나는 말했다. 그리고 두 개의 잔에 위스키를 더 따랐다. "보호해 줘야 한다고 느꼈겠네." 갑자기 방어적으로 굴까 봐 걱정했지만 마이크는 내 발 가까이 발을 뻗고 꽃무늬 의자에 기대앉았다. 오후가 되어 거뭇거뭇 올라온 수염이 인상적이었다. "탈리아 일이 있기 전까지는 그렇게 연약한 애인지 몰랐어. 부잣집 애들은 고소를 당해도 변호사를 선임하면 그만이지만, 로비는 잘못했다가는 오마르와 같은 입장이 될 수 있었거든." 그건 결코 사실이 아니었다. "엄청 무서웠겠네."

"그랬지." 마이크의 눈꺼풀이 아래로 처졌다. 계속 기분 좋게 말하도록 잠을 깨워야 했다.

나는 말했다. "스칼치티가 말 그대로 사건 직후에 사진을 현상했던 게 기억나. 캠퍼스에서 술을 마신 걸 밝히고 싶지 않았겠지. 로비를 보호하기 위해서라고만 생각했어. 아니면 로비가 부탁했을 수도 있고." 마이크가 나를 가리켰다. "바로 그거야. 스칼치티는 필름을 없애고 싶어 했어. 나는 램버스에 있었고 그걸로 실랑이를 했지. 세레뉴는 탈리아가 우리랑 있었다는 게 알려지면 우리 모두 비난받을 거지만 사진을 현상하면 탈리아가 거기 없었다는 게 확실해진다고 했어. 스칼치티가 너무 겁에 질려 있어서 암실에 있는 그 조그만 남자애한테 데려갔는데. 이름이 뭐였지? 리터? 그러지 않으면 스칼치티가 필름을 개울에 버릴 것 같았거든."

"타임 스탬프랑 그런 게 다 거기에 있었으니까. 로비한테는 생명줄이었겠지."

"우리 모두에게 다 마찬가지였을 거야."

"맞아. 거기 있던 사람은 살인을 저지를 수 없으니까. 며칠은 확실하지 않았어, 그렇지? 사인과 사망 시각을 알아내는 데 시간이 걸려서. 처음에는 안 좋아 보였을 수 있어. 술 마시러 나가고 캠퍼스 주변을 몰래 돌아다니는 애들이 또 무슨 짓을 했을지 누가 알아."

마이크가 혼란스러운 표정으로 두꺼운 눈썹을 한데 모았다. "중요한 건 탈리아가 우리랑 같이 있지 않았다는 거야."

"그런데 재밌다. 로비가 그런 위험을 감수했다는 게."

"감출 게 없다는 걸 아니까 더 수월했지."

"사키나한테 들어서 알아. 너희는 무리 지어서 매트리스에 도착했지." 나는 거짓말을 했다. "그래야 말이 되잖아. 너는 다리 때문에 다른 애들보다 더 느렸을 거야. 하지만 경찰이 물었을 때 그냥 단순하게만 말했지? 다 같이 걸어서 간 거면 요점이 더 잘 전달될 테니까."

"잠깐, 사키나가 증언대에서 그렇게 말했어?"

"아닐 거야. 뭐 그렇더라도 사람들은 언제 떠났는지에 관심이 있을걸."

"그렇지." 그는 느긋하게 뒤로 기대어 앉았다. "모르겠다. 그 후로 며칠은 우리 얘기에 문제가 없는지 계속 확인했어. 말을 지어냈다는 게 아니라 누구 아이디어였고 얼마나 오래 거기에 있었는지 그런 걸 확인한 거지. 솔직히 말하면 술, 담배만 했다고 하자며 말을 맞추기도 했어. 분명 마리화나도 있었지만 사진에는 안 나오니까 굳이 들출 필요 없잖아?"

"그렇지. 마리화나가 무슨 상관이겠어?" 하지만 그는 빈정거림을 눈치채지 못한 것 같았다.

그의 잔이 미처 비기도 전에 또 채웠다. 내 잔은 아주 조금만 채웠다. 나는 거의 취하지 않은 상태였다. 그리고 베개에 기댄 채로 두 팔을 머리 위로 쭉 뻗었다. 보통은 어깨가 찌뿌둥해서 그러는 건데 내 의도와 상관없이 남자들은 이 동작을 대단한 유혹으로 받아들였다. 그래서 그날은 일부러 두 팔을 쭉 뻗고 좌우로 한참을 움직였다.

마지막까지 야하브에게 미련을 버리지 못하다가 달갑지 않은 사실을 깨달았는데, 나는 임자 없는 남자를 만난 적이 한 번도 없었다. 20대 초반에는 내가 거절과 이별을 개인적으로 받아들이지 않아도 되는 유부남들을 상대로 실력을 갈고닦았다. 제롬도 내가 완전히 가졌거나 갖고 싶은 사람은 아니었다. 그랜비에서 내가 누구를 눈여겨봤는지 보라. 스키팀 최고의 섹시남, 그리고 망할 놈의 커트 코베인. 그들의 눈에 띄지 않으면 상처받을 일도 없었다. ("아빠나 오빠와 관련이 있다고 생각해요?" 누가 봐도 명백한 사실인데 새로 만나는 심리치료사마다 조심스럽게 묻는다.)

나는 케이넌에 있다던 그의 집이 정확히 어딘지 확인하기 위해 도서관에서 코네티컷 지도를 빌리게 한 소년에게 말했다. "저번에 시계탑에 가니까 진한 연애를 한다든지 담배 피우러 가던 장소들이 떠오르더라." 그가 웃으며 손등으로 입을 닦았다. "오, 저런. 난 흡연자가 아니었으니까 그 부분에 대해서는 모르겠다."

"그래. 넌 연애 장소만 알았겠지, 나는 담배 피우는 곳만 알았고."

"캠퍼스에서 그래 본 적 없어?"

"한 번도." 이제는 아니지만 열여덟 살 때 그렇게 말했으면 애처롭게 들렸을 것이다. "애들이 주로 어디서 그러고들 있었지? 극장에서 매번 붙잡기는 했는데."

"뭐, 그래 봤자 별거 없어. 자코비홀 뒤에 손님용 아파트가 있었는데, 열쇠만 있으면 거기가 괜찮았지. 하지만 봄에는 면접을 보러 오는 사람들한테 내줘서 쓸 수 없었어."

"전용 공간 같은 걸 가지고 있던 커플도 있었는데. 밤에 퀸시홀 발코니 못 가 봤구나? 사키나랑 마르코가 거기를 애용했거든."

"맞다! 잊고 있었어. 텃세가 대단했지. 데이비드 아텐버러의 내레이션이 떠오르지 않아? 청소년들은 그들의 번식지를 감시했습니다."

"완전. 앤지 파커랑 스티브인가 뭔가 하는 그 키 작은 남자애가 항상 영국식 복도에 서 있었잖아."

"도리언은 베스랑 사귈 때 시내에 있는 고급 호텔 방을 잡았어. 소문으로는 베스가 시켰대, 캠퍼스에서는 안 잔다면서."

"육상 트랙도." 이번에도 웃었지만 진심은 아니었다. 젠장, 도리언의 친구들이 뭘 봤는지를 고려하면 그녀를 탓할 수가 없었다. "그럼 로비랑 탈리아도 그런 데 있었어?"

그가 흠칫 놀랐다. 아무렇지 않게 넘길 수 없을 정도로 놀라서 나는 되물어야 했다. "왜, 뭔데?"

그가 많이 취했기를 바랐다. 원하는 대답을 들으려면 제법 취했어야 했다. 하지만 아니었다. 뭔가 머리를 굴리는 것 같기는 한데 마이크는 아무 말도 하지 않았다.

그래서 내가 말했다. "맙소사, 그날 밤에 탈리아가 로비를 기다리고 있었던 거야? 창고에서? 거기서 로비를 찾았을 거고 그때 누군가가…… 젠장." 마이크가 부인하지 않아서 더 밀어붙였다. "이제 알겠어. 네가 왜 로비의 알리바이를 뒷받침해 줘야 했는지. 그 일이 일어난 걸 알기도 전에 이미 수영장과 너무 가까웠던 거야. 맙소사, 상상이 가? 경찰이 알았으면 어땠을지?"

그가 조용히 말했다. 목소리를 낮추면 둘만의 비밀로 남길 수 있을 것처럼. "그래서 로비는 늘 책임감을 느꼈어. 어쩐 일인지 그날은 둘이 엇갈렸거든. 로비는 매트리스에서 만나자는 줄 알았고, 탈리아는 창고에서 만나자는 줄 알았던 거야."

"그러니까 너희는 탈리아가 창고에 있었던 걸 알고 있었구나. 누굴 비난하려는 게 아니니까 오해하지 마. 하지만 창고에 대해 아무도 언급하지 않은 건 가벼운 문제가 아니야."

"거기서 무슨 일이 있었는지는 몰랐어."

"그래, 당연히 몰랐겠지. 하지만 경찰이 거기를 들여다봤다면, 혈흔을 찾았다면 상황이 바뀌었을 수도 있어."

그가 고개를 저었다. "맞아, 상황이 바뀌어서 또 다른 결백한 사람이 감옥에 들어갔을 수 있지. 로비의 자유가 오마르의 자유보다 더 가치 있다는 말은 아니지만, 또 어떤 오해가 생겼을지 알 수 없잖아."

그에게 소리치고 싶은 게 몇 가지 있었다. 하나는 오마르보다 로비를 우선시한다는 사실이었다. 또 하나는 탈리아를 위한 정의와 그녀가 편히 잠들지 못하거나 범인이 더 많은 사람을 해쳤을 가능성에는 관심도 없는 것 같다는 사실이었다.

나는 소리를 지르는 대신 긴 베개를 날갯죽지 사이에 끼우고 어깨를 뒤로 늘리면서 가슴을 앞으로 내밀었다.

직업적 신념, 개인적 윤리 의식이 뭐든 간에 마이크가 그중 뭐라도 증언할지 궁금했다. 혹시 몰라 나는 휴대폰으로 그 모든 걸 녹음하고 있었다. 나는 바보가 아니었다.

"이제야 알겠다, 너희가 왜 말을 맞추는지. 로비가 의심받기 쉬운 상황이었네." 나는 침을 한껏 삼키고 말했다. "매트리스 파티에 조금 늦게 나타났더라도 처음부터 있었다고 말해야 했다는 거지? 그렇지 않으면 토끼몰이를 당할 테니까. 아마 수사의 초점이 로비한테 맞춰 졌을 거야."

놀랄 줄 알았던 마이크가 어깨를 으쓱해 보였다. "어쨌든 거기 있었 으니까."

"같이 갔던 게 기억나?"

"시간이 오래 흐르긴 했지만, 처음부터 사진에 있었잖아. 그건 부정 할 수 없는 사실이지."

"응, 그래. 첫 번째 사진에 찍혔지. 애초에 사진을 찍은 것도 로비의 생각이었을 것 같은데."

"그렇지? 지금 같으면 인스타그램을 휘어잡았을 거야. 로비는 항상 모두가 얼마나 즐거웠는지를 기억하기를 바랐거든."

"그거참 다정하네. 다정한 남자야."

"별난 녀석이었어. 「오페라의 유령」을 듣곤 했거든. 이해할 수가 없 었어. 「오페라의 유령」을 즐겨 듣는 남자가 놀림 받지 않는다고? 그 런데 녀석의 성적 지향은 누구도 의심하지 않았어."

"만약 증언대에서 질문을 받는다면…… 로비가 처음부터 거기에 있었는지 말이야. 너는 그렇다고 했겠네? 안 그래도 증언하려니 자신 이 없어서 그러는데, 그런 걸 어떻게 기억해? 너무 오래전이잖아."

"우리가 곧바로 이야기를 나눈 게 도움이 됐어. 다 같이 둘러앉아서 숲에 누가 있었는지 나열해 보고 몇 시에 도착했는지 확인했거든."

"전부 로비한테서 나온 거지? 사진을 현상하는 것이라든지 뭐 그런 모든 면에서 상당히 영리했던 것 같네."

나는 위스키를 마시다 일부러 조금 흘렸다. 턱을 타고 민소매 티셔츠로 떨어지면 손으로 닦을 셈이었다.

마이크가 고심하듯 내 머리 위를 응시했다. "응, 실제로 그랬어. 로비가 우리를 불러 모았거든. 아니, 우리가 로비를 들여다본다고 그 애 방에 갔던 것 같아. 탈리아가 발견되고 그다음 날이었어. 로비가 노트에 모든 걸 적기 시작했어. 거기 누가 있었고 우리가 몇 시에 극장을 떠났는지. 정리하는 데 도움이 됐지."

개자식. 머리카락을 펄럭이던 거만한 좀생이 개자식.

"그래. 로비는 무서웠을 거야. 비난받을까 봐. 만약에 걔가 거기 없었다면? 그러니까 늦게 합류했거나 일찍 떠났다면?"

"그건 아니었어." 마이크가 이렇게 말하는데 내가 지뢰 선을 건든 듯했다. 그가 짜증 난 표정으로 휴대폰을 확인하고는 말했다. "이런, 너무 늦었네."

나는 그에게 베개를 던졌다. "그러게! 잠 좀 자게 좀 나가라!"

그가 방을 나섰다. 마이크 스타일스는 밀회 후 떠나는 연인처럼 등을 보이며 내 호텔 방을 떠났다. 내 안 어딘가에 있는 1995년의 소녀가 그걸 지켜보며 어이없어했다.

나는 그녀에게 속삭였다. "네가 생각하는 그런 거 아니야."

26.

질문 좀 하겠다.

당신은 범인이 로비라는 걸 알고 있었나? 적어도 오마르는 아니라는 걸 알았는가? 어떤 나이 많은 남자에 대한 소문을 듣고 경찰이 오마르를 체포했을 때 총알이 당신을 피해 갔다는 걸 깨달았는가?

로비가 뭔가를 봤을까? 당신과 탈리아의 사이를 우연히 목격했을까? 탈리아가 로비의 의심이 점점 커지고 있다고, 그가 알고 있다고 말했을까? 그해 어느 이른 봄밤, 탈리아가 로비에게 모든 걸 털어놓은 걸까? 상대가 당신이라는 건 밝히지 않은 채 다른 사람을 만나고 있다고 고백했을까? 탈리아가 당신에게 로비가 화났다고 말했을까? 로비가 무섭다고?

경찰이 찾아와서 이것저것 물을 때 로비를 암시하는 말이나, 그의 동기에 대해 언급하는 걸 일부러 피한 건가? 당신이 그를 지목하면 그도 당신을 지목할 테니까? 혹시 그와 공모하려 했나? 학교 식당 맞은편에서 우리 둘 다 최선을 다해서 입을 다물어야 한다는 뜻으로 의미심장한 시선을 보냈나?

탈리아가 죽기 전에 불가리아에서의 제안을 수락했는가? 제안을 받아들인 뒤 미국을 떠날 거라고 말하자 화가 난 그녀가 로비에게 뭔가 언질을 준 건가? 아니면 학교에 남으면 당신에 관한 소문이 불어나 결국 사실이 될 걸 알고, 그녀가 죽고 난 그 주에 미친 듯이 일자리를 구한 건가?

오마르가 체포되기 전에 자기가 잡힐까 봐 걱정했는가? 탈리아에게 일어난 일보다는 당신 자신에 대해 생각하느라 깨어 있었는가? 알리바이가 있어서, 팀파니를 갖다 놓으며 나와 대화를 나눠서 신께 감사했는가? 아내가 당신의 귀가 시간을 기억하는지 확인했는가?

당신이 나섰다면 어떻게 됐을지 생각해 봤는가? 오마르를 돕기 위해 모든 걸 희생했다면? 당신이 사랑한다고 믿었을 탈리아를 위한 정의를 실현하기 위해서? 어려운 질문이라는 거 안다. 그건 당신의 결혼 생활과 경력을 망가뜨렸을 것이다. (경력과 결혼 생활은 더 쉬운 이유로도 망가졌다.) 하지만 당신이 원했던 식으로 이야기를 할 수 있었을 것이다. 그걸 반박할 그녀가 없었으니까.

교도소에서 하는 체강 검사에 대해 생각해 봤는가? 간수들이 충분한 존경심을 보이지 않았다는 이유로 수감자를 심하게 대하며 강제적으로 자의적 정의를 실현하는 방식에 대해 생각해 봤는가?

그랜비에서 탈리아와 가장 가까운 어른이 그녀가 음식을 먹지 않는다는 사실을, 로비가 걸핏하면 화를 내고 통제적이어서 함께 있을 때 괴롭다는 사실을 눈치챌 수 있는 현명하고 믿을 만한 사람이었다면 결과가 어땠을지 생각해 봤는가?

당신이 어른으로서 개입했다면 어땠을까? 그녀는 살아 있었을까?

잠을 잘 자는가?

꿈은 꾸는가?

당신의 꿈에는 용서라는 것이 존재하는가?

27.

월요일 아침, 나는 답답한 나머지 구글 검색을 포기하고 야하브에게 문자를 보내 늦었지만 새로운 증거가 발견되면 어떻게 될지 물었다.

어떤 증거? 그가 물었다.

음, 그게 문제였다. 진짜 증거는 아니었다. 새롭지도 않았다. 에이미 마치도 별다른 관심을 보이지 않았다. 나는 적었다. 다른 유력 용의자의 알리바이를 무너뜨리는 증거라고 할게.

주 검찰이 명백한 증거를 숨긴 거면 브래디 위반이지.

아니, 그건 아니고 뭔가 새로운 게 나왔다든지 증인이 진술을 바꿨다든지 하는 거. 희망 사항이었다. 마이크를 설득할 수 있다고 해도(설득할 게 더 있을지 모르겠지만) 증인 명단에 없어서 상황만 더 복잡해질 것이다. 사키나는 진술을 바꾼 적이 없다. 베스는 이미 떠났고 나를 미워했다. 덴마크에서 벤트 젠슨을 찾아서 혹시 27년 전에 어떤 순서로 도착했는지 기억하냐고 묻기라도 하려고?

제프는 매트리스 파티에 있었던 아이들과 연락을 했고 그날 지미 스칼치티와 피즈, 재채기가 요란했던 커츠먼이라는 스키 선수와 대화를 나눠 보기로 했다. 그러면서 구체적으로 알아낼 수 있는 건 전부 확인할 생각이었다.

야하브가 썼다. 변호인단에서 아직 증언 중인가? 아직 누구든 소환할 수 있어. 증언이 끝났으면 반대 심문 후에 반박 과정에서 재소환하면 되고. 무슨 일인데???

정말 아무것도 아니야. 나는 원했던 것보다 더 정확하게 대답했다. 그냥 궁금해서.

28.

정정한다. 베스가 떠난 건 사실이지만 멀지 않은 곳에 있었다. 그녀는 잘생긴 남편과 레스토랑 테라스의 화덕에서 찍은 사진을 인스타그램에 올렸다. 거기에 #셀프케어와 #r&r 해시태그를 달고 버몬트 스토우에 있는 스키 리조트를 태그했다. 웹사이트를 보니 고급 스파 서비스와 지역 음식을 제공하는 곳이었다. 그제야 왜 그녀가 남편이 데리러 오기를 기다렸는지 알 것 같았다. 수술 전에 즐거운 주말을 보내려고 한 것이다.

나는 화면을 내리며 예전 사진들을 보았다. 육교 위의 베스, 턱시도 차림으로 횡단보도에 서 있는 남편, 침대에 대자로 누운 아이들은 잡지 화보 같았고 정말 그럴 수도 있었다. 지난봄에 백신을 맞으며 마스크 위로 행복의 눈물을 쏟는 파란 눈도 보였다.

내가 뭘 찾고 있는지 알 수 없었다. 그녀가 도와줄 수 있는지, 혹은 그럴 의지가 있는지 알 수 없었고, 그 질문에 대한 답은 거기에 없었다. 그러나 시도해 봐야 했다. 그녀의 주말을 망쳐도 어쩔 수 없었다.

올더는 법정으로 돌아갔지만 브릿은 아니었다. 나는 믿을 만한 그녀에게 전화해 버몬트에 태워다 줄 수 있는지 물었다. 격리 방침은 내가 고려해야 할 것 중 가장 후순위였다. 브릿은 스미스에서 자신의 기아 차를 몰고 와 캘빈 인 앞에서 나를 태웠다.

브릿이 도로를 달리며 말했다. "우리의 짐작이 옳다면 가족도 그래서 데려왔을 거예요. 안 그래요? 이런 일이 일어날까 봐 두려웠겠죠. 잘 보이고 싶을 거예요." 변호인단과는 달리 브릿은 올더의 가설을 확신했다. 당장 팟캐스트에서 이 이야기를 논의할 생각은 없었지만 필요하면 언제든 할 수 있었다.

2시간 30분 만에 우리는 불투명한 잿빛 얼음으로 뒤덮인 산길로 접어들었다.

스미스에서 만나는 사람이 있는지 물으니 브릿이 말했다. "아직 올더랑 사귀어요."

그녀가 도로를 보느라 깜짝 놀란 내 표정을 보지 못해서 다행이었다. 두 사람 모두 동성에 관심이 있을 거라고 생각했다. 둘이 사귈 줄은 상상도 못 했다.

"정말 잘됐다!" 긴 정적 후 간신히 입을 뗐다. "얼마나 된 거야?"

그녀가 어깨를 으쓱했다. "엄밀히 말하면 선생님 수업 때부터였죠. 장거리 연애한 지도 꽤 됐어요."

더 묻는 건 주제넘은 일 같아서 그만두었다. 하지만 기쁜 소식이었다. 내가 혼돈의 흔적만을 남긴 건 아니라는 증거였으니까.

"저는 낙관하고 있었어요. 오늘 전까지도요. 문제는, 그게 보통은 나쁜 징조라는 거예요."

"무슨 말인지 알아." 나는 늘 낙관론에 대비하는 편을 선호했다. 하지만 희망이 있어서 오마르가 살아 있는 것 아닌가? 언젠가 지옥이 끝날 걸 아니까?

나는 종일 오마르를 위한 희망으로 채워졌다. 그가 어느 봄날의 바람 속으로 걸어 나오는 모습을 상상했다. 남동생 집으로 들어가 보드라운 새 시트를 선물받는 모습을 상상했다. 그가 먹고 싶었던 음식을 마음껏 먹는 모습을 상상했다. 아이스크림, 따뜻한 빵, 멋들어진 샐러드. 마사지를 받고 침을 맞고 척추 지압을 받고, 마리화나에 불을 붙이는 모습을 상상했다. 예전에 그랬던 것처럼 근육질 몸으로 우아하게 공간을 움직이는 모습을 상상했다. 차에 올라 빨리 더 빨리 달리는 모습을.

물론 유죄 판결이 무효가 되더라도 새로 재판을 받기까지 이삼 년은 걸릴 것이다. 코로나19가 확산하면 더 걸릴 수도 있다. 그사이 주 검찰이 항소하면 뉴햄프셔 대법원이 판사의 결정을 그냥 뒤집어 버릴 수도 있다. 95년과 마찬가지로 보석을 허가할 것 같지도 않았다.

이 모든 건 몽상에 가까운 최상의 시나리오였다.

마침내 도착한 리조트는 예상보다 더 컸고 주차장은 다른 주에서 온 SUV들로 북적였다.

"이런, 다음은 생각 못 했는데." 나는 말했다. 종일 그곳을 감시하려고 막연히 생각했는데 벌써 오후 3시였다. 브릿이 어둠 속에서 산길을 되짚어가게 하고 싶지 않았다.

브릿이 휴대폰을 만지작거리고는 스피커폰 기능을 켰다. 리조트 스파의 전화 안내를 능숙하게 따라가다 보니 비단결 같은 목소리의 여성과 연결되었다. "네. 제 이름은 베스 도어티고요. 남편이 예약해 줬는데 깜박하고 몇 시인지 알려 주지 않아서요."

여자가 당황했는지 수화기 너머로 우당탕거리다가 말했다. "2시 30분에 얼굴 마사지를 받으셨네요. 아니면 혹시……."

브릿이 전화를 뚝 끊고는 뜨거운 감자라도 쥔 것처럼 내게 던졌고, 우리는 숨이 차도록 깔깔대며 웃었다.

"그랜비에 같이 다녔으면 널 유용하게 써먹었을 텐데. 툭하면 친구들이랑 기숙사 전화로 장난을 쳤거든. 누가 받았는지 상상도 못 할걸."

29.

나는 '시즌스!'라는 2층 스파 밖에 있는 푹신한 의자에 앉아 기다렸다. 마음이 편안해지는 시어버터 향이 대리석 무늬의 유리문 사이를 비집고 나왔다. 브릿은 거기에 사는 사람처럼 업무 공간으로 느긋하게 걸어가 헤드폰을 쓰고 편집 작업을 했다.

인생에서 더 일찍 알았다면 좋았을 것: 어딜 가든 당연하게 들어가라, 그러면 당연해질 것이다.

제롬이 차고 진입로에서 줄넘기하는 실비를 찍어서 보내 준 영상을 보며 시간을 죽였다. 두 다리는 무척 튼튼했고 얼굴은 집중과 성취에서 오는 환희로 가득했다. 그녀는 평범하게 뛰다가 두 팔을 교차했다. 다시 평범하게, 교차해서, 평범하게, 교차해서. 새로운 묘기.

LA에 사는 친구가 최근 자기 딸에 대해 한 말이 떠올랐다. "앞으로 어떻게 될지 알면서 이런 행복과 자신감을 주는 건 잘못인 것 같아. 7학년이 되면 벽에 부닥칠 텐데. 도축하려고 돼지를 살찌우는 느낌이야."

그렇다고 다른 대안이 있을까? 돼지를 굶기는 것?

베스가 휴대폰을 내려다보며 스파에서 나왔다. 화장을 지웠는데도 얼굴이 환히 빛났다. 스파에서 제공한 녹색 실내화를 신었고 방금 칠한 듯한 자홍색 발가락 사이에 솜을 끼웠다. 손에는 신발을 들고 있었다. 나는 주의를 끌기 위해 다급히 일어났다.

그녀는 하반신을 보면 여기서 뭘 하고 있었는지 알 수 있다는 듯 나를 위아래로 쭉 훑어보았다. 그리고 말했다. "와, 진짜."

나는 설명할지, 사과할지, 모든 게 우연인 척할지 고민하다가 결단을 내렸다. "내가 살 테니 아래층에서 뭐 좀 마시자. 그러고 나면 네 머릿속에서 영원히 사라져 줄게. 하지만 지금은 나랑 같이 가야 해."

그녀가 투덜거리며 남편에게 음성 메시지를 보냈다. "방금 진짜 웃긴 일이 일어났어." 그리고 나를 따라 긴 복도를 지나서 웅장한 곡선형 계단을 내려온 뒤 참나무와 붉은 가죽으로 꾸며진 바에 들어갔다. 지난 몇 년 사이 리조트에 묵었던 유명 인사들의 사진이 줄줄이 붙어 있었다.

우리는 카우보이 모자를 쓴 빙 러셀의 사진과 서명 밑에 있는 작고 튼튼한 테이블에 앉았다. 웨이터가 즉시 다가와 유리잔에 찬물을 채워 주며 일손이 모자라지만 곧 다시 오겠다고 했다. 베스는 걱정하지 말라는 듯 손을 내저었다.

그녀가 말했다. "그래서?" 그녀의 눈은 영화 속 악당을 닮아 수정같이 파랬고 동공은 바늘구멍만 하게 쪼그라들었다.

"어." 나는 두 손을 테이블 위에 엎어 놨다가 보디랭귀지를 생각하고는 손바닥이 보이게 뒤집었다. "지난번에 솔직히 말해 줘서 고마워. 그러고 나서 생각해 봤어. 스타일스의 집에서 겪은 일이 너한테 얼마나 끔찍했을지. 그건 폭력이야."

"물론이지."

"그걸 본 모두에게 당한 폭력이었어."

"현대의 기준으로는 그렇지." 그녀가 찬물을 입술로 가져가다 다시 내려놓았다.

"그런 일들에 대해서는 침묵해야 한다는 규칙이 있었어. 남자애들 다. 어딜 가든 한데 뭉쳐 눈에 보이지 않는 벽을 만들었지."

그녀가 어깨를 으쓱했다. "뭐, 여자애들도 마찬가지였는걸."

"생각해 봤는데." 나는 마치 리조트로 오는 길에 생각난 것처럼 말했다. "3월 3일 밤 말이야. 그때 너 숲에 있었잖아."

"그걸 물어보고 싶은 거야? 그래, 숲에 있었지. 네가 무슨 정신 나간 생각을 하는지 모르겠지만 탈리아랑 수영장에 있지는 않았어."

"그게 다가 아니니까 기다려 봐. 그날 밤늦게 로비와 함께 돌아갔던 것도 기억할 거야, 다른 애들이랑 다 같이."

"당연하지."

"로비랑 거기까지 갔던 건 기억나? 그러니까, 구체적인 기억이 있냐고?"

그녀가 미쳤냐는 듯 가느다랗게 뜨고 쳐다보다가 빙 러셀의 사진을 올려다봤다.

"내가 기억하는 건 로비가 나무 뒤에서 뛰어나오는 바람에 놀라 죽을 뻔했다는 거야."

새로운 이야기였다.

"어떻게?"

"그게, 모두 거기서 술을 마시고 있었는데 갑자기 로비가 우리를 향해 뛰어나왔어. 그러고는 하하, 여기 뒤에 숨어 있었는데 아무도 모르더라, 내가 도끼 살인마였으면 어쩔 뻔했냐, 이런 식으로 떠들었지."

"그냥 불쑥 나타난 거네?"

"그런 건…… 너도 학창 시절이 어떤지 기억할 거야. 자전거를 탄 남자애들이 막 돌진해 오다가 마지막에야 방향을 틀고는 겁먹었냐고 비웃잖아? 뒤에서 눈을 가렸는데 재밌어하지 않고 정색이라도 하면? 그런 괴롭힘에는 그냥 적응해야 해. 안 그러면 나만 미친년 되니까."

"그러면, 시간이 얼마나 걸린 것 같아? 로비가 뛰어나올 때까지?"

심장이 계속 방망이질을 해 댔다.

"이상하다, 재밌다고 느껴질 정도는 됐지. 5분은 아니고. 30분 정도."

"그전에는 못 봤고?"

"응. 장난친 거라니까."

"그래. 그래."

"왜, 뭔데?"

"뭐 좀 보여 줄게." 나는 로비의 맨투맨 티셔츠 사진을 꺼내 진흙이 튄 자국을 확대하고 올더의 가설과 그게 시간상으로 어떤 의미인지 설명했다.

"무슨 말을 하는 건지는 알겠는데 너무 억지 주장인 것 같아."

"변호인단이 흥미를 보일 것 같지 않아?"

"맙소사."

"내 의도는……."

"젠장. 너 설마 녹음하는 거 아니지?"

이번에는 아니었다. 하지만 내 뜻을 명확히 하기 위해 휴대폰을 테이블 위에 올려놓고 측면 버튼을 눌러 전원을 껐다.

"나는 원하지 않아, 보디. 핵심 증인이 된다든지 하는 거 말이야. 그 일과 무관하기를 바라. 4년을 송두리째 잊고 싶어. 왜 사람들 기억을 지우는 영화 있잖아?"

"증인이 되어 달라고 요구하는 사람은 없어."

"글쎄, 네가 지금 그러고 있잖아."

"절대 아니야." 해명하고 싶었지만 말을 아낄수록 좋을 것 같았다. 그래서 이렇게 말했다. "우리끼리 얘긴데, 난 로비가 탈리아한테 얼마나 못되게 굴었는지 기억해. 방을 같이 썼을 때 많은 걸 알게 됐지. 적어도 성인이 돼서 돌아보면 알게 되는 것들이 있어."

웨이터가 왔다. 내가 말벡 와인을 두 잔 주문하는 동안 베스는 내 머리 위를 응시했다.

웨이터가 떠나자 그녀가 말했다. "로비는 늘 탈리아를 나무랐어. 교실 밖에서 기다렸다가 다음 수업에 데려다주는 걸 다들 부러워했지만, 난 아니었어. 한시도 손을 떼지 않았지. 교정기도 훔쳐 갔다니까."

"뭘 했다고?"

"탈리아가 밤에 치아 교정기 꼈던 거 알지? 11학년 봄 방학에 친구들 몇 명이랑 앵귈라에 가려고 했어. 푸자네 가족이 모두를 초대했거든. 도리언이랑 퀠런이랑 그런 남자애들도 다 가기로 했지. 항공료는 각자 내야 했는데 로비는 그럴 수가 없었어. 그래서 교정기를 숨겨 놓고 거기 가면 안 주겠다고 한 거야. 2주 뒤에 돌아오면 치아가 다 틀어질 게 뻔하잖아. 병원에서 뭐라고 할까 봐 걱정했지."

"그래서 안 갔어?"

"응, 대신 집에 갔던 것 같아. 개랑 같이 있는 것도 아니고 그냥 우리랑 같이 있으면 안 됐던 거야."

"잊고 있었어. 너희가 앵귈라에 대해 이야기했던 건 기억나. 처음 들어보는 말이어서 윌라 이모라고 하는 줄 알았어. 푸자네 윌라 이모 집에 갈 거라는 식으로."

"진짜 웃기다." 그녀가 웃음기 없이 말했다. "너 중서부 출신이지?"

생뚱맞게 뉴햄프셔보다는 인디애나가 앵귈라에 더 가깝다는 생각이 들었지만 무슨 뜻인지 알았다.

"12학년 때 탈리아의 콜라주를 다 갖다 버리기도 했어. 집에 갔을 때 친구들이랑 찍은 걸로 만든 건데 사진 속 남자애들한테 질투 났나 봐. 어느 날 방에 돌아가 보니 사진이 전부 사라진 거야. 로비가 한 짓이 빤했지. 그래서 로비네 기숙사 홀 쓰레기통까지 뒤졌지만 하나도 못 찾았어."

나도 그 콜라주를 기억했다. 11학년 때도 가지고 있었다. 문득 그걸 찾느라 캠퍼스 쓰레기통 주변을 돌아다닌 건 아닌지 궁금해졌다. 믿을 수 없다는 듯 멍한 표정으로, 어쩌면 약에 취해 잠옷 바람으로 뛰쳐나온 게 아닐 수 있다.

"때린 적도 있어?"

"이 모든 걸 증언대에서 말했다고 생각해 봐. 심리는 영원히 끝나지 않을걸. 로비를 끌고 와 거기에 세울 거야. 나도 며칠이고 증언을 해야겠지."

"그냥 아무렇게나 말하지는 않았을 거야. 변호인단과 만나서 어떤 방향으로 갈지 생각해 보고 나서 검찰에 공개했겠지."

"어차피 상관없어, 난 끝났으니까."

"들어봐, 오마르의 사건에 큰 도움이 될 수 있어. 너를 재소환하려면 판사의 허락을 받아야 해서 쉽지 않을 거야. 절차가 번거롭겠지만 중요한 일이잖아. 안 그래?"

다시 나타난 웨이터가 와인을 건네며 어디서 왔는지, 숙박은 즐거운지, 바깥에 신선한 가랑눈이 없어서 실망하지는 않았는지 물었다. "평생 스키를 타 본 적이 없어서요." 내가 참지 못하고 말하자 그가 우리 둘만 남겨 두고 자리를 피했다.

다시 돌아보니 베스는 눈을 감고 와인잔의 목을 엄지와 중지로 잡은 채 골똘히 생각에 잠겨 있었다.

"탈리아가 발견된 후에 로비가 우리를 하나하나 찾아왔었어. 자기가 거기, 매트리스에 있었던 걸 기억하는지 확인하길래 당연히 기억하지, 네가 갑자기 튀어나와서 우리가 비명을 질렀잖아, 이런 식으로 대답했어. 살짝 취했어도 그건 기억했거든. 그가 비난받을까 봐 두려워했던 게 이해가 돼. 그 일과 관련이 있을 거라고는 전혀 생각하지 못했어."

나는 머리 위에 뭔가를 올려놓은 것처럼 천천히 고개를 저었다.

나는 그녀의 시선이 테이블로 떨어질 때까지 계속 바라보았다.

그녀가 소리 없이 입만 벙긋했다. "아."

"로비가 뒤늦게 불쑥 튀어나온 걸 기억하는 사람이 또 있을까?"

그녀가 어깨를 으쓱했다. "아까 로비가 탈리아를 때렸냐고 물었잖아. 웃긴 게 뭔 줄 알아? 탈리아가 로비한테 뺨을 맞았다고 해 놓고 푸자가 상담 선생님에게 말하자고 하니까 오해라면서 자기도 때렸다고 했어. 자기가 로비를 때려서 로비도 자기를 때렸다던가. 어른의 비

밀이 하나 더 생긴 것 같았지. 교사랑 잔다든지, 낙태나 술 문제 같은
거. 「30대 이야기」라는 드라마 기억나? 참 순진하게도 난 그런 걸 어
른이 됐다는 표시로 여겼어. 황금시간대 드라마에 나오는 문제를 겪
지 않으면 어른이 아니라는 듯 말이지. 슬픈 건 탈리아가 죽고 나서
우리가 싸운 이유 중 하나가 그거였다는 거야. 푸자는 경찰에 말하고
싶어 했는데 결국은 다들······." 다음 말을 기다렸지만 그녀는 안개
속에 길을 잃었다.

"그래서 다들 변호사들한테 말하지 않았구나. 진술이나 증언에서
말하지 않은 거지?"

"그들은 술병에 대해서만 궁금해했고, 경찰에 오마르를 언급한 이
유를 되풀이해 주기를 바랐어. 그런데 그럴 수 있는 사람이 없었어. 내
말은, 블로흐는 절대 그랬을 리 없다는 거야. 상상이 가? 변태이기는
했지만 뭐랄까, 책벌레에 울보였잖아. 내 앞에서도 한 번 울었어. 울
어서 사람을 못 죽인다는 게 아니라 그냥 그럴 것 같지 않았어."

나는 애매하게 고개를 끄덕였다.

"만약 오마르가······ 넌 정말 아니라고 생각해?" 그녀가 말했다.

"네가 오마르의 이름을 언급한 걸 원망하지 않아. 네 잘못은 하나도
없어. 하지만 오마르가 그 일과 무관하다는 건 진심으로 믿어."

"나를 인종 차별주의자로 생각하고 싶지 않아. 그리고 만약에 내
가······." 그녀가 두 손으로 머리를 감쌌다.

반박할 생각은 없었지만 달래듯 조심스럽게 말했다. "어렸잖아."

그녀는 꿈쩍하지 않았다.

"로비에 대해, 탈리아를 폭행한 것과 매트리스에 늦게 도착했을 가능
성에 대해 증언하면 몇 번 더 나가야 할 거야. 너는 사실만 말하면 돼.
어린 나이에 그런 일을 겪은 건 억울하지만, 지금 바로잡을 수 있어."

"나도 내 인생이 있어. 누가 내 이름이나 우리 애들 이름을 검색했을 때 이 얘기가 제일 먼저 나오지 않았으면 좋겠다고. 젠장. 이 일과 조금도 엮이고 싶지 않아. 집에 갈래."

"그래."

"보디, 날 좀 내버려두면 안 돼? 그냥, 번호든 뭐든 남겨 줘. 집에 가서 아이들과 함께 있고 싶어."

30.

그녀는 우산을 방패로 사용했다.

당신은 기억할 것이다. 낸시 그레이스가 재판을 보도했다.

머리를 짜내 보라. 블로흐, 당신은 기억할 것이다.

그녀는 그에게 뜨거운 물을 부은 후 도망쳤는데 아무도 믿어 주지 않았다. 관심을 원했을 수 있다. 어쨌든 심리적 문제가 있었다. 그녀는 오랫동안 공황 장애를 앓았다. 아프다는 증거다.

친오빠가 남자를 불러와 그의 이름에 먹칠한 것에 대해 사과하라고 하는 부분을 TV에서 봤을 것이다. 그래서 그녀는 그렇게 했다. 사과했다.

이튿날 밤, 그가 돌아와 그녀를 찔렀다.

이름이 스트리퍼 같다는 이유로 사람들은 그녀를 진지하게 받아들이기 어려워했다. 제이 레노는 그녀와 그녀의 이름에 대해 농담을 했다.

로레나 보빗이 남편의 음경을 절단한 바로 그해였다. 그랜비에서

10학년을 마친 직후이기도 했다. 레노는 그 여자와 로레나 보빗에 대해 농담을 했는데 그들의 이름과 칼에 대한 것이었다.

그녀는 칼에 찔리고도 살아남았다. 목과 얼굴에 상처를 입은 채로 「오프라 쇼」에 나갔다. 바버라 월터스와 나란히 앉았다. 바버라가 그녀에게 가까이 다가가 가해자를 용서하기 위해 흉터를 간직하고 있는 거냐고 물었다. 그는 2년의 형기를 마치고 석방되었다.

다음은 내가 기억하는 것이다. 아직 너무 어린 여자가 바버라 월터를 돌아보며 말했다. "제가 그래야 하나요? 그건 당신이 해야 할 일인 것 같네요. 그런 식으로 이 일을 잊겠죠."

그 당시에는 귀에 들어오지 않았다. 다들 그렇게 말하는 것 같았다. 하지만 10년 뒤 한밤중에 일어나 문득 그 인터뷰를 떠올리니 고함치고 싶어졌다.

그녀가 마음을 바꿨는지, 다시 공개 발언을 했는지 확인하기 위해 검색했다.

그녀는 6년 전 다른 남성의 총에 맞아 세상을 떠났다. 그녀는 그래야 했던 것처럼 몇 번이고 용서했다.

#9: 로비 세레뉴

내가 절대 알 수 없을 것이다. 계획된 일이었는지, 그가 취해 있었는지, 다른 사람에게 말했는지, 자신이 뭘 하고 있는지 알았는지 아니면 일이 벌어지고 나서야 깨달았는지. 그 자전거는 미리 준비했는지, 아니면 우연히 발견했는지. 전자라면 아무 탈 없이 도망쳐서 살아남으려는 의도였을 것이다. 남은 밤 내내 두려움에 떨었는지, 아니면 뿌듯했는지. 이튿날 아침에 그녀가 사라졌다는 걸 알아차리는 사람도 없이 아무도 모르게 탈리아가 수영장에 떠 있는 동안, 친구가 장비 창고 닦는 걸 도와줬는지.

오랫동안 아내를 대한 방식(그는 참았을 수 있고, 때리지 않았을 수 있다)에도 불구하고 그는 여전히 그만한 폭력을 행사할 수 있는 사람이었다. 어쩌면 아내를 때렸을지 모른다. 더 심했을지 모른다. 어쩌면 (불가능하지만) 어마어마한 빚을 갚기 위해 모범적인 삶을 살았을지 모른다. 어린 소년과 그의 죄악으로부터 영영 달아나고 있었는지도.

다음은 내가 추정한 것들이다. 그는 그 일을 잊기 위해 대학 시절 내내 취해 있었다. 탈리아는 죽어도 싸다는 식이 아니라 오마르의 삶은 자신의 삶보다 더 소모적이어도 된다는 식으로 합리화했다. 자신이 벌써 어디까지 왔는지 되뇌었을 것이다. 부모님이 알았다면 쓰러졌을 거라고 되뇌었을 것이다. 두 사람이 더 죽으면 안 되지 않은가? 약을 팔았으니 어차피 감옥에 갔어야 한다며 자신을 설득했을 것이다.

다음은 생각을 멈출 수 없는 것들이다. 분노로 달아오른 로비의 얼굴. 어둠 속에서 엄청나게 팽창한 동공. 두개골을 박살 내는 소리. 공포와 절망감이 묻어나는 표정. 마른 몸인데도 느껴지는 묵직함. 물에 던져지는 순간 돌아오는 그녀의 의식. 여기까지라는, 세상이 날 떠나고 있다는 생각.

다음은 내가 아는 몇 가지다. 그가 그녀의 머리를 한 번 이상 있는 힘껏 밀쳤을 때 둘은 얼굴을 맞대고 있었다. (오마르가 갑자기 폭발한다든지 당신의 손이 그녀의 목을 쥔다든지 하는 것보다 더 선명히 떠올릴 수 있다.) 그녀는 방어할 시간이 없었다. 이번엔 다르다는 걸 순간적으로 깨달았다. 물속에서 몇 차례 숨을 들이마셨다. 의식이 있었든 없었든 죽기까지 긴 시간이 걸렸다.

로비는 이튿날 브런치를 먹으러 나타났다. 그다음 주에 열린 그랜비 초청 스키대회에도 출전했다. 다들 그 모든 걸 감당해 내다니 대단하다고 했다. 5월에는 레이철 포파와 시간을 보냈다. 졸업생 대표로 상도 받았다. 그리고 GPA 3.5로 졸업했다.

31.

캘빈 인으로 돌아간 나는 빈 일광욕실의 수영장에 뛰어든 뒤 한참을 바닥에 앉아 있었다. 정신이 번쩍 들게 차가웠다.

나는 돌아가는 길에 야하브에게 전화해 달라고 문자를 보냈다. 법적 조언이 필요하기도 했고 베스가 말한 모든 걸 떠넘기고 싶기도 했다. 그는 여전히 좋은 친구였다. 다른 도리가 없었다. 이 세상 사람들은 본래 서로 스치듯 지나간다는 것을 받아들여야 했다. 그를 붙잡아둘 수 없었고, 어깨를 잡아 흔들 수 없었고, 로비가 탈리아에게 행사한 강력한 소유욕에 내가 티끌만큼이라도 휘둘리게 둘 수 없었다.

수영장 바닥에서는 더 쉽게 볼 수 있었다.

햇빛이 견고한 빛줄기로 여과되어 수영장 물을 성스럽게 만들었다.

숨을 쉬고 싶었지만 수면으로 떠오르고 싶지는 않았다. 아가미를 찾아내 물속에서 숨 쉬고 싶었다.

나는 재스민 와일드가 워싱턴 스퀘어 공원에서 선보인 작품의 영상을 보았다. 사람들이 근근이 살아가는 데 필요한 것들을 갖다주었다. 음식을 갖다주지 않으면 먹지 않았다. 물을 갖다주지 않으면 마시지 않았다. 어느 순간 의식이 혼미해지고 탈수가 심해지자 잡초를 한 움큼 뜯어 씹었다. "여기에 생명이 있습니다." 그녀가 카메라 혹은 카메라를 쥐고 있는 사람을 향해 말했다. "뿌리가 많은 물을 머금고 있네요. 가끔은 뺏으면서 살아야 해요."

무슨 뜻인지 알 수 없었다. 여태 그게 문제였지 않나? 우리가 한 일이라고는 오직 서로에게서 뺏고 지구에서 뺏고 자신에게서 뺏는 것뿐이었다. 어쩔 수 없다는 말을 하려는 건지도 모른다. 지금 당장은 무고한 베스에게서, 그리고 벌 받아 마땅한 로비에게서 뺏어야 한다.

생존 본능이 발동하자 내 결심과 상관없이 몸이 수면 위로 떠올랐고, 온몸의 세포가 산소를 벌컥벌컥 들이마셨다.

수영장 옆에 둔 휴대폰에 모르는 번호로 음성 메시지 알림이 떴다.

수건으로 손가락의 물기를 닦아 내고 재생 버튼을 누르자 베스의 작은 목소리가 수영장 안을 가득 채웠다. 그녀는 말했다. "네가 스토우까지 찾아왔다는 게 아직도 믿기지 않아." 그리고 이런저런 말을 이어 갔다. 하지만 처음부터 그녀의 목소리로, 체념과 안도의 말투로 알 수 있었다. 그녀는 이 일을 할 것이다. 에이미에게 말할 것이다. 그녀는 자신이 이걸 수십 년을 기다려 왔다는 걸 깨달았을 것이다.

32.

꼬박 하루가 지났다.

나는 아로마 모카에 앉아 노트북을 펴고 라테를 마셨다. 자갈과 흙뿐이던 길 건너에 소프트아이스크림 가게가 있었다. 로비와 젠 세레뉴가 틀림없었다. 짙은 청색 파카를 입은 로비, 밤색 코트를 입은 젠, 토끼처럼 폴짝거리는 아이들.

나는 우스꽝스럽게 긴 음성 메시지를 남긴 뒤 에이미 마치를 기다리고 있었다. 그녀는 주 경찰의 두 번째 수사관을 심문하는 데 너무 긴 시간이 걸린 탓에 법정에 종일 갇혀 있었다. (정말 신발 크기까지 물어봤다니까. 제프가 문자를 보냈다. 여기 서류 열 장을 전부 소리 내 읽을 수 있습니까? 이런 식이야.) 나는 베스를 기다리고 있었다. 에이미가 그날 심리를 마치고 나면 둘 다 4시 30분까지 거기로 오기로 되어 있었다. 그것은 도미노의 시작에 불과했다. 주 검찰의 변론이 끝날 때까지 기다렸다가 베스를 소환하기보다는, 그녀의 남편이 수술을 앞두고 있다는 점을 이용해 이례적으로 빠른 소환을 판사에게 요청할 셈이었다. 그렇게 하면 로비가 증언대에 섰을 때(그가 어느 정도 예상하더라도) 베스의 증언에 관해 직접 물어볼 수 있었다.

나는 길 건너에서 로비가 막내딸의 겨드랑이에 손을 넣고 들어서 휙 돌린 뒤에 내려 주는 것을 지켜보았다.

세상은 여전히 그대로였다. 시작이나 할 수 있을지 의문이었다.

내가 긴 세월 찾아 헤매던 사람이 거기 있었다. 한시라도 빨리 무너뜨리고 싶었던 사람. 오마르가 누렸어야 할, 그리고 탈리아가 누렸어야 할 삶을 사는 사람이 거기 있었다.

그에게는 그를 사랑하는 아이들과 아내도 있었다. (나도 잘 안다.)

내가 걱정하는 건 그 아이들이었다. 로비가 재판을 받지 않고(확률이 매우 낮았다) 직업과 결혼 생활을 유지하더라도 그의 아이들은 불가항력적인 그림자 속에서 자라야 할 것이다.

그와 달리 우리 아이들은 누군가가 아빠에 대한 예술 작품을 만들었다는 사실을 알게 되거나 영영 모를 수도 있었고, 무시하거나 받아들일 수도 있었고, 아빠를 비난하거나 옹호할 수도 있었다.

그것은 살인이었다. 교살이고 폭행이었다. 그는 그녀의 머리를 힘껏 후려치고 물에 빠져 죽게 내버려두었다. 그것은 고급 기숙 학교에서 인기 많고 운동 잘하는 소년이라는 전형적인 인물이 특권을 남용한 사건이니 세상이 열광할 게 분명했다. 이유는 하나였다. 그는 우리가 어디선가 봤을 법한 그런 남자였다.

아주 명확히 해 두고 싶다. 아주 괜찮은 청년이니 그의 미래를 망치지 말자는 말이 아니다. 나는 그를 보았고, 내가 보고 있는 게 무엇보다도 살인자라는 걸 알고 있었다. 내가 느낀 오싹함은 예상 범주 내의 것이었다. 하지만 나 자신이 살인자처럼, 마치 뭔가를 끝내려고 다가가는 사람처럼 느껴질 줄은 예상치 못했다.

그의 몸에 있는 세포 중 단 하나도 1995년의 그것과는 같지 않을 것이다. 하지만 내가 여전히 10대 시절의 나이듯 그는 여전히 그 자신이었다. 나는 그 소녀를 나무 심지에 두른 고리인 양 집어삼키며 자랐지만 그녀는 아직 거기에 있었다.

로비의 딸은 소용돌이 모양의 분홍색 딸기 아이스크림을 먹었다. 두 아들은 각각 초콜릿 맛과 바닐라 맛을 먹었다. 그가 막내딸을 다시 좌우로 흔들어 주었다. 왼쪽, 오른쪽, 왼쪽, 오른쪽.

33.

미스터 블로흐, 당신에 대해서도 오해했지만 잘못했다고 느끼지는 않는다.

달리 말하자면 실수는 했지만 틀리지는 않았다.

신입생 오리엔테이션에서 우리는 민망한 게임을 해야 했다. 한 사람이 기계의 일부인 척하면 또 한 사람이 연결되어 다른 동작과 소리를 만들어낸다. 그렇게 한 사람, 또 한 사람. 하키장 한복판에서 모두가 하나의 거대한 호르몬 기계가 될 때까지.

내가 하고자 하는 말은, 당신도 팔이나 다리 같은 그 기계의 일부였다는 것이다. 당신은 도주 차량을 운전했다. 당신이 유리창에 벽돌을 던지면 다른 사람이 보석을 꺼냈다. 첩자들이 달아나는 동안 당신은 연방 경찰을 유인했다. 누군가가 주먹을 휘두를 때 당신은 그녀를 붙잡고 있었다. 당신은 사슴에게 총을 쏴 총상을 입혔고, 그래서 사슴은 두 번째 사냥꾼이 왔을 때 더는 달리지 못했다.

34.

데인 루브라가 눈을 깜박이며 카메라를 한동안 응시한다. 눈은 충혈됐지만 홍채는 여전히 파충류의 호박색이다.

"신사 숙녀 여러분. 저는…… 뭐라 해야 할지 모르겠습니다. 다들 들으셨을 텐데 오늘 저희는 이번 심리를 완전히 뒤엎을 일종의 폭탄선언을 했습니다.

3월 16일 수요일 저녁에 제 호텔 방에서 말씀드리고 있습니다. 저희가 아는 건 여기까지입니다. 오늘 변호인 측에서 증인인 엘리자베스 도어티를 재소환할 수 있습니다. 도어티는 로비 세레뉴가 9시 59분까지 매트리스에 있었는지 확신할 수 없으며, 세레뉴가 물리적인 폭력을 행사했다는 얘기를 탈리아 키스에게 한 차례 이상 들었다고 증언했죠. 이렇게 말하고 싶네요. 아이고 저런.

최초의 직감이 맞아서 기쁩니다. 데니 블로흐가 이 모든 것과 어떤 식으로 맞아떨어지는지 궁금하시다면, 46회를 보지 않으셨다면 시간을 좀 내주십시오. 제가 최근 알아낸 바로는 무관하지 않다는 겁니다. 로비 세레뉴는 범행을 저질렀습니다. 데니스 블로흐는 동기를 제공했죠. 도어티 씨가 오늘 법정에서 블로흐에 대해 증언했고, 변호인 측에서 그걸 어떤 식으로든 활용할 것으로 보입니다. 탈리아는 음악 교사와 잤습니다. 그리고 세레뉴 군에게 그건 사형에 해당하는 범죄였죠. 그에게는 수단과 동기, 기회가 있었습니다. 유력 용의자를 넘어 그 이상이라고 할 수 있어요."

데인은 여기서 멈추고 지문이 번진 유리잔의 물을 쭉 들이켠다.

"세레뉴가 법정 대리인 자격을 가지고 있으니, 아무래도 직접 나서겠죠. 내일 아침 명단에 있으니까 상당히 흥미로울 겁니다.

가족과 함께 시내에 나온 로비 세레뉴를 본 적이 있습니다. 그때는 데니스 블로흐에 대한 새로운 정보에 관심이 더 많았죠. 안 그랬으면 그와 대면하고 싶었을지도 모릅니다. 제가 지금 컨에 머무는 여러 가지 이유 중 하나는 그가 떠나기 전에 마주칠 수 있는지 확인해 보기 위해서예요."

데인이 녹화를 멈추기 위해 카메라 앞으로 다가온다. 코가 닿기 직전이다.

제프가 수요일 밤에 그 영상을 같이 보면서 알려 줬다. 베스의 증언이 끝나자마자 반대 심문을 하기도 전에 마이크 스타일스가 법정을 황급히 빠져나갔다고 했다. 그날 일을 로비에게 전부 알리기 위해서였을 것이다.

제프는 말했다. "원하던 걸 얻었네. 블로흐, 그 사람 이름을 공식 기록에 남기는 거 말이야. 아직도 원하는 거 맞지?"

당연했다.

"그들이 그 사람을 죽이게 하고 싶지는 않아. 난……"

"그래, 알아."

"이제 내 손을 떠났어. 기분이 좋네. 좋아야 하겠지."

제프가 나를 끌어당겨 머리를 쓰다듬었다.

맥락상 이쯤에서 우리가 어쩌다 내 침대에 눕게 됐다고 말해야 할 것 같다. 더 자세히 설명하고 싶지는 않다. 당신과는 상관없으니까.

"세레뉴와 그의 가족은 지금 뭘 하고 있을까?"

상상이 안 됐다. 내가 아는 건 로비에게 변호사들이 있고, 그 변호사들한테도 변호사들이 있을 거라는 사실뿐이다. 어쨌든 그는 연줄이 튼튼했다. 그랜비 졸업생이니까.

35.

1991년 8월에 신입생으로 캠퍼스에 도착했을 때 세번 로브슨은 나를 데리고 변함없는 장소들을 둘러보았다. 식당, 옛 예배당, 새 예배당, 도서관. 그리고 자신의 예전 기숙사인 쿠치먼으로 나를 데려갔다. 나는 당황해서 어쩔 줄 몰랐다. 나는 거기에 있으면 안 됐다. 하지만 누구도 우리를 두 번 쳐다보지는 않았다. 오빠를 데려다주러 온 거라고 짐작했을 것이다.

쿠치먼의 너른 나무 창틀에 그들의 삶(이니셜, 날짜, 이름)이 아주 조그맣게 새겨져 있었다. 세번은 창틀 구석에 새겨진 SDR이라는 글씨를 찾고 눈에 띄게 기뻐했다. "이게 나야! 야, 기분 좋은걸. 그냥 여기 계속 있었던 것 같네."

낙서는 인디애나에서도 많이 봤다. 그것은 지긋지긋한 동네에 갇혀서 그걸 훼손할 준비가 된, 지루함에 자포자기한 사람들의 파괴 행위였다. 하지만 이것은, 오래도록 남겨질 이 표식들은 아름다운 것이었다. 산 정상에 오른 사람이 거기 있었다는 표식을 남기고 싶어 하듯이.

이런 생각을 많이 한다. 기숙 학교가 좋았냐고 묻는다면 나는 이제 내가 알던 사람들을 토대로 대답하고 판단할 수 없다. 예전 같으면 당신을 떠올렸을지 모른다. 한때 믿었던 모습이 아닌 여러 사람을 떠올렸을지 모른다. 하지만 여전히 그곳 자체를 한 공간으로서, 냄새와 울림과 빛의 기울기로서, 그들만의 역사가 깊이 새겨진 표면으로서 사랑할 수는 있다.

마이크 스타일스가 위패를 처음 봤을 때 자기가 그랜비에 어울린다는 걸 알았다면, 나도 쿠치먼 건물에서 뭔가 비슷한 것을 느꼈다. 운명적인 느낌은 아니었다. 여기는 내가 그저 좁은 구석을 요구할 수 있고 4년이 끝날 무렵에는 내가 무언가의 일부였다고 말할 수 있는 장소였다.

내가 여기 있었다.

내가 여기 있었다.

36.

올더와 브릿과 제프 모두 목요일 아침에 방송된 기이한 장면에 관해 이야기했다. 그날 아침, 나는 침대에 누워 뉴햄프셔주 전체가 하찮

게 느껴지는 전 세계의 재난 상황을 CNN으로 보고 있었다.

로비는 퉁퉁 부은 창백한 얼굴을 하고 변호사를 우측에 대동한 채로 증언대에 섰다. '꼭두각시처럼 조종하더라'고 제프가 말했다. 브릿은 이렇게 말했다. "그래도 되는지 몰랐어요. 그 남자가 뭐라고 할지 계속 말해 주더라고요."

로비는 질문을 받을 때마다 대놓고 변호사를 쳐다봤다. 그랜비에 다닌 게 몇 년도인지, 탈리아를 아는지 물을 때도 마찬가지였다. 질문을 들은 변호사가 고개를 끄덕이면 로비가 대답했다. 에이미가 탈리아와 성적인 관계를 맺었는지 묻자 변호사가 곧장 고개를 가로저었고, 로비는 이렇게 말했다. "헌법 수정 제5조에 따라 묵비권을 행사하겠습니다." 남은 모든 질문에도 같은 패턴을 반복했다.

반대 심문을 하는 검찰 측의 질문은 단 하나였다. "탈리아 키스의 죽음에 책임이 있습니까?" 이에 로비는 큰 목소리로 단호히 대답했다. "아니요."

제프가 말했다. "그 개자식은 어떤 식으로든 빠져나갈 거야. 그놈들은 오마르가 풀려나도 세레뉴는 절대 안 건드릴걸. 그럴 리가 없어."

야하브도 전화로 그렇게 말했다. "그에게 불리한 증거가 없어."

나는 말했다. "하지만 오마르에게 불리한 증거도 없어."

"응. 그렇지."

유일한 목격자와 서둘러 결혼해 곤경을 면한 남자가 있었다. 남편에게 불리한 증언을 하도록 강요할 수 없었기 때문이다. 그녀는 피해자의 어머니였다.

변호인이 피해자의 열세 살짜리 절친을 증언대에 세워 죽은 소녀가 청소년 관람 불가 영화를 몰래 봤다고 증언하게 해서 혐의를 벗어난 남자가 있었다. 열두 살치고 무척 성숙하니("성적으로 활발하다"고 말했다) 나체 사진을 가지고 있던 버스 기사뿐 아니라 누구라도 죽였을 수 있다는 의미였다.

절차상의 문제(서류상의 오류)로 풀려난 남자가 있었다. 그사이 그는 자기가 목 졸라 죽인 여자 친구의 장례식에 갑자기 찾아가 유가족을 겁줬다.

아버지를 가게 데크 밖으로 밀고도 과실치사죄로 기소되지 않은 소년이 있었다. 사법 체계가 모두에게 적용되어야 하는 방식으로 그를 도왔기 때문이다. 그를 심문하기 위해 데려가서는 담요와 따뜻한 코코아를 가져다주었다.

수사를 피해 간 남자가 있었다. 한 공원에서 1년 동안 흑인 트랜스젠더 여성 다섯 명이 사망한 채 발견됐는데도 범죄가 만연한 곳이라 우연의 일치라고 확신했기 때문이다. 심지어 용의선상에 오르지도 않았다.

90년대에 유가족과 친한 사람의 정액이 살해된 열한 살 아이의 입과 질, 항문에서 발견되었는데 주 검찰이 기소를 거부한 사건이 있었다. 검사는 증거가 충분하지 않다고 느꼈다. 그가 자위한 침대에 앉아 그 위에 떨어진 팝콘을 주워 먹은 바람에 정액이 입 안에 들어갔을 수 있다고 했다. "감기도 이렇게 걸립니다." 남자가 말했다. "얼굴도 만지고 이것저것 만지잖아요. 그러고 나서 여자애가 화장실에 들어가면 뭘 하겠습니까? 휴지로 닦겠죠. 앞에서 뒤로 이렇게." 그는 TV로 생중계되는 법원의 대리석 복도에 쪼그리고 앉아 양복바지 사이를 슬쩍 만졌다.

38.

변호인 측은 로비를 심문했고 검찰 측은 증인을 부르지 않았다. 다음 날은 내내 논쟁을 벌였는데 검찰 측은 내가 또 사람들에게 영향을 미쳤고 이번에는 베스를 조종했다고 주장했다. 최종 변론 때는 법정에 들어갈 수 있었지만 에이미는 좋은 생각이 아니라며 집으로 돌아가라고 했다. 로키산맥 어딘가를 날고 있을 때 모든 게 마무리되었다. 착륙해서 에이미의 음성 메시지를 들어 보니 아주 잘된 것 같다고 했다. 그녀는 판사가 한 달에서 반년 정도 모든 걸 '심사숙고'하고 나면 원심의 판결을 파기한다는 소식을 들을 수 있을 것으로 생각했다.

집에 돌아간 당일, 이메일을 확인하다가 오리건 세일럼의 젊은 여성이 보낸 메시지를 발견했다. 프로비던스 출신이라 당신을 안다고 했다. 파울라 구티에레스, 들어 본 적 있을 것이다. 그녀는 베스 도어티에게 전해 달라며 당신에 대해 증언해 줘서 고맙다고 했다. 정말 소름 끼치도록 익숙하게 들리더군요. 제 얘기를 하는 것 같았어요.

일주일 뒤 데인 루브라가 앨리슨 메이필드한테서 받은 이메일을 재전송해 줬다. 당신이 그랜비 전에 근무한 학교 학생이었다. 기억하는가? 손톱 가위로 손목을 긋고 11학년 때 중퇴한 소녀를?

조 엘리스는 어떤가? 그녀는 진짜 사랑이라고 생각했다. 친구한테 심리에 대한 소식을 전해 듣고 나서야 다시 생각해 봤다고 한다. 고맙게도 그녀는 그 일에 관해 쓴 글을 대중에 공개할 준비가 되어 있었다.

애니 민츠는 어떤가?

당신에게 아직 직업이 있는가? 가족은?

온라인으로 알아내기는 어렵다.

39.

4월, 나는 제프를 만나기 위해 동부로 날아갔다. 우리는 뉴욕에서 일주일을 보냈고(침대에서 뒹굴고 책 작업을 하고 음식을 주문해 먹었다) 그해 여름 LA에서 만날 계획을 세웠다. 말할 수 없이 행복했다. 지금도 여전히 행복하다.

프랜한테는 뉴욕에서 취재 중이라고 거짓말을 했다. "그 소식을 30년이나 기다려 왔다고!" 그녀의 앙칼진 고함을 듣기에 적당한 때를 기다렸다가 말하려고 참는 중이다.

나는 뉴욕에서 암트랙을 타고 맨체스터로 갔다. 거기서 프랜의 차를 타고 그랜비로 갔고 거기서 이틀 밤을 묵었다. 우리에게는 아직 당신에게 말하고 싶지 않은 중요한 일이 있었다. 이튿날 낮에는 셜리 잭슨의 광팬이 보라고 한 학생 뮤지컬을 보러 갔다.

첫날 오후 늦게, 프랜과 함께 그녀의 골든 리트리버를 데리고 라크 로스 경기장을 산책하는데 휴대폰이 윙윙거려서 보니 브릿과 야하 브, 올더에게서 줄줄이 문자가 오고 있었다. 차례로 나쁜 소식이에요, 재심 청구가 기각됐어, 제기랄ㄹㄹ.

충격도 충격인데 너무 믿기지 않아서 숨이 턱 막혔다. 너무 이르지 않나? 겨우 한 달째였다. 실수이거나 내가 모르는 흔치 않은 법률 문 제가 분명하다고 생각했다. 하지만 진짜였다.

야하브가 다시 문자를 보냈다. 확률은 더 낮겠지만 항소할 수 있어. 유 감이야, 보디. 내가 너무 큰 기대감을 주지 않기를 바라. 안 그러려고 노력 했어. 이런 시도는 원래 성공하기 힘들어. 애초에 그렇게 설계됐거든.

나는 떨리는 손으로 프랜에게 휴대폰을 보여 줬다. 둘 다 휴대폰을 뚫어지게 보고 있으니 보리스가 냄새를 맡는다고 폴짝 뛰어올랐다.

프랜이 혼자 있고 싶냐고 물었지만 대답하지 않았다. 그저 멍한 상 태로 그녀를 따라 집으로 돌아갔다.

오마르가 그 소식을 듣는 데 얼마나 걸릴지 궁금했다. 아직 모를 수 도 있었다. 그날 밤만이라도 희망을 꿈꾸기를 바랐다.

어두운 손님용 방에서 나는 막 올라온 데인 루브라의 영상을 봤다. 이상하게 그가 좋아졌다. 그저 나 대신 그 모든 감정을 느껴 줬으면 했다.

데인이 말했다. "결국은, 네, 충격적이지는 않습니다. 사실 오마르의 무죄를 증명하는 증거는 아니었어요. 로비 세레뉴가 탈리아를 매일 두들겨 팼고, 숲에 뒤늦게 나타났다는 사실을 믿는다고 해도, 동시에 오마르가 범인이라고 생각할 수도 있는 거죠. 잘못을 했지만 결국 이렇게 되네요.

우리가 구축한 이 놀라운 집단에 속하는 여러분은 다들 뭘 해야 하는지 아실 겁니다. 새로운 증거는 언제든 판도를 뒤엎을 수 있습니다. 아시다시피 찾아내야 할 것들이 아직 많아요. 주 검찰은 완강히 버틸 겁니다. 잘못을 인정하지 않겠죠. 탈리아의 가족과 상의를 할 가능성이 큽니다. 키스 부부는 오마르 에반스가 유죄 판결을 받은 뒤로 줄곧 단호한 태도를 보였습니다. 오늘 마이런 키스가 유가족을 대표해 집 앞에서 성명을 발표하는 영상을 보셨다면 무슨 말인지 아실 겁니다. 이들은 꼼짝하지 않을 거예요. 하지만 지금 이 영상을 보고 있는 모두가 나선다면 거대한 산도 옮길 수 있을 겁니다."

그의 짧은 연설이 이상하게 자극이 되었다. 분노의 물결도 느껴졌다. 더 정확하게 말하면 원래 있던 분노의 물결이 쓰나미만큼 커지는 걸 느꼈다.

오마르가 그 소식을 알게 될 순간을 그려 봤다. 우리가 해 온 것들, 베스가 무릅쓴 모든 걸 떠올렸다. 그리고 어딘가에서 뒷짐만 지고 있을 사람들(당신, 마이크, 도리언. 로비는 말할 것도 없다)을 떠올렸다.

잃을 게 없다면 나는 당신을 직접 찾아갔을 것이다. 당신의 입을 열게 할 수 없다면 내가 말했을 것이다.

나는 생각했다. 내게 정말 잃을 게 있을까? 아이들, 제프, 취재할 때마다 더 깊이 빠져드는 책처럼 중요한 것들은 아무 데도 가지 않을 것이다.

어쩌면 당신이 잃어버린 퍼즐의 한 조각일지 모른다. 로비의 범행 동기인 당신. 많은 것들에 대해 잘 알면서 침묵하는 당신. 문제의 앞줄에 앉은 당신. 문제의 큰 부분을 차지하는 당신.

어쩌면 나는 당신에게 가는 중인지 모른다. 줄곧 그랬는지 모른다.

40.

밴 옆에 그녀의 슬리퍼가 있었다.

계곡에 그녀의 빗이 있었다.

캔자스 현금 인출기에 그녀의 현금 카드가 있었지만 보안 카메라
에 찍힌 건 그녀가 아니었다.

누군가는 분명히 더 많은 흔적을 남긴다. 어떤 사람들은 자취와 영
상과 졸업 앨범 메시지를 남기고, 어떤 사람들은 흔적을 거의 남기지
않는다.

일지에 그녀의 손글씨가 있었다.

바닥에 육교에서 던진 듯한 휴대폰이 있었다.

욕실에 그녀의 혈흔이 있었다.

다락에 그녀의 머리카락이 있었다.

운 좋게도 우리는 이렇게나 많이 찾았다.

건조기에 빨랫감이 그대로 남아 있었다.

몸은 거기에 있었지만 그녀는 오래전에 사라지고 없었다.

41.

「숲속으로」라는 뮤지컬이었다. 복잡한 편곡, 노래를 부를 줄 아는
소년들, 기계화된 나무들을 쓸 수 있을 정도의 예산까지 우리 때는

한 번도 경험해 본 적 없는 공연이었다. 안무도 내 옛 동료들보다 훨씬 뛰어났다.

신데렐라는 나이지리아에서 왔고 마녀는 선전에서 왔으며, 프랜이 귀띔해 준 바에 따르면 못된 늑대는 보스턴의 버클리 음대에서 뮤지컬을 전공할 예정이었다.

머리를 식히기에 괜찮았다. 나는 늘 어둠 속에 앉아 있을 때, 현실을 벗어나 앞으로 펼쳐질 이야기를 지켜볼 수 있을 때 가장 행복했다.

중간 휴식 시간에 옆자리에 앉은 부부와 대화를 나눴는데, 피터버러에서 온 퇴직자들로 그랜비 공연은 한 번도 놓친 적 없다고 했다. 부인 쪽이 말했다. "90년대에 브로드웨이에서도 이 공연을 봤거든요. 맹세컨대 그 공연만큼 좋네요."

조명이 다시 어두워지는 동안 나는 프랜에게 말했다. "요즘 같으면 나는 그랜비에 절대 못 들어가겠지?"

"아마 그럴 거야. 악의는 없어."

물론 요즘 시대에 자랐으면 달랐을 것이다. 우리는 여전히 멍청하고 순진했다. 스트레스가 많아져서 궤양이 있을지도 모른다. 하지만 덜 참았을 것이다. 그리고 그건 많은 걸 바꿔 놨을 것이다.

아이들은 노래를 부르고 진심으로 연기했다. 유년의 농축된 감정들보다 더 좋은 게 있을까?

내 기억에 사형 선고를 받고 43년을 복역한 뒤에 풀려난 남자가 있었다. 자유로워져서 가장 좋은 게 뭐냐는 질문에 그는 물 온도를 직접 조절하고 샤워하면서 노래 부르는 거라고 했다. 그리고 말했다. "원하면 펄펄 끓는 물로 씻으면서 오페라를 부를 수 있답니다."

40년 만에 풀려나 휠체어를 타고 나온 남자가 있었다. 그는 뉴스에서 말했다. "잃어버린 시간에 대해 생각할 수는 없어요. 어차피 시간은 뒤로 가지 않잖아요. 당신과 마찬가지로 내게도 다가올 시간만 존재해요." 그는 초대를 받아 캠든 야드에 갔고 부축을 받아 발바닥으로 잔디를 느껴 볼 수 있었다.

공연이 끝난 후 프랜과 앤의 집으로 돌아가 맥주를 세 병이나 마셨다. 그날 아침에 프랜이 영상을 하나 보여 줬는데, 에이미 마치가 주립 교도소 밖에 서 있었다. 지친 표정이었지만 눈빛은 맹렬했다. "우리가 얻은 게 있다면 오마르를 믿는 사람들이 아주 많다는 걸 그 자신도 알게 됐다는 겁니다. 그 점에 감사하다고 하더군요. 그의 결백을 믿는 사람들이 늘어나고 있고 그의 자유를 위해 계속 싸울 겁니다. 오마르는 싸울 준비가 되어 있어요. 그 사람은 운동선수 출신이라 인내가 뭔지 잘 안다는 걸 잊지 마세요."

프랜이 영상을 보는 내 어깨를 쓸어 주며 말했다. "처음부터 다시 시작인 거네, 그렇지?"

오마르에게 겨우 몇 시간의 희망이 주어지기를 빌다니 정말 바보 같았다. 그 사람이야말로 그 긴 세월을 가장 순수하고 희석되지 않은 형태의 희망으로 살아오지 않았나? 나는 희망에 대해 쥐뿔도 몰랐다.

아이들은 내게 뒷마당에 있는 닌자 수련 코스를 보여 주고 싶어 했고, 신이 난 나를 집라인에 태우는 데 성공했다.

프랜과 중요한 일을 하기에 앞서 맥주를 소화시키기로 했다. 맨정신으로 임하고 싶었다.

캠퍼스 전체를 돌아야 할 필요성은 특별히 느끼지 않았다. 2018년에 비해 모든 게 새로웠다. 노스브리지를 건너갔다가 미들브리지로 다시 건너왔다. 그다음 사우스브리지의 중간 지점에 멈춰 앉아서 가장 낮은 난간 아래로 발을 내밀어 달랑달랑 흔들었다. 나뭇가지들이 가장 작고 연한 옅은 황록색 나뭇잎을 이제 막 펼치고 있었다. 하지만 그 아래 숲은 이미 무성하고 빽빽했으며(이끼와 새싹과 덩굴, 제비꽃과 앵초) 산에서 녹아내렸을 물이 계곡 바닥의 작은 개울로 졸졸 흘러들었다.

나는 카를로타에 대해 생각하고 있었다. 당신도 기억하는지 모르겠다. 가까이하기에 너무 까칠한 소녀였을 수도 있고, 잊을 만한 배경소음이었을 수도 있다. 뭐가 됐든 그녀는 내게 무척 소중한 존재였다.

이제 와 말이지만, 그날 저녁 늦게 프랜과 나는 그랜비에 가서 카를로타의 유골 일부를 타이거윕에 뿌렸다. 그 이유를 완전히 이해할 수는 없었다. 카를로타가 바라던 일이었다. 그녀는 그곳을 무척 좋아했다.

3주 전 우려하던 일이 벌어져 그녀를 잃었다는 사실을 다리 위에서또 한 번 되뇌었다. 아직 아이들을 떠올리기는 힘들었지만, 이제 원하는 곳은 어디든 자유롭게 갈 수 있을 그녀가 거기에 함께 있는 모습을 상상할 수 있었다. 그녀는 마흔다섯 살이었다. 열여덟 살이기도 했다. 열일곱 살에서 멈춘 탈리아처럼 끔찍한 방식은 아니었다. 열일곱 살의 탈리아를 떠올리면 깎아지듯 가파른 벼랑 위에 선 사람이 그려진다. 반면 어린 카를로타를 떠올리면 하늘로 솟구쳐 오르는 사람, 기대하는 모든 걸 가진 사람, 어떤 일의 결과보다는 그 시작점에서 사는 사람이 그려진다.

나는 11학년 봄을 떠올렸다. 카를로타와 프랜이 노 젓는 나를 놀라게 한다고 차를 몰아 켄트에 있는 후서토닉 강까지 찾아왔다. 우리배가 지나가자 프랜은 함성을 지르며 내 이름을 연호했고, 카를로타는 돌아서서 맨 엉덩이를 드러내 보였다. 웃느라 리듬을 잃어버릴 뻔했지만 그런 그녀가 좋았다.

그다음 기억나는 건 그날인지 다른 날인지 관절에 아이싱과 테이핑을 해 주러 온 오마르가 거의 마지막 구간까지 우리를 따라 강변을 달린 것이다. 파도가 일렁여서 코스도 엉망인 데다 독감으로 12학년이 둘이나 빠져서 잔뜩 겁먹은 10학년이 처음 노를 잡아야 했다. 우리는 그 어느 때보다 간절히 노를 저었다. 경쟁에서 뒤처져 절망하고 있을 때 오마르가 함께 달려 주었다. 우리가 앞서 나가자 그가 무서운 속도로 따라오기 시작했다. 배가 너무 느려서 금방이라도 따라잡을 것 같으면 숨이 찬 척 속도를 늦췄고, 우리는 젖 먹던 힘까지 짜내 모진 물살에 맞섰다. 결승점까지 400미터 남짓 남았을 때 그가 한 걸음도 더 못 가겠는지 훅 고꾸라졌다. 그것은 그냥 툭 튀어나온 유치한 친절이었다.

어째서인지 어제와 오늘 느낀 납빛 슬픔에도 불구하고 그 순간 후련함이 느껴졌는데(떠내려 보낼 준비가 됐다는 듯) 확실히는 모르겠다. 아까 말했듯 나는 맥주를 세 병이나 마셨다.

그 밑에 자리를 선점한 식물들은 행운이었다. 숨이 막힐 듯 빽빽한 여름 계곡에서 태어나는 녀석들은 햇빛과 공간을 차지하기 위해 싸워야 할 것이다. 그리고 상당수가 해낼 것이다. 모든 녹색은 살아남은 것들이다.

앉은 자리에서 로어 캠퍼스가 보였다. 한 무리의 아이들이 안뜰로 가는 동안 악을 쓰며 싸우는 소리도 들렸다.

지금은 거의 다 잊어버렸지만 다나 라모스 선생님의 수업을 들을 때는 웬만한 식물의 이름은 꿰고 있었다. 뉴잉글랜드에서 고작 4년을 살았지만 인디애나에 있을 때보다 주변에 있는 것들에 대해 더 많은 관심을 가지고 더 많이 배웠다. 새로운 것들이 불가능한 총천연색으로 끝없이 샘솟는 LA의 거리에서보다도. 지금도 뉴햄프셔의 우람한 나무와 덧없는 꽃의 이름을 몇 가지 댈 수 있다. 색칠한 연영초, 풀산

딸나무, 독미나리, 좁은잎 칼미아, 멀구슬나무, 혈근초.

　내 발밑과 머리 위, 그리고 무한히 뻗은 울창한 숲속에서 나뭇잎은 오로지 빛만으로 양분을 만들어 냈다.

〈끝〉

감사의 말

먼저 개인 이력: 나는 1990년대에 통학형 기숙 학교 캠퍼스에서 21년을 살았다. (궁금한 분들을 위해: 나는 대학원에서 만난 남편을 반강제로 끌고 시카고로 돌아갔다. 거기서 그가 가르치는 일을 구했는데 가 보니 내 모교였다. 처음 몇 달만 이상했다. 그렇다, 나는 사감도 교사도 아니다. 그냥 기숙사 아파트에 산다.) 뛰어난 교육과 넉넉한 장학금을 제공해 준 학교에 영원한 감사를 전한다.

그 학교를 아는 모든 사람에게 그랜비는 아주 다른 곳임을 명확히 밝힌다. 또 고등학교 때 나를 알던 모든 사람에게 보디는 내가 아님을 명확히 밝힌다. 책에 등장하는 인물들 역시 전부 허구이다. 캐릭터를 손보는 과정에서 지금 알고 있거나 그 당시에 알던 사람들과 비슷한 점이 우연히 반영됐다면 그건 결코 의도한 것이 아니다. (한 가지 예외: 우리 반에는 정말 속옷 도둑이 있었다.) 모두 알다시피 내가 실존 인물에 관한 책을 쓰고자 했다면 또 기가 막힌 이야기를 썼겠지만 이 책은 아니다.

뛰어나고 열정적인 뉴햄프셔주의 국선 변호사인 스테퍼니 하우스먼에게 무한한 감사를 전한다. 그녀는 이 책의 법적인 측면을 옳은 방향으로 이끌며 세밀한 부분을 손봐 주었고 뉴햄프셔의 형벌 제도에 대해 가르쳐 준 훌륭한 독자였다.

루미놀과 혈흔 패턴과 관련해 도움을 준 폴 홀스와 초창기부터 법률 관련 질문에 답해준 리즈 실버, 조정과 관련해 도움을 준 베키 핀들레이와 수지 본, 응급의학과 관련해 도움을 준 치프리안 게오르게 박사에게도 감사를 표한다. 위 내용에 오류가 있다면 그건 오로지 내 책임이다.

스탈렛 피버라는 이름을 지어 준 조던 키멜하임. 드래곤에 이름을 지어 주고 색깔을 골라 준 우리 아이들. 레이시 크로퍼드의 눈부신 회고록 『Notes on a silencing』(제발 읽어 보시길!)은 기관 담합에 관한 빛을 던져 주었다. 제자인 로즈메리 하프가 쓰고 있던 기숙 학교에 관한 소설(아주 훌륭한)은 사랑받던 숲속 공간의 마법을 떠올리게 했다. 시인 카베 악바르의 기교에 대한 강의는 간접적으로 책의 마무리 이미지로 이끌어 주었다. 작가 오메르 프리들랜더는 다급한 히브리어 문제를 해결해 주었다.

이 책의 등장인물에 자신의 이름을 제공한 스무 명 남짓한 분들(몇 년 전 독립서점을 지원하는 대가로 약속했었다)에게 감사드린다. 전부 주변 인물로 쓰였지만 일부는 예상치 못한 방식으로 생명을 얻었다. 그 결과에 몸서리치는 사람이 없기를 바란다. 마법이 깃든 이 이름들은 예상치 못한 방식으로 영감을 주었다.

이 책은 레그데일 재단에서 시작되었으며, 나중에 코로나19로 전속 계약이 취소되었을 때 집에서 칩거하게 해 준 바버라 나겔, 캐서린 쿠퍼, 마셜 그린월드, 캐서린 메릿, 잭 뷔스트, 리카 로페즈 데 빅토리아의 관대함에 감사드린다.

레이철 더워스킨, 지나 프란젤로, 테아 굿맨, 디카 람, 에밀리 그레이 테드로, 조 졸브로드, 찰스 핀치, 엘리 핀켈는 초창기에 아주 훌륭한 독자들이었다. 존 프리먼은 이제 첫 번째 독자는 아니지만 여전히 마지막 독자이며 나를 정서적으로 지지해 주는 사람이다.

스토리스튜디오 시카고, 노스웨스턴 대학교, 시에라네바다 대학교의 제자들과 동료들은 특히 세상이 무너져 가는 동안 지지와 영감을 주었다.

일리노이 아티스트 펀드의 보조금은 작년의 저술 활동을 지원하고 도와주었다.

두 배로 혼내고 지지하며 흔치 않은 상황 속에서 편집해 준 이 책의 편집자 린지 슈뵈어와 안드레아 슐츠, 그리고 바이킹(브라이언 타르트, 레베카 마시, 린지 프리베테, 케이트 스타크, 앨리 메롤라, 실라 무디, 케이티 헐리, 매디 롤린, 루시아 버나드, 엘리자베스 야페, 크리스틴 최, 메리 스톤, 레베카 마시, 그리고 사라 레너드)으로 가득한 함선 전체에 가장 큰 감사를 전한다. 클래런스 헤인스는 이 책에 기가 막히게 유용한 출처를 제공했다. 니콜 아라기, 마야 솔베이, 켈시 데이에게도 고마운 마음을 한가득 전한다. 조교 키튼 커스틀러는 늘 정신을 똑바로 차리게 해 줬다.

이상했던 지난 몇 년 동안 나는 어느 때보다 독립서점의 지지를 느꼈다. 만약 이 책을 읽고 있다면 독립서점에 가서 자신에게 책 한 권을 선물해 주길 부탁드린다. 당신은 그럴 자격이 있다.

옮긴이 | 조은아

글밥 아카데미 수료 후 바른번역 소속 번역가로 활동하고 있다. 역서로는 『살인 카드 게임』,
『체육관으로 간 뇌 과학자』, 『돌팔이 의사』, 『다시 물어도, 예스』, 『꿈의 인문학』 등이 있다.

질문 좀 드리겠습니다

1판 1쇄 찍음 2025년 2월 18일
1판 1쇄 펴냄 2025년 2월 26일

지은이 | 리베카 머카이
옮긴이 | 조은아
발행인 | 박근섭
편집인 | 김준혁
책임편집 | 정미리
펴낸곳 | 황금가지

출판등록 | 2009. 10. 8 (제2009-000273호)
주소 | 06027 서울 강남구 도산대로 1길 62 강남출판문화센터 5층
전화 | **영업부** 515-2000 **편집부** 3446-8774 **팩시밀리** 515-2007
홈페이지 | www.goldenbough.co.kr

도서 파본 등의 이유로 반송이 필요할 경우에는 구매처에서 교환하시고
출판사 교환이 필요할 경우에는 아래 주소로 반송 사유를 적어 도서와 함께 보내주세요.
06027 서울 강남구 도산대로 1길 62 강남출판문화센터 6층 민음인 마케팅부

㈜민음인은 민음사 출판 그룹의 자회사입니다.
황금가지는 ㈜민음인의 픽션 전문 출간 브랜드입니다.